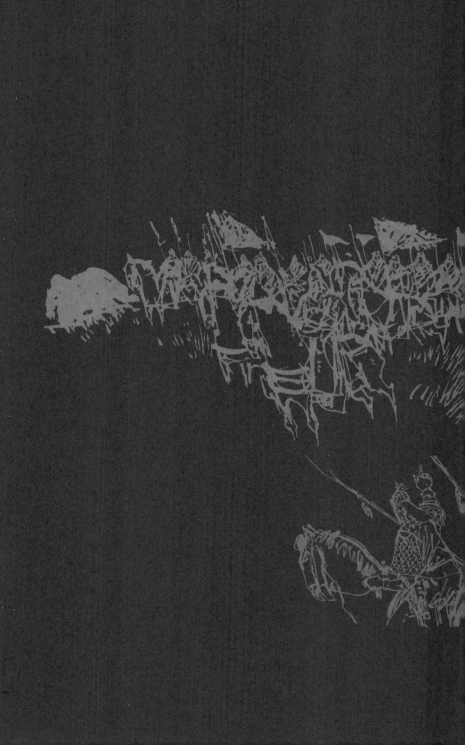

續三國志
속삼국지

無外者 무외자 | 이원섭 역

明文堂

속삼국지 권3 · 촉한부흥편

차 례

제1장. 두 소년장군의 용맹

1. 영창도(靈晶道) · 8
2. 하상의 전략 · 11
3. 도끼 장군 · 16
4. 육기의 전략 · 19
5. 유요의 철편 · 23

제2장. 제갈선우의 진법

1. 조자룡의 손자 석늑 · 27
2. 물러가는 진병 · 31
3. 진격하는 한군 · 35
4. 유요 · 석늑의 입성 · 37
5. 육기의 포진(布陣) · 41
6. 육기의 전서(戰書) · 45

제3장. 휴 전

1. 용호상박 · 54
2. 화의 (和議) · 60
3. 일시휴전 · 70
4. 서울을 떠나는 성도왕 · 80
5. 즉시 일배주 · 83
6. 오난사불가(五難四不可) · 91
7. 어부지리 · 97
8. 장사왕의 기병(起兵) · 102
9. 추우기(騶虞旗)의 공효 · 107

제4장. 소용돌이치는 세상

1. 반발 · 112

2. 호사다마 · 114
3. 짐은 황제로다 · 121
4. 화정(華亭)의 학울음 · 129
5. 장방의 패배 · 133
6. 칠리간(七里澗) · 136
7. 장안의 싸움 · 139

제5장. 장사왕의 최후

1, 다시 머리 드는 화의 · 149
2. 내응(內應) · 151
3. 그치지 않는 골육상잔 · 157
4. 짐은 황제로다 · 168

제6장. 뒤죽박죽

1. 뒤바뀌는 전세 · 173
2. 사마옹 · 180
3. 다시 고개 드는 한(漢)나라 · 187

제7장. 황하를 넘어

1. 방두의 싸움 · 197
2. 발해의 싸움 · 205
3. 장현의 죽음 · 210

제8장. 왕 준

1. 소녹의 항복 · 217
2. 양국군의 풍운 · 221

3. 머리와 꼬리 · 227
4. 단씨네의 향배 · 237

제9장. 또 하나의 전선
1. 관산과 여종의 대결 · 242
2. 2차전 · 253
3. 여율의 항복 · 259

제10장. 무상한 권세
1. 동해왕의 거병 · 271
2. 범양왕의 패주 · 278
3. 영벽의 싸움 · 283
4. 장방의 죽음 · 291
5. 질보에게 썬 장방의 귀신 · 294
6. 혜제의 환도 · 301

제11장. 목숨은 파리같이
1. 성도왕의 최후 · 306
2. 진상기보(進上奇寶) · 312
3. 동해왕은 혜제를 독살하고 · 320
4. 하간왕의 최후 · 323

제12장. 다시 이는 풍운
1. 일마화룡(一馬化龍) · 331
2. 진민의 음모 · 338
3. 정략결혼 · 342

제13장. 이반무쌍(離反無雙)

1. 적의 군량을 빼앗아라! · 360
2. 바뀌는 인심 · 368
3. 진창의 죽음 · 378
4. 되찾아오는 딸 · 385
5. 진민의 죽음 · 388

제14장. 요동의 풍운

1. 모용외의 기병 · 396
2. 기린아들 · 401
3. 굶주림 · 409
4. 교토삼굴(狡兎三窟) · 418

제15장. 다시 맞붙은 진(晉)과 한(漢)

1. 전화는 허도로 · 425
2. 한군(漢軍)의 패배 · 432
3. 두 번째의 낙양 공격 · 436
4. 노망(老妄) · 449
5. 유영과 기홍의 죽음 · 456
6. 왕준의 패주 · 468
7. 동평성의 싸움 · 473

3권에 등장하는 고사성어 · 481

경국지색 · 고성낙일 · 공중누각 · 구상유취 · 노이무공 · 농단 · 다반사 · 명철보신 · 배수진 · 불입호혈부득호자 · 사공명주생중달 · 사인선사마 · 선시어외 · 선즉제인 · 성공자퇴 · 수자부족여모 · 양두구육 · 양약고구 · 어부지리 · 연목구어 · 오합지중 · 운주유악 · 이심전심 · 전전긍긍 · 조강지처 · 중과부적(가나다 순)

제1장. 두 소년장군의 용맹

1. 영창도(靈昌道)

영창하를 건넌 석늑은 진병이 쳐놓은 진채에 들어 군사를 쉬게 했다. 적이 물러났다고는 해도 험준한 산길을 지키고 있는 터이므로 경솔히 나갈 수가 없었다.

이틀이 지났다. 새로 하운(夏雲)·뇌패(雷霈)의 원군이 도착했다는 정보가 들어오자 석늑은 도리어 기뻐했다. 새로 온 장수라면 나와서 싸우려 할 것이라 여겨졌기 때문이다.

석늑은 군대를 이끌고 나가 함성을 지르며 싸움을 걸었다. 이를 본 하운·뇌패는 피초의 만류도 듣지 않고 군사를 끌고 나와 진세를 벌였다. 뇌패는 창을 들어 석늑을 가리키며 호통을 쳤다.

「이놈, 어린 녀석이 자존망대하여 상국의 경계를 침범하니, 그 죄는 만사무석(萬死無惜 : 죄가 무거워 용서할 여지가 없음)이로다. 들거라, 지금 유총·장빈이 위군에 갇혀 솥 속에 들어간 물고기 신세가(釜中之魚부중지어) 되었거니와 너도 죽어 그 수효를 보태려느냐?」

석늑은 크게 노하여 진병 속으로 뛰어들었다. 두 사람은 30여 합을 싸웠다. 하운은 석늑의 용맹이 예사스럽지 않음을 보고 싸움을 도우러 달려 나갔다. 이를 본 강비가 하운을 막으러 쫓아나갔으나, 진의 부장 건도(蹇韜)가 옆에서 뛰쳐나와 달려들었으므로 그를 상대해 싸웠다.

석늑은 뇌패·하운을 동시에 상대하면서도 아주 여유있게 싸웠다. 그의 칼은 처음부터 원형으로라도 되어 있는 듯 무수한 무지개가 그의 몸을 에워싸서 하운·뇌패는 아무리 애써 본들 쳐들어갈 틈이 발견되지 않았다. 도리어 두 사람 쪽이 자꾸만 밀려났다.

이때 하운은 옆에서 싸우는 건도가 강비에게 몰려 위태로움을 보고 그쪽에 가세했다. 그러나 이것은 큰 실수였다. 둘이서 겨우 유지하던 힘의 균형이 하운이 물러남으로써 깨지고 말았기 때문이다. 뇌패는 차차 기운이 떨어지는지 칼 쓰는 법이 문란해지더니 마침내 석늑의 칼을 목에 맞고 말에서 떨어지고 말았다.

석늑은 뇌패를 베어 죽인 기세를 몰아 건도와 함께 강비와 맞서 싸우고 있는 하운에게로 달려갔다. 하운은 석늑을 상대할 수밖에 없었으나, 그 동안에 건도는 강비에게 사로잡히고 말았다. 하운이 떠나는 곳마다 불행이 뒤따랐으니, 매우 묘한 운명의 사나이였다.

여기저기서 불꽃 튀기는 싸움이 벌어지고 있었다. 진의 부장 장피(張皮)는 급상에게 사로잡혔고, 하운은 석늑을 상대로 힘에 겨운 싸움을 하고 있었다.

「뭐, 이런 놈이 있담!」

하운은 정신을 바짝 차리고 달려들었으나, 그럴수록 석늑의 칼은 허공에서 백 가지 천 가지 형태로 변화해갔다. 이윽고 석늑의 칼이 하운의 목을 노리고 바람을 일으켰다. 하운은 몸을 홱 뒤로 젖혀서 이를 피했으나 그 서슬에 투구 끈이 탁 끊어졌다. 기겁을 한 하운은 그대로 도망쳤다.

진병의 대 패배였다. 석늑은 군대를 몰아 산길을 쳐 올라갔으나 위에서 쏟아지는 화살이 너무나 엄청났으므로 쇠북을 쳐서 군대를 거두었다.

본진으로 도망간 하운은 혀를 찼다.

「아, 명불허전(名不虛傳)이란 말이야! 나이 어린놈이 어떻게나 칼을 잘 쓰는지, 하마터면 나도 죽을 뻔했소」

피초가 옆에 있다가 말했다.

「하여간 장수 셋을 잃고, 병졸 1만이 결딴났습니다. 얼른 전하께 사람을 보내 원군을 청해야 됩니다.」

하운은 면목이 없긴 했으나 그 말을 따르지 않을 수 없었다.

이때 사마영은 위군을 포위한 지 한 달이 되었건만 조금도 전세가 진척되지 않아 고민하는 중에 먼지투성이의 한 장교가 말방울 소리도 요란하게 뛰어 들어오는 것을 보고 매우 놀랐다.

「어쩐 일이냐?」

사마영은 자리에서 일어나 소리쳤다. 장교는 숨이 턱에 닿은 소리로 말했다.

「사록관에서 왔습니다. 풍혁·장용·포정 세 장군이 전사했으며, 유요는 매일같이 관문을 치고 있습니다. 매우 위태로우니 원군을 보내주시기 바라나이다.」

사마영은 사색이 돼서 말도 못하고 있는데, 다시 말방울 소리가 나며 또 한 장교가 뛰어들었다. 사마영은 눈을 휘둥그렇게 뜨고 바라보고만 있었다.

「영창하에서 하운 장군의 명령을 받고 왔습니다. 우리 군이 적과 싸우다가 건도·장피·뇌패 세 장수와 1만의 군병을 잃었나이다. 지금 요로를 지키고는 있으나 오랫동안은 지탱키 어려운 형편이니, 통촉하여 주옵소서.」

「음!」

사마영은 비명인지 신음인지 모를 외마디 소리를 내뱉은 채 안석에 기대어 눈을 감았다.

'이럴 수가 있나? 이럴 수가 있나?'

이렇게 외치면서 가슴이라도 치고 싶었다. 정말 이럴 수가 있는 것인가?

이때 순양자사 장광(張光)이 앞으로 나왔다.

「전하! 너무 상심하시지 마옵소서. 유요·석늑이라 한들 사람입니다. 어찌 항우와 같은 *발산개세(拔山蓋世)의 용맹이야 갖추고 있겠나이까. 우리 장수들이 실수한 것은 모두 상대가 연소하다고 얕보았기 때문입니다. 또 용맹은 있어도 지혜가 모자라 적의 꾀에 넘어간 점도 없지 않습니다. 제 휘하에 있는 하상(夏痒)·주병(周幷)은 지용을 겸비했으니 그들을 쓰신다면 기대에 어긋남이 없을 것입니다.」

이때 도간(陶侃)도 장수를 추천했다. 도간은 《귀거래사(歸去來辭)》로 유명한 시인 도연명(陶淵明)의 조부다

「제 휘하에 주사(朱伺)·오기(吳奇) 두 장수가 있습니다. 이들 역시 병법에 통했으니 불러주시기 바랍니다.」

성도왕은 크게 기뻐하며, 네 장수를 불러 갑옷 한 벌씩을 하사하고, 하상·주병은 사록관, 주사·오기는 영창도로 떠나보냈다.

2. 하상의 전략

유요는 매일같이 사록관을 공격했다. 희담과 포정은 군사를 시켜 돌을 굴림으로써 이를 막기는 했으나 속으로는 매우 겁을 집어먹고 있었다. 그런데 때마침 하상과 주병이 1만의 군사를 이끌고

도착했으므로 지옥에서 부처님을 만난 것만큼이나 기뻤다.

장수들이 서로 수인사를 끝내자 희담이 말했다.

「나는 지금껏 싸움에 나가 강적도 많이 보아왔지만, 유요 같은 놈은 처음입니다. 철편을 어떻게나 잘 쓰는지 상대할 사람이 없습니다. 그러니 싸움은 피하고 방어 위주로 나가는 것이 좋으리라고 봅니다.」

하상이 웃었다.

「그 사람이 용맹한 것은 나도 압니다. 그러나 전쟁에 경험이 없고 지략이 없는 것 같으니 너무 걱정하지 마십시오.」

이튿날, 하상은 그 근방의 지리를 두루 답사하고 나서 장수들에게 말했다.

「유요는 힘으로 잡을 상대가 못되니 다른 수를 써야 하겠습니다. 나에게 한 가지 꾀가 있습니다.」

여러 눈은 하상에게로 쏠렸다.

「오늘밤 사경쯤에 주장군은 병사 5천을 이끌고 서편 골짜기 북쪽 수림 속에 매복하시오. 희장군은 서편 골짜기에 가셔서 그 남쪽 길가 언덕에 숨으십시오. 역시 군대는 5천이면 될 것입니다. 나는 오경에 서편 골짜기로 해서 적의 등 뒤로 나아가겠습니다. 내가 나아가면 유요는 자기네 양식을 불태우려는 줄 알고 달려올 것인즉, 나는 거짓으로 패한 척하고 골짜기 속으로 이놈을 유인하겠소이다. 그때 포성을 울림으로써 양쪽의 복병이 일제히 일어나 그를 추격하는 것입니다. 유요도 여기에 걸리면 죽든지 사로잡히든지 양단간에 결정이 날 것입니다.」

장수들은 모두 무릎을 치고 기뻐했다.

이튿날, 유요는 싸우러 나갈 차비를 서두르고 있는 중 놀라운 보고를 받았다. 새로 온 적장 하상이 1만의 군사를 이끌고 서쪽 골

짜기로 내려가 가만히 소로로 하여 한진 뒤로 돌아가려 한다는 것
이었다. 유요는 곧 지웅·조웅에게 2만의 군사를 주어 동쪽 길을 지
키게 하고, 자기는 3만의 군사를 이끌고 서쪽 골짜기로 달려갔다.

두 군대는 골짜기 입구에서 마주쳤다. 유요는 말을 타고 앞으로
나아가 호통을 쳤다.

「너는 어떤 놈이기에 감히 우리 진을 습격하려 하느냐. 싸우되
정정당당히 못 싸우고 도둑고양이처럼 눈을 피해 움직이다니, 그래
도 남아라 하겠느냐. 만일 즉시 물러가면 모르거니와 그렇지 않다면
내 철편에 목숨을 잃으리라!」

하상이 크게 웃었다.

「별놈 다 보겠구나. 이름도 없는 장수 몇 명을 죽이더니 아주 기
고만장이로구나. 하늘 높은 줄 알았거든 어서 돌아가 젖이나 먹고
오너라!」

유요는 크게 노하여 말을 달려 나갔다. 철편과 창은 마치 살아
있기라도 한 듯 허공에서 난무했다. 하상은 유요의 용맹이 듣던 그
대로임을 알고 일부러 창을 헛찌른 다음 말머리를 돌려 달아났다.

「이 비겁한 놈! 게 섰지 못하겠느냐!」

계략인 줄 모르는 유요는 바짝 하상의 뒤를 쫓았다.

하상은 북쪽을 향해 도망쳤다. 유요는 정신없이 추격하다 보니
어느덧 험하고 좁은 산골짜기에 들어와 있었다. 그때서야 정신이
퍼뜩 든 유요는 말을 멈추고 사방을 둘러보았다.

이때, 어디선지 포성이 올렸다. 아차 하고 유요는 말머리를 돌
리려 했으나 때는 이미 늦어 있었다. 주병이 이끄는 복병이 나타
나 길을 막았다. 어차피 이렇게 된 바에야 싸울 수밖에 없다고 생
각한 유요는 군사들을 지휘하여 적을 단숨에 무찔러버리려 했다.
그러나 화살이 비 오듯 했으므로 인마를 잃을까 두려워 남쪽 길로

향해 나아갔다.

거의 골짜기 입구에 도착했을 무렵이었다. 포성이 일어나는가 싶더니, 또 한떼의 군사가 일어나 앞을 막고 나섰다. 앞에 선 장수는 희담이었다. 희담은 큰 소리로 외쳤다.

「이 무지한 놈아. 이 골짜기의 길목마다 대군이 배치됐는데, 네가 날개가 없는 바에야 어찌 벗어나랴. 너는 조그만 용맹을 믿는지 모르나 비유하자면 이리나 곰 같은 놈이다. 일기도 청명하니 곰 사냥도 그 아니 즐거우랴.」

유요는 성이 나서 철편을 휘두르며 다가갔다. 그러나 여기서도 화살이 쏟아졌으므로 걸음을 멈추는 수밖에 없었다.

유요는 할 수 없이 북쪽 길로 나아갔다. 그러자 희담은 놓치지 않겠다는 듯 추격해왔다. 이를 본 유요는 대로하여 돌아서서 싸웠다. 그가 철편을 휘두르는 곳은 순식간에 1백여 명이 쓰러졌다. 진의 장수 오신(吳新)은 머리가 박살이 났고, 석흠(石欽)은 팔이 하나 떨어져 나갔다. 희담도 혀를 차고 더 쫓아가지는 못했다.

유요는 다시 북쪽으로 가서 주병과 싸웠다.

그러나 접근해갈 때마다 화살이 비 오듯 쏟아졌으므로 물러나는 도리 밖에 없었다. 이렇게 대여섯 번을 하고 나니 어느덧 시간은 미시(未時)나 되었다.

이때 조억은 유요의 군사가 돌아오지 않는 것을 이상히 여겨 스스로 1만의 군사를 이끌고 골짜기로 달려갔다. 길목을 지키던 하상은 의외의 적을 만나 또다시 싸움을 벌였다.

뜻밖의 고함소리가 나자 유요는 병사들에게 외쳤다.

「들어라, 저기서 고함소리가 나지 않느냐? 원군이 우리를 구하러 온 것이 분명하다. 대장부가 어찌 앉아서 구조를 받겠느냐. 모두 내 뒤를 따르라!」

그는 비오듯 퍼붓는 화살을 무릅쓰고 달려가 진병 속으로 뛰어들었다.

그의 철편은 더욱 맹렬히 허공에 바람을 일으켰다. 사람을 만나면 사람을 치고 말을 만나면 말을 쳤다. 모두 대번에 박살이 났다. 이를 본 진병들은 조수처럼 갈라져서, 그가 향하는 곳엔 저절로 길이 열렸다.

진의 부장 모신과 성업이 앞으로 나섰다. 유요는 단 한 대에 모신을 쓰러뜨렸다. 모신은 칼 한번 휘둘러보지도 못한 채 머리가 산산조각이 나서 땅 위에 구른 것이었다. 이를 본 성업은 기절초풍을 하여 달아나려고 했으나 유요의 철편이 이를 허락하지 않았다. 그 역시 머리가 박살이 났다.

주병은 자기의 생질인 성업이 죽는 것을 보고 분기탱천하여 친히 칼을 뽑아 들고 다가왔다. 그러나 유요가 휘두르는 철편이 바람을 일으키는 순간 그의 오른쪽 팔꿈치가 부서졌다. 그는 칼을 놓친 채 허겁지겁 도망쳤다.

「이놈! 무례하도다.」

부장 채의는 대장이 위태로운 것을 보고 달려와 길을 막으면서 이렇게 호통부터 쳤다. 여기까지는 좋았다. 그러나 다음 순간에는 그도 철편에 맞아 땅에 쓰러졌다.

유요는 주병을 쫓아갔다. 이때 전세가 역전된 것을 알고 희담이 주병을 구하러 달려왔다. 유요는 철편을 휘둘러 마치 파리떼나 날리듯 쫓아버리고 그대로 골짜기의 입구로 나아갔다. 하상은 모처럼 잡았던 적장을 놓칠세라 급히 말을 달려와 유요 앞을 가로막고 나섰다.

두 사람은 용맹을 다해 싸웠다. 황토에서 일어나는 먼지가 그들을 에워싸서 누가 누군지 분간이 되지 않았다. 다만 고함소리와 금속성이 새어나올 뿐이었다.

이번에 놓쳐서는 안된다는 생각이 있었기 때문에 하상은 어떻게든 유요를 잡으려 했다. 그가 필사적으로 찌른 창은 유요의 겨드랑이 밑으로 빠졌다. 그 순간 유요는 창자루를 잡아당겨 끌려오는 적장을 향해 철편을 내려쳤다. 하상은 어깨를 맞고 피를 흘리면서 도망쳤다.

유요는 다시 쫓아가려 했지만 날이 어두워졌으므로 그대로 군사를 돌렸다. 산채로 돌아간 희담은 인원을 점검해 보았다. 하상·주병이 부상한 것을 비롯하여 부장 5명과 병사 7천이 죽음을 당했다. 유요의 철편에 맞아 상한 병사와 말의 수효는 이루 다 헤아릴 수가 없었다. 그들은 다시 상의하고 난 다음 위군에 사람을 보내기로 했다.

3. 도끼 장군

광주(廣州)의 대장 주사와 오기가 대군을 이끌고 영창도에 도착하자, 진나라 진영에도 자연 생기가 돌기 시작했다.

피초는 두 장수에게 술을 권하면서 말했다.

「석늑이 의외로 용맹하고 그 병사가 사나우니 싸워서 이를 꺾기는 어렵습니다. 다만 저들도 군량 수십만 석을 운반하는 터라 그리 쉽게는 이곳을 지나지 못할 것이고 보니 불행 중 다행이라 할 것입니다. 새로 오신 두 분 장군께서는 어떤 방책을 쓰시려는지 듣고 싶습니다.」

주사가 수염을 쓰다듬으며 말했다.

「이곳이 험난하니 지키고만 있자면 얼마든지 지킬 수 있을 것입니다. 그러나 지키고만 있다가는 어떤 변이 일어날지도 모르니, 어둠을 타서 급습하여 양식을 불태워버리는 것이 좋을 듯합니다.

어쨌든 내일 적과 한번 부딪쳐 그 허실을 알아본 후에 다시 의논 하기로 합시다.」

피초·하운은 좀 위태롭게 생각했으나, 패장(敗將)의 체면에 허실을 알아보겠다는 것까지 못하게 할 수는 없었다.

이튿날, 석늑이 쳐들어온다는 소리를 듣자 주사·오기는 성도 왕이 하사한 갑옷을 걸치고 진 앞에 나섰다. 한군 쪽에서는 석늑 이 기안·도표·강비·급상 등을 좌우에 거느리고 나와 큰 소리 로 외쳤다.

「진나라 장수로서 지금껏 나와 싸운 사람은 모두가 죽지 않으 면 중상을 입은 터이다. 너는 또 누구인데 감히 내 앞에 나타나 호랑이 수염을 잡아당기려 하느냐!」

주사가 호통을 쳤다.

「지금까지는 장수들이 네가 너무 어리다 하여 업신여겼다가 실수한 것이려니와, 너의 그런 행운이 언제까지나 지속될 줄로 아 느냐. 참으로 하룻강아지로구나.」

석늑이 성을 내며 좌우를 둘러보자, 한 장수가 말도 안 타고 도 끼를 휘두르며 달려 나갔다. 급상이었다. 급상은 발로 뛰어나가는 데도 말보다도 빨라 보였다.

급상은 그대로 적진 속에 뛰어들었다. 마치 광풍이 몰아쳐 낙엽 을 휘말아가는 것 같았다. 그와 마주치는 자로서 쓰러지지 않는 자가 없었다. 오기는 말을 달려 급상 앞으로 다가갔다.

「이놈, 게 섰거라!」

오기의 창이 번뜩이는 순간, 급상은 날쌔게 몸을 피하면서 도리 어 달려들어 오기의 말 다리를 도끼로 찍어버렸다.

땅에 넘어진 오기를 향해 도끼를 번쩍 들어올리자, 주사가 달려 와 앞을 막았다. 그러나 주사와 한두 합 싸우던 급상은 석늑이 달려

와 가세하는 것을 보자 이쪽은 그에게 맡기고 오기를 뒤쫓아갔다.

발로 뛰는 데는 급상을 따를 자가 없었다. 오기는 얼마 도망가지 못하고 뒤쫓아온 급상에게 머리를 맞고 쓰러졌다.

주사는 석늑과 몇 합을 싸우자 곧 기겁을 했다. 그도 그럴 것이 검술에는 상당히 자신이 있는 그였으나 석늑의 검법은 도무지 대중을 할 수 없었다. 사방이 모두 칼로 보이는데, 그것이 동시에 자기 어깨에, 얼굴에, 머리에, 가슴에 날아오는 것이었다. 그는 마침내 말머리를 돌려 달아났다.

진병은 이것을 계기로 개미떼처럼 흩어지기 시작했다. 한군은 그 뒤를 추격하여 무수히 치고 찔렀다. 길에는 발 들여놓을 틈도 없이 진병의 시체가 깔렸다.

4. 육기의 전략

한편 진의 총병도독 육기는 매일같이 성을 공격했다. 군대를 교대시켜가며 싸우는 터이므로, 종일을 싸운다 해도 힘들 것은 없었다. 이에 비해 성중에서는 하루 온종일 시달려야 했다. 그러나 성이 워낙 견고한데다가 장빈의 지략과 호랑이 같은 장수들의 용맹으로 수비하는 터라 40일을 끌면서도 끄떡도 하지 않았다.

이렇게 되니 공격하는 진병 쪽에서도 미상불 맥이 빠지지 않을 수 없었다. 이제는 하나의 행사처럼 되어버려, 자기네 차례가 되면 우— 하고 몰려갔다가는 성에서 활을 쏘면 주춤 물러나 교대 시간까지 공연히 화살이나 날리곤 하는 것이었다.

어느 날 미시(未時), 막 공격군이 교대하려는 찰나였다. 갑자기 성문이 열리면서 왕미·유영·관방·장실·황신·양용 외의 열두 장수가 6개의 성문에서 뛰쳐나왔다.

이쪽에서는 무료에 지쳐 있는데다가 교대하느라고 북새를 떨고 있는 판이기에 미처 진세를 가다듬을 틈이 없었다. 한병들은 호랑이 떼처럼 사납게 날뛰었다. 무수한 병사들이 제대로 싸워보지도 못한 채 쓰러졌다.

진병들은 저도 모르게 모두 내빼기 시작했다. 넓은 벌에는 진병의 시체가 낙화처럼 깔렸다. 나중에 안 일이지만 이 싸움에서 죽은 병사는 7천이나 되었다. 한병들은 도망하는 적을 오래 추격하지는 않고 철수해 버렸다.

사마영은 당황하여 곧 수뇌 급들을 모아 전략을 의논하려 했다. 그러나 그럴 틈도 없이 사록관에서 보낸 급사가 뛰어들었다. 전서를 읽고 난 사마영은 얼굴이 파랗게 질렸다. 아무도 말을 꺼내는 사람이 없었다.

마침내 사마영은 사자에게 물었다.

「그 유요라는 놈은 도대체 어떻게 생긴 놈이냐?」

하도 기가 차서 하는 말이었다. 그러나 사자는 그 말을 곧이듣고 대답했다.

「유요는 키가 9척이라 하오나 아마 8척 5촌 이상은 되는 듯하옵고, 얼굴은 불그스레하고 꼬리가 찢어졌으며, 손은 길어서 무릎까지 내려옵니다.」

「그래, 그놈의 철편이 신통하다면서?」

「아주 기가 막힌 솜씨입니다.」

여기서 사자는 자기 자랑이나 되는 듯 그 동안의 경과를 자세히 늘어놓았다.

사마영이 한탄했다.

「과연 출중한 인물이구나. 그런 인물이 어째서 진조를 안 섬기고 오랑캐에 붙었단 말인가?」

「전하!」

사자가 답답하다는 듯이 말했다.

「그자는 바로 유연의 조카이옵고, 저 촉한 북지왕의 아들이라 하나이다.」

사마영은 고개만 끄덕일 뿐이었다.

이때 또 다른 급사가 허둥지둥 장막으로 들어섰다. 용케 시간을 맞추어 나타나는 사자였다. 하나가 오면 또 하나가 나타나고…….이제는 물어볼 것도 없었다. 사마영은 자리에서 벌떡 일어서면서 호통부터 쳤다.

「너는 어째서 또 왔느냐! 험지를 지키기만 하래도 번번이 나가서 싸우고는 일을 그르쳐 놓으니, 어째서 군령을 무시하기가 이같단 말이냐. 고약한 놈들이로구나.」

들어서는 길로 불벼락을 맞은 사자는 어쩔 줄을 모르는 듯 연상 고개를 숙였다.

「그것이 그렇지 않사옵고, 그런 것이 아니오라……」

「이놈! 무엇이 그렇지 않아?」

사마영은 다시 어성을 높였다. 이때 노지가 부드러운 음성으로 간했다.

「전하! 고정하시옵소서. 죄가 있은들 저 사람의 책임이 아니오니 자세한 전말을 들어보시고 나서 대책을 세우셔야 할 것입니다.」

사마영은 한참만에야 마음을 진정하고 물었다.

「그래, 말해 보아라. 또 패전했다는 것이냐?」

「황송하옵니다.」

사자는 혼이 나가버려서 말도 제대로 하지 못했다. 한참만에야 영창도 싸움의 경과가 소상히 판명됐다.

사마영은 다시 화가 나서 안석을 치며 외쳤다.

「백만 대군으로 이 조그만 성 하나를 포위한 지 40여 일이로되 빼앗지 못하고, 다시 젖비린내 나는 두 놈에게 연전연패하고 있으니, 이래 가지고야 무슨 면목으로 낙양에 복명한단 말이냐?」

이렇게 되면 육기도 한 마디 하지 않을 수 없었다.

「지금까지 보낸 장수들은 지략이 없는 사람들이었던 까닭에 실수했던 것입니다. 이번에는 자사(刺史) 중에서 지혜 있는 이를 가려 직접 장수들을 지휘케 하옵소서. 그런다면 경솔한 실책은 없을 것으로 아나이다.」

사마영은 육기에게까지 화를 냈다.

「그대는 원수의 중임을 맡고 있지 않은가. 헌데 하찮은 장수들이 자천하고 나설 때 왜 그것을 방관만 하여 이 꼴이 되게 했는가. 후세 사람이 비웃으리라.」

육기가 낯을 붉히며 말했다.

「그 두 놈이 이렇게까지 강적인 줄은 미처 몰랐었기에 가만히 있었습니다. 그러나 이미 안 이상 어찌 그만한 것을 깨뜨리지 못하겠나이까?」

사마영도 얼굴빛을 고치면서 말했다.

「부디 그렇게 하여주오. 원수는 어떤 대책이 있는가?」

「장수들만 보내면 공을 다투어 경솔히 싸우는 까닭에 실수가 생기오니, 이번에는 자사를 파견해야 하겠나이다.」

이렇게 말한 육기는, 서량자사 장궤(張軌)·양주자사 진민(陳敏)·악능자사 소속(邵續)을 사록관에, 청주자사 구희, 함평자사 응첨(應詹), 응주자사 유침(劉沈)을 영창도에 보낼 것을 제안했다. 이 여섯 명 태수들은 다 《육도삼략》과 《손자(孫子)》에 능통한 명장들이라는 것이었다.

사마영은 크게 기뻐하며 여섯 자사들을 불러놓고 말했다.

「경들은 모두 큰 땅의 방백(方伯)으로, 병사는 강하고 장수는 용맹한 터이오. 이제 유요·석늑이 군량을 가지고 오매, 나갔던 장수들이 번번이 패하여 대국의 위신을 떨어뜨리니, 경들이 아니고는 도둑을 제압하기 힘들까 하오. 부디 힘을 기울여 황은에 보답하기 바라오.」

그리고 연회를 크게 열어 환송했다.

5. 유요의 철편

주야배도하여 사록관에 당도한 서량자사 장궤와 양주자사 진민, 악릉자사 소속은 희담·하상 등의 영접을 받으며 산상의 관으로 올라갔다.

관에 이른 세 자사는 성도왕이 하사한 선물을 장수들에게 나누어주어 그 노고를 치하했다.

이튿날이 되자 전략회의가 열렸다. 장궤가 말을 꺼냈다.

「이번에는 실수 없이 적을 무찔러야 하니 좋은 생각이 있거든 기탄없이 말하시오.」

먼저 서량의 참군(參軍) 송배(宋配)가 나섰다.

「그 동안 몇 차례의 경험으로 미루어보건대, 유요는 철편 쓰는 법이 입신(入神)의 경지에 이르렀다 하니, 우리가 연패한 것도 그 때문이었습니다. 그러므로 계략을 써서 잡아야 합니다. 만일 또다시 힘으로 맞서려다가는 실수할까 두렵습니다.」

이때,

「송참군! 그것이 무슨 소리요?」

하고 외치는 사람이 있었다. 악능의 대장 동균(董鈞)이었다.

「유요라 한들 손이 셋에 발이 여섯 개나 달리지는 않았을 것입니다. 다 같은 사람인 바에 그렇게까지 겁낸다면 싸움을 어찌

하겠습니까? 제가 비록 불민하나 원컨대 앞에 나아가 이를 사로잡을까 합니다.」

예주의 대장 백요(白耀) · 화여(花如)도 제각기 한 마디씩 했다.

「그까짓 놈 하나를 왜 그리 겁내시오?」

「싸워나 보고 나서 계략을 써도 늦지 않을 것입니다.」

송배가 다시 말했다.

「여러분의 말씀에 일리가 없는 것은 아닙니다. 그러나 유요는 보통내기가 아니니 만일 싸우신다면 각별히 신중을 기하셔야 할 것입니다.」

이때 북소리와 포성이 들려왔다.

「한병이 쳐들어오는 모양이오 세 명의 제후가 이른 터에 싸우지도 못한다면 적에게 겁쟁이라는 비방을 들을 것이니 모두 출진합시다. 오직 일심동체가 되어 움직일 것이며, 서로 공을 시기하는 일이 없도록 하오.」

이렇게 장궤가 말하며 자리에서 일어나자, 모두 그 뒤를 따라 밖으로 나왔다. 장궤 · 진민 등은 각기 진을 치고 적군을 기다렸다.

유요는 군사를 끌고 그 앞에 이르자 큰 소리로 외쳤다.

「유 도독(都督)이 여기에 있나니, 내노라 여기는 자 있거든 나서 보아라!」

이때 진병 측에서 북소리가 요란히 울리더니 진문이 열렸다. 장궤가 좌우에 장수들을 대동하고 앞으로 나왔다. 그는 채찍을 들어 유요를 가리키면서 말했다.

「나는 양주자사 장궤다. 너에게 권하노니 빨리 병사를 끌고 물러가라. 내 성도왕에게 청하여 네 죄를 용서하고 일생을 무사히 살게 하여주리라. 대장부의 일언은 무겁기 천금보다 더하거니와 어찌 거짓말을 하겠느냐!」

유요가 비웃었다.

「군자 한 놈이 싸움터에 나왔구나. 너희가 모두 나에게 패하더니, 이제는 세 치 혀로 나를 속이려드느냐. 죽기가 무섭거든 너야말로 말에서 내려라.」

이때 동균이 성이 머리끝까지 나서 긴 창을 비껴들고 앞으로 달려 나왔다. 유요는 이를 맞아 싸웠다.

두 사람은 양군이 보는 앞에서 용맹을 다투었다. 한쪽을 호랑이라면 한편은 용이라고나 할까. 철편과 창은 허공에 무수한 선을 그었다. 싸움은 어느덧 1백여 합에 이르렀으나 언제 끝날지 알 수 없었다. 유요는 철편을 휘두르며 외쳤다.

「네 능히 3백 합을 싸우겠느냐? 그때까지는 못 쉬게 하리라!」

「이놈! 3백 합 아니라 1천 합이라도 해보자.」

동균도 지지 않고 소리를 질렀다. 그러나 시간이 지날수록 사나워져가는 상대의 철편을 보고 속으로는 겁이 더럭 났다.

이때 이용(李用)은 옆에서 보고 있다가 동균이 딸리는 듯했으므로 군사를 이끌고 몰려갔다. 이에 호응하여 한군 쪽에서도 관심이 병사를 인솔하고 뛰어나왔다. 동균은 그 틈을 이용하여 얼른 말을 돌려 달아났다.

유요는 그 뒤를 쫓으며 철편으로 상대의 잔등을 후려갈겼다. 동균은 재빨리 몸을 틀면서 창으로 철편을 막았지만, 유요가 번개처럼 내려치는 두 번째의 철편은 그의 머리에 정통으로 맞았다. 워낙 세게 내려쳤기 때문에 투구와 함께 머리가 박살이 났다.

멀리서 이를 보고 고함을 지르면서 달려온 것은 백요였다. 유요는 말을 세우고 기다리다가 가까이 온 적장을 향해 호통을 쳤다.

「너는 어떤 놈이기에 철편 밑으로 기어드느냐!」

유요는 백요를 상대해 10여 합을 싸웠다.

진회(陳恢)는 백요에게 실수가 있을까 하여 달려와서 그 편을 들어주었다. 유요는 두 장수를 상대하면서도 여유만만하게 싸웠다. 그의 철편은 허공을 번개같이 난무하며 상대에게 허점을 보이지 않았다.

백요는 필사의 기백으로 창을 놀리며 유요를 노렸다. 창이 유요의 옆구리를 스치고 지나가는 순간 유요는 왼팔로 창을 잡아당겼다. 그리고 끌려오는 백요를 향해 철편을 내려쳤다. 백요는 눈 깜짝할 사이에 머리가 터져서 땅 위에 떨어지고, 이를 본 진회는 기겁을 해서 도망쳤다.

다른 장수의 활약 또한 눈부셨다. 조억은 화여를 목 베었고, 관심은 이용을 죽였다.

3진(鎭)의 자사들은 본진으로 후퇴하여 인원을 점검해 보았다. 대장 넷과 부장 네 명에 병졸 1만여 명이 희생된 것을 알자, 그제야 송배의 말에 따르지 않았음을 후회했다.

제2장. 제갈선우의 진법

1. 조자룡의 손자 석늑

석늑이 군사를 이끌고 적의 진채를 쳐서 싸움이 한창 무르익을 무렵이었다. 갑자기 함성이 적의 등 뒤에서 들리며 구름 같은 대군이 나타났다. 말할 것도 없이 성도왕의 명령을 받고 달려온 구희·유침·응첨의 원군이었다.

이를 본 강발은 곧 후퇴하여 진세를 정비했다. 적의 추격이 두려웠던 것이다.

한편, 3진의 장수들은 싸움판에 뛰어들게 되자 모두 흥분을 했다. 마치 피를 본 야수가 본성을 나타내는 것 같았다. 응주의 대장인 고표(高漂)·오태(伍兌)는 구희 앞에 나타나 청했다.

「오랑캐 석늑이 기고만장해 하는 꼴을 어떻게 보시렵니까. 저 놈들을 휘몰아쳐서 대진웅번(大鎭雄藩)의 기세를 보여주어야 합니다.」

그러나 구희는 대답하지 않았다. 남평의 장수 장화(蔣和)와 심음(沈吟)도 같은 말을 했다. 그제야 구희는 무거운 어조로 말했다.

「왜 장수들이 그다지도 지각이 없는가. 적이 진세를 벌인 것은 싸우려는 것이 아니고, 우리가 추격할 것이 두려워 그러는 것뿐이오. 여러 날을 걷느라 지친 군대를 이끌고 무슨 싸움을 하겠다는 거요? 내일이든 모레든 계략이 세워지기만 하면 적과 얼마든지 싸울 수 있소」

이때, 청주의 대장 하양(夏暘)이 말했다.

「싸우지 말라는 말씀은 지극히 지당합니다. 하오나 우리도 진세를 벌여 위엄을 보이는 것은 무관할 줄 압니다. 만일 적이 겁을 먹고 후퇴하는 경우에는 이를 칠 수도 있는 문제가 아니겠습니까?」

구회는 그 말을 받아들여 진채에서 나가 진을 벌였다.

그러나 이것은 구회의 실수였다. 위엄만 과시하려는 그의 속셈을 알 턱이 없었던 한군 측에서 이것을 도전으로 받아들였던 것이다.

먼저 한군 측으로부터 왕양·기보가 말을 달려 나오고 진나라 쪽에서도 고표·오태가 뛰쳐나갔다. 이때까지도 양쪽의 본진은 움직이지 않은 채 네 장수의 싸움을 바라보고 있었다. 그러나 고표가 상대방 왕양을 죽인 것을 신호로 양군은 그대로 맞붙어 싸우기 시작했다.

둑의 한편을 뚫고 흐르는 물이 처음에는 대단해 보이지 않지만 때가 오면 제방 전체가 떠밀리는 것같이, 한 장수의 피를 본 순간 증오와 적개심이 폭발 드디어 맞부딪친 것이다.

「저놈들을 쳐부숴라!」

석늑은 고함을 지르며 앞장서서 적진으로 뛰어들었다. 그의 칼날이 번뜩일 때마다 그야말로 추풍낙엽(秋風落葉)처럼 진병들이 죽어갔다.

이를 본 고표·오태·장화가 달려왔으나 석늑은 조금도 겁내는 빛이 없이 세 사람을 상대로 싸웠다. 마치 장난이라도 하듯이 칼을 휘둘렀다. 그러면서도 세 장수는 그 하나를 당해내지 못하여 자꾸 밀려났다.

멀리서 이를 바라본 구희는 장수들에게 명령했다.

「저기를 보라. 우리 장수 셋이 석늑을 에워싸고 싸우는 중이니 그대들도 가서 저들을 도우라. 석늑 하나만 잡으면 무슨 걱정이 있으랴」

피초·주사·하운·아박 등 10여 명이 우르르 몰려갔다.

강발도 이를 보고 장수들을 내보냈다. 이리하여 싸움은 1대 1이 되었다.

급상과 오예도 석늑을 구하려고 달려갔다. 장화가 창을 비껴들고 나서며 꾸짖었다.

「이놈들, 어디로 가느냐」

여전히 맨 걸음으로 달리던 급상은 상대의 창을 피하면서 그대로 달려들어 말의 다리를 도끼로 찍어버렸다. 땅에 떨어진 장화의 목숨이 어떻게 되었겠는지는 상상하고도 남을 일이었다.

오태는 장화가 말에서 떨어지는 것을 보고 달려가려다가 석늑과 부딪쳤다. 겁을 먹은 오태는 칼도 제대로 못 써본 채 석늑의 칼에 목이 달아났다.

석늑은 미친 것처럼 사람을 찍고 돌아다니다가 고표가 오예와 싸우는 것을 보았다. 고표는 뒤에서 달려오는 말발굽 소리에 놀라서 뒤를 돌아보다가 석늑의 한칼에 목을 맞고 쓰러졌다.

심음은 호연모와 싸우고 있었는데 옆에서 오예가 나타나 달려들었으므로 말을 몰아 정신없이 도망쳤다. 그런데 일이 공교롭게 되느라고 달리다가 보니 어느 사이엔지 석늑이 앞에 서 있었다. 기겁을 해서 다시 말을 돌리려는 그의 머리는 석늑의 칼에 맞아 두 동강이 나버렸다. 다시 구희의 장수 구웅진을 만난 석늑은 그 역시 단칼에 베어버렸다. 실로 가공할 용맹이었다.

조마조마한 마음으로 양군 장수들의 싸움을 관전하고 있던 구희는 혀를 내두르며 곁에 있는 유침과 응첨을 돌아보고 경탄의 소리를 질렀다.

「저 석늑이란 자는 귀신이지 사람은 아닌 것 같소. 귀신이 아니고서야 어찌 그토록 효용한 우리 장수들을 저렇게 수월하게 꺾을 수 있단 말이오!」

응주자사 유침도 한 마디 했다.

「옛날 조자룡이 당양(當陽) 벌에서 유비의 어린 아들 아두(阿斗)를 품속에 안고 단신 조조의 백만 대군을 추풍낙엽처럼 헤치고 나왔는데, 저 석늑의 영용은 결코 그 조부 조자룡에 못지않는구려. 저런 영걸은 현금에는 다시 또 없을 거요.」

이들이 한창 석늑의 절륜한 용맹을 보고 경탄하고 있는 사이에 전세는 결정적으로 진군에게 불리하게 기울고 말았다.

기안은 도끼로 곽원을 죽이고, 급상은 호덕의 이마를 도끼로 찍어버렸다. 이제 진병들은 산산이 흩어져 도망할 수밖에 없었다.

이때, 진의 부장 응룡(應龍)은 도망치다가 공교롭게도 강비의 앞을 지나게 되었다. 강비는 창을 몽둥이라도 되는 양 휘둘러 그를 때려눕힌 다음 사로잡아 말 앞에 태우고 본진으로 향했다.

이를 본 진의 장수 방태(方態)는 응룡을 구하기 위해 강비의 뒤를 쫓았다. 강비는 등 뒤에 살기를 느끼고 고개를 돌렸다. 방태의 철퇴가 막 자기 머리에 떨어지려는 찰나였다.

강비는 재빠르게 목을 틀어 이를 피하면서 한 손으로 철퇴를 잡았다. 만일 이때 방태가 철퇴에서 손을 떼고 도망했던들 목숨에는 이상이 없었을 것이다. 그러나 그는 강비가 한 손밖에 쓸 수 없음을 보고 두 손으로 이를 낚아채려 하였다. 허나 워낙 장사인 강비의 한 팔 힘을 당할 도리가 없어서 그는 도리어 강비에게 끌려갔다. 강비는 그 머리를 잡아 끌어올리더니 두 장수를 함께 말에 태운 채 본진으로 돌아갔다.

이것을 본 한병들은 용기백배하여 날뛰었지만 진나라 병사들은 기겁을 해서 뒤도 안 돌아보고 도망쳤다.

구희도 혼이 났다. 그는 언덕에 서서 도망치는 병사들을 되돌려 세우느라 소리소리 지르고 있었는데 급상이 도끼를 들고 뛰어든 것이었다. 구희가 질겁했을 때는 급상의 도끼가 이미 말의 다리를 찍고 있었다.

구희는 무의식중에 몸을 훌쩍 날렸다. 그의 몸은 대여섯 걸음 저쪽에 가서 떨어졌다. 그가 몸을 일으켰을 때 말은 이미 넘어져 있었는데, 급상이 또 다시 달려들었다. 구희는 날쌔게 뛰었다. 이때 황보담과 하양이 달려와 급상의 앞을 막아 주어 구희는 겨우 목숨을 건질 수 있었다.

급상은 적장들에게 에워싸였지만 석늑·강비가 달려왔으므로 황보담과 하양도 말머리를 돌려 도망쳤다.

석늑은 날이 어두워지는 것을 보고 쇠북을 쳐서 군사를 거두었다. 숨을 헐떡이면서 구희는 진채로 들어가 한동안 말도 못하고 앉아 있었다. 점검해 보니 기가 막혔다. 전사자가 1만 명, 부상자가 4천 명이었다. 유홍의 휘하에서는 고표·오태·곽원, 응침의 휘하에서는 심음·장화·호적·방태·응룡 등의 대장이 죽었고, 자신도 구응신을 잃었다.

2. 물러가는 진병

최후의 희망을 걸고 제후들을 직접 사록관과 영창구로 내보낸 성도왕 사마영과 총병원수 육기는 남은 제후와 친왕들과 함께 위성을 공략할 계책을 숙의하고 있었다.

그런데 예기치 않게 낙양으로부터 사신이 내도하였다는 기별이 들어왔다.

사신은 제왕 사마경의 모사 손순(孫洵)이었다.

사마경은 장하(漳河)의 첩보가 있은 이래 40여 일이나 성도왕으로부터 소식이 없는 것을 이상히 여겨, 심복 대신 손순을 보내 상황을 알아오도록 한 것이었다.

성도왕으로부터 그 동안의 경과를 자세히 듣고 난 손순은, 제왕의 세력을 등에 업고 있는 터이므로 얼굴을 찌푸리고 핀잔을 주었다.

「다섯 배가 넘는 군사를 가지시고 이 성 하나를 빼앗지 못하신다면 어떻게 천조의 위엄을 유지하시겠나이까. 더욱이 40일이나 끌고도 이런 상황이 오니 더 시일이 흐른다면 천하가 모두 천병(天兵)을 업신여기게 되어 그 결과에 따라서는 각처에서 민란이 일어날까 두렵습니다. 모든 권한은 전하 한 분께서 잡으셨으니 어서 공을 이루셔야 하겠나이다.」

사마영이 낯을 붉히며 말을 하려고 했다.

「사실 과인이라고 어디⋯⋯」

그러나 이때 한 장교가 황망히 들어와 계하에 무릎을 꿇었다.

「전하께 아룁니다. 사록관과 영창도에서 전황 보고를 해왔습니다.」

「뭐, 전황 보고?」

사마영이 앞으로 다가앉으며 물었다. 손순을 비롯하여 모든 사람의 시선이 그곳으로 쏠렸다.

「그렇습니다.」

장교는 문서를 보아가며 양쪽의 전황을 상세히 보고했다.

잠시 아무도 입을 떼는 사람이 없었다.

「아, 이게 무슨 일인가?」

이윽고 사마영이 한탄했다.

「6진의 웅병으로도 또 패했으니 이 일을 어찌하랴. 무엇으로 유요·석늑을 막는단 말이냐」

역시 어처구니없는 패보였다.

손순이 자리를 차고 일어나며 매섭게 뇌까렸다. 그는 조정 대신의 체면으로 한 마디 안할 수 없다고 생각한 것이었다. 중앙에서 파견된 관리가 지방에 갔을 때 지니기 마련인 우월감을 그는 과시하려 들었던 것이다.

「신이 생각하기에는 성을 함락시키기는 어려울 것 같습니다. 적장 장빈은 지혜가 출중한 사람이고, 그 휘하 장수들 역시 호랑이 아니면 용 같은 무리들이매, 그들이 *금성탕지(金城湯池)에 의거하여 지키는데 무엇으로 빼앗을 수 있겠나이까. 40여 일이나 힘들여 공격해도 *노이무공(勞而無功)이니, 천조의 위신이 실추된 것은 그만두고라도 우리 장병의 손실이 어쩌합니까? 혹자는 말하되, 적의 양식이 떨어질 것이라 하나, 장빈 같은 자가 어찌 거기에 대한 준비 없이 성에 들어갔겠나이까?」

그는 자기 웅변에 스스로 도취하여 신이 나서 읊어갔다.

「더욱 사록관, 영창도의 싸움이 저렇고 보니 근심은 자못 크다 하겠나이다. 백전노장(百戰老將)들이 가는 대로 패했으매 어찌 이제부터라고 우리의 승리를 믿을 수 있겠나이까? 그 두 곳이 무너져 대병이 밀려드는 경우에는 우리는 3면으로부터 적의 공세를 받을 것입니다. 지금 우리 군사는 성 밑에서 매일 소용도 없이 죽어갈 뿐 아니라, 사록관·영창도에까지 군병을 소모시키고 있는 형편이니 이런 소모작전을 언제까지 끌 수 있겠습니까. 신의 우견으로는 양쪽의 군대를 모두 철수한 다음, 물러나서 적절한 지형을 싸움터로 하여 단번에 승부를 결정 냄이 옳을까 합니다. *중과부적(衆寡不敵)인 까닭입니다.」

진의 백만 대군이 중과부적이라니, 이 기괴한 논리에 사마영은 냉큼 판단을 못 내리고 있는데, 장사왕이 나섰다.

「그거 일리 있는 말씀이오 전에 장하에서 대진하였을 때도 적병은 지금의 그 적병이어서 여간 강성하지 않았소이다. 우리는 가끔 패배도 했지만 결국은 대승하여 적을 이곳까지 몰아넣었던 것이 아닙니까. 그것은 넓은 땅에서 대결한 까닭에 장빈이 제아무리 꾀를 써보았자 우리 대병을 꺾지 못한 까닭입니다. 이에 비해 적이 성에 들어간 후로는 한 치의 공도 거둔 바 없으니, 적에게 성이 있음은 마치 호랑이에게 날개가 돋친 격이라 하겠습니다. 그러므로 적병을 광활한 곳으로 끌어낸 연후에 일거에 섬멸함이 상책일 것입니다.」

말이란 하기에 달렸다. 그도 그럴 것 같아서 사마영은 육기를 돌아보며 물었다.

「원수는 어떻게 생각하오?」

육기는 패전의 책임자라 약하지 않을 수 없었다.

「손공이나 장사왕 전하의 말씀에도 일리가 있나이다. 전하께서 결단을 내리옵소서. 심히 중대한 일이라 신이 말을 낼 계제가 못되는 줄 아옵니다.」

결국 사마영에게 책임을 밀어버린 것이었다. 사마영은 다급한 판이라 육기의 속셈을 눈치채지도 못한 채 물었다.

「그러면 어느 땅이 결전할 만한 곳인고?」

「오록허(五鹿墟)가 좋을까 합니다. 남으로는 마릉(馬陵)에 가깝고 서로는 여양(黎陽)을 바라보아, 험난함이 의거할 만하고 지킬 만하나이다.」

사마영은 한참을 생각하다가 드디어 결단을 내렸다.

「두 곳의 군대를 소환하라!」

3. 진격하는 한군

사록관에서 적병이 철수한 줄을 모르는 유요는 다음날 장수들을 모아놓고 말했다.

「내가 여기에 이른 지 여러 날이 되건만, 이 관문 하나를 통과하지 못하니 이 일을 어쩌랴. 석늑도 아마 내 꼴이 되어 있을 터인데, 성중에는 양식이 떨어지지나 않았는지 모르겠구려. 그대들은 이곳 지리를 답사해 보라. 행여 관문 뒤로 빠지는 소로라도 발견된다면 그때에는 무슨 수를 써야겠다.」

조억이 말했다.

「전하의 심정은 헤아리고도 남습니다. 하오나 적병은 워낙 대군이라 일거에 섬멸시키기는 어려우니 군사(軍師)께서 도착하시기까지 기다리시는 것이 좋을 것입니다.」

「승상은 국사 처리를 마치고 떠나느라고 늦으시는데 언제 오시겠는가. 위군의 사정이 그 아니 급하오.」

이때, 척후병이 황망히 영문으로 들어왔다.

「도독께 아룁니다. 진나라 병사들은 사록관을 버리고 모두 철수했습니다. 지금 관문에는 한 명도 남아 있지 않으니, 무슨 연고인지 알 수 없습니다.」

「뭐라고?」

도리어 듣는 쪽에서 놀랐다. 너무나 의외의 일이라 자기 귀가 의심스러웠고, 그것이 사실이라면 도리어 겁이 났다. 왜 갑자기 물러갔을까? 진군에서 무슨 변고가 생긴 것은 아닐까?

관심이 침묵을 깨뜨렸다.

「장궤는 지략이 있는 장수입니다. 물러갔다고는 하나 무슨 속셈이 있는지 알 수 없은즉, 척후를 보내서 정탐한 다음에 서서히 진군하는 것이 좋겠습니다.」

유요는 그 말을 따라 척후를 보냈다.

마침 이때 제갈 승상이 후군을 끌고 도착했다는 보고가 들어왔으므로 유요는 크게 기뻐하여 장수들을 데리고 나아가 영접했다. 진중에 들어온 제갈선우는 칭찬부터 했다.

「전하의 용맹은 멀리 천리 밖까지 소문이 나 있더이다. 전하께서 이러하시매 어찌 대사가 이루어지지 않음을 근심하겠나이까.」

「무슨 말씀을! 모두 승상의 위엄을 빌려 작은 승리를 몇 번 거둔 것뿐입니다.」

유요는 이렇게 겸손하게 말하고 나서 그 동안의 경과와 어제 적군이 갑자기 철수한 이야기를 했다.

제갈선우가 빙그레 웃었다.

「진군은 포위해도 공이 없으매 대군을 한 곳에 모아 결전을 시험하려는 작전일 것입니다.」

이때 척후가 돌아와서 적군은 아무 계략도 없이 철수한 것 같다고 보고했다. 제갈선우가 기뻐했다.

「우리가 위군에만 이른다면 무엇을 걱정하겠습니까. 적을 깨뜨릴 방법은 얼마든지 있을 것입니다.」

이튿날, 그들은 떠났다. 유요와 관심이 선봉이 되어 앞서 나가고, 그 뒤에 식량 실은 수레를 지키며 주력부대가 따랐다.

한편 석늑은, 한번 패전한 이후 며칠이 되어도 구희가 싸우려 하지 않으므로 강발을 상대로 하여 한탄해 마지않았다.

「이거 큰일 났습니다. 여기서 이렇게 시일을 끌고만 있으니, 성중에서 얼마나 우리를 원망하겠습니까. 구희가 험지에 의거하여 싸우려들지 않으니 어찌하면 좋겠습니까?」

강발이 말했다.

「*호랑이굴에 들어가지 않고서야 어찌 호랑이 새끼를 얻겠소
(不入虎穴不得虎子불입호혈부득호자)? 우선 싸움을 걸어 적이 의심
할 여지가 없게 한 다음 오늘밤에 적진을 급습해서 불을 질러버립
시다.」

「과연 지당한 말씀! 그럼 소장이 다녀오겠습니다.」

석늑은 이웃에나 놀러가는 듯 자리에서 일어났다.

이때 정보가 들어왔다.

「무슨 까닭인지는 알 수 없으나, 어젯밤 적군은 진채를 버리고
모두 철수했습니다. 적진에는 사람의 그림자 하나도 보이지 않습
니다.」

이 말에는 석늑도 놀라서 강발만 쳐다보았다. 강발이 웃었다.

「여기서 자주 패하여 인명의 소모가 심하니까 우리를 위군까
지 끌어들여서 대군으로 잡으려는 배짱인가 보군요. 하여간 적군
이 물러났다고 하니 지체 말고 전진해야 될 것이오.」

강발은 즉시 석늑을 선봉으로 하여 앞서 가게 하고, 곧 30만 석
의 양곡을 호위하여 위군으로 떠났다.

4. 유요 · 석늑의 입성

한편 위성에서는, 진병의 철수를 맨 먼저 목격한 것은 왕미였
다. 그는 마침 당번이어서 성내를 순시하고 있었는데, 우연히 성
모퉁이에 말을 세운 순간 자기 눈을 의심하지 않을 수가 없었다.
진병의 본진을 메웠던 군기가 간 곳이 없을 뿐 아니라 사람이라곤
눈에 띄지 않았던 것이었다.

그는 곧 망루에 올라가 두루 살핀 다음 중군(中軍)으로 달려가
장빈에게 보고했다.

「이상합니다. 진군이 철수하는 모양이어서 지금 적진에는 사람의 모습이라곤 보이지 않으며, 멀리 10리 저쪽을 바라보니 대군이 움직여 가고 있습니다.」

「정말이오?」

장빈의 눈이 뚫어질 듯 왕미를 쏘아보았다.

「정말입니다. 지금 병졸들도 바라보며 떠들고 있습니다.」

그 순간, 장빈은 고개를 푹 숙였다. 그의 눈에서는 뜨거운 눈물이 뚝뚝 떨어졌다.

적군이 왜 철수하느냐, 그 이유는 어쨌든 좋았다. 하여간 고맙기만 했다. 50일 가까이나 버티다 보니 양식이 거덜난 지도 오래였다. 죽을 쑤어먹다가 안되어서 풀을 캐고 말을 잡아 연명해 오던 형편이 아니었던가. 만일 며칠만 더 끌었어도 장빈은 더 버티지 못했을 것이다.

도저히 어떻게 해볼 도리가 없었던 것이다. 성을 빠져나갈까도 생각해보았다. 그러나 20만이나 되는 군대를 포위 속에서 벗어나게 하기란 여간 힘든 일이 아니었다. 자칫하다간 전멸하고 말 것이 뻔했다. 그렇다고 여기서 언제까지 머문다는 것인가. 무엇보다도 두려운 적은 기아였다. 굶주릴 때 사람의 마음이 어떻게 된다는 것을 알고 있는 장빈은 눈이 빠지게 북쪽 하늘만을 바라보며 지냈다. 원군과 양식! 그것만이 20만의 목숨을 건지는 유일한 처방이었다.

이런 절박한 상황 속에서 적병이 스스로 물러갔으니 장빈이 눈물을 흘릴 만도 했다. 장빈이 격한 감정을 억누르고 고개를 들자 왕미가 말했다.

「저놈들을 추격하는 것이 어떻겠습니까?」

장빈이 어이가 없다는 듯 빙그레 웃었다.

「적군이 왜 철수했는지도 모르는 터에 어떻게 추격하겠소 잠깐 기다리시오」

그는 곧 사병 몇을 불러 이유를 알아오라고 내보냈다.

척후가 돌아왔다. 유요와 석늑이 군량을 수송해 오고 있는 일, 그 동안의 싸움의 경과, 성도왕의 오록허에의 철수……, 이런 것들이 꽤 정확히 알려졌다. 이 소리를 듣자 왕미는 더욱 싸우고 싶은 충동을 억누르지 못했다.

「그렇다면 더더구나 추격해야 되지 않겠습니까. 잘하면 적의 양식도 빼앗을 수 있을 것입니다.」

장빈이 고개를 흔들었다.

「육기를 어떤 사람으로 아시오? 무엇이 다급해서 후군도 남겨 놓지 않고 후퇴하였겠소? 공연한 실수를 할 것이 아니라 원군의 도착이나 기다립시다.」

그러나 왕미는 듣지 않고 뛰쳐나갔다.

「기껏해야 기홍·장방 정도인데 무엇을 걱정하겠습니까?」

장빈은 곧 유영·관방·장실·호연유 등을 불러 지시했다.

「왕 선봉이 내 말을 안 듣고 추격해 갔으니 반드시 적의 복병을 만날 것이오 장군들은 빨리 나가 구하시오」

이에 유영 등도 군사를 이끌고 나는 듯이 왕미의 뒤를 쫓았다.

왕미는 어제까지도 적병이 득실거리던 적진을 지나 한 5리쯤이나 말을 달렸다. 성 안에만 갇혀 있다가 오래간만에 들판을 달리고 보니 너무나 상쾌했다.

그가 사냥이라도 떠나듯 유쾌한 마음으로 어느 언덕길을 돌아섰을 때였다. 갑자기 포성이 일어나며 한떼의 인마가 쏟아져 나왔다. 앞에 선 것은 장방이었다.

「이놈, 너는 왕미가 아니냐! 굶어 죽지도 않고 여기엔 무엇을 찾아먹겠다고 나섰느냐!」

왕미는 대답도 없이 칼을 휘두르며 다가갔다. 그러나 장방과 싸운 것은 몇 합뿐이었다. 왕미는 곧 왕예·임성·마담·조묵·여랑 등에게 에워싸였다.

유영·관방·장실·호연유 등은 왕미가 포위당한 것을 보고 달려들었으나, 다시 기홍·왕창·손위·고유·왕신 등이 이끄는 복병이 나타났을 뿐 아니라, 철수 중이던 질보·장보 등까지 되돌아와서 덤벼드는 데는 어쩔 도리가 없었다. 아무리 한나라 장수들이 용맹하다고 한들 사두팔비(四頭八臂)도 아닌 바에야 함정에 빠진 자가 어찌겠는가.

이때 북쪽에서 뽀얗게 먼지가 일어나며 한떼의 군사가 나타났다. 앞에 선 것은 유요였다. 유요는 철편을 들고 달려오며 외쳤다.

「모두 듣거라! 사록관에서 진나라 장수 20명을 때려잡은 유 도독이 여기에 친림했나니, 진병들은 모두 무릎을 꿇어라!」

이 소리에 찔끔하여 진병들이 모두 유요를 바라보았다. 그 순간 유요는 채찍을 들어 말을 갈기며 싸움터로 뛰어들었다.

그는 전후좌우로 철편을 휘둘렀다. 몸 주위에 철편이 맴돌아 회오리바람이 일어난 듯하였다. 그가 나가는 곳마다 진의 병사들은 머리가 깨지기도 하고 팔이 떨어져나가기도 했다. 그의 철편에 대한 소문은 하도 자자했기 때문에 누구 하나 나서려는 자가 없어서 저절로 훤히 길이 열렸다.

「이놈! 장하 가에서 한군 3만을 몰살한 기홍 장군의 이름을 너도 들었으렷다! 어린 녀석이 건방지구나!」

기홍은 이렇게 호통을 치면서 유요 앞으로 달려갔다. 유요는 조금도 피로한 기색이 없고, 그의 철편은 더욱 맹렬히 허공을 난무했다. 두 장수가 10합을 싸웠을 때, 유요의 철편은 번개같이 기홍의 머리를 향해 날아갔다.

기홍이 찔끔하여 고개를 숙였으므로 철편은 투구를 가볍게 스
치고 지나갔다. 머리가 울리며 두 눈이 아찔해짐을 느낀 기홍은
뒤도 돌아보지 않고 내빼버렸다. 진병의 총 패주였다.

유요를 만난 왕미·유영 등은 깍듯이 왕자에 대한 예를 올리며,
어제까지도 어린애로만 알았던 그가 이렇게 무서운 용장으로 자
란 것에 대해 감탄해 마지않았다.

그들은 유요를 앞세우고 성을 향해 떠났다. 30만 석의 양곡을
눈앞에 본 병사들은 모두 기뻐서 입이 귀밑까지 찢어졌다.

그들이 떠난 지 얼마 되지 않았는데, 북쪽으로부터 먼지가 뿌옇
게 일어나며 한떼의 인마가 달려오는 것이 보였다. 그것을 보는
순간 모두 긴장해서 얼굴이 굳어졌다. 그러나 자세히 보니 호량우
도독(護糧右都督)의 기치가 분명했다.

이를 본 유요가 단신 말을 달려 앞으로 나갔다. 저쪽에서도 한 소
년대장이 말을 달려 나왔다.

유요와 석늑! 서로 선봉을 다투다가 싸움까지 할 뻔했던 두 어린
장수는 복받치는 감격을 억누를 수 없는지 서로 얼싸안았다. 그들
의 눈에서는 눈물이 샘솟듯 흘렀다.

5. 육기의 포진(布陣)

위군성에서는 20만의 원병이 60만 석의 양곡을 싣고 나타났으
므로 장수나 병사나 모두 기뻐서 날뛰었다.

이튿날 아침이 되자 장수들은 모두 원수부에 모였다. 가운데 자
리에 남면하여 유총이 앉고, 그 좌우에는 제갈선우와 장빈이 자리
를 잡았으며, 다른 장수들도 모두 차례대로 북면하여 앉았다.

이윽고 유총이 입을 열었다.

「그 동안 이 성 안에서도 고생이 많았지만 멀리서 군량을 호송하느라고 승상을 비롯하여 장병들의 수고가 컸던 줄 아오. 더욱 유요·석늑이 연소한 몸으로 용맹을 일세에 떨쳤으니, 이 나라의 미래가 트일 것을 의심치 않소. 이제 정병 40만에 군량도 넉넉해졌으니 앞으로 어떻게 싸울 것인지 방침을 정하고자 하오.」

이때 제갈선우가 입을 열었다.

「지체치 말고 오록허에 진격하여 적과 싸워야 합니다. 우리가 여기서 움직이지 않으면 적은 안심하고 그 동안 우리가 빼앗았던 성들을 칠 것입니다. 이 위군은 적의 공격에서 몸을 피하는 데는 의의가 있었을지 모르나, 적이 물러간 지금에 와서는 하등의 군사적 가치가 없는 곳인 줄 압니다.」

「옳은 말씀이오만……」

유총이 말했다.

「우리 군대는 증가되었다 해도 40만, 적의 절반도 못되오. 이 것을 가지고 백만 대군에게 항거할 수 있을지 걱정이 되는구려. 승상은 어떻게 생각하시오?」

제갈선우가 다시 말했다.

「군대란 나아가야지 물러나서는 안됩니다. 우리가 안 나가면 사기에도 영향이 있을 뿐 아니라, 적은 평양(平陽)을 칠지도 모릅니다. 그리 되면 어떤 사태가 일어나겠습니까.」

강발도 말했다.

「승상의 말씀이 옳습니다. 군사는 그 수효가 많은 데 있지 않고 기개에 있습니다. 우리가 승리의 여세를 타고 나아간다면, 어찌 백만 대군이라 하여 못 무찌르겠습니까. 용병에 관해서는 승상과 군사(軍師)가 계시고, 저도 미력하나마 돕겠사오니, 전하께서는 심려치 마시옵소서.」

유총은 크게 기뻐하여 곧 군대를 재편성하라고 명령했다.

이에 제갈선우와 장빈이 숙의 끝에 편성된 내용을 발표했다.

왕미·유영·양용·요전은 장병 5만을 이끌고 선발대가 되고, 유총과 제갈선우는 10만을 인솔하여 중군(中軍)을 맡고, 장빈·석늑은 10만으로 후군이 된다는 내용이었다. 또 위군의 수비를 위해 근준(靳準)·교흔(喬昕)·유흠(劉欽) 등에게 5만 명을 맡겼다.

한군은 곧 차례대로 위군을 출발하여 며칠 뒤에는 진나라 진영에서 30리 거리에 이르러 진을 치고 주둔했다.

이 소식에 접하자 사마영이 발연대로하여 외쳤다.

「이놈들이 우리를 능멸하려 하는구나. 내일은 대군을 움직여 이를 치리라. 한 놈당 세 사람 꼴로 대항한다면 어찌 그 오랑캐들을 물리칠 수 없을쏜가!」

노지(盧志)가 옆에 있다가 말했다.

「전하, 너무 성급히 생각지 마옵소서. 오랑캐란 본시 금수와 같아 영악하기 그지없습니다. 한고조 같은 분도 평성(平城)에서 수모를 당하신 적이 있나이다. 그러므로 반드시 꾀를 써야 합니다. 힘으로 꺾을 생각을 마옵소서.」

육기가 말했다.

「전에 한릉산에서는 신이 모처럼 진을 쳐놓았으나 적이 쳐들어오지 않아 위력을 나타내지 못했고, 도리어 적이 쳐놓은 진을 치려다가 장병만 잃었습니다. 이는 제가 장빈의 간사한 꾀에 넘어간 것이라 지금껏 분한 마음을 억누르고 지내왔습니다. 이번에는 신이 또 하나의 진을 쳐놓고 적을 공격하도록 하겠나이다. 지금 한나라 장수를 보건대, 유요·석늑은 사납기는 하나 아직 *구상유취(口尙乳臭)하여 지략이 없으며, 왕미·유영은 용맹하지만 지혜라곤 없는 인물입니다. 그들이 우리 진을 칠 경우 반드시 이 네

장수가 앞장을 설 터인데, 일단 진중에만 발을 들여놓는다면 제아무리 날뛰어도 벗어나지 못할 것입니다. 이 네 명만 잡는다면 무슨 근심이 있겠습니까.」

사마영은 매우 기뻐했다.

「우리가 군대를 일으킨 지 두 달이나 되었거니와, 대사의 성취 여부가 내일의 한 싸움에 달렸으니 원수는 부디 힘쓰라」

이에 육기는 장수들을 지휘하여 각 방위마다 진세를 벌이고 군사를 배치했다. 좌우전후를 둘러보는 일이 없도록 하라. 함부로 떠들지 말고 영기(令旗)가 동을 가리키면 동쪽으로 나아가고, 서를 향하면 서쪽을 치라. 조금도 자기 방위를 떠나지 마라. 대오를 흐트러뜨리지 마라. 적이 쳐들어와도 동요하지 마라. 창황망조(蒼黃罔措)하여 실수가 있을 때에는 군법으로 다스리리라—이런 내용들이었다.

6. 육기의 전서(戰書)

포진을 끝낸 육기는 적을 격동시켜 공격해 오도록 하기 위해 전서를 한진에 보냈다.

<진의 정서원수 육기는 위한(僞漢) 장군(將軍) 장빈에게 글을 보내노니, 잘 들어라. 대저 옛적의 양장(良將)이라는 자는 반드시 공격과 수비를 겸비한 인물을 가리킴이라. 헌데 너는 전에 내가 한릉산 밑에 포진했을 때 내 진을 칠 힘이 없자 거짓말로 나를 속여 작은 공을 얻었고, 마침내 계략이 다하고 힘이 모자람에 미쳐서는 밤을 타서 도주했으니, 이것이 어찌 남아의 소행이겠는가. 장하(漳河)를 건널 때에 부끄럽지도 않았는가. 이제 오록허에 다시 진을 쳤으니, 공격할 수 있다고 여기거든 병사를

이끌고 쳐들어와 보라. 그렇지 못하거든 스스로 결박하여 원문(轅門)에 이르러 죄를 청하고 용서를 빌어라. 그리하면 너희 도당을 보존할 수 있을까 하노라.>

이것을 보고 난 제갈선우는 크게 웃었다.

「무슨 놈이 자존망대함이 이 같단 말인가. 자기 진을 철옹성처럼 여기는 모양이지만, 그까짓 진 하나 무찌르기 뭐 그리 대수롭겠는가?」

그는 곧 사자로 온 진나라 병사를 불러서 일렀다.

「내일은 요구대로 너희 진을 치겠다고 전해라. 그 전에라도 만일 항복할 뜻이 있으면, 대군이 이르기 전 성도왕 스스로 몸을 결박하고 나오라 일러라.」

사자를 돌려보낸 다음 제갈선우는 장빈·강발 등과 함께 망루에 올라가 적진을 살펴보았다. 백만 대군을 방위에 따라 배치한 진병의 진세는 미상불 장관이었다. 여러 빛깔의 기치가 어울려 넓은 들이 꽃밭으로 화한 듯 보였다.

유총이 감탄했다.

「과연 육기는 예사 인물이 아니구나!」

그는 다시 제갈선우를 바라보며 걱정스러운 듯이 물었다.

「저 진을 깨뜨릴 방법이 있겠소?」

「물론입니다.」

제갈선우가 웃었다.

「저것은 태극진(太極陣)이라는 진법입니다. 태극이 음양으로 나뉘어 만물을 이루는 것같이 매우 오묘한 변화를 갖추고 있는 것이 특색이지요. 이 진법에 대하여는 조부로부터 전해 받은 비법이 있는 까닭에 그것을 격파하기는 어렵지 않습니다. 하오나 적진에 뛰어드는 것은 병가(兵家)에서 꺼리는 바이니, 우리도 진세를 벌여 적을 꾀어서 쳐들어오게 해야겠습니다.」

제갈선우는 곧 장수들을 지휘하여 진을 쳤다. 그러고 나서 다시 유총·유요를 청해놓고 말했다.

「우리 진도 이루어졌으니, 두 분 전하께서는 적에게 모욕을 주시어 유인하십시오. 그들은 장빈 군사의 진을 치다가 혼난 일이 있기 때문에 여간해서는 쳐들어오지 않을 것이나, 전하들께서 적진 앞까지 가서 싸우다가 패하는 척하여 도망오면 적의 선봉을 맡은 기홍·장방은 용맹을 믿고 따라올 것입니다. 일단 우리 진 속으로 들어오기만 한다면 항우·오자서라 해도 벗어나기 힘들 것입니다.」

유총과 유요는 크게 기뻐하며 출전할 준비를 서둘렀다.

이때 사마영은 육기와 함께 장대(將臺)에서 한군의 포진을 바라보고 있다가 한탄했다.

「적진을 보건대 번잡하지도 않고 허술하지도 않아 병법의 묘를 깊이 터득한 듯하니 장빈은 참으로 명장이로다. 전번보다도 진법이 한층 나은 것 같구려.」

옆에서 한 장수가 말했다.

「조금 전에 입수한 정보에 의하면 이번의 포진은 장빈이 아니라 제갈선우가 했다 하더이다.」

「제갈선우?」

「그렇습니다. 그는 원래 위한의 승상으로 평양(平陽)에 있었습니다만, 원군을 지휘하여 유요·석늑과 함께 이곳에 당도하였다 하나이다.」

사마영이 한탄하듯 말했다.

「아, 그렇다면 더욱 큰일이구려. 그 자는 와룡(臥龍 : 제갈공명)의 병법을 전해 받았는지도 모르니 함부로 공격하지 말아야 하겠소」

이때 육기가 웃으며 말했다.

「전하! 너무 걱정하지 마시옵소서. 저 진은 오행정운진(五行正運陣)으로서 태을(太乙) · 일기(一氣) · 혼천(渾天) · 태극(太極) · 오법(五法)이 대동소이하며 별다른 변화가 있는 것은 아닙니다. 전일의 팔진법(八陣法)과는 달라서 공명이 특별히 전수한 현묘한 이치도 없으니 공격한다면 깰 수도 있겠으나, 적으로 하여금 우리 진을 치게 한 다음 무찌르는 것이 좋으리라 생각됩니다.」

이에 장수들을 모아놓고 육기는 말했다.

「오늘 싸움은 신중을 기하시오. 모든 것은 장령에 따를 것이며, 함부로 움직이지 마오. 적진에는 제갈선우란 자가 왔을 뿐 아니라, 유요 · 석늑도 나타난 터이니 전일의 한군이 아니오.」

사마영은 친히 장수들을 좌우에 이끌고 진문 앞에 말을 세웠다. 한군 쪽에서도 유총이 나왔다. 그러나 그를 따르는 장수라곤 오직 유요 한 사람뿐이었으므로, 육기는 얕보는 마음이 앞서서 큰 소리로 외쳤다.

「듣거라! 우리는 웅병 1백 20만, 명장 3천을 거느리고 있는 터이니, 산을 밀면 산도 쓰러지고, 성을 밟으면 성도 무너질 것이다. 그럼에도 불구하고 너희는 감히 천병과 맞서려 하니, 대담하다 할까, 무지하다 할까, 어찌 도리를 모름이 이 같으냐. 마지막으로 타이르노니 부디 항복해라. 목숨만은 살려줄 터인즉, 돌아가 종사(宗祀)나 받들고 지냄이 그 아니 좋으랴!」

유요가 앞으로 나서며 호통을 쳤다.

「보라! 사록관에서 스무 명의 장수를 때려잡은 철편이 여기에 있다. 잘 봐두어라.」

그는 철편을 높이 들어 보이고 나서 말을 계속했다.

「너희 진나라가 무도하여 천도(天道)를 어기매, 우리 황제 폐하께서는 천명을 받아 너희를 치심에 가는 곳마다 *대를 쪼개고(破竹之勢파죽지세) *땅을 멍석 말 듯하지(捲土重來권토중래) 않음이 없거늘, 너희는 어찌하여 흩어지지 않고 감히 왕사(王師)와 맞서려 한단 말이냐. 그대로 머뭇거린다면 너 사마영부터 내 철편 맛을 보아야 하리라!」

사마영이 크게 노하여 소리쳤다.

「저 오랑캐의 무례함이 심하구나. 누가 나가 이를 잡으랴?」

이때 장방이 칼을 휘두르며 뛰쳐나왔다.

장방과 유요는 양쪽 대군이 지켜보는 가운데 서로 맞붙어 싸웠다. 장방의 칼이 번개같이 허공을 난무하면 유요의 철편은 폭풍처럼 땅을 휩쓸었다. 고함과 말발굽 소리가 들려올 뿐, 두 장수의 칼과 철편이 어떻게 움직이고 있는지는 아무에게도 분간이 가지 않았다. 유요의 철편은 하나의 신화처럼 되어버려, 진병들은 구경거리가 난 듯 소동을 벌였다.

「과연 지독한 놈이구나!」

장수들 중에서는 이렇게 감탄하는 사람도 있었다.

40여 합이나 싸워도 승부가 결정되지 않음을 보고 기홍이 달려나가면서 외쳤다.

「장선봉! 그놈은 나에게 맡기시오. 전에는 해가 저물어 놓아 보냈으나, 오늘은 내가 잡으려오!」

기홍까지 달려드는 것을 본 유요는 마침 잘 되었다고 생각하고 말머리를 돌려 달아났다.

「이 비겁한 놈! 거기 섰지 못하겠느냐!」

장방·기홍은 신이 나서 그 뒤를 추격했다. 육기는 유요가 정말로 도망하는 줄 알고 황기(黃旗)를 들어 휘둘렀다. 이에 구희·하양·진오·고윤 등은 동쪽 진을 향해 나아가고, 왕준·왕창·호구·손위·왕갑은 북진을 향해 달려갔으며, 희담·이홍·희교·관청은 서진, 이구·하운·곽묵·곽송·악진 등은 남진을 각각 쳤다.

기홍과 장방은 유요를 놓치지 않으려고 추격했다. 유요는 가끔 돌아서서 몇 합씩 싸우다가는 도망쳐 버리곤 했다. 그럴수록 장방과 기홍은 더욱 맹렬히 그 뒤를 쫓았다. 어느덧 그들은 한군의 서남쪽 진영에 이르러 있었다.

「거기 오는 것은 누구냐!」

문득 태산이 무너지는 듯한 고함소리가 들려왔다. 어느 사이엔지 유요는 간 곳이 없고 진 앞에는 관근과 관산이 긴 청룡도를 들고 장방과 기홍을 노려보고 서 있었다.

두 사람이 뒤따라온 부하들을 정비하여 적진을 향해 뛰어들려는 순간이었다. 난데없이 포성과 함께 화살이 날아오기 시작했다. 그것을 무릅쓰고 두 장수는 앞으로 나아가려 했으나 워낙 심하게 쏟아지는 화살이라 주춤할 수밖에 없었다.

진나라 군사는 사방에서 공격을 가했다. 그러나 적의 방어가 워낙 튼튼한 데다가 화살 공격을 집중적으로 받게 되니, 무수한 사상자만 발생했다.

이를 본 육기는 다시 유침·유홍·도간·마융·소속·질보 등의 부대를 보내 가세케 했다.

이때 장대에서 바라보고 있던 제갈선우는 흰 기를 들어 사방으로 천천히 휘저었다. 이것이 신호였던가 보다. 한군의 문이 활짝 열렸다.

장방과 기홍은 그대로 뛰어들었다. 진문 근처에는 병사의 그림자 하나 보이지 않았으므로 진병은 조수가 밀려들어가듯 그 속으로 몰려 들어갔다. 한의 진영은 여전히 고요하기만 했다.

이때, 장대에서는 다시 붉은 기가 휘날렸다. 그러자 유영·왕미·관방·조염·석늑 등이 각기 군사를 이끌고 사방에서 나타났다. 그와 동시에 진문도 확 닫혀버렸다.

드디어 양군의 육박전이 벌어졌다. 서로 치고 때리고 찌르고, 모두가 피에 굶주린 짐승처럼 날뛰어서 남의 피를 흘리게도 하고, 제 피를 흘리기도 하였다. 서로 뒤엉켜버려서 당사자들도 자기편을 적으로 오해하여 죽이는 판이라 양진의 장대에서는 전황 파악이 어려웠다. 그저 몇 십 리에 걸친 먼지의 회오리바람과 그 속에서 일어나는 고함소리만 보고 들을 수 있을 뿐이었다.

산에서 돌을 떨어뜨리면 처음에는 서서히 굴러가다가 차츰 속력이 더해져서 나중에는 제 속력 때문에 공중에서 부서지고 만다. 싸움도 처음에는 지휘자의 의사가 작용할 수 있는 것이지만 점점 싸우다가 보면 누구의 힘으로도 이것을 제지하거나 변경시킬 수 없게 된다. 전쟁은 전쟁대로 하나의 물건이기나 한 듯이 그 종말을 향해 굴러간다. 그리하여 끝장을 보는 것이다.

이번 싸움에서도 진병이 총공세에 돌입하기까지는 원수 육기의 명령이 분명히 작용했다. 그러나 적진 속에 뛰어들었다가 포위되고 만 지금에 와서는 육기라 해도 어쩔 도리가 없었다. 아무리 후회를 해본다 해도 결국은 종말까지 가고야 말 것이었다. 육기는 공사번·곽여 등이 이끄는 예비부대까지 투입했다.

그 소용돌이—한군의 진영 안에서 벌어진 치고받는 싸움의 모습을 묘사하기란 누구에게도 불가능할 것이다. 너무나 뒤범벅이 되어버려서 싸우는 당사자들마저도 정신차리지 못하는 상황을 남에게 전달하기는 불가능하기 때문이다.

날이 어두워졌다. 진병은 스스로 한 덩어리가 되어 북쪽 진을 뚫고 도망하기 시작했다. 움푹한 곳에 모여든 물이 스스로 하나의 방향을 잡아 제방의 한쪽을 무너뜨리고 흘러내리는 격이었다. 살려고 버둥거리는 마음과 마음이 저도 모르는 사이에 한 덩어리를 이루고 한 방향을 잡은 것이었다.

한병도 멀리 추격하지는 않았다. 전사자의 수효는 4만 명, 대장 여섯에 부장 여덟 명을 잃었음이 판명된 진병 측에서는 사마영이 크게 성을 냈다.

「백만 대군을 움직인 끝에 유총 하나 깨지 못한 것은 고사하고 이런 참패를 당해야 하다니, 이래 가지고야 무슨 낯으로 조정에 돌아가겠는가!」

육기가 난처한 표정을 지으면서 말했다.

「전하! 고정하십시오. 지모가 모자람이 아니라 저들의 장수가 용맹하기 때문에 패한 것입니다. 다시 전략을 세운다면 어찌 저 도둑들을 쳐부수지 못하겠습니까.」

이 소리에 분격한 장방·기홍이 뛰쳐나왔다.

「원수는 왜 적장의 용맹을 들어 책임회피를 하시는 겁니까. 적의 꾐에 빠진 것이 어찌 지모와 관계가 없다 하겠습니까?」

*패전지장인 육기는 무안해서 아무 말도 하지 못했다(敗戰之將 不言勇패전지장불언용). 기홍과 장방이 사마영에게 말했다.

「오늘 우리 장병들은 사력을 다해 싸웠나이다. 그렇지 않고서야 그 포위 속에서 그 정도의 피해만 입고 돌아올 수는 없었을 것입니다. 그러나 내일의 싸움에서는 기필코 유영·왕미를 목 베고야 말겠나이다.」

사마영이 좋은 낯으로 말했다.

「패전의 책임이 어디 있든 따지지 마오. 장군들이 조금도 굴함이 없이 의기충천한 것을 보니 내 마음도 흐뭇하오. 부디 원수의 팔다리가 되어 큰 공을 거두기 바라오」

이에 사마영은 모든 장병에게 상을 내려 그 수고를 위로했다.

한편 한군 측에서는 장수들이 모여 술잔을 나누면서 오늘의 승리를 축하하고 있었다.

유총이 제갈선우에게 치하했다.

「오늘 승상의 진법은 참으로 묘했소 육기도 아마 혼이 나갔을 거요」

제갈선우가 웃으며 대답했다.

「전에 장 군사(軍師)께서 팔문금쇄진으로 육기를 혼내주었기 때문에 다시 기이한 진을 쳤다가는 육기가 쳐들어오지 않을 것 같기에 일부러 겉으로는 평범해 보이는 오행정운진을 쳤던 것입니다. 그러나 그 속에 천변만화의 신기(神機)가 숨겨져 있는 줄 모르고 육기가 덤볐기 때문에 우리가 이길 수 있었던 것입니다.」

「승상이 이러하거늘 내 무엇을 걱정하랴」

유총은 매우 기뻐했다.

제3장. 휴 전

1. 용호상박

이튿날, 진나라 진영 쪽에서 북소리가 둥 둥 둥 울리더니 성도
왕 사마영이 금관에 금갑(金甲) 차림으로 장방·기흥 등 10여 명
의 장수를 이끌고 나타났다. 이것을 보고 한군 측에서도 해치관
(獬豸冠)에 망룡포(蟒龍袍)를 입은 원수 유총이 막료들을 좌우에
거느리고 진 앞에 나섰다.

사마영이 말을 꺼내려 할 때, 육기가 가로챘다. 그는 유총 옆에
서 있는 장빈을 보자 분을 참을 수 없었던 것이다.

「장빈아! 내가 두 번이나 포진했건만 와서 치지 않고 그때마다
간사한 꾀로 나를 속인 네놈이 어디 사나이라 할 수 있겠느냐?」

장빈이 웃었다.

「오, 몹시 분한 모양이로구나. 스스로 제 분수를 모르고 날뛰
다가 혼이 나놓고 책망은 왜 나에게 하느냐. 알았거든 다시 나오
지 말고 고향에 돌아가 글이나 읽거라.」

장빈이 육기에게 돌아가 글이나 읽으라고 했는데, 사실 육기는
당대 제일가는 문호였을 뿐만 아니라 후세에까지 손꼽히는 대문장
가였다. 그가 지은 《삼도부(三都賦)》를 비롯해 많은 시와 글을 후

세에 남겼다.

육기가 화가 치미는지 씨근덕거리며 다시 말했다.

「너와 내가 싸우기 *다반사(茶飯事)였지만 아직 자웅을 결하지 못했을 뿐 아니라, 지금껏 병사들만 상하게 했으니 그 아니 딱하냐. 오늘은 장수를 내어 싸우게 하되 그 결과에 따라 승부를 정하자. 한 명씩 나가 싸우는데 편들기를 용서치 말며, 이렇게 네 번을 하여 세 번 이긴 쪽이 승리한 것으로 치는 것이다. 너희 쪽이 이긴다면 위군을 너희에게 주고 나는 낙양으로 돌아가려니와, 너희가 지는 때에는 위군에서 물러가거라. 만일 뜻이 있거든 어서 네 명을 골라라.」

이때 유총이 앞으로 나서며 육기를 꾸짖었다.

「너는 어찌 예절도 모르느냐. 네가 원수라 하나 성도왕 전하께서 친림하신 터에 전하의 말씀도 있기 전에 말을 내니 이런 예절을 어디서 배웠느냐!」

육기는 낯을 붉히고 아무 말도 하지 못했다. 유총은 다시 사마영에게 말했다.

「전하! 제가 낙양에 있을 때 전하께서는 제게 많은 은혜를 베풀어주신 점 지금껏 잊지 못하고 있습니다. 저는 전하께 어서 회군하시라고 여쭈려 했습니다. 왜냐하면 싸워서 또 패하시고 보면 전하의 위엄만 손상되는 까닭입니다. 그러나 육기가 방자하여 네 명의 장수를 양쪽에서 내어 싸우게 하자고 제의한 터이므로 사세가 부득이합니다. 장수들의 승부를 가지고 싸움을 그친다면 그것 또한 다행이니 전하께서는 승패가 결정되는 대로 돌아가시기 바랍니다.」

이때 장방이 뛰쳐나오면서 외쳤다.

「이놈! 어느 존전이라고 말을 망령되이 지껄이느냐. 누구라도 좋다. 장수를 한 놈 내보내라!」

장빈이 장수들을 돌아보았다.

「누가 앞서 나가겠는가!」

말이 채 끝나기도 전에 왕미가 말을 달려 뛰쳐나갔다.

두 장수는 용맹을 다해 싸웠다. 모두 호걸 중의 호걸이요, 장수 중의 장수라, 그 날뛰는 모습은 심산에서 두 마리 호랑이가 먹이를 다투고 청룡 황룡이 바다에서 여의주를 서로 뺏으려고 싸우는 것 같았다.

두 장수가 엉클어진 곳에는 싸늘한 칼빛이 무지개를 만들어 사람이고 말이고 분간이 되지 않았다. 더욱이 오늘의 싸움은 양군의 승패를 결정하는 역사적 시합이라 보는 사람들은 모두 손에 땀을 쥐었다.

그러나 선수들에게 자제력을 끝까지 기대하기란 어려운 일이다. 싸움이 60합에 미쳐도 결판이 안 나는 것을 본 기홍은 저도 모르는 사이에 말을 달려 나왔다. 이쪽에서는 유영이 뛰쳐나가 그 앞을 막았다.

「1대 1로 싸우자는 말을 누가 했느냐. 이 비겁한 녀석!」

그들도 맞붙어 창과 창으로 싸웠다. 한 패씩 싸우게 하자는 것이 두 패의 공동시합이 벌어지게 된 것이었다. 그렇지만 기홍이나 유영이나 다 일기당천(一騎當千)의 용사들이니 그리 쉽게 어느 한쪽이 패할 리는 없었다. 그들도 60여 합이나 싸웠다.

이때 남양왕의 유혁장군(遊奕將軍) 옹맹(翁猛)이 참을 수 없다는 듯 도끼를 들고 뛰쳐나와 기홍을 도우려 했다. 이를 본 유요는 불현듯 철편을 휘두르며 쫓아나갔다.

「이 신의 없는 놈!」

유요의 철편이 옹맹의 머리에 날아갔다. 옹맹은 재빨리 피하며

도끼로 유요를 찍으려고 덤벼들었다. 두 사람은 10합쯤 싸웠다.

그러나 옹맹은 처음부터 유요의 적수가 못되었다. 유요는 여유를 두고 휘두르던 철편을 갑자기 재빨리 놀리면서 그대로 상대의 투구에 내려쳤다. 워낙 무서운 힘으로 때리는 철편이라 투구와 함께 옹맹의 두개골이 부서지고 말았다.

유요는 다시 유영을 도우러 달려가는데 한 장수가 앞을 막고 덤볐다. 쌍편을 든 그는 범양왕(范陽王)의 횡충병마사(橫衝兵馬使) 왕광(王曠)이었다. 왕광은 옹맹의 원수를 갚겠다고 무서운 기세로 달려들었지만 유요는 아주 여유 있는 태도로 그와 맞섰다.

싸움이 10합, 20합으로 접어들자 차차 실력 차가 드러나 왕광이 밀리기 시작했다. 그럴수록 초조해진 왕광은 허둥거리고 덤비다가 마침내 유요의 철편에 어깨를 맞았다. 그러나 용케도 말에서 떨어지지는 않은 채 피를 흘리며 도망쳤다.

「이놈 거기 섰거라!」

유요는 그 뒤를 추격했으나, 동해왕 절충장군(折衝將軍) 송주(宋冑)와 시융(施融)이 곧 앞길을 막았다. 유요는 두 장수를 상대하면서도 조금도 당황하는 빛이 없이 철편을 휘둘렀다.

이때, 낭야왕의 휘하인 능소(凌宵)가 유요의 용맹무쌍함을 보고 방천극(方天戟)을 들고 뛰쳐나와 송주·시융을 도우려 했다.

그러나 어느 사이엔가 달려 나온 석늑이 대갈일성 호통을 쳤다.

「한 장수에게 몇 놈씩이나 덤비면서도 남아라 하랴. 나는 영창도에서 네 명의 장수를 죽인 석 도독(都督)이니 몇 놈이라도 상대해주마!」

능소는 찔끔했으나 이미 피할 도리가 없었다.

「너 같은 무명의 소장을 내가 어찌 알랴. 나는 동오(東吳) 4세의 호장(虎將) 능소라는 사람이다. 알았거든 어서 항복해라!」

석늑은 크게 노하여 능소와 싸웠다. 능소의 방천극은 마치 폭풍우처럼 사나웠다. 예사 장수 같으면 그 기세에 압도당하고 말았을 것이다. 그러나 사납기만 한 그것으로는 석늑의 천변만화하는 검법을 당할 도리가 없었다.

석늑의 칼은 마치 칼 자체가 살아서 움직이는 듯했다. 석늑이 칼을 쓰는 것이 아니라, 칼이라는 하나의 생물이 천 가지 만 가지로 몸을 변화시키면서 능소의 머리를, 목을, 가슴을 노리는 것 같았다.

능소는 정신을 가눌 수가 없었다. 눈앞이 모두 칼로만 보였다. 그의 손이 떨리기 시작했다.

「이놈!」

석늑의 입에서 고함이 터지는 순간 능소의 목은 말 아래로 굴러 떨어졌다.

이를 본 송주는 말머리를 돌리다가 등에 유요의 철편을 맞고 피를 흘리면서 도망쳤고, 시융은 시융대로 유요·석늑의 추격을 받으면서 줄행랑을 놓았다. 그러나 간격이 좁혀지자 대항하려고 돌아서던 시융은 유요의 일격에 손을 맞고 창을 놓쳤다. 그 순간 석늑의 칼이 그의 목을 뎅겅 잘라버렸다.

이렇게 되자 진나라 진영에서는 20여 명이나 되는 장수들이 일제히 몰려 나왔고 한군 측에서도 장수들이 뛰쳐나갔다.

네 명의 장수만을 하나씩 차례로 세워 싸우게 하자는 약속은 이렇게 해서 깨어지고 말았다. 하기는 전쟁판에서 그런 것을 요구하는 것이 처음부터 무리한 일인지도 몰랐다. 그것은 마치 제방의 한쪽만을 뚫고 흐르라고 물에게 요구하는 것이나 다름없는 일이었다. 약속이 깨지니 네 명이라는 인원 제한이 짓밟혀버린 셈이다. 이렇게 되면 전면전으로 돌입될 수밖에 없었다.

대혼전이 벌어졌다. 누가 적이요 누가 자기편인지도 모를 혼란 속에서 싸움은 두어 시간이나 계속되었다. 모든 장병들이 짐승처럼 울부짖으며 마구 치고 찔렀다.

옆에서 싸우는 병사를 칼로 친 병사는 또 누군가에 의해 목이 달아나는 판국이었다. 얼굴도 가릴 수 없는 먼지와 소음과 금속성 속에서 인명의 소모만이 계속되었다.

마침내 진병 측이 무너지기 시작했다. 일단 무너지기 시작하자 그것은 걷잡을 수 없는 양상을 나타냈다. 워낙 많은 군대라 서로 밟혀 죽는 수효가 적지 않은데다가, 설사 멈추어 서서 싸우고 싶어도 홍수가 밀려들 때 한 개의 나뭇잎이 맥을 출 수 없는 것같이 그 무서운 전쟁터에서 제 몸 하나 지키기란 여간 어려운 일이 아니었다.

한군은 물론 그들을 추격했지만, 때마침 해가 기울고 동북풍이 심하게 일어나서 모래를 날려 눈도 뜰 수 없는 형편이었으므로 제갈선우는 쇠북을 쳐서 군사를 거두었다.

진채에 돌아온 사마영은, 인명 피해 4만, 장수 중 전사한 자가 다섯 명, 말과 병기의 손실은 헤아릴 수 없다는 보고에 접하자, 그대로 자리에 드러눕고 말았다.

2. 화의(和議)

사마영은 사흘 동안이나 자리에 누운 채 나오지 않았다. 총책임자의 움직임은 그대로 아랫사람들에게 전파되어 진중에는 무엇인가 침울하고 초조한 기운이 감돌았다. 이를 걱정한 육기는 장막 속으로 사마영을 찾아갔다.

「원수의 중임을 맡은 몸으로 지혜 부족하고 힘이 약하여 전하께 이렇게까지 걱정을 끼쳐드려 송구스럽기 그지없나이다. 그러나 싸움이란 이기기도 하고 지기도 하는 것이고, 마지막에 이기는 자만이 진정한 승리자인 줄 압니다. 지금 우리는 적에 비해 여전히 압도적으로 우세한 처지에 있습니다. 한두 번 패했으나 대세에는 아무런 변동도 생기지 않았습니다. 전하께서 안 나오시면 대군에 미치는 영향이 지대하니, 마음을 너그럽게 가지소서.」

사마영이 일어나 앉으면서 대답했다.

「딴 뜻이 있어서 이렇게 누워 있는 것이 아니오. 하도 분해서 스스로 마음을 달랠 길이 없었던 것뿐이오.」

그는 곧 의관을 정제하고 장수들을 모았다.

「내가 몸살로 며칠 동안 군무를 보살피지 못해서 미안하오. 지금 한적(漢賊)이 창궐하여 좌시할 수 없는 형세이니, 무엇으로 이들을 깨뜨릴지 걱정이구려. 부디 좋은 꾀가 있으면 말씀해 보시오.」

청주자사 구희가 앞으로 나왔다.

「바야흐로 이제부터 여름철로 접어들어 염천(炎天)입니다. 결코 용병할 때가 못 됩니다. 일단 한진에 글을 보내 휴전을 제의하십시오. 우리 군사가 철수하면 적은 반드시 추격해 올 것인데, 미리 계획을 짜놓았다가 이를 섬멸함이 좋겠나이다. 여기서 30리쯤 가면 고계박(高鷄泊)이라는 곳이 있습니다. 그곳은 사방에 숲이 우거져 있으니 군사를 매복시키십시오. 그렇게만 한다면 비록 항우 · 여포라 할지라도 죽음을 면치 못하리다.」

사마영은 희색이 만면하여 무릎을 쳤다.

「장군의 꾀가 신묘하구려. 그렇다면 무엇을 걱정하랴!」

그는 곧 사람을 한진에 보내 화의를 요청했다.

　　＜지금은 염천(炎天)의 계절로서 용병(用兵)의 시기가 아닌가

하나니, 양군은 마땅히 싸움을 거두어 역려(疫癘)를 피하는 것이 좋겠소 이는 일가(一家)의 이익에 그치지 않고 양군의 생명에 관계되는 일인즉 잘 생각하시오. 만일 이에 찬동한다면, 과인은 곧 군사를 거두어 업성(鄴城)으로 돌아가리라. 곧 회신을 바라오>

화의 요청을 받은 한군 측에서는 논의가 구구했다. 어떤 사람은 이런 제의의 이유를 진병의 패전에 돌리는가 하면, 더러는 진나라 조정에 무슨 일이 있는 것이 아닌가 의심하는 이도 있었다. 어쨌든 그들이 이렇게 나온 데는 그만한 약점이 있을 것이니, 일단 이에 응하는 척해 놓고 그들이 철수한 뒤에 그들을 추격한다면 한 싸움에 대공을 세울 수 있을 것이라는 주장이었다.

이런 견해를 표명한 것은 주로 왕미·유영·유요·석늑 등의 장수들이었다.

그러나 유총과 제갈선우는 그대로 받아들여야 한다는 의견을 보였다. 그들은 용맹만으로 해결하기에는 적의 힘이 너무나 거대하므로 그 제안에 응하는 편이 명분에서나 실리에서나 이롭다는 것이었다.

마침내 유총은 단안을 내렸다.

「실제로 싸우는 일은 장군들의 힘을 빌려야 하지만, 대사의 거취는 나와 승상에게 맡기라. 적이 몇 번의 패전이 있었다 하나 아직 그들의 세력에는 아무 변동이 없고, 하물며 육기가 용병에 능하니 어찌 추격쯤에 대비함이 없이 회군하겠는가. 결코 경거망동하지 마오」

한군의 회보를 받은 육기는 사마영에게 보한 다음 제후와 제장에게 계책을 일렀다.

서량(西凉)·유주(幽州)·광주(廣州)·무위(武威)의 4로 병마는 고계박 서쪽 숲 속에 매복하고, 석초·견수·질보·아박 등의 제왕 휘하의 효장들은 동쪽 숲에 매복하고, 장방과 기홍은 뒤를 끊고, 구희는 불을 준비하였다가 기회를 보아서 일제히 불씨에 불을 붙이도록 했다.

그런 다음 피초와 장사왕, 동해왕은 중군을 호위하여 맨 먼저 떠나게 하고, 그 뒤를 제왕(諸王)과 제후들이 차례로 떠나도록 하였다. 한군의 초마는 진병이 퇴병하기 시작하자 곧 중군에 사실을 알렸다.

유영이 성급하게 나섰다.

「신속히 군사를 휘동하여 물러가는 적을 치도록 합시다. 이 기회를 놓쳐서는 안됩니다.」

그러나 유총은 고개를 가로저었다.

「아니오. 일단 우리가 휴전을 응낙한 이상 실신(失信)해서는 아니 되오. 큰 뜻을 품은 대장부가 어찌 일구이언을 할 수가 있겠소. 그대로 버려두도록 합시다.」

유영은 투덜거리며 밖으로 나왔다. 왕미와 호연유가 그를 둘러쌌다. 유요도 참여했다. 공론이 다시 벌어졌다.

「장수가 밖에 있을 때는 군명(軍命)을 받지 않고 행동하는 수도 있는 법이오. 나라에 이로운 일을 눈앞에 보고도 그냥 방관한다는 것은 될 말이 아니오. 소신(小信)을 버리고 대공(大功)을 취합시다.」

공론은 마침내 결정되었다.

네 사람은 주수(主帥)와 군사(軍師)에게 알리지 않고 곧 각각 5천 군사를 이끌고 원문(轅門) 밖으로 달려 나갔다.

원문의 감군(監軍)은 눈이 휘둥그레져서 중군으로 달려와 고했다. 유총과 세 군사는 깜짝 놀랐다.

강발이 급히 입을 떼었다.

「기왕에 그렇게 되었다면 속히 군사를 내어 접응토록 해야 합니다. 지체하면 적의 함정에 빠지고 말 것입니다.」

유총은 역정을 버럭 냈다.

「그대로 버려두시오. 명을 듣지 않고 함부로 행동하는 무리들은 단단히 혼이 나야 하오.」

장빈이 대꾸했다.

「아닙니다. 네 장수는 곧 우리 대한의 핵(核)입니다. 만에 하나 다치기라도 한다면 전군에 미치는 영향이 큽니다. 속히 구원해야만 합니다.」

제갈선우는 두 군사의 의견에 찬동했다.

유총은 하는 수 없이 석늑·관방·양용·호연안 네 장수에게 각각 1만의 군사를 주어 떠나도록 했다.

제갈선우가 다시 말했다.

「그것만으로는 안심이 안됩니다. 육기의 암계(暗計)가 최후의 발악을 한다면 도저히 감당하기 어려우니 다시 더 구원병을 보내도록 하는 것이 좋을 것입니다.」

유총은 다시 장경·조억·기안·공장·황신·관산에게 각각 5천 군사를 이끌고 떠나도록 했다.

한편, 유영과 왕미 등은 주마가편(走馬加鞭)으로 군사를 몰아 10여 리를 추격했다. 멀리 눈앞에 진병의 대열이 보였다.

그러는데 진병의 후대(後隊)가 갑자기 돌아서면서 진세(陣勢)를 펴기 시작했다. 한군의 추격을 안 것이다.

유영과 왕미가 다가가서 보니, 그것은 장방과 기홍의 군사였다. 장방과 기홍은 나란히 진두에 나와 유영과 왕미를 가리키며 욕설을 퍼부었다.

「이 낭자야심(狼子野心)의 만적(蠻賊) 놈들아, 신의라고는 티끌만큼도 찾아볼 수 없구나. 그럴 줄 알고 미리 대비하고 있으니, 헛수고 말고 냉큼 돌아가서 천하에 신의 없는 자가 되지 않도록 하여라.」

유영과 왕미가 소리쳤다.

「개수작 말아라. 네놈들이 두려워서 달아나면서 무슨 휴전이란 말이냐.」

말을 마친 두 장수는 그대로 짓쳐 들었다. 유요와 호연유도 뒤질세라 군사를 휘동하여 진병 속으로 짓쳐 들었다.

뙤약볕 아래 한동안 숨 막히는 격전이 벌어졌다.

장방과 기홍이 한군의 후면을 바라보니 티끌이 자욱이 일며 무수한 구원군이 몰려오는 것이 아닌가.

두 사람은 얼른 말머리를 돌려 달아나기 시작했다. 왕미와 유영은 놓칠세라 뒤쫓았다. 유요와 호연유도 뒤따라 쫓으려 하는데 뒤에서 고함소리가 들려왔다.

「군사(軍師)의 영이오 더 이상 적을 쫓지 마시오. 적의 암계가 있소」

유요와 호연유는 멈칫했다가 유요가 먼저 말에 채찍질을 하며 뇌까렸다.

「암계라면 복병밖에 더 있겠나!」

뒤쫓아오던 석늑과 관방 등은 하는 수 없이 계속 말을 몰았다.

유요와 호연유가 고계박 어귀에 당도했을 때다. 별안간 포성이 크게 일어나면서 사면의 숲에서 불길이 일어났다. 깜짝 놀란 두 사람은 그제야 말을 멈추고 숲 속을 살펴보았다.

그러나 이미 왕미와 유영의 모습은 보이지 않았다. 불길은 순식간에 타올라 고계박 어귀를 차단하고 맹렬히 번져갔다. 뒤미처 내도한 석늑과 관방 등도 멍하니 불길만 바라다볼 뿐 모두 속수무책이었다.

아득히 숲 속에서 함성과 검극소리가 들려왔다. 필시 유영과 왕미가 적의 포위에 빠져 고전하고 있으리라.

이 때 부군사 강발이 장경과 조억·기안 등 제장과 함께 내도하였다.

강발은 상황을 잠깐 살펴본 다음 제장을 향하여 소리쳤다.

「불은 숲 어귀에만 붙었다. 누가 뚫고 들어가서 두 선봉을 구원할 용장이 없소? 동편이 불꽃이 약한 것 같소」

기안과 조억이 동시에,

「내가 가리다.」

하고 내달았다. 양흥보와 급상이 또 달려 나갔다. 장에복과 지굴육·조녹이 다시 뒤를 따랐다.

이들이 간신히 고계박 동편의 불길이 약한 곳을 택하여 숲 속으로 헤쳐 들었을 때다. 다시 일성 포향이 우거진 수목을 뒤흔들며 울려 퍼지는 가운데 사방에서 진병들이 벌떼처럼 일어났다.

모습은 보이지 않는데, 진장(晋將)의 외침소리가 여기저기서 들려왔다.

「그물에 든 고기를 한 마리도 놓치지 마라!」

「만 냥짜리와 5천 냥짜리를 골라서 잡아라!」

「군공(郡公)이 눈앞에 있다!」

「현공(縣公)은 떼어 놓은 당상이다!」

한장들은 무슨 말인지 뜻을 헤아릴 수가 없었다. 헤아릴 겨를도 없었다. 진병과 진장들은 전에는 볼 수 없을 만큼 악착같이 달라붙었다. 그러나 한장들은 모두 신장(神將)과도 같이 활약을 했다.

그들의 창과 칼이 번득일 때마다 진병들은 파리 목숨처럼 죽어 넘어졌다.

그 사나운 기세에 진병들은 슬금슬금 몸을 사리기 시작했다.

마침내 한 가닥 혈로를 뚫은 기안과 조억·급상은 범보다도 날쌔게 숲을 헤치며 안으로 짓쳐 들어갔다.

요란한 검극소리가 가까운 데서 들려왔다. 한장들은 더욱 분발하여 숲을 헤쳤다.

이윽고 한장들의 눈앞에는 장렬한 광경이 드러났다. 유영과 왕미가 세 겹 네 겹 진병에게 둘러싸여서 기진맥진의 상태가 아닌가. 두 선봉이 거느린 군사는 불과 기백밖엔 되지 않았다.

기안·조억·급상은 벽력같이 호통을 치며 진병 속으로 달려들었다. 장경과 관방·양홍보도 함성을 지르며 진병을 덮쳤다.

순식간에 진병의 시체가 즐비하게 늘어졌다.

한군의 구원병이 당도한 것을 안 진병들은 그제야 허겁지겁 포위를 풀고 뿔뿔이 달아나기 시작했다.

이 때 유영은 이미 몸에 두 군데나 창으로 찔린 상처를 입고 있었고, 왕미도 넓적다리의 옷이 찢어져 피가 흐르고 있었다.

아까운 순간에 유영과 왕미를 놓친 구희와 장방·기홍은 발을 구르며 분통을 터뜨렸다.

「기왕에 놓쳤으니 이제는 최후의 방법을 씁시다.」

구희의 말이다. 장방과 기홍은,

「좋도록 하시오.」

하고는 서둘러 군사를 휘동하여 물러서기 시작했다.

그와 동시에 포성이 잇달아 세 번 숲 속을 뒤흔들며 울려 퍼졌다. 한장들은 잠시 멈칫했다. 그러는데 갑자기 누구 입에서 먼저 나왔는지

「불이다!」

「숲 속에 온통 불이 붙었다!」

하는 외침소리가 들려왔다.

사실이었다. 사방팔방에서 불길이 일기 시작했다. 나무도 타오르고 풀도 타오른다.

한장들은 급히 군사들에게 퇴군을 소리쳤다. 그러나 많은 군사가 빽빽이 나무가 우거지고 넝쿨이 발에 감기는 숲 속을 빠져나오기란 용이한 일이 아니었다.

불길은 점점 사납게 기세를 올리고 있다. 허둥거리며 짓밟고 밟히면서 군사들은 불을 피하는데, 이번에는 동쪽과 서쪽 숲에서 화살이 날아오기 시작했다. 동쪽에 매복한 석초·견수·질보 등과 서쪽에 매복한 4로 제후들이 불길을 군호로 일제히 화살의 공격을 가한 것이다.

불길지옥에 다시 화살지옥이 덮치니 그 아비규환의 참상은 도저히 말로는 표현할 수가 없었다.

그런데 여기 뜻밖의 기적이 일어났다. 정말 천만 의외의 기적이었다. 홀연 일진광풍이 일더니 하늘에 검은 먹구름이 덮이면서 소나기가 퍼붓기 시작하는 것이 아닌가. 천둥소리와 번개가 무섭게 일어나면서 장대비가 세차게 퍼부으니, 차츰 기세를 올리려던 숲 속의 불은 순식간에 맥없이 꺼지고 말았다.

한장과 군사들은 크게 함성을 지르며 쾌재를 불렀다. 당황과 공포가 삽시간에 분개와 용기로 돌변하였다.

한병들은 장수가 명을 내리기도 전에 눈에 보이지 않는 숲 속의 적을 향하여 저돌(猪突)했다. 누가 외치는 소리인지 우렁찬 목소리가 맹진(猛進)에 박차를 가했다.

「하늘이 우리 편에 있다!」

「하늘이 대한을 도우신다!」

비는 점점 위세를 더했다. 이제는 하늘에서 동이물을 퍼붓는 것처럼 좍좍 내리 퍼부었다.

하늘이 쌍방의 싸움을 말리는 것이다.

한장과 진장은 다 같이 하늘의 뜻으로 싸움을 멈추고 군사를 수습하여, 하나는 남쪽으로 하나는 북쪽으로 돌아갔다.

그러나 고계박의 싸움은 한군에게 실로 적지 않은 손실을 가져왔다. 유영·왕미 두 선봉이 상하고, 유요가 화살을 맞았으며, 양홍보가 중상이었다. 죽은 군사가 만에 가깝고 부상한 군사가 5천을 헤아렸다. 그런데 그보다도 좌국성을 떠난 이후 처음으로 군령을 무시한 장수가 생겼다는 것이 심리 면에서 커다란 실함을 가져왔다.

강발에게서 전황을 보고받은 유총의 감정은 자못 불쾌하였다. 그러나 그는 강발과 제갈선우·장빈의 간곡한 만류로 유영과 왕미 등에 대한 힐책을 일단 유보하기로 했다.

한편, 대군에 앞서서 먼저 병상에 누운 채 장하(漳河)를 건넌 성도왕 사마영은 이튿날 새벽에야 육기와 구희로부터 고계박의 전황을 보고받았다.

듣고 난 그는 길게 한숨을 몰아쉬며 저주하듯이 중얼거렸다.

「아무래도 하늘이 대진(大晋)을 버리는 모양이구나.」

사마영은 더 이상 말하기도 귀찮은 듯 업성으로 반사할 것을 명한 다음 자리에 맥없이 드러누웠다.

육기는 사마영에게 무거운 입을 뗐다.

「대왕께서 업성으로 돌아가셔서는 안됩니다. 제 친왕과 제후들의 마음이 동요할 우려가 있으니, 예정대로 탕음(蕩陰)에 주차(駐箚 : 관리가 직무상 외국 어느 곳에 머무름)하여 가을을 기다리도록 하십시오」

장사왕 사마예도 육기의 말을 뒷받침해서 한마디 했다.

「만약 제왕과 제후들의 군사가 한 번 흩어지는 날이면 다시는 취집하기 어려울 것입니다. 육 원수의 말대로 탕음에 머물도록 하십시오」

사마영은 퉁명스럽게 대꾸하고는 돌아누워 버렸다.

「좋도록 처리하오」

3. 일시휴전

진의 대군이 모두 장하를 건넜다는 초마(哨馬)의 보고를 받자, 한군 원수 유총은 휘하의 막료와 중장을 모아 앞으로 취할 행동에 대하여 토의했다.

군사 장빈이 먼저 의견을 말했다.

「전하께서도 더 이상 실신(失信)하셔서는 안됩니다. 군마를 수습하여 영창강을 건너서 한단에 주차하여 예기를 기르면서 가을을 기다리도록 하십시오 또 그 동안 백성을 도와 가을 농사를 거들어 주는 것도 또한 훌륭한 치정(治政)이 아니겠습니까.」

석늑과 유요가 장빈의 말을 받아 나섰다.

「진병이 흩어진 것이 아니고 지금 탕음에 계속 뭉쳐 있는데, 우리가 한단으로 물러난다면 영주·연주·급군이 위태롭습니다. 그 때 가서 다시 이 고을들을 치려 한다면 지금까지 들인 대가의 갑절도 더 소모될 것입니다. 그러니 이 곳에 둔치고 가을을 기다리면서 진이 감히 세 고을을 넘겨다보지 못하도록 함이 가할 것입니다.」

부군사 강발이 그 주장을 반대하여 발언했다.

「그렇지 않습니다. 우리가 만약 물러가지 않는다면 사마영은 여러 친왕과 제후들을 단속하여 이변(異變)이 있을까 대비할 것입니다. 그러나 우리가 이곳을 버리고 떠난다면, 한 달이 못 되어 그들의 병마는 반드시 흩어질 것입니다. 그 이유는 여러분도 진조(晋朝)의 사정으로 미루어 짐작하실 줄 압니다. 그들의 군마가 일단 흩어진 다음에는 사마영이 아무리 격문(檄文)을 띄운다 해도 좀처럼 다시는 취집되지 않을 것입니다.」

군사 장빈이 강발의 의견을 제청했다.

「강 군사의 고견이 바로 사리에 합당합니다. 지금 진조의 군세를 사마경 한 사람이 쥐고 있는데, 그는 사마영의 성공을 좋아하지 않습니다. 그러니 가을을 기다리는 백만 대병에게 결코 풍족하게 군량을 공급해 줘서 사마영의 위를 높여 줄 리가 만무합니다. 그러니 군량이 결핍되면 자연 제 친왕과 제후들은 제각기 영지로 돌아가는 수밖에 도리가 없게 됩니다.」

유총은 고개를 끄덕이며 말문을 열었다.

「두 분 군사의 말은 사리가 분명합니다. 제갈 승상의 고견은 어떻습니까.」

제갈선우가 대답했다.

「신이 밤마다 천문(天文)을 보건대, 진의 기운은 아직 왕성합니다. 그러나 난성(難星)이 낙양 쪽에 위치하였으니 반드시 내란이 일어날 조짐입니다. 내란이 일어난다면 바깥을 도모할 여유가 어찌 있겠습니까. 그렇게 괴면 제후들은 자연 뭉그러질 것인데, 굳이 이 곳에 오래 머물 필요가 어디 있겠습니까.」

유총은 제갈선우의 의견을 마지막으로 듣고 마침내 퇴병할 것을 선언했다. 그리하여 위군(魏郡)에는 조억에게 군사 1만을 주어 머물러 지키게 하고 대군을 한단으로 철수시켰다.

한단으로 오는 도중, 유총은 제갈선우에게 넌지시 물었다.

「진의 기운이 아직도 왕성하다면 우리는 어느 세월에 중원(中原)을 차지한단 말이오?」

제갈선우는 웃는 낯으로 대답했다.

「전하는 과히 근심치 마십시오 신이 요량컨대 진조의 난은 수년을 못가서 외지의 제후들에게 파급될 것입니다. 필연코 수년 내로 제후들은 스스로 패왕(覇王)을 칭할 것이며, 천하는 군웅들의 할거로 어지러워질 것입니다. 우리는 그 동안 착실히 군력을 길렀다가 그 때 가서 중원으로 짓쳐 나간다면 낙양을 북 한 번 쳐서 능히 취할 수가 있을 것이며, 진조의 군신(君臣)을 사로잡아 계하에 무릎을 꿇릴 수가 있을 것입니다. 이것은 사람의 일신으로 비유할 수 있는 일이니, 즉 내장이 상하면 사지(四肢)는 따라서 상하기 마련입니다. 자고로 대공(大功)은 서서히 이룩되는 것이오니 전하는 길게 마음을 정하십시오.」

유총은 크게 기뻐하면서 한단에 당도하자 군사의 절반을 떼어서 제갈선우에게 주고 평양으로 돌아가도록 했다.

한편 탕음에 둔차(屯箚)한 진병의 수효는 여전히 백만에 가까운 대병이었다.

그들이 의거하는 영채는 무려 3백 리에 뻗쳤고, 하루에 소비하는 양초가 천 석을 넘었다. 사마영은 이제 낙양에서 군량을 받아내는 일이 커다란 임무가 되고 말았다.

하루는 낙양의 제왕 사마경 부중에 또 사마영의 군량 청구가 날아들었다. 마침 사마경의 휘하 장수 동애(董艾)가 수하 군사를 데리고 탕음에서 돌아온 날이었다.

사마경은 동애에게 진군(晋軍)의 요즘 상황과 그간의 전황을 소상히 물었다.

동애는 간특한 웃음을 얼굴에 지으며 대답했다.

「성도왕이 이번에 제 친왕과 14로의 제후들을 호령하고 지휘하는 것을 보니, 옛날 한신(韓信)이 구리산(九里山) 아래서 대병을 지휘한 것과 비해 조금도 부끄러움이 없을 것 같았습니다. 이제 성도왕의 우익(羽翼)은 무한히 크고 넓게 되었으며 위(威)는 천하를 떨게 하고도 남음이 있게 되었으니 대왕은 마땅히 성도왕과 가까이 손을 잡으시기 바랍니다.」

제왕 사마경은 동애의 말을 듣자 깜작 놀라며 손순과 갈여에게 물었다.

「성도왕이 그토록 제후와 제왕들을 위복(威服)시키고 있다니, 장차 고(孤)는 어떤 태도를 취하는 것이 현명하겠소?」

갈여가 대답했다.

「성도왕이 한적을 평정하고 조정에 돌아오는 날엔 천하와 모든 조정의 문무백관들이 그 공을 칭송하고 열복할 것은 명약관화(明若觀火)합니다. 그렇게 되면 대왕의 위는 자연 성도왕의 그늘에 들게 되실 것인즉, 한병이 물러간 차제에 적당한 구실을 달아서 더 이상 군량을 보내 주지 마십시오. 그러면 자연 성도왕에 대한 제후들의 신임이 흐려질 것입니다.」

손순이 한 마디 했다.

「그 말이 심히 현명합니다. 지난 날 손수가 낙양의 부고(府庫)를 탕진하여 더 이상 군량을 공급하기 어렵다는 서장을 띄우도록 하십시오. 그렇게 되면, 지금 성도왕이 가진 양초만 떨어지면 제후들은 자연 흩어질 것입니다. 제후가 흩어지면 성도왕의 위도 퇴색할 것이 아니겠습니까. 설사 후일 다시 한적이 내침한다면 그 때에는 다시 주수(主帥)를 천거하겠습니다.」

사마경은 두 사람의 의견을 옳게 여겨 즉시 탕음에서 온 사마영의 사자에게 글월을 전하여 더 이상 군량의 공급이 어렵다는 것을 알렸다.

사마경의 서장을 접한 사마영의 노여움은 이만저만이 아니었다. 그는 곧 육기와 노지(盧志)를 불러 이 일을 수의했다.

노지가 이맛살을 찌푸리며 입을 열었다.

「어찌 낙양에 양초가 결핍되겠습니까. 이는 반드시 제왕의 심복인 갈여와 손순의 농간일 것입니다. 그들은 대왕의 위가 무거워지는 것을 꺼려서 그런 수작을 부리는 것입니다.」

석초와 견수가 마침내 분을 참지 못하고 뇌까려 붙였다.

「우리는 사력을 다하여 나라를 위해 목숨을 바치고 싸웠는데, 그놈들은 앉아서 부귀와 안일을 누리는 것도 부족하여, 지금에 와서는 대왕을 투기하여 그 위를 깎자 하니 이 일을 어떻게 참고 있는단 말입니까. 이것을 참는다면 세상에 못 참을 일이 또 무엇입니까. 당장에 낙양으로 돌아가서 간녕배(奸佞輩)들의 간을 내어 씹을 것이로되, 눈앞에 대적(大敵)이 도사리고 있으니 그럴 수도 없고……」

두 사람은 주먹을 불끈 쥐고 이를 갈며 분개했다.

사마영은 조용히 석초와 견수를 꾸짖었다.

「경들은 말을 삼가오. 고가 천자의 명을 받고 외적(外敵)을 토멸하러 나와서 아직 완전한 공도 이루지 못했는데, 만약 이대로 낙양으로 돌아가 그들을 주륙한다면 후세에 추한 이름만 남길 것이 아니오 다른 방도를 강구해 봅시다.」

석초와 견수는 투덜거리며 횅하니 밖으로 나가 버렸다.

사마영은 다시 노지와 육기를 데리고 머리를 짜낸 끝에 은밀히 충성심이 강한 몇몇 자사를 불러 상의해 보기로 했다.

만약에 이런 이야기가 군사들에게 알려지는 날이면 반드시 변괴가 일어날 것이기 때문에 모든 것을 조심 주선하였다.

그래서 사마영에게 부름을 받은 자사는, 영양태수 이구와 병주 자사 유곤과 광주자사 도간, 형주자사 유홍, 옹주자사 유침 여섯 사람이었다.

이들은 모두 진조에 대한 충성심이 누구보다도 굳고 강한 제후 들이었다. 사마영은 이들에게 사마경의 서장을 펼쳐 보이면서 앞 으로의 대책을 물었다.

서장을 읽고 난 여섯 사람은 우선 서로의 얼굴을 쳐다볼 뿐 아 무도 선뜻 의견을 말하는 사람이 없었다.

한동안 침묵이 흘렀다. 마침내 형주자사 유홍이 입을 열었다.

「제왕의 뜻이 그렇다면, 어찌 앉아서 군사들의 이변(異變)이 생기기를 기다리겠습니까. 우리들 각자가 자기 고을에서 군량을 날라다 충당해서라도 애초의 목적을 관철하도록 합시다. 우선 나 부터 오늘이라도 사람을 보내어 10만 석을 준비시키겠습니다. 준 비가 되었다면 낙양에 알려서 그 운송만은 맡아 달라고 합시다. 설마 운송까지야 못한다고는 하지 않겠지요」

남은 다섯 자사도 유홍의 제의에 동의했다. 사마영은 금시에 얼 굴에 화색을 찾으며 말했다.

「경들의 충의지심을 명심하겠소 후일 공을 이루어 낙양에 돌 아가면 반드시 천자께 아뢰어 후한 갚음을 하겠소 참으로 갸륵하 오」

여섯 자사는 결의를 마치고 중군을 물러나왔다.

그날 밤이었다.

천만뜻밖에 유홍의 영채에 하섭(夏涉)의 급사(急使)가 내도하였 다. 하섭은 유홍이 형주를 떠날 때 뒷일을 맡기고 온 장수의 한 사람이다. 유홍은 심상찮은 예감으로 하섭의 서장을 펼쳤다.

<한의 모사 장빈과 강발이 몰래 성도로 사람을 보내어 이 웅과 손을 잡았습니다. 그래서 이웅이 형양을 노려 군사를 움 직이기 시작했고, 또 이웅은 전일의 도적인 장창(張昌)의 도당 을 교묘히 매수하여 그의 수하 왕충(王沖)과 두증(杜曾)을 시켜 군현을 노략질하도록 했습니다. 신야왕의 아장 우표(虞彪)가 군사를 이끌고 이들을 토멸하러 갔다가 도리어 살해되고 말았 습니다. 도적의 세가 날로 창궐하고 있으니 아무래도 자사께서 친히 토벌에 임하셔야만 백성이 안정할 것 같습니다. 지금 백 성들은 *전전긍긍(戰戰兢兢) 불안에 떨고 있는 중입니다. 속히 조치를 내려 주옵소서.>

편지를 읽고 난 유홍은 크게 놀랐다.

이튿날, 날이 새기가 무섭게 유홍은 하섭의 편지를 가지고 사마 영이 있는 중군으로 달려갔다.

편지를 훑어본 사마영은 침통한 표정으로 유홍에게 물었다.

「그래 어떻게 할 작정이오?」

유홍도 침통한 어조로 대답했다.

「형주는 낙양 상류의 문호(門戶)이며 요충지입니다. 이 곳을 잃는다면 낙양은 한시도 평안할 수가 없을 것입니다. 그러니 속히 돌아가서 우선 도적을 평정한 연후에 다시 대왕의 휘하에 참여할 까 합니다.」

사마영은 유홍을 만류할 수가 없었다. 하는 수 없이 그의 제의 를 응낙했다. 유홍은 여러 왕후들에게 작별을 고한 다음 총총히 군마를 수습하여 형주로 떠났다.

유홍이 떠나고 이틀이 지나서다.

이번에는 영양태수 이구에게 급신(急信)이 전달되었다.

사연은, 한왕 유연이 조고(趙固)와 주진(周伥)을 시켜서 남양을 탈취하고 목하 영양의 이웃고을까지 쳐들어 왔으나, 성중에 남은 군사의 수효가 얼마 되지 않기 때문에 도저히 적을 막을 수가 없으니 속히 손을 써달라는 것이었다.

대경실색한 이구는 허겁지겁 급신을 들고 사마영에게 나가서 진(鎭)으로 돌려보내 줄 것을 간청하였다.

그러는데 또 서량자사 장궤가 그의 아들 장식이 보낸 파발을 데리고 중군 장막을 찾아들었다.

결국 이구와 장궤는 사마영에게 형식적인 승낙을 얻어서 그 날로 군사를 거두어 각자의 진으로 떠나고 말았다.

그 이튿날에는 또 병주자사 유곤이, 한의 왕복도와 유아(劉雅)가 내침했다는 기별을 받고 떠나고, 그로부터 열흘이 채 못 되어 도간과 진민, 장광이 역시 같은 사유를 들어 탕음을 떠나고 말았다.

사마영은 완전히 의기가 소침했다. 그런 중에 설상가상으로 군량이 불과 얼마 남지 않았다는 보고가 하루에 세 번씩이나 전해졌다. 사마영은 궁여지책(窮餘之策) 끝에 하나 요행을 바라고 낙양으로 또 한 번 양초의 구원을 청하는 사자를 보냈다.

그러나 결과는 역시 허사였다.

남아 있는 자사들은 중군으로 나가 입을 모아 간청했다.

「더 이상 이 곳에 머무를 수도 없으니, 일단 우리를 각자의 진으로 돌려보내 주십시오. 만약 한적이 다시 내구(內寇)한다면 그 때는 또 달려와서 휘하에 들겠습니다.」

사마영은 씁쓸하게 웃으며 반문했다.

「한번 흩어진 각처의 군마를 다시 모으기란 거의 불가능할 것이 아니오」

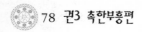

그러자 왕준이 입을 뗐다.

「사실은 저도 심상찮은 보고를 받았으나 차마 대왕께 심려를 끼칠 수가 없어서 그대로 있는 중입니다. 근자에 와서 대군(代郡)의 척발의로와 요동(遼東)의 모용외의 움직임이 수상쩍다고 합니다. 제가 없는 틈을 타서 점차 변경에 준동하며 침식을 노린다 하는데, 결코 소홀히 방치할 문제가 아닌 줄 압니다.」

왕준의 말에 육기와 노지도 수긍하는 태도를 취했다.

육기가 의견을 개진했다.

「유연(幽燕) 지방은 곧 북쪽의 으뜸가는 요충지입니다. 절대로 이 곳의 수비를 소홀히 해서는 안됩니다.」

결국 사마영은 제후들에게 그들의 뜻대로 진으로 돌아가도록 결정을 내릴 수밖에 없었다.

제후들이 각자의 진으로 돌아가자, 제 친왕들도 따라서 그들의 영지로 돌아가기를 원했다. 사마영은 허탈한 심경으로 맨 나중에 육기와 노지를 데리고 업성으로 돌아왔다.

한편, 유총은 이런 소식을 듣자 크게 기뻐하여 즉시 사신을 평양으로 보내서 사실을 알린 다음 군량의 증원을 요청했다.

순일이 조금 지나서, 평양에서는 한왕의 사신으로 조응(刁膺)이 양초와 삼군을 호궤할 많은 물품을 가지고 한단에 당도하였다.

유총이 조응을 맞아 잔치를 배설하고 아울러 크게 삼군을 호궤하니 군사들의 기쁨은 무한히 컸다.

술이 여러 순배 돌아서 모두들 거나한 기분이 되었을 때, 유총은 넌지시 조응에게 근자의 한황의 심경을 물었다.

조응은 솔직하게 느껴서 아는 대로 대답했다.

「근자에는 폐하의 용체가 다소 불편하신 듯하옵니다. 그 까닭은 좌우의 영신(佞臣)들이 유화(劉和) 전하를 세워 대통을 이어야 한다고 시끄럽게 아뢰어대기 때문인 것 같습니다. 그들의 주장은 맏이를 세우는 것이 타당하지 않느냐는 것입니다. 폐하께서 하루는 그 일을 대신들에게 친히 하문하셨습니다. 그러자 서대부(徐大夫 : 서광)께서 아뢰기를, 진왕(晉王 : 유총을 가리킴)께서 세자로 책봉된 지 오래이며, 또한 삼군을 통수하여 나라의 위를 천하에 크게 떨쳐서 이미 중망(衆望)이 진왕에게 귀의한 지 오래인데, 새삼 세자를 바꾼다면 안으로 크게 어지러워질 것이라고 하였습니다. 그래서 폐하께서도 서대부의 말을 수긍하셨으나, 아무래도 울민이 가시지 않아서 자연 용체가 불편하신 것 같습니다.」

조응의 이야기를 듣고 난 유총은 깜짝 놀라서 손에 들었던 술잔을 자신도 모르게 상 위에 떨어뜨렸다.

유총은 금시에 술이 확 깨었다. 곁에 앉은 장빈과 강발에게 눈짓으로 의견을 물었다.

강발은 한참 생각한 끝에 입을 떼었다.

「화(和) 전하께서 비록 형이 되신다 해도 천성이 너무 나약하셔서 도저히 대업을 잇지 못할 것으로 압니다. 전하께서는 속히 평양으로 돌아가셔야 되겠습니다. 전하께서 친히 조정에 계신다면 감히 아무도 그런 소리를 발설하지 못할 것입니다. 마침 진병이 모두 흩어졌으니, 전하는 속히 평양으로 반사(班師)하도록 하옵소서.」

유총은 이번에는 장빈을 바라보았다.

장빈은 말 대신 고개를 끄덕여서 강발의 의견에 동의를 표했다.

마침내 유총은 반사할 것을 결정하고는 곧 영을 내렸다.

그로부터 사흘 후에 유총은 한단을 떠나 평양으로 돌아갔다.

이리하여 천하는 이후 잠시나마 평온했고, 백성들은 안심하고 생업에 종사할 수가 있었다.

결국 진과 한은 스스로의 내부 사정에 의하여 완전히 휴전의
성립을 보게 된 것이니, 이것도 하늘의 뜻인지 모를 일이다.

4. 서울을 떠나는 성도왕

탕음에서 업성으로 돌아온 사마영의 심기는 자못 침울했다. 그
는 여러 날 동안 자리에 누워서 바깥출입을 끊고 있었다. 다만 하
루에 한 번씩 육기와 노지를 불러서 우울한 심사를 달래는 말벗을
삼았다.

사마영은 하루는 육기와 노지에게 물었다.

「아무래도 낙양에 올라가서 천자께 복죄(伏罪)해야 하지 않겠
소?」

성도왕에게 있어서 걱정인 것은 제왕 사마경이 자기를 어떻게
받아들일 것이냐 하는 문제였다.

노지도 권했다.

「이대로 군사를 끌고 상경하신다면 제왕께서 반드시 싫어하
실 것입니다. 앞서 대장군의 인수(印綬)를 조정에 바쳐서 그 의혹
을 푸시옵소서. 제왕께서는 반드시 기뻐하실 것입니다.」

이 계책은 아닌 게 아니라 들어맞았다. 모든 독재자가 그렇듯,
제왕도 성도왕의 위세가 일세를 풍미하는 것에 대해 경계하고 있
던 터였다. 그런데 스스로 군직에서 물러나겠다는 글을 보내왔으
니 마음을 놓은 것도 무리가 아니었다.

그러했기에 성도왕이 뒤미처 상경하자 아주 진심으로부터 환
영하고 그 공을 극구 칭찬해 마지않았다. 성도왕이 입조했을 때에
도 제왕은 황제 앞에서 그 대공(?)을 한참 추켜올렸다.

「이같이 개세(蓋世)의 공이 있사오니 마땅히 태위대장군에 봉
하여 내외의 군사를 지휘케 하사, 상서사(尙書事)로 삼아 국정을

맡게 하옵시며, 구석(九錫)을 내려 그 공로에 보답하시옵소서.」

그러나 속셈이 있는 사마영은 이를 사양했다.

「신이 대명을 받은 이래 주야로 한적을 토멸하여 나라의 근심을 덜고자 하였으나, 겨우 그 창궐을 막는 데 그치는 결과밖에 되지 못했으며, 여러 싸움에서 적잖은 병사를 잃었으니 무슨 공로가 되오리까. 그러므로 과분한 영작(榮爵)은 일체 사양코자 하나이다.」

그는 이어 그 공로를 장병들에게 돌렸다.

「도둑으로 하여금 황하를 못 건너게 한 것은 오로지 원수 이하 여러 장병의 공로입니다. 풍토가 고르지 못한 변지에서 오랑캐를 상대하는 그 고초를 어찌 필설로써 다 표현하오리까. 하오나 장병들은 사직을 근심하고 폐하의 성은을 생각하여 용전분투 싸움에 임했사오니 공이 있다면 모두 이들의 것입니다. 죽은 자의 유족에게 후한 상을 내리시고 공 있는 장병에게 표창하시어 성은의 망극하심을 천하에 보이시옵소서. 신의 소망은 오직 이것뿐입니다.」

이 말만 듣고 보면 아주 성인군자와도 같다. 제왕이 기뻐했을 것은 말할 것도 없는 일이었다.

하여간 이 주청에 의해 전사자에게 금박이 하사되고 육기 이하 장수들의 계급도 제각기 올라가서 모든 사람들이 성도왕의 덕(?)을 칭송하게 되었다.

성도왕이 진심에서건 아니건 겸양의 미덕을 발휘하여 인망이 높아가자 배를 앓는 것은 제왕의 도당이었다. 대신 갈여는 가만히 제왕을 찾아가 수군거렸다.

「성도왕은 제실(帝室)의 지친으로 난을 평정하고 도둑을 물리쳐 그 위세는 일세를 좌우하고 있습니다. 지금 금상(今上)께는 사자(嗣子)가 없으시니, 누구라도 책동하여 성도왕을 봉해 태제(太弟)라도 삼는다면 그때에는 저희들도 마지막일 것입니다.」

하기는 그렇다. 사마경의 안색이 변했다.

「그러니 장차 이 일을 어찌 한단 말이오?」

「한 가지 방책이 있나이다.」

갈여는 자기 지혜를 자랑이라도 하듯 의기양양하게 말했다.

「청하왕(淸河王) 전하가 계시지 않나이까. 금년 들어 여덟 살이시며 무제 폐하의 황손으로서 어느 면으로 보나 태자가 되실 만하니, 곧 상주하시어 책봉을 서두르시옵소서.」

사마경의 의사는 곧 황제의 뜻이다. 청하왕은 즉시 태자로 봉해지고 사마경은 태자태사(太子太師)가 되었다.

이 일은 아무도 기대하지 않던 일이기에 모든 사람이 다소 놀랐지만, 그 중에서도 가장 충격을 받은 것은 역시 사마영이었다. 이것이 자기 세력을 견제하기 위한 포석이라는 것쯤은 그로서도 넉넉히 짐작할 수 있었다. 생각대로 한다면 당장 사마경을 제거하고도 싶었지만, 그는 노지의 건의를 받아들여 업성으로 돌아갈 것을 결심했다.

'참자, 나중에야 어찌 되든 우선 참아 두자.'

이것이 그의 심경이었다.

「지금 한적이 일단 물러가기는 했으나, 가을이 되면 다시 준동할 것이 틀림없은즉, 신은 업성으로 돌아가 유사시에 대비할까 하나이다. 조정의 일은 제왕이 계시니 근심할 것 없고, 외방의 근심을 더는 것이 신의 직책이오니, 윤허해 주시기 바라나이다.」

사마영이 이렇게 혜제에게 상주하자 사마경은 매우 기뻐하여 크게 잔치를 베풀어서 환송했다.

5. 즉시 일배주

사마영이 업성으로 돌아가자 사마경의 방자(放恣)는 극에 달한
느낌을 주었다. 이제는 꺼리고 눈치 볼 사람이 없다 하여 조정의
만기(萬機 : 천하의 정치)를 마음대로 처리했다.

제왕 부중에는 어느덧 각처에서 천거되어 온 연리(掾吏)가 40
여 명이나 되었다.

관원이 불어나니 관아가 협소하다 하여 인근 백성들의 집을 수
백 채나 헐어서 거기에다 어마어마한 관아를 세웠다.

또 제왕 부중에서 궁궐의 천추문(千秋門)으로 통하는 한길을
열어서 자기의 내왕에 편하도록 하였다. 밤이 되면 팔일무(八佾
舞 : 나라의 큰 제사 때 궁중에서 64인의 악생을 여덟 줄로 세워 춤을
추게 하는 문무文舞 또는 무무武舞)를 사저로 돌려서 연락(宴樂)에
탐닉하고, 낮이면 제왕 부중에 앉아서 예사로 백관의 배례를 받
았다.

그는 대소의 기거동작을 거의 천자와 같이 하며, 부중에서 수만
의 철갑병을 두어 자신의 호위로 삼았다.

그뿐만이 아니었다. 조금이라도 자기를 비방한다든가 뜻에 거
역하는 자가 있으면 신분의 고하를 가리지 않고 마구 잡아다 죽이
곤 했다.

그래서 조정의 문무 관원은 말할 것도 없고 낙양의 천민까지도
무서워 떨었다.

이때 제왕 부중에 고영(顧榮)이라는 연리가 있었다. 그는 오(吳)
나라 사람으로 지난날 오의 상서령을 지낸 고옹(顧雍)의 손자로서
명망과 지략이 널리 알려진 사람이었다. 그래서 사마경은 그를 특
별히 초빙하여 그에게 주부의 일을 맡겼었다.

고영은 고향에서 제왕의 부름을 받았으나 달갑지 않게 생각했다. 그러나 아무런 이유도 없이 출사(出仕)를 거절한다면 어떤 보복이 있을 것만 같아서 마지못해 낙양에 올라왔던 것이다. 그랬던 것이 막상 제왕 사마경과 그를 둘러싼 갈여·손순·동예·유은 등 다섯 사람의 횡포와 방자를 보노라니 도저히 그냥 참고 견딜 수가 없었다.

그래서 고영은 마침내 결심을 하고 사마경에게 간하는 상소문을 올렸다.

사마경은 고영의 상소문을 읽고는 발연대로했다.

「소인(小人) 놈이 지나치게 무례하구나!」

당장에라도 불호령이 떨어져서 고영을 잡아다가 형틀에 매라고 할 기세였다. 그러는데 마침 동해왕 사마월이 은밀히 상의할 일이 있어 왔다는 전갈이 들어왔다. 사마경은 들었던 상소문을 발기발기 찢어서 마룻바닥에 팽개치며,

「괘씸한 놈!」

하는 한 마디를 남기고 그대로 나가버렸다.

이런 사실을 전해들은 고영은 불안 속에서 나날을 보내게 되었다. 언제 제왕의 진노가 폭발하여 자기에게 해가 미칠지 모를 일이었다. 그는 불안을 씻기 위한 수단으로 술을 폭음하기 시작했다.

고영에게는 아침도 저녁도 없었다. 술에 취하여 일어나서 술이 취한 채 잠이 드는 생활이 계속되었다.

관을 물러나려 해도 허락해 주지도 않았다. 고영의 취태(醉態)는 어느새 낙양의 명물이 되어버렸다 아무도 그가 술이 취하지 않는 때를 보는 일이 없을 정도였다.

어느 날, 고영은 역시 거나하게 취하여 친구 풍웅(馮熊)의 집을 찾았다.

풍웅은 해박한 지식과 고매한 인격으로 그 이름이 혁혁하게 알려진 당대의 명사였다. 여러 차례 제왕의 부름을 받았으나, 그는 어머니의 거상(居喪)을 핑계로 지금껏 출사하지 않고 낙양의 우거에 들어박혀 있는 중이었다. 풍웅은 비틀거리는 고영을 맞아들이면서 부드럽게 말을 건넸다.

「언선(彦先 : 고영의 자)이 또 취하셨군. 아니지, 취하지 않는 것이 이상하다지.」

「하하하하, 술, 술만이 내 인생이 아니오」

고영은 억지로 너털웃음을 웃으며 마루에 걸터앉았다.

사실 풍웅은 고영이 이토록 매일 장취하는 까닭을 모르고 있었다. 그저 술을 좋아하는 친구로만 알고 있는데, 며칠 전에 우연히 집에 찾아온 제왕 부중의 연리 한 사람의 입에서 고영에 대한 소문을 들었던 것이다.

그래서 오늘 처음으로,

'취하지 않은 것이 이상하다지.'

하는 인사를 한 것이다.

풍웅은 충정으로 고영에게 그 까닭을 물었다. 고영은 자세한 이야기를 풍웅에게 한 다음, 길게 한숨을 한 번 내쉬고는 덥석 풍웅의 손을 잡으며 하소연하듯 입을 열었다.

「제발 나에게 이 번롱(樊籠 : 새장이란 뜻으로, 여기서는 관에 매여 부자유함을 가리킴)을 벗어날 묘책을 좀 가르쳐 주오」

풍웅은 한참 동안 생각하더니,

「내게 조그만 계책이 있으니, 내일 부중에 들어가거든 딴 사람에게 부탁하여 갈여를 내 집으로 좀 오라 하시오. 내가 보자고 하면 갈여는 반드시 올 거요. 형은 여전히 주정뱅이 노릇을 계속하시오. 며칠만 지나면 무슨 수가 생길 거요」

라고 말했다.

고영은 여러번 풍웅에게 당부하는 말을 남기고 집으로 돌아왔다.

이튿날 저녁 무렵에 과연 갈여가 풍웅의 집을 찾아왔다. 갈여는 대문에 들어서면서 대뜸 호들갑을 떨었다.

「거사(居士)께서 나를 부를 때도 있으니, 이건 무상의 영광이구료. 대관절 무슨 일이 있는 거요?」

풍웅은 빙긋이 웃으며 대꾸했다.

「마침 좋은 술이 있기에 청한 것뿐이외다.」

이윽고 두 사람은 조촐한 술상을 가운데 놓고 환담을 시작했다. 술이 네댓 잔씩 오가자, 풍웅은 의식적으로 이야기를 제왕 부중의 인물론(人物論)으로 끌고 갔다.

그래서 우선 갈여를 제일인자로 잔뜩 추켜세운 다음, 모모한 사람들을 건드리기 시작했다. 문득 화제가 주부 고영에 미쳤다. 그러자 갈여는 정색을 하며 손을 설레설레 내저었다.

풍웅은 짐짓 의아하다는 듯이 물었다.

「왜 그러시오? 언선이야말로 제왕 부중에서 몇째 안 가는 인재일 거요. 그의 영지(英智)는 족히 재상감일 거요」

「모르는 말씀 작작하시오. 그 술주정뱅이가 재상감이란 말이오?」

갈여는 이맛살을 찌푸리며 이죽거렸다. 그러면서 고영의 추태를 마구 들추어댔다.

갈여의 이야기를 듣고 난 풍웅은 정색을 하여 반문했다.

「아니, 언선이 그런 사람인 줄은 정말 몰랐소이다. 워낙 술은 좋아하는 사람이지만, 그토록 체신을 잃는 줄은 까맣게 몰랐군. 그런데 그런 사람에게 주부(主簿)를 맡겨서 중요한 서류를 다루게 한단 말입니까. 혹시 취중에 기밀을 밖에 누설이라도 한다면 어떻게 할 작정입니까. 그가 아니면 주부의 일을 맡을 사람이 그렇게도 없습니까. 그러고 보니 제왕 부중에는 어지간히 인재가 없군요.」

갈여는 뱉듯이 뇌까렸다.

「제왕이 친히 오군(吳郡)으로 사람을 보내서 불러온 사람이기 때문에 나도 차마 말을 못하고 있을 따름이오.」

「비(非)를 알면서도 말하지 않는 것은 충신이 아닙니다. 내일이라도 당장에 제왕에게 아뢰어 그를 내치도록 하시오.」

갈여는 완전히 풍옹의 계책에 빠져들었다. 그는 이튿날 제왕에게 고영에 대한 이야기를 아뢰었다.

사마경은 즉석에서 고영을 조정의 중서랑(中書郞)으로 좌천시키는 명을 내렸다.

풍옹의 기지로 번롱을 벗어난 고영의 기쁨은 무한히 컸다. 그는 그 날부터 술을 삼갔다.

이 때 제왕 부중에는 고영보다 반년쯤 늦어서 초빙되어 온 장한(張翰)이란 연리가 있었다. 장한은 고영과 동향인이었다. 두 사람은 오군에서 나란히 현사(賢士)로서 명망을 얻고 있었다. 그가 출사한 지 반년이 지나서 고영이 중서랑으로 좌천되어 제왕 부중을 떠난 것이다.

장한만은 고영의 광음(狂飮)하는 이유를 일찍부터 알고 있었지만, 뾰족한 방책이 없기 때문에 그대로 묵과하면서, 자신도 고영과 같은 심경인 것을 억지로 달래고 있었던 것이다.

막상 고영이 가까이서 떠나고 보니 그의 심정은 한층 괴로웠다.

마침 때는 가을이었다. 장한은 적료(寂廖)와 염오(厭惡)를 달래다 못해 하루 저녁 고영의 우거를 찾았다.

두 친구는 낙양에서는 처음으로 흉금을 털어놓고 술추렴을 했

다. 장한이 낙양에 왔을 때는 이미 고영은 광음 속에서 중인의 빈
축을 사고 있을 때였다. 또 고영은 의식적으로 장한을 피하기도
했다.

혹시 자기와 가까이 지내다가 해라도 입지 않을까 하는 친구를
생각하는 마음에서였다. 고영은 반갑게 장한을 맞이하였다. 이제
는 술주정뱅이가 아니었다. 눈에서 예지가 번쩍이는 옛날의 고영
이었다.

두 친구 앞에는 곧 담소(淡素)한 술상이 차려졌다. 권커니 자커
니 두 사람은 한동안 말없이 술잔만을 기울였다.

만뢰(萬籟)가 소연(蕭然)했다. 가끔 서풍이 불어서 뜰의 오동나
무 잎을 흔들었다. 추성(秋聲)이 삽연(颯然)했다.

중얼거리듯 고영이 먼저 침묵을 깨뜨렸다.

「불각상의 임하박(不覺商意林下薄)이라더니 어느덧 가을이 왔
구려. 기러기가 울며 돌아갈 때가 되었군.」

「정말 가을이구려. 기러기만이 돌아갈 것이 아니라 우리도 고
향으로 돌아가야지. 인생이란 자기 뜻에 맞는 생활을 하는 것이
가장 귀하지 않소 수천 리 밖에 와서 벼슬을 하여 명작(名爵)을
구할 것이 뭐 좋겠소 속히 고향으로 돌아가서 고채(菰菜 : 나물의
일종)와 순갱노회(蓴羹鱸膾 : 순채로 끓인 국과 농어회)나 즐기도록
합시다.」

말을 마친 장한은 향수에 젖은 시선으로 고영의 얼굴을 바라보
았다. 고영도 불현듯이 고향이 그리워졌다.

이날 밤, 두 사람은 마침내 함께 벼슬을 버리고 고향으로 달아
날 것을 약속하였다.

그러나 장한은 선뜻 달아날 수도 없는 일이었다.

제왕 사마경이 어떤 보복을 할 것인지 뒷일이 걱정이었다.

　고영은 장한에게, 자기를 번룡에서 구해준 풍웅에게 가서 지혜를 빌리도록 일렀다.

　이튿날 장한은 풍웅을 찾아갔다. 풍웅은 장한이 자기를 찾아온 뜻을 이내 짐작했다. 그래서 대뜸,

　「오군(吳郡) 사람들은 모두 불온(不穩)하단 말이야. 아직도 진조(晋朝)에 귀의하지 않고 오나라를 생각하고 있으니.」

　하고 농을 던졌다.

　장한은 깜짝 놀라며 풍웅을 바라보았다. 가슴이 섬뜩한 것이다.

　풍웅은 다시 말을 건넸다.

　「내 자응(子膺 : 장한의 자)이 찾아온 까닭을 알지.」

　「어떻게 아오?」

　「*이심전심(以心傳心)이지. 친구의 사정을 모를 리가 있겠소 언선에게 들어서 다 짐작하고 있다오.」

　「고맙소 제발 친구 하나 살리는 셈 치고 현책을 가르쳐 주구려.」

　풍웅은 껄껄 웃으며 말했다.

　「사마경이 미구에 대화(大禍)를 입을 것은 사실이지만, 사람이 너무 약게 처신하는 것도 생각할 문제야. 지금 자리를 벗어날 방책이야 있겠지만, 그러다가 영영 영달(榮達)할 기회를 놓치게 되면 신후(身後 : 죽은 후)의 이름을 어떡할 작정이오?」

　그제야 장한도 얼굴에 화기를 찾으며 대꾸했다.

　「사아유신후명(使我有身後名)이언정 불여즉시 일배주(不如卽時 一杯酒)외다.」

　「허허, 죽은 뒤의 이름보다는 당장의 한잔 술이 낫단 말이군.」

　「그렇소」

　「그럼 내일이라도 낙양을 떠나구려. 뒷일은 내가 적당히 수습

해 볼 테니.」

「고맙소」

이리하여 장한과 고영은 낙양에서 자취를 감추어 버렸다.

며칠이 지나서, 두 사람이 낙양에서 도망친 것을 안 사마경은 노발대발하여 소리쳤다.

「당장에 사람을 보내서 두 놈을 잡아오도록 해라. 단단히 버릇을 가르쳐 주어야겠다.」

그러자 갈여가 또 입을 떼었다.

「대왕께서는 인재가 귀한 것도 아닌데, 그 따위 위인들을 가지고 진노하십니까. 개의치 마십시오.」

사마경은 갈여의 말을 옳게 여겼다.

'천하의 대권을 잡고 있는 내가 그 따위 소인배를 가지고……' 하는 생각이 들었던 것이다.

6. 오난사불가(五難四不可)

사마경의 교만한 태도는 날이 갈수록 심해졌다. 따라서 세인이 말하는 제복오공(齊腹五公)들의 행패도 이만저만이 아니었다.

그러나 조정의 문무백관들 가운데는 누구 한 사람 나서서 이를 간하는 자가 없었다. 모두들 자기 몸을 아낄 따름이었다.

남양(南陽)의 은사(隱士)에 정방(鄭方)이라는 사람이 있었다. 그는 볼 일이 있어 낙양에 왔다가 눈으로 사마경의 교치(驕侈)를 보았다.

나라의 장래를 우려한 나머지 정방은 과감하게 사마경을 간하는 상소문을 올렸다.

그 상소문의 사연은 대략 다음과 같았다.

　—대왕은 황실의 지친으로서 나라의 큰 정사를 맡아 다스
리시며 안으로 삼본(三本 : 위位의 덕德, 녹祿의 공功, 직무의 능
能)의 칭송이 없으시고, 밖으로 다섯 가지의 실(失)이 있음을
아셔야 합니다. 즉 위태로움을 모르고 연락(宴樂)을 좇는 것
이 한 가지 실이고, 골육이 서로 의심하고 시기하는 것이 두
가지 실이고, 한적(漢賊)이 아직 평정되지 않았는데 무비(武
備)를 게을리 함이 세 가지 실이고, 백성이 곤궁한데도 구휼
하지 않음이 네 가지 실이고, 옳은 사람의 내침을 받고 *충
언이 귀에 역겨우니(良藥苦口양약고구) 곧 다섯 가지의 실입
니다. 모름지기 반성하지 않으면 전하의 위해(危害)와 나라
의 재화(災禍)를 측량하기 어려울 것입니다. 아무쪼록 현찰
하옵소서.

　그러나 이 상소문은 사마경에게 우이송경(牛耳誦經)이었다.
　사마경은 쳇 하고 한 마디 내뱉을 뿐, 다시는 가타부타 반응이
없었다.
　정방에게도 아무런 상벌이 없었음은 물론이다.
　한편, 제왕 부중의 장사로 있는 손혜(孫惠)도 마침내 양식(良識)
의 은인(隱忍)을 터뜨리고 말았다.
　그는 당할지도 모를 무서운 해(害)를 각오하고 격렬하게 상소문
을 올려 사마경을 간했는데, 그것은 오난사불가(五難四不可)를 신
랄하게 논박(論駁)한 명문이었다.

　—무릇 천하에는 다섯 가지의 어려운 일과 네 가지의 불가
(不可)한 일이 있습니다. 그러나 대왕은 바로 그 가운데 계시
니, 신은 적이 두려운 바입니다. 즉 강한 적이 앞에 있는데도
강토가 견고하지 못하니 한 가지 난(難)이옵고, 제후들이 군

사를 제 마음대로 하여 나라의 법을 업신여기니 두 가지 난
이옵고, 반적이 벌떼처럼 일어나서 백성이 유찬(방랑)하니
세 가지 난이옵고, 친왕들이 화목하지 못하여 저사(儲嗣 : 왕
세자)가 굳혀지지 않았으니 네 가지 난이옵고, 창고가 텅텅
비었는데 나라에 어려운 일이 많으니 다섯째의 난이옵니다.
또 오랫동안 높은 이름을 지니면서 스스로 삼갈 줄을 모름이
하나의 옳지 못한 일이오며, 오랫동안 큰 권세를 잡고도 스
스로 억제할 줄 모름이 둘째의 불가이오며, 오랫동안 큰 정
사를 전단하면서도 이치를 분간하지 못함이 세 번째의 불가
이오며, 오랫동안 높은 자리에 있으면서 물러날 줄을 모름이
네 번째의 불가이옵니다. 지금 대왕은 어려움 속에 계시면서
어렵다 하지 않으시고, 옳지 못한 가운데 처하시면서 옳다고
하십니다…….

사마경은 이와 같은 손혜의 피를 토하는 절절한 상소문도 일소
에 붙이고 말았다.

손혜는 친구의 권유로, 자기 몸에 해가 미치기 전에 제왕 부중
을 하직하여 자취를 감추었다. 수일이 지나서 사마경은 사마(司馬)
로 있는 조터(曹攄)에게 불쑥 물었다.

「일전에 손혜가 상소문을 올려 고를 간하기를, 나라의 정사를
조정에 반환하고 영지(領地)로 돌아가라는 말을 했던 것을 고가
그대로 묵살해 버렸더니, 그것을 원한 사서 손혜는 무단으로 자취
를 감추었다는데, 이 일을 어떻게 처리하면 좋겠소?」

조터는 사마경의 얼굴을 한번 우러러본 다음 거침없이 대답했
다.

「손혜의 간언은 지당한 것으로 아옵니다. 그는 주(主)를 섬기

기를 의(義)로써 했습니다. 대왕은 그의 충언을 좇도록 하십시오
신이 듣자니 손혜는 잠적한 것이 아니라, 그의 어머니가 위독하다
는 기별을 받고 휴가를 청했으나 허락되지 않기 때문에 죄를 각오
하면서 그의 어머니에게 달려갔다고 합니다. 이는 효자가 아니면
할 수 없는 일인 줄 아옵니다. 손혜는 대왕을 충언으로 간하였고,
그 어머니에게 효자 노릇을 한 것입니다. 즉 그는 충효의 신이라
고 보겠습니다. 대왕은 통촉하옵소서.」

조터의 간곡한 설득은 마침내 사마경의 노여웠던 심경을 풀어
주었다. 사마경은 더 이상 손혜에 대해서는 말을 하지 않았다.

그렇다고 그는 손혜와 조터의 간언을 받아들인 것은 아니었다.
여전히 교만과 전횡(專橫) 속에서 호사를 좇고 있었다.

이번에는 좌위장군 왕표(王豹)가 또 간하는 상소문을 올렸다.

왕표의 상소문도 손혜의 것과 거의 같은 내용이었다.

사마경은 왕표의 상소문을 읽고 나서는 이상하게도 심경의 변
화를 스스로 느낄 수가 있었다. 그만큼 왕표의 상소문이 그를 직
접 감동시킨 것은 아니었다.

사마경이 왕표의 상소문을 받아 들고 곰곰이 생각하니, 고영과
정방·손혜·조터의 간언이 모두 대동소이하였다. 그는 새삼 놀
란 나머지 마침내 심경의 변화를 느낀 것이다.

'내가 이래서는 안되겠구나. 그들은 모두 충신이다. 내가 어리
석었다.'

이렇게 회개하는 마음이 들자, 사마경은 곧 동해왕 사마월을 불
렀다. 사마월이 내도하자, 사마경은 다짜고짜로 물었다.

「장사왕과 성도왕의 우열을 가린다면 누가 위요?」

사마월은 어리둥절하여 얼른 대답을 못했다.

그러자 사마경은 다시 말을 이었다.

「몇몇 충신들이, 이제 나를 진(鎭)으로 돌아가라고 간했는데, 어제 왕표의 상소문을 보고 비로소 내가 깨닫게 되었소. 내가 조정을 물러난다면 뒷일을 맡길 사람은 성도왕과 장사왕밖에 없을 것 같아서 묻는 거요.」

사마월은 제왕의 입에서 자기의 이름이 나열되지 않는 것을 깨닫자 심히 불쾌하였다. 한참 동안 생각한 끝에,

「대왕은 세 번만 더 생각해 보신 다음에 태도를 결정하시기 바랍니다. 갑작스러운 말씀이라 뭐라고 대답을 드려야 할지 모르겠습니다. 제가 생각하기엔, 세자를 책봉한 지도 얼마 되지 않았는데, 어떻게 대왕께서 물러나려 하시는지 전혀 참뜻을 짐작하지 못하겠습니다.」

「그럼, 내일 아침에 다시 와서 의견을 말해 주오. 나는 이미 결심을 했소.」

말을 마친 사마경은 자리를 차고 일어나서 안으로 들어가 버렸다. 사마월은 혼자 앉아서 곰곰이 생각을 되뇌었다.

'만약 제왕이 왕표의 간언을 듣고 진으로 돌아간다면 큰일이다. 후일을 바라보고 자기가 꾸며서 책봉한 세자가 아닌가. 그 세자가 대통을 잇는 날엔 천하의 권세와 영화가 이 몸의 것이 아닌가. 성도왕이나 장사왕에게 대권을 맡긴다면 모든 것이 수포로 돌아가고 만다. 안 되지. 막아야지.'

이렇게 생각을 정한 사마월은 곧 제왕 부중의 시중 갈여를 찾았다.

「왕표 따위의 소인배가 함부로 상소를 올려 제왕을 혹(惑)하게 하였구려. 제왕의 말씀이 정사를 남에게 맡기고 진으로 돌아가겠다 하니 이 일을 어찌하면 좋겠소. 경도 모처럼 펴보려던 웅대한 경륜이 좌절되고 말 것이 아니오.」

갈여는 당황하는 빛을 보였다. 나라야 어떻게 되든 간에, 당장에 자기의 권세가 떨어질 것을 생각하여 변색을 하는 것이다.

「그럴 수야 있습니까. 내일 막료들과 함께 대왕을 뵙고 적극 만류하겠습니다.」

갈여는 곧 손순·동예·유은 등을 불러 은밀히 계책을 수의했다.

이튿날, 이들이 제왕을 만나러 가기 전에 사마경이 먼저 이들 다섯 사람을 불렀다. 그리고는 진으로 돌아가겠다는 자기의 의도를 말하고 그에 대한 의견을 물었다.

갈여와 동애는 미리 약속한 대로 입을 모아 아뢰었다.

「대왕은 어찌 그런 요언(妖言)에 귀를 기울이십니까. 그것은 모두 대왕을 그르치게 만들려는 저의임을 아셔야 합니다. 대왕께서 지금 정사에서 손을 떼시면 조정 내외가 어지러워질 것은 명약관화입니다. 그렇게 되면 소위 간신들은 이번에는 대왕께서 실정(失政)을 하셔서 그렇다고 떠들어댈 것입니다. 그렇게 되면 그들은 새로 나라 일을 맡는 성도왕이나 장사왕의 환심을 사게 되고 따라서 영욕을 채워보자는 앙큼한 수작밖엔 아무 것도 아닌 것입니다. 대왕께서는 성지(聖旨)를 거두시고, 다시는 그런 일이 없도록 일벌백계(一罰百戒)로 왕표의 목을 자르소서.」

사마경은 한동안 생각하다가,

「경들의 말도 그럴 듯하군. 좀더 두고 생각해 봅시다.」

하고는 다섯 사람을 물러가게 했다.

제왕 앞을 물러나온 갈여는 네 사람과 수의하여 심복 장군 위의(衛毅)를 시켜 즉시 왕표를 잡아다가 물고를 내도록 했다.

위의는 어깨를 으쓱거리며 수명의 군사를 데리고 가서 왕표를 잡아다가 동타(銅駝) 거리로 끌고 갔다. 그리고는 백성들이 지켜

보는 앞에서 혹독하게 매질을 하며 고문했다. 왕표는 곤장 수십 대에 옷이 찢어지고 살이 터져서 유혈이 낭자하건만 끝까지 자기의 소신을 굽히지 않았다.

매는 점점 가혹해졌다. 왕표는 혼신의 기력을 다하여 소리쳤다.

「이놈들, 갈여와 동애·손순 등은 듣거라. 나를 죽이려는 것은 제왕의 뜻이 아니라 바로 네놈들의 뜻이지? 내가 오늘 이 자리에서 죽으면, 네놈들은 내일 이 자리에서 안 죽을 줄 아느냐. 내 목을 베어 대사마(大司馬) 부중의 문에다 걸어라. 미구에 제왕(諸王)의 군사가 사마경을 몰아내고 간당(奸黨)들을 주륙할 것이니, 그걸 보기 전에는 결코 내 눈을 감지 않을 것이다.」

최후의 절규를 마친 왕표는 그만 스스로 머리를 돌담에 부딪쳐 그 자리에서 죽고 말았다.

소름 끼치는 이런 광경을 목격한 백성들은 저마다 속으로 중얼거리며 그 곳에서 발길을 돌렸다.

'제왕의 명수(命數)도 진(盡)할 날이 멀지 않았구나.'

7. 어부지리

아들 사마휘와 장방·질보 등을 시켜 정한(征漢) 대열에 참여케 했던 하간왕 사마옹은 그 아들로부터 그 동안의 경위를 보고받자 매우 노했다. 조정에서 이렇다 할 포상이 없었다는 것이 노한 이유 중의 하나였다.

「너희들은 아무 공도 세우지 못했느냐?」

왕자 사마휘가 대답했다.

「공이야 어찌 없었겠습니까. 우리 장방은 선봉으로 뽑힌 터라 어느 싸움에서나 선두에서 싸웠나이다.」

사마옹은 쭈글쭈글한 얼굴에 경련을 일으키면서 물었다.

「그래, 제왕이 무엇이라 하더냐?」

「수고했으니 돌아가라고만 하더이다.」

여기서 사마옹의 노여움이 폭발했다.

「이놈이 자존망대해도 유분수지, 어찌 과인을 이리도 무시한 단 말이냐!」

그리고 제왕의 압력으로 성도왕까지 돌아갔다는 사연을 듣자 책상에 놓인 벼루를 집어던지면서 화를 냈다.

「무례한 놈 같으니! 전일 조왕을 토벌할 때도 모든 친왕이 함께 애썼거늘, 저 혼자 공로를 독차지하여 정권을 한손에 휘말아 쥐더니, 이제 또 과인을 이렇게 업신여기다니……」

이때, 장사로 있는 이함(李舍)이 앞으로 나와서 가만히 말했다.

「전하, 고정하시옵소서. 벽에도 귀가 있다 하였거늘, 어찌 그런 노여움을 겉으로 드러내시나이까?」

「그래도 너무 분하지 않느냐!」

사마옹은 아직도 씨근덕거리며 변명하듯 대답했다.

「여기서 성만 내시면 무슨 소용이겠나이까. 침착하게 대사를 도모하심이 좋은 줄 아뢰오.」

「뭐, 대사라?」

「그렇습니다. 전하께서 크게 성을 내셨으니 언젠가는 제왕의 귀에 들어갈 것입니다. 그리 되면 제왕이 어찌 가만히 있겠나이까. 일은 이미 벌어진 것이오니, 어서 대책을 세우시어 제왕을 제거하셔야 하오리다.」

그제야 일의 중대함에 놀란 사마옹은 긴장했다.

「그래, 어떻게 하여야 하겠느냐? 계책이 있으면 기탄없이 말해 보아라.」

이함은 왕의 신임을 얻게 된 것만이 기뻐서 자못 의젓한 태도로 자기의 복안을 설명하기 시작했다. 제왕의 실행을 들어 그 망할 때가 왔음을 강조하고 나서 장사왕을 이용하자고 주장했다. 제왕이 동해왕과 가까움을 시기한 장사왕이 성도왕에게 제의하여 함께 제왕을 제거하자 했으나 성도왕의 불응으로 성사가 되지 않았다는 정보를 어디서 들었는지 설명하고, 그 성도왕도 동조하고 있다는 뜻을 대왕께서 편지로 알리기만 하면 장사왕은 반드시 일을 꾸밀 것이라고 아뢰었다.

「그리 되면 제왕이 죽든가 장사왕이 없어지든가 할 것이니 이는 곧 휼방상지(鷸蚌相持 : 도요새와 방합조개가 서로 물고 놓지 않음)에 *어부지리(漁夫之利)를 얻는 계책입니다.」

사마옹은 크게 기뻐하였다.

「그대야말로 과인의 장자방(張子房)이로구나!」

그는 곧 밀사를 보내 서한을 장사왕에게 전하고 제왕을 치라고 충동했다.

이함은 적도(狄道) 사람으로 자를 세용(世容)이라 했다. 그는 지모가 비범하고 담대한 사람이었다. 사마옹은 이함이 초해온 사연을 친필로 베껴 쓴 다음 몰래 사자를 낙양으로 올려 보냈다.

얼마 후 장사왕에게서 장문의 답서가 왔다. 자기를 걱정해 준데 대해 감사하다는 인사와 함께 기필코 거사하겠으니 도와달라는 사연이었다.

사마옹은 다시 이함을 성도왕 사마영에게 파견했다. 업성에 도착한 이함은 하간왕의 친서를 성도왕에게 전하고 말했다.

「제왕의 전횡은 차마 못 볼 지경에 이르렀나이다. 예법은 모두 천자의 것을 따르고, 자기 집에 앉아 백관을 불러 정사를 결정한다 하옵고, 간악한 무리를 조정에 가득히 들어앉혀서 백성의 원망을 살 일만 골라가며 행하고 있습니다. 성상 폐하께서는 아무 권한도 없이 자리만 지키고 계시며, 모든 것은 제왕 손에 쥐어져 있습니다. 이를 참는다면 무엇은 못 참겠나이까? 전하께서는 한적을 쳐 그 위엄을 천하에 떨치신 터입니다. 전하께서 의병을 일으키신다면 누가 아니 따르겠나이까?」

그러나 사마영은 묵묵히 듣고만 있을 따름이었다. 이함은 사마영의 아픈 데를 찔렀다.

「한적의 침입에서 나라를 건진 공로만 보더라도 제왕이 어찌 전하께 맞설 수 있겠나이까? 더구나 전하께서는 천자의 친제(親弟)가 아니옵니까? 제왕이 무엇이기에 전하를 젖혀놓고 국정을 좌지우지하는지 이해가 가지 않나이다. 지금 제왕이 꺼리는 것은 전하 한 분뿐입니다. 청하왕을 태자에 책봉한 것만 해도 다 전하를 경계한 조치이며, 듣자하니 제왕은 몇 번인가 대왕을 해치려 했으나 다행히 장사왕이 조정에 계시기에 이루지 못했다 하더이다. 깊이 통촉하옵소서.」

황제와의 촌수로 보나 덕망으로 보나 청하왕을 태자로 삼은 것을 못마땅하게 여기고 있던 성도왕은 자기를 해치려 한다는 말까지 듣자 이함이 기대한 대로 버럭 화를 냈다.

「과인은 토끼를 쫓는 사냥개고 고기를 먹는 것은 제왕이란 말이지? 이 난신적자(亂臣賊子)를 그대로 두면 반드시 조왕 꼴이 되리라!」

그는 마침내 제왕을 칠 것을 이함에게 확약했다.

이함의 보고를 받은 사마옹은 장사왕·성도왕의 결심이 그렇다면 주저할 것 없다 하여 곧 표(表)를 사신에게 주어 조정에 바쳤다.

제왕이 포학무도하여 충량(忠良)을 해하고 소인을 모아 붕당을 형성하니 나라의 고질이다. 백성을 해치는 자는 상 주고 공 있는

사람은 배척하며 참람하여 인신(人臣)의 예의를 저버리니 그대로
두면 화가 어디에 미칠지 모른다. 빨리 그의 죄상을 규문하여 강
상(綱常)을 밝히라.

대강 이런 내용이었다.

어쨌든 제왕에게 있어서 이것은 천지가 뒤집히는 것 같은 대사
건이었다. 그의 절대적인 왕국에 대해 감히 돌을 던지다니! 제왕
은 어찌할 바를 몰라 했다. 더욱이 하간왕이 이렇게까지 나온 배
후에는 반드시 믿는 바가 있을 것임에 틀림없으리라. 문득 성도왕
의 얼굴이 머리에 떠올랐다.

제왕 사마경은 재상 급이 모인 자리에서 말했다.

「나는 조왕의 난을 평정한 이래 얇은 얼음을 밟는 듯(如履薄氷
여리박빙) 조심하여, 오직 사직과 폐하를 위해 애써왔건만, 이제 소
인배가 일어나 나를 해치려 하니 한심하도다. 그대들은 어찌 생각
하는가? 기탄없이 말하라.」

잠시 무거운 침묵이 흘렀다. 이윽고 상서령 왕융(王戎)이 입을
열었다.

「자리가 높으면 시기의 대상이 되는 법이고, 권세가 무겁고 보
면 본의 아닌 과오도 생기기 마련입니다. 전하께서는 근신하셨다
하나, 남들의 눈에는 그렇게 안 비쳤을지도 모르는 일입니다. 성
도왕의 군대가 밀려온다면 경사(京師)의 군사로는 어림없으니 걱
정이 되나이다. *공성신퇴(功成身退 : ☞ 성공자퇴)는 어진이의 거
취이오니 대왕도 정권을 내놓으시고 본국에 돌아가시어 길이 부
귀를 누리심이 좋을까 하나이다.」

사마경은 얼굴이 창백해지며 말을 못하였다.

이때 갈여가 나서며 외쳤다.

「그게 무슨 말씀이오! 제왕 전하께서 무엇을 잘못하셨기에 물

러나신다는 것이오! 전하께서 정사를 돌보심은 옛날에 위공(魏公
: 조조)이 한나라 헌제(獻帝)를 보필했던 것과 같소 그렇거늘 대왕
께서 일단 권세를 손에서 놓아보시오 여러 왕들이 날뛰어 어느
누가 이 나라를 이끌겠소이까? 한(漢)·위(魏) 이래 정권을 내놓은
왕후(王侯)로서 어느 누가 그 처자를 보존했습니까? 대왕께서는
망언에 속지 마십시오」

갈여는 자주 왕융을 노려보며 거친 음성으로 말끝을 맺었다.

왕융은 겁이 덜컥 났다. 뒤를 보러 가는 체 밖으로 나와서는 그
대로 집으로 돌아가서 앓아 누워버렸다.

결국 백관들은 꿀 먹은 벙어리처럼 있다가 조회가 파하자 각자
집으로 돌아갔다.

사마경은 끝내 물러가지 않고 그대로 전횡(專橫)을 거듭하였고,
소위 제복(齊腹)의 5공들은 이런 일이 있은 후부터는 더욱 오만과
방자의 악덕을 쌓았다.

8. 장사왕의 기병

장사왕은 왕융과 갈여가 논쟁하던 자리에서 돌아오자, 곧 막하
의 장수들을 불러 모았다. 시일을 끌다가는 자기의 음모가 발각되
겠기 때문이었다.

「하간왕이 제왕을 치자고 하기에 동의하였더니, 성도왕·하간
왕의 군사는 오지 않고 도리어 조정에 글을 올려 제왕의 죄를 성
토하고 나서서 내 처지만 딱하게 되었소 시일을 끌다가 일이 발
각이라도 나는 날에는 우리만 화를 입으리니 장군들은 어찌 생각
하는가?」

마함(馬咸)이 아뢰었다.

「대저 남보다 앞서는 자는 공을 거두는 법입니다. 제왕이 무도

하여 천하가 다 망하기를 축원하고 있는 지금, 어찌 주저하여 시일만 끌겠사옵니까. 조만간 성도왕·하간왕의 군대가 이를 것인데, 그리 된다면 공로는 두 왕에게 돌아갈 터입니다. 적이 미처 생각지 못하고 있는 틈에 일격을 가하면 어찌 그만한 일을 성공시키지 못하겠나이까. 정국을 바로잡아 제(齊)의 환공(桓公), 진(晋)의 문공(文公)을 본받으실 시기는 바로 이때인가 합니다.」

마함은 14로 제후(諸侯)의 한 사람이었던 무위태수 마융(馬隆)의 맏아들이었다. 마융은 원래 제왕 휘하의 태수였는데, 그가 죽고 나자 사마경은 그 유가족을 전혀 돌보지 않았다. 장사왕은 마융의 유족을 불쌍히 여겨 특별히 자기가 거두어 양육하던 중 마함이 성인이 된 것이다.

그러나 상관기(上官己)는 반대했다.

「일이란 명분이 있어야 하는 것입니다. 며칠만 늦추어 두 분 왕의 군대가 이르는 것을 기다려 거사해도 결코 늦지 않을 것입니다. 대왕께서 홀로 기병하시면 함부로 군사를 움직인 허물이 전하께 돌아올는지도 모릅니다.」

듣고 보니 둘 다 그럴 듯했다. 혼자서 일을 일으키자니 위태롭고, 그대로 두 왕의 군대가 도착하기를 기다리자니 그 동안에 어떤 일이 벌어질지 보장이 서지 않았다. 어느 쪽이든 *만전지책은 아니었다.

송홍이 한 마디 했다.

「공경대부 가운데서도 사공 양현지(羊玄之)는 평소에도 제왕에게 아첨하지 않고 또 다섯 간당들의 횡포를 늘 규탄해 온 분입니다. 그러니 거사에 앞서 양사공을 청해 일단 우리 뜻을 밝히고 참고로 의견을 들어보는 것이 좋을 듯합니다. 더욱이나 양사공은 국구(國舅)이시니 궁중과 조정 내외의 사정에 밝은 분이 아니십니까.」

장사왕은 송홍의 의견을 옳게 여겨 즉시 사람을 보내 양현지를 장사왕 부중으로 불러서 사정 얘기를 털어놓았다.

한참을 생각에 잠겨 있던 양현지는 그 가는 눈을 깜박이며 마침내 입을 열었다.

「이 세상에 만전지책이라는 것이 어디 있나이까. 어떤 일이 지나간 후에는 무엇 때문에 성공했다, 어느 것이 원인이 되어 실패했다 합니다마는 일을 일으키는 당시에 앉아보면 한 치 앞이 안 보이는 법입니다. 홍문연(鴻門宴)에서 고조(高祖)를 죽이지 않았기에 항우는 천하를 잃었다 하오나, 죽였다 해도 또 다른 영웅이 나타날 가능성도 배제할 수 없는 문제입니다(*豎子不足與謀수자부족여모). 이와 같이 미래의 일은 아무리 지혜로운 사람에게도 확실히는 추측이 안 가는 것입니다. 지금 전하께서는 대사를 일으키시건 뒤로 미루시건 간에, 성공과 실패의 가능성은 솔직히 반반씩이라 여겨집니다. 그렇다면 거사하십시오. 뒤로 미루심으로써 절대적으로 안전이 보장된다면 모르되, 그렇지도 않은 바에야 무엇을 주저하시겠습니까?」

장사왕이 고개를 끄덕였다.

「그것도 그렇소이다 그려. 그런데 성공하기가 그리도 어렵겠소?」

「결코 어렵다는 것이 아닙니다. 전하께서 어떻게 나가시느냐, 거기에 대해 폐하와 군대와 백성이 어떤 태도를 취하느냐, 이런 것이 변수이고, 거기다가 제왕과 그 일당이 어느 정도의 저항을 하느냐 하는 점이 서로 뒤엉켜서 이 일을 성공시키기도 하고 실패시키기도 할 것입니다. 예측하기 어렵다는 이유가 바로 여기에 있습니다.」

「그렇다면 나로서 취할 수 있는 최선책이 무엇이오?」

「외부 세력을 유리하게 이용하는 일입니다. 우선 폐하께 제왕이 모반한다고 아뢰어 그 토벌의 명령을 받으시고, 우림군(羽林軍)을 움직일 권한을 얻으십시오. 제왕의 참람(僭濫)은 누구나 미워하는 터이니까, 폐하의 분부만 계시다면 누가 아니 따르겠습니까. 일을 은밀히 진행하여 제왕이 눈치채지 못하게만 한다면 성공의 가능성은 그만큼 늘어나는 셈입니다.」

장사왕은 무릎을 쳤다.

「과연 지당한 말씀이오. 가슴이 후련해지는구려.」

장사왕은 왕호(王瑚)·황보상(皇甫商)·왕구(王矩)·진진(陳珍) 등의 장수와 1천 명의 군사를 이끌고 곧바로 궁중으로 들어갔다. 궁문이란 궁문은 재빨리 점령되었다.

황제는 갑옷을 입고 나타난 장사왕을 보자 눈이 휘둥그레졌다.

「무슨 일인가? 왜 무장을 하고 왔는가?」

「폐하!」

장사왕은 부복하여 아뢰었다. 스스로 감격한 탓인지 그 두 볼에는 눈물이 흘러내렸다.

「제왕이 모반했나이다. 그 자가 참람하여 못하는 짓이 없더니 드디어 폐하를 폐위하고 자립하고자 기병한다 하옵기에……」

「무엇이?」

험난한 꼴을 많이 보아온 황제는 얼굴이 파랗게 질렸다.

「황공하오이다.」

장사왕은 진정 자기 죄이기나 하듯 무수히 고개를 숙였다.

「제왕이 어떤 인물인지는 폐하께서 아시나이다. 그는 마침내 보위(寶位)에 오를 것을 결심하고 지금 그 도당을 모아들이고 있나이다. 한시가 급하옵니다.」

「괘씸한 놈! 그놈이 신사(臣事)의 뜻이 없음을 안 지는 오래거니와 조정이 모두 그의 도당이라 지금껏 손을 쓰지 못하고 있었던 것이오. 경에게 무슨 대책이 있는가?」

「폐하께 이런 심려까지 끼쳐드리오니 신자 된 도리에 만사무석(萬死無惜 : 만번 죽어도 아깝지 아니할 만큼 죄가 무거움)이옵니다. 폐하께서는 사해(四海)의 주인이시거니와, 분부만 내리신다면 누가 아니 제왕을 치겠나이까. 황송하오나 동화문(東華門)에 친림하사 우림군에게 조칙을 내리시옵소서. 신이 불민하오나 간뇌도지(肝腦塗地 : ☞ 일패도지─敗塗地)함으로써 이 일을 감당하오리다.」

황제는 곧 조칙을 짓게 하여 내시에게 들리고 동화문에 임어하여 우림군을 불렀다. 황제는 장사왕과 함께 문루에 좌정하고 내시를 시켜 조칙을 읽게 했다.

─오호라, 천도가 무심하고 종사에 복이 얇아 안으로 간신이 권세를 *농단(壟斷)하고, 밖으로 오랑캐가 화를 일으키니, 짐은 깊은 못에 임한 듯 스스로 삼가는 마음 끊일 때가 없노라. 일찍이 조왕이 나라의 근심이 되더니, 근자에는 제왕이 그 도당을 중외에 부식하여 포학무도함이 비길 데 없던 중, 이제는 역천(逆天)하여 보위를 넘겨다봄에 이르니 천인(天人)이 어찌 이를 용납하랴. 짐은 이제 너희 군민에게 명하노니, 저 역적을 쳐서 기강을 바로잡으라. 모든 것은 장사왕의 지휘에 따라 행하라.

조칙의 낭독이 끝나자 도열했던 군사들 사이에서는 만세소리가 터져 나왔다. 모두 제왕을 미워하던 판이라 팔을 걷어 올리며 좋아했다. 이를 바라보는 혜제의 눈에도 눈물이 맺혔다.

9. 추우기(騶虞旗)의 공효

장사왕이 기병했다는 소식은 곧 제왕에게도 알려졌다. 갈여가 말했다.

「장사왕이 갑옷을 입고 입조했다 하고, 또 1천의 군사를 대동했다 한즉, 이는 반드시 전하를 제거하려는 음모인 줄 압니다. 대군이 밀려와 왕부(王府)를 포위한다면 큰일이니 속히 공격하여야 할 것으로 아나이다.」

제왕은 곧 노수(路秀)·위의(衛毅)·한태(韓泰)·유진(劉眞) 등에게 5천의 병사를 주어 운룡문(雲龍門)을 치게 했다.

운룡문에서는 장사왕의 막하인 마함·체포·풍숭·송홍·동공·송기·상관기 등이 지키고 있다가 제왕의 군사가 나타나자 화살을 퍼부었다. 공방전이 치열하게 벌어졌다. 양군이 쏘는 화살은 혜제가 임어하고 있는 동화문에까지 날아왔다.

황제는 놀라서 장사왕을 돌아보았다.

「우림군을 내보내서 싸우게 하오!」

장사왕은 곧 성보(成輔)·유우(劉佑) 두 장수로 하여금 황제를 수호하게 하고 자기는 우림군을 이끌고 나갔다.

장사왕은 진두에 말을 세우고 크게 외쳤다.

「궁중을 향해 감히 활을 겨누는 저 역적의 무리를 한 놈도 남김없이 쳐부수라. 제왕을 사로잡는 자에게는 만금의 상을 주리라!」

장사왕의 군대와 우림군은 함성을 지르며 제왕의 군사 속에 뛰어들었다. 이에 양군 사이에는 육박전이 벌어졌다. 치고받고 찌르고 베는 살육은 한 시간 이상이나 계속되어, 넓은 궁문 앞에는 시체가 낙엽처럼 깔렸다.

제왕은 장사왕의 병사가 용맹하여 불리함을 알고 한 꾀를 생각해 냈다. 그는 곧 사람을 가만히 보내 황문령(黃門令) 왕황(王璜)을 데려오게 했다.

제왕의 지시를 받은 이 내시는 곧 궁중으로 들어가서 내고(內庫) 깊이 간직되어 있는 추우기를 훔쳐냈다. 추우기는 천자가 내리는 친명(親命)의 상징이며, 따라서 이 기를 내세울 때는 무조건 복종해야 한다는 것은 이미 앞에서 보아온 바이다.

왕황은 추우기를 높이 들고 양군이 싸우고 있는 한가운데로 나아갔다.

「나는 천자의 칙명을 받자와 여기 나왔나니 양군은 싸움을 중지하라. 만일 믿어지지 않거든 이 추우기를 보라. 무엇 때문에 궁문에서 서로 싸워 피로 대궐을 더럽히는가. 곧 싸움을 그만두고 돌아갈 것이며, 만일 명령을 어기는 자는 삼족을 멸하리라. 양왕의 분쟁은 내일 조정에 만조백관을 모아놓고 그 흑백을 가릴 것이니 모두 성지(聖旨)를 받들라!」

이렇게 되자 양군은 죽은 듯이 고요해졌다. 추우기의 위력이란 과연 큰 것이었다.

왕호가 장사왕에게 말했다.

「무엇을 주저하고 계십니까. 저 추우기는 천자의 명령에서 나온 것이 아닙니다. 폐하께서는 지금 동화문에 거둥해 계시는 터에, 어찌 저런 것을 내보내셨겠습니까. 이는 반드시 제왕의 속임수이니 믿지 마십시오.」

장사왕이 고개를 끄덕이며 장수들을 돌아보았다.

「누가 가서 저 추우기를 빼앗아오랴?」

이에 송홍이 말을 달려 나가면서 외쳤다.

「추우기가 나왔으니 어찌 복종하지 않겠습니까. 반드시 칙령이 있을 것이니 듣잡고자 합니다.」

왕황은 이 소리를 듣고 조금도 의심함이 없이 송홍을 맞이했다. 송홍은 근엄한 표정을 지으면서 말했다.

「말씀하십시오. 그 어떤 칙명이오니까?」

왕황이 좀 당황해 하였다.

「아까 말하지 않았소? 양군은 즉각 싸움을 중지하라는 어명이시오. 그것뿐이오.」

「이놈, 어명을 빙자하여 감히 추우기를 끌어냈으니 그대로 둘 수 없도다!」

송홍은 버럭 화를 내는 척하며 한칼에 왕황을 쳐 죽였다. 그리고 추우기를 빼앗아 높이 휘두르며 제왕의 군사를 향해 외쳤다.

「제왕이 모반하기에 이를 치라는 칙명이 우림군에게 내린 터이다. 이 추우기가 안 보이느냐? 너희는 역적의 악을 돕는 일을 즉각 중지하고 각기 흩어지라. 그렇지 않으면 멸문의 화를 당하리라!」

이를 듣고 병사들 사이에 동요가 일어나는 것을 본 갈여는 큰 소리로 외쳤다.

「거짓말이니 속지 마라. 저 추우기는 왕황이 가져온 것을 저놈이 빼앗은 것이다. 물러가는 놈은 죽이리라!」

이에 송홍은 다시 외쳤다.

「너희들은 조정의 명령을 거역하고 왜 스스로 묘혈(墓穴)을 파느냐. 들어라, 내일이면 성도왕의 대군이 이를 것이니 그때 가서 후회해도 소용이 없으리라.」

성도왕이라는 말이 병사들에게 심한 충격을 주었다. 이런 판국에 그 대군이 도착한다면 승패가 돌아갈 곳은 뻔했다. 병사들은 때마침 날이 어두워 옴을 *기화(奇貨)로 하나 둘 빠져나가 우림군에 투항하는 자가 늘어났다. 이렇게 되자 가뜩이나 열세에 놓여 있던 제왕의 군대는 형편없이 줄어들었고, 이와는 반대로 장사왕의 진영은 더욱 늘어났다.

이보다 한 걸음 앞서 제왕의 모사 손순(孫洵)은 이미 대세가 기울어진 것을 깨닫고 약삭빠르게 제왕의 부중을 빠져나와 몰래 장사왕에게 항복을 하였다.

사마예는 손순의 항복을 일단 받아들였다. 그의 해박한 식견과 예리한 재지(才智)가 아까웠기 때문이다.

대세가 유리하게 돌아가는 것을 본 사마예는 곧 공격명령을 내렸다. 싸움을 오래 끌 필요도 없었다. 제왕의 장수들은 다 잡혀 죽고 군대는 흩어졌다. 상관기·황보상·마함 등은 곧 제왕의 왕부에 뛰어들어 눈에 띄는 사람은 모조리 죽여 버렸다.

거사를 성공리에 마친 사마예는 그 날로 갈여와 동애·유은 등을 저자거리에 끌어내어 목을 벤 다음, 그들의 3족을 모조리 주륙하여 후일의 본보기로 삼았다. 그리고 제왕 사마경에게는 사약을 내렸다.

이튿날, 사마예는 조정에 들어가 역적 제왕의 일당이 평정됐음을 아뢰었다. 때마침 성도왕과 하간왕의 군대가 도읍 가까이에 이르렀다는 보고가 들어왔으므로 장사왕은 곧 통첩을 보내 어제의 경과를 알렸다.

입경하는 도중에서 이 통지를 받은 사마영은 곧 측근을 불러 상의했다. 노지(盧志)가 말했다.

「제왕의 일당을 일소한 것은 장사왕의 공로입니다. 만일 전하께서 입조하신다면 여러 가지로 어려운 문제가 발생할 것입니다. 양웅(兩雄)이 나란히 설 수 없는 처지이니 이번에는 그대로 회군하심이 옳을까 하나이다.」

한참을 생각하던 사마영은 그 말을 받아들여 장사왕의 공로를 극구 칭찬하는 편지를 보낸 다음 그대로 회군했다.

사마예는 자기만의 힘으로 제왕을 제거한 터에 성도왕·하간 왕이 입조하는 것을 내심 꺼리고 있던 참이었다. 더욱이 성도왕의 세력이 두려웠다. 그렇다고 자리를 양보하기도 싫은 것이 어쩔 수 없는 인정인지라 이런 판에 성도왕 자신이 물러가겠다고 해왔으므로 매우 기뻐하며 황제에게 상주해서 두 왕에게 식읍(食邑)을 증가해 주는 조처를 취했다.

제왕이 제거되자 자연 정권은 장사왕의 손으로 굴러들었다. 그러나 장사왕은 성도왕을 꺼리는 터였으므로 중대한 일이 있을 때마다 업성에 사람을 보내 성도왕과 상의하여 결정하기를 잊지 않았다. 그만큼 장사왕은 약은 사람이었다.

제4장. 소용돌이치는 세상

1. 반발

하간왕 사마옹의 명령으로 군사를 끌고 낙양으로 향하던 장방(張方)은 성도왕이 회군하는 것을 보자 자기도 돌아가 그 뜻을 왕에게 보고했다.

이 말을 들은 사마옹은 크게 성을 냈다.

「너는 몇 십 년이나 내 밑에 있으면서 어찌도 그리 내 뜻을 모른단 말이냐!」

늙은 왕의 얼굴이 실룩거렸다.

「내가 너를 보낸 것은 제왕을 제거하고 성도왕을 앉히려는 마음에서 나온 일이다. 이미 제왕이 죽었다면 장사왕을 왜 아니 쳤단 말이냐. 제왕에게 죄가 있다 하나 정권을 뺏기만 하면 될 것을 가솔까지 모두 죽였으니, 그 죄는 응당 물어도 좋았을 것이다. 그런데 바보처럼 돌아오다니, 너 같은 바보가 어디 있단 말이냐!」

노인의 독설은 그칠 줄을 몰랐다.

「제왕의 죄란 대체 무엇이냐. 그에게 분에 넘는 행동이 있었던 것은 사실이나, 대역무도를 꿈꾼 것은 결코 아니었다. 그렇다면 장사왕의 이번 죄가 오히려 더 크지 않느냐. 왜 입경하여 장사왕

을 잡아 족치지 못해? 무엇을 하러 갔는데 어정어정 그냥 돌아온
단 말이냐!」

끊일 사이 없는 잔소리에 장방은 진땀만 흘렸다. 이때 이함(李
含)이 앞으로 나와 아뢰었다.

「전하, 고정하옵소서. 장사왕을 치는 일 같은 것은 한 장수가
결단을 내릴 소소한 일이 아닙니다. 성도왕도 그대로 돌아가시는
마당에 장방이 안 돌아서고 어찌하겠나이까. 이는 결코 그의 허물
이 아닙니다.」

그도 그렇겠다고 생각했는지 사마옹은 아무 말도 하지 않았다.
이함은 다시 말했다.

「성도왕이라고 왜 마음 편히 돌아오셨겠습니까. 남에게 공을
뺏기고 돌아가는 길이 유쾌하셨을 리가 없나이다. 그러나 일은 이
미 끝난 일이고, 남이 해놓은 마당에 뛰어들어 공을 다투는 것보
다는 물러나서 시세를 관망하자고 생각하신 것이라 믿으며, 이는
어디까지나 현명하신 처신으로 압니다. 성도왕도 그리 하신 터에
비록 용맹하다고는 하나 장방 한 사람으로야 어찌 장사왕을 대항
할 수 있겠나이까. 만일 장방이 경솔히 행동했더라면 그 화가 전
하에게까지 미쳤을 것입니다.」

사마옹도 이제는 고개를 끄덕였다.

「그렇다고 이대로 둔단 말이냐?」

「아닙니다.」

이함이 말했다.

「장사왕의 소행을 관망하시는 것입니다. 장사왕이 조금도 교
만하고 방자한 뜻이 없이 오직 성상을 보필하여 어질게 처신하신
다면 응당 존경해 드려야 할 것입니다. 그러나 정권을 농단하고
어진 이를 배척하여 다시 조왕·제왕의 일을 본받는다면 그때야

말로 문죄를 위해 군사를 움직이셔도 좋을 것입니다.」

「네 말이 옳은 것 같구나.」

사마옹도 더 이상 성을 내지 않았다.

한편 성도왕은 매우 만족스럽게 여기고 있었다. 자그마한 일이라도 장사왕은 자기에게 글을 보내 의견을 물은 후에야 처리했기 때문이다. 역시 형제밖에 없다고 생각했다.

어느 날, 사마영은 몇몇 근신과 환담하는 자리에서 이런 말을 노지에게 했다.

「나는 만사를 경에게 물어 처리해 오면서 하나도 나쁜 결과를 가져온 적이 없었소. 앞서 조왕을 주살하고, 위군에 침범한 한적을 물리쳤으며, 이번에는 제왕의 일당을 제거했으니, 이것이 다 경의 공이 아니고 무엇이오. 나는 병사 하나 희생시키지 않았건만 장사왕은 매사를 나에게 물어 행하고 있으니 앉아서 조정을 좌우하고 있는 셈 아니겠소?」

노지는 칭찬을 들었는지라 왕을 추켜세웠다.

「그것이 어찌 신의 힘이겠나이까. 모든 것은 대왕께서 윤문윤무(允文允武)하사 스스로 대공을 이루신 것일 따름입니다. 옛날의 주공(周公)인들 어찌 전하에 미치오리까.」

사마영은 기쁜 얼굴로 술잔을 비웠다.

2. 호사다마

진 혜제는 장사왕 사마예가 제왕 사마경과 여러 난신적자를 주하여 조정을 안분(安分)시킨 것을 기념하여 영녕(永寧)의 연호를 태안(太安)으로 고쳤었다.

태안 원년도 어느덧 바뀌어 2년의 여름이 되었다. 진의 조정은 실로 오랜만에 계속되는 무사 안온이었다. 모든 것이 장사왕 사마예의 슬기롭고 착한 정사 덕이었다.

조정의 공경대부(公卿大夫)와 문무관원은 물론, 낙양의 백성들까지도 입을 모아 장사왕의 어진 덕을 칭송하며 태평연월을 구가하고 있었다.

그런데 여기 실로 조그마한 마(魔)가 생겼다. 호사(好事)에는 다마(多魔)라는 말이, 하필이면 그토록 충직한 장사왕 사마예에게 붙여지다니, 정말 헤아릴 수 없는 것이 인간의 명운인가 보다.

이 때 조정에 중서령으로 있는 유파라는 자가 있었다. 그는 난릉(蘭陵) 사람으로 일찍이 업성에서 주부(主簿)로 있다가 성도왕 사마영의 천거로 연전에 조정으로 들어와서 중서령이라는 높은 벼슬에 앉게 되었다.

그런데 유파에게는 나이 열일곱 나는 딸이 하나 있었다. 그녀의 자태는 가히 *경국지색(傾國之色)이라는 평판을 들을 만큼 잘 생긴 규수였다.

이 무렵 궁중에서는 사방으로 적당한 후궁을 물색 중이었다. 이유는, 가후가 폐출된 뒤 혜제는 양후(羊后)를 계비(繼妃)로 맞아 황후를 삼았으나 2년이 지나도 아직 양후에게서는 태기가 없었기 때문이다.

이런 말을 들은 유파는 자기의 딸을 장사왕에게 자천(自薦)하였다. 장사왕은 이것을 다시 사공 양현지에게 상의하였다. 양현지는 장사왕의 말을 한 마디로 일축해 버렸다.

「신이 국구(國舅)의 몸으로 무어라 대답을 할 수 있겠습니까. 신은 전혀 관여할 바가 아닌 줄 아옵니다. 다만 황후의 보령(寶齡)이 아직 스물이 못되었으니, 이 점 대왕의 통촉이 계셨으면 다시 없는 은덕인가 합니다.」

사마예는 얼른 양현지의 말뜻을 알아차렸다. 그래서 유파에게

는,

「아무래도 황후의 보령이 아직 젊으시니 좀더 두고 볼 일일 것 같소.」

하고 우물우물 그 얘기를 마무리해버렸다. 그러나 유파로서는 심히 무안하고 분한 일이 되고 말았다. 그로부터 유파는 양현지를 보는 눈이 달라졌다.

며칠이 지나서다. 조정에 멀리 요동의 모용외로부터 파발이 들어왔다. 보고의 내용은, 동방의 고구려(高句麗)가 현도군을 침범하여 군사와 백성을 8천여 명이나 붙들어 갔다는 것이었다.

사마예는 곧 이 사실을 업성의 사마영에게 알리고 그 대응책을 물으려 했다. 그러자 사공 양현지가 얼굴에 웃음을 띠면서 말했다.

「참, 대왕께서도 너무 곧으십니다. 그까짓 수만리 밖 변방에서 일어난 조그만 일을 가지고 굳이 성도왕에게까지 품하실 거야 뭐 있습니까. 요동자사 모용외에게 적당히 알아서 처리하라는 전지(傳旨) 한 장만 내리시면 될 것이 아닙니까.」

사도 왕융(王戎)도 양현지의 말을 제청했다. 사마예는 그제야 양현지의 말을 좇아 파발마에게 전지를 써서 주었다.

이 날 조정이 파하여 집으로 돌아온 유파는 붓을 들어 성도왕 사마영에게 일봉 서장을 닦았다.

그 사연은 대략 다음과 같았다.

<줄이옵고, 오늘 조정에, 동방 소국 고구려의 적구(賊寇)가 감히 대진(大晋)의 강역(疆域)인 현도군을 침범하여 1만에 가까운 성명(性命)을 사로잡아 갔다는 파발이 요동자사 모용외로부터 전달되었습니다. 장사왕은 이를 대왕께 품하여 하사를 받고자 했으나, 사공 양현지가 이를 만류하여 기어이 장사왕의 독단

으로 전지를 내렸습니다. 비록 현도군이 거리가 먼 변방의 소군(小郡)이라 하나, 그 곳도 엄연히 대진의 땅이오며, 또한 그 곳의 검려(黔驢 : 백성 일반)도 마땅히 천자의 신자(臣子)일진대, 어찌 소홀히 다룰 수 있겠습니까. 이는 오로지 양 사공이 국구임을 빙자하여 대왕의 거룩하신 위(威)를 업신여기는 소치인가 사료되오니, 대왕께서는 전날 양 태부의 전철을 밟으시기 전에 이를 광복(匡復)하시기 바라옵니다. 끝으로 다시 한 말씀 아뢸 것은, 전날 제왕을 주토(誅討)하실 때, 대왕의 군사를 낙양에 돌려보내지 말도록 한 것은 바로 양 사공의 획책이었음을 알아두시기 바라옵니다.>

유파의 서신을 읽고 난 사마영은 발연대로했다. 그는 곧 노지와 육기 등 막료를 불러들였다.

노지가 들어오자 사마영은 대뜸 핏대를 올리며 호통을 쳤다.

「아니, 양현지라는 놈이 이렇게도 무엄 무례할 수가 있단 말이오 당장에 이 오만무도한 놈을 잡아다가 요절을 내야겠소 이 편지를 한번 읽어 보시오」

영문을 모르는 노지는 어리둥절한 채 편지를 받아서 펼쳐 보았다. 유파의 편지를 읽고 난 노지는 조용히 간했다.

「대왕은 고정하옵소서. 양 사공은 그 신분이 국구이니, 함부로 다룰 수가 없사오며, 또 신이 요량컨대 유파의 편지에는 다분히 사적(私的) 감정이 흐르고 있는 것 같으니, 좀더 진상을 캐어 본 다음에 단을 내리심이 가할 듯하옵니다. 그리고 현도군은 이미 요동자사 모용외가 다스리도록 된 것이며, 전날 한적(漢賊)을 정벌할 때는 출병의 요청을 받고도 묵살했던 모용외가 어째서 이제 와서 이런 사소한 일을 가지고 조정에 주달까지 하는지 그 저의가 심히 수상쩍은 바 있사옵니다.」

육기가 한 마디 했다.

「이는 모용외가 딴 뜻이 있어서 그러는 것 같습니다. 신의 짐작으로는, 모용외가 쉬 자립하여 진조에 반기를 들 조짐인가 합니다. 즉, 모용외는 여러 해에 걸쳐 고구려와 일진일퇴의 싸움을 해 왔습니다. 그러나 손해는 고구려보다도 모용외가 훨씬 더 크게 입었습니다. 더 이상 싸움을 계속하면 자기의 영지인 요동까지 위태로울 테니, 차라리 현도군을 고구려에 떼어주고 화평을 청한 다음, 자기는 서북으로 진출하여 패(覇)를 이룩해 보겠거니와, 과연 진조(晉朝)의 반응이 어떨는지 한번 시험해 보자는 저의에서 특별히 이번 일을 조정에 주달한 것인 줄 압니다. 조정에서 전지를 어떻게 내리든 이미 모용외는 자기가 자립하기 위하여 백성들에게 주장할 구실을 마련한 것이니, 굳이 신경을 쓸 필요가 없는 일인 줄 압니다.」

그러나 사마영의 노여움은 조금도 가셔지지가 않았다.

「그건 그렇다손 치더라도, 전일에 제왕을 의토(義討)하는 군사를 몰고 고가 친히 낙양까지 갔을 때, 고의 입성을 양현지가 방해하였다니, 그런 괘씸한 놈이 어디 있단 말이오」

노지가 다시 무슨 말을 하려는데, 갑자기 밖에서 하간왕의 사자가 내도하였다는 전갈이 들어왔다.

사마영은 즉시 사자를 안으로 들게 하여 사자가 바치는 서장을 받아 펼쳤다. 그것은 하간왕의 친서였다.

내용은, 자기가 제왕의 포학을 주하는 데 앞장선 것은, 어디까지나 성도왕을 후사(後嗣)가 없는 혜제의 후계자로 세워 쇠퇴해 가는 진조의 기틀을 굳히고자 한 것이었는데, 근자에 듣자니 사공 양현지가 국구의 신분을 빙자하여 장사왕을 은근히 황제의 후계자로 밀고, 또 장사왕도 이를 수긍하여 점차 조정에 자기 세력을 구축하고 있다 하니, 이는 조왕과 제왕에 다를 바 무엇이며, 이를 그대로 방치했다가는 미구에 종묘사직이 위태로울 것이니, 함께 일어나서 간신을 주륙하자는 사연이었다.

편지를 읽는 사마영의 두 손이 차츰 부들부들 떨기 시작하였다.

「흐흠, 장사왕이 기실 *양두구육(羊頭狗肉)이었구나. 형(兄)이기에 지금껏 모든 것을 양보한 내가 어리석었구나. 나는 씨를 뿌리는 사람이고, 장사왕은 열매를 거두어들이는 사람이란 말이냐. 안될 말이다. 단연코 안될 말이지.」

혼자서 뇌까려 붙이던 사마영은 별안간 언성을 높여 육기에게 일렀다.

「경은 오늘밤 안으로 군사 5만을 점검하여 내일 낙양으로 진병할 수 있도록 하오. 이 이상 참는다면 고는 천하의 우물(愚物) 취급을 당하겠소.」

노지가 정색을 하고 말했다.

「지금 사해의 백성들은 전하의 겸양지덕(謙讓之德)을 진심으로 칭송하고 있습니다. 부디 고정하시기 바랍니다. 대왕께서 정장사왕과 곡절을 가리시겠다면, 병갑(兵甲)은 거두시고 평복으로 입조하셔서 의혹을 풀도록 하십시오. 그러면 전하는 제(齊)의 환공(桓公)에 결코 못지않을 것입니다.」

사마영은 버럭 역정을 냈다.

「듣기 싫소. 경의 말대로 밤낮 공자 맹자만 찾다가는 고가 그만 무골충(無骨虫)이 되고 말겠소. 패자(覇者)의 길은 그런 것이 아니오.」

노지는 굴하지 않고 다시 진언했다.

「무릇 형제는 인체의 수족과 같습니다. 만약 대왕께서 장사왕을 내치신다면 대왕은 한쪽 수족을 잃는 것과 다를 바 없습니다. 지금 대왕은 천하의 적구(賊寇)를 막아서 진조의 종묘사직을 수호하실 중책을 맡고 계십니다. 지금 한적은 *호시탐탐(虎視眈眈) 진조의 내분만을 노리고 있음을 아셔야 합니다. 이런 난국에서 대왕은 과연 친형을 꺾어서 한쪽 수족을 잃는 것을 원하십니까. 부당하옵니다.」

노지의 눈에는 눈물이 글썽했다. 그러나 사마영은 이번만은 아무래도 그의 충간에 귀를 기울이려 들지 않았다.

육기가 또 아뢰었다.

「대왕의 뜻이 정 그러하시면, 우선 하간왕과 연명(連名)으로 천자께 표문을 닦아서, 양사공과 장사왕의 비(非)를 탄핵하시기 바랍니다. 다행히 천자께서 상소를 받아들이셔서 두 사람을 조정에서 물러나게 하신다면, 대왕은 굳이 군사를 움직일 필요가 없을 것이며, 따라서 무고한 성명의 희생도 없고 천하를 놀라게 하지 않아도 될 것이 아니겠습니까. 아무쪼록 통찰하옵소서.」

사마영은 그 말에는 일리가 있다고 생각이 드는지, 그제야 고집을 꺾고 육기에게 명했다.

「좋소 일단 경의 말대로 해볼 것이니, 경이 고의 이름으로 표문을 닦아 하간왕의 사자에게 전하도록 하오 에잇, 쾌씸한지고!」

사마영은 혀를 차면서 일어나 홀쩍 안으로 들어가 버렸다.

육기는 사마영의 영대로 그 날로 성도왕이 혜제에게 올리는 표문을 써서 하간왕의 사자에게 전하면서, 하간왕의 표문과 함께 그것을 낙양으로 송달토록 하였다.

알지 못할 일이로다, 영달의 평온함이여.

진의 조정에는 다시금 먹구름이 일기 시작하였던 것이다.

3. 짐은 황제로다

두 왕 사이를 사신이 빈번히 왕래한 끝에 그들은 상소문을 황제에게 올렸다.

— 하간왕·성도왕은 삼가 글월을 신문신무(神文神武)하신 황제 폐하께 드리옵니다. 장사왕은 권세를 탐하여 제왕을 죽이고 정권을 농단했나이다. 비록 제왕이 죄가 있다 하나 권세를 빼앗아 본국으로 돌려보내면 될 것을 함부로 죽였으니 종사에 득죄했음이 명백하고, 친척 돈목의 의에도 어그러지는 소행이라 아니할 수 없나이다. 폐하께서는 곧 장사왕을 잡아 처벌하사 기강을 바로잡으시옵소서. 만약 윤허가 없을 때에는 부득이 신 등이 군사를 움직여서라도 이 역적을 토벌치 않을 수 없으니 성상께서는 신 등의 작은 정성을 굽어 살피시기 복망하나이다.

이 표문(表文)을 받은 혜제와 장사왕 사마예가 깜짝 놀란 것은 말할 것도 없었다. 이야말로 선전포고였다.

이윽고 사마예는 혜제를 은밀히 뵙고 상주했다.

「저 두 사람이 이렇게까지 나오는 것은 오직 신이 조정에 있기 때문입니다. 신은 제왕을 제거한 이래 얇은 얼음을 밟는 듯, 깊은 못에 임한 듯 조심스레 대소사를 성도왕과 연락한 후에 처결하였으며, 제 딴에는 추호도 전단한 바가 없었나이다. 하오나 이렇게 지탄을 받게 되었으니 본국으로 돌아갈까 하나이다. 신에게 그들이 말하는 것 같은 죄상이 없다 해도 덕이 모자라 이런 비방을 듣는 것이며, 그 누(累)가 폐하에게까지 미친다면 그것이 어찌 신의 본의이겠습니까. 성상께서는 용체(龍體)를 보중하사 만수무강하옵소서.」

사마예의 눈에서는 눈물이 비 오듯 떨어졌다. 황제가 말했다.

「저 두 사람의 뜻은 짐이 아오. 그들은 정권을 탈취하고 종당에는 짐의 자리까지 빼앗으려는 생각이오. 그렇지 않고야 어찌 이리 나오겠소. 짐도 결심을 하였소. 저들이 쳐온다면 짐은 친히 나서서 그들과 생사를 결판내겠소. 그러니 경은 가지 마오. 의에 있어서는 군신이로되 정에 있어서는 피를 나눈 형제가 아닌가. 경의 결백은 짐이 아노니, 짐을 버리지 마오.」

사마예는 감정이 격하여 한참을 흐느낀 끝에 겨우 말을 꺼냈다.

「성상께서는 난세에 등극하사 황송하옵게도 갖은 풍상을 겪으셨나이다. 이 세상은 의(義)라고 다 통하지는 않사옵니다. 죄의 유무를 떠나 신으로 인하여 나라가 다시 어지러울까 걱정입니다. 신 때문에 생긴 일이니 신이 도읍을 떠나면 골육상쟁의 화는 면할 수 있을 것이며, 성도왕도 어찌 불궤의 뜻이야 지녔겠나이까. 성상을 위하는 길은 이것밖에 없을 듯하오니 신으로 하여금 물러나게 하여주옵소서.」

그러나 황제는 듣지 않았다.

「경은 그들의 뜻을 아직 모르는도다. 경이 물러간다 하여 어찌 경을 그대로 두겠는가. 그들이 내세운 명분을 위해서라도 반드시 경에게 갖은 죄를 뒤집어씌워 해치려 들 것이오. 가려는 뜻은 아예 먹지 마오.」

사마예도 그 이상은 어쩔 수 없어 도읍을 방어할 준비에 골몰하는 한편, 황제에게 상주하여 두 왕을 타이르는 조서를 보내도록 했다.

두 왕에게 내린 조서는, 병과(兵戈)를 피하고 순리를 따져서 일을 해결하도록 하라는 내용이었고, 제후들에게는 각자의 맡은 고을을 굳게 진수하여 적구(賊寇)를 막는 데 힘을 오로지할 것이며, 절대로 어느 친왕의 요청을 들어 군사를 움직이는 일이 없도록 하라는 것이었다.

그러나 혜제의 이런 칙령은 사마영과 사마옹에게 도리어 곡해를 사고 말았다.

그들은 오히려 혜제의 조서를 군호(軍號) 삼아 업성과 관중에서 동시에 출병령을 내렸다.

하간왕은 곧 7만의 군사를 일으켜 낙양으로 향발시켰다. 이함을 모주(謀主)로 하고, 대장에는 장방·입성·마첨·질보 같은 인물이 기용되었다.

또 성도왕은 본인이 반대하는 육기를 억지로 군사(軍師)로 하여 맹초·석초·왕수·동공 등을 대장으로 하여 5만 명을 선발대로 삼고, 후군 5만은 진소(陳昭)를 모주로 임명하고 견수·왕언·화연·조양·진언 등을 대장으로 삼았다.

출동을 앞둔 전날 밤이었다.

일찍이 제왕 사마경 부중에서 장사(長史)로 있으면서 그의 전횡을 오난사불가(五難四不可)를 들어 충간했다가 신변의 위해를 피하여 어디론지 자취를 감추었던 손혜(孫惠)가 육기의 집 대문을 두드렸다. 육기는 반가이 손혜를 맞아서 안으로 들어왔다.

총총히 수인사를 마친 손혜는 다짜고짜로 육기를 책망하는 말을 꺼냈다.

「사형(士衡)을 천하의 준재로 알았었는데, 이번에 보니 그렇지가 않은 것 같군.」

「아닌 밤에 홍두깨라더니, 그게 무슨 말인가.」

육기가 놀라서 되묻자, 손혜는 흘끗 육기의 얼굴을 한 번 바라보고 나서 다시 입을 떼었다.

「신하가 임금을 치려하고, 역(逆)이 순(順)을 범하려는데, 그것을 모르고 고분고분 감투를 감수하다니 그래도 천하의 준걸이란 말인가. 어째서 자네의 영지(英智)를 가지고 그것을 판단하지 못했는지 그 까닭을 모르겠네. 지금이라도 늦지 않았으니 당장에 사표를 내도록 하게. 친구의 입장에서 차마 자네의 깨끗한 이름이 욕되게 불리는 것을 들을 수가 없어서 찾아온 걸세.」

육기는 그제야 고개를 끄덕이며,

「말은 고맙네만, 이미 벗어날 수 없는 올가미가 씌워졌으니 어떻게 하겠는가. 운명으로 돌릴 수밖에 도리가 없네.」

손혜는 더 이상 육기의 말을 들으려 하지 않고 자리를 차고 일어섰다. 육기를 하직한 그는 혼자서 하늘을 보고 중얼거렸다.

「아, 강동(江東)의 준재도 이제는 허명(虛名)만 남았구나. 육사형(陸士衡), 그대의 재주가 아깝구나.」

며칠이 지났다. 성도왕과 하간왕의 대병이 낙양으로 진격해온다는 비마(飛馬)가 각처에서 꼬리를 물고 내도하고 있었다.

혜제는 마침내 만조백관을 모아서 부도(不道)를 친정(親征)할 것을 선포하였다. 혜제가 친히 거느리는 군사는 우림군(羽林軍) 1만과 낙양의 아병(衙兵) 1만에다 상관기와 황보상 등이 거느리는 장사왕의 군사 1만 도합 3만이었다. 혜제는 이 3만 군사로 성도왕 사마영의 대병을 상적하기로 하였다.

장사왕은 왕구·마함·송홍 등 제장과 군사 6만을 이끌고 하간왕 사마옹의 군사를 막기로 결정하였다.

또 동해왕 사마월에게는 남아서 궁궐을 지키도록 하였다.

모든 수배를 끝낸 혜제는 친히 1만 철갑병이 전후좌우를 옹위하는 보련(寶輦)에 높이 앉아 기치창검도 삼엄하게 낙양성 밖으로 나서니, 그 위(威)는 해를 가리고 지동(地動)도 멈추게 하는 듯

했다.

거리에는 수만의 백성들이 좌우로 늘어서 부복하고는, 진조 창업 이래 처음 맞는 황제의 친정을 충심으로 환송하고 있었다.

이 무렵 업성의 군사들은 낙양성 밖 20리 지점까지 와서 하채하고 있었다. 혜제가 거느리는 관군의 전부(前部)가 낙양성을 떠나서 10리 지점에 이르렀을 때, 탐마가 달려와 이 사실을 고했다.

양군이 마주치자 혜제는 선봉장 황보상을 불러 명령을 내렸다.

「너는 저들에게 가서 순역(順逆)의 이치로써 타일러보아라.」

이에 황보상은 진 앞에 말을 타고 나아가 큰 소리로 외쳤다.

「성도왕의 장병들은 모두 내 말을 들어라. 지금 황공하옵게도 성상 폐하께서 이 진중에 임어해 계시는 중이시다. 너희는 신자(臣子)의 몸으로서 어찌 성상에게 활을 겨눈단 말이냐. 이는 천도에 어긋난 일이니, 곧 갑옷을 벗고 사죄하라. 회개하는 자는 용서하라는 어명이시다. 만일 군신의 의를 모르고 역적을 돕다가는 멸문의 화를 당할 것이니 잘 생각하라!」

역시 황제라는 이름은 큰 것이었다. 무거운 침묵이 흘렀다. 이를 본 맹초는 어떻게든 사기를 돌려놓아야 되겠다고 생각하여 큰 소리로 말했다.

「천둥벌거숭이처럼 무슨 말을 하는 것이냐. 우리들은 결코 어가(御駕)를 침범하려는 것이 아니다. 다만 폐하의 좌우에 있는 간악한 무리를 제거하여 종사(宗社)를 반석 위에 놓고자 하는 것뿐이니, 너희들도 사리를 알거든 장사왕을 묶어 이 앞으로 내놓아라. 그리하여 성상 폐하께 한 가지로 충성을 다한다면 그 아니 아름다우랴」

입이라는 것처럼 편리한 것도 없다. 말은 어떻게라도 할 수 있는 것이니까.

「이놈, 무엇이라고?」

황보상은 분을 참지 못하고 창을 비껴들고 달려 나갔다. 이를 본 맹초도 칼을 뽑아들고 쫓아나왔다. 두 사람은 한참을 싸웠다. 그러나 맹초로서는 벅찬 상대였다. 황보상은 창을 번개같이 놀려 맹초를 노리는 척하다가 갑자기 그 말을 찔렀다. 맹초가 말과 함께 쓰러졌을 때 황보상은 상대가 일어날 틈을 주지 않고 그 가슴을 찔러버렸다.

이를 본 왕수(王粹)가 달려 나왔다. 그러나 그도 20여 합을 겨우 싸운 끝에 도망하여 본진으로 돌아갔다. 황보상은 그 뒤를 추격하였으나, 석초·동홍이 나타나 그의 앞을 막고 나섰다.

황보상은 두 장수를 상대하면서도 여유있게 싸웠다. 이런 판에 상관기·송기까지 달려 나와 덤비자, 석초와 동홍은 말머리를 돌려 달아났다.

이를 보고 있던 혜제가 외쳤다.

「적장이 도망간다. 모두 총공격을 가하라!」

사기가 오른 관군은 태산이 무너지는 듯 밀려갔다. 황제와 맞선다는 죄의식이 있는 데다가 자기네 장수가 패하는 것을 본 성도왕의 군대는 기가 한풀 꺾여 있었기에 얼마 동안은 마지못해 싸우다가 곧 붕괴되기 시작했다.

성도왕의 군사는 10리나 쫓겼다. 그러나 이때 한떼의 군마가 나타나 관군을 막았다.

뒤로부터 진격해 오던 오랑캐로 편성된 부대였다.

「공을 세울 때는 지금이니, 장사왕을 잡는 자에게는 만금을 주리라!」

인솔자 곽만(郭萬)·공사(公師)는 이렇게 외치면서 관군 속으로 뛰어들었다. 관군도 주춤하고 걸음을 멈추지 않을 수 없었다.

양군 사이에 무서운 육박전이 벌어졌다. 오랑캐로 구성된 이 특수부대는 워낙 사나운 데다가 도망치던 군대도 되돌아서서 덤볐으므로 형세는 관군에게 불리했다.

이때 장사왕은 후군이 되어 낙양에서 나오다가 황제가 진격한 것을 알고 달려오는 참이었다. 그는 양군이 혼전 중임을 알고 큰 소리로 외쳤다.

「성상 폐하께 칼을 겨누는 저 역적 놈들을 좀 보아라. 저것들을 쓸어버리지 못한다면 어찌 사나이라 하랴!」

장사왕의 군대는 마치 노도와도 같이 밀어닥쳤다. 그 중에서도 왕호(王瑚)는 투구를 벗어 어깨에 걸치고 큰 도끼를 마구 휘두르며 덤볐다. 그 형세가 어찌나 무섭던지 적병들은 와르르 좌우로 흩어졌다.

「이놈! 거기 섰거라.」

곽만이 달려와서 그 앞을 가로막았다. 그러나 왕호는 단번에 도끼로 그 말을 찍어버렸다. 땅에 떨어진 곽만을 마함(馬咸)이 달려와 사로잡았다.

피를 보자 더욱 사나워진 짐승처럼 왕호와 마함은 미친 듯이 날뛰었다. 왕호는 도끼로, 마함은 창으로 마구 찍고 찔러대는 바람에 성도왕의 군사들은 수없이 죽어갔다.

이를 본 황제가 말을 달려 나오며 외쳤다.

「저것들이 무너지고 있나니, 너희들은 저들을 쳐서 짐의 근심을 덜라. 성도왕을 사로잡는 자는 후(侯)로 봉하리라!」

이 소리를 듣자, 왕호가 크게 외쳤다.

「폐하께서 시석(矢石)을 무릅쓰고 싸움터에 친림하셨으니 우리가 이때 안 죽고 언제 죽으랴!」

병사들은 모두 감격하여 이를 악물고 밀려갔다. 성도왕의 군사는 형편없이 패주하여 5리나 쫓겼다.

이를 본 육기는 장수들에게 외쳤다.

「병사들을 멈추게 하라. 그리고 장군들은 앞장서서 적장의 목을 베어 사기를 북돋우라!」

이에 장수들은 호령하여 도망치는 군사를 멈추게 한 다음 겨우 진세를 정비했다. 석초가 악을 쓰듯 외쳤다.

「들어라. 우리는 황제 폐하께 항거하는 것이 아니라 간신들을 제거하여 나라를 태평케 하려는 것이니, 의에 있어 조금도 부끄러울 것이 없는 터다. 하물며 주공(主公) 전하의 은혜로 살아온 몸이 이때에 충성을 다하지 않는다면 언제 사람 노릇을 하랴」

그는 악귀처럼 관군 속에 뛰어들었다. 곧 마주친 것은 마함! 그러나 석초는 운이 좋았다. 마함의 말이 이내 땅을 헛디디고 몸을 가누려 허우적거렸기 때문이었다. 그 허점을 놓칠 석초가 아니었다. 석초의 칼은 그대로 마함의 목을 뎅경 베어버렸다.

석초는 마함의 목을 베어 높이 들고 외쳤다.

「이것을 봐라. 적장의 목이다. 저까짓 것들 하나도 두려울 것 없다.」

사람의 기란 이내 꺾였다가도 곧 회복되는가 보다. 이를 본 성도왕의 장병들은 어디서 그런 용기가 났는지 갑자기 함성을 지르며 달려들었다. 이제는 관군이 밀리는 판이었다.

그러나 이런 엎치락뒤치락은 이것으로 끝난 것이 아니었다. 황제 옆에 서 있던 풍숭은 천자의 기를 휘두르며 외쳤다.

「이놈들, 이것이 눈에 안 띄느냐! 천자께서 여기에 계시나니, 감히 시역(弑逆 : 신하가 임금을 죽이는 것.)을 행하려는 자 있거든 어서 앞으로 나오너라. 그렇지 않거든 어서 물러가라. 너희들은 누구를 위해 역적의 누명을 만고에 남기려 하는 것이냐」

천자라는 이름은 그들이 피로써 이어받은 우상이기에, 이 소리가 떨어지자마자 병사들은 모두 숨기라도 하려는 것처럼 도망치기 시작했다. 어떤 자는 호랑이나 만난 듯이 와들와들 떨었다.

이렇게 되면 결과는 뻔했다. 어떤 힘으로도 그들의 걸음을 돌이킬 수는 없는데다가 장사왕이 추격해 왔으므로 서로 밀고 밀리다가 밟히고 벼랑에서 떨어져 죽은 자는 수도 없이 많았다. 도망하던 성도왕의 군사는 40리나 쫓긴 끝에, 밤이 되어서야 걸음을 멈추었다. 사상자의 수효는 4만이나 되었다.

*죽은 공명이 살아 있는 중달을 도망치게 한 고사(死孔明走生仲達사공명주생중달)가 있거니와, 이번 싸움에서 성도왕을 패주시킨 공로자는 뭐니 뭐니 해도 혜제 그 사람이었다. 불가항력의 권위를 갖고 있는 황제라는 이름이 상대방의 온 힘을 빼버린 것이었다.

4. 화정(華亭)의 학울음

업성 군사의 패보는 그날 밤으로 성도왕 사마영에게 전해졌다. 사마영은 대경실색하여 좌불안석했다.

'아무래도 내가 노지와 육기의 간언을 듣지 않은 것이 잘못이었나 보다.'

이 무렵, 성도왕 부중의 황문(黃門) 으슥한 방에서는 전진(戰塵)을 뿌옇게 뒤집어쓴 한 장수가 환관 맹구(孟玖)와 대좌하고 있었다. 장수는 사마영이 전군대장으로 내보낸 맹초(孟超)의 부장 매황(枚璜)이란 자였다.

매황은 지금 맹초의 죽음을 맹구에게 보고하고 있는 중이었다.

「선봉께서 전사하신 것은 육 군사가 충분히 뒤를 접응할 수 있었는데도 방관하였기 때문입니다. 육 군사는 자주 천자의 위(威)

가 무섭다고 하면서, 종시 소극적인 용병(用兵)을 하였습니다. 그
래서 오늘의 싸움에서도 대패하여 수만의 군사를 칠리간 골짜기
에 장사지낸 겁니다. 참으로 원통하고 억울한 일입니다.」

맹구는 매황의 이야기를 듣고 나서는 펄쩍 뛰면서,

「육기 놈이 두 마음을 품어서 내 형님을 개죽음시키고 대왕의
위를 실추시켰구나. 후일을 위하여 이놈을 도저히 그냥 둘 수는
없다.」

하고는 이를 갈았다.

맹구는 그 길로 사마영 앞에 나타났다.

「대왕께 아뢸 말씀이 있습니다. 두 차례의 패전은 오로지 육기
가 천자의 위를 빙자하여 소극적으로 용병을 하였기 때문에 그렇
다고 합니다.」

사마영은 그렇지 않아도 번뇌와 울민에 쌓여 있었는데, 이 말을
듣자 발연대로했다.

「뭐라구?」

「육 원수는 장수들 앞에서 천자의 한 말씀이 백만 대병보다
강하다고 했답니다.」

「당장에 사람을 시켜 육기를 불러다가 하옥(下獄)시켜 엄히 죄
를 다스리도록 하라.」

맹구는 간악한 웃음을 얼굴에 띠면서 밖으로 나와 사자를 진중
으로 보내어 육기를 불러들였다.

일찍이 맹초는 성도왕을 따라 정한(征漢) 대열에 참가한 적이
있었다. 이 때 맹초의 군사들은 가는 곳마다 백성들의 재물을 약
탈하고 부녀자를 겁간하는 만행을 자행했었다. 백성들은 참다못
하여 이를 원수 육기에게 하소연했다. 육기는 당장에 맹초를 불러
들여 만행을 한 군사의 수가 백이든 천이든 모두 참하라고 엄히

영을 내렸다. 맹초는 이를 직접 성도왕에게 읍소했으나 육기가 곁에서 끝내 우겨 기어이 수백의 군사들을 목 벤 적이 있었다. 이로부터 맹초는 육기를 원수처럼 생각하다가 마침내 이번 싸움에 죽고 만 것이다.

이런 사정을 알고 있는 맹구는 형의 원수를 갚기 위해 사마영에게 일부러 육기를 참소했는데, 그는 지금까지 성도왕의 신임이 가장 두터운 황문시랑(黃門侍郎)이었다.

이튿날, 육기는 영문도 모르고 업성으로 돌아왔다.

이보다 앞서 사마영은 화연과 석초에게 따로 사자를 보내어 패전의 이유를 물었었다. 결과는 맹구에게서 들은 것과 대동소이한 이유였다. 특히 새로운 사실은, 육기가 칠리간의 계곡을 등지고 *배수의 진(背水陣)을 쳤을 때 이를 불안히 여겨 견수가 묻자, 「옛날 한신의 고사(古事)를 들면서 우겼습니다」 하는 보고는 더욱 사마영의 분노를 사게 했다.

업성에 당도한 육기는 불문곡직하고 하옥되었다. 까닭을 알 수 없는 일이었다. 그 밤을 옥중에서 새운 육기는 이튿날 아침에 사마영 앞에 결박을 당한 채 끌려 나갔다.

사마영은 눈을 부릅뜨고 육기를 노려보면서 호통쳤다.

「고가 그대를 고굉지신(股肱之臣)으로 여겨 추호도 서운하게 대접함이 없었거늘, 그대는 어찌하여 고의 수만 군사를 일부러 죽게 하였단 말이냐. 두 마음을 품은 자의 죄가 얼마나 크다는 것을 알겠지?」

육기는 물끄러미 사마영을 바라볼 뿐 말이 없었다.

「이놈, 왜 말이 없느냐!」

사마영의 불호령이 다시 떨어졌다.

그제야 육기는 조용히 입을 열어,

「유구무언(有口無言)입니다.」

하고 한 마디 하였을 따름이다.

육기는 사마영의 등 뒤에 환관 맹구가 간특한 웃음을 머금고 서 있는 것을 보고 모든 일을 체념한 것이다.

사마영은 군사들에게 영을 내렸다.

「저놈을 밖으로 끌고 나가 참하여라.」

이 때, 노지가 급히 밖에서 들어오면서,

「대왕은 잠시 고정하십시오. 백만의 대병은 얻기 쉬워도 한 사람의 군사(軍師)는 구하기 힘든 법입니다. 대왕은 지난날 육사형이 한적을 깨친 공을 감안하셔서 그의 죽음을 사하소서.」

하고 간하였다.

「이젠 유생(儒生)들의 잠꼬대는 듣기 싫소.」

사마영은 한 마디 뇌까려 붙이고는 훌쩍 안으로 들어가 버렸다. 군사들은 육기의 등을 밀면서 빨리 밖으로 나가기를 재촉했다. 육기는 길게 탄식을 하면서 중얼거렸다.

「내 손덕시(孫德施 : 손혜의 자)의 말을 듣지 않았다가 기어이 이런 꼴을 당하는구나. 그러나 역(逆)을 도와 순(順)을 칠 수는 없는 일, 다만 천자를 한 번 뵙지 못하고 죽는 것이 원통하구나. 이제는 화정(華亭)에 높이 우는 학(鶴)의 울음소리를 다시는 듣지 못하겠구나(화정은 강소성 송강현 서쪽에 있는 육기의 고향). 아아, 원통하도다!」(☞ 권4 고사성어 「갈불음도천수渴不飮盜泉水」)

육기의 눈에서는 눈물이 주르륵 흘렀다.

마침내 육기는 형장에 끌려나가 참수되고 말았다.

오(吳)의 명장 육손(陸遜)의 손자로서, 강동 제일의 준재로 그 가슴에 호풍환우(呼風喚雨)의 웅략(雄略)을 간직한 채 육기는 한 환관의 사악한 혓바닥 하나로 원통하게 죽음을 당하고 만 것이다.

뒷날 사람들을 그의 죽음을 애석하게 여겨 다음과 같이 시를
읊어서 길이 차탄(嗟歎)해 마지않았다.

난적이 이윤을 무고하고,
간신이 곽광을 가리는구나.
가련하도다! 빼어난 임금이 귀를 기울이지 않으니
부득이 조정에 이르지 못하는구나.

亂賊誣李尹   난적무이윤
奸臣冒藿光   간신모곽광
可憐聰穎主   가련총영주
不得蒞朝堂   부득리조당

생사는 사람의 일상 이치인데
하루살이처럼 허무하구나.
다만 충효의 절개만이 남는 것
하필 높은 소나무처럼 수하기를 원하랴.

生死人常理   생사인상리
蜉蝣一樣空   부유일양공
但存忠孝節   단존충효절
何必壽喬松   하필수교송

5. 장방의 패배

하간왕의 장수 이함과 장방(張方)은, 낙양을 치려다가 성도왕의
대군이 패했다는 소식에 접하고는 낙양의 북쪽 교외에 주둔하며
정세를 관망하고 있었다. 싸우지 않는 군대란 도둑이나 다를 바
없었다. 무료한 그들은 그 일대에 흩어져서 약탈·강간·방화 따

위의 갖은 악행을 저지르고 돌아다녔다.

이 보고를 받은 혜제는 깊이 탄식했다.

「무고한 백성들을 어찌도 그리 괴롭힌단 말인가. 이 일을 어쩌랴?」

장사왕이 아뢰었다.

「폐하께서는 과히 걱정하지 마시옵소서. 장방이 비록 사납다하나, 성도왕의 군사에 비긴다면 보잘것없는 세력에 지나지 않나이다. 폐하께서는 군사를 이끌고 친림하시옵소서. 그들에게 가서 어명임을 일컫고 금백(金帛)을 병사들에게 나누어주겠다고 하면 그들도 사람인지라 무기를 버리고 폐하를 뵈려 할 것입니다. 그 허점을 이용해서 친다면 일격에 깨뜨릴 수 있으오리다.」

역시 황제를 이용하려는 전략이었다.

이에 황제는 2만의 병사에게 호위되어 북문을 나갔다. 혜제는 동해왕을 칙사로 삼아 앞서 장방의 진에 가서 황제의 친림을 전하게 했다.

동해왕은 이함과 장방을 만나서 말했다.

「지금 폐하께서 친림하시오 싸움에 고통받는 백성들을 걱정하사 군량과 금백을 하사하시고 어서 돌아가라는 분부이시니, 친히 나와 어명을 받드시오」

이함과 장방은 다가오는 군대가 별다른 무장도 하고 있지 않음을 보고 친히 나가 어가를 맞이했다.

어가가 멎고 발이 들리자 황제의 얼굴이 보였다. 장수들은 일제히 군례(軍禮)로 맞이했다. 이윽고 황제의 목소리가 들려왔다.

「경들은 다 충성된 신하로 한적을 침에 있어서도 막대한 공이 있었음을 짐이 아노라. 그렇거늘 어찌 역신의 말에 속아 대군을 이끌고 와서 짐을 치는가. 짐에게 잘못이 있거든 상소하여 간하라.

지금 여기에 이른 것은 짐을 묶으려 함인가, 낙양을 빼앗으려 함인가. 어디 대답해 보라!」

아무도 대답을 못했다. 황제는 다시 말했다.

「짐은 경들의 본심을 의심치 않노라. 충량한 신하가 어찌 일조에 역적이 되겠는가. 그대들이 여기에 옴은 필시 핍박에 못 이겨 이에 이른 것이려니와, 멀리 온 터라 군량이 충분치 않을 때에는 폐가 백성에게 미칠까 걱정되도다. 짐이 여기에 임어(臨御)한 것은 그 때문이니, 약간의 군량과 포백(布帛)을 내려 병사들에게 나누어주고자 하노라. 경들은 군사를 이끌고 곧 돌아가라. 장사왕에게도 명령하여 본국에 귀환케 하리라. 경들은 짐의 뜻을 받아들이겠는가, 어쩌겠는가?」

문제가 하도 중대한 것이라, 이함과 장방은 냉큼 대답을 못하고 생각에 잠겼다. 이것은 비단 그들만이 아니었다. 황제의 음성을 들은 모든 장병이 그러했다. 원래가 명분 없는 출정이었던 터라 황제의 칙명을 직접 듣고 보니 거역하기가 어려웠다. 그러나 그대로 돌아간다면 하간왕은 무어라 할 것인가. 장방의 머리에 요전에 제왕을 치러 왔다가 돌아갔을 때 하간왕의 얼굴이 떠올랐다. 그렇다고 황제 앞에서 못 돌아가겠노라고 어찌 말할 수 있는가.

하간왕의 군대는 황제를 만나자 고양이 앞에 나온 쥐처럼 기가 죽어버렸다.

군사들의 동향을 바라보고 있던 황제는 다시 말을 꺼냈다.

「짐은 성의껏 말했건만 경들은 대답이 없고, 그렇다고 물러나려고도 않으니, 이는 기어이 짐을 치려는 것이 아닌가. 둘 중의 하나이리니, 어서 말하라!」

장방이 땀을 흘리면서 대답했다.

「저희들이 어찌 그런 생각을 갖겠나이까. 장사왕이 함부로 제왕을 죽이고 정권을 농단한 까닭에 이를 제거하여 나라의 근심을 덜고자 하는 것뿐입니다. 장사왕만 내주신다면 곧 회군하겠나이다.」

이때 장사왕이 황기를 들어 흔들었다. 이에 따라 우림군과 장사왕의 군대는 일제히 함성을 지르며 달려들었다. 처음부터 천자에게 항거한다는 죄의식이 있는데다가 황제와의 문답으로 완전히 사기가 해이해진 하간왕의 군대는 그대로 무너져갔다. 완전히 일방적인 전투였다. 30여 리를 쫓겨나 장방이 진세를 가다듬었을 때에는 장수 중에도 전사자가 적지 않았으며 최고책임자인 이함까지 상관기에게 사로잡혔음이 판명되었다.

6. 칠리간(七里澗)

장방은 장수들과 상의했다.

「아시는 바와 같이 사세가 딱하오. 나가서 싸울 것인지, 그렇지 않으면 물러가야 할 것인지 의견을 말씀해 보시오.」

마첨이 나와 말했다.

「지금 장사왕은 천자를 받들고 있기 때문에 그 위세가 대단합니다. 설사 싸워서 이긴다 해도 상대가 천자이시니, 신자 된 도리에 이를 어쩌겠습니까. 폐하를 시역할 수도 없는 일 아닙니까. 일단 물러났다가 다시 기회를 보아서 장사왕을 제거하는 편이 좋을까 합니다.」

장방이 말했다.

「내 생각도 그렇소. 성상 폐하와 어떻게 싸우겠소이까. 그러나 돌아가려 해도 어제 싸움에서 양식을 모두 장사왕에게 빼앗겼으니 무엇을 먹으며 먼 길을 갈 수 있겠소? 굳이 가려면 길가의 백성을 털어야 할 것인즉 이것은 차마 못할 일이오.」

장내에는 무거운 침묵만이 흘렀다. 장방은 다시 말을 계속했다.

「성도왕께서는 역시 싸움에 패하셨지만 아직도 머물러 계시며 여기와는 지척의 거리니까, 성도왕을 찾아가 합세하는 것이 어떨까 하오. 성도왕께서도 모른 척하시지는 않을 것이오」

모두 그것이 좋겠다고 찬성했으므로 그들은 군대를 이끌고 성도왕을 찾아갔다.

장방을 만난 성도왕 사마영은 사정을 듣고 나자 곧 장수들을 소집했다. 여기서도 의제는 싸울 것이냐 어떠냐 하는 문제였다. 동홍이 의견을 내놓았다.

「지금 우리가 다소의 병사를 잃었다 하나 아직도 10만의 병력을 보유하고 있고, 장방이 이끄는 군대도 6만은 됩니다. 이만하면 장사왕의 군대를 격파하기에는 족하거늘 어찌 그대로 돌아가 대사를 그르치려 하십니까. 일단 업성에 돌아가고 나면 반드시 문죄의 군사가 이르러 성을 포위하리니 그때에는 후회해도 방책이 없을 것입니다.」

사마영이 한탄했다.

「어제 천자의 어가가 한번 납시자, 호랑이를 만난 양떼처럼 병사들은 흩어지고 말았소. 이렇다면 다시 싸워본대야 무슨 소용이 있겠소? 그대로 돌아가는 것만 못할까 하오」

이 말이 떨어지자 구통(丘統)이 일어섰다.

「그렇지 않습니다. 이대로 돌아간다면 전하께서는 역신의 누명을 쓰셔야 합니다. 이미 빼어든 칼이니 끝까지 싸울 수밖에 없습니다. 그리고 승패가 아주 결정이 난 것도 아닙니다. 훌륭한 전략가는 패전을 승리의 계기가 되도록 활용하는 법입니다. 지금 장사왕은 크게 이겼다 하여 별다른 대책도 없이 앉아 있을 것입니다. 전하께서는 이를 이용하옵소서.」

그는 다시 말을 이었다.

「속히 군대를 칠리간(七里澗)에 이동시켜 지형을 이용하여 싸우도록 하십시오. 이는 적이 생각지 못하고 있는 점입니다. 칠리간까지의 거리는 40리에 불과합니다. 오늘밤 안에 이동을 끝낼 뿐 아니라, 호를 파고 책목을 세우는 일까지 완성할 수 있나이다. 이 진지가 일단 완성되면, 필요할 때는 나아가서 싸우고 불리할 때는 물러나 지킬 수 있기에, 낙양으로 보아서는 큰 위협이 될 것입니다.」

「과연 좋은 생각이로다.」

사마영은 비로소 살 길이 생긴 듯 기뻐했다.

군사들은 곧 이동했다. 말에는 재갈을 물리고 병사들에게는 떠드는 것을 금하여 어둠을 탄 이동은 은밀한 가운데 신속히 진행되었다. 뿐만 아니라 아침까지에는 완전한 진영이 구축되었다.

놀란 것은 장사왕이었다. 그는 곧 장수들을 불러 명령했다.

「적이 진영을 가다듬기 전에 급히 이를 쳐부수라.」

그러나 장사왕의 군대가 칠리간에 이르러 보니, 험한 지형을 이용하여 적의 진지는 *금성탕지(金城湯池)처럼 구축된 뒤였다. 하는 수 없어서 공격을 가해 보았지만 성도왕 측에서는 움직이지 않은 채 화살만 쏘아댔으므로 사상자만 속출했다. 밀려갔다 물러났다 하는 싸움은 점심때까지 되풀이되었다.

그때 갑자기 포성과 함께 성도왕의 진문이 열리면서 장방·석초·왕언·질보 등이 파도와 같이 밀려나왔다. 공격에 지쳐 있던 장사왕의 군대는 대항도 변변히 못하고 패주하여 성으로 후퇴했다. 다음날에도 공격은 시도되었다. 그러나 결과는 더 나빠져, 패주하여 낙양으로 도망오는 데 그치지 않고 끝까지 추격해 온 적군에 의해 도읍이 포위되고 말았다.

이제는 형세가 완전히 뒤바뀐 것이었다. 황제의 권위로 서전을 승리로 장식한 장사왕도 이렇게 되니 비참했다. 완전히 포위된 도읍이란 절해의 고도와도 같은 것이었다. 넓은 천지에서 천자의 군세가 미치는 곳이라고는 낙양을 제외하고는 아무 데도 없었다. 그것만이 아니라 포위상태가 반 달이나 계속되자 성중의 생활은 말이 아니었다. 식량이 거덜나서 쌀 한 말에 천금을 호가하기에 이르러 하층계급에서는 나날이 굶어 죽는 사람이 속출했다.

뾰족한 수가 없는 것을 번연히 알면서도 장사왕은 매일 전략회의만 소집하고 있었다.

어느 날, 그러한 회의석상에서, 남중(南中)의 낭장(郎將) 조적(祖逖)이 의견을 말했다.

「신에게 한 계책이 있습니다만, 이것만 쓰신다면 장방의 군대를 물러가게 할 수 있으리라 봅니다. 장방만 철수하면 성도왕의 한 팔이 떨어져 나간 셈이라, 그를 물리칠 방책도 자연 생길 것입니다.」

「어떤 계책인고?」

장사왕은 듣던 중 반가운 말이라 다그쳐 물었다.

옹주자사 유침(劉沈)은 충심이 있고 지략이 있는 인물입니다. 그에게 조칙을 내리시어 하간왕의 근거지인 장안(長安)을 치게 하옵소서. 하간왕은 필연코 장방의 군대를 소환할 것입니다.」

「이야말로 위(魏)를 쳐서 한(韓)을 구하던 손자(孫子)의 병법이구려. 과연 묘안이오.」

크게 기뻐한 장사왕은 곧 혜제에게 상주하여 밀사를 옹주에 파견했다.

7. 장안의 싸움

유침은 옹주에서 조칙을 받았다.

―황제는 이 글을 신 옹주자사 유침에게 내리노라.

오호라, 시운이 불행하여 외환과 내우가 그치지 않는 중, 이제 다시 성도왕과 하간왕이 군사를 내어 낙양을 포위하기에 이르니, 하늘을 우러러 개탄해 마지않노라.

사람에게 있어 가장 귀한 것은 강상(綱常)이거니와 신하요, 더욱이 제실(帝室)의 지친(至親)인 그들로서 이런 행동을 감행할 줄이야 누가 짐작이나 했으랴! 이는 모두 짐이 부덕한 때문이려니와, 도둑들의 공격이 불보다 사나워서 성중에는 매일같이 아사자가 생겨나고 군사들까지 굶주리며 떨고 있으니 이 아니 딱하냐. 짐도 세 끼를 한 끼로 괴로움을 나누고 있거니와, 종사의 위태로움을 구할 길이 없도다.

옛말에 *집안이 가난할 때의 어진 아내(糟糠之妻조강지처)를 생각한다 했거니와, 짐이 오늘에 이르러 그리는 것이 있다면 충신과 열사가 아니겠는가. 짐은 경의 충성을 익히 아노니, 경은 이웃 태수들과 의논하여 장안을 쳐서 하간왕을 사로잡으라.

도읍의 포위를 풀고 나라를 수화에서 건짐이 반드시 그대에게 달려 있으니, 경은 짐의 뜻을 저버리지 말라. 멀리 서쪽을 향하는 감회 금할 길이 없노라.

조칙을 읽은 유침은 눈물을 하염없이 흘리면서 몸을 와들와들 떨었다. 다른 장수들도 울었다.

이윽고 유침이 말했다.

「만승(萬乘)의 지존(至尊)께서 하루 한 끼의 수라를 드신다 하니, 이렇게 황공할 데가 있는가. 역신들이 일어나 종사를 뒤엎으려는 지금, 신자 된 도리로서 어찌 한 몸의 죽음을 아낄까보냐.」

강개한 기운이 장내를 메웠다. 이윽고 좀 부드러워진 어조로 유 침이 다시 말했다.

　「장안을 치는 일은 우리 단독으로라도 해야 되지만, 일을 성공 시키기 위해서는 다른 태수의 협조를 얻어야 하겠소. 어느 태수가 가히 힘이 될 만하겠는가?」

　여러 사람의 이름이 입에 올랐으나, 결국은 신평(新平) 자사 장 광(張光)이야말로 충성된 사람일 것이라는 데 중의가 모아졌으므 로 유침은 사람을 보내 장광을 초청해 왔다.

　조정에서 급한 조칙이 내렸다는 말을 듣고 달려온 장광은 조서 를 읽고 나자 동쪽을 향해 두 번 절하고 통곡을 했다.

　「아무리 무도하기로니 포학함이 어찌 이에 이르랴. 조명을 거 역하는 것만도 못할 일이거늘, 하물며 성상을 향해 칼을 겨누고 도읍을 포위하여 폐하로 하여금 굶으시게 하다니…… 이 역신을 주살하지 못한다면 어찌 천지에 용납되겠는가?」

　유침이 말했다.

　「그들의 대역무도함이야 이를 것이 있겠소이까마는, 하간왕의 세력이 너무 크므로 그것이 걱정이오.」

　「그것이 무슨 말씀이오?」

　장광이 큰 소리로 외쳤다.

　「성상께서 욕을 보고 계시는 터에, 우리가 일의 성부(成否)를 논하고 있을 틈이 어디에 있겠소? 역신을 잡는다면 공을 청사에 남기려니와, 비록 이루어지지 않는 경우에라도 꽃다운 이름이 천 추에 빛나지 않겠소이까. 역신의 말을 좇아 더럽게 사는 것보다 낫지 않으리까?」

　「지당한 말씀이오. 낸들 어찌 대의를 모르겠소?」

　이에 유침은 진동장군 황보담(皇甫澹), 진서장군 아박(衙博)에게 명령하여 5만의 군사를 이끌고 장안을 치게 했다.

이 소식이 전해지자 하간왕 사마옹은 급히 사자를 낙양으로 보내 장방에게 철군을 명했다. 장방은 성도왕을 만나 사정을 설명하고 나서 말했다.

「저는 고국의 난을 구하기 위해 달려가겠습니다만, 대왕께서는 조금도 포위를 늦추지 마시옵소서. 일단 포위를 푼다면 다시 에워싸기는 힘들 것입니다. 제가 헤아리건대 유침이란 대단한 인물이 아니므로 곧 평정될 것이오니, 아마도 한 달 이내에 다시 돌아와 대왕을 도와드릴 수 있을 것입니다.」

성도왕도 사태가 사태이니만큼 다른 도리가 없었다. 장방은 임성·마첨 두 장수에게 2만의 군사를 주어 그곳에 남아서 성도왕을 돕게 한 다음 자기는 4만의 주력부대를 이끌고 밤낮을 가리지 않고 장안으로 달려갔다.

한편 유침은 장방이 돌아오기 전에 장안을 함락시키기 위해 군사를 재촉하여 밀려왔으므로, 사마옹은 조묵·여랑·석위·왕천 등의 장수와 함께 군대를 이끌고 성 밖에 나와 진을 쳤다. 이윽고 유침의 군사가 도착하자 사마옹은 진 앞에 말을 세우고 유침에게 외쳤다.

「너와 나와는 아무 원한이 없는 터인데 무엇 때문에 대군을 이끌고 쳐들어왔느냐. 장사왕의 사주를 받았느냐. 그렇다면 어서 돌아가라. 나는 무도한 장사왕을 제거하려고 하기는 했지만, 성상에게 반항한 적은 없다. 까닭 없이 나와 원수를 맺지 말라!」

유침이 대답했다.

「대왕께서는 천자의 명령을 어기고 천자에 대해 반역하셨습니다. 군신의 의가 끊어질 때, 대왕은 이미 왕도 아무것도 아닌 일개 죄인일 뿐입니다. 나는 천자의 조칙을 받들고 왔습니다. 전하는 대의를 생각하사 지금이라도 늦지 않으니 폐하의 분부를 받드시옵소서. 반드시 관대한 처분이 있을 것으로 압니다.」

신경질적인 늙은 왕은 버럭 소리를 질렀다.

「저 역적 놈을 어서 잡아오너라!」

이 말이 끝나기도 전에 왕천이 창을 비껴들고 뛰쳐나갔다. 옹주 측에서는 아박이 뛰어나오더니 그와 맞섰다. 두 사람은 20여 합을 싸웠다. 그러나 아박의 칼이 바람을 일으키며 왕천의 창자루를 베어버리자 왕천은 기겁을 하여 도망치고 말았다.

이번에는 여랑이 말을 달려 나갔다. 그러나 그도 또한 아박을 상대하기가 힘에 겨운지 자꾸 뒤로 물러났다. 이를 본 석위·누포 두 장수가 여랑을 구하기 위해 달려 나갔다.

유침은 진중에서 이것을 보고 있다가 외쳤다.

「일제히 공격을 가하여 저놈들을 무찔러 버려라!」

이에 조수가 밀려오듯 옹주군은 일제히 달려들었고 이에 호응해서 하간왕의 군대도 쫓아 나오게 되니 드디어 육박전이 벌어졌다.

이리하여 승패를 분간하기 어려운 혼전이 벌어지고 있는 판에 한떼의 군사가 나타나 하간왕의 군대를 측면에서 공격하는 것이 보였다. 황보담이 인솔하는 부대였다. 이 새로운 적의 출현으로 하간왕의 군대는 형편없이 무너지기 시작했다.

황보담과 아박은 패주하는 적병을 추격하여 장안성으로 들어갔다. 적장이 뛰어드는 것을 보고 놀라 성중에서는 곧 성문을 닫아버렸으므로, 그의 부하들은 따라 들어갈 수가 없었다. 부수고 들어가려 한다 해도 철문이라 그렇게 쉽지만은 않았다.

이런 줄도 모르는 두 장수는 신이 나서 적병을 쳐 죽이는 일에만 열중해 있었다. 양떼 속에 뛰어든 호랑이처럼 두 사람은 이리

저리 말을 몰면서 닥치는 대로 찔러 죽였다. 그들이 향하는 곳마다 아우성을 지르며 병사들이 이리 몰리고 저리 몰렸다.

이렇게 신바람이 나서 한 10리나 달리던 두 사람은 그제야 정신이 번쩍 나서 뒤를 둘러보았다. 그러나 보이는 것은 적병뿐, 어디에도 자기들의 부하는 눈에 띄지 않았다. 두 사람은 당황하여 말머리를 돌려 성문으로 향했다.

두 사람은 완전히 성중에 고립된 것을 알자 사자가 날뛰는 것 같은 형세로 성문을 지키고 있는 적병 속에 뛰어들었다. 그들은 좌충우돌 닥치는 대로 쳐 죽였다. 얼마나 죽였는지 피투성이가 되어 정신없이 날뛰다가 보니, 어느덧 성문에는 적병의 그림자라곤 하나도 보이지 않았다.

두 사람은 성문을 열려고 했다. 그때다. 왕천 · 여랑이 한떼의 군사를 이끌고 밀려들었다. 두 장수는 싸우기 위해 말머리를 돌렸다. 그러나 화살이 일제히 날아오는 데는 어쩔 수가 없었다. 이를 피할 곳도 없는지라 두 사람은 그 자리에 쓰러졌다.

한편, 유침은 아박 · 황보담이 성중에 갇혔다는 말을 듣고 군대를 풀어 성문을 공격하고 있었다. 이때, 한 장수가 외치는 소리가 성 위에서 들렸다. 그 장수의 손에는 피로 범벅이 된 두 개의 목이 들려 있었다.

「들어라! 너희들의 장수 아박 · 황보담의 목이 여기 있으니 가져다가 제사나 지내주어라.」

유침의 군대는 성 위에서 던져진 두 장수의 머리를 보자 사기를 잃었다. 유침은 사기가 꺾인 군대에게 지시를 내렸다.

「우선 후퇴하라! 이 성은 금방 함락되지는 않을 것이니 일단 후퇴하라!」

그러나 물러나기 위해 웅성거리는 웅주 군을 성중에서 보고만 있을 턱이 없었다.

왕천·누포 등은 적군이 후퇴하는 것을 보자 지체 없이 성에서 뛰쳐나와 그들을 추격했다.

싸움이란 사기가 결정한다. 일단 물러나기 시작한 군대는 반격할 생각도 못한 채 그대로 패주하기 시작했다. 다행히 이내 날이 어두워졌으므로 하간왕의 군대가 계속 따라오지는 않았다.

유침과 장광은 잠시 군대를 쉬게 한 다음, 새벽녘이 되자 다시 길을 재촉하여 옹주로 떠났다. 싸우기에는 너무나 큰 타격을 받았기 때문이다. 그러나 일이 공교롭게 되느라고 얼마 안가서 앞으로부터 달려오는 한떼의 군대와 마주치게 되었다. 어둠이 걷히자마자 시야에 들어온 군대였으므로 미처 피하고 말고 할 여지가 없었다. 그것은 장방의 군대였다.

장방이 앞으로 나오며 외치는 소리가 들려왔다.

「나는 한적을 토벌할 때의 선봉장이던 장방이라는 사람이거니와, 그대들은 누구의 군대냐? 이름을 밝혀라!」

이 말이 떨어지자 옹주 군에 동요가 일어났다. 그렇지 않아도 기운이 꺾인 군대에게 장방은 너무나 무서운 이름이었다. 유침이 사기를 돌리려고 호통을 쳤다.

「저놈이야말로 황제 폐하를 장안에 가두었던 역적이로구나. 활을 쏴라!」

이 소리를 듣고 마지못해 몇 명의 병사가 화살을 날렸다. 이것이 신호가 되어 두 군대는 한참을 싸웠다. 그러나 옹주 군이 제대로 싸울 리가 없었다. 장방의 용맹을 눈으로 보자 사기가 더욱 위축되어 그대로 사방으로 흩어져갔다. 장방은 옹주의 장수 하본과 마주치자 하본이 내지르는 창을 그대로 손으로 잡아당겨 끌려오는 적장을 마치 어린애 다루듯 가볍게 묶어버렸다. 이를 본 병사들은 머리를 두 손으로 감싸 쥐고 도망쳤다.

적군을 크게 깬 장방은 군사를 수습하여 성으로 향하려 했다. 이때 장보·질보 두 사람이 말했다.

「유침과 장광은 이제 완전히 세력이 꺾였습니다. 그런데 이것을 버려두는 것은 그물에 걸린 고기를 놓아주는 것과 같습니다. 우리들에게 정병 1만만 내어주십시오. 적을 추격하여 그 뿌리를 끊고 오겠습니다.」

「두 분의 말씀은 아주 지당하오. 곧 쫓아가 대공을 세우고 오시오.」

장방은 기뻐하여 그 말을 좇았다.

이때, 옹주의 군사들은 지칠 대로 지친 몸을 이끌고 겨우 위수(渭水) 가에 도착하여 막 물을 건너려 하고 있었다. 배라곤 두어 척밖에는 눈에 띄지 않았으므로 너도 나도 먼저 건너려고 아우성이었고, 한쪽에서는 모래사장에 벌렁 드러누워 쉬고 있는 병사가 많았다. 이런 판에 질보·장보가 이끄는 1만 명이 밀려든 것이었다.

병사들은 밝은 하늘에서 벼락이 떨어진 것만큼이나 놀라서 모두 어쩔 줄을 몰라 했다. 앞에는 양양한 큰물이었고, 뒤에서는 적병이 다가오며 화살을 퍼붓고 있었다. 그들은 우르르 물 속으로 뛰어들었다. 이리하여 무수한 병사가 수중의 고혼이 되었고, 얼마쯤은 적병에게 죽고, 또 얼마쯤은 포로가 되었다. 포로 중에는 유침·장광까지 끼여 있었다.

여기는 장안성— 사마옹 앞에 제일 먼저 유침이 끌려나왔다. 사마옹은 오라에 묶인 유침을 내려다보며 말했다.

「네 고을과 과인의 나라와는 순치(脣齒)·심복(心腹)의 관계에 있는 터인데, 너는 어째서 망령되이 군사를 일으켰다가 이 꼴이

되었느냐? 과인은 너를 몹시 아껴왔다. 지기(知己)에 대한 대접이
이것이냐?」

유침은 조금도 굴하는 빛이 없이 번쩍 고개를 들었다.

「전하께서는 지기(知己)를 말씀하시나, 군신의 의(義)는 더 무
겁습니다. 폐하의 조칙을 받자온 터에 제가 어찌 태연히 앉아 부
귀를 누리겠습니까. 황공하게도 폐하께서는 하루 한 끼의 수라를
드신다고 합니다. 이런 말씀을 들을 때, 신의 가슴이 어찌 메어지
지 않겠습니까. 저는 조금도 부끄러운 바 없습니다. 다만 전하를
사로잡아 첩조를 올리지 못한 것만이 원통할 따름입니다. 어서 죽
여주소서.」

사마옹도 그 충절에는 감탄해 마지않았다. 그러나 살려둘 수도
없다고 생각하여 그 목을 베게 했다.

조금 후 장광이 잡혀왔다. 사마옹이 말했다.

「네가 유침과 획책하여 과인을 치려했으나 하늘이 무심하지
않아서 이렇게 잡혀왔구나. 할 말이 있거든 하라.」

장광이 대답했다.

「전하께서 천승(千乘)의 부귀를 누리심이 누구 때문입니까. 위
에 성상이 계시며, 그 성은이 전하에게까지 미친 까닭입니다. 그
러므로 폐하가 없으면 전하도 있을 수 없거늘, 어찌하여 도리어
천자께 항거하시나이까? 이는 크게 잘못된 일인 줄 아나이다. 저
는 신하로서의 의무를 다하다가 죽는 것이니 여한이 없습니다마
는, 걱정인 것은 나라의 일입니다. 밖으로 오랑캐의 근심이 끊이
지 않고 있는 터에 황족 사이에 골육의 싸움이 벌어졌으니 무엇으
로 종사(宗社)를 유지하시렵니까. 부디 태도를 고쳐 대의를 따르
시옵소서.」

사마옹은 한동안 생각에 잠겨 있다가 고개를 들었다. 그의 얼굴

에는 부끄러움·가책·분노 같은 감정이 뒤엉켜 나타나서 경련을 일으키고 있었다.

「결박을 풀어라.」

돌연 이 소리가 떨어지자 모두 놀랐으나, 가장 놀란 것은 사마 옹 자신이었다. 그는 「당장 목을 베어라!」하고 말하려 했는데 뜻 밖에도 정반대의 말이 불쑥 입에서 튀어나오고 말았던 것이다.

제5장. 장사왕의 최후

1. 다시 머리 드는 화의

도읍인 낙양은 여전히 성도왕 사마영에 의해 포위된 채로 있었다. 장방이 떠난 다음에도 몇 번이나 싸움이 벌어졌다. 그러나 어느 쪽이 더 많이 죽느냐 하는 정도의 차이는 있었지만, 대세에는 아무런 변함이 없었다. 이런 판에 장방이 의기양양하게 돌아와 합세했다. 그래도 결과는 마찬가지였다.

묘한 싸움이었다. 성중에 있는 장사왕으로서야 처음부터 대세를 뒤집을 만한 병력도 없었지만, 장방의 철수로 적군에게 어떤 변동이 생기기만 바라고 있었다. 그러나 이것도 수포로 돌아간 지금은 오직 식량난으로 나날이 늘어가는 고통 외에는 아무것도 일어날 것이 없었다. 쌀이 없어서 차츰 말을 잡아먹기 시작했던 것이 이제는 말까지 절종이 되어버렸다.

이에 비해 공격하는 측에는 여유가 만만했다. 식량이 넉넉할 뿐 아니라, 병력에 있어서도 압도적인 우세를 유지하고 있었다. 그러나 어느 싸움에서도 장수나 병졸이나 간에 적극적으로 싸워서 성을 뺏으려 하지는 않았다.

역시 천자와 싸운다는 죄의식이 뇌리에 깊이 새겨져 있었으므로 힘이 나지 않았다. 그래서 성에서 쳐나오는 군대나 물리치는 것이 고작이었다.

8월에 시작된 이런 묘한 관계는 10월로 접어들기까지 변함없이 유지되었다. 그 동안의 사상자는 관군 3만 명에, 성도왕 휘하의 군사가 7만이어서 관군 편이 적었으나, 그럼에도 불구하고 갇혀 있는 쪽이 불리한 것은 말할 나위도 없는 일이었다.

혜제는 중서령 왕연(王衍)과 광록훈(光祿勳) 석누(石陋)를 불러 명령했다.

「성도·장사 두 왕은 다 선제의 아들이요 짐의 형제로다. 골육상쟁의 화가 어디에 미칠지 모르겠으니, 경들은 조서를 가지고 성도왕을 찾아가 전하고 짐의 뜻을 따르도록 힘쓰라.」

두 사람은 곧 성 밖으로 나와 칠리간의 성도왕 사마영을 찾아가 조칙을 전했으나, 사마영은 들은 체도 하지 않았다.

「과인이 어찌 성상께 활을 겨누겠는가. 명명한 상천이 굽어보시거니와 나의 일편단충(一片丹忠)에는 조금도 변함이 없소. 다만 장사왕을 제거하여 나라를 바로잡고자 하는 것뿐이오.」

그는 이런 이론만 내세웠다.

칙사의 파견이 이런 결과밖에 가져오지 못하자 사마예는 손수 장문의 편지를 써서 성도왕에게 보냈다. 그것은 이런 내용이었다.

<선제께서 천명을 받자와 화가위국(化家爲國)하신 이래, 천하 다사하여 안팎으로 근심이 겹치고 쌓였었건만, 다행히도 역대 성상과 제실(帝室)의 협찬으로 어려움을 극복하여 오늘에 이른바요. 앞서 손수가 국사를 그르치매 아우(성도왕) 등이 의를 주장하여 이를 쳤더니, 제왕이 공을 믿고 비법을 행하여 위로는 섭리(攝理)의 능이 없고, 아래로는 보좌의 실이 있지 않으매, 다

행히도 아우의 위엄을 빌려 이를 제거했던 것이오. 나는 수임 (受任) 이래 일야 공구하여 얇은 얼음을 밟는 듯 만사를 삼가서 하나라도 소홀히 처리함이 없었소. 나의 힘이 미치지 못하는 일은 모두 아우에게 물어 행했던 것이니 천지신명이 함께 보신 바요. 이에 양 왕의 군대가 수도를 포위하매, 사상자가 몇 십만에 이르고 굶어죽는 자 헤아릴 수 없거니와, 더 두려운 것은 골육이 서로 다투어 윤상(倫常)이 땅에 떨어진 일이오. 우리 형제 중의 어느 하나가 꺾인다 하여 그것이 누구의 이익이 되겠는가. 아우는 깊이 생각하오. 나는 울면서 이 글을 쓰노니, 아픈 마음을 어찌 필설로 다 표현하리오.>

이 편지를 받아 본 사마영 역시 마음이 편안치 않았다. 지금의 상태를 언제까지 계속할 수 있단 말인가. 천자와 맞서기를 꺼리는 이 장병들로 성을 함락시키기는 틀린 노릇이었다. 그러나 식량의 궁핍 때문에 성이 손아귀에 들어올 날이 있다고 가정하자. 그리하여 장사왕이 제거된다고 하자. 그렇다고 자기에게 오는 것은 형제를 해쳤다는 오명뿐이 아니겠는가. 생각할수록 신통한 것이 없는 싸움이었다.

그는 장수들과 상의한 다음 마침내 철군하기로 했다.

2. 내응(內應)

이때, 성중에 있는 동해왕 사마월은 동해왕대로 딴 궁리를 하고 있었다. 그는 원래 제왕에 붙어서 권세를 휘둘렀던 사람이라 장사왕에 대해서 좋지 않게 생각하고 있었다. 그는 성도왕이 철군할 것이라는 소문을 듣자 공연히 화까지 냈다.

「바보 같으니! 이제 와서 돌아간다구?」

그는 곧 심복 부하들을 불러놓고 말했다.

「이거 보게. 성도왕이 철군할 것이라 하니, 세상에 이런 해괴한 일이 있는가. 다 된 떡을 눈앞에 그대로 두고 물러가다니 정말 알 수 없네.」

하윤(河倫)이 가는 눈을 깜짝이며 말했다.

「전하! 꼭 장사왕을 제거하시려면 얼른 사람을 보내 내응의 약속을 하시옵소서. 성도왕은 일단 결심한 것이라 뜻을 돌리지 않으실지 모르나, 장수들 중에는 이대로 버리고 가는 것을 애석하게 여기고 있을 사람도 없지 않을 것입니다. 장방에게 전하의 뜻을 알리시는 것이 어떻겠나이까?」

사마월은 그 말을 옳게 여겨 밀사를 장방에게 보냈다.

　<성중에서는 식량 부족으로 아사자가 속출하고 민심은 매우 흉흉하여 다 장사왕을 원망하고 있소 전에 편지를 보내 화의를 청한 것도 힘이 다하고 형세가 궁한 까닭이오 그렇거늘 장군들이 포위를 풀고 돌아갈 것이라 하니, 과인은 그 뜻을 모르겠소 앞서는 무슨 마음으로 성을 에워싸고, 뒤에는 무슨 마음으로 이를 풀고 돌아간다는 것인가. 성상에 대한 충성에서 나온 것인지도 모르나, 그런다고 전일의 항명(抗命)이 씻겨질는지 의심스러우며, 형제의 정리를 생각한 것이라면, 후일에 장사왕이 이것을 은혜로 여겨줄는지도 의문이오 성도왕은 오직 장사왕의 죄를 묻기 위해 기병한다 하셨소 그렇다면 장사왕이 거의 잡히려는 지금 왜 철군한다는 것이오? 잘 말씀드려 며칠만 더 싸우기를 바라오 과인이 성문을 열어 내응하리다.>

이 편지를 받은 장방은 크게 기뻐하여 사마영에게 보였다. 그러나 사마영은 무엇을 주저하는 듯 말이 없었으므로 그는 사마영의

대장인 석초 · 화연 · 견수 등을 선동했다.

「우리가 모처럼 애쓴 끝에 도읍이 수중에 들어오게 되었는데, 장사왕의 편지 한 장 때문에 돌아간다는 말인가. 더욱이 동해왕께서 성문을 열어 주시겠다는데 무엇을 주저하겠소? 나는 성도왕 전하께서 만류하신다 해도 성을 치려오.」

「아, 여부가 있습니까. 우리도 치겠소이다.」

장수들의 마음이란 비슷한 것이었다. 전쟁 자체의 성격이나 의의야 어찌 되었든 간에, 나팔만 불어주면 싸우는 것이요, 싸우는 이상에는 이겨야 되는 것이다. 그들은 성도왕과는 상의도 하지 않은 채 성을 포위하고 맹렬한 공격을 가했다.

한편 사마월은 궁중에 들어가 혜제에게 청했다.

「지금 대군의 포위에 빠진 지 몇 달에 이르러 백성이 굶어죽는 것은 고사하고 병사들까지 굶주려 공기가 흉흉하옵니다. 이대로 가다가는 어떤 변이 일어날는지 예측할 수 없나이다.」

황제는 이 말을 액면 그대로 받아들이고 얼굴에 추연한 빛을 띠었다.

「그러게 말이오. 경은 무슨 말을 들었는가?」

이때다 싶어 사마월은 대담해지려 애쓰며 말했다.

「병사들은 모두 장사왕을 원망하고 있나이다. 장사왕이 옳은가 그른가 하는 것은 문제가 아니고, 그 충성 여부를 막론하고 그분이 이 싸움의 원인이 된 것만은 틀림없나이다. 장사왕이 제왕을 제거했고, 이에 불만을 품은 성도왕이 쳐들어왔고, 이리하여 벌어진 싸움입니다. 그러므로 병사들은 모두 장사왕에 대해 원한을 갖고 있사온바, 내버려두면 어떤 일이 일어날지 모르겠나이다.」

「아니, 장사왕의 충성은 천하가 다 아는 일이거늘, 그것이 무슨 소린가?」

황제가 답답하다는 듯 말했다.

「신이라고 어찌 그것을 모르오리까. 장사왕의 충성에 대하여는 일찍이 의심해 본 적이 없나이다. 그러나 굶주린 병사들에게는 그것이 그렇게 보이지 않는 모양입니다. 그들은 장사왕을 원망하면서 오늘이라도 성문을 열어 성도왕을 맞아들이겠다 하고 있나이다.」

「무엇이라고?」

황제의 얼굴이 바위처럼 굳어졌다. 그러나 사마월은 태연히 말을 이었다.

「신도 여러 번 타일러 보았으나 막무가내입니다. 이미 군심은 돌이킬 수 없는 데까지 이른 모양입니다. 폐하! 굶주린 병사들이란 성난 호랑이 떼와도 같습니다. 그들에게는 고기를 던져주어야 하옵니다. 그렇지 않고는 그 분노를 가라앉힐 수 없을까 합니다. 장사왕을 삭탈관작하사 본국으로 돌려보내시옵소서. 이것만이 사직을 건질 수 있는 유일한 길이옵니다.」

황제는 아무 말이 없었다.

「폐하! 장사왕의 충성도 알고, 그 원억함도 잘 압니다. 그러나 장사왕 한 사람과 조종(祖宗)으로부터 이어받으신 사직과 어느 쪽이 무겁다고 보십니까? 한 신하의 파직으로 구할 수 있는 국난이라면 조금도 주저하실 바 없다고 믿나이다. 장사왕도 진정한 충성을 지녔다고 하면 달갑게 권력을 내놓으리라고 여기나이다.」

이 우국(?)의 변론은 미상불 효과가 없지도 않은 모양이었다. 황제는 한참을 묵묵히 앉아 있다가 마침내 말했다.

「경이 알아서 처리하라. 그러나 절대 장사왕은 다치지 말도록 하라.」

이 말이 떨어지자 사마월은 부복하여 큰 소리로 아뢰었다.

「폐하의 용단이 이 나라를 구하셨나이다. 백성과 군사들이 다 성덕을 일컬을 줄 아나이다.」

사마월의 눈에서는 눈물이 몇 방울 흘러내렸다. 연극에 열중하는 배우가 흘릴 수 있는 그런 눈물이었다. 사마월은 얼른 얼굴을 들어 황제를 우러러보았다. 황제에게 눈물어린 자기 눈을 보인 사마월은 말할 수 없는 쾌감을 느꼈다. 그리고 이것으로, 황제 앞에서 눈물을 흘렸다는 이것으로, 자기는 정말 충신열사가 된 것 같은 느낌이 들었다.

그는 곧 자기 휘하의 군사들이 지키고 있는 성문에 나타나서 크게 외쳤다.

「들어라! 성상 폐하께서는 양군에게 전투 중지를 명령하시었다. 이것으로 싸움은 끝나는 것이니 즉시 성문을 열어라. 어명을 어기는 자는 참하리라!」

병사들 사이에서는 일제히 만세소리가 터졌다. 개중에는 좋아서 날뛰는 자도 있었다. 성문은 곧 활짝 열렸다.

조수처럼 적군이 밀려들어오는 것을 보고 놀란 장사왕 휘하의 장병들은 더러 반항하는 자도 있기는 했으나, 대부분은 산산이 흩어지고 말았다. 그러나 사마월의 평판이 반드시 좋을 까닭도 없었다.

「이것 봐. 어떤 놈의 농간이야!」

이런 병사의 대화가 사마월 자신의 귀에까지 들렸다.

일단 일은 뜻대로 된 셈이었으나, 만일 황제 앞에서 성도왕·장사왕을 상대로 대질(對質)이라도 하게 되는 일이 있다면 어떤 화난이 자기에게 떨어질는지 알 수 없는 일이었다. 이런 눈치를 본 하윤이 말했다.

「전하! 어서 뿌리를 뽑아야 하옵니다. 어서 장사왕을 죽이시옵소서. 죽은 자에게는 말이 없나이다.」

사마월은 곧 장사왕의 왕부(王府)를 에워싸고 장사왕을 끌어내어 목 베어 죽였다. 이때 장사왕의 나이 스물여덟이었다. 후일 성도왕 사마영 역시 공교롭게도 스물 여덟에 죽었는데, 사람들은 입을 모아 그가 충신 장사왕을 죽여 천벌을 받았다고 빈정거렸다. 이리하여 혜제를 진심으로 위하던 유일한 황족이 죽은 것이다.

낙양에 입성한 성도왕은 장사왕의 군대를 불러 따뜻한 말로 위로한 다음에 궁중에 들어가 혜제를 뵈었다. 그도 황제 앞에 나가자 눈물을 보였다.

「장사왕이 월권행위가 있기에 문죄하려 하였는데, 뜻하지 않게도 성상께 고통을 끼쳐드린 결과가 되어 실로 황공무지로소이다. 원컨대 벌을 받고자 하나이다.」

벌을 받겠다고 한다 해도 벌을 줄 수 있는 처지도 아니었다.

「일이 공교롭게 되어 다소의 분규가 있었거니와 경은 모든 것을 잊으라. 짐도 과거사는 다시 말하지 않으리라.」

어느덧 머리가 반백이 된 황제의 음성은 그렇게 들어서 그런지 다소 떨리는 듯했다.

「그러나 장사왕은 짐이 잘 알고 있거니와 큰 죄도 없는 사람이야! 그 권세를 뺏으면 그만이지 어째서 죽이기까지 했는고?」

「그러게 말이옵니다.」

사마영은 한숨을 쉬었다. 어쨌든 자기의 형제였다. 측은한 마음이 없을 수 없었다. 그러나 동해왕이 손을 대지 않았다면 자기가 죽였을지도 모르는 일이었다. 그렇게 생각하면 이렇게 그 죽음을 개탄할 수 있는 처지에 놓인 것이 오히려 다행이었다. 이제는 죽은 장사왕을 위해 아무리 개탄해 보았자 손해될 일은 없었다.

「동해왕이 연소하여 지나친 처사를 한 듯합니다. 신의 입성이 늦은 까닭이라고는 하나, 한 팔을 잃은 것같이 애통하옵니다.」

그는 황제에게 청하여 장사왕의 장례식을 아주 성대히 올려주었다.

어쨌든 이제부터는 사마영의 세상이었다. 그 자신은 말할 것도 없고, 황제까지도 이것을 의심하지 않았다. 모든 것은 그의 결정에 따라 시행되었다.

그는 동해왕을 상서령에 임명하여 대정(大政)에 참여케 하는 한편, 장사왕의 장수였던 황보상·송홍·양현지 등을 저자에 끌어내어 죽였다. 뿐만 아니라, 황후 양씨와 태자 사마담까지 폐위시키고, 자기의 장수 석초를 경영도독(京營都督)으로 삼아 수도의 경비를 맡아보게 했다. 실로 무소부지(無所不至)였다.

3. 그치지 않는 골육상잔

권력이 있는 곳엔 아첨이 따른다. 이것은 물이 낮은 데로 흐르는 것만큼이나 확실한 일이다. 어느덧 성도왕의 사당(私黨)으로 화해버린 조정에서는 그에게 구석을 내리자는 논의가 아주 활발히 거론되기 시작했다.

사마영이 그것을 받아들이려는 기색임을 안 노지가 나서서 간했다.

「구석은 난세에 있어서 개세(蓋世)의 공신을 표창하던 예절입니다. 그렇다고는 하나 신하로서 황제의 예의를 사용함은 어떤 경우에라도 피해야 될 것으로 압니다. 지금 전하께서는 황실의 지친이요, 일국의 왕입니다. 무엇이 부족하여 구석까지 받으시겠습니까. 근자에 구석을 받았던 왕으로서 그 일신을 보존한 이는 아무도 없었습니다. 군신의 의(義)라는 것은 흐릴 수 없사오니 아첨하는 무리의 말을 물리치시옵소서.」

그러나 사마영은 도리어 화를 냈다.

「유생의 망언이 지나치는구나! 과인이 언제 구석을 받으려 했기에 이리 말이 많으냐. 신하된 도리로는 오직 성상의 분부를 따르는 것뿐이다.」

노지는 그 이상 말할 수 없어 그대로 물러갔다. 그는 그 이튿날 일찍 성도왕 부중의 문전에 거적을 깔고 꿇어앉았다. 놀란 부중의 사람들이 번갈아 노지를 안으로 들게 권하였으나 노지는 끝내 이를 뿌리치고 꼬박 하룻밤과 하루 낮을 석고대죄(席藁待罪)하였다. 그러다 노지는 그만 기력을 잃고 땅바닥에 쓰러지고 말았다.

성도왕의 부중 군사들이 황급히 노지를 안아서 방에 눕힌 다음 간병을 했다. 그러나 노지는 한 방울의 물도 마시지 않고 다시 사흘을 보냈다. 노지는 죽기로 결심한 것이었다.

근심은 가시지 않았다. 말했다가 들어도 좋고 안 들어도 좋은 그런 문제가 아니었다. 성도왕이 구석을 받는 경우, 그 몰락과 멸망이 눈앞에 보이듯이 예측되는 일이었다. 이런 일 저런 일을 근심하던 끝에 노지는 마침내 자리에 눕고 말았다.

닷새째 되는 날 마침내 노지의 지극한 충성은 성도왕을 감동시켰다. 이 날 사마영은 친히 노지를 찾아 머리맡에 와 앉았다.

수척해진 노지는 성도왕이 이른 것을 알자 그래도 자리에서 일어나려 애썼다.

「그대로 누워 있으오. 일어나지 마오.」

사마영은 노지의 어깨를 짚어 일어나지 못하게 말린 다음 침통한 어조로 말했다.

「내가 경을 병들게 했구려. *충언역이(忠言逆耳 : ☞ 양약고구)라 했거니와, 충성된 말을 못 받아들인 내게 잘못이 있을 뿐, 경에게 무슨 허물이 있겠소? 무엇이나 경의 말대로 할 것이니 어서 일어나기나 하오.」

노지의 앙상한 볼에 눈물이 맺혔다.

「선비는 지기(知己)를 위해 죽는다 했거니와, 신은 이제 죽어도 한이 없나이다.」

「그게 무슨 말이오? 어서 낫도록 하오 우리는 손을 잡고 해야 할 일이 많소.」

「전하!」

노지의 눈이 사마영을 쳐다보았다.

「소신은 업성으로 돌아가고 싶습니다. 권력과 모함이 소용돌이치는 이곳이 싫나이다. 업성에서 한가로이 지내던 날이 그립습니다.」

「아, 그렇기도 하겠구려!」

사마영이 크게 고개를 끄덕였다.

「정말이야! 업성이 좋지. 우리 이렇게 합시다. 나하고 갑시다. 나도 잠깐 업성에 가서 쉬고 싶소.」

사마영은 야심만만한 사람이었으나 역시 귀공자였다. 그에게는 감상적(感傷的)인 일면이 있었다. 그것이 중병으로 누워 있는 부하를 보자 고개를 든 것이었다. 사실은 그것이 그의 진면목인지도 모르는 일이었다.

노지는 굳이 말렸지만 사마영은 듣지 않았다. 그는 정권을 임시로 동해왕에게 맡기고, 노지를 가마에 태워가지고 업성으로 떠나 버렸다.

장방도 관중(關中)으로 돌아갔다. 하간왕은 매우 기뻐하며 장병들에게 상을 내린 다음 조정에 표(表)를 바쳤다. 앞서 소인(장사왕)이 제거된 것을 하례한 다음, 성도왕 사마영을 동궁(東宮)에 들여 태제(太弟)로 삼으라는 내용이었다.

혜제는 아무런 반응도 보이지 않았다.

호랑이가 없는 산중에서는 삵이 호랑이 노릇을 한다. 낙양에는 삵이 두 마리 있었다. 동해왕 사마월과 석초—사마월은 우선 제왕의 옛 부하들을 자기 주위에 모아들이기 시작하여 자기 세력을 굳혀갔다. 악명 높던 손혜(孫惠)까지 불러왔다.

이렇게 사마월이 은근하게 자기의 세력을 다지고 있을 때, 또 하나의 삵은 더 우락부락한 일을 저질렀다. 석초는 원래가 무부라 정치적으로 처신할 줄을 몰라서 무엇이나 생각나는 대로 말하고 행동했다. 조정의 관례나 법도쯤 무시하기가 일쑤여서 때로는 대신이라도 눈을 부릅뜨고 꾸짖었다. 경우에 따라서는 주먹질까지 했다. 동해왕은 이런 석초의 성격을 이용하였다. 그를 충동질하여 어려운 일은 그로 하여금 말하게 했다. 따라서 원망은 석초 한 사람에게 쏠렸다.

사마월은 심복인 하윤을 불러 상의했다.

「내가 장사왕을 제거한 것은 조정에서 역신(逆臣)을 없애자는 것이었는데, 성도왕의 소행을 어찌 장사왕 따위에 비긴단 말이오? 지금 조정이 모두 그의 당파로 가득 차고, 석초가 하는 짓을 보면 못하는 일이 없구려. 어디 그뿐이오? 하간왕은 상소하여 성도왕을 태제로 책봉하라고 들고 나섰으니, 그대로 둔다면 우리는 어디에 발을 붙이고 살겠소?」

하윤이 이때라는 듯이 말했다.

「성도왕은 마침 업성에 가고 여기에 없사오니, 지금이야말로 거사할 때입니다. 군권을 쥐고 있는 석초를 이용해서 이이제이(以夷制夷)의 계략을 쓰신다면 어려울 것도 없을까 하나이다.」

「이이제이라?」

「그렇습니다.」

하윤은 제 지혜로움에 스스로 감동하는 듯 빙그레 웃었다.

「지금 장사왕이 죽기는 했으나 그 부하들은 그대로 남아 있지 않습니까. 그들을 이용하는 것입니다. 그들로 말하자면……」

「알았소, 알았소」

음모를 좋아하는 사마월은 자세히 설명하려는 하윤의 말을 막았다. 그만한 것쯤은 설명을 안 듣고도 알 수 있다는 것을 보이고 싶어서였다. 그는 곧 장사왕의 부하였던 상관기·왕호 등을 불렀다.

「지난 일을 새삼 거론하고 싶지는 않지만, 성도왕은 의심이 많은 사람이라 장사왕이 죽은 것만으로는 만족하지 않고 장군들까지 해치려 한다니 기가 막히오. 솔직히 말해서 나는 장사왕에게 호감을 갖고 있는 사람이 아니었기에 그분을 제거하기 위해 약간의 힘을 쓴 게 사실이오. 나는 솔직하오. 한 것은 했다고 하는 것이 남아가 아니겠소?」

그는 솔직하다는 것을 몇 번이나 내세웠다.

「그러나 나는 어디까지나 대의를 위해서 한 것뿐이오. 따라서 죽은 장사왕이 안됐고, 더욱이 그분을 섬기던 장군들을 생각할 때 마음이 언짢단 말이오. 나는 숨김없이 솔직하게 말하는 바요.」

「전하의 뜻은 잘 알겠나이다.」

상관기가 대답했다.

「그런데 성도왕은 잔인해서 장군들을 해치려 한단 말이오. 사실은 장사왕과 함께 장군들을 해치자는 말이 성도왕에게서 나왔었지만 내가 반대했소. 장사왕이 잘못이 있으면 있지, 그 장병들에게 무슨 죄가 있느냐고 말이오. 허나 성도왕은 태제가 되려고 암약하고 있으니 그 소원이 달성되는 날에는 장군들도 각오하는 바가 있어야 하리라.」

상관기·왕호라고 해서 동해왕의 말을 그대로 받아들일 리는 없었으나, 듣고 보니 있을 수 있는 일인 것 같았다. 장사왕이 세상을 떠난 지금, 성도왕의 손아귀로부터 제 몸을 지키기 위해서는 누구에게든 의지해야 했다. 동해왕이 성도왕을 제거하는 데에 자기들을 이용하려 하고 있는지 모르나, 그러면 어떠랴. 이쪽에서도 동해왕을 이용하여 성도왕에게 복수할 수도 있지 않은가. 복수라는 점에서는 동해왕도 마찬가지의 원수임에 틀림없었으나, 그것은 그것대로 기회를 기다려도 될 것이다. 이렇게 생각한 상관기는 말했다.

「의탁할 곳 없는 저희들을 그처럼 걱정해 주시니 황공하옵니다. 전하의 말씀이라면 무엇이나 따르겠나이다.」

사마월은 크게 기뻐하여 함께 성도왕을 칠 일을 의논했다.

사마월이 탄식하듯 말했다.

「석초가 군권을 휘몰아 쥐고 있으니 걱정이오. 우선 이놈을 잡아야 할 텐데, 그 방책이 생각나지 않는구려.」

왕호가 나섰다.

「정면에서 석초와 맞서신다면 이롭지 못하지만, 그 우익을 먼저 제거하고 난 후 치신다면 아주 쉽게 일을 이루실 수 있을 것입니다.」

「우익이라?」

「그렇습니다. 우선 화연·곽매·동공·곽숭을 연회에 초청하십시오. 소장들이 그들을 제거하겠나이다.」

매우 기뻐한 사마월은 곧 사람을 네 장수에게 보내어, 성도왕을 대위에 올려놓는 일에 대해 상의하고 싶다는 뜻을 전했다. 이 말을 들은 네 장수는 크게 기뻐하며 즉시 달려왔다.

「석장군은 일이 있어서 내일 오겠다는 전갈을 보내왔구려. 하여간 모처럼 만났으니 한잔 들면서 이야기나 합시다.」

사마월은 이날따라 아주 친절하게 대했다. 네 장수는 황송해서 자꾸 사양했다.

「아니, 왜들 이러오? 내일은 장군 중의 한 사람이 업성에 가야 할 것이고, 성도왕이 돌아오셔서 보위에 오르시기만 하면 장군들은 다 개국원훈(開國元勳)이 될 터인데 너무 사양 마오.」

이 말에 기분이 좋아진 네 장수는 입이 귀까지 째져서 권유하는 대로 술을 받아마셨다.

「전하께서야말로 개세의 대공을 세우시는 셈이지요. 이후에도 잘 돌보아 주시기 바랍니다.」

이런 말을 하는 장수까지 있었다.

이윽고 곽숭이 무릎을 꿇고 술잔을 사마월에게 바쳤다.

「전하의 만수무강을 기원하옵니다.」

「오, 고맙소!」

사마월은 팔을 뻗쳐 잔을 받았다. 그러나 어찌 된 영문인지 잔은 사마월의 손에서 떨어졌다. 그의 옷에 술이 쏟아졌다. 그 순간, 사마월이 발연대로하여 언성을 높였다.

「에잇, 무례한 놈! 거기 누구 없느냐?」

이 소리가 떨어지자마자, 왕호·상관기·성보·동공·유우 등이 병사를 끌고 달려들어 순식간에 네 명의 장수를 죽여버렸다.

그들은 그대로 삼위(三衛)의 본진(本鎭)에 가서 외쳤다.

「석초가 포학무도하여 위로는 대신 공경이 없고, 아래로는 병사와 백성을 초개같이 알아서 못하는 짓이 없으므로 이에 어명을 받들어 그 죄를 묻고자 한다. 너희도 천자께 충성하는 마음이 있다면 우리 뒤를 따르라!」

장병들의 대부분이 석초의 횡포를 미워하던 판이라 희희낙락하며 따라나섰다. 그들은 아우성을 치며 석초의 둔소(屯所)로 밀려갔다. 그러나 너무나 떠들썩하게 일을 일으켰던 까닭에 석초는 이미 담을 뛰어넘어 도망한 뒤였다. 성문을 지키는 군사에 의해 그가 황망히 말을 달려 업성 쪽으로 도망친 것이 확인되었다.

사마월은 곧 문무백관을 조정에 모은 다음 황제에게 상주했다.

「성도왕이 장사왕을 제거한 공은 있사오나 황후를 폐하고 태자를 내쳤으니 이것을 어찌 신자(臣子)의 도리라 하오리까. 곧 두 분 마마를 복위시키시옵소서.」

황제는 고개만 끄덕였다. 그러자는 것인지 말자는 것인지 알 수 없었다. 하도 풍상을 겪고 보니 만사가 시들해졌는지도 모른다.

사마월은 다시 아뢰었다.

「석초가 업성으로 도망했으니 성도왕은 필연코 대군을 이끌고 쳐들어올 것입니다. 성도왕이 황후와 태자를 폐하고 하간왕과 결탁하여 스스로 태제가 되려 함은, 황공하오나 보위를 노리는 소행입니다. 원컨대 태자로 감국(監國)케 하시고, 폐하께서는 업성을 친정하사 그 죄를 물으시는 것이 옳을까 하나이다. 장사왕의 장수 상관기를 선봉에 임명하사 앞서 나가게 하시면 신 등은 어가를 모시고 뒤를 따를까 하나이다.」

또다시 혜제를 끌어내어 방패막이로 삼자는 책동이었다. 혜제도 이에는 반발했다.

「성도왕은 고국에 돌아가 휴양하고 있는 처지이거늘 어찌 그런 불궤의 뜻이 있으랴. 또 하나 남은 아우마저 죽이라는 말인가. 대저 황제가 어찌 경솔히 움직일 수 있으랴. 한적이 쳐들어올 때도 안 나갔던 짐이, 아우를 잡기 위해 친정한다는 것은 이치에 당치 않도다. 전일 장사왕을 잃은 것도 경 때문이거니와, 경은 가볍게 처신하는 데가 있도다. 마음대로 하라. 모든 권력은 경이 쥐고

있는 터이니까, 업성을 치든 말든 뜻대로 하라. 다만 짐은 움직이
지 않겠노라.」

어디서 그런 용기가 났는지, 아주 노골적인 반박이었다. 그러나
이 정도로 물러날 사마월도 아니었다.

「황공하오이다. 그러나 성도왕은 위엄을 떨치고 있고 군사가
많사오니, 친정하심이 아니라면 평정키 어렵습니다. 어가를 마련
하겠사오니 곧 떠나시기 바라나이다.」

이것은 바로 명령이었다. 혜제는 그 이상 아무 말도 못했다.

사마월은 어명이라 속이고 부서를 발표했다. 진진과 상관기는
선봉, 왕호·체포는 좌군, 성보·송주는 우군, 하윤·유우는 후위
에 임명되었다. 사마월은 황제를 반 협박으로 끌어내어 어가에 태
우고 삼군에 진격명령을 내렸다.

관원 중에 황제를 따르는 것은 시중(侍中) 해소(諧紹)밖에 없었
다. 말리는 사람이 있었으나 해소는 강개하여 말했다.

「지존께서 거둥하시는 바에 내가 어찌 일신의 안위만을 생각
할 수 있겠소이까? 마음에 정한 바 있으니 부디 아무 말씀 말아주
시오.」

이때 업성도 부산한 공기에 싸여 있었다.

석초가 돌아와 사건의 전말을 아뢰자 성도왕 사마영은 매우 노
했다.

「이놈이 어찌 이리도 음험하단 말이냐. 장수를 술자리에 불러
서 죽이고, 석초까지 해하려 했으니 그대로 둘 수 없도다.」

그는 곧 군대를 정비하고 낙양으로 떠날 준비를 서둘렀다. 그러
나 이튿날이 되자 새로운 정보가 들어왔다. 동해왕이 황제를 모시
고 업성을 치러 진격해 오고 있다는 것이다. 사마영은 더욱 대노
하여 만나는 사람에게 마다 울화통을 터뜨렸다.

그런 어느 날, 칙사라는 자가 업성에 나타났다.

사마영이 칙서를 읽어 내려갔다.

—오호라, 너는 황실의 연지(連枝)로서 존황(尊皇)의 대의
를 생각지 않고, 일마다 사리를 어기고 인도에서 벗어남이
어찌 이와 같으냐. 앞서 두 번이나 대병을 이끌고 도읍을 쳐
서 제왕, 장사왕을 죽였고, 다시 황후·태자까지 폐위시켰으
니 이것이 친친(親親)의 의며 신자(臣子)의 도리이겠는가. 더
욱이 태제가 되길 강요함에 이르러서는 보기(寶器)를 넘겨다
보는 것으로밖에는 이해할 길이 없는 바이다. 지금 동해왕을
총수로 하여 대병 10만을 이끌고 안양(安陽)에서 인마를 쉬
고 있나니 너는 속히 역신 석초를 묶어가지고 와서 죄를 사
과하라. 그리하면 주륙(誅戮)을 면할까 하노라.

이를 읽은 사마영은 어찌나 화가 났는지 곁에 있던 벼루를 들
어 칙사를 갈겼다. 다행히 맞지는 않았으나, 칙사라고 거드름을
피우던 자는 얼굴이 파랗게 질려 몸을 사시나무 떨 듯 떨었다.

사마영은 칙사를 다른 방에 연금한 다음 곧 창수들을 불렀다.

「조칙을 뵈옵건대 그 죄목이라는 것이 모두 허황하오. 제왕을
죽인 것은 내가 아니라 장사왕이었고, 장사왕을 죽인 것은 역시
내가 아니라 동해왕이었소. 이는 세상이 다 아는 일이오. 그렇거
늘, 그 죄를 나에게 뒤집어씌우고, 역심을 품었다고까지 몰아대니
이는 필시 동해왕의 뜻일 뿐 폐하의 생각은 아니실 것이오. 그러
나 나가서 변명코자 하니 동해왕이 해할 것이고, 물러나 지키자니
군사가 모자라는구려. 의견이 있거든 서슴지 말고 내시오.」

이때, 동안왕(東安王)은 업성에서 은거생활을 하고 있었고, 그
조카 낭야왕은 한을 치고 돌아오는 길에 여태껏 그곳에 머물러 있

었던 까닭에 그들도 회의에 참석했다. 일이 심상치 않음을 알고 동안왕이 앞서 입을 열었다.

「우리나라에서는 골육끼리 서로 싸움을 그칠 날이 없었기에 그 틈을 타서 외구(外寇)가 준동했던 것이오. 일의 시비는 그만두고라도 천자께서 친림하신 바에는 갑옷을 벗고 호소(縞素)하여 성을 나가 어가를 영접하는 것이 신자(臣子)의 도리라 보오. 더욱이 대왕과는 형제지간이신 성상께서, 대왕이 예의를 다한다면 어찌 소홀히 대하시겠소? 부디 근신하시기 바라오.」

사마영은 대답이 없었다.

석초가 나와서 아뢰었다.

「전하의 말씀이 지당하고도 지당하옵니다. 그러나 성상의 뜻이 그대로 막혀버리는 오늘에 있어서는 필경 *허공에 누각을 짓는 것(空中樓閣공중누각)이나 다름이 없을 것입니다. 장사왕이 죽음을 받은 것도 어찌 폐하의 명령을 받고 한 일이겠나이까. 동해왕은 성상을 내세우고 무슨 짓이라도 저지를 인물이온데 폐하께서 아무리 골육을 아끼신들 그것이 무슨 소용에 닿겠나이까. 제가 들은 바로는, 이번의 거둥도 폐하께서는 하지 않으시려는 것을 동해왕이 강제로 모시고 왔다 하더이다. 스스로 함정에 뛰어들 수는 없습니다.」

견수도 말했다.

「폐하의 뜻대로 움직이는 세상이라면 이런 일 저런 일이 처음부터 있지 않았을 것입니다. 이런 조칙은 동해왕이 조작한 것에 지나지 않사오니, 받들지 않는다 하여 어찌 불충한 것이 되겠습니까. 만일 표면적인 의리를 세우기 위해 소명에 응하셨다가는 장사왕과 비슷한 운명에 빠지실 것은 자명한 일입니다.」

그는 다시 더 적극적인 대비책을 제시했다.

「이 업성은 *금성탕지인 데다가 병사도 부족하지 않은데 겁낼 것이 무엇입니까. 지금 동해왕이 이끌고 있는 것은 거의가 장사왕의 휘하에 있던 장수들인지라 필시 군심(軍心)이 화합되어 있지 않을 것입니다. 자웅을 겨루어보는 편이 마땅한 일입니다. 만일 불리할 경우에는 물러나 성을 지키면서 하간왕 전하의 구원을 청할 수도 있을 것입니다.」

이 말을 들은 사마영은 매우 기뻐했다.

「천자를 협박하여 나라를 어지럽히는 무리를 이 기회에 쓸어버리리라. 어찌 앉아서 죽음을 받겠는가.」

사마영의 단안이 내려지자, 전쟁을 위해 업성은 소용돌이 속에 휘말려 들어갔다.

사마영은 끝내 협조를 거부하는 동안왕을 죽여 그 병사를 빼앗아 버리니 낭야왕은 화를 피해 황제가 있다는 안양으로 도망쳤다.

4. 짐은 황제로다

성도왕이 군대를 이끌고 예양에 진주했다는 말을 들은 동해왕 사마월은 곧 장수를 모아 대책을 의논했다. 성도왕이라는 이름은 그들에게 있어 역시 두려운 존재임에는 틀림없었기에 장내에는 긴장의 빛이 감돌았다. 이때 진진(陳珍)이 나와 말했다.

「병법에 이르기를, *적을 알고 나를 알면 백전백승한다 했나이다(知彼知己百戰不殆지피지기백전불태). 성도왕의 허실을 아는 것이 당면한 문제인데, 제 동생 진소(陳昭)가 마침 그 휘하에 있습니다. 곧 편지를 보내 불러오겠나이다. 조금도 걱정 마시옵소서.」

이 말을 들은 사마월은 천래의 복음을 들은 것만큼이나 기뻐하면서 말했다.

「그리 하여주오. 그렇게만 된다면 모든 공로가 장군 한 사람에게 돌아가리다.」

진진의 이 계획은 즉각 효과를 발생했다.

역시 황제에게 맞서고 싶지 않은 것은 모든 사람의 심리여서 대의를 내세우는 형의 편지에 접하자, 두 장수는 밤을 타서 안양으로 달려왔다. 두 사람에 의해 성도왕의 허실은 남김없이 사마월에게 보고되었다. 사마월은 크게 기뻐하여 장수들을 모아놓고 연회를 베풀었다.

한편 이날 아침, 예양에서는 일대 소동이 일어났다. 진소 형제가 간밤에 없어진 것이 발견된 까닭이었다.

「이놈들이 필연코 동해왕에게 투항했을 것이다. 아, 이 일을 어쩌랴!」

뱃심 좋은 사마영의 얼굴도 흙빛으로 변했다. 이때 최광(崔曠)이 일어나 말했다.

「대왕께서는 조금도 걱정 마시옵소서. 적을 깨뜨릴 시기는 지금입니다.」

「아니, 그게 무슨 소린가?」

하도 의아해서 사마영이 물었다. 모든 사람의 시선이 최광에게 쏠렸다.

「진소 형제가 도망했다 하여 전하께서 걱정하시는 것은, 우리의 허실이 적에게 그대로 알려질까 우려하는 까닭입니다. 전하께서 그렇게 걱정하시는 터이니 동해왕이야 얼마나 기뻐하고 있겠나이까. 그러므로 필연코 오늘밤은 방심하고 있을 것이며, 틀림없이 잔치를 벌여 즐길 것입니다. 아직 날이 어둡지 않았나이다. 곧 군대를 정비하여 날이 어두워질 무렵에 이곳을 떠나도록 하시옵소서. 밤중이면 안양에 닿을 것입니다. 그리하여 안심하고 있는 그들을 갑자기 들이친다면 한판의 싸움으로 판도를 결정할 것입니다.」

「아, 묘한지고 묘한지고!」

사마영은 어떻게나 기쁜지 자리에서 벌떡 일어나 외쳐댔다.

「이 한판 싸움에서 동해왕을 사로잡아 버리리라. 관중·공명인들 어찌 이에서 더하랴」

석초가 말했다.

「과연 지극히 묘한 계략입니다. 군사 1만을 남겨 이곳을 지키게 하고 나머지는 모두 진격하도록 하옵소서. 대왕의 위엄을 떨치실 때가 왔나이다.」

성도왕은 장수들에게 술을 부어주며 그 장도를 축원했다. 6만의 병사들은 말에 재갈을 물리고 어둠을 타서 신속히 이동했다. 삼경쯤에는 안양에 있는 사마월의 진영을 사면에서 포위했다.

별이 총총한 밤이었다. 진중에서는 지금 한창 연회가 무르익어 가는 판이라 노랫소리가 밖에까지 새어나오고 있었다.

갑자기 포성이 밤의 적막을 깨뜨렸다. 그 순간, 석초·견수·왕언·이의 등은 군사를 이끌고 함성을 지르며 적진 속으로 뛰어 들어갔다.

술을 마시든가 술에 곯아떨어져 있던 동해왕의 장병들은 기절초풍을 했다. 미처 갑옷을 입을 사이도 없이 도망치기에 바빴다. 그 중에는 코를 골다가 죽는 병사도 있었다.

완전히 일방적인 싸움이었다. 적과 싸우는 것이 아니라 자기네들끼리 누가 적병을 많이 죽이는지 내기를 하고 있는 것 같았다. 체포·성보·진진 등도 전사하고, 혼비백산한 사마월은 어둠 속에서 무턱대고 말을 달렸다.

석초 등은 황제가 머물고 있는 진영까지 쳐들어갔다. 왕호·상관기·송주 등은 한사코 이를 막아내려고 애썼으나 술에 만취한 몸으로는 싸울 수가 없었다. 조양(趙讓)의 창에 다리를 찔린 하윤이 말머리를 돌리자, 사마월의 장수들은 모두 그 뒤를 따라 도망치기 시작했다.

이런 속에서 유흡(劉洽)은 황제를 난여(鸞輿)에 태워 도망하려 했으나, 화살이 비 오듯 했으므로 못배기고 달아나버렸다. 화살은 황제의 볼에 생채기를 냈다. 피가 목에까지 흐르고 있는데, 황제는 오들오들 떨기만 했다. 자기 몸에 불벼락이 떨어지는 판이라 누구 하나 황제를 지키려는 자가 없는 중, 시중 해소만이 몸으로 화살을 막으며 황제를 모시고 있었다.

그는 피투성이가 된 중에도 눈을 부릅뜨고 외쳤다.

「성상께서 여기 계시거늘, 이것이 무슨 짓이냐. 너희 눈에는 천자도 안 뵈느냐!」

그러나 피를 본 짐승처럼 날뛰는 병사들에게는 이 소리가 귀에 들릴 리 없었다. 한 병사가 해소를 칼로 치려는 것을 본 황제가 황망히 외쳤다.

「칼을 내리라! 짐은 황제로다. 이는 충신이니 건드리지 마라!」

그러나 병사의 칼은 이미 해소를 쓰러뜨리고 난 뒤였다.

이때 석초가 달려와서 병사들을 꾸짖어 물리치고 눈물을 흘렸다.

「병사들이 무지하여 폐하를 몰라 뵈었나이다. 이는 모두 신의 죄이오니, 만번 죽어 아깝지 않사오나, 이제부터는 어가를 호위하겠나이다. 마음을 놓으시옵소서.」

석초는 고개를 들어 황제의 얼굴에 유혈이 낭자함을 보자 수건으로 피를 닦아주며 말했다.

「용안에 이 어인 피오니까. 얼마나 놀라셨나이까?」

황제는 비로소 인간적인 온정에 접했음인지 눈물을 흘리며 석초의 손을 잡고 말했다.

「경은 짐을 살려라. 동해왕의 강요에 못 이겨 여기에 온 것뿐이니 어찌 딴 뜻이 있으랴.」

「분부가 없으신들 어찌 소홀함이 있겠나이까.」

석초의 눈에서도 다시 눈물이 흘러내렸다.

제6장. 뒤죽박죽

1. 뒤바뀌는 전세

동해왕을 크게 깨뜨리고 황제를 모시고 있다는 석초의 첩보에 접한 성도왕 사마영은 매우 기뻐하여 곧 안양(安陽)에 이르러 황제를 뵈었다. 그도 사람이다. 붕대로 얼굴을 감고 앉아 있는 황제를 보자 부복하여 흐느껴 울었다.

「신이 불충하여 용안까지 상하시게 해드렸사오니, 만사무석(萬死無惜)이로소이다. 동해왕이 무도하기에 군사를 내었사오나 어찌 일이 이에 이를 줄이야 알았겠나이까. 오로지 황공할 따름입니다.」

부상병이 돼버린 혜제건만 동생을 보고 반가워했다. 그는 그만큼 호인이었다.

「경을 다시 만나니 반갑도다. 짐은 굳이 안 오려 했건만, 동해왕이 강제로 난여에 태우고 끌고 오매, 짐의 힘으로는 어쩔 수 없었노라. 짐의 형제로서 남은 것은 경뿐이니, 경은 나라를 편히 하여 짐의 근심을 덜라.」

사마영은 곧 어가를 모시고 업성으로 돌아와 개원(改元)하여 건무(建武)라 하고 상을 장병들에게 내렸다. 어쨌든 대성공이었다.

동해왕을 한판의 싸움으로 패주시켰고 황제까지 손아귀에 넣었으니, 이제부터는 천자의 이름을 빌릴 수 있는 처지가 된 것이었다. 소위 협천자이령천하(挾天子以令天下 : 천자를 끼고 천하를 호령한다)라는 것이었다.

그러나 이것으로 문제가 모두 끝난 것은 아니었다.

한편 사마월은 완전히 풀이 꺾여서 낙양으로 돌아왔다. 10만의 대군 중 전사자 3만에 항복한 자 3만, 나머지 4만 명의 병사도 열의 아홉은 부상병이었다. 그는 태자 사마담으로 하여금 황제를 대리하게 하고, 스스로는 본국에 돌아가 세력의 회복을 꾀했다.

사마 손혜(孫惠)에게 말했다.

「역신 성도왕을 벌하여 조정을 깨끗이 하려던 노릇이 도리어 장병만 완전히 잃은 결과가 되었구려. 더욱이 황제 폐하마저 적의 수중에 들게 하였으니 무슨 면목으로 천하 사람을 대하랴!」

자기가 정말 충신열사라도 되는 듯한 비장한 말투였다.

「전하, 너무 낙심하지 마옵소서. 승패는 병가의 상사라 했거늘, 어찌 싸울 때마다 이기겠습니까. 한고조(漢高祖)께서는 누차 싸움에 졌으나, 드디어는 항우를 잡아 한조(漢朝) 4백 년의 기초를 이룩하지 않았나이까.」

주인의 기분에 감염되었는지 손혜의 말도 과대망상적으로 흘러나갔다. 그러나 손혜는 역시 책사였다.

「지금 전하께서 하실 일은 먼저 성도왕을 치는 일입니다. 그분은 대세가 결정되었다 하여 아주 거만한 생각에 잠겨 있을 것이니 불의에 친다면 전하께서 승리를 거두실 것입니다.」

「불의에 치는 것도 좋지만, 군대가 있어야 하지 않겠소?」

「걱정 마십시오. 태자의 이름으로 영북장군(寧北將軍) 사마등과 유주총독 평북장군 왕준(王浚)에게 북으로부터 업성을 치라고 명령하시고, 전하께서는 남으로부터 이를 협공하십시오 왕준은 성도왕에게 원한을 품고 있는 인물이라 반드시 분부를 받들 것입니다. 언젠가 성도왕이 화연(和演)을 유주자사로 임명하여 그 땅을 뺏으려 한 적이 있으므로 왕준은 그와 다툰 적이 있나이다.」

이 말을 듣고 기뻐한 사마월은 곧 태자의 명의로 된 글을 두 곳에 보내 기병(起兵)을 재촉했다.

왕준은 편지를 받자, 곧 장수들을 불러 상의했다. 유창(游暢)이 말했다.

「좋은 기회입니다. 역적 손에 계신 황제를 빼앗아 낙양으로 환어(還御)케 하시는 것은 신자의 도리로서 당연한 의무이며, 전일의 원한도 씻을 수 있는 기회이거늘 어찌 응하시지 않겠습니까. 속히 요서(遼西)·어양(漁陽)·평성(平城)의 군대에 기별하여 일제히 군사를 일으키게 하십시오.」

왕준은 곧 자기의 영향 하에 있는 세 곳에 사람을 보냈다. 며칠이 지나지 않아서 요서의 의로(猗盧)는 선비족의 추장인 오환·갈주에게 병사 1만을 이끌려 보내왔고, 어양·평성의 단문앙(段文鴦)과 소서연(蘇恕延)도 각기 1만 명씩 거느리고 나타났다. 왕준은 기홍을 선봉으로 삼아 사마등과 함께 군대를 지휘하여 업성을 치기 위해 평극(平棘)에 진주했다.

한편 이 소식이 업성에 전해지자 사마영은 매우 놀라서 장수들을 모아놓고 상의했다. 상서령 왕융이 말했다.

「왕준의 군사쯤은 대적할 수 있으나, 선비족의 군사는 짐승처럼 영악하여 쉽게는 깨뜨리지 못할 것입니다. 두 곳의 장수에게 많은 보물을 보내 그들로 하여금 싸움에 참여치 않도록 하십시오 이것이 만전의 대책인가 합니다.」

뇌물로 매수하자는 것이었다. 그러나 이런 일에 말썽이 없을 리 없었다. 견수가 우선 반대하고 나섰다.

「그것은 우리의 약함을 오랑캐에게 보여서 국위를 손상시키는 것밖에 되지 않습니다. 뇌물을 준다고 해서 어찌 우리말을 따른다는 보장이 있겠습니까.」

왕융이 다시 말했다.

「저 오랑캐들이란 오직 이익이 있으면 멈추고, 이익이 없으면 원망하니, 이번의 출병도 어떤 명분이 있어서가 아니라, 오직 중국에 들어와서 재물을 노략질하려는 것입니다. 그리고 그들이 사나운 것을 십분 생각하셔야 합니다. 한고조 같은 영웅으로도 평성의 치욕을 감수하신 바 있지 않습니까.」

석초가 팔을 걷어붙이고 앞으로 나오면서 외쳤다.

「어찌 그만한 것을 걱정하여 이렇도록 논의하십니까. 동해왕의 대군도 단 한 판에 씨를 안남기고 쳐부쉈거늘, 그까짓 오랑캐쯤이 무엇이 겁나리까. 대저 오랑캐란 짐승이나 다를 바 없습니다. 영악하기는 해도 일단 기가 꺾이면 풍비박산이 나는 것입니다. 제가 담당하겠으니 조금도 걱정 마십시오」

정말 자신이 있는지는 몰라도 말만은 용감하게 했다.

사마영은 본래가 겁이 없는 사람이라 석초의 말을 받아들였다. 왕빈·이의를 석초에게 딸려 보내 왕준을 막게 하고, 견수·화순·왕언 등은 사마등의 군대를, 공사번·조양 등에게는 선비족을 치게 했다. 세 군단은 곧 업성을 떠나갔다.

평극에 도착한 석초는 왕준의 군대와 10여 리 떨어진 곳에 진을 쳤다. 왕준이 왔을 뿐 다른 군대는 아직 당도하지 않았다는 척후의 보고를 받자, 석초는 곧 공격을 가하려 했다.

「먼저 왕준을 쳐서 깨뜨려버립시다. 일단 기가 꺾이고 나면 다른 부대들은 도중에서 돌아갈 것이오」

왕빈과 이의는 신중론을 들고 나왔다.

「왕준의 군대뿐이라고는 하나, 가볍게 볼 수 없습니다. 게다가 적군에는 기홍이 선봉으로 있다고 들었습니다.」

그러나 석초는 들으려 하지 않았다.

「기홍은 걱정 마시오. 그와는 한적 토벌 때 같이 싸웠기 때문에 그 수완이나 역량은 내가 익히 아는 바요. 더욱 그들은 멀리 달려온 군사가 아니오? 병법에도 *이일대로(以佚待勞)면 반드시 이긴다 했소.」

그는 군대를 전진시켜 왕준의 부대와 마주 보이는 지점에 포진했다.

양군은 얼마 동안은 서로 지켜보고만 있었다. 이윽고 포성이 울리며 왕준이 진 앞에 나와 말을 세웠다. 이쪽에서도 북소리가 요란한 가운데 석초가 달려 나가 큰 소리로 외쳤다.

「왕 사군(使君)은 중토(中土)의 명가(名家)요, 충절로 들리신 분이거늘, 어찌 오랑캐를 이끌고 중국의 백성을 경동케 하십니까. 더욱이 업성에는 성상 폐하께서 주련(駐輦)하시는 터입니다. 의에 있어서 이러실 수 없다고 봅니다.」

왕준이 채찍을 들어 석초를 가리키며 말했다.

「네 말마따나 나는 중토의 명가요 충절을 숭상하는 사람인 까닭에 여기에 온 것이다. 적자(賊子)가 참람하여 성상을 속이고 나라를 좀먹는 것을 어찌 좌시할 수 있으랴. 들어라. 장사왕의 충절은 천하에 드러났거늘 무엇 때문에 죽였으며, 황후와 태자께서는 이렇다 할 과실도 없으셨건만 왜 폐위했느냐. 이번에는 동안왕께서 너희의 역모에 가담치 않는다 하여 이를 죽이고 그 병사를 죽였으니, 이렇게 하고도 너희가 역적의 누명을 벗을 수 있을 줄 아느냐!」

그는 뒤를 돌아보며 말했다.

「누가 나가서 저 역적 놈을 잡아오랴!」

이 말이 끝나기도 전에 선봉 기홍이 뛰쳐나와 석초와 싸웠다. 기홍의 칼과 석초의 창은 생명 있는 용이기나 한 듯이 공중에서 춤을 추었다. 여의주를 다투는 것처럼 서로 뒤엉키어 안개 같은 살기가 싸움터를 뒤덮었다. 그들은 50여 합을 싸웠다. 그러나 승부는 언제나 가려질 것인지 예측이 가지 않았다.

이를 보던 왕빈이 석초를 돕기 위해 말을 달려 나갔다. 그러나 기홍에게 접근도 하기 전에 한 장수가 나타나 길을 막았다.

「이놈! 어디를 가느냐! 호구(胡矩)의 방천극(方天戟) 맛을 좀 보려느냐!」

왕빈은 노하여 창을 비껴들고 달려들었다. 두 장수는 20여 합을 싸웠다.

이때, 한떼의 군사가 나타나서 성도왕의 진영을 들이치는 것이 보였다. 동영공(東瀛公) 사마등의 군대였다. 뒤에서 진격해 오다가 싸우는 것을 보고 기습을 가한 것이었다. 조금 있자, 견수·화순·왕언 등 업성의 후속부대도 싸움에 가담했다. 대혼전이었다. 아우성소리는 천지를 진동하고 먼지는 일어나 햇빛을 가리는 중, 창과 칼이 미친 듯이 난무했다. 치고 죽이고, 쫓고 쫓기고…… 그야말로 아수라장이었다.

이렇게 서로 팽팽하게 맞서고 있는 중인데, 갑자기 함성이 요란히 들리면서 한떼의 군마가 밀어닥쳤다. 코가 오뚝하고 눈이 푸른 품이, 누가 보아도 한눈에 알 수 있는 오랑캐들이었다. 단문앙·소서연·오환·갈주 등이 이끄는 선비족으로 편성된 부대가 도착한 것이었다.

이렇게 되면 싸워볼 것도 없었다. 성도왕의 군대들은 업성을 향해 후퇴하기 시작했다. 그러나 왕준이 그대로 돌려보낼 까닭이 없었다.

「저것들을 한 놈 남김없이 잡아라!」

그는 친히 앞장서서 말을 달리며 장병들을 격려했다. 적이 무너지는 데 힘을 얻은 병사들은 용기백배하여 그 뒤를 추격했다.

더욱이 선비족들의 용맹은 비길 데가 없었다. 말달리기를 귀신처럼 하는 그들은 경우에 따라서는 말 위에 벌떡 일어서기도 하고, 화살이 날아올 때에는 말의 배 밑에 몸을 착 붙이기도 하였다. 워낙 강포한 그들은, 변변히 싸워 보지도 못한 것이 분했기 때문에 더욱 미친 듯이 추격하여 창으로 도망가는 적병을 찔러 죽였다. 어떤 놈은 적병을 잡아 옷을 홀랑 벗겨버린 다음 알몸이 된 적병을 말 아래로 던지기도 했다.

화순은 도망치다가 말이 화살에 맞아 쓰러지는 바람에 땅에 떨어졌다.

그 순간 선비족의 장수 소서회가 달려들어 그 목을 베어버렸다.

석초는 도망치다가 기홍을 만나 싸우고 있는데 호구까지 달려들었다. 그는 불리함을 알고 도망칠 기회만 엿보는 중, 붉은 머리가 곤두선 적장이 하나 다가오는 것을 보았다. 보기만 해도 소름이 끼쳤다. 소서회였다. 석초는 기겁을 해서 말머리를 돌리려 했으나, 그 순간 기홍의 창이 그의 옆구리를 깊숙이 찔러버렸다. 놀라서 도망치던 왕빈도 사마등의 장수 유원(劉原)에게 죽었다.

이때쯤에는 적에게 깊이 포위되어 버려서 탈출할 길이 없었다. 견수는 하늘을 우러러 탄식했다.

「어찌 이런 일이 있으랴! 이런 일이 있으랴! 이는 모두 성도왕께서 불인하사 하늘이 버리심이리라. 내 살아서 어찌 욕을 당하겠느냐!」

그는 칼을 들어 제 목을 쳐서 죽었다. 이의는 사로잡혔다.

2. 사마영

패잔병들이 돌아온 것을 보자, 뱃심 좋은 사마영도 깊이 탄식해 마지않았다. 10만의 대군이 기왓장이 깨지듯 산산조각이 난 것이었다. 비록 휘하에는 몇 천의 병사가 있다고는 하나 부상병이 아니면 늙은이들이었다. 승승장구하는 적군을 당해낼 길이 없었다.

사마영은 황망히 채비를 서둘러 업성을 떠났다. 포위되면 적에게 사로잡힐 것이 너무나 뻔한 일이었기 때문이다. 수레에 황제를 태우고 처량한 일행은 낙양으로 향했다. 어디서 났는지 적군이 아주 가까운 곳까지 밀려왔다는 소문이 떠돌아서 관리건 장수들이건 뿔뿔이 흩어져버려 황제의 일행은 1백 명도 되지 않았다.

「아, 내가 왕융의 말을 들을 것을! 필부(匹夫)의 장담만 믿다가 이 꼴이 되었구나.」

사마영은 초라한 행렬을 둘러보며 탄식했다. 얼마 전 유총과 싸울 때에는 백만이 넘는 대군을 거느렸던 그였다. 1백 명이라니 만분의 일로 줄어든 숫자였다. 호화롭던 시절이 다 어디로 갔단 말인가. 고락을 같이하던 육기도 죽은 지 오래고, 이제 또 견수·석초·왕빈 등의 장수를 잃었다. 이제는 무엇을 잃을 차례인가.

사마영의 흉중은 착잡한 생각으로 들끓었다.

황제의 꼴도 말이 아니었다. 권세의 물결 위에 떠서 이리저리 밀려다닌 일생이거니와, 좀 전에는 화살에 얼굴까지 상하더니 이제는 정처없이 쫓겨 가는 몸이었다. 모든 것이 그의 뜻에서 나온 것은 아니었다. 즉위 이래 그는 한번도 자신의 뜻대로 행동해본 일이 없었다.

언제나 권신에게 끌려 다니다 보니 이제는 성도왕에게 잡힌 채 어디론가 끌려가는 신세까지 된 것이었다. 어디로 가는가? 그런 것은 생각하고 싶지도 않았다. 운명이 밀고 가는 데까지 밀려가 보는 것뿐이었다.

이번 행차는 워낙 총총히 떠난 것이기 때문에 식량을 제대로 휴대하고 있지 않았다. 점심때가 훨씬 지나도 수라를 바칠 도리가 없었다. 이에 당황한 내시는 자기가 가지고 있던 돈을 털어 민가에서 쌀을 사다가 밥을 지어 바쳤다. 그릇도 제대로 없어서 뚝배기 같은 것에 담아 드렸건만 황제는 아무 말 없이 맛있게 먹었다. 내시는 고개를 돌리고 흘러내리는 눈물을 닦았다.

어느덧 무제(武帝)의 능 앞을 지나게 되었다. 황제는 연을 멈추게 하고 내려가 배례하려 하였다. 그런데 어찌된 셈인지 황제의 신이 보이지 않았다. 북새통에 호위하던 병사가 훔친 것인지, 아니면 오다가 길에 떨어진 것인지 두 짝이 다 보이지 않았다.

근신들은 땀을 흘리며 당황해 하다가 할 수 없이 어느 관원의 신을 바쳤다. 황제는 맞지 않는 신을 끌며 능으로 올라갔다.

능 앞에 부복한 황제는 오래도록 일어나지 않았다. 무슨 생각을 하고 있는지 알 길이 없었으나, 그 등이 들먹이고 있는 것으로 보아 울고 있는 것만은 사실이었다.

어느덧 해가 저물려 했으므로 근신들은 싫다는 황제를 어린애 달래듯 하여 다시 연에 태웠다.

한편, 성도왕 사마영이 떠나고 난 업성에서는 눈으로 볼 수 없는 참상이 벌어지고 있었다. 피 한 방울 안 흘리고 입성한 왕준·단문앙 등의 병사들은 그것을 보충이라도 하려는 듯 백성들을 닥치는 대로 죽이고 재물을 빼앗았다.

특히 선비족은 극심했다. 그들은 작당하여 몰려다니다가 반반한 여자가 있으면 아무 데서나 욕을 보였다. 혹은 재물을 빼앗은 다음 필요도 없이 그 집에 불을 지르기도 하였다. 어떤 자는 재물을 약탈한 후 젊은 여자만 남기고 나머지 식구는 모조리 죽이기까지 했다. 그들은 사람을 죽인다는 일을 무슨 재미나는 장난이나 되는 듯이 해치웠다.

어쨌든 재물이란 재물은 다 바닥이 났다.

민간의 것만이 아니라, 궁중이나 관청에 보관되었던 모든 것까지 약탈당했다. 거리는 비단이나 금덩이 같은 것을 걸머진 선비족으로 붐볐으며, 약탈한 물건과 물건을 서로 교환하기도 했고, 경우에 따라서는 사로잡은 계집을 팔고 사기도 했다. 이렇게 붙들려 간 여자만도 1만여 명이요, 목숨을 잃은 남녀노소의 수는 헤아릴 수도 없었다.

왕준과 사마등은 이를 몹시 걱정했으나 손을 쓸 수가 없었다. 그들은 상의한 끝에, 이렇게 문란한 군대를 가지고는 싸우면 싸울수록 국민의 반감만 사게 될 것이라 하여 초청해 온 선비족들을 어루만져 포상한 다음 모두 본진(本鎭)으로 돌아가게 했다.

이 무렵, 하간왕 사마옹은 그 나름대로 가만히 있지 않았다. 그는 업성이 함락되고 성도왕은 황제를 모시고 낙양으로 도망치고 있는 중이라는 보고에 접하자, 곧 근신을 불러 정세를 검토했다. 장사(長史) 이함이 일어나 아뢰었다.

「시무(時務)를 아는 것을 준걸(俊傑)이라 이르나이다. 지금 천하가 크게 어지러워 제실(帝室)의 운명이 풍전등화와 같은 상태에 놓여 있습니다. 만일 이 기회에 황제를 받들고 천하에 호령한다면 길이 청사에 이름을 남길 것입니다. 옛날 진(晋)의 문공(文公)은 주(周)의 양왕(襄王)을 받들었기 때문에 제후들이 무릎을 꿇었고, 한의 고조께서는 돌아간 의제(義帝)를 위해 호소(縞素 : 상복을 입음)하여 의를 밝히셨기에 천하가 그를 황제로 받들었던 것입니다.」

그의 변설은 고금의 일에 걸치면서 청산유수처럼 흘렀다.

　「근자에 천자 몽진(蒙塵 : 임금이 난리를 피하여 다른 곳으로 옮겨감) 이후, 정세는 몇 번인가 엎치락뒤치락했나이다. 업성이 함락됨에 따라 낙양으로 환도하시기는 하였으나 왕고(王庫)가 비었고 군민이 흩어져, 하루를 지탱하기도 어려운 형편에 있나이다. 이때 대군을 이끌고 상경하사 성상을 수호하고 병란을 그치게 하시어서, 천하 창생의 기대에 호응하시옵소서. 지금 성도왕은 완전히 몰락하였으며, 동해왕도 전일의 타격으로 일어서지 못하고 있으니, 누구라 대왕의 분부를 거역하겠나이까. 다른 영웅이 눈치 채기 전에 먼저 손을 쓰시기 바라나이다.」

　「오, 옳거니!」

　사마옹의 얼굴에는 오래간만에 화사한 웃음이 햇살처럼 번졌다. 이함은 다시 아뢰었다.

　「낙양에 드시어 조정의 권세를 거두시거든, 지체치 마시고 어가를 받들어 장안으로 모시도록 하시옵소서. 낙양은 물자가 결핍하니 구도(舊都)로 임시 행궁(行宮)을 삼으셔도 도리에 있어 조금도 불가함이 없나이다. 대왕께서 천하를 안정케 하사, *공을 죽백에 드리우실(功名垂竹帛공명수죽백) 시기는 바로 지금입니다.」

　「과연 지당한 말이로다. 진의 문공이나 한의 고조에야 어찌 자신을 비하랴마는, 성상과 국가를 위하는 충성에 이르러서는 과인인들 누구에게 뒤지랴.」

　사마옹은 곧 차비를 서둘도록 명령을 내렸다.

　그의 이런 결심을 부채질하는 사나이가 나타났다. 업성으로부터 피난해오고 있던 복야(僕射) 순번(荀藩)이 장안에 들른 것이었다. 사마옹은 그를 불러들여 위로의 인사를 끝낸 다음에 물었다.

　「지금 국가 다난하여 성상께서는 하루도 편한 날이 없으시니,

신하 된 도리에 황공하구려. 경은 무엇으로 과인에게 가르침을 주겠는가?」

천하의 일에 사마옹이 야심을 품고 있다는 것을 눈치 챈 순번은 거침없이 말했다.

「비상한 일을 해야 비상한 공이 있다고 했나이다. 전하께서 만일, 대의에 입각하사 사직을 안정시키시고 폐하를 받들어 충성을 다하신다면, 이는 바로 오패(五覇)의 공이옵니다. 지금 낙양은 잇단 병란으로 폐허가 되고 국고는 비어버렸습니다. 잠시 이 장안으로 어가를 모시도록 하옵소서.」

이함과 짜기라도 한 듯 똑같은 말이었다.

역시 지혜로운 사람의 보는 바는 같구나 싶어 사마옹은 기뻐하며 다시 물었다.

「좋은 말씀이오. 허나 왕준은 북에 있고, 동해왕은 그 본진에 있으며, 성도왕은 낙양에 있는 터요. 이들의 분규를 무엇으로 가라앉혀야 되겠소?」

「뭐 어려울 것이 있겠나이까?」

순번이 대답했다.

「그 세 사람이 세 곳에 나뉘어져 대립하고 있으나, 그 누구도 혼자의 힘으로 천하를 좌우하기에는 거리가 먼 바입니다. 이제 전하께서 중병을 이끌고 입조하여 천자를 호위하고, 각처에 칙명을 전하여 화해케 하신다면 누구라도 전하의 명령을 따를 것입니다.」

사마옹은 매우 기뻐하였다.

「경의 지략이 지극하도다. 과인을 도와 나라를 바로잡으라.」

자기 사람을 만들고자 던지는 추파였다. 순번도 정세에 민감한 사람이라 이 기회를 놓칠 리 없었다.

「이미 전하의 충심을 알았는데, 어찌 견마(犬馬)의 노고를 아끼겠나이까.」

그들은 은근한 시선을 주고받았다.

사마옹은 드디어 낙양으로 떠났다. 장방(張方)에게 군사 5천을 주어 앞서 떠나보내고, 자신은 6만의 대군을 이끌고 뒤를 따랐다. 수도를 경비할 군사도 제대로 없던 낙양은 사마옹의 대군이 입성하자 아연 활기를 띠었다.

군대는 곧 성문과 대궐과 중요한 각 관아에 배치되었다. 수도가 완전히 사마옹에 의해 점령된 것이었다. 하도 궁색하던 판이라, 이의를 제기하기는커녕 누구나 당연한 것으로 알고 이를 환영했다.

사마옹은 궁중에 들어가 황제를 뵈었다.

「폐하께서 오랜 병란에 시달리셨건만, 신이 늙고 병들어 측근에 모시지 못했나이다. 이번 업성의 난에서는 듣기에 하도 놀라와 군사를 보냈던 것이오나, 어가 동천(東遷)하셨다는 소식을 듣고 회군해 왔사온데, 신은 하늘을 불러 통곡하옵고 이제 성상을 수호해 드리고자 노구(老軀)를 무릅쓰고 여기에 이르렀나이다. 신의 불충이 하나둘이 아니오니, 복원 폐하께옵서는 신을 징계하사 후인의 본보기로 삼으시옵소서.」

아주 충성이 넘치는 듯한 말이었다. 황제는 지옥에서 지장보살(地藏菩薩)을 만난 것만큼이나 반가워했다.

「짐의 부덕으로 이에 이르렀거니와 노구를 이끌고 달려와 주니, 그 충성과 정리를 잊지 못하겠소 그러나 국고 탕진하여 만조백관이 굶주리는 상태이니, 경은 이를 도우라.」

「그것은 조금도 걱정 마시옵소서.」

사마옹은 이때다 싶어 엄숙한 어조로 상주했다.

「국고 탕진했다 하오나, 천하가 모두 폐하의 것이거늘, 세상이 다 궁핍에 빠지기 전에야 어찌 성상께 걱정을 끼쳐 드리오리까. 신의 관고(官庫)에도 당분간 쓸 만한 재물은 비축되어 있사오니 심려치 마시옵소서. 창졸간이오나 식량도 넉넉히 운반해 왔사오니, 당분간은 지탱할 수 있사옵니다.」

「경의 충성은 잊지 못하겠소. 만사를 잘 알아서 처리하시오」

이에 정국은 완전히 사마옹의 손아귀에 말려 들어갔다. 사마옹 개인의 조정이라고 하는 편이 좋을지도 몰랐다. 조정에서 쓰는 일체의 경비가 그에게서 나왔고, 수도를 지키는 병력 또한 전적으로 그에게 의존하고 있는 판이라 조정은 완전히 그의 독무대였다. 성도왕 사마영도 이제는 그의 식객이나 다름없는 존재였다.

어느 날, 사마옹은 만조백관이 모인 자리에서 마음속에 늘 지녀오던 장안 천도 문제를 들고 나왔다. 식량과 재물을 운반하는 노력을 덜자는 것이 그 주요한 이유였고, 장안에는 궁전과 관아가 구비되어 있는데다가 물자가 풍부하다는 것이었다. 장안도 낙양과 함께 옛날부터 내려오는 수도이기 때문에, 거기 가 있다가 안정을 기다려서 다시 낙양으로 옮기자는 주장이었다.

아무도 반대하는 사람이 없었다. 편한 것을 좋아하는 것이 사람의 상정이라, 폐허나 다름없는 낙양을 떠나자는 데에 이의가 있을 턱이 없었다.

장안 천도는 곧 실시되었다. 황제와 만조백관의 행렬은 닷새나 길을 누볐다. 호위하는 병사들의 행패가 심해 도중에서는 갖가지 사건이 일어났다. 이름이 호위병이지 사실은 그들이 주인 격이나 다름없었다. 따라서 대신이나 비빈을 대단하게 생각할 리가 없었다. 궁녀나 고관 집 부인 중에서도 병사에 의해 능욕을 당하는 사람이 적지 않았고, 이것을 꾸짖던 고관에게 병사가 도리어 행패를 부리는 광경도 눈에 띄었다.

어찌됐든 일행에게 있어 장안은 좋았다.

여기에는 무엇 하나 부족한 것이 없었다. 궁중은 낙양 이상으로 으리으리했고, 관고에는 양식과 보물이 가득 차 있었다. 또 대신 이하 관리들에게는 집과 1년치 봉록(俸祿)이 앞당겨 하사되었다. 모든 사람들—황제나 대신들까지도 사마옹을 하늘처럼 우러러본 것은 무리가 아니었다.

자기의 본거지로 황제와 조정을 옮겨오는 데 성공한 사마옹은 이제 완전한 일인자였다. 무엇이나 그의 뜻에 의해 결정이 되었다. 그는 성도왕을 꺼려 이를 연금하고, 예장왕(豫章王) 사마치(司馬 熾)를 세워 태제(太弟)로 삼았다. 성도왕은 너무나 똑똑했기 때문 에 밀려난 것이요, 예장왕은 너무나 못났기 때문에 발탁된 것이었 다. 원래 문제에게는 아들만도 25명이나 있었으나, 성도왕 영과 동 해왕 월과 예장왕 치, 그리고 오왕(吳王) 사마안(司馬晏)의 넷과 황 제밖에는 살아남은 사람이 없었다. 권력의 부침(浮沈)이 너무나 심했기 때문에 왕자 노릇도 하기 힘든 세월이었다.

3. 다시 고개 드는 한(漢)나라

오록허(五鹿墟)에서 강화한 이래로 한과 진 사이에는 아무런 충 돌도 일어난 적이 없었다. 그렇다고 이것이 두 나라 사이의 적대 관계가 해소되었음을 의미하는 것은 아니었다. 그 동안 진나라가 내분으로 자기 국력만 소모시켜간 데 비해서 한은 군량을 저축하 고 병사를 훈련시켜 국력을 착실히 기르는 한편, 호시탐탐 진나라 의 내부에서 일어나는 모든 움직임을 주시하고 있었다.

그 동안 진에서는 하고많은 기복이 있었다. 장사왕 사마예가 제 왕 사마경을 죽인 것을 시작으로 하여 다시 동해왕 사마월은 장사왕을 죽였고, 성도왕 사마영은 동해왕을 재기가 불능하도록 격파했다. 그러나 동해왕의 사주를 받은 왕준이 성도왕을 몰락시켰고, 정권은 하간왕 사마옹의 손에 옮아가 수도를 장안으로 옮기기에 이르렀던 것이었다.

이런 곡절을 주시하고 있던 제갈선우는 장수들이 모인 자리에서 황제 유연에게 상주했다.

「진을 뒤엎을 때가 온 것 같나이다. 휴전 이래 그들은 내분을 거듭하더니, 이제는 장안으로 천도하고 국정은 하간왕 손에 있는 듯합니다. 제왕이 죽었고, 그를 죽인 장사왕도 죽었으며, 동해왕·성도왕은 서로 싸운 끝에 각기 몰락했습니다. 이렇게 골육끼리 싸워서 제 힘을 스스로 약화시켜 놓았으니, 이는 하늘이 우리 한실을 돕는 증거입니다. 하늘이 주는 것을 안 받으면 도리어 재앙이 내린다 했나이다. 마땅히 대군을 일으켜 한업(漢業)을 복구해야 옳을까 하옵니다.」

한황(漢皇) 유연은 매우 기뻐하였다.

「누가 선봉이 되어 공을 이루랴?」

이 말이 떨어지자마자 유요(劉曜)가 앞으로 나왔다.

「이번 일에는 제가 당하오리다.」

이제는 나이가 어리다고 그를 얕보는 사람이 아무도 없었다. 지체로 보나 용맹으로 보나 손색없는 선봉 감이었다.

그러나 석늑(石勒)이 나섰다.

「그것은 좀 곤란하옵니다. 전하는 황자(皇子)의 몸으로 어찌 싸움에 앞장서시겠습니까. 그렇게 되면 적이 우리에게 사람 없음을 비웃으리니, 제가 나가겠습니다.」

유요의 눈썹이 위로 치켜 올라갔다.

「그대는 무슨 말을 하는가. 국난을 헤치는 데 어찌 황족이 있으랴. 이는 필시 나를 젖혀놓고 공을 독차지하려는 속셈이리라.」

유요와 석늑, 이 두 사람은 저번 출전을 계기로 소년티가 가시고 그 말에도 제법 의젓한 데가 생겨 있었다. 그러나 사실은 둘 다 여전히 경쟁의식을 갖고 있었다. 석늑도 지지 않았다.

「공을 세우려 한다고 하시니, 그러면 전하께서는 공을 안 세우시기 위해 선봉을 자원하신 것입니까? 그렇다면 더욱 제가 선봉이 되어야 하겠습니다.」

「무엇이?」

유요가 발끈 성을 내며 석늑을 노려보았다.

「두 분은 말씀을 삼가시오.」

이때 장중한 목소리가 유요의 다음 말을 막았다. 진원달이었다.

「어전임을 잊고 서로 공을 다투다니, 반성해야 될 것으로 압니다.」

두 어린 장수는 볼이 부루퉁하여 입을 다물었다. 진원달이 한황에게 상주했다.

「두 분을 다 선봉으로 쓰시옵소서. 비록 연소하나 전번의 싸움에서 각기 발군(拔群)의 공훈이 있었던 터인즉, 선봉으로 삼아 조금도 부끄러울 바 없나이다.」

그제야 유요와 석늑은 서로 쳐다보며 웃었다. 아직도 소년들이었다. 진원달은 다시 말했다.

「남북의 두 길로 군사를 나누어 쳐가게 하시면 적의 세력도 분산될 수밖에 없게 되어 우리에게 유리합니다. 두 장군을 선봉으로 삼아 장병을 나누어 주시옵소서.」

이에 황제는 태사 유총을 평진대원수(平晋大元帥)로 임명하고 전군을 남군·북군으로 대분하여 유요를 남군 선봉에, 석늑을 북군 선봉에 각기 봉했다. 유요가 이끄는 남군에는 유영을 비롯하여 관

방·관근·관하·황신·황명·관산·관심·호연호·강비·조억·
기안·지웅·조고 등 대장 16명과, 유아·주기·주진 등 부장(副將)
30여 명이 배속되었다. 또 석늑이 이끄는 북군에는 왕미를 비롯하여
장실·장경·장웅·조염·조개·왕여·왕니·양용·요우·공장·
도표·조응·범응·유흠·왕복도 등 16명의 대장과, 호연모·오
예·선우풍·공돈 등 부장 20여 명이 배속됐다.

　유영과 왕미에게는 호관(壺關)을 빼앗으라는 명령이 내려졌다.
어디로 쳐나가든 간에 우선 이 관문을 통과하지 않으면 안되었던
것이다.

　이때 호관은 병주자사 유곤(劉琨)이 지키고 있었으나, 그는 업
성이 빈 것을 알자 조카 유연(劉演)에게 수호를 맡기고, 자기는 업
성으로 가버린 뒤였다. 유연은 유영과 왕미가 1만의 군사를 이끌
고 쳐들어온다는 보고를 받자 곧 장수들을 모아 수비책을 의논했
다. 범양왕의 장수로 호관 수비를 돕고 있던 왕광(王曠)이 말했다.

　「물이 오면 흙으로 덮고 적이 오면 나가서 싸우는 것이 옛날
부터 내려오는 법도입니다. 저들이 쳐들어온다면 나가서 막는 것
뿐이지요」

　희담(姬澹)이 고개를 저었다.

　「저들은 여간 사나운 놈들이 아닙니다. 지금 중원으로 쳐나갈
야심을 먹고 나오는 터라, 그 예기(銳氣)는 얕볼 수 없을 것입니다.
우리는 이 물을 격하여 험지에 의거해서 막으면 됩니다. 이것이
상책입니다.」

　그러나 왕광은 지지 않았다. 그는 고집이 세기로는 둘째가라면
서러워할 사나이였다.

　「예기를 말씀하시지만, 멀리 달려온 군대가 무슨 예기가 있겠
소이까. 도리어 시일을 끌면 그들도 편히 쉬고 예기가 생길 것 아

닙니까. 우리는 앉아서 기다렸고 적은 먼 길을 왔으니, 이는 병법
상 *이일대로(以佚待勞)에 해당합니다. 한 싸움에 그 기를 꺾어 다
시는 여기를 넘보지 못하도록 하여야 합니다.」

유연도 말했다.

「장군의 말씀에 일리가 있지만, 한적이란 예사내기들이 아닙
니다. 약간의 길을 왔다고 해서 피로할 군대가 아닙니다. 여기가
만일 함락될 때에는 아주 큰일이 벌어질 터이니, 신중을 기하는
것이 좋겠소이다. 옛 말에도 잘 싸우는 것이 잘 지키는 것만 못하
다 했습니다.」

그러나 왕광은 어디까지나 고집을 부렸다.

「만일 장군들 말씀같이 한다면, 이는 적을 겁낸다는 비방을 들
을 것입니다. 적을 만나면 마땅히 죽음으로써 싸워 이를 깨뜨리는
것이 대장부의 일입니다. 나라의 중록(重祿)을 먹는 몸이 어찌 적의
그림자도 보기 전에 지킬 생각만 하고 앉았겠습니까. 싸워서 불리
하다면 그때에 수비하기 시작해도 결코 늦지 않을 것입니다.」

어느 경우에나 강경론이 이기기 마련이다.

희담이나 유연도 비겁하다는 말은 듣고 싶지 않아서 왕광의 말
을 따르기로 하고 말았다.

그들의 체면이 본의 아닌 행동을 하게 만든 것이었다. 이에 왕
광은 군사 5천을 이끌고 선발대가 되었으며, 희담은 3천으로 후군
이 되어 강을 건너 물가에 진을 쳤고, 유연은 2천의 군사를 데리고
호관을 지켰다. 마침 이때 유곤은 한나라 군사가 호관으로 향했다
는 정보를 듣고 밤낮을 가리지 않고 달려왔다. 그러나 그가 관문
에 도착했을 때에는 이미 군대가 강을 건넌 뒤였다. 그는 조카 유
연을 크게 꾸짖고 군대를 철수케 하려 했으나, 그것을 적이 눈치
채면 더 큰 화가 생길지도 몰라 그대로 주저앉고 말았다.

호관의 군사가 강을 건너와서 *배수진(背水陣)을 치고 있다는 정보를 받자, 유영은 손뼉을 치며 좋아했다.

「험지에 의거하여 강을 못 건너게만 막는다면 일이 어려울 터인데, 아마도 수비하는 대장이라는 것이 바보인 모양이오. 이는 하늘이 우리를 도우시는 것이 아니고 무엇이겠소?」

왕미도 웃었다.

「아마 한신(韓信)의 배수진 이야기는 들은 모양입니다. 그런데 이렇게 하면 어떻겠습니까?」

왕미는 유영의 귀에 대고 나직한 목소리로 말했다.

「장군은 7천의 군사를 이끄시고 이 길 양쪽에 매복하십시오. 소장은 3천 명을 데리고 나가 적을 유인해 오겠습니다. 그때에 장군의 복병이 일어나 그들을 치는 한편, 범융(范隆)에게 1천의 군사를 이끌고 신속히 강으로 달려가 배를 모두 떠내려 보내도록 합시다. 이렇게 되면 저놈들이 강가로 돌아가 보아야 어떻게 강을 건너겠습니까. 한 놈도 호관으로는 돌아갈 수 없을 것입니다.」

왕미도 실전을 수없이 겪었는지라, 이제는 어엿한 군략가가 되어 있었다.

「그것 참 좋은 말씀이오.」

곧 복병이 배치되고 왕미는 3천 명의 병사를 거느리고 강가로 다가갔다. 이를 본 왕광은, 적의 너무나 보잘것없는 수효에 얕보는 마음이 앞서서 냉소하며 기다렸다.

이윽고 왕미가 앞으로 나오며 외쳤다.

「지금 천명이 진을 떠났기 때문에 사마씨들은 골육상잔으로 쉴 날이 없으니, 그 멸망의 조짐이 뚜렷한 바이다. 너는 어서 역(逆)을 버리고 순(順)을 따라 부귀를 누려라!」

이에 성미가 급한 왕광은 눈에서 불꽃이 튀기도록 노하여 호통을 쳤다.

「이 오랑캐 녀석! 천명을 아는 놈이 어찌 역적에 붙어 천자께 항거한단 말이냐. 전에 장하에서 혼비백산하여 도망치던 놈이 강남제비 모양 어째서 또 왔느냐. 내 네놈의 아가리를 짓이겨 놓으리라!」

그는 쌍편(雙鞭)을 휘두르며 무서운 위세로 달려들었다. 상대의 용맹이 대단한 데다가 유인할 계획이 있었으므로 왕미는 20여 합을 싸우자 차츰 뒤로 물러났다. 그러면서도 끊임없이 입을 놀려 약을 올렸다.

「사실은 내가 우리 원수 전하께 여쭈어서 너를 부선봉으로 쓰게끔 확약을 받았다. 공연히 죽지 말고 항복하여라!」

왕광은 하도 어이없는 소리에 화가 머리끝까지 나서 더욱 악착같이 쌍편을 휘둘렀다. 왕미는 주춤거리고 물러나다가,

「이 배은망덕한 놈!」

하고 소리를 지르더니 못 배기겠다는 듯이 말머리를 돌려 달아났다. 왕광은 더욱 분해하며 그 뒤를 바짝 추격했다.

왕미는 얼마를 달리다가 돌아서서 다시 외쳤다.

「나는 친동생같이 너를 생각하여 관직까지 구해주었는데, 너는 어찌된 놈이 이리도 의리를 모르느냐. 내 너를 용서해 주려고 했지만 안되겠다, 네 목을 베어 한을 풀리라.」

왕광은 이제 대꾸할 생각도 여유도 없었다. 그저 온몸이 분노의 불덩이가 되어 부딪쳐갔다. 그러나 왕미가 그리 쉽게 넘어질 장수는 아니었다. 그는 또 상대의 비위를 거슬러 놓고는 다시 도망쳤다. 왕광은 뒤를 따르는 병졸들에게 외쳤다.

「저 왕미란 놈을 못 잡으면 내 결단코 돌아가지 않으리라. 너희들도 힘을 다해 싸워라. 이 한판의 싸움에서 기를 꺾어 놓고 말

겠다.」

패주하는 적을 추격하는 것처럼 신이 나는 일은 없다. 병사들은 아우성을 치며 정신없이 달렸다. 그들은 어느덧 유영이 매복하고 있는 한가운데에 이르렀다.

이때 한 방의 포성이 울렸다. 선두에서 말을 달리던 왕광은 본능적으로 말을 멈추고 사방을 둘러보았다.

사방에서 함성과 함께 적병이 일어나는 것이 보였다. 희담이 달려오면서 말했다.

「적의 꾀에 빠졌으니 어서 후퇴합시다!」

평소 같으면 희담을 대할 면목이 없을 것이었으나, 급한 판이라 왕광은 희담과 함께 흩어지려는 군대를 수습하느라고 고래고래 소리를 지르며 뛰어다녔다.

「모여라, 대오를 정비하여 돌파하고 나가자!」

그러나 아까 적을 추격하느라고 정신이 없었던 병사들은 이제 도망하느라고 정신없는 병사들이었다. 누구의 말이라 들을 턱이 없었다.

도망갈 데도 없는 것을 도망치려고 우왕좌왕하다가 무수한 군사가 적에게 맞아 죽는 것이 보였다. 이리 몰리고 저리 몰리고 하는 진의 병사들을 짐승의 집단이라고 하면, 이를 포위하여 죽이기에 열중하고 있는 한의 장병들은 사냥꾼의 한 떼와도 같았다.

「이놈, 왕광아! 그래도 항복하지 않겠느냐!」

낯익은 호통소리에 머리를 든 왕광은 기겁을 했다. 왕미가 칼을 휘두르며 그의 앞을 막고 있었다. 두 사람은 한참을 싸웠다. 그러나 왕광에게 전의가 있을 턱이 없었다. 그는 20합도 못 싸운 채 말머리를 돌려 달아났다.

비참한 패배였다. 왕광이 달리는 길에는 부상한 병사들이 흩어져서 뛰고 있었다. 모두가 북으로 가야만 산다는 것은 알고 있었으나 패잔병들은 길에 너저분히 깔려 있을 뿐이었다.

강가에 이른 왕광은 희담을 만났다.

「장군, 큰일이오. 배가 없소!」

「뭐, 배가?」

그제야 왕광은 강 위를 더듬어 보았다. 아닌 게 아니라 그렇게 많던 배가 한 척도 보이지 않았다. 여기저기서 발을 구르는 병사들이 보였고 개중에는 물 속으로 뛰어드는 자도 있었다.

희담과 왕광은 사세가 완전히 기운 것을 알자 군사를 버리고 제 한 몸만 빼쳐서 달아나기에 급급했다.

희담은 동쪽으로 태행산(太行山)을 바라보고 달아났고, 왕광은 북쪽으로 장평(長平)을 바라보고 달아났다.

유영과 왕미는 북 한 번 쳐서 호관의 진병 8천을 고스란히 사로잡았다. 둘은 군대를 모아 하류에 대기시켜 놓았던 배로 무난히 강을 건넜다. 그들은 곧 호관으로 밀려가 외쳤다.

「왕광과 희담은 이미 죽었다. 너희들도 어서 항복하여 죽음을 면하라!」

이 소리를 들은 유곤은 매우 놀라서 조카 유연을 불러가지고 말했다.

「내가 근심하던 사태가 오고야 말았구나. 왕광·희담이 정말 죽었는지 어떤지는 모르겠다. 이래 가지고야 어찌 여긴들 견뎌내겠느냐. 너는 1천 5백 명을 이끌고 업성으로 가라. 나는 병주로 가서 다른 도리를 강구하겠다.」

처음부터 안될 것을 알고 호관을 깨끗이 단념해버린 것이었다.

힘 안들이고 호관을 점령한 유영과 왕미는 곧 사람을 평양(平陽)에 보냈다. 며칠이 안 가서 원수 유총을 모시고 유요·석늑의 양 선봉이 대군을 이끌고 호관에 도착했다. 유총은 기뻐하며 장수들을 불러 명령했다.

「첫 싸움에 이 험지가 어렵지 않게 손에 들어왔으니, 이제부터 충성을 다해 적을 무찌르고 천하를 평정하여 다시 한실을 부흥시키기 바라오. 유요에게는 10만 대군을 주리니, 태원(太原)으로 나가 서하(西河)·회경(懷慶)·업군(鄴郡)을 거쳐 낙양을 공략하라. 석늑은 북군의 선봉이 되어 병사 15만을 이끌고 극진으로 나아가 발해·양국(襄國)·동군(東郡)을 빼앗은 후 유주·기주의 구원병을 이끌고, 다시 군대를 돌려 낙양을 공략하라.」

제7장. 황하를 넘어

1. 방두의 싸움

북군을 지휘하여 호관을 출발한 석늑은 황하를 건너 극진(棘津)에 다다랐다. 그러나 여기는 상빙(向氷)이라는 진의 대장이 진채를 세우고 엄하게 경비하고 있었으며, 게다가 배라곤 한 척도 눈에 띄지 않았으므로 강을 건너려야 건널 도리가 없었다. 패기만만한 석늑도 여기에는 손을 들어 며칠 동안 강물만 바라보며 시간을 보내고 있었다.

「어떻게 해야 된단 말이오. 이 강을 어떻게 건너야 할지 막연하구려.」

장수들이 모인 자리에서 석늑이 한숨을 쉬어 보이자, 왕미가 말했다.

「제 생각에는 상류로 거슬러 올라가 거기에서 강을 건너 방두(枋頭)를 치는 것이 좋을까 합니다. 여기서 아무리 오랫동안 대치해 본댔자 끝장이 날 리 만무합니다.」

「매우 좋은 말씀이오.」

장빈이 찬성했다.

「적군이 이 독중(瀆中)에 머물러 우리와 맞서고 있으나, 그 군량은 반드시 방두에 저장되어 있을 것이오 그러므로 이곳에서 강을 건너려는 시늉을 하여 적군을 여기다 붙들어 놓은 다음, 한 장수에게 정병을 주어 문석진(文石津)으로 가서 강을 건너 곧장 방두를 치게 합시다. 상빙은 반드시 이를 구하려 할 것이니, 그 틈에 우리 주력은 강을 건널 수 있지 않겠소?」

장빈은 앞일을 예상하기라도 하는 듯이 이렇게 전략을 말했다.

곧 공장·지굴육·선우풍에게 군사 5천을 주어 문석진으로 보냈다. 공장 등이 밤낮을 가리지 않고 뗏목을 만들어 사흘 후에 도강(渡江)을 마치자, 모든 사태는 장빈의 예상대로 진행되었다.

한편 극진에서는,

「어디서 나타났는지, 지금 방두에 적군이 밀려오고 있습니다. 매우 위급하옵니다.」

방두에서 달려온 사자가 숨을 헐떡이며 진중에 나타나자 상빙은 기겁을 했다. 그는 곧 얼마의 군대를 남겨 진지를 지키게 한 다음 방두로 달려갔다. 공장 등은 방두에 이르는 눈앞에서 상빙에게 요로를 차단당했다. 선우풍이 말했다.

「이미 여기까지 온 바에 어찌 후군 오기를 기다리고 앉았겠소? 상빙이 나타났으면 상빙을 잡는 것뿐이오」

그는 진두에 나가 큰 소리로 외쳤다.

「한의 부장 선우 장군이 여기에 있나니 상빙은 곧 나와 목을 바쳐라!」

소리가 끝나기도 전에 한 장수가 백마에 높이 앉아 진문을 나서는 것이 보였다.

「천둥벌거숭이 같은 놈! 혓바닥 하나로 싸움이 되는 줄 아느냐. 그렇게도 죽기가 소원이라면 네 목을 베어주마.」

선우풍은 노하여 칼을 휘두르며 앞으로 나갔다. 그러나 의기만 가지고 싸움이 되는 것은 아니었다. 두 장수는 30합을 싸웠다. 창과 창은 처음부터 불꽃을 튀겼다. 허나 실력이란 어쩔 수 없는 것이어서 선우풍은 차츰 뒷걸음질을 쳤고, 그러다가 마침내는 상빙의 창에 가슴을 깊숙이 찔리고 말았다.

이때, 뒤따라 강을 건넌 왕미·양용·급상 등의 부대가 밀어닥쳤다. 양용은 선우풍이 죽은 것을 보자 바로 상빙에게 다가갔다. 투구를 벗어 어깨에 건 양용의 머리는 하늘로 치뻗고, 두 눈은 툭 튀어나와 불꽃을 뿜는 것이 그야말로 야차(夜叉) 같았다. 상빙은 양용을 보는 순간, 가슴이 섬뜩하여 제대로 창을 써보지도 못하고 말 아래로 굴러 떨어졌다.

가뜩이나 열세인 군대가 대장마저 죽고 보니 오래 지탱할 수 있는 일이 아니었다. 진병들은 메뚜기 떼처럼 흩어져버리고, 방두는 이내 석늑이라는 새 주인을 맞이해야 했다.

이 소식이 업성에 전해지자, 유연(劉演)은 크게 놀라 모목·임심 두 장수를 불러들였다.

「방두가 적의 수중에 들어갔으니 한군은 발해(渤海)로 향하든가 아니면 이 업성으로 쳐들어오리라. 그대들은 1만의 군사를 인솔하여 군량을 황강(黃岡)에 확보한 다음, 나아가 요로를 지켜 적군으로 하여금 이곳에 접근치 못하도록 하라!」

명령을 받은 두 사람은 곧 업성을 출발하여 2천 명의 군대로 황강의 군량을 지키게 하고 자기들은 8천 명의 군사를 이끌고 황죽령(黃竹嶺)의 요해에 의거하여 진을 쳤다.

전진하던 석늑은 적군이 앞에 있는 것을 보고 크게 노했다.

「어느 놈이 감히 내 길을 막는단 말이냐. 당장에 무찔러버리겠노라!」

한 장수가 뛰쳐나오면서 출진하려는 석늑의 말고삐를 잡았다.

왕미였다.

「선봉은 고정하십시오. 저런 것쯤은 소장 등이 처치할 것이니 맡겨 주시기 바랍니다.」

이렇게 말한 왕미는 대답도 기다리지 않고 적진 속으로 뛰어들어갔다. 그의 칼날이 허공에 번쩍이자 진병들이 여기저기에서 쓰러지기 시작했다.

이를 본 모목과 임심이 말을 나란히 하여 왕미에게 달려들었고, 이쪽에서는 형을 돕기 위해 왕여(王如)가 달려 나가고, 이리해서 네 명의 장수가 격투를 벌였다. 칼빛이 번쩍이고 고함이 천지를 울려, 양군은 다 넋을 잃고 그 승부를 지켜보았다.

이때, 갑자기 진나라 측 진영이 어지러워지기 시작했다. 그도 그럴 것이 급상이 예의 도끼를 가지고 뛰어 들어온 것이었다. 말할 것도 없이 그는 언제나처럼 보전(步戰)이었다. 이름이 걷는 것이지 빠르기는 말을 탄 사람이나 다를 바 없는데, 어떤 점에서는 더 위험했다. 첫째 드러나 보이지 않는 이점이 있는데다가 행동의 신축성이 말의 경우보다 훨씬 컸다. 말을 탄 사람들은 그의 도끼에 말의 배나 다리를 찍혀 땅에 쓰러져야 했다. 사실 악귀 같은 사나이가 도끼를 휘두르는 광경이란 끔찍한 것이어서, 사람이나 말을 장작 패듯, 나무 찍듯 하는 것을 본 병사들은 처음부터 기겁을 해 도망치느라고 법석을 떨었다.

급상은 양떼 속에 뛰어든 호랑이처럼 휘젓고 돌아다니다가 왕미 형제를 상대하고 있는 모목·임심에게로 다가갔다.

「이놈! 도끼 맛을 좀 보아라!」

피투성이가 된 급상이 뛰어들면서 히죽이 웃는 것을 본 두 장수는 저도 모르는 사이에 말머리를 획 돌렸다. 그렇지 않았던들 그들의 말이라고 안 찍혔다는 보장은 할 수 없는 것이었다.

진군은 사태가 난 듯 쫓겨 가기 시작했으나, 석늑은 이를 쫓지 않았다. 때마침 날이 어두워 왔으므로 실수가 있을 것을 걱정한 까닭이었다. 진세를 정비하고 거기서 야영할 준비를 시키는 한편, 석늑은 장수들을 모아놓고 상의했다.

「적의 세력이라야 오늘 싸움으로 어지간히 꺾였다 보겠소이다만, 앞으로 어떻게 싸워야 하겠는지 의견들을 말씀하시오」

장빈이 말했다.

「내가 보기에, 모목·임심은 십분 용맹한 장수인 데다가 세력이 궁한 것을 알고 있으니 황강을 굳게 지키고 움직이지 않는다면 이를 꺾기가 다소 힘들 것으로 아오」

이때 요익(廖翊)이 나섰다.

「주제넘은 말 같습니다만, 모목·임심은 저에게 맡겨주십시오」

모든 시선이 그에게로 쏠렸다.

「사실 모목과 저는 이웃에서 자란 사이입니다. 그러므로 직접 찾아가서 대의와 이해로 한번 설득해 볼까 합니다.」

「그것 참 좋은 생각이오」

장빈이 무릎을 쳤다.

「그렇다면 어서 다녀오시오 설사 듣지 않는다고 장군을 해하지야 않을 것이고, 또 그 다음에 친다 해서 늦을 것도 없는 일이오」

요익은 상인의 복장으로 갈아입고 단신 황강에 나타나 면회를 신청했다. 보검(寶劍)을 팔러 왔다는 소리를 듣고 불러들였던 모목은 나타난 상인을 보자 낯이 익은 것 같은 생각이 들어 고개를 갸웃거렸다.

요익은 두 사람에게 정중히 인사한 다음, 말문을 열었다.

「제가 우연히 입수한 보검이 있는바, 능히 쇠를 자르고 바위를 무쪽같이 벨 수 있습니다. 장군들이 당세의 영웅인 것을 알고 양도해 드릴까 하여 찾아왔습니다.」

임심은 마음이 당기는 듯 반색을 했다.

「어디 구경이나 좀 합시다.」

요익이 웃으면서 태연히 말했다.

「그러나 이 칼은 예사사람 눈에는 그 형태가 보이지 않습니다. 슬기로운 사람에게만 보이는 것이니, 장군들은 잘 보십시오.」

요익이 괴상한 소리를 하면서 허공을 가리키자 임심이 벌컥 성을 냈다.

「그 무슨 실없는 소리요? 당신은 우리를 조롱하러 왔소?」

「그게 무슨 말씀입니까. 저라고 목숨이 두서너 개 있는 바도 아니거늘, 어찌 삼군 속을 찾아들어 하필이면 장군들을 희롱하겠습니까.」

요익은 여전히 침착하게 말했다.

「대체로 칼에는 여러 가지가 있습니다. 몸을 지키고 적을 쓰러뜨리는 칼이 있으니 이는 필부의 칼입니다. 아무리 잘 써 보아야 다섯 명 혹은 열 사람을 대적할 수 있을 뿐입니다. 손자·오자의 병법을 익혀 *승패를 유악(維幄) 속에서 결정하는 것(運籌帷幄운주유악), 이것은 명장의 칼이니 장양(張良) 같은 사람이 썼던 바입니다. 또 천자의 칼이 있습니다. 법을 펴고 제도를 정하여 천하 만민을 복종케 하고 나라를 태평케 하는 것이 그것이니, 주공(周公)이나 한고조의 칼이 그것이었습니다.」

모목·임심도 그제야 알아차린 듯 심각한 표정을 지었다.

「제가 가지고 온 것은 현인의 칼입니다. 위로는 천도를 살피고 아래로는 민심의 귀추를 주목하여 공을 이루고, 난세에 몸을 보존하는 칼입니다. 이것을 쓰시고 안 쓰시고는 장군들의 의중에 있습니다.」

이때 모목이 허리에 찼던 칼을 쑥 빼들었다. 서릿발 같은 칼날이 요익의 머리 위에 높이 쳐들어졌다.

「이놈! 여기가 어딘 줄 알고 나타나서 세 치 혀를 망령되이 놀리느냐. 들어라. 내 칼은 적을 만나면 반드시 죽이는 칼이니, 그렇게 알아라.」

요익의 얼굴이 파랗게 질렸다. 그가 허겁지겁 자기 신분을 밝히려 하는데, 갑자기 모목 편에서 칼을 내던지고 그의 손을 덥석 잡는 것이었다.

「요형 아니오? 이거 정말 오래간만입니다. 지금은 농을 한 것뿐이니, 용서하시오.」

두 사람의 거동에 눈이 휘둥그레져 있는 임심에게 모목은 요익을 소개하고 나서 말했다.

「몇 십 년 만에 처음으로 만나는구려. 그것도 서로가 적이 되어……」

그 말에는 감개가 서려 있는 듯했다. 요익도 자기에 대한 모목의 우정이 가시지 않은 것을 기뻐했다.

「이것 보시오, 모형! 옛말에도 친구는 수화상구(水火相救 : 물불 속에서도 서로 구함)한다고 했거니와, 이 아우도 형의 곤경을 차마 그대로 보고만은 있을 수 없어서 자청해 찾아온 것이오. 물론 만일의 경우에는 이 목숨 하나 내던질 생각으로……」

그는 잠시 말을 끊었다가 다시 계속했다.

「형은 방두를 지키다가 방두를 잃었고, 물러나 황강에 의거했으되 우리 군대를 물리치지는 못하실 것이니, 형에게 돌아올 것이 무엇이겠소? 그렇다고 형이나 임장군의 충성과 용맹이 부족한 것은 아닙니다. 어쩔 수 없는 천하의 대세일 뿐입니다. 지금은 진이 무도하여 크게 천심을 잃었으매, 한의 의기가 나부끼는 곳마다 천하는 멍석처럼 말리고 있는 때가 아닙니까. 우리 한에는 몸을 담을 한 치의 땅도 없었건만, 능히 천하의 주인인 진을 대항하여 이렇게 승리를 거듭하고 있는 것은 분명 천명이 돌아오고 민심이 기울어져 왔기 때문입니다. 결코 우리 장병이 진나라보다 더 슬기롭고 더 용맹해서가 아닙니다. 다행히 우리 폐하께서는 관인대도하사 고조(高祖)의 풍(風)이 계시는 바이니, 형과 임장군은 사(邪)를 버리고 정(正)으로 돌아와 부귀를 누리고 이름을 청사에 빛내십시오. 그러나 뜻에 달갑지 않으시다면 저를 죽이십시오. 나는 조금도 후회하지 않습니다.」

모목과 임심은 밖에 나가 잠시 무엇을 상의하는 듯하더니 이내 들어와 요익 앞에 무릎을 꿇었다. 모목이 말했다.

「장군이 일신의 위험을 무릅쓰고 왕림하시어서 대의로 타이르시니, 은의(恩義)가 아울러 깊습니다. 원컨대 말씀을 따르겠으니 잘 주선해 주시기 바랍니다.」

요익은 크게 기뻐하며 곧 그들과 함께 군사를 거두어 방두로 돌아갔다. 말할 것도 없이 방두에서는 대환영이었다. 석늑을 비롯하여 모든 장병이 진심으로 기뻐했다.

두 장수를 환영하는 연회석상에서 석늑이 말을 꺼냈다.

「이제는 업성을 치려하오. 두 분이 향도(嚮導)가 되어 주시겠소?」

그 순간 모목의 낯빛이 변했다. 아무리 그가 돌아 붙었기로 이제 곧 업성 공격의 앞잡이가 된다는 것은 마음에 달가울 까닭이 없는 일이었다.

「그야 이미 의를 따르기로 맹세한 몸이니 향도 아니라 무엇을 꺼리겠습니까마는, 업성은 성곽이 견고하고 병량이 풍부한 까닭에 쉽게 함락시키기는 어려운가 합니다. 그곳은 중요한 곳이라,

일단 침공을 받는다면 진으로서도 가만히 보고만 있지는 않을 것입니다.」

「과연 옳은 말씀이오.」

장빈이 말을 받고 나섰다.

「업성은 낙양·장안 다음으로 중요한 고장이니, 하간왕이나 성도왕인들 왜 방관만 하겠소이까. 또 유곤에게는 단씨와 왕준의 세력이 딸려 있음을 잊어서는 안됩니다. 우리가 업성을 치면 그들은 군대를 일으켜 우리 뒤에서 쳐올 것인 바, 그렇게 되면 그 승부를 미리 점치기는 어렵겠습니다. 그러므로 우선 한성(罕城)을 치는 것이 좋겠습니다. 여기는 적의 군량이 저장되어 있는 곳일 터이니까, 우선 이것을 빼앗은 다음 발해를 치는 것입니다. 땅을 얻는 자는 창성하고 땅을 잃는 자는 망하는 법입니다. 우리의 세력권을 확장해 놓은 다음 중원을 엿보는 것이 좋겠습니다.」

「모든 것은 군사(軍師) 어른의 지시를 따를 뿐입니다. 말씀의 뜻을 잘 알겠습니다.」

2. 발해의 싸움

석늑이 바로 발해를 치려했으나 장빈은 이것을 막았다. 유곤·왕준의 본진이 가깝고 척발(拓跋)·단씨(段氏)가 편을 들 가능성도 있는 터이니까, 자칫하다가는 그 모두를 상대하게 되는지도 모른다. 거기에 비해 한나라 쪽은 군량이 넉넉지 못하다. 만약 한 싸움에 일이 끝난다면 모르되 그렇지 않을 경우 도리어 곤경에 빠질 위험성이 있다. 지금은 마침 오곡을 거두는 때이니까 우선 작은 고을들을 쳐서 군량을 확보한 다음에 발해로 향하는 것이 좋다. 대개 이런 의견이었다.

이에 석늑은 장수들을 각처에 파견해서 작은 고을들을 경략케

했다. 10여 일 동안에 20여 성이 간단히 손아귀로 들어왔다. 특히 한성에서는 유윤과 장시가 5만 명의 부하를 이끌고 항복해 왔으므로, 당초의 목적인 군량의 확보 외에 군대까지 늘어나서 이제는 20만 대군이 되었다.

석늑은 곧 평양으로 사자를 보내 첩보를 알렸다. 평양의 한왕은 크게 기뻐하며 석늑의 벼슬을 높여 도독정토제군사(都督征討諸軍事) 상당군후(上黨郡侯)를 봉하고 유주·기주·병주 등지의 전 군사를 총독케 하였다.

식량과 군대를 아울러 보강한 석늑의 대군이 발해로 향하자, 발해태수 장현(張顯)은 곧 군략회의를 소집했다. 이 사람은 본래 위(魏)의 명장 장요(張遼)의 손자로 용맹이 절륜하여 3백 근의 무거운 활을 귀신처럼 쏘는 사람이었다. 그 아우 장영(張榮)도 무서운 장사인지라 힘내기에서 8백 근짜리 쇠붙이를 들어올려 세상을 깜짝 놀라게 한 인물이었다. 그는 형의 밑에서 독호(督護)라는 벼슬에 있었다.

장현이 입을 열었다.

「도둑들이 본군으로 쳐들어온다는 소식이 들어왔소. 우리로서도 무슨 대책이 있어야겠소」

마치 인경이 우는 듯한 그의 목소리가 방안의 공기를 무겁게 짓눌렀다. 보통 사람의 입에서 나왔다면 아무렇지도 않았을 이 말이 모인 장수들에게 굉장한 인상을 주는 것도 이상한 일이었다.

참군 소녹(邵祿)이 앞으로 나왔다. 그는 마치 임금 앞이기나 한 듯 고개도 제대로 못 든 채 말을 하였다.

「지금 적군으로 말하면, 천하를 석권하여 그 예기가 여간한 것이 아니오니, 성을 굳게 지키는 수밖에는 별 뾰족한 수가 없는가 합니다.」

그 순간 장현의 꿀종지 같은 눈이 번쩍 하고 빛났다. 그러나 고개를 숙이고 있는 덕택에 그 눈치를 챌 수 없었던 소녹은 그대로 말을 계속했다.

「우리가 일단 성을 지킨다면 이 *금성탕지로서 어찌 다소의 시일이야 못 끌 것이 있겠습니까. 그뿐 아니라 빨리 조정으로 글을 올려 원병을 청하는 한편 청주자사 구도장(苟道將)에게도 통지한다면 반드시 원군이 이르러 우리를 도울 것이니, 그때에는 자연히 적을 물리칠 도리가 생길 것입니다.」

「그게 무슨 소리?」

장현의 말이 떨어지자 소녹은 고양이를 만난 쥐처럼 이내 얼굴이 핼쑥해져 버렸다.

「지금 천자도 몽진(蒙塵)하고 없는 조정에 구원을 청한다는 것은 *연목구어(緣木求魚)와도 같소 또 각 왕은 불화하여 천하가 크게 어지러운 판이오 조정이나 각 군의 태수들은 제 고을 지탱하기에도 급급한데 어찌 남의 고을을 와서 도와주겠소 성중에 갇혀서 외로이 쓰러지는 것보다는 나가서 한바탕 한적과 사생결단을 하는 것이 장수 된 자의 참된 도리인가 하오.」

워낙 호랑이 같은 사람이 이쯤 말하고 나면 결론은 이미 난 것이나 다를 바 없었다. 거기다가 작은 호랑이 격인 장영까지 맞장구를 치고 나섰다.

「가능성도 없는 원군을 믿고 어찌 농성을 한단 말입니까. 이는 적에게 성을 바치는 것이나 다름없습니다. 싸움이란 병력의 다과보다도 그 사기에 좌우되는 법입니다. 적이 비록 20만이라 자칭하나, 그까짓 오합지졸이 무어 그리 대단하겠습니까. 마땅히 고양관(高陽關)에 나가 이를 격파함으로써 이 성에는 접근도 못하도록 하는 것이 상책인 줄 압니다.」

이렇게 되면 더 말할 사람도 없었다. 장현은 곧 군대를 이끌고 고양관으로 달려갔다. 그러나 미처 병력을 배치할 틈도 주지 않고 이미 한병이 관문 아래로 밀려들었으므로 장현도 산을 내려가 이와 대치했다.

이윽고 한군의 진영에서 한 장수가 앞으로 나오는 것이 보였다. 머리에는 팔보(八寶)로 단장한 투구를 쓰고 몸에는 황금빛 갑옷을 입었으며, 큰 칼을 손에 든 채 백마에 높이 앉은 모양은 마치 천신(天神)을 바라보는 것 같았다. 석늑이었다.

「네 듣거라!」

석늑은 채찍을 들어 장현을 가리키며 외쳤다.

「진나라가 기울어져 가는 것은 삼척동자라도 짐작하는 바이거늘, 너는 어찌 망령된 고집을 아직도 버리지 못하느냐. 천명이 돌아가는 곳을 살펴 아는 것이 현인이니, 지금이라도 사(邪)를 버리고 정(正)으로 돌아오라. 어찌 네 목숨을 보존할 뿐이랴. 무고한 병사의 목숨을 구하고 마음껏 부귀조차 누릴 것이니, 그 아니 아름다운 일이냐!」

장현은 크게 웃어젖혔다. 꼭 깨진 인경이 우는 것 같았다.

「이놈! 어디 와서 감히 세 치의 혀를 놀리려 드느냐. 내 듣기로 위한(僞漢)에 석늑이라는 어린애가 있다더니, 바로 네놈 같거니와 오죽이나 사람이 없으면 어린애가 대장이 되겠느냐. 너야말로 어서 돌아가 부모의 품속에나 안겨 있어라. 싸움터란 어른들이나 출입할 곳이지 너 같은 어린아이가 올 곳이 아니니라!」

「무엇이?」

석늑이 크게 노하여 칼춤을 추며 달려 나가자 장현도 창을 비껴들고 쫓아 나왔다.

두 장수의 싸움이 시작되었다. 그야말로 용호상박(龍虎相搏)이

어서 싸움은 처음부터 불꽃을 튀겼다. 석늑의 칼이 번개같이 나는
가 하면 장현의 창은 유성같이 허공을 휘저었다. 칼과 창이 허공
에 무수한 선을 그어서 보는 사람의 눈을 휘황케 했다.

싸움이 50합에 이르자 사람보다도 앞서 말이 지쳤다. 장현이 분
주히 창을 놀리면서 외쳤다.

「말이 지친 듯하니 바꾸어 타고 나와 다시 싸우자!」

석늑이 냉소하면서 말했다.

「말을 핑계삼아 도망치고 싶다는 것이냐?」

「이놈!」

장현이 눈을 부릅떴다.

「너 같은 놈이 두려워 내가 도망을 친단 말이냐. 대장부의 한
마디는 천금보다 무겁다 했거늘, 내가 어찌 너를 속이랴. 정 의심
이 나거든 그만두어라!」

「아니, 괜찮다. 그럼 네 말을 믿을 터이니 꼭 다시 나오너라!」

석늑도 내심에서는 말을 걱정하고 있던 판이라 장현의 제의를
받아들일 뜻을 보였다.

두 사람은 약속대로 말을 바꾸어 타고 나와서 다시 부딪쳤다.
그러나 싸움의 양상에는 조금도 변화가 없었다. 여전히 빛이 달무
리처럼 빙글빙글 도는 속에서 이따금 금속성과 고함소리가 새어
나올 뿐, 외부에서 보기에는 누가 누구인지 구분조차 가지 않았다.
관전하는 장병들은 자기가 싸움터에 있는 것조차 잊고 무슨 연극
구경이나 하고 있는 듯 그저 넋을 잃고 바라볼 따름이었다.

어느덧 해가 지고 황혼이 안개처럼 싸움터를 감싸기 시작했다.
그들은 전후 2백 합이나 싸웠건만 승부를 못 가린 채 제 각각 본
진으로 철수하는 수밖에 도리가 없었다.

석늑을 맞이한 한군 측에서 장빈이 말했다.

「도독께서는 장시간을 두고 싸우시느라고 수고가 많으셨습니다. 그러나 장현의 용맹도 듣던 것 이상이니, 도독께서 친히 나가시지 않았다면 실수가 있었을지도 모릅니다.」

석늑도 혀를 찼다.

「과연 말씀대로입니다. 그런 강적은 처음으로 만났습니다. 저것을 장차 어떻게 해야 되겠습니까?」

석늑도 이제는 혈기에 넘쳐서 날뛰던 소년이 아니었다. 일군의 책임자로서 그에게도 걱정이 있는 것이었다.

「너무 걱정하지 마십시오. 나에게 한 가지 꾀가 있습니다. 호랑이는 숲 속에서 잡을 수 없습니다. 꾀어내 숲을 나오게 해야 합니다.」

모든 사람의 눈길이 장빈에게로 쏠렸다.

「여기 있는 명석산(鳴石山)의 서쪽은 길은 평탄하지만 양쪽 비탈이 모두 험준하니 장현을 사로잡을 만합니다. 도독은 내일 나가 싸우다가 장현을 이리로 유인하십시오. 명석산의 사방에 군사를 매복해 놓고 기다리겠습니다. 그에게 날개가 돋쳤다면 모르되, 그렇지 않고서는 벗어날 길이 없으리다.」

그는 곧 장수들에게 매복할 장소를 지시했다. 석늑은 크게 기뻐해 마지않았다.

3. 장현의 죽음

한편 고양관으로 돌아간 장현은 찬탄해 마지않았다.

「석늑이 영창하(靈昌河)에서 우리 장수 10여 명을 베었다더니, 과연 무리가 아니었다 싶구나. 오늘 싸워 보니 예사내기가 아니란 말이지…… 내일부터는 나가서 싸울 것이 아니라, 이 관문을 굳게 지키는 것이 좋겠다.」

생전 처음으로 형이 한탄하는 소리를 듣자 장영은 도리어 화를 냈다.

「형님은 왜 그리 심약해지셨습니까. 그까짓 놈 하나를 겁내시 어서……」

「아니, 아니……」

장현이 손을 저어 말을 막았다.

「아예 얕보지 마라. 나도 전에는 그렇게 생각했다만 그렇게 볼 것이 아니더라.」

장영은 어이가 없다는 듯 형을 쳐다보다가 말했다.

「물른 석늑이 싸우는 것을 보고 저도 짐작은 했습니다. 그러나 형님보다 더할 것은 없습니다. 만일 나가서 싸우지 못한다면 소 참군(參軍)에 대해 면목이 안설 뿐 아니라, 이는 우리 사기를 저하 시키는 것이 될 것입니다. 그뿐 아니라, 이 고양관은 지형이 그리 험준하지 못하기 때문에 오래 대군을 막아내지도 못할 것입니다. 그렇다고 발해 성으로 돌아갈 수도 없는 일 아닙니까. 그러므로 어차피 싸우기는 싸워야 합니다. 내일은 저도 협공하겠습니다. 둘 이서 힘을 합친다면 석늑 하나쯤 못 꺾을 것도 없으리다.」

장현은 더 할 말이 없어서 수염만 쓰다듬었다. 평생 처음 느껴 보는 꺼림칙한 싸움이었다. 그러나 싸움을 피할 구실도 없었다.

이튿날, 장현은 군대를 이끌고 관문에서 내려갔다. 석늑도 이에 응해 진격해왔다.

「어제는 날이 어두워 왔기에 다 잡은 너를 놓아 보냈다만, 그 쯤 했으면 알아서 물러갈 일이지, 어찌하여 다시 왔느냐. 오늘은 결단코 용서치 못하리라.」

장현의 이 말이 싸움의 신호가 되었다. 석늑이 대답도 없이 바 로 달려들었기 때문이었다.

싸움은 어제와 같은 모양으로 진행되었다. 하룻밤 사이에 두 사람의 실력에 변동이 생겼을 리도 만무한 것이니, 그것은 너무나 당연한 귀결인지도 몰랐다. 다만 다른 것이 있다면 싸움이 30합에 이르렀을 무렵 장영이 갑자기 나타나 형의 편을 든 것이었다.

이것은 싸움에 중대한 변화를 가져다주는 계기가 되었다. 그렇지 않아도 도망하고 싶으나 장현이 의심할 것을 꺼려서 그대로 싸우고 있던 석늑은 마침 잘 되었다 싶어 서쪽을 향해 달아나버렸기 때문이었다.

「이 비겁한 놈! 거기 섰지 못하느냐!」

달아나는 석늑을 눈앞에 보면서 추격하는 데만 정신이 쏠린 그들은 골짜기로 들어서고 있는 것에 대해 의당 지녀야 할 경계심을 처음부터 느끼지조차 못하고 말았다. 골짜기로 들어서자 길은 다행히 평탄했다. 그들은 석늑의 뒤를 따라 어느덧 5리쯤이나 오고 말았다.

이때 산 위에서 포성이 울렸다. 장현은 말을 멈추고 사방을 둘러보았다.

「무엇이 있는 모양이다. 더 나가지 마라!」

그러나 처음부터 이것저것 살필 여유조차 없었다. 앞에서 한떼의 군마가 달려오는 것이 보였다. 앞장선 대장은 조금 전에 달아나던 석늑 그 사람이었다. 이제는 더 의심할 것이 없었다. 분명히 적의 계략에 빠진 것이었다.

두 사람은 본능적으로 말머리를 돌려 달아나려 했다. 그러나 뒤쪽에서도 한패의 군대가 조수가 밀려오듯 몰려오고 있는 것이 아닌가.

왕여와 장웅이 이끄는 부대였다. 이렇게 되면 각오하는 수밖에 없었다. 두 사람은 적진을 돌파하기 위해 무서운 분노를 터뜨리면서 앞으로 달렸다. 그들의 말발굽이 닿는 곳마다 병사들이 삼단같이 쓰러져갔다. 그러나 곧 왕여와 장웅이 나타나 앞을 막았다.

이번에는 상대가 만만치 않은 사람들이라 그렇게 간단히 처치될 까닭이 없었다. 그들이 한데 뒤엉켜서 한 20합이나 싸웠을까 했을 때, 무섭게 생긴 장수 한 사람이 나타나 장모(長矛)를 꼬나들고 덤벼들었다.

「연(燕)나라 사람 장실(張室)이 여기에 왔나니, 너희는 빨리 말에서 내려 죽음을 면하라!」

그 목소리는 마치 호랑이가 포효하는 것 같았다.

기겁을 한 두 사람은 말머리를 돌려 북쪽으로 달아났다. 그러나 얼마 안 가 석늑의 부대와 마주쳤다. 석늑이 웃으며 말했다.

「너희 형제는 충신의 후예로서 어찌 역신을 섬겨 목숨을 잃으려 하느냐. 어서 항복하여 가명(家名)을 보존하라!」

그렇지만 장현이나 장영에게는 그와 입씨름을 하고 있을 시간이 없었다. 두 사람은 마지못해 싸우는 척하다가 이내 병사들 틈을 뚫고 도망하기 시작했다. 그러나 석늑은 그들의 뒤를 쫓으려고 하지 않았다.

석늑의 부대에서 빠져나온 장현 형제는 비로소 마음을 놓고 발해 성 쪽으로 길을 잡아 달렸다. 몇 리나 갔을까, 그들이 어느 모퉁이를 돌아섰을 때였다. 두 장수가 말을 나란히 하여 서 있는 것이 보였다. 그것은 양용과 요익이었으나, 그들의 얼굴을 모르는 장현과 장영은 한칼에 베어버리려고 칼을 꺼내 들었다. 그러나 그것은 오산이었다.

그들은 20합이나 싸웠다. 장현은 상대가 뜻밖에도 강적임을 알자 아우를 데리고 동쪽 길로 달아났다. 고양관은 지금쯤 필시 적의 수중에 들어가 있을 것이었으므로 발해로 가는 것은 단념하고 그 대신 동군(東郡)으로 가려는 것이었다. 양용·요익도 뒤를 따라오지는 않았다.

그들이 몇 리를 달렸을 때였다. 앞에 한떼의 인마가 밀려왔다. 기에는 상산(常山)의 비호장군(飛虎將軍)이라는 글씨가 보였다. 상산이라면 누구나 저 삼국시대의 명장 조자룡(趙子龍)을 생각할 것이다. 장현과 장영의 머리를 스치고 지나간 것도 역시 조자룡의 이미지였다. 그들은 싸우고 싶지 않아 피하려 했으나, 9척 장신의 두 장수가 나타나 앞을 막았다. 조엽·조개 형제였다. 그들은 다시 20여 합이나 싸웠다. 상대의 용맹이 예사가 아닌데다가 지칠 대로 지친 몸으로는 더 대적할 수가 없어서 두 사람은 다시 도망치기 시작했다. 조개 형제도 뒤를 추격하지는 않았다.

그들이 골짜기에서 막 벗어나려 할 때, 한 방의 포성이 울리면서 장신거구(長身巨軀)에 긴 수염을 한 한 장수가 손에 큰 칼을 들고 나타났다.

「거기 오는 것은 장태수 형제가 아닌가. 나는 한의 장수 왕미이거니와 충심에서 하는 말이니 잘 들으시오. 장군들은 세궁역진(勢窮力盡)했거니, 가면 어디로 가고 싸우면 어떻게 싸우겠소? 어서 항복하여 성명(性命)을 보존하시기 바라오.」

장영이 발연대로하여 외쳤다.

「이 역적 놈 같으니! 너희 오랑캐는 형세가 궁하면 항복하는 모양이다만, 너는 역신을 도와 우리 장수를 많이 죽인 놈이니 내네 목을 기어코 베어 한을 풀겠다.」

그러나 이런 기개로 왕미와 싸운 것은 잠깐 동안의 일이었다. 공장·장경까지 달려드는 데는 도망치는 도리밖에 없었기 때문이다.

장현의 뒤에는 장경이 따르고 장영을 추격하는 것은 왕미였다. 장현은 정신없이 도망치다가 한 장수를 만났다. 키는 1장이나 될

까, 얼굴이 검고 눈이 툭 불거져 나온 품이 꼭 악귀 야차와도 같은
데, 손에 큰 도끼를 들고 뛰는 것이 말보다도 빨라 보였다. 말도
타지 않은 그 몰골이 더욱 무서움을 돋웠다.

장현은 흠칫 놀라 피하려 했다. 그러나 이미 급상의 도끼가 그
의 말머리를 찍고 난 뒤였다. 땅에 떨어진 장현이 몸을 일으키려
는 찰나, 무정한 도끼는 그의 머리를 장작 패듯 두 조각으로 갈라
놓았다. 일대의 용장치고는 너무나 비참한 최후였다.

왕미의 추격을 받은 장영은 허겁지겁 도망하던 중 조응·범융
의 부대와 맞닥뜨렸다. 그는 당황하여 말머리를 돌리려다가 왕미
의 칼에 목을 맞고 쓰러졌다.

제8장. 왕 준

1. 소녹의 항복

고양관을 이미 빼앗은 석늑은 급상과 왕미가 장현·장영의 목을 바치자 크게 기뻐하였다.

「이미 장현 형제를 잡았으니 무엇을 걱정하랴! 나는 경병(輕兵)으로써 발해 성을 쳐 이를 항복 받으려오. 만일 대군으로 임한다면 도리어 죽음을 각오하고 지킬 것이니 어떻게 하면 좋겠소?」

장실이 말했다.

「도둑의 말씀에도 일리가 있으나, 오히려 해를 입을까 두렵습니다. 성을 지키고 있는 소녹은 지모가 놀랍다는 인물입니다. 소수의 군대가 온 것을 보면 반드시 성을 굳게 지키는 한편 각처에 원군을 청할 것이니 어찌 반드시 공을 이룬다 하겠습니까. 도리어 대군으로 임하여 물샐 틈 없이 성을 포위하는 것만 같지 못합니다. 이리하여 소녹으로 하여금 그 지혜와 계략을 쓸 수 없게 한다면 제가 버텨야 얼마나 버틸 수 있겠습니까.」

장빈이 웃으면서 말했다.

「아우의 편을 드는 것 같으나, 그 말이 십분 이치에 맞습니다. 전군을 동원하여 이를 치는 것이 좋겠습니다.」

석늑도 그 말을 옳게 여겨 곧 부대에 진격명령을 내렸다.

한편 이 소식을 들은 성중에서는 회의가 열렸다.

소녹이 말했다.

「장태수 형제가 내 말을 듣지 않고 용맹을 믿은 나머지 나가서 싸우다가 둘 다 피살되었다 하오. 이제 시각을 지체치 않고 한병이 이르려 하고 있는데, 일단 포위된다면 밖으로는 구원의 길이 끊기고 안으로는 군대가 모자라 성을 유지하기 힘들까 하오. 무슨 계책이 있거든 말하오.」

그러자 제장은 이구동성으로 말했다.

「지금 태수가 전사하셨으니 이 고을 일을 주관하실 분은 참군 어른밖에 안 계십니다. 어서 뜻하시는 바를 말씀하십시오.」

소녹이 고개를 끄덕이며 말했다.

「그렇다면 내가 말하겠소. 내 생각 같아서는 속히 청주(靑州)로 사람을 보내 구원병을 청해오는 길밖에는 없는가 하오.」

그러나 아무도 참군의 이런 말을 따르려는 사람은 없었다. 제장은 입을 모아 말했다.

「지금 20만이나 되는 적군이 사방에 가득 차 있는데 누가 능히 빠져나가 청주에 이를 수 있겠습니까? 만일 적이 우리 계략을 따라 다시 계략을 쓴다면 도리어 큰 화가 미칠까 합니다.」

하기는 그렇다. 지략에 밝은 소녹으로서도 그 말이 지닌 무서운 진실을 부정할 수 없었다.

소녹이 정색을 하면서 말했다.

「여러분 말대로 성중의 생명을 구하려 한다면 항복하는 길밖에 더 있겠소. 신하로서 성을 지키는 임무를 맡은 차에, 어찌 절개를 굽히랴.」

젊은 장교 한 사람이 대들 듯이 말했다.

「장군의 말씀이 지당하십니다. 저희들도 충성을 위해 죽겠습니다. 그러나 아무리 죽어 보아야 이 성이 유지되겠습니까. 저 적이 물러가겠습니까.」

한참을 생각에 잠겼던 소녹이 이윽고 고개를 들었다.

「좋다. 이렇게 된 바에야 내 무엇을 꺼리랴. 내가 충신이 되어 창생을 죽이느니, 불충의 누명을 쓰고라도 무고한 생명들을 구하리라.」

그는 곧 사람을 석늑에게 보내 항복할 뜻을 통고했다.

「장군께서는 이렇게 말씀드리라 하셨습니다. 무고한 백성을 구하기 위해 항복하려 합니다. 단, 병사나 백성에게 해를 입히는 일이 없을 것이라는 보장을 하여 주옵소서. 만일 그 보장이 없으시다면, 부득불 성을 베개 삼아 전사하는 길밖에 없다고, 이렇게 여쭈라는 분부이셨습니다.」

석늑이 기뻐하여 말했다.

「이미 항복한다면 어찌 해를 입히겠느냐. 우리가 성을 치는 것은 한실을 복구하기 위해서지, 백성을 죽이기 위해서가 아니다. 사해 창생이 다 우리 폐하의 적자(赤子)이거늘, 어찌 소홀히 다루겠느냐. 생명은 물론 그 재산에 이르러서도 추호의 침범이 없을 것이니 안심해라. 방을 써 줄 것이니 가져다 군민에게 보여라. 모든 관원은 한 등급씩 승진시킬 것이며, 소 참군을 발해태수로 임명하겠다. 만일 닭 한 마리라도 다치는 일이 있다면 내 목숨으로써 속죄하마.」

사자로 왔던 장교는 석늑의 진심 넘치는 태도에 감동하면서 돌아갔다.

이튿날, 소녹은 관원과 병사들을 이끌고 성에서 나왔다. 석늑은 계단을 내려가 이를 맞이하고 깍듯이 빈례(賓禮)로써 대접했다.

이윽고 석늑은 전군을 이끌고 성 안으로 들어갔다. 백성들은 길을 쓸고 향을 피워 환영했다. 석늑은 소녹을 태수에 앉히고 그 병사들에게는 상을 내려 위로의 뜻을 표했다. 백성들에게는 추호의 피해도 미치지 않게 단속하여 언약을 깍듯이 지켰으므로 민중들은 매우 기뻐했다.

뜻하지 않게 피 한 방울 안 흘리고 발해를 손아귀에 넣은 석늑은 양국군을 향해서 계속 진격해갔다. 마치 폭풍이 휘몰아치는 것 같은 형세였다.

이때 양국태수는 서구패(徐玖珮)였다. 그는 저 조조의 대장으로 유명하던 서황(徐晃)의 손자로 지용을 겸비한 인물이었으며, 그 밑에 참모로 있는 서구경(徐玖瓊)은 그의 아우로서, 역시 용맹과 지략으로 널리 알려져 있었다. 서구패는 석늑의 군대가 쳐들어오고 있다는 보고에 접하자 곧 부하들을 모아들였다. 먼저 서구경이 의견을 진술했다.

「석늑은 당세에 짝이 없는 용사이며, 장빈의 지모는 제갈공명을 방불케 한다 합니다. 그러기에 이들과 싸우다가는 반드시 실패할 것입니다. 우선 성을 굳게 지키면서 사람을 유주의 왕총관(王摠官)에게 보내 구원병을 청해야 할 것으로 압니다.」

서구패가 달갑지 않은 듯 말했다.

「왕총관은 군사가 많고 장수가 용맹하므로 과연 한적을 물리칠 만하다고 말할 수 있을 것이다. 그러나 그는 야심이 만만한 사람이라, 도리어 우리를 삼키려 들 것이니 어찌하랴. 마치 유장(劉璋)이 유비(劉備)에게 원조를 청하고, 유비가 여포(呂布)에게 도움을 받고자 하던 전철을 밟지 않을까 걱정이구나. 호랑이를 불러들이는 꼴이나 되지 않을는지……」

그러나 서구경은 자기 고집을 철회하려 하지 않았다.

「왕총관이 설사 순수한 사람은 아니라 해도 이 어수선한 정국을 틈타서 불미스런 짓은 하지 않을 것입니다. 국가의 대사를 앞두고 어찌 사소한 의심을 내세우십니까?」

서구패도 더 할 말은 없었다. 왕준이 딴 뜻을 가졌다는 구체적 증거가 없고 보니 더 반대할 것이 못되었다. 그는 마침내 사람을 유주에 급파하는 한편, 관리들을 산하에 있는 각 현으로 보내 군량을 모아들이고 성을 수축하여 농성(籠城)할 준비를 서둘렀다.

또 유주에서는 왕준이 서구패의 편지를 받자 곧 양국을 구원할 채비를 갖추었다.

방관하다가는 곧 자기네 유주가 화를 당할 것이 너무나 뻔했기 때문이었다. 순치지간(脣齒之間)이란 바로 이런 것이었다.

2. 양국군의 풍온

왕준은 양국을 구하기 위해 요서(遼西)의 단씨네 세력을 움직일 것을 잊지 않았다. 통지를 받은 단필탄(段匹殫)은 3만의 군대를 보내왔다.

단말배가 대장이요, 단문앙이 선봉, 단질육권(段疾陸眷)이 후군이었다.

왕준도 손위(孫緯)를 선봉, 왕창·호구를 좌우장, 왕갑시·기홍을 후군으로 하여 병사 5만을 일으켰다.

한편 양국성에서는 매일 불꽃이 튀기는 전투가 벌어지고 있었다. 전투라고 해야 석늑의 군대는 매일 성을 포위하여 공격하고, 성 안에서는 이를 막아내는 데에만 전력을 기울이는 싸움이었다. 만일 서구패가 성문을 열고 나왔다면 승패는 어느 쪽으로든 결정이 났을 것이었다. 그러나 그는 그러지 않았다.

아무리 도전해도 움직이지 않고 있다가 성에 접근하는 것을 기다려 반격을 가해오곤 했던 것이다.

당연히 피해는 공세를 취하는 측에 있게 마련이었다.

석늑은 행여 원군이 올까 두려워하여 매일 맹렬한 공격을 퍼부었다. 그러나 수비가 워낙 치밀하고도 견고한 까닭에 그럴수록 피해만 늘어갔다. 이런 싸움이 보름이나 계속되었다.

이런 판국인데 뜻밖에 비마가 달려와서 유주의 왕준이 요서의 단씨네 군대와 양로로 나뉘어 양국을 구원코자 달려오고 있다는 정보가 날아 들어왔다.

석늑은 곧 장수들을 모아놓고 말했다.

「서구패 형제가 지용을 겸비하여 보름을 공격했건만 끄떡도 않는 터에, 왕준과 단씨의 원병까지 오고 있다니 이 일을 장차 어찌하랴, 좋은 생각이 있으면 말하시오.」

여러 사람이 발언을 했다. 그리고 그 발언들에는 어떤 공통점이 있었다. 그것은 일단 발해로 철수하자는 것이었다. 눈앞에 있는 성 하나도 대적하기 어려운 터에 원병의 대군까지 맞이하여서는 싸울 수 없으니까 발해로 돌아감으로써 적으로 하여금 헛다리를 짚게 하고, 원군이라고 언제까지나 머물러 있을 것도 아니니까, 돌아가기를 기다려 다시 치자는 의견까지 나왔다.

그러나 석늑은 그런 의견에 냉큼 동의하지 못했다. 그것이 갖는 타당성을 어느 정도 수긍하면서도, 이대로 돌아가기에는 무엇인가 꺼려지는 것이 있었다. 그는 마침내 잠자코 앉아 있는 장빈을 쳐다보았다. 이 사람은 무엇인가 타개책을 갖고 있을 것도 같다는 생각이 들었다.

「군사께서 말씀해주십시오. 선생의 말씀을 따르겠습니다.」

석늑의 말이 떨어지자 장빈은 빙그레 웃으며 말을 꺼냈다.

「모두 진지한 말씀들을 하셨소이다마는, 군대란 전진이 있을

뿐 퇴각은 없는 것입니다. 우리가 여기까지 온 터에 어찌 그대로
물러가겠습니까. 지금 왕준과 함께 단씨네 호병(胡兵)이 오고 있
다니, 그들이 이르기 전에 쓸 한 가지 꾀가 있습니다.」

모두 걱정에 잠겨 있던 판이라 장빈의 말은 여러 사람의 귀를
기울이게 했다.

「우리에게도 오부(五部)에서 징발해 온 호병이 있는바, 자세히
보면 단씨네 족속과 물론 다르겠지만, 얼른 보아서는 알아보기 힘
들 것입니다. 우리 5부의 호병으로 단씨네 군대를 가장해서 입성시
키는 것이 어떻겠습니까. 그야말로 전화위복이 될 듯도 합니다.」

석늑은 기뻐 일어나 장빈에게 읍하면서 말했다.

「과연 신묘한 계략입니다. 선생이 아니고야 누가 이런 꾀를 생
각이나 하겠습니까.」

장빈은 호연막급(呼延莫及)과 선우등(鮮于登)을 시켜 단말배와
단문앙의 기치를 달게 하고, 호병 3만을 이끈 채 계략에 따라 행동
하도록 명령했다. 완전히 단씨네 군사로 위장한 이 군대는 어딘가
로 이동했다.

이튿날이 되자 공격은 여전히 시작되었다. 서로 화살이 빗발치
듯 한창 오가는 중에 시간은 어느덧 미시(未時)가 되었다. 이때 갑
자기 북쪽에서 함성이 일어났다. 성에 올라 방어를 지휘하고 있던
서구패는 자기 눈을 의심했다. 한떼의 군마가 밀려오고 있는데 선
두에 나부끼는 것은 분명 단씨의 깃발이 아닌가. 활을 쏘던 병사
들도 모두 손을 내리고 갑자기 나타난 원군의 부대에 넋을 잃고
있었다.

성을 공타하던 한장들은 짐짓 당황하는 듯이 허둥지둥 군사를
뒤로 물려 북쪽에서 내도하는 적병들을 막는 체했다.

이윽고 북쪽에서 오던 군사와 조염이 거느린 군사들이 부딪쳤

다. 한동안 싸우는 듯하더니 한병들은 슬금슬금 흩어져서 달아나기 시작했다.

길을 연 북쪽의 군사들은 성 아래 다다랐을 때 군사들을 헤치고 단문앙의 장수기와 단말배의 장수기를 든 두 사람의 장수가 앞으로 나서서 기를 펄럭여 보였다.

「나는 요서의 선봉 단문앙이오」

「나는 요서의 주수 단말배요 속히 성문을 여시오」

서구패와 서구경이 성루에서 내려다보니 소리치는 군사는 틀림없이 호병(胡兵)들이고, 또 흔드는 기치에는 희미하나마 단문앙과 단말배의 이름이 씌어 있었다.

서구패는 크게 기뻐하며 즉시 군사들에게 성문을 열도록 명했다. 그러자 서구경이 말했다.

「형님, 잠깐 기다리시오. 이미 한군도 물러갔으니 요서의 군사들은 잠시 성 밖에 머물게 하고 두 장수만 성안으로 들게 하여 진위를 확인한 연후에 그들의 군사들도 성안으로 들이는 것이 좋을 듯합니다.」

이 때 다시 함성이 일며 물러난 줄 알았던 한군이 달려오며 요서의 군사를 덮쳤다.

한군의 위수대장은 조개였다.

단문앙은 황급히 말머리를 돌려 손에 든 철편을 휘두르며 내달아 조개를 맞아 싸우기 시작했다. 성 아래 남은 단말배가 다시 성루를 향하여 고래고래 소리를 질렀다.

「멀리서 양국을 구원하기 위해 온 우리를 의심하여 성문을 열지 않는다니 두고 봅시다. 우리는 왕 도독의 얼굴을 보아 달려온 것이지, 당신들을 보고 온 것은 아니오 정 그렇다면 나는 즉시 군사를 이끌고 돌아가겠소」

말을 마친 가짜 단말배는 군사들을 향해 소리쳤다.
　「모두들 철군 준비를 하라!」
　이런 광경을 바라보던 서구패는 크게 당황하여 허둥지둥 아래로 내려와 손수 성문을 열고 성 밖에까지 나와 저만치 돌아서서 가는 단말배를 보고 소리쳤다.
　「단장군은 잠시 걸음을 멈추시오. 성문을 열었으니 속히 군사를 이끌고 입성하시오」
　날은 완전히 저물어서 네댓 걸음 앞 사람의 얼굴도 분간할 수 없을 만큼 어두웠다. 돌아섰던 가짜 단말배는 다시 군사들에게 소리쳤다.
　「모두들 뒤로 돌아 성안으로 들어가라!」
　그 말에 요서의, 아니 한나라 군사들은 일제히 성문을 향하여 돌진하듯 몰려왔다. 그들의 등 뒤에서는 한병들의 함성이 요란했다. 북쪽에서 온 군사들은 짐짓 황급히 도망치듯이 앞을 다투어 성안으로 달려 들어왔다.
　이리하여 호연막과 선우등이 거느리는 한군 3만은 그 절반 이상이 양국 성안으로 들어서는 데 성공했다. 성안에 들어온 한군들은 일제히 함성을 지르며 닥치는 대로 진병들을 시살해댔다.
　「진병들은 한 놈도 남기지 말고 죽여버려라!」
　「서구패와 서구경을 사로잡는 자는 현공의 벼슬을 줄 것이다!」
　그제야 서구패는 한군의 궤계에 속은 줄 깨닫고 발을 굴러 분해 했다. 분기가 탱천한 서구패는 급히 말에 올라 칼을 휘두르며 한병을 시살하기 시작했다. 그 범 같은 용맹 앞에 선우등은 칼 한 번 제대로 써보지도 못하고 목이 달아나고, 한병들은 그 말발굽 아래 짓밟히고, 그의 휘두르는 칼에 무수한 목숨이 날아갔다.
　이 때 성문 근처에서 크게 함성이 일며 사나운 일지군마가 짓쳐

들었다. 앞장 선 대장은 한군 선봉 왕미였다. 그의 뒤를 말을 타지 않은 범 같은 장수가 도끼를 휘두르며 달려왔다. 급상이었다. 다시 그 뒤를 조응·요익·지굴육이 따르고, 그 뒤로 무수한 한병이 노도처럼 밀려들었다.

서구패가 아무리 만부부당의 용맹을 뽐내 보았으나 소용이 없었다. 그는 죽어 넘어진 쌍방 군사들의 시체가 거치적거려 제대로 활약을 할 수가 없었다.

그러고 있는데 별안간 어둠 속에서 한 장수가 달려들어 그가 탄 말을 도끼로 찍어 땅에 쓰러뜨렸다. 서구패는 말과 함께 땅바닥에 나뒹굴었다.

다시 일어나려고 머리를 치켜드는 순간 무겁게 소리를 내며 큰 도끼가 그의 머리를 내려쳤다. 서구패는 그만 외마디 비명을 지르며 다시 쓰러져서 영영 일어나지를 못했다.

급상은 죽은 서구패의 목을 잘라서 허리에 차고 다시 좌충우돌 진병을 시살하니 그 무섭고 사나운 위세 앞에는 아무도 당하는 자가 없었다.

이보다 앞서 서구경은 사세가 기운 것을 간파하자 얼른 집으로 돌아가 권솔을 데리고 남문을 바라보고 도망치기 시작했다. 그러나 거기에는 이미 한군의 군사 장빈의 영을 받고 장경과 장실이 기다리고 있었다. 서구경은 그의 권솔과 함께 그들에게 사로잡히고 말았다.

이윽고 석늑이 이끄는 한군의 주력부대도 입성해 왔다.

장실은 서구경을 석늑에게 끌고 가서 무릎을 꿇도록 했다. 그러나 서구경은 끝까지 무릎을 꿇지 않고 석늑에게 욕설을 퍼부었다. 대로한 석늑은 군사에게 명하여 서구경을 참수하도록 했다.

석늑은 장수들을 모아 연회를 베푸는 자리에서 장빈에게 무수히 치하해 마지않았다.

「군사 어른의 계략 앞에는 *금성탕지가 따로 없겠습니다.」

다른 장수들도 오래간만에 옷고름을 풀어헤치고 마음껏 마시며 즐겼다.

3. 머리와 꼬리

왕준은 양국군의 서구패를 구하기 위해 길을 달리던 중, 성을 40리 앞에 두고 해가 저물었다. 그는 거기서 야영하기로 했다. 새로 가설한 장막 속에서 그가 두어 잔의 술로 몸을 녹이고 있었을 때였다. 방울소리도 요란하게 미리 파견해 놓았던 척후가 달려오더니 보고를 했다.

「장군! 큰일 났습니다. 성이 떨어졌습니다.」

「무엇이?」

왕준은 하도 놀라 자리에서 벌떡 일어났다. 그 서슬로 앞에 있던 조그만 탁자가 넘어지면서 술주전자가 땅에 굴렀다.

「양국성이 떨어졌습니다. 지금 한군이 점령해 버렸습니다.」

「이놈!」

왕준이 답답하다는 듯 불호령을 내렸다.

「좀 차근차근 말해보아라. 어떻게 그리 간단하게 함락되었단 말이냐?」

사실 너무나 뜻밖의 소식이었다. 그는 누구보다도 서구패 형제의 사람됨을 잘 알고 있었다. 그들은 단순히 용맹만을 믿는 필부하고는 달랐다. 당대에서 찾아보기 어려울 정도로 지략에 뛰어난 인물이었다. 그러기에 여러 날을 두고 성을 버텨 오지 않았는가. 그러던 것이, 원군이 막 이르려는 지금 도리어 성을 뺏기고 말았다니, 자기 귀를 의심할 수밖에 없는 노릇이었다.

「한병들이 단씨네 군대로 가장하고 당도했기 때문에 성에서
는 그만 성문을 열어주었다고 합니다.」

「알았다!」

더 들을 것도 없었다. 왕준의 입에서 긴 한숨이 새어나왔다. 조
금만 더, 아니 반나절만 더 일찍 서둘렀어도 이 꼴은 되지 않았으
리라 생각하니 가슴이 아팠다. 이윽고 그는 고개를 들었다.

「그래, 서장군 형제는 어찌 되었다더냐?」

「돌아가셨습니다. 급상이라는 놈의 도끼에 당하셨다고 합니다.」

「알았다. 나가거라.」

왕준은 병사를 물리친 다음 성난 짐승처럼 장막 안을 혼자서
서성거렸다.

이튿날, 왕준이 군대를 이끌고 성 밑에 이르러 보니, 한군은 성
에서 나와 진을 치고 대기하고 있는 판이었다. 그는 서둘러 포진
을 마친 다음 스스로 진 앞으로 말을 달려 나갔다. 좌우에는 기
홍·손위 등이 늘어섰다.

왕준은 석늑을 채찍으로 가리키면서 외쳤다.

「너는 본래 상당(上黨)의 유종(流種)이요 석씨(石氏)네의 비복
으로, 감히 주가(主家)의 성을 훔치고 악당 등을 규합하여 천조의
망극한 은고(恩顧)를 잊고 도리어 천하를 어지럽히니 이 무슨 도
리냐. 어디 혀가 있으면 말해보아라!」

석늑이 크게 웃으면서 대답했다.

「너야말로 우물 안의 개구리구나. 내 똑똑히 말해 주리니, 귀
가 있거든 잘 들어 두어라. 성을 고치고 이름을 바꾸어 난세를 피
함은 예전부터 있어 오는 법도이다. 군자는 성명 고치기를 부끄러
워하지 않고 불의에 무릎 꿇는 것을 부끄러워하나니, 너 같은 소
인으로 어찌 대인의 심중을 알랴. 더욱이 나는 한실의 신자(臣子)

이다. 그러기에 고조(高祖)의 대업을 다시 일으켜 천하를 건지고
자 함이니, 하늘을 우러르고 땅을 굽어보아 조금도 꺼릴 것이 없
는 터이다. 위(魏)가 득세하면 위에 붙고, 진(晋)이 일어나면 진에
붙어서, 지조를 팔아 불의를 탐하는 너희와 어찌 같겠느냐. 너희
같은 무리들이야 이름이 사대부(士大夫)지, 천기 창녀와 무엇이
다르겠느냐. 만일 조금이라도 부끄러움을 안다면, 어서 말에서 내
려 땅에 엎드려라!」

이 말에 성이 머리끝까지 치밀어오른 왕준이 주위를 돌아보면
서 외쳤다.

「누가 나아가 저 오랑캐 자식을 사로잡아오겠는가!」

이 말이 끝나기도 전에 한 장수가 뛰쳐나가는 것이 보였다. 그
는 한군으로 접근하면서 호통을 쳤다.

「머리에 피도 안 마른 네 녀석이 석늑이냐? 용기가 있거든 나
와서 내 창을 한번 받아보아라. 너도 기홍 장군의 이름은 익히 들
어 알고 있으리라!」

석늑이 발연대로하여 뛰쳐나가려 하자 왕미가 말고삐를 잡았다.

「친히 나가실 것도 없습니다. 저놈은 소장에게 맡겨주십시오」

「그것이 무슨 말이오?」

석늑이 언성을 높였다.

「저놈이 이미 나를 지목했거늘, 내가 어찌 이를 기피하겠소?
적에게 비겁하다는 말을 들을 수는 없으니 저놈은 내가 잡겠소」

석늑은 백마에 높이 앉아 칼을 휘두르며 앞으로 달려 나갔다.

두 장수는 양군이 보는 앞에서 서로 맞부딪쳤다. 양쪽이 다 일
세의 호걸이라 싸움은 처음부터 불을 뿜는 듯했다. 두 장수의 말
은 마치 날개라도 돋친 듯이 허공으로 치솟았고 그 위에서 창과
칼이 서로 부딪치니 때 아닌 번개를 일으켰다. 기홍의 창술이 전

광석화(電光石火)와 같다면 석늑의 칼은 천변만화하여 귀신도 놀랄 지경이었다.

50여 합이 지나도 승부가 나지 않는 것을 보자 왕미가 뛰쳐나갔고 진나라 측에서도 왕창이 달려 나왔다. 이번에는 두 쌍의 결전이 벌어졌다. 일대의 맹장들의 대결이라, 구경치고는 이런 구경이 다시 있을 수 없었다. 그들은 30여 합을 싸웠다. 이때 왕준의 지령으로 호구(胡矩)가 싸움을 돕기 위해 달려 나오자, 한군 측에서는 공장이 쫓아나가서 이에 맞섰다.

이리하여 세 패의 장수들이 힘과 용맹을 다해 혈전을 벌이고 있는 모양은 호랑이 떼가 서로 싸우고 있는 것과도 같았다. 양군의 병사들은 자기가 싸움터에 있는 것도 잊고 손에 땀을 쥐었다. 이때, 갑자기 함성이 들려왔다. 그제야 모두 정신을 차려 소리 나는 쪽을 보았다. 북쪽으로부터 뿌옇게 먼지가 일어나면서 한 떼의 군마가 달려오고 있는 중이었다. 그 선두에 나부끼는 것은 분명 단씨네 깃발이었다. 이를 보고 호연막급이 피식 웃었다.

「이제야말로 진짜 단가가 나타났구먼!」

단씨네 군대가 오는 것을 확인한 왕준이 총공격령을 내렸다. 왕준의 군사들이 고함을 지르며 달려들자, 이쪽에서도 장실·장경 등을 선두로 하여 노도처럼 몰려갔다. 양쪽에서 쏟아져 나오는 물과 물이 서로 맞부딪친 것처럼 두 군대는 한가운데서 팽팽히 대결했다. 만일 이 싸움을 그대로 내버려두었다면 그 결과가 어떻게 되었을는지 알 수 없는 일이었다. 그러나 단씨네 군대가 맹렬한 속력으로 접근해 오고 있었다. 이 제3의 물결이 어디에 부딪치는가에 따라, 팽팽히 맞섰던 두 물결 중의 어느 하나가 무너져 갈 것은 뻔한 일이었다.

단씨네 군대, 그 야만과 포학으로 이름을 떨쳤던 오랑캐들은 달려오는 길로 옆에서 한군을 들이쳤다. 한군은 측면공격을 받고 일곱 갈래 여덟 갈래로 갈라지고 말았다.

호연막이 단문앙의 한칼에 목이 달아나고, 지굴육이 단질육권의 창에 넓적다리를 찔려 물러섰다.

이렇게 되면 싸움은 끝난 거나 다름없었다. 몇몇 장수의 용맹만으로 만회하기에는 너무나 큰 상처였다. 마침내 한군은 패주를 시작했으며 적의 추격이 급했기 때문에 진채로도 돌아가지 못하고 성중으로 철수해야 했다.

오래간만에 패한 한군 측에서는 성문을 굳게 닫아걸고 지키는 한편, 인원을 점검해 보았다. 이 날 싸움에서 한군은 호연막과 군사 1만여 명을 잃었다.

성중에서는 장수들이 모여 논의가 분분했다. 적의 형세가 대단하니 평양(平陽)에 사람을 보내어 원군을 청해 싸우자는 신중파도 있었고, 어찌 20만이나 되는 군대를 지녔으면서 7, 8만밖에 안되는 적을 두려워하겠느냐는 주전론자도 있었다.

듣고 있던 석늑은 장빈을 청해왔다. 장빈은 성을 돌면서 수비 태세를 점검하고 있는 중이었다.

장빈이 오자 석늑이 난처한 듯 입을 열었다.

「오늘 싸움에 의외에도 패했습니다. 단씨네 군대라는 것이 워낙 짐승 같아서 상대하기 어려웠습니다. 지금 논의가 구구했던 터입니다마는, 군사께서 지시하시는 대로 따르려 합니다.」

「그러지 않아도 적을 잡을 궁리를 하고 있던 참이오 저것들쯤 어찌 못 잡겠소이까.」

장빈이 빙그레 웃으면서 말했다. 석늑 이하 여러 장수들은 그제야 살았다는 듯이 활기를 띠었다.

「패배의 씨는 승리하는 순간에 생기는 법입니다. 저들은 첫 싸움에 크게 이겼다 해서 필시 오늘 저녁에는 마음을 놓을 것입니다. 우리는 한 부대를 동원하여 단씨네 진영을 치고 불을 지릅시다. 지금 왕준과 단씨네는 기각지세를 이룬다고 서로 멀리 떨어져서 진을 치고 있으니까, 은밀히 행동하면 단씨네에게 결정적인 타격을 줄 수 있을 것입니다.」

왕미가 나섰다.

「단씨 진영을 치되 불은 지르지 않는 편이 낫지 않겠습니까. 불이 오르면 왕준의 군대가 달려올 터인데……」

장빈이 소리를 내어 웃었다.

「물론 불빛을 보면 달려오겠지요. 그러니까 불을 질러야 하오. 불을 지르는 것은 달려오도록 만들기 위해서요.」

「그렇다면……」

왕미가 아직도 뜻을 알아차리지 못하고 말하려 하자, 장빈이 손을 들어 막았다.

「걱정할 것은 조금도 없소. 왕준의 군대가 달려오면 그것을 엿보고 있던 우리의 다른 부대가 왕준의 진영을 급습해서 거기도 불을 질러버릴 터이니까. 이렇게 되면 뱀의 머리와 꼬리를 함께 치는 것과도 같아서, 머리는 꼬리를 돌볼 틈이 없고 꼬리는 머리를 돌볼 여가가 없게 되니 결국 전멸하고 말 것이오.」

그제야 그 뜻을 알게 된 좌중에서는 함성이 올랐다. 석늑이 기뻐하며 말했다.

「과연 군사 어른의 신기묘산(神機妙算)에는 귀신도 탄복하겠나이다. 그렇다면 무엇을 두려워하리까?」

그들은 곧 부서를 정하고 적진을 야습할 준비에 착수했다.

한편 이때, 왕준과 단씨네 진영에서는 노랫소리가 드높이 일어나고 있었다. 첫 싸움에 적을 격파했는지라 왕준은 왕준대로 기분이 좋았고, 단씨들은 그들대로 오늘의 승리는 자기들의 공이라 하여 기고만장했다. 장수는 장수대로, 병사는 병사들끼리 모여 앉아 질탕하게 마시고 놀았다. 단씨네 병사들 중에는 비파를 뜯는 사람도 있었다.

자정이 지나자 일단의 병사들은 쓰러져 코를 골기 시작했고, 일단은 아직도 남아서 잔을 기울이고 있었다. 그러나 그들도 이경에 접어들자 모두 깊은 잠에 빠지고 말았다. 왕준의 진영이나 단씨네 진영이나 마찬가지였다.

장실이 5만의 군사를 휘동하여 말에는 재갈을 물리고 병사들에게는 기침소리도 못 내게 단속하며 도둑고양이처럼 단씨네 진영에 접근한 것은 삼경이 가까운 시각이었다. 그들은 소리없이 적진을 포위하고, 포성을 신호로 하여 갑자기 함성을 지르며 일제히 쳐들어갔다.

워낙 곤드레만드레가 되어 깊은 잠에 빠져 있던 판이라, 이 함성에 놀라 깬 것은 몇이 되지 않았다. 단말배·단문앙은 역시 책임감이 있는지라 병사들을 깨우려고 애썼다. 그러나 그들 자신도 비척거리고 있었다.

이런 판국이니 그들이 아무리 포학으로 이름을 떨치는 오랑캐 군대라 해도 처음부터 싸움이 되지가 않았다. 게다가 그 습격이 갑작스러웠기 때문에 잠에서 깨어나 정신을 차리고 말고 할 시간적 여유도 처음부터 없었던 것이다.

단씨네 진중은 삽시간에 아수라장이 되고 말았다. 여기저기서 단말마의 비명과 고함소리, 그리고 불, 불빛은 어둠 속에서 용이 춤추는 듯 치솟고 있었다. 온 진영이 타고 있는 것이었다.

이 불길에 놀란 것은 왕준이었다. 그는 아무리 술을 마시기는 했어도 역시 총책임자라 그대로 곯아떨어질 수만은 없었고, 무엇인가 일말의 불안이 느껴지는 것이어서 자리에 누웠던 몸을 일으켜 연내를 순시하고 있던 중이었다.

「모두 일어나라, 일어나!」

그는 소리소리 지르며 온 영내를 돌아다녔다. 그러나 누구 하나 눈을 뜨는 사람이 없었다. 그는 마침내 사정없이 병사들을 후려갈겼다.

얼마 후, 기홍이 일어나서 그에게 협력해 주었다. 그는 무부답게 비상수단을 거침없이 썼다. 물을 퍼다 이리저리 퍼부었다. 자던 병사들에게는 그야말로 날벼락이었다. 투덜거리며 눈을 뜨는 병사들에게 기홍의 불호령이 떨어졌다.

「이놈들! 아직도 무슨 잠꼬대냐. 물속에 잠겨봐야 알겠느냐!」

얼마 후에야 기상을 마친 병사들을 끌고 단씨네 진영을 구하기 위해 기홍은 황망히 본진을 떠났다.

기홍이 떠나간 지 한식경이나 되어서 왕미가 이끄는 대군이 예고도 없이 급습해왔다. 이때 왕준은 대부분의 군대를 기홍에게 주어 보내고, 그 결과가 어떻게 될지 몰라서 조바심을 하고 있던 참이었다. 갑자기 귀를 쪼개는 듯한 포성이 울리며 고함소리가 터졌을 때는 어떻게나 놀랐는지 신도 신지 못한 채 뛰쳐나가 다시 병사들을 깨웠다.

「어서 일어나거라! 적이 왔다. 적이……」

그러나 이런 그의 활동은 오래 계속될 수 없었다. 벌써 적군은 진중으로 뛰어들어 자는 사람이고 깬 사람이고를 가릴 것 없이 어처구니없는 살육을 시작했기 때문이었다. 인간성 속에 잠재해 있는 살생의 본능도 일단 피를 보는 순간 인간을 동물로 만들어 놓는 것이다. 그리고 전쟁이란 바로 이 잔인한 동물성의 발휘가 강요되고 장려되는 순간이다.

왕준은 하도 급해서 그대로 도망치고 말았다. 호구와 왕창 등 몇몇 장수가 이런 중에서도 병사를 독려하여 어느 정도 진세를 버틴 것은 역시 칭찬할 만한 일이었다.

이런 법석이 벌어지고 있는데 기홍의 부대가 되돌아왔다. 기홍은 단씨네 진영으로 달리던 중 뒤에서 아우성소리가 일어나므로 고개를 돌렸다가 깜짝 놀랐다. 지금 저쪽 어둠 속에서 불꽃이 충천하고 있지 않은가. 그 순간 그는 모든 것을 깨닫고 말머리를 돌렸던 것이다.

「우리 본진이 야습을 받았다! 모두 돌아가자. 모두 달려라!」

그제야 병사들도 눈이 둥그레져서 헐레벌떡 달리기 시작했다.

그들이 몇 마장을 정신없이 오고 있는데 갑자기 한 방의 포성이 울려 퍼지며 어둠 속에서 한떼의 군마가 나타나 앞을 막았다.

「아, 이제는 복병까지 만났구나!」

기홍만이 아니라 병사들까지도 모두 그런 생각에 가슴이 내려앉았다. 단씨네 진영이 타오르기에 이를 구하려고 떠났던 노릇이, 그 사이에 본진이 급습을 받았고, 본진을 구하기 위해 달려가던 중 다시 복병을 만난 것이었다.

모든 것은 적에 의해서 사전에 치밀하게 짜여진 계획이었고, 이쪽에서는 적의 연출에 따라 꼭두각시처럼 충실히 움직인 것이었다. 기홍은 그것이 분하였다. 그는 칼을 뽑아들고 외쳤다.

「너희들의 간계도 어지간하다만, 기홍 장군이 그리 호락호락 넘어갈 줄 아느냐!」

그는 말에 채찍질을 하여 적병 속으로 뛰어들었다. 그 칼이 번뜩이면서 몇 사람의 병사가 쓰러지는 것이 어스름한 달빛 속에 보였다. 그는 양떼 속에 뛰어든 호랑이처럼 좌충우돌하였다. 그의 부하들도 힘을 얻어 함성을 지르며 달려들었다. 대혼전이 벌어졌다.

기홍이 무인지경을 가는 듯 스치고 지나가는데 한 장수가 나타나 앞을 막았다.

「이놈! 잘 만났다. 네가 이번에도 내 손에서 벗어나나 어디 두고 보자.」

그 순간 기홍은 가슴이 뜨끔했다. 목소리만 들어도 석늑임에 틀림없었다.

'하필 이런 판국에 이놈에게 걸리다니!'

그런 생각이 머리를 스치고 지나갔다. 두 장수는 어제 낮에 대결했듯이 다시 맞붙었다.

칼과 칼이 어둠 속에서 흰 서릿발을 날렸다. 한참 이렇게 싸우는 판에 장실이 장모(長矛)를 들고 나타나 석늑의 편을 들었다. 그래도 기홍은 끄떡도 하지 않고 얼마간을 버티었다.

그러나 그의 용맹에도 한계가 있었다. 석늑 하나도 겨우 상대하는 판에 장실까지 상대해가지고는 처음부터 승산이 없는 것이었다. 그가 말머리를 돌리려는데 손위가 나타나 장실을 막고 나섰다. 이야말로 천우신조였다. 기홍은 다시 용기를 내어 석늑과 싸웠다.

이런 대결에 돌을 던진 것은 급상이었다.

그는 여느 때나 다름없이 땅 위를 말보다도 재빠르게 옮겨 다니면서 도끼를 휘두르다가 드디어 여기에 나타난 것이었다. 그는 바로 다가들면서 기홍의 말머리를 도끼로 찍었다. 적어도 찍으려 했다. 만일 기홍이 재빠르게 고삐를 낚아채지 않았던들, 그의 말은 머리가 부서져서 그 자리에 쓰러졌을 것이고, 그 자신도 목숨을 부지하지 못했을 것이었다.

그는 하도 놀라서 그대로 달아나고 말았다.

기홍의 도주는 그대로 전군의 패주를 의미하는 것이었다. 그의 부하들은 그대로 무너지고 말았다. 석늑은 군대를 휘동하여 이를 추격하면서 닥치는 대로 적을 죽였다. 들길에는 시체가 질펀히 깔렸는데 새벽녘의 싸늘한 별빛이 그것을 비춰주고 있었다.

기홍은 그대로 본진인 유주(幽州)로 향했다. 얼마를 가지 않아서 왕준을 만났다.

그도 기홍처럼 쫓겨 가는 길이었다.

「소장은 면목이 없습니다. 백 번 죽어 마땅하옵니다.」

기홍이 고개를 숙여 보이자, 왕준이 도리어 미안해했다.

「모든 것은 나의 책임이오. 적의 간사한 꾀에 속은 것은 나였으니까.」

그는 긴 한숨을 쉬었다.

「그러나 어쩌겠소. 이렇게 된 마당에는 어서 본진으로나 돌아가는 수밖에 도리가 없지 않소?」

그들은 묵묵히 이슬 내린 새벽길을 말을 달렸다.

뒤에서는 패주병들이 질서 없이 따르고 있었다.

4. 단씨네의 향배

앞서 단씨네 진영이 결딴나던 과정을 이야기했거니와, 그 결과가 어찌되었을 것인지는 말하지 않아도 대강 짐작이 갈 일이다. 크게 패주한 그들은 어둠을 타고 저양(渚陽)까지 이르러서야 부대를 정비했다. 점검해 보니 병사 1만여 명이 모자랐다.

그것만 해도 그래도 괜찮았다. 병사의 손실이란 으레 따르는 것이라고도 할 수 있으니까. 그러나 더 큰 문제가 있었다. 그것은 대장인 단말배가 보이지 않는 일이었다. 단문앙·단질육권 등의 수뇌부들은, 처음에는 이 일을 그리 대단하게 여기지 않았다. 아마도 후퇴하는 병사들을 지휘하느라고 처졌으려니 그렇게 여기고 넘겼다. 그러나 모든 낙오병이 돌아온 후에도 나타나지 않는 데는 덜컥 가슴이 내려앉지 않을 수 없었다.

「누가 대장군 어른을 보지 못했느냐?」

단문앙과 단질육권은 이렇게 외치면서 병사들 사이를 누비고 돌아다녔다. 그래도 아는 사람이 없었다.

그들이 어느 느티나무 밑에서 쉬고 있는 병사들에게 접근했을 때, 한 늙수그레한 사병이 놀라운 소식을 알려주었다. 그것은 이러했다.

단말배가 장모를 든 적병을 만나 싸웠다.

얼굴이 불꽃과도 같이 시뻘건 아주 무섭게 생긴 장수였다. 그들의 싸움이 한창 무르익어갈 무렵, 비슷하게 생긴 적장 하나가 바람처럼 나타나더니 역시 장모로 말머리를 찔러버렸다. 단말배는 처음에 만난 적장과 싸우느라고 그것을 피할 겨를이 없었다. 말에서 떨어진 단말배 위에 장모가 내려쳐지려는 순간, 먼저 싸우던 장수가 외쳤다.

「죽이지 마라. 사로잡아라!」

이리하여 단말배는 사로잡히고 말았으며, 두 적장은 그 생김새로 보나 말투로 보나 형제인 것 같았다. 대개 이런 내용이었다.

이 소리를 듣는 순간 단문앙의 머리에는 장실과 장경의 이름이 스치고 지나갔다. 두 장수는 아무 말도 없이 제 자리로 돌아왔다.

단질육권이 험상궂게 생긴 얼굴에 눈물을 흘리면서 말했다.

「분한 것은 왕준이란 놈의 태도요 제 놈을 위해 우리는 여기까지 와서 저를 도왔는데, 우리가 위태로운 것을 보고도 눈 하나 깜짝 않고 있었으니, 배은망덕도 유분수지 이런 배은망덕이 어디에 또 있단 말이오?」

단문앙도 주먹을 불끈 쥐었다.

「정말이지 괘씸한 놈이오 이 원수를 갚지 않는다면 어찌 남아라 하겠소!」

그들이 이렇게 비분강개하고 있는 판에 옆에 있던 보졸이 불쑥 끼어들었다.

「왕 총관은 우리가 습격받는 것을 보자 총총히 진영을 거두어 유주로 돌아갔다 하옵니다.」

「무엇이?」

단질육권이 버럭 소리를 질렀다.

「그놈이 위험에 처하여 우리를 배반했을 뿐 아니라, 연락도 없이 앞서 도망치다니! 정말 멀쩡한 도둑놈이구나!」

그는 단문앙을 쳐다보며 말했다.

「왕준의 믿을 수 없음이 이와 같으니, 우리가 그놈의 편에 서서 공연히 고생할 까닭이 어디 있소? 더욱이 한군은 이번 일로 우리를 원망하고 있을 것이니, 후일 복수라도 하겠다고 나온다면 큰 걱정거리가 아니겠소? 내 생각 같아서는 이 기회에 차라리 석늑과 화친하고 우리 대장군을 찾아오는 것이 좋다고 보오.」

역시 오랑캐들이라 생각하는 것이 단순했다. 단문앙도 대찬성이었다.

「그것 참 좋은 말씀이오. 왕가란 놈이 신의가 없어서 우리를 버린 바에, 우리라고 저를 버려서 안될 까닭이 무엇이오? 더욱이 한나라는 새로 일어나는 판이라 *다사제제(多士濟濟)하여 얕볼 수 없는 터요. 우리 장군만 돌려보내 준다면야 무슨 짓인들 못하겠소?」

그들은 머리를 맞대고 상의한 끝에 영리한 사병을 가려 양국성에 보내기로 했다.

지령을 받은 병사는 말에다 백기를 꽂고 양국성에 나타났다. 성문에서 한병들이 만일을 위해 일제히 활을 겨누고 있는 것을 보자 그는 허겁지겁 손부터 저었다.

「쏘지 마시오. 나는 단질육권·단문앙 두 분 장군의 명령으로, 여기 와서 우리 측의 뜻을 전하고자 하는 것뿐입니다. 부디 쏘지 마십시오.」

이윽고 석늑과 장빈 앞에 인도된 그들은 단문앙의 서장을 바쳤다. 장빈은 그것을 읽어보고 나서 부드러운 말로 일렀다.

「잘 알았으니 내일이라도 너희 대장 두 분이 직접 와서 진심을 보이도록 해라. 그러면 너희들의 주수를 보내주겠다.」

요서의 사자는 돌아가서 장빈의 말을 단문앙 형제에게 전했다.

이튿날, 진시가 되기 전에 단문앙과 단질육권은 얼마간의 예물을 가지고 불과 수십 명의 군사를 대동하고 양국성에 당도했다.

장빈은 석늑에게 친히 나가서 그들을 맞도록 권했다. 석늑도 그 뜻을 알아차리고 곧 급상과 장경·조개 세 장수만 거느리고 성문께로 나가 그들을 맞이하여 성중으로 안내했다.

「한 마디 언약을 천금처럼 아시어서 이처럼 왕림하시니, 과연 그 의사를 알겠습니다. 우리 사이에는 원래 어떤 원한이 있었던 것이 아닙니다. 이제부터 과거를 씻고 형제의 의로 사귀어가게 된 것을 기뻐합니다.」

단질육권은 석늑에게 읍하면서 대답했다.

「저희들은 하향에서 자랐기 때문에 아무것도 모릅니다만, 군자는 높은 데 있으면서도 처신을 낮추어 한다고 들었습니다. 장군께서는 그 혁혁한 위엄을 감추시고 패전한 장수를 대하심이 이렇게 극진하시니, 정말로 각골난망입니다.」

서로 좌정을 마치자 석늑이 다시 입을 열었다.

「우리는 한나라의 후예로 고국을 광복하여 도탄에 든 천하를 바로잡자는 뜻밖에는 없습니다. 그러므로 의로운 이는 모두 우리의 편이며, 불의한 무리는 누구나 우리의 적입니다. 진나라가 무도하여 천심을 잃었건만, 왕준이 이를 깨닫지 못하고 망령되이 쳐들어왔기 때문에 부득이 싸운 것뿐입니다. 장군들의 문중은 왕준과 이웃이라서 이번에 출병하신 것으로 알거니와, 이미 화친한 바에는 조금도 마음에 두지 않겠습니다. 이후에는 형제의 의로 화목한 관계를 유지해 나가며, 다시는 왕준을 돕지 않겠다는 뜻만 밝혀주십시오. 그것으로 모든 과거는 해소될 것입니다.」

단문앙이 말했다.

「참으로 지당하신 말씀이십니다. 이번 일을 통해 왕준이 얼마나 의리 없는 사람인가를 싫도록 알았습니다. 무엇 때문에 우리가 그 자를 돕겠습니까. 더욱이 의사들의 높은 뜻을 듣자왔으니, 두고두고 한나라의 일월을 떠받들기로 맹세하는 바입니다. 이는 저희들의 진심이오니 조금도 의혹을 두지 마십시오.」

석늑은 기뻐하며 단말배를 불러오도록 했다. 단말배는 방에 들어오면서 의아한 눈치였으나, 단질육권과 단문앙에게서 모든 사정을 듣고 나자 너무나 감격이 벅찼든지 석늑 앞에 머리를 조아렸다.

「장군의 호생지덕(好生之德 : 사형에 처할 죄인을 특사하여 살려주는 제왕의 덕)으로 패전의 부로(浮虜)가 다시 일월을 보게 되었으니, 이 은공을 무엇으로 치사하오리까. 두고두고 장군의 고의(高義)를 받들면서 살겠습니다.」

그들은 백마를 잡아 그 피를 나누어 마시면서 서로 맹세하고, 크게 주연을 베풀어 즐겼다.

제9장. 또 하나의 전선

1. 관산과 여종의 대결

우리는 한황(漢皇) 유연의 명령으로 진을 치러 떠난 한군이 두 갈래로 갈라져서 출발했던 것을 기억한다. 석늑이 북쪽에서 눈부신 활약을 하고 있는 동안, 남군의 선봉인 유요(劉曜)는 무엇을 하고 있었던가. 석늑이 종전의 소년이 아니듯, 유요도 철편만을 휘두르는 것을 능사로 아는 소년은 아니다. 이제는 휘하에 백전노장들을 거느린 당당한 선봉이요 총수인 것이다. 그에게도 필시 들을 만한 많은 이야기가 있으리라

유요는 15만의 대군을 이끌고 우선 서하군(西河郡)으로 향했다. 따라서 우리는 서하군의 사정부터 알아보자. 이곳의 태수 여종(呂鍾)이라는 사람은, 저 여처(呂處)의 손자로서 자(字)를 정시(正時)라 했다.

그에 관해서는 다음과 같은 일화가 있다.

여종의 나이 열 아홉 살 때다.

그가 우연히 길을 가다가 한 곳에 이르니, 황소 두 마리가 싸우고 있는데 10여 명의 장정들이 소싸움을 말리려고 안간힘을 쓰고 있었으나, 좀처럼 두 마리의 소를 떼어 놓지 못했다.

한참 동안 이 광경을 지켜보고 섰던 여종은 하하하 하고 크게 한바탕 웃었다.

장정들은 놀라서 손을 멈추고 여종을 바라보았다.

「하하하……그래 건장한 대장부 10여 명이 소 두 마리의 싸움을 말리지 못하니 참으로 딱하구려.」

여종이 빈정거리듯 장담하자 장정 하나가 버럭 소리를 질렀다.

「머리에 피도 채 마르지 않은 애송이 녀석이 함부로 주둥이를 놀리느냐. 네 놈이 어떻게 하겠다는 거냐.」

여종은 빙긋이 웃으며 뚜벅뚜벅 걸어서 무섭게 싸우는 황소에게 다가갔다. 가까이에 이른 여종은 대갈일성 한 마리의 황소 꼬리를 잡고 뒤로 당기니, 그토록 사납게 싸우던 황소는 여종의 힘에 끌려 뒷걸음질치기 시작했다.

그러나 남은 한 마리의 황소가 악착같이 달라붙었다. 화가 난 여종은 소꼬리를 놓고 두 마리의 황소 머리 가까이 가서 주먹으로 힘껏 내리치니, 달라붙던 황소는 외마디 비명을 지르며 뒤로 몇 걸음 물러섰다. 여종은 다시 주먹을 들어 조금 전에 꼬리를 당겼던 황소의 볼따귀를 후려쳤다. 황소는 아픈 듯이 포효하며 대여섯 걸음 뒤로 물러섰다. 여종이 다시 주먹을 들어 다른 황소를 때리려 하니 황소는 맞기도 전에 슬금슬금 뒷걸음질쳤다.

이 틈에 동네 장정들은 황소의 고삐를 잡고 멀리 떼어놓았다.

이날 밤, 여종은 그 마을에서 천하장사로 떠받들려 융숭한 대접을 받았다.

마침 이 때, 이 고을에는 한적(漢賊)의 범 같은 장수 제만년을 꺾기 위해 양왕 사마동이 널리 장사를 뽑는다는 방이 나붙어 있었다. 방을 본 여종은 곧 달려가서 사마동 휘하의 장수가 되었다. 제만년이 죽은 뒤, 여종은 벼슬이 올라 유격장군(遊擊將軍)이 되었다.

그 후 성도왕 사마영을 따라 정한(征漢) 대군의 대열에 참가하여 공을 세웠는데, 오록허에서 일시 휴전이 성립되어 회군할 때 정서대총융 양주자사 장궤(張軌)의 천거로 중원의 요해처인 서하군의 태수가 된 것이다.

이 여종의 휘하에는 두 사람의 영걸이 있었다.

그 하나는 여종의 친동생인 여율(呂律)이었고, 또 한 사람은 양겸(楊謙)이었다.

여율은 자를 정음(正音)이라 하고, 벼슬이 진무장군에 서하도독으로서 그 형에 못지않게 용력이 만부부당을 자랑하였다.

여율이 나이 스무 살 때다.

현령의 요청으로 은 천 냥을 등에 지고 군내까지 간 일이 있었다. 길은 백여 리나 되었는데 도중에는 심산유곡이 있어서 도적들이 출몰하고 있었다. 그러나 여율은 태연하게 무거운 은자 천 냥을 등에 지고 콧노래를 부르며 길을 떠났다.

여율이 막 산등성을 넘어서서 5리 가량 내려왔을 때다. 별안간 숲 속에서 험상궂게 생긴 도적들 10여 명이 우르르 뛰어나와 여율의 길을 막고 호통을 쳤다.

「젊은이는 목숨이 아깝거든 등에 진 짐을 고스란히 내려놓고 가거라.」

여율은 껄껄 웃기만 하였다.

도적들 가운데서 두목으로 보이는 말을 탄 자가 다시 소리쳤다.

「네가 죽기를 원한다면 내 너를 단칼에 죽여주마. 보기에 새파란 젊은이여서 전정이 아깝기에 살려 주려 했더니, 네놈이 건방지게 구는구나.」

도적의 말이 끝나기가 무섭게 여율의 입에서는 벽력같은 호통소리가 터져나왔다.

「이놈!」

꼭 한 마디 호통치는 소리에 도적의 두목이 탄 말이 깜짝 놀라 히힝 소리를 지르며 앞발을 추켜드는 바람에 도적의 괴수는 그만 땅에 굴러 떨어졌다.

여율은 덥석 도적의 목덜미를 잡고 일으켜 세우고는,

「네놈이 도적이냐? 내가 등에 은자 천 냥을 지고 있으니 뺏을 자신이 있으면 빼앗아 보아라.」

하고 말했다. 그러나 도적의 괴수는 잡힌 목덜미가 아파서 얼른 대답을 못했다.

여율이 다시 꾸짖었다.

「내 후환을 없애기 위해 네놈들을 모조리 붙들어서 관아에 바치겠다. 알겠느냐?」

도적들은 겁에 질려 일제히 무릎을 꿇고 목숨을 빌었다.

한 도적이 흘끔흘끔 여율의 눈치를 보며 두 손으로 무엇을 여율에게 바쳤다.

「그게 무엇이냐?」

「예, 약소하오나 이것을 거두어 주시옵고, 저희들의 목숨을 살려 주시면 다시는 이런 짓을 하지 않겠습니다. 이것은 은자 백 냥이올시다.」

여율은 껄껄 웃으며 말했다.

「내가 그 돈을 받으면 도적의 보따리를 턴 더 큰 도적이 될 것이니 받지 않겠다. 너희들이 발을 씻고 양민이 될 것을 맹세한다면 이번만은 특별히 용서해 주거니와, 만약 너희들이 다시 이 곳에서 또 도적질을 한다는 소문을 들으면 내 기필코 다시 와서 너희들을 주륙할 터이니 그리 알렷다!」

도적들은 코가 땅에 닿도록 무수히 머리를 조아렸다.

이런 소문이 그 곳 태수에게 전해지자 태수는 특별히 여율을 조정에 천거하여 진무장군의 벼슬을 내리게 했었다.

조정의 벼슬을 받은 여율은 자청하여 형 여종과 함께 서하를 진수하게 되었던 것이다.

한편 또 한 사람의 영걸인 양겸은 자를 수선(守善)이라고 하며, 위의 효장 양부(楊阜)의 자손으로서 벼슬은 서하의 참군(參軍)이었다.

그는 박학다식하여 고금의 병서에 형통하여 일찍이 사공(司空) 장화(張華)에게 그 재주를 인정받아 약관의 몸으로 사공 부중에 있었다. 그는 특히 성격이 곧은 사람으로서 바른말을 잘하였는데 그것이 화근으로 조왕 사마윤의 미움을 사서 서하로 쫓겨나와 별가(別駕)로 있다가 참군이 된 것이었다.

태수 여종과 여율·양겸 이 세 사람이 이와 같이 범상을 벗어난 영걸들이었기 때문에 지금까지 10여 년 동안 서하군은 아무런 외부의 침략도 받지 않았고, 백성들은 안심하고 생업에 종사해 왔던 것이다.

그랬던 것이 뜻밖에 이번에 한의 대군이 내침한다는 급보를 받게 되자, 여종은 우선 방을 붙여 백성들의 동요를 막은 다음 수하 막료를 불러 침착하게 한군을 막을 계책을 수의하였다.

양겸이 의견을 말했다.

「지금 우리 조정이 친왕들의 내분으로 어지럽고 대가(大駕)마저 장안으로 옮기셨기 때문에 한적이 그 틈을 타서 준동하는 것입니다. 한적은 의롭지 않은 무리들의 집단이긴 하지만, 장수가 용맹하고 병사가 영악하며, 또한 그 수효도 15만이라 하니, 작은 한 고을이 지탱할 바는 처음부터 아닙니다. 그러나 우리 성은 상당히 견고하니 호(濠)에 물을 대고 성안에 돌을 모아 굳게 지키기만 한다면 저들이 백만인들 어찌 호락호락 발을 붙일 수 있겠습니까. 이렇게 지키는 한편, 사람을 조정으로 보내 원군을 청하는 것이 만전지책인 줄 압니다.」

그러나 용맹을 믿는 여종 형제에게 이런 말이 달갑게 들릴 리 없었다. 여종은 낯을 찌푸리고 양겸의 말을 듣고 있다가, 말이 끝나자 도리어 활짝 얼굴을 펴고 웃어댔다.

「무엇을 그리 걱정하시오? 싸움이란 수효의 다과에 있는 것이 아니라 지략과 용맹에 있는 것이오. 저들은 역(逆)으로 정(正)을 치는 싸움이고 우리는 정으로 역을 치는 싸움이오. 병사의 기개가 우선 다를 것이며, 참군의 지략이 있고, 우리 형제의 힘이 있는 바에 조금도 걱정할 것은 없다고 생각하오. 더욱이 우리가 나가지 않는다면 적은 우리의 비겁함을 비웃을 터이고, 하현(下縣)을 마음껏 노략질할 것이니, 그리 되면 어찌 목민(牧民)의 도리를 다했다 하겠소? 무엇으로 보나 나가 싸워서 적을 격퇴해야 되오. 이것만이 우리의 임무요.」

그의 말은 천하를 삼킬 듯 조금도 불안해하는 구석이라곤 찾아볼 수가 없었다.

「장군의 말씀도 지당하시지만……」

양겸이 다시 말을 꺼냈다.

「사기가 다르다 하셨지만, 적은 한실의 부흥을 내세우고 있기에 그들은 그들대로 왕성한 줄로 아오며, 거기에는 오랑캐들도 많이 끼여 있어서 결코 얕볼 것이 못됩니다. 또 그들에게는 장빈·제갈선우·강발 등의 모사가 많습니다. 저 육기의 다능으로도 번번이 넘어간 것을 보십시오. 저 같은 것이 어찌 상대나 되겠습니까. 또 장수로 말하면 백전노장이 모두 모여 있고, 유요는 연소하나 항우의 용맹을 가졌다는 소문입니다. 성도왕께서는 백만의 대군으로 위군 하나를 탈환하려 했으나 뜻을 이루지 못하셨습니다. 나가서 싸운다면 결코 우리에게 이롭지 못할 것입니다.」

여율이 발연대로하여 외쳤다.

「참군은 어찌 적만을 추켜세워 우리의 기세를 떨어뜨리려 하시오? 하기야 그들이라고 다소의 인물이 없으란 법은 없겠으되, 우리들이라고 어디 허수아비만 앉아 있는 것은 아니지 않소? 국가에서 녹을 먹여 신하를 기르시는 것은 일단 유사시 유용하게 쓰고자 하심이오. 그러므로 충신은 일이 안될 것을 걱정하지 않고, 마땅히 해야 할 일을 한다고 하였소. 우리가 할 일이 무엇이오? 오랑캐의 침공을 만나서도 팔짱을 끼고 앉아 있는 일은 아닐 것이오.」

양겸은 자칫하다가는 불충으로 몰릴 판이었다. 그러나 그도 직언으로 이름을 떨친 사람이다. 이쯤으로 소신을 굽히지는 않았다.

「일이란 기개만 가지고 되는 것이 아니오이다. 적의 침공 앞에 항복한다면 모르되, 성을 굳게 지키고 항거하는 것이 왜 충성이 아니겠습니까. 충분한 원군만 이르고 보면 그때에 나가서 싸워도 결코 늦지 않을 것입니다. 적을 알고 나를 아는 것, 이것이 전쟁의 비결입니다.」

여율이 다시 말을 하려 하자 여종이 말을 막았다.

「다 일리가 있는 말이오. 참군의 뜻도 모르지는 않으나, 적이 처음 쳐들어오는 판에 우리가 그 예기를 꺾어놓지 않는다면 그야말로 대사를 그르칠까 두렵소. 위험하기로는 지키는 것이나 싸우는 것이나 매일반이오. 그렇다면 나가서 싸웁시다. 그렇게 결정한 것으로 알고 만사 준비를 서둘러 주시오.」

여종이 말을 마치고 일어서자, 양겸도 자리에서 따라 일어섰다.

모든 것이 끝났음을 자각하지 않을 수 없었다.

여종은 곧 군대를 소집했다. 군사의 수효는 2만쯤 되었다. 그는 여율과 양겸을 남겨 성을 지키게 하고, 자기는 성을 나가 만호산(萬戶山)을 등지고 진을 쳤다. 성으로 오는 길목이었다. 병력은 모두 1만 명—.

여종의 소식을 앞서 들은 것은 관방이었다. 유요는 1만을 유영에게 주어 유총을 호위하여 뒤에서 오게 하고, 관방 형제를 전군, 호연 형제를 후군으로 하여 진격해오고 있었기 때문이었다.

관방은 아우 관근을 돌아보았다.

「우리 형제는 자주 적장을 베어 공을 세웠건만 일찍이 선봉의 중임을 맡아본 적이 없다. 다행히 여종이 앞에 있다니 이를 무찔러버린다면 큰 공이 될 것이다.」

「형님 말씀이 옳습니다. 선봉에게 알릴 것도 없이 우리끼리 처치해 버립시다.」

두 사람은 생긴 것도 비슷했지만, 생각하는 것도 닮은 데가 있었다. 그들은 군대를 휘동하여 그대로 만호산을 향해 나아갔다.

여종은 한군이 접근해 와서 진형을 가다듬는 것을 보자 북소리도 드높게 울리면서 진 앞으로 말을 몰아나갔다. 머리에는 은으로 만든 흰 투구를 쓰고 몸에는 퇴운(堆雲)의 철갑을 입었는데, 월따말 위에 높이 앉은 모양은 한 폭의 그림과도 같았다. 그는 처음으로 싸움터에 임했기 때문에 지금 여간 기쁜 것이 아니었다.

이때, 한군 측에서도 북소리가 둥 둥 둥 울리면서 관방이 나타났다. 머리에는 붉은 끈이 달린 책건(幘巾)을 쓰고 몸에는 황금빛 갑옷을 입었는데, 수염은 배에까지 길게 드리워졌으며, 손에는 언월도를 비껴들고 있었다. 그 좌우에는 관근과 관산이 늘어서고, 뒤에는 관심이 버티고 있어서 위풍이 온 싸움터를 짓누르는 듯했다.

　여종이 앞서 채찍을 높이 들어 관방을 가리키면서 말을 건넸다.
목소리는 이름 그대로 종이 우는 듯했다.

　「네 기를 보건대 관운장의 후손 같거니와, 그렇다면 너는 충신
열사의 후예라 반드시 인의충신(仁義忠信)에 대해 들은 바가 있으
리라! 네게 묻거니와, 당당한 중화의 천조를 버리고 오랑캐에 붙
어서 도리어 천조를 침범하고 무고한 백성을 놀라게 함은 이 무슨
짓이냐. 일찍이 유연에게는 좌국성을 봉하신 적이 있었고, 앞서는
약정에 의해 오록허에서 휴전했던 것이니, 조정의 은고가 하해보
다도 컸거늘, 이제 다시 맹약을 저버리고 내침하니 어찌 인의충신
의 정신에 부합되랴!」

　관방도 큰 목소리로 호통을 쳤다.

　「그 행실이 미치기 전에 그 마음이 먼저 미친다더니, 너야말로
정신이 온전한 놈은 아니구나. 들어라, 진시황이 무도하여 천하가
도탄에 떨어졌을 때, 이를 건져 사해를 편안히 한 것이 누구이냐.
이 천하는 모두가 우리 한나라 것이 아님이 없고, 어느 백성이라
도 황은에 젖지 않음이 없었던 터이다. 그러나 너희 조상은 조조
에게 아첨하여 우리 한의 기업(基業)을 빼앗고, 위(魏)가 기울자 다
시 표변하여 진을 섬겼으니, 앞서는 한에 배반했고 뒤에는 위에
배반하여 그 금심수행(禽心獸行)은 초부목동(樵夫牧童)도 고개를
돌리는 판이다. 나로 말하면 부조(父祖) 충량(忠良)의 유훈을 받들
어 다시 한의 기업을 일으키고자 하거니, 너 같은 금수의 무리가
어찌 함부로 혀를 놀릴 수 있으랴. 너도 사람이거든 빨리 사(邪)를
버리고 정(正)으로 돌아와 함께 낙양을 쳐서 이름을 후세에 전하
여라.」

　이 소리가 끝나자마자 여종이 말을 달려 나왔다. 이를 보고 관

방도 나가려 하는데 그의 앞을 막는 장수가 있었다. 관산이었다.

「형님! 저놈은 저에게 맡겨주십시오. 저는 운이 나빠서 아직도 공을 세워 보지 못했습니다. 저놈은 저에게 양보해주십시오.」

이 말에는 관방도 할 말이 없었다.

「그러면 조심하거라. 저놈은 용맹을 천하에 떨친 놈이다.」

관산은 빙그레 웃으며 말을 달려 앞으로 나갔다.

관산은 비록 나이가 어리기는 해도 생김새뿐 아니라, 칼 쓰는 법까지 자기 형인 관방·관근을 그대로 닮고 있었으며, 여종은 여종대로 이제야말로 평생에 지니고 있던 용맹을 발휘할 기회가 왔으니, 두 사람의 대결이 시작부터 풍운을 불러일으킬 것임은 말할 나위도 없는 일이었다.

칼과 칼은 흡사 두 마리의 용이 만난 것같이 서로 엉키고 틀리고 말려 올라가서 보는 사람의 눈을 아찔하게 했다.

두 사람의 기량은 누가 보기에도 우열이 없어 보였다. 여종이 그 호쾌한 검술에서 관산을 압도하려 한다면, 관산은 신인다운 예기로써 이와 맞섰다. 말과 사람과 칼이 어지럽게 허공을 난무하면서 칼빛은 아지랑이처럼 그들의 주위를 빙글빙글 돌았다.

그들은 80여 합이나 싸웠다. 지친 것은 사람이 아니라 말이었다. 워낙 장사들을 태우고 시키는 대로 뛰다보니 무리도 아니었다. 여종이 뒷걸음질을 치면서 외쳤다.

「말을 바꾸어 타고 나와 승패를 결정하자꾸나!」

관산은 배꼽까지 내려온 수염을 쓰다듬으면서 껄껄대고 웃었다.

「왜 못 당하겠느냐? 말을 바꾼다는 핑계로 도망은 치지 마라!」

「에잇, 고약한 놈!」

여종이 눈을 부라렸다.

「대장부가 어찌 그런 짓을 하랴. 너야말로 도망치지 마라!」

두 장수는 헤어져서 본진으로 돌아갔다. 돌아온 관산을 바라보며 관방이 웃었다.

「과연 잘 싸웠다. 그러나 네가 싸우는 것은 내 마음이 조마조마해서 못 보고 있겠구나. 10년쯤은 감수한 것 같다. 너는 쉬어라. 이번에는 내가 나가마.」

관근도 옆에 있다가 한 마디 했다.

「아니, 형님이 나가실 것까지도 없습니다. 내가 나가지요.」

형들이 서로 나가려는 것을 보자 관산은 울상이 되었다.

「그것이 무슨 말씀이오? 저놈과 다시 싸우기로 했는데 내가 안 나간다면 나는 *식언(食言)한 것이 아닙니까. 제발 저에게 맡겨 두십시오. 남의 비웃음을 사기는 싫습니다.」

이에는 할 말이 없어서 관방과 관근은 관산이 말을 바꾸어 타고 출전하는 모양을 바라보고 있을 수밖에 없었다.

관산이 달려 나가 보니 여종은 벌써 나와서 기다리고 있었다.

「너는 죽음이 두렵지 않으냐. 한번 도망쳤던 놈이 어쩌자고 다시 나왔느냐.」

여종이 껄껄대고 웃었다.

「어린놈이 무례하기 짝이 없구나. 내 너를 잡아 우선 그 혓바닥부터 잘라버리리라.」

두 사람은 또다시 맞붙었다. 말을 바꾸어 타고 나오더니 서로 용기가 더 나는 양 싶어 보였다. 두 사람의 칼이 다시 허공에 난무하면서 고함소리가 듣는 사람의 간담을 서늘하게 했다. 그러나 다시 50합이 지나도 승부는 가려지지 않았다.

이쯤 되니 여종은 기가 찬 듯 말을 뒤로 물리면서 말을 건넸다.

「잠깐만 이야기를 좀 들어보아라. 보아 하니 너의 용맹이 출중한 품이 차마 죽여 버리기에는 아깝구나. 본래 너희 형제는 충량

의 후예요, 중국 사람이 아니냐. 지금이라도 늦지 않았으니 천조
를 섬겨라. 반드시 땅을 봉하여 조상의 향화를 받들게 해주마.」

「나는 또 무슨 말이라고?」

관산이 비웃었다.

「본래 이 천하는 한나라 것이거늘 너희 진이 대위를 찬탈한
것! 그러므로 이제 그것을 쳐서 사해를 바로잡으려 하거니와, 너
는 어찌 잠꼬대 같은 소리만 늘어놓느냐. 봐라, 지금 의기가 나부
끼는 곳마다 천하가 멍석 말리듯 하나니, 너야말로 목숨이 아깝거
든 말에서 내려 항복해라. 본래 위가 유리하면 위에 붙고 진이 유
리하면 진에 붙었던 놈이니, 한으로 돌아온들 무엇이 꺼릴 것이
있으랴」

「에끼, 고약한 놈!」

여종은 화가 나서 다시 눈을 부릅뜨고 달려들었다. 두 사람은
또 40여 합이나 싸웠다. 그러나 이미 해가 넘어가서 날이 어두워
왔을 뿐 아니라 바람까지 사납게 불어 먼지를 날렸으므로 관방은
쇠북을 쳐서 싸움을 거두었다.

「할 수 없으니 내일 싸우자. 네 목숨을 하루만 더 살려두마.」

「너야말로 푹 쉬어서 다시 나오너라. 이래가지고야 어디 상대
가 되겠느냐.」

그들은 이런 말을 서로 주고받으며 각각 자기 진지로 돌아갔다.

2. 2차전

날이 밝자 여종이 다시 싸우러 나가려 하는데 성중으로부터 여
율이 5천의 군사를 이끌고 나타났다.

「아니, 웬일이냐, 성을 지키지 않고?」

의아한 눈초리로 바라보는 여종에게 여율은 시치미를 떼었다.

「성이야 별일 있습니까. 듣자니 한나라 장수가 용맹하여 하루
를 싸우시고도 승부를 내지 못하였다기에 달려왔습니다.」

사실 말하자면 그는 성중에 앉아서 견디기에는 너무나 싸움터
에 나가고 싶었던 것이었다. 그래서 마침 핑계가 좋은지라 양겸의
만류도 뿌리치고 성을 나온 것이었다. 여종은 입맛을 다셨다.

「그것 참! 그러다가 적군이 성을 쳐들어오면 어쩌느냐?」

「원, 별것을 다 걱정하시오 양 참군이 있지 않습니까. 그는 지
략이 있는 사람이라 그만한 일쯤 없어서 못하는 인물입니다.」

여율의 관심은 그런 것보다는 역시 싸움에 있었다.

「형님! 그래 싸워보시니까 어떻던가요? 몹시 용맹하다면서
요?」

「내가 어제 싸운 것은 관산이라고 저 관방의 아우이다만, 이놈
이 여간내기가 아니란 말이다. 전후 2백여 합이나 싸웠건만 끄떡
도 없지 않겠느냐! 참 세상은 넓구나!」

여율이 입맛을 다셨다.

「형님! 그놈은 나에게 맡겨주십시오. 저도 좀 지쳐 있을 테니
까, 오늘은 기어코 내가 그놈을 잡아서 우리 형제가 어떤가를 보
여주겠습니다.」

여종이 말렸으나 듣지 않으므로 할 수 없이 함께 진두로 말을
몰아 나갔다. 여종 형제가 나오는 것을 보고 기다리고 있던 관산
이 큰 소리로 외쳤다.

「어제는 하룻밤 동안 네 목숨을 부지하게 하여주었다만, 오늘
은 기어이 너를 잡으리라. 어서 썩 나서거라!」

「이놈이!」

여율이 호통을 치면서 앞으로 나가자 관산이 손을 저었다.

「너는 또 누구냐? 내가 찾는 것은 여종이다. 너 같은 것을 상대

할 수는 없으니 어서 돌아가서 여종을 내보내라!」

「이놈!」

자기를 얕보는 것 같은 관산의 말투에 여율이 버럭 화를 냈다.

「이놈! 내가 무섭거든 무섭다고 해라. 어찌 혓바닥을 함부로 놀려서 호랑이 수염을 쓰다듬느냐. 내 네놈과 3백 합을 싸우리라. 너도 들었으리라, 여장군의 아우인 여율이 바로 나다.」

이 소리에 관산이 크게 웃었다.

「옳아, 네가 여종의 동생 녀석이냐? 알았다. 여종이란 놈이 죽기가 싫으니까 너를 대신 내보냈구나. 형제간의 우애가 개만도 못한 녀석이로다!」

이 소리를 뒤에서 들은 여종이 가만히 있을 리가 없었다. 그는 얼굴이 홍당무같이 시뻘게져 가지고 앞으로 나오면서 외쳤다.

「그놈은 나에게 맡겨라. 이놈! 이 쥐새끼 같은 놈!」

너무나 화가 나고 보니 말을 더 계속할 수도 없었다. 그 대신 무서운 형세로 칼을 휘두르며 달려들었다. 이에 이 두 숙적은 다시 맞붙었다. 칼은 공중을 다시 어지럽게 춤추고 돌아가서 마치 백설이 흩날리는 것 같았다. 그들은 두 마리 용이요 호랑이인 양 서로 뛰고 뒤엉키고 할퀴고 물어뜯고 하였다. 그러나 50합이 지나도 여전하기만 했다.

이때 여율이 끼어들었다. 그의 성미로 더 보고만 있을 수가 없었던 것이었다. 그러나 관산은 그런 것쯤 아랑곳없다는 듯이 태연하게 싸웠다.

「형제 중에서 어느 놈이 나은지 모르겠구나. 나은 놈부터 저승으로 보내주마.」

이런 가시 돋친 농담까지 했다.

이럴 무렵, 말발굽 소리도 요란하게 한 장수가 나타나면서 호통을 쳤다.

「이 비겁한 놈들! 우리는 4형제나 되면서도 가만히 보고 있는
데 형이 위태롭다고 동생까지 덤비다니, 그래도 너희들이 사내라
할 수 있느냐」

그것은 관근이었다. 싸움은 자연 두 패로 갈라져서 관산과 여
율, 관근과 여종의 대결이 되었다. 싸우는 데밖에는 별로 써먹을
곳이 없을 이 네 명의 사나이가 뿌옇게 먼지를 일으키면서 싸우고
있을 때, 한군의 진영에서는 관심(關心)이 자기 형인 관방에게 말
을 건네고 있었다.

「형님! 저놈들을 좀 보십시오 저렇게 용맹해 가지고는 한 달
을 두고 싸운대도 아무런 효과가 없을 것입니다. 이런 때에는 꾀
를 써야 합니다.」

「꾀라고?」

관방이 아우를 돌아다보았다. 그에게는 노상 어린애로만 보이
는 관심이었으나, 관심은 관심대로 매우 진지한 표정이었다.

「내일은 셋째 형님이 다시 나가 싸우시고, 적당한 기회를 보아
패한 척 도망하는 것입니다. 이때 요로에 둘째형님이 3천의 군사
를 매복시켜 놓고 있다가 일어나서 원병이 올 길을 끊고, 큰형님
은 2천의 군사를 끌고 서쪽 길목에 매복하고 계시다가 시기를 보
아 적을 치십시오.」

그는 처음으로 어른답게 군략을 논하는 판이라 다소 신이 나
있었다.

「저는 서산 숲 사이에 1천의 군사를 인솔하고 대기할 것이니,
셋째형님은 거기에서 다시 되돌아서서 적과 싸우는 것입니다. 이
미 원군이 올 길이 끊겼으니까 그들도 별수가 없을 것입니다. 그
때에 제가 갑자기 뛰쳐나가 홍금탈삭법(紅錦奪索法)을 한번 써 볼

까 합니다.」

관방이 아우의 어깨를 치면서 말했다.

「아주 묘하다. 우리 집에서 공명(孔明)이 난 줄을 모르고 있었구나.」

관심은 칭찬을 듣고 소녀처럼 얼굴을 붉혔다. 홍금탈삭법이란 올가미 줄을 던지는 기술로서 관심은 그 명인이었다. 관방은 날이 어두워진 것을 기회로 쇠북을 쳐서 군사를 거두었다.

제3일. 관산은 3천 명의 병사를 이끌고 아침 일찍 적진 가까이 나타나 싸움을 걸었다. 여종이 매우 노했다.

「이 어린놈이 어찌도 이리 버르장머리가 없단 말이냐. 내 오늘은 기어코 이놈의 목을 베리라!」

「형님!」

여율 편이 도리어 침착했다. 어제 하루의 싸움으로 그는 적이 어떤가를 싫도록 인식한 것이었다.

「너무 서두르지 마십시오. 그놈들이 여간한 장수들이 아니니, 행여 실수가 있을까 두렵습니다.」

「무슨 소리냐?」.

여종이 눈을 부릅떴다.

「너는 하루의 싸움으로 벌써 기가 꺾였단 말이냐? 내 관산인가 하는 놈의 목을 꼭 베어 올 것이니 두고 보아라. 너는 3천의 군사를 이끈 채 대기하고 있다가 형세를 보아 움직여라.」

여종은 군사를 끌고 나가 진세를 벌이기가 무섭게 말을 진두에 내고 외쳤다.

「어제도 해가 저물었기에 너를 놓치고 말았다만, 무슨 배짱으로 다시 호랑이굴을 찾아왔단 말이냐. 오늘은 결단코 용서 못하리라!」

관산이 코웃음을 치며 대꾸했다.

「내가 어제 너를 살려 보낸 것은 한번에 잡아가지고는 재미가 없기 때문이었다. 호랑이는 토끼나 개를 잡았을 때 한참 어르다가 먹느니라. 대장군의 목 베는 법이 이러하니라.」

「무엇이 어쩌고 어째?」

여종은 약이 오를 대로 올라서 무서운 형세로 뛰쳐나갔다. 그야말로 호랑이가 덤벼드는 것 같았다.

두 장수는 다시 맞붙었다. 싸움의 경과는 여느 때나 다름이 없어서 좀처럼 승부가 나지 않았다. 여종은 기어코 오늘은 관산을 잡고야 말아야겠다는 생각이 있었으므로 한 꾀를 생각해냈다. 그는 관산과 어지럽게 싸우다가 갑자기 칼을 돌려 상대방의 말머리를 찍었다. *적장을 잡으려면 앞서 그 말을 쏘라는 전법(射人先射馬사인선사마)이었다. 관산은 아슬아슬하게 말머리를 잡아 돌려 위기를 면하자 그대로 달아나기 시작했다.

수십 시간을 싸운 끝에 처음으로 적이 달아나는 것을 본 여종은 경계하는 마음보다도 승리감에 도취되었다.

「이 비겁한 놈! 거기 서지 못할까?」

그는 행여 놓칠까 보아 허둥지둥 그 뒤를 쫓았다.

관산은 도망치면서 외쳤다.

「내 말이 지친 듯하기에 바꾸어 타고 오려는 것이니, 너는 거기서 잠깐만 기다려라.」

여종이 소리를 버럭 질렀다.

「이 쓸개 빠진 녀석! 못 당하겠으면 순순히 못 당하겠다고 자백할 노릇이지 무슨 말이 그리도 허황하냐!」

여종은 더욱 급히 그 뒤를 추격했고, 그럴수록 관산은 당황한 듯 뒤도 돌아보지 않고 서쪽 길로 도망쳤다.

얼마나 달렸을까. 수목이 우거진 산 밑을 지날 때였다. 갑자기 관산이 되돌아섰다.

「이 인정도 없는 놈아! 내가 좀 곤경에 처한 듯한 눈치면 너도 눈을 감아줄 일이지, 어찌 그리도 의리가 없느냐. 그러나 이제 네 심정을 안 이상에는 나도 이대로는 못 두겠다. 기어코 네놈의 목을 도려서 이 한을 풀겠으니 그리 알아라!」

그들은 다시 싸움을 벌였다. 싸움이 한 5합이나 진행되었을 무렵, 갑자기 뒤에서 말발굽소리가 요란하게 들렸다. 여종은 그것이 적장이라는 것을 직감했지만, 관산의 칼이 하도 날카롭게 자기를 노리기 때문에 고개를 돌릴 수가 없었다. 그 순간 여종은 저도 모르는 사이에 말에서 떨어지고 말았다. 말할 것도 없이 관심이 던진 올가미에 걸린 것이었다. 여종은 이내 꽁꽁 묶이고 말았다.

3. 여율의 항복

여율은 패주하는 관산을 추격해 간 형이 오래도록 돌아오지 않자 더럭 겁이 났다. 관산이 어떤 장수인지는 어제의 싸움에서 뼈에 사무치도록 안 그였다. 이틀을 수백 합씩 싸우고도 끄떡하지 않던 그가 아닌가. 그 사람이 오늘은 불과 50합을 싸운 끝에 도망치다니 아무래도 수상스러웠다.

그는 3천의 군사를 이끌고 쏜살같이 서쪽 길을 달렸다. 이제 곡식이라고는 하나도 남지 않은 만추의 들판이란 삭막하기 이를 데 없었다. 기러기가 하늘을 날아가고 있었다.

그가 한 10리나 달렸을 무렵이었다. 갑자기 포성이 울리는가 싶더니 숲으로부터 한떼의 군마가 쏟아져 나와 길을 막았다. 앞에 선 대장은 자면장수(紫面長鬚), 손에는 언월도를 들었는데 흡사 관산 같은 인상이었다.

「거기 오는 것은 누구냐? 관근이 여기서 기다렸나니 살아서는 이곳을 통과하지 못하리라. 어서 돌아가거라!」

그제야 상대가 누구인지를 알아차린 여율이 외쳤다.

「오, 네가 관근이냐? 어제는 네 동생을 살려 주었는데 은혜를 생각해선들 네가 감히 여기에 나타난단 말이냐. 괘씸한 놈! 썩 비켜라!」

그들은 그대로 부딪쳤다. 싸움이 한 20합에 이르렀을 때였다. 한 병졸이 달려오면서 여율에게 말했다.

「지금 대장군께서 적에게 사로잡히셨습니다. 올가미에 걸리셨습니다.」

「무엇이?」

여율은 정신이 아찔했다. 만일 이 순간에 관근이 여율을 잡으려 들었다면 얼마든지 가능한 일이었을 것이다. 그러나 무슨 생각에서인지 관근은 그러지 않았다. 여율이 정신을 차렸을 때 관근의 말이 달려왔다.

「어서 돌아가거라. 그 형을 잡은 터에 아우까지 손을 대는 것은 내 차마 못하는 터이다. 어서 돌아가서 목숨을 보존해라!」

말을 마친 관근은 말을 돌려 유유히 서쪽으로 사라져갔다. 여율은 발이 땅에 박힌 듯 그 자리에 서서 멀리 관근의 뒷모습을 쫓고 있었다. 형이 잡힌 적개심과 함께 그의 가슴을 따뜻이 녹여주는 그 무엇이 있었다.

여율은 모든 군대를 이끌고 성중으로 돌아갔다. 전쟁을 연인처럼 사랑하여 뛰쳐나가던 때와는 달리 매우 초라한 행색이었다. 성중에 들어서자 그는 곧장 어머니와 형수가 있는 곳으로 달려갔다.

80세에 가까운 노모가 들어오는 아들을 반겨주었다.

「오, 무사했구나. 그런데 네 형도 같이 왔느냐?」

「어머니!」

여율은 그 앞에 엎드려 흐느껴 울었다. 말이 나오지 않았다.

「왜 이러느냐? 어서 말을 해봐라. 큰애는 어디 있느냐?」

옆에서는 그의 형수가 무엇을 직감한 듯 몸을 사시나무처럼 떨고 있었다.

얼마 후 방안은 울음바다가 되었다. 늙은 어머니와 형수는 그 자리에서 까무러치고 말았다. 하녀들이 들어와서 손발을 주무르고 물을 떠 넣고 한 끝에야 두 여인은 정신을 차렸다. 그러나 이것만으로는 끝나지 않았다. 또 한 여인이 여율에게 비난을 퍼부어 온 것이었다. 그것은 그의 아내 진씨였다.

「아 그래, 여보시오. 자기 수족을 잃고 당신만 살아서 돌아왔단 말이오? 평소에 장담하던 대장부 석 자는 어디에 갔소? 그 뚝심은 무엇에 쓰자는 것이고……」

진씨가 하도 몰아세우자 도리어 형수가 편을 들어주었다.

「너무 그러지 말게. 서방님이 무슨 죄가 있다고 이러나? 안 보는 데서 일어난 일을 서방님인들 어찌하신단 말인가?」

그러나 진씨의 성미는 가라앉지 않았다.

「그것이 틀렸단 말예요. 그런 소문을 들었으면 달려가서 구하지는 못하나마 살아서는 돌아올 수 없는 법 아니에요. 아이고 창피해라!」

진씨가 가슴을 치자 여율의 고개는 더욱 수그러졌다. 대개 호걸풍의 사나이들에게 공처가가 많거니와, 그도 아내 앞에서는 쪽을 못 쓰는 사람이었다.

한참 만에 진씨가 다시 입을 열었다. 그러나 이번에는 차분히 가라앉은 음성이었다.

「여보! 이렇게 된 바에는 이 성을 한나라에 바치고라도 아주버님의 목숨을 구하세요. 지금 천하가 뒤죽박죽인 판에 충성을 한들 누가 알아줍니까. 공이 있어도 상은커녕 모함이나 당하기 일쑤지. 그러니까 이런 때에는 자기 집안걱정이나 하면 되는 거예요. 어서 사람을 보내 이 성을 줄 테니 아주버님을 해치지 말라고 교섭해 보세요」

여율에게는 아내의 바가지가 삭아진 것만도 다행이었으나 이 것은 이것대로 간단치가 않았다.

「당신 말도 일리가 있소. 그러나 양 참군은 곧은 사람이라 들어주지 않을 것이오」

진씨가 다시 언성을 높였다.

「아이고, 참 주변머리는……」

그까짓 양 참군이 무어 걱정이오? 따르지 않으면 제거할 뿐이지……」

「당신의 용맹은 언제 쓰자는 거예요? 그까짓 서생 하나를 두려워하게?」

여율로서는 더 할 말이 없었다.

「좋소. 그렇게 합시다. 내일은 일찍 첩자를 보내 내탐하도록 하겠소. 만일 형님이 그때까지 무사하시면 우리의 계획을 추진하겠고, 그들이 이미 해쳤다면 이 성을 근거로 복수전을 벌여야 되겠소」

이 말에는 진씨도 만족해했다.

「그러세요. 그게 좋겠어요」

여율은 비로소 어느 정도 고개를 들 수가 있었다.

이때 한군 측에서는 사로잡은 여종을 두고 여러 논의가 벌어지고 있었다. 죽여 버리자는 주장이 많았으나 관방은 듣지 않았다.

「첫째는 그 용맹이 아깝소. 둘째로는 죽인대야 우리에게 아무

이익이 없을 뿐 아니라 도리어 해만 돌아올 것이오. 지금 서하 성에는 여율이 양겸과 함께 버티고 있는데, 그 형이 죽었다는 말을 들으면 필연코 원수를 갚으려 하지 않겠소? 이것은 당연한 인정이오. 그보다는 여종을 살려줌으로써 이를 유리하게 이용하는 편이 나을 것 같소」

이런 말이 오가는 중에 후군이 도착했다는 보고가 들어왔다. 관방은 휘하의 장수들을 거느리고 진문 밖에 나가 태자 유총을 비롯하여 유요·강발·유영 등을 영접했다. 자리로 돌아온 그들이 오래간만에 만나는 정회를 푼 다음, 관방은 태자 앞에 나아가 그 동안의 전황을 보고했다. 유총은 매우 흡족해 했다.

「과연 장문(將門)의 후예요. 옛날의 명장인들 어찌 이에서 더 나아갈 수 있었겠소」

관방은 다시 여종의 문제를 꺼냈다.

「아까도 말씀드린 바와 같이, 이 사람은 지금 잡아 놓고 있습니다만 혹시 이용할 수 있을까 싶어 죽이지 않고 있습니다. 전하의 뜻은 어떠하신지……」

「그것 참 잘했소」

강발이 옆에서 말했다.

「잘 이용하면 서하를 힘들이지 않고 뺏을 수 있을 것이오. 그 여종인가 하는 사람을 이리로 데려오시오. 내가 잘 말해보겠소」

이윽고 여종이 끌려왔다. 결박이 풀리고 옷도 말끔한 것으로 갈아입혀져 있었다. 유총 이하 모든 장수들이 자리에서 일어나 정중히 맞아들이자 매우 놀라는 기색이었다.

유총이 앞으로 나서서 읍하며 말했다.

「장군의 고명을 들은 지는 오래거니와, 이런 자리에서나마 뵙게 되니 마음이 기쁩니다. 나는 유총이라는 사람이올시다.」

여종은 어찌할 바를 모르는 듯 그 자리에 부복하여 잠시 고개
도 들지 못했다.

　「패전한 장수를 이렇게 예우하시니 감격한 말씀을 이루 여쭐
길 없습니다. 더욱이 전하께서 이 자리에 임어(臨御)하신 줄은 전
혀 알지 못했나이다. 부디 목을 베어 허물을 밝히시옵소서.」

　「그것이 무슨 말씀이오」

　유총은 그를 붙들어 일으키며 말했다.

　「내가 부덕한 몸으로 동궁의 자리에 있기로니 어찌 천하의 명
사를 몰라 뵙겠소? 승패란 병가의 상사(勝敗兵家常事)거니 마음에
두지 마시오」

　유총은 사양하는 여종을 자리에 앉혔다. 장수들과의 인사가 끝
나자 강발이 말했다.

　「장군은 개세(蓋世)의 영웅이시라. 그 뜻은 빼앗지 못할 것으
로 알고 있습니다. 그러나 하도 꽃다운 이름이 들리기에 한번 뵙
고 소원을 풀기 위해 작은 꾀를 써서 여기까지 모셔온 것입니다.
장군으로서는 굴욕감을 느끼셨을 것이나, 이렇게라도 안한다면
어떻게 상면할 수 있겠습니까. 그러므로 오늘은 마음을 놓으시고
저희들의 환대를 받아주시기 바랍니다. 원한다면 내일은 성으로
돌아가게 하여드릴 것이며, 그 후에 진나라를 위해 저희들과 다시
싸우셔도 됩니다.」

　여종은 하도 의외의 말을 듣는지라 눈이 둥그레졌다.

　「저도 한나라에 기라성 같은 의사들이 모이셨다는 소문은 듣
자왔으나 이렇게까지 관인대도하실 줄은 몰랐습니다. 받아만 주
신다면 한으로 귀부하여 광명한 일월을 받들까 하옵니다. 허락해
주실는지요?」

　「허락하고 말고가 있습니까.」

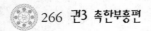

유총이 말했다.

「이미 당대의 명사를 뵌 것만 해도 과분하거늘, 저희들과 뜻을 같이하시겠다니 정말 예기치 못했던 희소식입니다.」

다른 장수들도 모두 기뻐하여 무수한 치사를 아끼지 않았다. 그 중에서도 가장 좋아한 것은 관산이었다.

「장군! 싸움터의 일이라 버릇없는 행동이 많았습니다. 용서해 주시겠습니까.」

여종이 껄껄 웃었다.

「장군의 신용(神勇) 앞에는 맥을 못 쓰겠더니, 이제야 내 앞에 항복하시는군요.」

이 말에 일동은 폭소를 터뜨렸다.

주연이 마련되고 그들은 여종을 중심하여 오늘의 기쁨을 나누었다. 취흥이 차츰 도도해질 무렵 강발이 다시 말했다.

「장군께서 우리를 버리지 않으시겠다니 이렇게 기쁜 일이 없거니와, 걱정인 것은 서하의 일입니다. 성중에는 장군의 가솔이 계신 터에 차마 치기도 어렵고 안 치기도 어려우니, 이것을 어찌 했으면 좋겠습니까?」

여종이 선뜻 대답했다.

「저도 그것을 생각하고 있던 중입니다. 제가 편지를 써서 보낸 다면, 내 아우는 아마 성을 들어 대의를 받들게 될 것입니다.」

「그렇게만 해주신다면야 이번의 공이 모두 장군에게 돌아갈 것입니다.」

강발도 매우 만족해했다. 그들은 밤이 늦도록 함께 담소하며 즐겼다.

이튿날, 아우에게 보내는 편지를 포로가 되어 온 병사에게 주면서 여종은 신신당부했다.

「너는 성에 들어가거든 꼭 내 아우에게 이 편지를 전해라. 양 참군의 눈에 띄게만 했다가는 너와 너의 가족은 전멸을 면치 못하리라.」

명령을 받은 병사는 서하 성 성문에 나타나서 말했다.

「어제 싸움에 기진해 쓰러져 있다가 이제야 돌아왔습니다.」

문을 지키는 병졸들이 보니까 아는 사람이므로 그는 무사히 통과되었다. 그는 곧 태수의 본관에 나타나 여율에게 편지를 전했다. 여율은 떨리는 손으로 편지를 펼쳤다.

<어제는 진퇴를 경솔히 하다가 적에게 잡히는바 되었으니, 내가 어찌 살기를 바랐으랴. 그러나 한군 측에서는 나를 극진히 예우하고 조금도 격의 없이 대하니, 그들의 의기를 가히 짐작할 수 있었노라. 이제 그들과 사귀어보니 모두 당대의 영걸이요 호준들이라, 그들과의 만남이 늦었음을 한했도다. 현재 진조(晉 朝)는 사마씨끼리 서로 다투어 난이 끊일 사이 없으니 천명이 기울었음은 천하가 아는 바라, 비록 진충갈력하기로 무슨 보람이 있으랴. 아우는 사리를 잘 생각하여 성을 들어 정(正)으로 돌아옴으로써 천하에 대의를 밝히고 아울러 가솔을 보존하라. 양 참군이 반대하거든 마땅히 참하라. 형은 누구의 강요도 없이 이 글을 쓰노니, 아우와 하루바삐 만나게 되기를 바랄 뿐이로다.>

여율은 곧 그 어머니에게로 달려갔다.

「뭐, 큰애가 살아 있다고!」

늙은 어머니는 큰아들이 무사한 것만을 우선 대견해 했다. 형수의 초조한 얼굴에도 한결 생기가 돌았다.

「그런데 어머니, 어찌하면 좋을까요?」

「무엇을 어떻게 해요?」

아내 진씨가 톡 쏘아붙였다.

「아주버님이 무사하신 터에 무엇을 주저해요? 어서 양 참군을 불러 뜻을 물어보시고 딴소리를 하거든 처치해 버리세요」

여인은 아주 간단히 말해버렸다.

여율은 동헌에 나와 막료회의를 소집했다. 고급장교 30여 명이 모두 모였다.

「한나라 군대가 곧 달려와 성을 포위할 것인바, 적은 15만의 대군인 데 비해 우리에게는 1만의 병사도 없소이다 그려. 당장 머리에 떨어질 화를 어떻게 면해야 할는지 의견을 말하시오」

여율의 지시를 비밀리에 받고 있는 한 장교가 입을 열었다.

「이런 때일수록 냉정하게 사리를 판단해야 될 줄 압니다. 적의 강성함은 이번 싸움에서 십분 실증된 터이고, 피차의 병력에도 그렇게나 차이가 있고 보니, 솔직히 말해서 이것은 백에 하나도 승산이 없는 싸움입니다. 만일 싸운다면 우리에게는 죽음이 있을 뿐입니다. 이런 무모한 싸움을 하느니 성을 비우고 멀리 피하여 후일을 도모하는 편이 현명하다고 봅니다」

살고 싶은 것은 누구나의 소망이다. 이런 말을 공공연히 하는 사람이 있고 그에 대해 주장인 여율이 제지도 하지 않는다는 점은 모든 참석자에게 큰 위안을 주었다. 살 수 있다는 일루의 희망이 눈앞에 나타난 것이다.

다만 양겸만이 펄쩍 뛰었다.

「그것이 무슨 소리요? 신하의 도는 국난을 당하여 목숨을 던지는 데 있을 뿐이오. 이곳은 우리 도읍의 인후(咽喉)이거니, 우리가 막중한 국운을 입은 터에 어찌 차마 버리고 도망친단 말이오 그것은 절대로 불가하오. 적이 아무리 대병이라 하나 성을 굳게 지킨다면 한두 달은 버틸 수 있을 것이오. 그러노라면 원병도 이를 것이 아니겠소」

한 장교가 나섰다.

「원병을 말씀하시나, 지금 친왕끼리 서로 난을 일으켜 나라가 뒤죽박죽인 터에 누가 우리를 위해 원병을 보내준답니까. 더욱이 폐하께서는 장안에 거둥해 계시지 않습니까? 적어도 그것은 하나의 꿈이라고 봅니다.」

「물론이지요. 조정이 정상적으로 돌아가고 있다면야 한적인들 생겨나지 못했으려니와, 생겼다고 해도 진작 평정되고 말았을 것입니다.」

이렇게 맞장구를 치는 사람도 있었다.

이것은 장내를 지배하는 분위기이기도 했다.

「고약한 놈들!」

마침내 참지 못하겠다는 듯 양겸의 입에서 호통이 터졌다.

「신하가 되어 죽을 것을 생각지 않고 일신의 안전만을 꾀하고 있으니, 이런 불충의 무리는 마땅히 징계해야 하리라.」

한 장교가 벌떡 일어나면서 악을 쓰듯 대들었다.

「여보시오, 참군 어른! 죽는다 죽는다 하시지만, 누구를 위해 무엇 때문에 죽으라는 것입니까? 저 썩어빠진 조정을 위해서, 우리가 곤경에 빠져도 눈 하나 깜짝하지 않는 대감님네들을 위해서 죽으라는 것인가요? 참군 어른은 또 모르되, 저 불쌍한 병사들은 무엇 때문에 죽어야 하며 백성들은 왜 또 죽어야 하나요? 어디 말씀 좀 해보시오」

「에끼, 이 불충한 놈!」

이때 장내가 떠나갈 듯 호통이 터졌다. 호통을 친 사람은 여율이었다. 양겸에게 대들던 장교는 몸을 사시나무 떨 듯했다. 그러나 사태는 의외의 방향으로 진전되어 갔다. 여율의 호랑이 같은 눈은 말을 한 장교가 아니라 양겸 그 사람을 노려보고 있는 것이 아닌가.

「관리 된 자의 본분은 백성을 보살피고 보호하는 데 있거늘, 자기의 이름 하나를 지키기 위해 무고한 성중 백성을 몰살시키려 드니, 이런 불충한 놈이 어디 있느냐. 듣거라. 백성은 모두 폐하의 적자(赤子)거늘, 너는 나라의 녹을 먹는 몸으로 어찌 차마 불측한 생각을 한단 말이냐. 신인(神人)이 함께 용서치 못할 바로다.」

「아니, 여보시오!」

양겸은 하도 어이가 없어서 손을 휘저었다. 그러나 더 말을 계속할 여유가 없었다. 여율의 칼이 번쩍이는 듯하자 벌써 그 목은 바닥에 떨어져 있었기 때문이었다. 방안에는 피비린내가 확 풍겨 모든 사람이 질겁했다. 적에게 항복하자는 사람은 충신이 되고, 죽기로써 싸우자는 양겸은 역적이 된 것이었다. 세상은 언제나 이런 비합리적인 논리가 지배하기 마련이다.

어쨌든 그 다음의 문제는 간단했다. 시비곡직(是非曲直)이야 어떻게 되었든지 모두 살고 보자는 욕망 때문에 여율을 절대로 지지하고 나섰기 때문이었다. 성의 요소요소에 배치되었던 병사는 소환되어 비를 들고 길을 쓰느라 부산을 떨었고, 성문이란 성문은 활짝 열렸다.

유요가 지휘하는 한군의 대부대가 도착한 것은 미시(未時)가 조금 지난 무렵이었다. 여율은 장교들을 이끌고 멀리 나가 영접했다.

유총은 여종을 서하태수로 앉혔다.

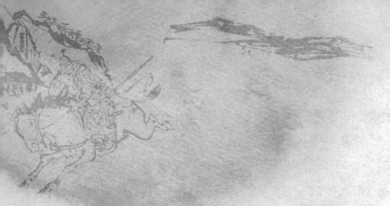

제10장. 무상한 권세

1. 동해왕의 거병

이쯤해서 눈을 진나라로 돌리자. 우리는 앞에서 친왕들이 서로 권세를 다투느라 엎치락뒤치락하던 나머지 마침내는 혜제가 장안 (長安)으로 옮겨가지 않을 수 없었음을 목격했다. 이제 천하는 하 간왕(河間王) 사마옹의 것인 듯 보였다. 그 밑에서 성도왕 사마영 은 날개 잃은 새처럼 맥을 쓰지 못했으며, 사마옹의 위세가 떨치 는 곳 장방(張方)의 횡포만 나날이 늘어갔다.

그러나 이것으로 대세가 가라앉은 것은 결코 아니었다. 천하가 무사하기에는 너무나 많은 불씨가 아직도 남아 있는 것이었다.

이 때 진조의 형세는 크게 둘로 갈라져 권력다툼을 하고 있었 다. 그 하나는 동해왕 사마월이 주동이 된 범양왕 사마효(司馬虓) 와 동영공 사마등(司馬騰), 병주자사 유곤(劉琨), 남양왕 사마모(司 馬模), 그리고 장사왕 사마옹과 성도왕 사마영, 예주자사 유교(劉 喬) 등이었다.

이 밖에 여러 친왕(親王)과 제후들은 그 어느 쪽에도 가담하지 않고 중립을 지키며 오직 천자를 받들고 조정에만 충성을 지키고 있었다.

우리는 저 야심만만한 동해왕 사마월의 일을 아직도 잊지 못한다. 그는 업성의 싸움에서 거의 모든 장병을 잃고 말아 얼른 보기에는 재기불능에 빠진 것처럼 보였지만, 무엇인가 일을 일으키지 않고는 못 배기는 그의 생리란 이런 때일수록 더 잠잠할 수가 없는 것이었다. 그는 매일을 누군가를 기다리며 살았다.

「어째서 이리 늦는단 말인가?」

그는 가끔 낯을 찌푸렸다. 워낙 귀하게만 자라서 자기감정을 억제할 줄이라곤 몰랐다. 이런 때면 종사(從事)로 있는 유흡(劉洽)이 옆에서 어린애 달래듯이 달랬다.

「늦는 것은 도리어 일이 이루어지는 증거입니다. 너무 조급하게 여기지 마옵소서.」

이런 대화가 하도 되풀이되고 보니, 오늘은 동해왕이 화를 터뜨렸다.

「그 안되는 소리 좀 작작하게. 늦는 것이 어째서 일이 되는 증거란 말인가?」

그런데 이때 한 사나이가 방안으로 들어섰다. 멀리 서주(徐州) 동평공(東平公)에게 파견해 놓았던 왕수(王修) 그 사람이었다.

「아, 자넨가!」

동해왕은 하도 반가워서 체면도 잊고 앞서 말을 건넸다.

「날짜가 지연되어 황송하옵니다.」

왕수도 동해왕이 기다렸을 것이라고 예상이나 한 듯, 그 인사부터 하는 것이었다.

「동평공께서는 전적으로 전하의 말씀을 받아들이셨습니다. 어서 하간왕 도당을 쳐 폐하를 낙양으로 환도하시게 해야 한다고 주장하시면서, 이 일에는 전하께서 주동이 되셔야 한다고 하셨습니다. 그래서 전하를 서주로 모시어 거사하자 하시며, 전하를 모셔

오기 위해 대장 미황(糜晃)에게 5백 명의 군사를 주어 보내셨습니다. 저와 동행해서 여기에 도착했습니다. 미황이 인사를 여쭙겠다고 밖에서 기다리고 있습니다.」

「아, 불러라. 불러!」

동해왕은 하도 기뻐서 필요 이상으로 높은 소리를 냈다.

「그것 보십시오. 늦는 것이 희소식이 아니오니까?」

왕수가 미황을 데리러 간 사이에 유흡이 만족한 듯 웃으면서 한 마디 했다.

며칠 후, 미황이 지휘하는 5백 명의 군대에 호위된 동해왕은 서주 땅을 밟았다. 동평공은 성 밖에 나와 영접하고 일행을 인도하여 관부로 들어갔다.

서로 인사가 끝나자 동평공이 말을 꺼냈다.

「저야 도둑을 소탕하여 조정을 청명하게 할 뜻이 있었기로니, 어디 힘이 자랍니까. 전하의 친서를 받았을 때에 그만큼 기쁨이 컸습니다. 전하께서 주동이 되시기만 한다면 각처에서 동조하는 의군이 구름처럼 몰려들 것으로 믿습니다. 그렇다고는 해도 전하께 지금 장병이 없으실 터이니, 아우가 가진 이곳의 모든 것을 바치고자 합니다. 부디 받으셔서 근본을 삼아주십시오.」

「그게 무슨 말씀이오?」

동해왕은 내심 기쁘기는 했으나, 일단 사양하지 않을 수 없었다.

「나는 나라를 이대로만 보고 있을 수 없어서 아우의 힘을 빌려 의거할까 생각하고 있는 것뿐이오. 어찌 남의 권한을 내가 빼앗겠소?」

그러나 동평공은 말을 듣지 않았다.

「전하께서 거사하시려는 것이 사직을 위하시는 단심에서 나온 것인 것과 같이, 제가 서주를 전하게 드리려 하는 것도 사사로운 일보다 국사를 무겁게 알기 때문입니다. 이번 일을 주관하셔야 할 분은 전하이신바, 가지신 것이 없으시다면 어찌 호령이 서겠습니까. 전하 개인을 위해 드리는 것이 아니라, 대사를 이루기 위해 바치는 것이오니 물리치시면 안됩니다.」

동해왕은 뜻이 크게 움직이긴 했으나 한 번 더 사양했다.

「그렇다면 군대의 지휘는 임시로 내가 맡겠소 나머지 일은 아우님이 보살피시오」

「정말 너무나 저의 뜻을 몰라주십니다.」

동평공은 동해왕에게 원망하는 눈초리를 보냈다.

「국가의 대사를 앞두고 어찌 네 것 내 것이 있겠습니까. 이곳 서주도 따지고 보면 나라의 것이지, 어찌 저의 것이라 할 수 있습니까. 일을 성공시키기 위해 드리는 것을 안 받으신다면 일을 안 하시는 것이 좋습니다.」

옆에서 유흡이 권했다.

「동평공께서 진심으로 저러시는 것을 왜 물리치십니까. 이 작은 성 하나는 문제가 아닙니다. 대사가 이루어지거든 더 큰 지방을 떼어 동평공께 보답할 수 있는 일이 아닙니까.」

그제야 동해왕은 입을 다물었다. 받겠다는 뜻을 은근히 표시하는 행동이었다.

이렇게 하여 서주를 손아귀에 넣은 동해왕은 제2단계의 공작에 착수했다. 격문을 범양왕·동영공·왕준·유홍에게 보내 동지를 규합하러 나선 것이었다.

이때, 범양왕 사마효는 제왕(齋王)이 죽는 것을 전후하여 본진을 허도(許都)로 옮기고 거기에 주둔하고 있는 중이었다. 그는 앞서 성도왕 사마영이 황제를 모시고 업성에 도읍하려 드는 것을 보

고, 친왕들과 화친한 후 낙양으로 돌아갈 것을 건의했던 것이었으
나 성도왕은 이를 안 듣다가 왕준에게 패했고, 드디어는 정권이
하간왕 사마옹으로 넘어가서 그의 일당이 장안에서 황제를 끼고
판을 치게 된 것이었다. 따라서 사마효는 사마영이나 사마옹에 대
해 좋지 않은 감정을 가지고 있었다. 그의 눈에 비친 바로는, 그들
이야말로 자기의 건의를 물리침으로써 천하를 어지럽게 만든 장
본인들이었다.

이런 사마효 밑에서 그 불평에 불을 지른 것은 풍숭(馮嵩)이라
는 사나이였다. 풍숭은 장사왕의 장수로 있다가 범양왕을 섬기는
터였으므로, 어떻게든 범양왕을 충동해서 성도왕을 치도록 만들
려고 움직이고 있었다. 따라서 그는 기회 있을 때마다 성도왕과
하간왕을 중상하여 범양왕의 불평을 조장시켰다. 범양왕이 일을
일으키지 못한 것은 자기 단독의 힘으로는 성사할 가능성이 없다
고 믿었기 때문이었다. 이런 판국에 동해왕의 격서가 이른지라 범
양왕의 가담은 아주 간단하게 결정되었다.

「전하! 마침 잘되었습니다. 지금 하간왕과 성도왕이 위로는 천
자를 협박하여 서울을 장안으로 옮겼고, 안으로는 장방의 횡포가
심하여 천하가 모두 그 망할 것을 축수하고 있는 때가 아닙니까.
이제 제후들을 규합하여 천하에 호령하시면 누가 아니 따르겠습
니까. 더할 수 없이 좋은 기회인가 합니다.」

이런 풍숭의 한 마디로 족했다.

이왕 가담하는 바에는 자기로서도 쓸 수 있는 방책은 다 써야
되겠다 하여 사마효는 풍숭을 남양왕 사마모에게 보냈다.

「신은 범양왕의 분부를 받자와 멀리 와서 전하를 뵈옵니다. 근
자에 나라가 어지러워 만승(萬乘)의 지존(至尊)으로도 권신들에게
협박당하사 뜻을 장안에서 굽히고 계시게 되오니, 어찌 신자(臣子)

된 도리에 안연할 수 있겠습니까. 그러므로 우리 대왕께서는 동해
왕·동평공 등과 꾀하여 역신을 쳐 어가를 낙양으로 모시고 종묘
의 제향을 끊이지 않게 하고자 계획하고 계십니다. 전하께서도 대
의를 생각하사 힘을 빌려 주신다면 사직을 위해 이런 다행한 일이
없겠나이다.」

사마모는 본래가 사마효와 친한데다가, 사촌이 땅을 사면 배가
아프다는 격으로 집권자에 대하여는 공연히 반감을 가지고 있던
터여서 이내 동조하고 나섰다.

「범양왕의 충심은 내가 알며 장사(풍숭)의 대의도 짐작하고 있
으므로 마땅히 권고를 따르려 하오. 그러나 우리 몇몇 왕들이 군
사가 있다 하나 하간·성도의 기세가 없고, 이함(李含) 같은 간지
(奸智)가 없으며, 또한 장수에 있어서도 장방·질보(郅輔) 같은 용
장이 없지 않소? 아마도 갑자기는 이기기 어려울까 걱정이오.」

풍숭이 말했다.

「전하의 말씀이 지당하시나 어찌 인재가 그들에게만 있다 하
겠습니까. 저 예주자사 유교(劉喬)로 말하자면, 가슴에 지략을 안
고 충심이 출중한 인물이 아닙니까. 전하께서는 이 사람에게 사람
을 보내시어 의거에 참가시키십시오. 유교가 가담만 한다면 신이
주선하여 군대를 지휘하게 하오리다. 그렇게 되면 대를 쪼개듯이
적을 쳐부술 수 있을 것입니다.」

사마모는 크게 기뻐하여 대장 하용(夏勇)을 유교에게 보냈다.

사마월의 동지 규합은 우선 성공한 셈이었다. 사마효를 비롯하
여 각처에서 동조하겠다는 뜻을 매일같이 전해오고 있었기 때문
이었다. 다만 유교의 반응만은 확실히 나타나지 않았다. 사마효가
보낸 하용에게는,

「잘 알았소. 부하들과 상의해서 결정하겠으니 장군은 우선 돌

아가시오.」

이렇게만 대답했다는 것이었다. 풍숭은 사마월에게도 권했다.

「유교에게는 전하께서도 친서를 보내십시오. 이 사람을 얻고 못 얻는 것은 거의 일의 성패를 결정하는 것이라 봅니다.」

사마월도 그 말을 옳게 여겨 격문을 예주로 보냈다.

사마월의 친서를 받은 유교는 막료들을 모아놓고 상의했다.

「앞서는 범양왕께서 하용을 보내오셨더니, 이번에는 또 동해 왕의 친서가 이르렀구려. 그들은 하간왕·성도왕을 쳐서 국정을 바로잡는다는 명목을 내세우고 있소. 가는 것이 옳은지, 안 가는 것이 옳은지 심히 난처한 문제요.」

그때, 유교의 아들 유우(劉佑)가 나섰다. 그는 나이는 젊었으나 식견이 뛰어나서 세상 사람뿐 아니라 그 아버지 유교로부터도 존경을 받고 있는 인물이었다.

「동해왕은 어질지 못한 사람입니다. 전일의 그 소행을 보십시오. 지금 어가를 모셔오겠다고 내세우고 있기는 하나, 사실은 전일 성도왕에게서 받은 원한을 풀자는 데 지나지 않습니다. 명목이란 어떻게라도 내세울 수 있는 것이니, 이런 중대사를 결정하는 데 있어서는 그 사람됨을 보아야 될 것으로 압니다.」

「그 말도 일리가 있다만, 지금 동해왕에게는 명분이 없는 것도 아니다. 하간·성도 두 왕이 천자를 억압하고 있는 것도 사실이며, 장방은 횡포가 무소부지(無所不至)하여 궁녀까지 능욕하고 있다는 소문이 자자하다. 만일 성공하는 날이면 나는 불충으로 몰릴지도 모른다.」

「불충이라니 무슨 말씀이십니까?」

유우가 천만 뜻밖이라는 듯 언성을 높였다.

「물론 성도왕·하간왕에게도 왜 잘못이 없겠습니까. 그러나 동해왕에다가 비긴다면 아주 청백한 편이라 하겠습니다. 천자께 충성을 다하던 장사왕을 죽인 것이 누구입니까. 까닭 없이 성도왕을 해하려 했으나 실패하자 다시 왕준을 충동하여 업성을 쳤지만, 이번에는 하간왕이 어가를 서천(西遷)케 했기 때문에 뜻을 이루지 못했습니다. 그가 이런 실패에도 추호의 반성 없이 다시 준동하려 하고 있습니다만, 그의 모든 행동의 동기가 되는 것은 그제나 이제나 자기의 야욕일 뿐입니다. 만일 그가 하간왕이나 성도왕의 위치에 있어 보십시오. 반드시 천자를 폐위하고 용상에 앉을 것입니다. 하간왕·성도왕은 적어도 불궤를 꾀하지는 않는 점에서 그래도 나은 편입니다. 만일 그를 따르신다면 이는 말을 버리고 호랑이를 타는 격입니다. 머잖아 그에게 해를 입을 것이 뻔합니다.」

참모 하혜(夏惠)도 같은 의견이었다.

「공자(公子)의 말씀은 구구절절이 정당하신 말씀입니다. 지금 하간왕은 천자를 받들고 천하에 호령하는 터라 이를 친다는 것은 역신이 되는 것을 의미합니다.」

유교는 한참을 생각하는 듯하더니 마침내 결단을 내렸다.

「좋다, 거절하기로 하자. 어느 쪽이라고 안전하리란 보장은 없는 것이니까, 보다 의로운 편에 설 따름이다. 그렇게 한다면 실수하는 경우에라도 후회는 없으리라.」

2. 범양왕의 패주

동해왕 사마월이 모군을 하고 있다는 유교의 상소가 장안에 올라오자 하간왕 사마옹은 깜짝 놀라서 심복들을 모아놓고 상의했다. 이함이 말했다.

「신은 전에 두 가지 일을 전하께 여쭈었다고 기억하고 있습니다. 성도왕을 폐하여 물리치시지 말라는 것과, 장방의 횡포를 그

대로 두면 화가 될 것이라는 점이었습니다. 지금 사방에서 반란이
일어나려 하고 있거늘, 전하께서는 무엇으로 이것을 누르려 하십
니까?」

사마옹은 약간 면목이 없다는 듯 이함을 바라보았다.

「후회는 막급이라 했으니, 이제 새삼스레 논하면 무엇하겠소?
장사(長史)는 높은 계략을 생각하여 난국을 극복하도록 힘쓰오.」

사마옹의 평소 성질로 본다면 이것은 어지간히 꺾이고 나오는
태도였다. 이함 쪽이 도리어 송구한 생각이 들어 고개를 숙였다.

「난의 원인이 어디에 있는지를 말씀드렸을 뿐, 어찌 조금이라
도 딴 뜻이 있겠습니까. 이번 일을 생각하건대, 성도왕을 다시 기
용하셔야 될 것입니다. 성도왕에게 경사(京師)의 군대를 주어 하
교(河橋)를 막게 하고, 유교에게는 영벽(靈壁)을 지키게 하여 동해
왕이 동진해 오는 길을 끊게 하십시오. 또 조서를 형주자사 유홍,
수양자사 유준에게 내려 군사를 합쳐 허도에서 오는 군대를 막게
하시고, 장방에게는 가만히 유교와 합작하여 허도를 쳐 범양왕을
사로잡도록 하시기 바랍니다. 동해왕이 군사를 끌고 온다 해도 우
리 각처의 군대에 의해 저지당한다면 반드시 안으로부터 단결이
와해될 것으로 압니다. 조금도 걱정하지 마옵소서.」

사마옹은 기뻐하며 천자의 이름으로 각처에 조서를 내렸다.

형주자사 유홍은 곧 장안에 나타났다. 그러나 사마옹이 바란 것
과는 다르게 움직였다. 그는 황제에게 상소하여 제왕(諸王)의 반
목(反目)을 풀게 하여 싸움을 그치고 협력해서 한구(漢寇)를 토벌
하도록 조서를 내려달라고 요청했다. 이 이상론이 사마옹에 의해
채택될 리 만무했다.

「지금에 와서 그것이 무슨 소리요? 조서가 내린다고 동해왕이
복종할 줄 아오? 그런 단계는 이미 지난 지 오래요.」

사마옹은 일언지하에 이를 물리쳤다.

유홍은 유홍대로 이런 하간왕의 태도에 반감을 가졌다. 자기를 너무나 얕보는 것이라 생각하고 도리어 동해왕에게 편지를 보내 정보를 제공했다. 누가 적이고 누가 자기편인지 분간할 수 없는 세상이었다.

사방에서 모여든 군대를 앞에 놓고 자신이 생긴 동해왕 사마월은 유홍의 편지를 받자마자 선수를 치겠다 하여 출동령을 내렸다. 그러나 얼마 안가서 적이 먼저 선수를 치고 있음이 밝혀졌다. 왜냐하면 영벽에는 이미 유우가 이끄는 대부대가 주둔하고 있어서 그의 길을 막았기 때문이었다.

유우는 험한 지대로 통하는 요로에 진을 치고 있었다. 사마월은 처음에는 이것을 얕보았으나 이내 초조해지고 말았다. 그도 그럴 것이, 유우는 어떤 도전에도 응하지 않고 지키기만 하였다. 마치 태산이 버티고 있는 것 같았다. 그러다가 접근해가면 용서가 없었다. 화살이 비 오듯 해서 무수한 사상자가 났다.

아들로 하여금 이렇게 요로를 봉쇄한 유교는 유교대로 가만히 있지 않았다. 그는 장방의 부대와 가만히 만나서 허도를 급습했다. 그 습격이라는 것이 전연 비밀리에 진행된 데다가 시각으로 2경이었기 때문에 범양왕 사마효로서는 아무런 대비책도 세워져 있지 않았다. 어둠을 이용해서 샛길을 타고 밀려든 군대는 소리도 없이 성 밑에 몰려들어 가지고 온 사다리를 타고 성중으로 뛰어들었다. 허도의 군대가 이것을 발견하여 우왕좌왕할 무렵에는 벌써 성문이 열리고 적군이 조수처럼 밀려드는 판국이었다.

장방은 역시 장방이었다.

「듣거라. 나는 천하 14로 군의 총선봉이던 장방이다. 항복하면 살 것이고, 항거하면 죽으리라.」

그는 이렇게 외치면서 칼을 휘둘러댔다. 병사들은 그의 위세에 압도되어 폭풍 앞에 흩어지는 나뭇잎처럼 쫓겼다. 이런 와중에서 범양왕의 맹장 왕광이 죽었다. 밀려드는 적군 속에 뛰어들어 좌충우돌하다가 장방을 만났던 것이었다.

「오, 너냐?」

「아, 너로구나!」

두 장수는 이런 말을 주고받기 바쁘게 칼과 창으로 인사를 대신했다. 그들은 서로 잘 아는 사이였던 만큼 그 대결이 처참했다. 칼과 창은 바람을 일으키고 고함소리는 천지를 진동했다. 그 형세가 어찌나 사납던지 다른 병사들까지 잠시 싸움을 멈추고 그 경과를 지켜보았을 지경이었다.

싸움은 30합에서 40합으로 옮아갔으나 승부는 좀처럼 날 것 같지 않았다. 그러던 중, 장방이 갑자기 머리 위로 칼을 높이 쳐들었다. 그 순간 왕광의 창이 번개처럼 장방의 가슴을 노렸지만 그보다도 더 날쌔게 장방의 칼은 왕광의 창자루를 두 동강 내고 있었다. 실로 아차 하는 순간에 일어난 일이었다. 말할 것도 없이 장방의 꼬임수에 왕광이 걸려든 것이었다. 그 다음에 벌어진 일은 불문가지(不問可知)였다. 왕광은 머리에 칼을 맞고 말에서 떨어지고만 것이다.

왕광이 쓰러지는 순간, 멀리서 이를 바라보고 서 있던 사마효는 뒤도 돌아보지 않고 도망치기 시작했다. 귀하게 자란 사람이라 평소에는 겁을 몰랐지만, 이 마당이 되고 보니 다른 사람 이상으로 겁이 많았다. 그는 장방이 바로 자기 뒤를 추격해오는 것만 같아서 자꾸 채찍질만 했다.

서문으로 빠져나간 사마효는 얼마 안 가서 바로 앞을 달리고 있는 장수차림의 뒷모습에서 낯익은 것을 발견했다.

「유태수, 유태수!」

그가 이렇게 부르기가 바쁘게 그 사람이 돌아섰다. 역시 영천(穎川) 태수 유여(劉興) 그 사람이었다. 유여란 동해왕의 아우였다.

「전하를 얼마나 찾았는지 모릅니다. 아무데도 안 보이기에 할 수 없이 혼자서 달려가던 중입니다.」

유여는 가까이 오자 눈물을 주르르 흘렸다.

「이 꼴이 되어 면목이 없소」

사마효의 대답은 힘이 없었다.

「전하! 기운을 내십시오 싸움에는 승패가 붙어 다닙니다. 아직 대세가 완전히 결정된 것은 아닙니다. 무슨 수가 생기겠지요」

유여는 울상이 된 사마효를 달래면서 말을 달렸다. 그들의 신분으로 볼 때는 끔찍하게 초라한 행색이었다. 점심때가 되었을 때 병주자사 유곤(劉琨)을 만났다. 그도 유여처럼 사마효를 도우러 왔다가 *일패도지(一敗塗地)하여 도망하고 있는 중이었다.

「아, 이 일을 어쩐담?」

사마효가 한탄했다. 그는 유여나 유곤에게 아직 희담·이유·노심 등의 장수가 있고 병사도 남아 있는 것을 보자, 외톨박이가 된 자기 신세에 생각이 미친 것이었다.

「나는 어째서 이리도 불운하단 말인가. 이제는 병마(兵馬)가 없고 근거지가 없으니, 가련들 어디로 가며 머물고자 하나 어디에 머물랴」

유여가 말했다.

「그것이 무슨 말씀이십니까. 지금 우리 형님(동해왕)은 대군을 이끌고 북쪽에 계시지 않습니까. 이 천하에 의가 끊어졌다면 모르되, 그렇지 않다면야 어찌 전하께서 몸 붙이실 곳이 없으시겠습니까. 기주자사 온선(溫羨)은 충성이 한결같고, 의기롭기가 큰 산 같

은 인물입니다. 신과는 구교가 있는 사이라 찾아가서 전하를 영접
하도록 하겠습니다. 전하께서는 대의를 말씀하시어, 그로 하여금
왕준과 회동하여 유교를 치게 하옵소서. 유교가 물러가기만 하면
영벽에 있는 우리 형님의 군대가 전진해 올 수 있을 것이니, 장방
을 잡는 것도 그리 어렵지는 않을 것입니다. 저절로 되는 일은 없
습니다. 애쓰셔야 하고 기다리셔야 합니다.」

사마효는 너무나 기뻐서 유여의 손을 덥석 잡았다.

「그렇게만 된다면야 오죽이나 좋겠소? 부디 과인을 도와주시
오」

본진으로 돌아가는 유곤과 헤어진 사마효와 유여는 길을 북으
로 잡아 기주로 향했다.

3. 영벽의 싸움

온선은 유여를 반갑게 맞이해 주었다. 유여는 패전한 경과를 대
강 이야기하고 나서 말머리를 사마효에게 돌렸다.

「나라를 바로잡아 보자고 시작했던 노릇이 이 꼴이 되었구려.
이 모양이 되어 가지고야 찾아올 면목도 안 서지만, 문제는 범양
왕 전하에게 있소 지금 친왕 중에서 의기를 숭상하시는 분은 오
직 대왕 한 분이시건만 그분 자신이 하필이면 이런 처지가 되셨구
려. 천승(千乘)의 몸으로 의지하실 성 하나 없게 되었으므로 형장
에게 청하러 왔소 형장은 너그러운 덕을 베푸시어 전하를 영접해
주실 수 없을는지요?」

온선은 의리가 두터운 사람이었다. 불우했을 때 유여에게서 얼
마간의 도움을 받았던 일도 있고, 그것을 지금껏 잊지 않고 있던
터라 성큼 응낙하고 나섰다.

「그것이 무슨 어려운 일이라고 말씀을 그리 간곡하게 하십니

까. 새가 쫓기어 품에 들어오면 사냥꾼도 이를 돌보아준다고 했거늘, 하물며 형장이나 전하의 일에 있어서 무엇을 더 주저할 것이 있겠습니까. 전하는 지금 어디에 계신가요?」

성 밖에서 기다린다는 대답을 듣자 그는 펄쩍 뛰었다.

「그것이 무슨 말씀! 저를 잘 아시는 형장이시라면 바로 모시고 올 일이지, 어찌 성 밖에 계시게 하여 죄가 돌아오도록 하셨습니까!」

그는 곧 친히 성문 밖에 나가 범양왕을 영접했다.

「전하께서 친림하시는 줄도 모르고 안연히 앉아 있었으니 그 죄가 하해 같나이다. 우선 성중으로 드시옵소서.」

성중에 들어온 다음에도 그는 같은 말로 몇 번이나 사과를 되풀이했다. 온선의 언동에는 철두철미 성의가 어려 있었다.

그는 범양왕을 위해 성대한 주연을 베풀어 환대하고 그 자리에서 말했다.

「전하께서는 조금도 심려하시지 마옵소서. 이 천하는 진나라 것이며, 이미 진나라 것인 바에 금지옥엽이신 전하께서 몸 두실 곳이 어찌 없으시겠습니까. 이 곳은 작은 고을입니다만 우선 전하께서 친히 관할하사 근본을 삼으십시오. 신은 장사(長史)가 되어 지성껏 전하를 모시겠나이다.」

사마효의 두 볼에 눈물이 주르르 흘러내렸다. 아첨하는 말이야 늘 듣고 살아왔으나 인정의 고마움을 느껴 보기는 이번이 처음이었다.

「그게 무슨 말이오? 나에게 의지할 곳이 생긴 것만도 다행한 일이거늘, 내가 어찌 장군의 성을 빼앗겠소? 이는 결단코 따를 수 없는 일이오.」

그것은 진정이기도 했다. 그만큼 그는 순정적인 사람이었다.

「아닙니다. 그것은 전하의 잘못입니다.」

온선이 펄쩍 뛰었다.

「지금은 작은 인정이나 의리에 얽매일 때가 아닙니다. 전하께서는 더 큰일을 하셔야 하나이다. 어지러운 나라를 바로잡기 위해서는 근본이 없으시고야 어찌 가능하겠습니까. 전하께서 승낙하시든 안하시든 저희들은 전하를 모시고 받들겠나이다. 그리 아옵소서.」

사마효는 몇 번이나 더 사양했지만 소용이 없었다. 그는 마침내 떨리는 목소리로 외쳤다.

「남아의 의기가 천금보다도 무겁다 했거니, 내 그대와 생사를 같이하리다. 부디 나를 도와주오.」

이리하여 기주는 사마효의 땅이 되었다. 지금부터는 온선이 장사, 유여가 사마(司馬)였다.

온선은 유여와 상의한 끝에 왕준을 설득하기로 했다. 온선의 명령을 받고 유주에 나타난 참군 이등비(李騰飛)는 온선이 범양왕을 영접하게 되기까지의 경과를 대강 설명했다.

「지금 동해왕 전하와 합심하여 소인배들을 조정에서 쓸어버리려 합니다. 범양왕 전하나 온 자사나 모두 장군의 높으신 의기를 사모하는 바 크시기에 저를 보내신 것입니다.」

왕준은 그런 말을 안 듣고도 이등비가 나타난 목적을 알고 있었다. 그러므로 그는 이등비가 길게 설명을 늘어놓는 동안 딴 생각을 하고 있었다. 이 일에 가담할 것이냐, 안할 것이냐? 아무래도 자기가 가담한다고 해서 꼭 성공하리라는 보장은 없었다. 그러나 성도왕과는 너무나 못 사귄 사이였다. 요전에는 동해왕의 권고를 따라 성도왕을 크게 무찌르지 않았는가. 지금 성도왕이 몰락해 있는 것도 원인을 따지자면 자기에게 있다고 할 수 있었다. 그런데 하간왕이 다시 성도왕을 기용한다고 하매 그들이 성공하면 성도왕은 다시 위엄을 회복할 것이며, 그렇게 되는 날, 자기를 가만히 둘 리 만무한 것이었다. 어차피 빠질 수 없는 몸이다. 여기까지 생각한 왕준은 싫든 좋든 성도왕과 싸울 수밖에 도리가 없다는 것을 알았다.

왕준은 이등비의 말을 막으면서 물었다.

「결국 나에게 어떻게 해주기를 원하시는가요?」

범양왕의 덕이 어떻고, 왕준의 지략이 어떻고 하며 논하던 이등비도 이렇게 되면 실토할 수밖에 없었다.

「지금 유교가 영벽을 지키고 있기 때문에 동해왕의 군사가 나오지 못하고 있습니다. 그러므로 장군께서는 먼저 영벽을 쳐 길을 통하게 하여주십시오. 그 다음에 총력을 집중하여 장안을 공격하자는 것입니다. 장군께서는 부디 국가 중흥의 원훈이 되어 주셔야 되겠습니다.」

「좋소」

왕준이 끊어서 말했다.

「남아가 대의를 위해서 일하지 않고 무엇을 위해 일하겠소? 곧 기홍으로 하여금 1만 명을 주어 영벽에 가서 유교를 치도록 하겠고, 나는 5만의 군사를 인솔하고 장안으로 향하겠소」

이등비는 너무나 기뻐서 무수히 치사하고 돌아갔다.

이때 서로 바라보며 시일만 끌고 있던 영벽의 두 진영에서는 제각기 희소식에 접하여 생기가 돌고 있었다. 동해왕의 진영에는 범양왕이 보낸 밀사가 와서, 기홍이 이끄는 1만 명의 군대가 영벽을 치러 온다고 기별을 전했다. 또 유우가 지키는 진중에는, 유교가 허도에서 범양왕·유곤의 군대를 격파하고 장방의 부대와 합세하여 이곳으로 오고 있다는 정보가 들어왔다. 이리하여 서로 자신만만해진 두 부대는 그대로 부딪쳤다. 누가 앞서 싸움을 걸고 말고가 없었다. 서로 적을 치기 위해 나가는데 적도 쳐들어온 것이었다. 완전하게 호흡이 일치한 싸움이었다. 그만큼 전투는 치열하였다.

이렇게 한참을 싸우고 있는데 갑자기 유교의 후진이 흩어지기 시작했다. 기홍이 달려오다가 싸우는 것을 보고 유우의 부대를 바로 배후에서 찌른 것이었다. 유우가 아무리 식견이 있다고는 해도 이렇게 되면 끝장이었다. 그의 부대는 산산조각이 나고 장수 화문(華文)이 죽었으며, 유우 자신도 사로잡히고 말았다. 기뻐한 것은 사마월이었다. 그는 기홍이 잡아 바친 유우를 목 베게 하고, 기홍에게 무수히 사례의 뜻을 표했다.

「오늘의 공은 모두 장군의 것일 뿐 아니라, 이후에 사직이 바로잡힌다면 그것도 모두 장군의 공이오」

그는 이런 말까지 했다.

사마월은 이에 용기가 나서 표(表)를 작성해 장안에 보냈다. 물론 황제에게 바치는 형식을 취하고 있었으나, 사실은 사마옹에 대한 위협 공갈이었다.

―신은 성황성공하여 글월을 윤문윤무(允文光武)하신 황제 폐하께 바치나이다. 오호라, 시운(時運)이 은혜롭지 못하여 일월성신이 그 바른 궤도에서 벗어나고, 밖으로는 위한(僞漢)의 적세(賊勢) 창궐하여 국기(國基) 흔들리니, 신은 이를 생각할 때마다 사직을 위해 울고 폐하를 위해 눈물짓지 않은 적이 없었나이다. 가만히 생각건대, 이런 환난은 그 원인이 하나에서 나왔을 뿐입니다. 위로 성상의 덕이 조금이라도 쇠하여지셨음이 아니옵고, 아래로 백성이 모두 예전 그대

로 어진 백성이었건만, 안으로 무도한 무리가 성덕을 가리매
이로써 만 가지 재앙이 샘솟아 나왔음이로소이다. 지금 하간
왕은 대정을 농단하고 있사오나 폐하의 지친(至親)입니다.
그 몸이 제후에 있어 부귀가 더할 나위 없건만 그칠 바 모르
는 탐욕은 마침내 폐하를 협박하여 어가를 장안으로 옮기고,
모든 정령(政令)을 제 마음대로 행하기에 이르렀습니다. 그
가 하는 일 모든 것이 폐하의 이름으로 나오지 않음이 없사
오나, 성상께서는 헤아리시되 그 중의 얼마가 폐하의 뜻이라
하시나이까. 온 백성이 이를 갈고 그 살을 깨물어 씹고자 하
는 소이(所以)가 여기에 있나이다. 생각하건대 하간왕의 불
충은 이에서 그치지 않았나이다. 그 수족을 단속하지 않았으
매 그들이 빚는 행패는 무소부지이며, 특히 장방 같은 자는
군권을 쥐고 있음을 *기화로 방자함이 극에 달하니, 심지어
내궁의 궁녀에까지 손을 대어 금수의 본성을 드러내고 있습
니다. 오호라, 일이 이에 이르러서야 어찌 군신의 대의가 있
다 하오리까. 이에 신은 더 좌시할 수 없어 범양왕·왕준·
유여·유곤 등과 꾀하여 이 역신을 쳐서 다시 어가를 낙양으
로 모시고자 하옵니다. 웅병 50만에다 장수 1천여 명이 모였
기에, 이제 장안으로 떠나려 함에 있어 앞서 글월을 바쳐 이
뜻을 상주하오니, 폐하께서는 궐하가 소연하여도 추호의 의
구도 품지 마시옵소서. 신은 돈수백배(頓首百拜)하옵고 글월
을 삼가 궐하에 바치나이다.

아무리 권력을 잡기 위해 악착같던 사람도 일단 집권자가 되면
아주 겁이 많아지는 법이다. 하간왕 사마옹도 국가의 권세를 한손
에 말아 쥔 뒤로는 속으로 늘 불안에 떨었던 사람이다. 따라서 사

마월의 상소에 대해 가장 큰 충격을 받은 사람도 사마옹 자신이었다. 50만의 대군이 밀려온다면 무엇으로 그것을 막아낸단 말인가. 장방의 행패도 알고 있었다. 솔직히 말한다면 장방쯤은 죽여 버리고 사마월과 화해하고 싶은 것이 그의 심정이었다.

또 하나 불안에 떤 사람은 장방이었다. 그도 자기에게 쏠리는 원성을 눈치 채고 있었으며, 일단 황제를 손아귀에서 놓치는 순간, 자기의 운명이 어찌될 것이라는 것도 알고 있었다. 평소에는 그렇게 얕보던 황제였으나 그에게 매달리는 것 외에는 살아날 길이 없었다. 그러므로 그는 사마옹을 설득했다.

「이 상소문은 그대로 믿으실 것이 못됩니다. 호왈(號曰) 50만이라 하나, 그들 몇 고을의 군사가 어찌 그렇게나 될 수 있겠습니까. 이제 전하께서는 위로 성상을 받들고 그 위엄이 천하에 떨치시는 터에, 조서를 발하여 역도를 정벌한다면 누가 순종치 않겠습니까. 만일 동해왕과 화친하여 성상께서 환도하시는 날에는 우리의 세력은 고립되고 말아서 반드시 동해왕의 밥이 될 것입니다.」

하기는 그것도 그럴싸한 말이었다. 그뿐 아니라, 장방도 예전의 장방이 아니었다. 이제는 커질 대로 커져 있었기 때문에, 그가 무슨 짓을 하든 사마옹의 절제가 통하지 않았다.

「과연 옳은 말이오」

사마옹은 동의한다는 의사표시를 하지 않을 수 없었다.

그러는 중에 나쁜 소식이 들어왔다. 이제 영벽에서 유교의 군대가 패했기 때문에, 동해왕·범양왕은 동으로부터 쳐들어오고, 왕준·온선은 북에서 접근해오고 있다는 것이었다.

「모든 것은 장방의 과실에서 생긴 것이니, 왜 그를 죽여서 화를 미연에 방지하시지 않습니까?」

이렇게 사마옹에게 권하는 측근도 있었다.

　사마옹은 마침내 결심했다. 상소문에서는 자기에게도 화살이 겨냥되어 있기는 했으나, 자기의 죄과라는 것이 사실 미미한 것으로 여겨졌다. 그는 모든 사람이 그러하듯 자기의 과실을 별로 인정하지 않고 있는 인물이었다.

　따라서 모든 것은 장방에게서 나왔으며, 그 한 사람만 제거한다면 만사가 해결될 것으로 생각되었다. 그는 심복 대장인 질보를 가만히 만났다.

　「지금 동해왕이 주동이 되어 대군이 쳐들어오고 있는바, 원인은 장방 한 사람에게 있소. 나로서는 지금이라도 어가를 낙양으로 모시고, 고토(故土)나 지키면서 여생을 보내고 싶건만 장방은 제가 지은 죄가 있는지라, 어가의 동천(東遷)을 죽기로써 막는구려.」

　질보는 하간왕의 진의를 캐내려는 듯 빤히 그 얼굴을 쳐다보면서 반문했다.

　「그러시다면?」

　사마옹은 약간 멋쩍은 듯이 수염을 쓰다듬었다.

　「경은 내가 믿는 터라 솔직히 말하지만, 이 마당에 있어서는 장방을 처치해버리는 수밖에 도리가 없을 것 같소. 그의 행패는 소문이 자자하고, 또 지금은 나로서도 억제치 못하게 되어 있지 않소? 놓아둔다면 그가 무슨 짓을 저지를지 알겠는가?」

　질보는 그 큰 입을 꽉 다문 채 듣고만 있었다. 눈만이 형형하게 빛나고 있었다.

　「그러나 장방이 어떤 사람이오? 그를 제거하는 것은 예사 사람으로서는 생각도 못할 일이라, 그래서 장군을 청해온 것이오. 장군이 그를 죽여 줄 수 없겠소? 그런다면 나라를 구한 공이 장군에게 돌아갈 것이오. 장방이 맡았던 직책을 장군에게 주겠소.」

　질보가 고개를 숙였다.

「어찌 그런 말씀을 하시나이까. 신자 된 도리에 전하의 분부시라면 수화(水火)라고 피하겠습니까. 심려하지 마십시오 장방의 목을 취하는 것은 낭중지물(囊中之物)을 취하는 것과 다를 바 없사오니 대왕께서는 과히 근심치 마십시오.」

그 말에 하간왕은 이것으로 자기는 살아나게라도 된 듯 기뻐하며 질보에게 많은 보화를 내렸다.

4. 장방의 죽음

질보는 밤이 되기를 기다려서 장방의 집에 나타났다. 약탈해온 계집과 술을 마시면서 시시덕거리고 있던 장방은, 그래도 질보가 왔다는 말을 듣자 반가이 맞아들였다.

「이거, 밤이 깊은데 찾아와서 죄송합니다. 규방에 드신 줄은 모르고 그만……」

질보가 능청을 부리자 장방이 박장대소를 했다.

「원, 별말씀을! 그까짓 계집이야, 어느 때면 희롱 못하겠소이까? 원하신다면 한 년 시침(侍寢)시켜 드릴 테니, 주무시고 가셔도 좋습니다.」

이번에는 질보가 껄껄대고 웃었다.

「그랬으면야 오죽이나 좋겠습니까마는, 마누라의 강짜가 심해서 그럴 수도 없답니다.」

그는 다시 표정을 고치면서 말했다.

「사실은 전하께서 편지를 가져다 드리라 해서 왔습니다. 아주 긴요한 것이라 하시면서 저에게 꼭 가져가라 하시는군요.」

그제야 장방도 긴장한 빛을 띠면서 편지를 받았다. 그가 편지를 개봉하여, 사연을 읽기 위해 촛불 가까이로 고개를 돌린 순간이었다. 질보는 품속에서 조그만 철퇴를 꺼내 들더니 그대로 장방의 머리를 내려쳤다. 아무리 장방이 장사이기로 이 일격은 치명적인 것이었다. 그는 앞으로 쓰러졌는데 그래도 고개를 들려고 하였다. 이를 본 질보는 또 한번 철퇴를 내둘렀다. 장방의 두개골이 완전히 깨진 것을 본 질보는 유유히 문을 열고 나오면서 소리쳤다.

「천자의 밀조와 하간왕의 명에 의하여 비빈을 욕보이고 천자를 능멸하여 부도를 자행한 자를 주하였으니 그리 알라!」

몰려들던 군사들은 질보의 용맹을 잘 알기 때문에 감히 그 누구도 앞으로 나서지를 못했다.

「왜들 길을 막고 섰느냐. 비키지 못할까!」

질보의 호통에 군사들은 기겁을 하고 흩어져 달아났다. 질보는 장방의 집을 나와 그 길로 사마옹이 기다리는 곳으로 달려갔다.

사마옹은 희색이 만면하여 질보를 맞았다.

그리고는 곧 장방의 수급을 상자에다 담아서 일봉 서장과 함께 그 밤으로 동해왕 사마월의 군중으로 사자를 보냈다.

이튿날, 사마옹은 혜제에게 주달하여 질보를 호위대장군(護衛大將軍) 총독관서제군사(總督關西諸軍事)로 임명하여 장방이 거느리던 모든 군사를 맡겼다.

그러나 사마월의 태도는 매우 고압적인 것이었다. 그는 장방의 목까지 보내온 사마옹의 태도를 성의의 표시로 보는 대신 사마옹이 무력해진 증거라고 생각한 것이었다.

「너희 대왕께 이렇게 전하라. 장방의 건은 잘하셨다고 그러면 곧 어가를 낙양으로 호송토록 할 것이며, 하간왕께는 예전같이 영양(滎陽) 이서의 땅을 관할케 할 것이나, 병력은 호위로서 1만으로 제한하겠다. 이 뜻을 돌아가 아뢰고 곧 회보하시도록 해라.」

이에 대한 사마옹의 반응이 신통할 리가 없었다.

「뭐라고? 나에게는 1만 명의 병력밖에 허락지 않겠다고? 동해

왕이 이럴 수가 있단 말인가? 그래, 천자의 어가를 낙양으로 환궁시키면 고의 작록을 보장한다고? 어디 두고 보자.」

그는 장방만 공연히 죽였다고 후회했으나, 지난 일이라 어쩔 길이 없었다. 그렇다면 싸울 뿐이라 하여 그 준비를 서두르게 된 것도 무리가 아니었다.

5. 질보에게 씐 장방의 귀신

한편 사마월은 사마옹에게서 회답이 없음을 확인하자 곧 장안을 치기로 결정했다. 그의 군대는 동에서 나아가고 북으로부터는 기홍이 이끄는 부대가 장안을 향해 떠났다. 이 소식을 전해들은 사마옹은 사마영을 초청하여 간곡히 부탁했다. 역시 이렇게 되고 보니 일루의 희망을 걸 데는 그밖에 없었다.

「동해왕이 쳐오기에 장방까지 죽여 휴전을 꾀했건만, 동해왕은 자존망대하여 이를 물리치고 이제 왕준과 꾀하여 장안을 치러 오고 있다 하오. 그들이 노리는 것이 어찌 나뿐이겠소? 대왕의 신변도 위태로울 것이니, 전하는 수고를 좀 해주셔야 되겠소」

사마영은 그 동안 사마옹으로부터 많은 압력을 받아온 몸이라, 이런 소리를 들으니 반감도 생기는 것이었다. 그러나 사마옹의 말마따나 사마월이 노리는 것이 사마옹 하나일 수는 없었다. 이것은 과거의 관계로 미루어보아 하늘에 해가 있다는 것만큼이나 확실한 일이었다. 따라서 사마옹이 청한다고 해서가 아니라, 자기가 살기 위해서는 싸우기는 싸워야 할 것이었다. 누가 알랴, 일이 잘만 된다면 전화위복의 계기가 되지 말라는 법도 없지 않은가.

「잘 알겠습니다. 사족이 성하고야 어찌 국가의 위기를 보고만 있을 수 있겠습니까.」

사마옹의 입이 딱 벌어졌다.

「전하는 전에 한적을 치신 적도 있는데 친히 나가시기만 한다면 어찌 동해왕이 대적할 수 있겠습니까. 생각건대 동해왕이 두려운 것이 아니라, 사실은 왕준의 세력이 두렵습니다. 그러므로 전하는 양양 땅에 나가시어 기주·유주의 군사를 막아주십시오. 이것만 깨면 동해왕은 스스로 와해될 것입니다.」

사마영은 이를 쾌락했다. 사마옹이 자기를 이용하려 들고 있는지 모르나, 거꾸로 자기가 그를 이용하면 되지 않는가. 이 난처한 처지에서 벗어나기 위해서는 어떻게든 움직일 필요가 있어 보였고, 그러기 위해서는 이번이 더 없는 호기인지도 알 수 없는 일이었다.

사마영은 사마옹이 주는 3만 명의 병사를 이끌고 장안을 떠났다. 그를 돕는 장수로는 왕언(王彦)·조양(趙讓)·누포(樓褒)·왕천(王闡) 등이 있었다. 모두 원래부터의 자기 사람은 아니었지만 그런 것쯤 아무래도 좋았다. 오래간만에 군대를 지휘해 본다는 그것만으로도 사마영은 큰 기쁨을 느낄 수 있었다.

유주의 군대와 처음으로 부딪친 것은 성도왕이 하교(河橋)에 진을 친 지 사흘째 되는 날 오후였다. 적군은 대오도 정연하게 밀려오더니 한 5리 간격을 두고 걸음을 멈추었으며, 이윽고 한 장수가 말을 달려 나와 큰 목소리로 외치기 시작했다. 사마영은 가까이 오기도 전에 그것이 기홍임을 이내 알아차렸다.

「듣거라, 나는 유주의 선봉장 기홍이다. 이번에 어가를 낙양으로 모셔가기 위해 이에 이르렀거니와, 너희는 누구이기에 감히 내 길을 막느냐.」

성도왕의 진영에서도 북소리가 울리더니 한 장수가 뛰쳐나갔다. 왕천이었다.

「우리는 천자의 분부를 받자와 이곳을 지키거니, 너는 무엇을 믿기에 감히 궁중을 범하려 드느냐. 환도 여부는 폐하께서 결정하실 일이며, 너 같은 필부가 알 바 아니니, 죄를 얻기 전에 썩 물러가라!」

그러나 기홍은 코웃음을 쳤다.

「이놈아, 무엇이 어떻다고? 너는 천자를 내세운다만, 언제 너희가 어명을 두려워했느냐. 너희가 도읍을 쳐서 황제를 손아귀에 넣고 폐하를 협박하여 이곳으로 모셨으매, 반역의 죄상은 소연(昭然)히 드러났다 할 것이다. 나는 천자의 어가를 모셔 환도케 해드려 다시 천일(天日)을 빛내고자 하는 것뿐이다. 만일 나를 계속 막는다면 그 죄를 면치 못하리라.」

왕천은 크게 노하여 칼을 휘두르면서 달려 나왔고 이쪽에서도 기홍이 창을 비껴들고 쫓아나갔다. 그러나 왕천은 처음부터 기홍의 적수가 못되었다. 왕천은 평생의 용맹을 다해 싸웠건만, 기홍의 창은 천변만화하여 마치 화살이 날아드는 듯 사방에서 그의 몸을 엄습했다. 가슴을 노리는 듯 보이면 어느덧 말을 향하고, 동으로 내치는 듯하던 창은 금시 서편을 치는 것이니 왕천은 어떻게 손을 써 볼 겨를이 없었다.

그래도 싸움은 20합이나 끌었다. 왕천은 이마에 땀이 배어나오고 정신이 아찔하여 당황하고 어쩔 줄을 모르다가 드디어 가슴을 깊숙이 찔리고 말에서 떨어졌다.

이를 본 유주의 군사들은 힘을 얻어 고함을 지르면서 달려들었다. 세상에서 무서운 것이 기세가 등등해진 군대이다. 제방을 무너뜨리고 휘몰아쳐오는 노도와도 같은 그 기세에 성도왕의 군대는 그대로 밀리고 말았다.

이런 중에서도 왕언은 대세를 돌이켜 보려고 고전 분투하였다. 그리고 그 때문에 기홍을 만나 싸운 끝에 전사해야 했다. 어쨌든

성도왕으로 볼 때는 대패배였다. 다행히 날이 어두워왔으므로 기홍이 그 이상 추격해 오지는 않았다

날이 밝자 사마영에게는 더 큰 불길한 소식이 밀어닥쳤다. 왕준과 범양왕이 이끄는 10만의 군대가 바로 눈앞에 진격해왔으며, 동해왕과 남양왕의 10만 대군도 다른 길로 오고 있다는 것이었다.

「아, 이 일을 어쩐다!」

사마영이 한탄하자, 조양이 옆에서 말했다.

「장안으로 돌아가셔서 다시 상의하시는 편이 좋지 않겠습니까. 그 많은 대군을 어떻게 대적할 수 있겠습니까.」

사마영은 자기에게서 재기의 기회가 사라졌음을 느끼지 않을 수 없었다. 그것이 야심가인 그를 괴롭혔다. 그러나

'누가 알랴, 또 어떤 기회가 올는지?'

이렇게 마음을 스스로 달래 보는 수밖에는 도리가 없었다.

사마영이 패주하여 돌아온 것을 본 사마옹은 자기의 진면목을 발휘했다. 이런 역경에 놓이고 보니, 그는 경륜이라곤 도대체 없는 사람임이 드러났다. 금세 엉뚱한 일에 성을 내는가 하면 다음 순간에는 두 어깨가 축 처지도록 절망에 빠지곤 했다. 따라서 그의 작전이란 것도 극히 즉흥적인 것이었다. 사마영의 패배를 알자 그는 옆에 있던 여낭에게 말했다.

「2만의 군사를 이끌고 가서 동관을 지켜라. 어서!」

그는 당장 불똥이라도 떨어지듯이 다그쳤다.

「동관을 지키는 것은 좋사오나, 군대를 더 보내주시옵소서.」

누가 옆에서 이렇게 말하자 안상을 주먹으로 치며 호통을 쳤다.

「무슨 말이 그렇게 많은가. 장령(將令)이 한번 내렸으면 그대로 따를 뿐이다. 너는 군령을 어기려느냐.」

하도 기세가 대단해서 말을 냈던 사람은 고개를 푹 숙이고 말

왔다. 무엇 때문에 그렇게 화를 내는지 이해가 안 갔다.

여낭의 군대가 몇 시간도 버티지 못하고 동관을 빼앗겼음이 밝혀지자, 사마옹은 얼굴이 파랗게 질린 채 잠시 동안 말도 못하고 앉아 있었다.

「전하! 어서 장수를 보내 파상(灞上)을 확보하시옵소서.」

누군가가 이렇게 말했을 때 그는 다시 화를 냈다.

「그것을 누가 모른다더냐?」

그리고는 임성·마첨·곽위·누포에게 군사 5만을 쪼개 주었다. 그러나 결과는 역시 실패였다. 한 싸움에 임성이 부상하고 곽위가 전사했으며, 기세를 잃은 군대는 여지없이 패하여 장안으로 돌아오고 말았다.

사마옹은 크게 노하여 외쳤다.

「장수가 되어 하루도 못 버티고 돌아오다니 이럴 수 있으랴. 모든 장수의 목을 베어 바쳐라!」

사마영이 옆에 있다가 말렸다.

「고정하십시오. 적군이 밀려드는 지금, 그들이나마 없으면 누가 적을 막습니까. 어서 남전(藍田)으로 군대를 보내 적의 접근을 저지해야 합니다.」

사마옹도 그 말에는 할 말이 없었든지 부복해 있는 장수들을 굽어보며 부드럽게 나왔다.

「왜 낸들 그대들의 수고를 모르랴. 지난 일은 탓하지 않겠으니 5만의 군사를 이끌고 가서 남전을 막아라.」

이에 장보(張輔)와 마첨이 곧 떠나갔지만, 마치 둑이 무너지는 곳에 흙을 던지는 것 같은 이런 작전이 성공할 리가 없었다. 남전도 한 싸움에 무너졌다.

전쟁에서 중요한 것은 주도권을 누가 잡느냐 하는 문제이다. 지금 하간왕은 동해왕 쪽에 완전히 말려들고 있었다. 하간왕 편에서는 적을 깰 어떤 적극적인 대책도 세우지 않고 있는 데 비해 동해왕 쪽은 자기들의 계획대로 싸움을 이끌어 가고 있는 것이었다. 남전이 손에 들어오자 모두 희색이 만면하여 일단 걸음을 멈추었는데, 왕수(王修)가 계속 진격할 것을 주장했다.

「우리가 영벽을 빼앗은 이래, 영양·동관·파수를 치고 이제 다시 남전을 얻어, 그 형세는 대를 쪼개는 듯한 바 있습니다. 싸움은 신속함을 요합니다. 왜 눈앞에 장안을 두고 여기에 주저앉으려 하십니까. 밤을 새워 적을 추격하여 장안에 들어감으로써 적으로 하여금 방비할 수 있는 틈을 주지 말아야 합니다.」

「지극히 옳은 말씀이오」

기홍은 크게 기뻐하여 그대로 쫓기는 적의 뒤를 추격했다. 기홍이 장안의 교외에 닿았을 때는 이튿날 아침이었다.

미리 정보를 입수한 사마옹은 친히 군대를 끌고 성 밖에 나와 대기하고 있었다. 마지막 힘을 다해 적의 포위나 면해보자는 속셈이었다. 이윽고 사마옹이 진두에 나서서 기홍을 만나자고 외쳤다. 기홍이 진 앞에 나가서 말했다.

「진중이라 갑옷을 입고 있어서 예를 드리지 못하오니 용서하옵소서. 대왕께서는 어찌 천승(千乘)의 몸으로 친히 싸움터에 임하셨나이까. 만일 결과가 좋지 않다면 전하에게 부끄러움이 돌아가는 줄 모르시나이까.」

「이놈! 무엇이라고?」

사마옹이 화를 벌컥 냈다.

「너희들이 이르기를, 장방의 횡포를 제거하여야 되겠다기에, 내가 그를 죽여 그 목을 보내주지 않았느냐. 그렇거늘 어찌 군대를 돌이키지 않고 계속 쳐들어오느냐. 이는 장안을 뺏으려는 것이냐, 천자를 시역하려는 것이냐? 너도 사나이로 태어났거든 만고에 오명을 남기지 마라!」

기홍이 다시 말했다.

「어찌 딴 뜻이 있겠습니까. 어가를 낙양으로 모시려는 것뿐입니다. 전하께서도 대의를 생각하사, 천자께서 환도하시도록 협력해 주시옵소서. 그러신다면 어찌 군대를 돌이키지 않사오리까?」

이때 질보가 나서면서 외쳤다.

「서울이 난을 만나 황폐해졌기 때문에 폐하를 장안으로 거둥하시게 하여 일용에 결함이 없도록 하여드렸다. 환도의 일은 성상께서 친히 정하실 일이며, 만일 상주할 말씀이 있거든 갑옷을 벗고 입궐해서 여쭈어라. 어찌 대군을 이끌고 와서 알현하는 법이 있겠느냐. 그래도 깨닫지 못한다면 육족을 멸하리라!」

기홍이 버럭 성을 내면서 달려들자, 이쪽에서는 장보가 칼을 비껴들고 달려 나갔다. 두 장수는 먼지를 뿌옇게 일으키면서 한참을 싸웠다. 그러나 기홍을 상대할 수 있는 장수는 좀처럼 없었다. 20합이 지나자 장보의 열세는 숨길 수 없는 사실이 되어 나타났다.

이를 본 누포·조묵 등이 쫓아나가 기홍을 잡으려 들었고, 동쪽 진영에서도 미황·송주가 달려 나왔다. 이리하여 싸움은 장수들의 혼전으로 변했다. 누가 누군지 분간도 할 수 없는 싸움이 한동안 계속되었다. 그리고 얼마가 지난 다음에 밝혀진 것은 드디어 장보가 기홍에게 쓰러지고, 누포와 조묵은 각기 미황·유곤과 싸운 끝에 또한 전사했다는 사실이었다.

이렇게 되면 누구의 눈에도 전쟁의 승패는 뻔히 드러나 보이는 것이었다. 이때 사마옹이 옆에 서 있는 질보를 돌아다보았다.

「그대는 왜 싸우지 않는가. 어서 나가 적을 물리치라!」

그런데 질보가 보인 그 반응은 천만 뜻밖이어서, 사마옹뿐 아니라 거기 있던 모든 장병들이 아연실색했다.

「망령된 늙은 도적놈아! 오늘 나를 또다시 장방과 같은 꼴을 만들 작정이냐!」

질보가 소리치면서 선뜻 칼을 뽑아 사마옹을 향해 내리치려고 했다. 그 눈초리에는 귀기(鬼氣)라고 할 차가운 기운이 서려 있는 듯해서 보는 사람들은 전신이 오싹함을 느꼈다. 기절초풍한 사마옹은 두 다리가 얼어붙어 꼼짝을 하지 못하고 단지 두 손을 들어,

「저, 저, 잠깐……」

하는데, 질보는 들었던 칼로 자기 목을 자기가 깊숙이 찔러 그 자리에서 죽고 말았다.

「아마 장방의 원혼이 저놈에게 옮아 붙은 모양이다.」

계면쩍은 사마옹이 씹어뱉듯 한 마디를 던지고는 채찍을 들어 말을 갈겼다. 이미 기홍의 군사는 밀물처럼 몰려들고 있어서 한 시각의 지체도 용서되지 않았기 때문이었다.

그에게는 목적지를 생각할 여유조차 없었다. 그는 오직 적의 추격에서 벗어나겠다는 그 일념만으로 말을 달렸다.

6. 혜제의 환도

하간왕 사마옹이 장안으로 들어오지 않고 태백산(太白山)으로 들어갔기 때문에 성중은 뒤죽박죽이 되었다. 결코 사마옹이 좋은 지배자는 아니었는지 모르나, 무정부 상태는 더욱 무섭고 더욱 불안한 것이었다. 조양(趙讓) 한 사람이 남은 군사를 독려하여 성을 지켜보려 애썼으나, 그가 날아오는 화살에 눈을 상하고 드러눕게 되자, 누구 하나 성을 지키려는 병사가 없었다. 제각기 가족을 끌고 피난하기에 바쁘든가, 아니면 무기를 들고 남의 집에 들어가 재물을 털고 돌아다녔다. 그러나 호소할 곳도 없었고 단속할 사람

도 이제는 없었다.

이런 중에서 사마옹의 가족이 몰살되었다. 장방에게는 장붕(張
鵬)이라는 조카가 있었는데, 그는 삼촌을 닮아 우락부락한 성격의
소유자였다. 평소 장방이 억울하게 죽었다 하여 사마옹을 원망하
고 있던 그에게는 마침 좋은 시기가 도래한 셈이었다.

그는 자기 도당 10여 명에게 쇠망치를 하나씩 들려가지고 사마
옹의 부중으로 쳐들어갔다. 부중이라고는 해도 하인까지 모두 도
망가고 난 그것은, 집이 큰 만큼 더 허전해 보였다. 여기에 뛰어든
사나이들은 눈에 닥치는 사람마다 모두 철퇴로 쳐 죽였다. 장방이
철퇴로 피살된 화풀이를 하려는 것이었다. 집안에는 아우성이 벌
어졌으나 집이 워낙 커서 그 소리가 밖으로 새어나오지 않았다.
부인네, 어린애도 하나 살아남지 못했다.

피에 굶주린 듯이 날뛰던 이 사나이들은 다시 질보의 집에 나
타나 살육을 마음껏 즐겼다. 그리고는 성문을 활짝 열고 기홍의
군대를 맞아들였다. 동해왕 사마월도 뒤따라 입성했다. 그러나 이
장안 함락의 원훈들에 대해서 사마월은 의외의 조치를 내렸다. 그
들이 자랑삼아 늘어놓는 이야기를 다 듣고 난 사마월은 불쾌한 표
정으로 좌우를 돌아보았다.

「아무리 그러하기로 자기가 섬긴 왕의 가솔을 모두 죽였다니,
이런 놈들을 놓아둔다면 무엇으로 기강을 세우랴. 모두 끌어내다
가 효수해라.」

장안은 곧 사마월의 세력에 의해 확보되었다. 그들은 성도왕 사
마영을 찾았으나 어디론지 도망쳤음이 확인되었다. 득의만면한
사마월은 범양왕·남양왕·동평공·왕준 등과 함께 입궐하여 혜
제를 뵈었다.

만고풍상을 다 겪은 혜제는 이미 백발이 성성한 노인이었다. 그

는 하도 풍파에 시달려온 사람이라, 이미 실권자가 바뀐 것을 직
감하여 앞으로 자기가 어떻게 처신해야 된다는 것을 잘 알고 있었
다. 사마월이 낙양 환도를 청하자 퍽 밝은 표정을 지어 보였다.

「고향을 그리워함은 인지상정(人之常情)이거니, 짐인들 어찌
낙양을 잊었으랴. 지금까지는 사세부득이하여 여기에 머물렀거니
와, 하루라도 빨리 돌아가고 싶도다. 이번에 경들의 노고가 많았
지만, 짐으로 하여금 다시 환도하게 한다면 사직을 재흥한 대공이
돌아가리라」

그의 말마따나 고향인 낙양으로 돌아간다고 생각하니 기쁘지
않은 것도 아니었다. 그러나 새 시어머니가 될 동해왕에 대해 무
엇인가 불안을 느끼고 있는 것도 사실이었다. 그러므로 혜제는 능
숙한 처세가처럼 상대가 기뻐할 듯한 말을 되는 대로 지껄인 것뿐
이었다. 그러나 듣는 쪽에서는 그렇지 않았다. 역시 상대는 황제
임에 틀림없으매, 사직 재흥의 대공이 돌아갈 것이라는 말은 큰
감격을 주었다. 그래서 사마월부터 자기가 기병한 동기를 잊고 마
치 충신열사나 된 듯한 착각에 휘말려 들어갔다.

「폐하! 그 동안에는 간신배 사이에서 얼마나 고생하셨나이까.
이제 어두운 구름이 다 가셨사오니 만민이 모두 천일을 우러러뵈
올 것으로 아나이다. 부디 심려치 마시옵소서.」

그의 음성은 그렇게 들어서 그런지 다소 떨리는 듯했다.

낙양 환도는 곧 실시되었다. 앞뒤에 수십만의 군대가 옹위하고
나가는 어가는 위엄이 당당하여 혜제도 오래간만에 자기가 황제
라는 것을 새삼 느꼈을 정도였다. 보름이나 걸린 여정 끝에 일행
이 도착했을 무렵에는 대궐과 종묘의 손질도 모두 끝나 있어서 혜
제의 마음을 밝게 해주었다.

그렇다고 황제의 권위가 다시 선 것은 물론 아니었다. 이제부터

는 사마월의 세상이었다. 양(羊)황후와 태제 예장왕 사마치(司馬熾)가 복위된 것은 당연하다 치고, 사마월 자신은 태부 녹상서사가 되어 국정을 한손에 몰아 쥐었다. 범양왕 사마효는 사공(司空)의 직책을 띤 채 업성을 지키게 되었고, 동평공은 서주에 진주하며, 기홍은 이번의 공으로 평난대장군(平難大將軍) 관외후(關外侯)에 임명되어 본진으로 돌아갔고, 왕준은 유계대도독(幽薊大都督) 보국공(保國公), 유곤은 평양장군(平攘將軍) 기도위(騎都尉), 온선은 기주자사가 되었다. 또 미황은 호가장군(護駕將軍)으로 임명되어 궁중을 호위하게 되었고, 기타의 장수들에게도 다 영작이 주어졌다.

이번 사건의 발단 때부터 모의에 참가했던 유흡은 사마월에게 명사들을 등용함으로써 민심을 수습하라고 권했다. 사마월은 이를 받아들여, 영천의 유개(庾凱)를 불러 군자제주(軍咨祭酒)에 임명한 것을 비롯해서 태산에 사는 호모보지(胡母輔之)는 종사중랑(從事中郎), 하남의 곽상(郭象)은 기실주부(記室主簿), 진류의 완수(阮修)는 행군참의(行軍參議), 양하(陽夏)의 사인(謝仁)은 근리(根吏)를 삼았다.

유흡은 이 사람들의 명망을 이용하고자 한 것이었지만, 이들은 다 죽림칠현(竹林七賢)의 유풍을 따르는 사람들이었다. 술과 자연에 파묻혀 일부러 세무(世務)를 외면하면서 자못 고고한 체 뽐내던 자들이라, 벼슬을 하게 되었다 해서 그 소행을 고칠 리 없었다. 도리어 세상일에 초탈한 척하면서 국사는 전혀 돌보지 않았기 때문에 나라의 화근이 될 소지가 다분히 있었다. 그렇지만 사마월이나 유흡은 그들의 이런 탈선 행동을 도리어 존경으로 대함으로써 자기들이 얼마나 현민들에게 관대한가 하는 점에 스스로 만족하는 경향이 있었다.

이런 것을 보고 눈을 찌푸린 사람은 낭야왕의 종사관인 왕도(王導)였다.

「그들은 *청담(淸談)을 일삼으며 허명(虛名)만을 좇는 무리이오니, 영전을 내리시는 것은 몰라도 관직에 나가게는 마시옵소서. 세상을 어지럽히는 장본인이 될까 두렵습니다.」

그가 사마월에게 이렇게 간한 적도 있었다. 그러나 사마월이 자기 말을 따르려 하는 의사가 없음이 밝혀지자 그는 다시 낭야왕 사마예에게 말했다.

「큰일 나겠습니다. 동해왕은 천하를 다스릴 그릇이 아니며 세상은 다시 어지러워질 것이니, 대왕께서는 본진으로 돌아가시어 이를 미연에 피하시옵소서.」

사마예는 이 말을 감명 깊게 받아들였으나, 지금 곧 떠나간다 하면 도리어 의심을 살 위험이 있다 하여 그 기회를 엿보았다.

제11장. 목숨은 파리같이

1. 성도왕의 최후

장안이 함락될 즈음 성을 벗어난 성도왕 사마영은 정처없이 길을 달렸다. 그는 무관(武關)을 거쳐 신야(新野)로 나왔다. 아들 둘과 노지(盧志)·맹구(孟玖)를 합쳐 다섯 명의 일행은 가는 곳마다 사람들의 이목을 끌었다. 겉으로는 상인이라고 내세웠으나 별로 믿는 사람이 없었다. 천인이 아무리 잘 차려 입어도 천한 태가 드러나듯, 귀인이 변장을 한다고 귀태가 없어지는 것은 아니어서, 손 하나 올리고 발 하나 내딛는 데도(一擧手一投足일거수일투족) 어딘가 다른 점이 엿보였던 것이었다.

그런데 마침 이곳에 와 있던 중랑장 유도(劉陶)는 급히 글월을 닦아 낙양의 사마월에게 올렸다.

그것은 속히 성도왕 사마영을 낙양으로 불러서 함께 조정에서 황제를 보필토록 하여 골육의 정의를 다하라는 사연이었다.

유도의 표문을 접한 사마월은 도리어 형주자사 유홍과 신야의 유도에게 조서를 내려 즉시 성도왕을 사로잡아 이를 주륙하라고 했다.

뜻밖의 사마월의 조서를 받은 유도는 몰래 사람을 시켜 사마영에게 이 사실을 알리고 속히 몸을 피하라는 귀띔을 해주었다.

사마영은 그 말을 듣자 하늘이 무너지는 듯했다.

이제는 어디로 갈 것이냐 하는 한탄조차도 나오지 않았다. 그들 일행은 밤을 이용해 그곳을 도망쳐서 황하를 건너 조가(朝歌)까지 이르는 데 성공했다.

그가 조가에 머무는 얼마 동안 매일같이 사방에서 병사들이 찾아오니 어느덧 그 수효는 3천 명이나 되었다. 이만하면 구태여 성명을 숨기며 살 것까지는 없게 되었다.

이때 돈구(頓丘) 태수 풍숭(馮嵩)은 이런 동태를 알자 속으로 간교한 생각을 품었다. 차제에 동해왕 사마월에게 환심을 사서 부귀영화를 누려보자는 심산이었다. 풍숭은 곧 범양왕에게 알렸다.

「성도왕이 조가에 나타나서 흩어진 군사를 모아들이고 있습니다. 지금 3천이라고도 하고 5천이라고도 합니다만, 세력이 커지는 날에는 업성으로 들어오려 할 것입니다.」

그러나 범양왕 사마효는 고개를 저었다.

「무의무탁하게 된 성도왕이 옛 부하들을 모아들이지 않는다면 어떻게 그 성명(性命)을 보존하랴. 아무리 몰락했다고는 해도 그는 황제의 친제(親弟)이며, 일찍이 한구(漢寇)를 친 대공이 있음을 잊지 마라」

그는 그만큼 마음이 너그러운 사람이었는지라 사마영을 잡아 죽이려는 생각 같은 것은 꿈에도 가지고 있지 않았다.

이런 사마효의 태도에 불만인 유여는 일찍이 성도왕을 섬기다가 원한을 품고 떨어져 나온 진진을 구워삶았다.

「장군은 성도왕과 혐의가 있는 사이가 아니오? 일찍이 그를 섬겼다가 뒤에는 동해왕을 좇아 업성을 쳤으며, 장군의 형제는 성도왕의 손에 모두 죽지 않았소? 지금 성도왕이 군사를 모으며 재기를 꾀한다는 바 그 소원이 이루어져서 다시 업성을 차지하게 되는 경우 장군은 그에게서 어떤 대우를 받을 것 같소. 내 생각 같아서는 풍숭과 함께 조가를 쳐서 그 세력이 커지기 전에 화근을 끊어버리는 것이 좋을 것이오.」

이 말이 진진에게 비상한 결심을 하게 하였다. 그는 사마효가 병상에 있음을 *기화(奇貨)로 자기 휘하에 있는 3천 명의 병사를 이끌고 풍숭과 함께 조가로 밀려갔다. 사마영이 군대를 모으며 약간 위엄을 회복했다고는 하나, 그것은 아직 *오합지중(烏合之衆)의 경지를 벗어나지 못하는 것이었다. 거기에다가 노지조차 다른 지방으로 간 사이에 받은 급습이었기 때문에 성은 금세 점령당하고 말았다.

사마영이 잡혀 갔다는 말을 전해들은 노지는 허둥지둥 업성에 나타나 사마효를 만났다. 중병으로 누워 있는 중에서도 사마효는 쾌히 그를 맞아들였다.

노지는 눈물을 비 오듯 흘리면서 말했다.

「전하! 성도왕께서는 무슨 죄로 잡히셨습니까. 부디 친친(親親)의 정을 잊지 마옵소서」

사마효는 힘이 없으면서도 똑똑한 어조로 말했다.

「나도 놀라고 있소. 유여가 성도왕과 사이가 좋지 않아서 이런 일이 일어난 것 같소. 잘 보호하도록 명령을 해놓았으니 별일은 없을 것이오. 내가 자리에서 일어나는 대로 잘 해결되도록 노력하리다.」

노지는 사마효의 너그러움에 새삼 감탄하면서 물러갔다.

그러나 사마효의 이런 뜻도 별로 효과를 발휘하지는 못했다. 왜냐하면 사마효는 너무나 병세가 악화되었으며, 그럴수록 유여와 진진은 사마영을 아주 없애버리려 들었기 때문이었다. 만일 사마효가 죽는 경우, 업성의 부로(父老)들이 다시 사마영을 추대하지 말라는 법도 없었다. 뭐라 해도 업성은 사마영의 옛 근거지였다. 이번 사마영이 잡혀서 입성했을 때, 백성들은 길이 메어지도록 달려 나와 눈물을 흘리면서 옛 주인을 영접했다. 그 광경을 잊지 않는 유여 · 진진은 아무래도 마음이 놓이지 않았다.

사마영이 갇혀 있는 별당에 마침내 죽음의 사자가 나타났다. 진진의 부장인 전휘(田徽)는 칙사를 가장하고 거드름을 피우면서 말했다.

「나는 천자의 조서를 받들고 낙양으로부터 왔소. 성도왕은 칙명을 받으시오」

그 순간 사마영은 만사를 깨달았다.

「오, 그래! 너는 대체 누구냐?」

칙사는 고개를 번쩍 든 채 말했다.

「저는 금위교위(禁衛校尉)로 있는 유호(兪虎)라는 사람이오」

「이놈!」

사마영이 호통을 쳤다.

「네가 아무리 어명을 받들고 왔기로 그 무례함이 무엇이냐. 천자의 존귀함을 알진대 어찌 천자의 친제(親弟)를 몰라보느냐」

유호라고 자칭한 칙사는 그제야 약간 고개를 숙여 보였다.

「제가 어찌 전하를 공경하지 않사오리까. 다만 죄명을 쓰고 계시매 예의를 갖추지 못하는 것이로소이다.」

사마영은 이런 자를 상대하여 화를 낸 자기가 쑥스러웠던지 웃는 낯으로 말했다.

「오, 참 그렇구나. 그런데 나의 마지막 소원을 네가 들어주려느냐?」

한번 기가 꺾인 칙사는 고분고분해졌다.

「어떤 분부이신지 될 수 있는 대로 힘이 되어드리겠나이다.」

「고맙다.」

사마영은 정말 고마운 듯이 말했다.

「내가 오랫동안 분주히 다니느라고 몸이 깨끗지 못하다. 죽은들 이런 몸으로야 어찌 부모를 뵈올 수 있겠느냐. 나에게 목욕할 여유를 좀 주려무나.」

칙사는 무엇을 생각하는 듯하더니 고개를 들었다.

「그렇게 하옵소서. 두 분 왕자께서도 함께 목욕하시도록 하옵소서.」

그 순간 성도왕의 볼에 경련이 일어났다.

「뭐라고, 두 왕자까지도?」

그러나 그는 이내 언성을 낮추었다.

「알았다. 남아서 욕을 보느니 그쪽이 나을지도 모른다.」

그는 아직 소년인 두 왕자를 데리고 욕조에 들어갔다가 나왔다. 욕조에서 나온 사마영은 생기를 회복한 듯 얼굴에 윤기가 흘렀다. 그제야 꿇어앉은 왕에게 칙사는 가짜 조서를 읽어주었다.

「오호라, 국운이 불행하여 난신적자가 끊이지 않으니, 오직 짐의 부덕을 스스로 탓할 뿐이거니와, 너 성도왕 영(穎)은 지귀지존한 신분을 잊은 채 국가를 해치고 짐을 괴롭혀왔으니 그 죄 어찌 가볍다 하랴. 짐이 연지(連枝)의 정을 생각해 고쳐지기를 오직 기다렸으되, 그 행패 이르지 않음이 없어서 짐을 향해 군사를 끌고 공격하기에 이르니, 사직을 위해선들 어찌 이를 묵과하랴. 그러므로 특히 신 금위도위 유호를 보내 사약을 내리노니 칙사가 이르는 그날 어명을 받들라.」

성도왕 부자를 차마 극형에 처할 수는 없기에 특별히 자진(自盡)토록 하라는 내용이 덧붙여져 있었다.

사마영은 그만 그 자리에서 혼절하고 말았다. 이윽고 정신을 차린 사마영은 칙사가 내미는 사약을 받아 마시고 죽었다.

어린 두 아들은 사마영의 시신을 붙들고 통곡하다가 둘 다 그 자리에서 기절하고 말았다. 측은히 여긴 칙사가 두 아들을 밖으로 데리고 나가 깨어나도록 하려는데, 진진이 보낸 두 군사가 불문곡직하고 기절한 두 아들의 목을 칼로 쳐 죽였다.

사마영이 죽었다는 소식을 들은 노지는 한동안 목을 놓고 통곡하다가 부중으로 들어가 애원하여 성도왕 사마영과 두 아들의 시신을 수습하여 정중히 장사지낸 다음, 성도왕의 무덤 곁에 여막(廬幕)을 치고 홀로 지냈다.

세상 사람은 노지의 이 드높은 절개를 입을 모아 칭송했다.

이때 사마영의 나이 스물여덟이었다.

그런데 이때 또 하나의 곡성이 일었으니 그것은 중병으로 앓아 누워 있던 범양왕의 운명이었다.

울음소리는 삽시간에 온 관부(官府) 안으로 번져갔다. 그 곡성은 범양왕을 위해서 일어나기는 했을지언정 이제 육체라는 구속을 벗어던진 범양왕과 성도왕은 은원(恩怨)을 넘어서 서로 손을 잡고 저승길을 가고 있을지도 모르는 일이었다.

2. 진상기보(進上奇寶)

진의 동영공 사마등은 업성을 진수하던 범양왕 사마효가 죽었다는 소식을 듣자 곧 유주를 떠나 낙양으로 길을 재촉하였다.

그는 오랜만에 중원(中原)으로 영지를 얻어서 내려가게 된 것이다. 사마등은 날개라도 있으면 날아갈 듯한 급한 심정이었다. 그만큼 고대했던 꿈이었던 것이다.

그의 행차가 진정(眞定) 지방에 이르렀을 때다. 밤새도록 내린 눈이 한 길이나 쌓여서 도저히 말도 사람도 움직일 수가 없었다.

날이 밝아도 눈은 그칠 줄을 모르고 내렸다. 눈은 꼬박 이틀을 내려 온 천지를 뒤덮어 흰 빛깔 외에는 아무것도 보이지 않았다.

그런데 사마등이 묵고 있는 여막 안쪽에 그렇게 내린 눈이 하나도 쌓여 있지 않고 검은 흙이 드러나 보이는 곳이 있었다.

이상하게 여긴 사마등은 별가 채극(蔡剋)을 불러 물어보았다.

채극은 이윽히 그 곳을 바라본 뒤 엄숙히 입을 열었다.

「장차 대왕의 운수가 대통하실 조짐인가 하옵니다. 저 땅 밑에는 반드시 대왕을 기다리는 진기한 보물이 들어 있을 것입니다.」

사마등은 채극의 말을 이상하게 여겨 곧 병사를 시켜 그 곳을 파보도록 하였다.

병사들이 그 곳을 파자 땅 밑에서는 궤짝이 하나 나왔다. 궤짝은 높이가 두 자쯤 되는 것이었다. 궤짝 뚜껑에는 뚜렷이 진상기보(進上奇寶)라는 네 글자가 새겨져 있었다.

궁금히 여긴 사마등은 얼른 궤짝의 뚜껑을 열게 했다. 궤짝 안에는 찬연히 빛을 발하는 한 마리의 옥으로 된 말이 들어 있었다.

사마등은 크게 기뻐하며 그 옥마(玉馬)를 다시 궤짝에다 넣고 궤짝을 누런 비단으로 겹겹이 싼 다음 수레에다 실었다. 그리고는 크게 「진상기보」 네 글자를 쓴 기를 앞세우고 길을 떠났다.

그가 유현(歙縣)을 지날 때였다. 마침 이 곳에서는 성도왕 사마영의 구장 공사번(公師藩)이 은신하고 있었다.

공사번은 수하 군사들의 입에서 사마등이 진상기보를 가지고 지금 업성의 진(鎭)에 부임하기 위해 낙양으로 올라간다는 말을 들었다.

공사번은 무릎을 탁 치며 기뻐했다.

「사마등은 왕준과 함께 우리 업성을 넘겨다본 자이니 이번 기회에 그 원수를 기어이 갚고야 말겠다.」

군사들은 공사번의 말을 듣자 너도나도 죽음으로써 싸울 것을 다짐했다. 공사번은 곧 부장 이풍(李豊), 피문표(皮文豹)에게 각각 일지군을 주어 애구에 매복토록 하고, 친히 수천 군사를 이끌고 사마등이 내도하기를 기다렸다.

한편 사마등의 초마(哨馬)는 이런 사실을 탐지하여 곧 사마등에 게 알렸다.

사마등은 대로하여 소리쳤다.

「쥐새끼 같은 도적놈이 어디에 숨어 있다가 감히 고의 진로를 막겠다는 거냐. 당장에 이 놈을 사로잡아 몸뚱이를 만단을 내고 말겠다.」

이 때 사마등에게는 네 아들이 있었다. 맏아들은 사마우(虞)라 하고 용력이 일당백이 넘었고, 둘째아들은 이름을 사마소(紹)라 하여 지모가 빼어났다.

사마소는 아버지의 말을 듣자 간했다.

「부왕께서는 지금 조명(詔命)을 받들어 입조하시는 길입니다. 공사번은 몸을 피하여 이곳에 와서 무리를 모아 겨우 도적질을 하 며 연명을 하고 있는 데 불과한데, 어찌 귀하신 몸으로 그와 상적 하려 하십니까. 일단 업성에 부임하신 다음 서서히 군사를 보내 그를 토멸하셔도 늦지는 않을 것입니다.」

사마등은 아들의 말을 반박했다.

「그가 그토록 무엄 무례한데 어찌 그냥 버려둘 수가 있겠느냐. 혹시 이 보물을 빼앗기기라도 한다면 고는 세상 사람들의 웃음을 살 것이 아니냐.」

맏아들 우가 한 마디 했다.

「공사번이 비록 노련한 장수라고 하지만, 그가 거느린 군사는

오합지졸에 불과합니다. 소자가 있는 이상 어찌 보물을 빼앗기기
야 하겠습니까. 부왕께서는 과히 심려치 마옵소서.」

사마등은 역시 듣지 않았다.

「고에게 지금 수만의 군사가 있는데, 어찌 이 조그마한 고을에
의거하고 있는 도적 하나를 평정하지 못하겠느냐. 업성으로 갔다
가 다시 이 먼 곳까지 군사를 보낼 것 없이 애당초 지나가는 길에
후환을 없애버리는 것이 좋다.」

말을 마친 사마등은 곧 대장 최만(崔曼)을 선봉으로 하고 양환
(羊恒)을 후군으로 하여, 사마우를 먼저 떠나게 하고, 자신은 세 아
들과 별가 채극을 데리고 뒤를 따랐다.

이 때 공사번은 나무를 가지고 성도왕 사마영의 초상을 크게
조각하여 이를 수레에 실어 대열의 앞에 세우니, 모든 군사들은
옛 주인에게 보은(報恩)한다는 결의를 굳혔다.

그리하여 공사번이 거느리는 군사들의 수효는 불과 2만도 못되
었으나 그 사기는 태산이라도 무너뜨릴 듯이 왕성하였다.

이윽고 사마등의 맏아들 사마우가 거느리는 군사가 유현의 지
경에 들어섰다. 매복해 있던 이풍과 피문표는 사마우의 전군이 지
날 때를 기다려 일제히 그 가운데를 끊고 내달았다.

앞서 가던 선봉 최만은 깜짝 놀라 급히 되돌아서서 이풍과 피
문표의 군사를 대적하였다. 그러나 최만은 이풍과 교봉 10합이 못
되어 그만 몸이 두 동강이 나서 말 아래 떨어져 죽었다.

후군 양환은 급히 최만의 원수를 갚으려고 내닫다가 그도 어이
없이 피문표에게 죽임을 당하고 말았다.

이 때 공사번은 일지군마를 이끌고 직접 사마등의 중군을 들이
쳤다. 별안간 중군을 기습당한 사마등은 허겁지겁 칼을 들어 공사
번을 막았으나 불과 수합이 못되어 공사번의 창에 찔려 말 아래

떨어져 숨을 거두고 만다.

전군에서 정신없이 싸우던 사마우는 중군이 기습당하였다는 연락을 받자 급히 말머리를 돌려 중군으로 달려가려 하는데, 어느새 이풍이 가로막고 나섰다. 사마우는 이풍을 상대하여 칼을 휘두르는데 그 영용이 가히 일당백이 넘었다.

이풍은 30여 합을 사마우와 더불어 싸우다가 당하지 못할 것을 깨닫고 말머리를 돌려 달아나기 시작했다. 사마우는 놓치지 않으려고 악착같이 뒤를 쫓으니 이풍은 지향도 없이 달아나다가 그만 큰 강에 맞닥뜨리고 말았다. 이제는 더 이상 달아날 수가 없었다.

다급한 이풍은 말을 몰아 강 속으로 뛰어들었다가 세찬 물결에 휩쓸려 익사하고 말았다.

사마우는 말머리를 돌려 되돌아갔다. 그가 한 10리를 왔을 때다. 앞쪽에서 패잔병들이 허겁지겁 도망쳐 왔다. 모두 유주의 군사들이었다. 군사들은 사마우의 모습을 발견하자 우르르 몰려들면서 너도나도 눈물을 흘리며 말했다.

「대왕과 세 분 공자와 채 별가께서 모두 돌아가셨습니다. 도적들은 재물을 몽땅 빼앗아 가지고 산 속 영채로 들어가 버렸습니다.」

사마우는 땅을 치며 통곡했다.

어린 동생 사마교(矯)와 사마확(確)까지 참살을 당했으니 이제 대를 이을 사람은 오직 자기 한 사람뿐임을 알자 더욱 분통을 참지 못하는 것이었다.

그는 총총히 그 곳을 떠나 낙양에 이르렀다. 그리고는 곧 동해왕 사마월 앞에 나가 도중에 당한 참변을 낱낱이 고해 바쳤다. 사마월은 사마등의 죽음을 애도한 다음, 사마우로 대신 업성을 진수케 하고 그 아버지의 작록을 계승토록 하였다.

한편 공사번은 사마등 부자를 죽이고 그가 가졌던 많은 재보를 산채(山寨)로 운반시켰다. 개중에 「진상기보」라는 네 글자가 씌어 있는 이상한 상자를 열어 보니 그 속에는 황금빛 옥으로 된 말이 들어 있지 않은가.

공사번은 이것이 아무래도 깊은 곡절이 있는 물건일 것 같아서 군사들에게 엄히 당부하여 깊숙이 간직하도록 하였다. 그의 생각은 업성을 쳐서 성도왕 사마영의 원수를 갚는 날에 그것을 천자에게 바칠 작정이었다.

며칠 동안 질탕하게 군사들을 호궤한 공사번은 피문표를 선봉으로 하여 2만 군사를 이끌고 업성을 향해 진발하였다.

이 때 업성은 풍숭과 진진이 임시로 맡아서 다스리고 있었다.

공사번이 성도왕 사마영의 옛 군사들을 모아 업성으로 진격해 온다는 급보를 접한 풍숭은 급히 낙양으로 비마(飛馬)를 띄워 동해왕에게 구원을 요청하였다.

사마월은 급보에 접하자, 곧 청주자사 구희(苟晞)에게 격문을 띄워 업성을 구원토록 하였다.

이러는 사이에 이미 공사번은 업성을 에워싸고 연일 맹타하고 있었다. 그러나 견고한 업성은 좀처럼 깨어지지를 않았다.

열흘째 되는 날, 공사번의 진중에는 놀라운 소식이 전해졌다. 청주자사 구희가 3만의 군사를 이끌고 질풍처럼 업성을 구원하러 온다는 소식이었다.

공사번은 수하 장수를 불러서 말했다.

「구희는 지용을 겸전한 진조의 손꼽히는 제후 중 한 사람이오 그가 이 곳을 구원하러 온다 하니 우리의 지금 병력으로는 도저히 그를 당할 수가 없을 것 같소 일단 군사를 물렸다가 다시 후일을 도모하는 것이 좋을 것 같소」

그러자 피문표가 말했다.

「전날 성도왕께서 정한대도독(征漢大都督)으로 천하의 제후들을 모아 출전하셨을 때 청주자사 구희에게는 각별한 덕을 베풀었습니다. 구희도 성도왕을 충의로써 섬겼습니다. 그러니 우리가 성도왕의 영구를 파내어 그것을 상여에 싣고 흰 기를 들고 전 군사가 흰 옷을 입고 구희에게 나아가 우리의 충정을 하소연한다면 아마 그는 군사를 물릴지도 모르겠습니다.」

공사번은 그 말이 그럴듯하다 하여 곧 사마영의 무덤을 파 영구를 꺼내어 상여를 만들었다.

그러나 어찌 알았으랴. 구희가 업성을 구원하는 것은 임자 없는 그 곳을 차지하려는 야욕이 있었던 것이다.

업성에 이른 구희는 공사번과 그 군사들의 절절한 애원은 아랑곳없이 들이쳤다. 공사번은 사력을 다하여 싸웠으나 세 불급하여 마침내 청주의 선봉대장 염홍(閻弘)에게 살해되고 말았다.

피문표도 죽고, 공사번의 군사들은 풍비박산으로 흩어졌다.

단 한 번의 싸움에서 공사번을 꺾은 구희는 성도왕 사마영의 영구를 앞세우고 기세 당당히 업성으로 들어갔다.

구희가 입성하자 노지는 한길에 나와 대성통곡하며 구희에게 성도왕의 영구를 돌려줄 것을 간청하였다. 구희는 노지의 갸륵한 뜻에 감동하여 사마영의 영구를 그에게 돌려주었다.

노지는 그 길로 사마영의 영구를 모시고 낙양으로 올라갔다. 그리고는 혜제에게 표문을 닦아 올리고 성도왕을 왕자의 예로 장사지내 줄 것을 호소하였다.

혜제는 동해왕 사마월에게 특별히 칙명을 내려 성도왕의 장례를 왕공의 예를 좇아 성대히 치르도록 하였다.

이리하여 사마영은 비로소 죄인의 누명을 벗게 된 것이다. 이는 오로지 노지의 지극한 충성심의 덕이었음은 두 말할 필요도 없다.

사마월은 노지의 재주와 충성심을 높이 사서 그를 조정에 등용
코자 하였다. 그러나 노지는 머리를 흔들며 끝까지 사양했다.

「전하의 뜻은 감사하오나, 이미 신은 신로심로(身老心老)하여
정사를 맡을 수가 없사옵니다. 오직 한 가지 전하께 드릴 청이 있
사온데, 즉 지금 성도왕의 유자(幼子)가 신야(新野)의 어느 촌가에
묻혀 있사오니, 그를 불러다가 성도왕의 후사를 잇게 해주옵소서.
그러하오면 신은 죽어서도 길이 전하의 후덕하신 은혜를 잊지 않
겠나이다.」

「그야 어려울 것이 있겠소」

사마월이 대답했다. 그러나 노지가 머리를 조아리는 사이 사마
월의 얼굴에는 싸늘한 웃음이 스쳐갔음을 그는 알지 못했다.

그날 밤, 사마월은 심복 장수 하윤을 몰래 불러 여차여차 하라
는 영을 내렸다. 간특한 웃음을 띠면서 사마월 앞을 물러나온 하
윤은 그 밤으로 신야에 자객을 보내 성도왕 사마영의 어린 아들을
찾아 죽여버렸다.

결국 노지의 충성은 성도왕 사마영과 함께 죽은 두 아들과 그
나마 하나 남아 있던 어린 손을 끊고 말았으니, 세상일이란 알고
도 모를 일이다.

한편 흩어진 공사번의 군사들 몇몇은 유현으로 와서 지난번 공
사번이 사마등에게 빼앗아 땅에 깊이 묻어 놓은 진상기보의 옥마
(玉馬)를 아무리 찾았으나 찾을 수가 없었다.

그 후 몇 백 년이 지나서까지도 유현에는 자주 땅에 묻힌 보물
을 찾겠다고 여러 사람이 왔으나 아무도 찾지 못하였다.

그것을 아는 사람은 오직 공사번과 피문표 두 사람뿐이었다. 그
러나 두 사람은 죽고 없으니 어찌하랴.

3. 동해왕은 해제를 독살하고

업성에 입성한 청주자사 구회는 즉시 표문을 닦아 조정에 올리고 업성을 진수할 사람을 하루속히 보내 달라고 요청하였다. 사마월의 의중을 한번 떠보자는 수작이었다.

구회는 풍숭이란 자의 간교가 보통이 아닌 것을 간파하고, 그에게 표문을 주어 낙양으로 가져가게 했던 것이다.

풍숭도 구회가 녹록한 사람이 아니라는 것을 알기 때문에 두말 없이 구회의 요청을 받아들여 낙양으로 올라갔다.

풍숭은 낙양에 이르자 동해왕 부중의 벼슬아치들에게 후하게 뇌물을 써서 자기가 조정에 등용되도록 밀어줄 것을 부탁했다.

예하 관원들로부터 이야기를 들은 사마월은 문득 전날 노지가 한 말을 상기하였다.

「풍숭이란 자는 기름과 같습니다. 그를 가까이 하면 곧 기름이 묻어서 더러워집니다.」

사마월은 예하 관원들에게 그 말을 일러주며 풍숭의 요청을 물리치도록 하였다.

풍숭은 이런 말을 전해 듣자 속으로 깊이 생각을 다지며, 그대로 낙양에 머물러서 몰래 천하의 지리(地理)와 조정 내외의 전량(錢糧)과 필목(疋木), 병갑(兵甲) 등에 이르는 조사를 샅샅이 하여 이를 암기하기 시작했다.

원래 그는 머리가 총명하였기 때문에 한 달쯤 지나니 천하의 수륙 형세와 관애(關隘), 그리고 병마, 전량 등의 상황을 모두 암기하게 되었다.

하루는 동해왕 사마월이 부중에서 각 부의 연리(掾吏)를 모아놓고 각 부문의 상황을 묻고 있었다.

이때 마침 친구한테 놀러와서 부중에 있었던 풍숭은 여러 연리들이 전적(典籍)을 뒤적이며 대답에 급급하는 것을 보다가, 선뜻 나서서 청산유수처럼 연리들을 대신하여 답변했다.

사마월이 무엇을 물어도 그가 모르는 것은 하나도 없었다. 사마월은 신기하게 여겨 풍숭이 대답한 몇 가지 말을 전적을 뒤져서 고증토록 하였다.

한참 만에 관계 항목을 찾아낸 연리는 전적에 씌어 있는 거와 하나도 다름이 없다는 보고를 하였다. 이에 사마월은 풍숭의 재주를 높이 사서 일약 그를 장사(長史)로 발탁하여 심복을 삼았다.

진 혜제 광희(光熙) 원년 동짓달 어느 날이었다.

풍숭은 사마월에게 넌지시 말했다.

「지금 천자께서는 위로 치국(治國)에 어두우시고, 아래로 백성을 다스리심에 미흡하신 점이 이만저만이 아닙니다. 차라리 보위를 동궁에게 물리시도록 하는 것이 어떻겠습니다. 동궁이 대통을 이으시면 그 분은 대왕의 힘으로 동궁이 된 분이시니 천하는 자연 대왕의 것이 될 게 아니겠습니까.」

그러나 사마월은 얼른 찬성하는 뜻을 표하지 않았다.

「그것은 황제를 폐위(廢位)케 하는 결과가 되니 천하의 친왕(親王)들과 제후들이 결코 가만히 있지는 않을 것이오 불가하오 그것보다는 다른 수를 강구토록 해봄이 어떻겠소」

풍숭은 얼굴에 간악한 웃음을 지으며 입을 놀렸다.

「몰래 천자의 젓수시는 음식물에 독약을 타서 드리면 감히 누가 태부(太傅)께서 한 짓인 줄 알겠습니까.」

사마월은 짐짓 놀라는 기색을 하며,

「그럴 수야 있소? 하늘이 무서운 일이오 모르겠소 경이 알아서 하오」

하고 자리를 떴다.

그 후 풍숭은 근시(近侍)한 사람을 후히 금은보화를 주어 매수하는 데 성공했다. 근시는 혜제가 먹는 음식에 슬쩍 독약을 타서 이를 혜제에게 바쳤다. 혜제는 그것을 먹고 급사(急死)를 하니 이때 혜제의 보령은 마흔 여덟이었다.

양황후는 경악과 비통 속에서도 나라의 일을 근심했다. 황후는 시중(侍中)과 광록대부, 태상(太常) 등을 가까이 불러 상의했다.

「만약 동궁 치(熾)로 대통을 잇게 하면 나로서는 시동생이기 때문에 입장이 거북할 것 같소. 경들은 이런 사정을 헤아려 백관을 모아 청하왕(淸河王) 담(覃)으로 보위에 오르도록 힘써 주기 바라오. 태부에게는 사후에 알리도록 하면 될 것이 아니겠소」

그러나 양황후의 이런 은밀한 말은 그 날로 태부 동해왕 사마월의 귀에 들어가고 말았다. 그것은 양황후가 부른 두 사람의 시중 가운데 화곤(華昆)이 바로 사마월의 심복이었기 때문이었다.

대경실색한 사마월은 황급히 하윤·송주 두 심복 장수를 대동하고 입궐하여 크게 곡성을 터뜨리며 혜제의 죽음을 애도했다. 그리고는 곧 하윤에게 백관을 모으도록 영을 내렸다.

백관이 모이자 사마월은 엄숙히 말했다.

「천하에는 단 하루라도 천자가 아니 계셔서는 안됩니다. 마땅히 대통을 이으실 분을 모신 다음에 선제(先帝)의 국상(國喪)을 치르도록 해야 할 줄 아오」

문무 관원들 가운데는 사마월의 이 말에 반대하는 사람이 하나도 없었다. 감히 있을 수가 없는 것이다.

결국 사마월은 사마치를 맞아서 보위에 오르게 하니, 이가 곧 진조의 제3대 왕인 회제(懷帝)였다.

회제는 보위하자 연호를 영가(永嘉) 원년으로 하고 양황후를 효혜 황태후(孝惠皇太后)로 하여 홍훈궁(弘訓宮)에 있게 하였다.

회제 사마치는 곧 무제 사마염의 막내인 스물 다섯째 아들로서 혜제의 막내동생이었다.

이때는 서력기원 307년 되는 해였다.

4. 하간왕의 최후

유주 장수 기홍에게 쫓겨 초라하게 태백산 속에 은신한 하간왕 사마옹은 언제까지나 거기에만 있을 수도 없는 일이었다. 첫째 먹을 것이 없었다. 그는 몸에 지닌 금붙이를 주민들과 양식으로 바꾸어 얼마를 지냈으나, 계획한 망명도 아닌 까닭에 밑천도 금세 거덜이 났다. 그는 마침내 시평(始平) 태수 양매(梁邁)에게로 갔다.

양매는 장안도독으로 새로 임명된 양유(梁柳)의 형이었다. 어진 사람이라 사마옹을 마음으로부터 환영했다.

「제가 있는 한 조금도 심려를 마옵소서. 시일이 가면 다시 장안으로 돌아가시게 되오리다.」

그는 자기 집 내실을 치워 사마옹에게 바치고 무엇 하나 부족함이 없이 시중을 들었다. 사마옹의 옛 신하 중에서도 소식을 듣고 찾아오는 사람이 있었다. 마첨도 나타났다.

양매는 사마옹을 장안으로 돌아가게 하려고 노력했다. 양유는 형의 덕으로 이번에 동해왕으로부터 장안도독에 임명되었기 때문에 그 말을 거절할 수가 없었으나 마음속으로는 내키지 않았다.

'물론 하간왕을 위해서는 동정해드려야 하겠거니와 지금 죄명을 쓰고 계시니 난처합니다. 좀더 시기를 기다려야 하리다.'

이런 회답을 받은 양매는 쓴 입맛을 다셨다. 난처한 것은 양매였다. 한배에서 태어난 아우로서도 자기의 심정을 이렇게 몰라주는가 생각하니 괘씸한 생각까지 들었다.

사마옹은 속으로 양유가 자기를 맞아들이지 않을 것으로 짐작
했다. 그리하여 근심스럽게 그것을 수하대장 마첨에게 상의했다.

마첨이 말했다.

「신에게 한 가지 계책이 있습니다.」

사마옹은 금세 얼굴에 밝은 빛을 띠면서,

「무슨 계책인지 어서 말해 보라.」

하고 재촉했다. 마첨은 사마옹의 귀에다 대고 무슨 말인지 소곤
거렸다. 사마옹은 고개를 끄덕이며 곧 마첨에게 얼마간의 재보를
내려주었다.

마첨은 그 길로 태백산에서 구한 약주(藥酒) 한 초롱을 가지고
장안으로 갔다. 양유가 일찍부터 술을 매우 좋아한다는 말을 들었
던 것이다.

장안에 도착한 마첨은 술에다가 몰래 독약을 타서 이를 양유에
게 바치며,

「양 태수께서 이 술을 대도독에게 갖다 드리라 하셨습니다. 이
술은 태백산에서 약초를 캐어 특별히 빚은 술이라 하옵니다.」

하고 능청스럽게 말했다.

술을 본 양유는 금세 입맛을 다시며 빙글거렸다. 그날 저녁 양
유는 이 술을 마시고 밤새 어이없이 죽어버리고 말았다.

마첨은 수하 막료들에게 사마옹에게서 받은 재보를 아낌없이
뿌려 이들의 입에서 양유가 병사했다는 말이 나오게끔 만들었다.

소기의 목적을 달성하고 시평으로 돌아온 마첨은 곧 사마옹에
게 진언했다.

「이제 대왕께서는 양 태수를 움직여 조정에 표문을 올리도록
하옵소서.」

사마옹은 마첨이 시키는 대로 했다.

시평태수 양매는 정말 자기 동생이 병으로 죽은 줄만 알고 절절이 표문을 닦아 조정에 띄웠다.

표문의 사연은 지금 장안에는 주인이 없기 때문에 민심이 들떠 있으니 차제에 하간왕을 다시 장안으로 들게 하여 들뜬 민심을 수습하는 것이 좋겠다는 것으로 되어 있었다.

새로 즉위한 회제는 상소문을 받자 크게 마음이 움직였다. 그를 태제로 봉해 준 사람이 하간왕 사마옹이었던 까닭이다. 그러나 동해왕을 꺼려서 단을 내리지 못하고 칙사를 장안으로 보내 위로의 말만을 전하는 데 그쳤다.

장안은 원래가 사마옹의 근거지였으므로 지금도 그의 은고를 생각하는 사람이 많았기 때문이었다. 사마옹의 장안 귀환은 즉시 실시되었다. 이제는 실권자로서가 아니라 하나의 식객으로 가는 길이었고, 간대야 가족도 몰살되고 난 외톨박이었다. 그러나 역시 장안으로 돌아간다는 것은 사마옹의 마음을 기쁘게 했다.

장안에서는 모두 따뜻하게 맞이해 주었다. 길가에 나와 선 백성 중에는 눈물을 흘리는 사람도 있었다.

하여간 사마옹의 형세는 나날이 늘어갔다. 주영 등 관리들이 그를 지지하였으며, 흩어졌던 장병들도 차츰 돌아왔기 때문이었다. 그러나 사마옹의 세력이 이렇게 떨쳐가는 데 대해 동해왕 사마월 측의 반발이 없을 수 없는 일이었다. 홍농태수 배익, 진주 내사(內史) 가감, 안정태수 가필 등이 모두 동해왕 일파였으므로 사마옹의 움직임에 대해 불안을 느낀 나머지, 마침내는 군사를 휘동하여 장안을 치기에 이르렀다.

「마땅히 형을 받아야 할 죄인으로서 조정의 허락 없이 군사를 모으는 것은 불궤의 뜻이 있기 때문이니, 천하를 어지럽힐 화근을 미리 막아야 하오.」

이것이 그들이 내세운 명분이었다. 그러나 이 일은 성공하지 못했다. 도리어 마첨·양매·주영 등이 이끄는 군대의 반격으로 *일패도지하고 말았다. 싸움은 어느 쪽에서나 더 계속하기를 원치 않았으나, 그 대신 양측의 호소가 담긴 상소문이 전후하여 낙양의 회제에게로 올라왔다.

하간왕이 근신해야 할 몸으로 장안을 빼앗고 양병에 골몰하고 있으므로 조정에서는 마땅히 이를 쳐야 하겠다는 것이 배익 일당의 상소문이었고, 배익 등이 조정의 지시 없이 장안을 빼앗으려 하니 이는 관중(關中)을 손에 넣어 반란을 일으키려 하는 뜻임에 틀림없다는 것이 사마옹의 호소였다.

회제는 동해왕 사마월에게 말했다.

「양쪽의 말이 다 일리가 있소. 하간왕에게는 과실도 있으나 국가를 위해 큰 공도 있었던 사람이며, 더욱이 종친의 원로가 아니오? 한때 장방 때문에 비난도 샀으나 스스로 이를 죽여 회개의 뜻을 보인 바도 있고 보니, 이 이상 그를 친다는 것은 불가한 일이오. 또 태수들은 행여 다시 반란이 일어날까 걱정하는 마음에서 기병한 줄 아오. 함부로 기병한 과실은 있으나, 그들의 충심은 그것대로 인정해 주지 않을 수 없소」

사마월은 황제의 뜻이 어디 있는지 도무지 알 수가 없어서 듣고만 있었다.

「그러니 태수들의 편을 들어 하간왕을 칠 수도 없고, 하간왕을 도와 태수들을 징계하지도 못하고 그렇다고 놓아두면 두고두고 싸울 것이매, 하간왕을 서울로 불러들여서 여생을 편안히 보내도록 하여주는 것이 좋다고 생각하오」

「황공하오이다.」

사마월은 진정에서 고개를 숙였다. 어린 황제의 어디에 이러한 지혜가 숨겨져 있었나 하는 생각이 들었다.

「지당하신 분부이십니다. 하간왕은 사도(司徒), 남양왕은 사공 (司空), 낭야왕은 사마(司馬), 동영공은 사농(司農)에 임명하사, 친친 (親親)의 뜻을 표하시고 천하의 소란도 미리 막으시옵소서. 이리 되 면 천하가 모두 폐하의 성덕에 감격할 것으로 생각하나이다.」

황제는 곧 칙사를 사방으로 파견했고, 사마옹은 이를 쾌히 받아 들였다.

장안이라고 해야 황폐할 대로 황폐한 지금 세력을 복구하기란 사실상 불가능한 일이었다. 거기에다가 이웃 태수들이 못마땅해 한다면 도리어 근심만 걸머지는 꼴이 될 것은 틀림없었다.

사마옹도 이제는 마음을 푼 듯하니, 차라리 서울에 가서 지내는 편이 나을 것같이 생각된 것이었다.

마침이 이끄는 5백의 군사에 호위되어 길을 떠난 사마옹은 자 못 명랑한 기분이었다. 이제 와서는 만사가 귀찮아져 노후를 편히 보낼 보금자리만이 그리웠던 것이다. 그러나 호사다마(好事多魔) 라고, 그의 몸에 덮쳐오는 어두운 그림자가 있는 줄은 신이 아닌 그로서 알 까닭이 없었다.

사마옹의 입경에 대해 반감을 품은 사람은 남양왕 사마모였다. 그는 자기에게 사마의 벼슬이 내린 것을 들었을 때 처음에는 기뻐 했다. 그러나 칙사에게서 상세한 설명을 듣자 화를 내며 자리에서 일어나 버렸다.

「하간왕이 어떤 사람이냐 제왕을 도와 조왕을 죽였으며, 장사 왕을 도와 제왕을 죽인 위인이 아닌가. 또 그 장사왕이 충성을 다 했건만 성도왕과 손을 잡고 이를 죽였으며, 다시 성도왕의 세력을 뺏기도 했었다. 지금 우리들이 애를 써서 어가를 환도케 했거늘, 조정에서는 무엇 할 일이 없어서 그를 사도로 삼는단 말이냐. 나를 보고 그 밑에 있으라고? 어림도 없는 소리다.」

그는 근신들을 모아놓고 이렇게 화를 냈다. 아장(牙將) 왕인(王
囚)이 말했다.

「전하의 말씀은 지당합니다. 하간왕과 전하는 양립할 수 없는
사이입니다. 그가 사도의 자리에 오른다면 전하의 안전이 며칠이
나 보장되오리까?」

사마모는 기뻐하면서 물었다.

「그런데, 무슨 도리가 없겠느냐?」

왕인은 사마모가 자기를 알아주는 것만 해도 기뻐서 어깨가 으
쓱해졌다.

「왜 없겠나이까. 지금 조명(詔命)으로 하간왕이 상경하고 있사
온데, 이를 공공연히 막을 수는 없습니다. 그러나 한 1천 명쯤의
군사를 도둑으로 가장해서 산골짜기에 매복시켜 두었다가 재물을
핑계로 이를 죽여 버린다면 어느 누가 눈치를 채겠습니까. 동해왕
께서도 그 뒤를 철저히 밝히려고는 하지 않을 것입니다.」

「그것 참 묘하다.」

사마모는 뛸 듯이 좋아했다.

이런 줄도 모르는 사마옹 일행이 옹곡(雍谷)을 지날 때였다. 갑
자기 숲 속에서 험상궂게 생긴 장정들이 우르르 몰려나와 길을 막
았다. 이때 마첨은 주력부대를 이끌고 뒤에서 오고 있었기 때문에
왕의 일행이란 몇 십 명에 지나지 않았다.

「거기 오는 것은 누구의 행차냐? 가진 것을 다 내놓으면 모르
되 그렇지 않으면 살아서 지나가지 못하리라.」

사마옹은 상대가 단순한 도둑인 줄만 알고 앞에 나서서 외쳤다.

「나는 하간왕이다. 지금 천자의 부름을 받아 내직(內職)으로
들어가는 길이려니와, 너희는 어찌하여 이런 짓을 생업으로 삼고

있단 말이냐. 모두 회개하여 착한 백성들이 되어라.」

이만 하면 도둑들도 놀라서 무릎을 꿇든가 도망칠 것으로 알았다. 그러나 도둑의 괴수인 듯한 자는 도리어 비웃었다.

「뭣이라, 하간왕이라고? 네가 하간왕이라면 나는 산중의 대왕이다. 여기는 이 임금님의 영토란 말이다.」

이때 도둑 떼 속에서는 웃음소리가 터졌다.

「나라와 나라, 왕과 왕 사이에는 예의가 있을 수 없다. 네가 이곳을 지나고 싶으면 나에게 예물을 내놓아라. 그렇지 않으면 통과하지 못한다.」

한 장교가 나서면서 호통을 쳤다.

「이놈! 어느 앞이라고 함부로 주둥아리를 놀리느냐. 하늘이 무섭지 않느냐!」

그러자 도둑의 대장으로 가장한 왕인이 소리를 높였다.

「저놈들을 한 놈도 남김없이 묶어라. 반항하거든 죽이고! 우리 국법이 얼마나 엄한가를 보여주리라.」

도둑들은 사태가 난 듯 우르르 몰려들었다. 그리고는 처음부터 묶으려고는 하지도 않고 닥치는 대로 쳐 죽였다. 사마옹은 말을 돌려 달아나려 했으나 도둑의 괴수에게 잡히고 말았다.

「이놈! 어디를 가느냐. 이 대왕님의 칼맛을 좀 보아라!」

왕인의 칼이 번쩍이는 순간, 사마옹은 말에서 굴러 떨어졌다.

얼마 후 양곡에 도착한 마첨은 기겁을 했다. 선발대는 사마옹을 포함하여 전멸해 있었다. 마첨은 사마옹의 시신을 수레에 싣고 낙양에 나타나 동해왕을 찾아가 울면서 호소했다.

「사람이란 누구나 허물이 있습니다. 하간왕 전하라고 어찌 성인이시기야 하겠나이까. 그러나 그분에게는 선제(先帝)를 받든 공로가 있고, 금상폐하를 옹립한 공적도 있나이다. 이제 도중에서

참변을 만나 돌아가셨거니와, 부디 예장(禮葬)이나 할 수 있도록
허락하시옵소서.」

동해왕 사마월도 이에는 놀라서 한참은 입도 열지 못했다.

「이것이 무슨 일이냐? 나는 대왕을 모셔다가 구원을 풀고 함
께 조정을 바로잡아보고자 꾀했더니, 어느 놈이 이런 짓을 저질렀
단 말이냐」

그는 곧 황제에게 상주하여 왕의 예로써 사마옹을 장사지내고,
그 후손이 없음을 불쌍히 여겨, 팽성왕(彭城王) 사마조(司馬肋)를
입양시켜 그 향화를 받들게 하여주었다.

나중에야 마침은 사마옹을 죽인 것이 남양왕 사마모의 지시라
는 것을 알아서 이를 사마월에게 알렸으나, 사마월은 아무런 반응
조차 보이지 않았다. 그 대신 남양왕 사마모는 본인도 조정에 들
어가기를 원치 않았으므로 그대로 허창을 진수(鎭守)토록 하였다.

제12장. 다시 이는 풍운

1. 일마화룡(一馬化龍)

동해왕 사마월이 집권하자, 모든 사람이 그에게 아첨하여 잘 보이려 애썼으나, 이런 중에서 예외자도 없지는 않았다.

낭야왕 사마예는 전에 왕도(王導)로부터 충고를 들은 적도 있어서 서울을 떠날 구실을 찾고 있었다. 그러기에 사마월이 자기를 사구(司寇)에 임명코자 하는 것을 알고 가슴이 섬뜩했다. 더욱이 사도(司徒)에 임명되어 입경하던 사마옹이 비명횡사하는 것을 보고는 그것이 남의 일 같지 않게 생각되었다.

「선생이 나에게 낙양을 피하라고 권하더니 이제야 그 까닭을 알겠소 어떤 수단으로 이 함정을 벗어날 수 있을는지, 선생은 나를 인도해주시오」

그는 신하라기보다 스승처럼 존경하고 있는 별가(別駕) 왕도(王導)에게 문제를 꺼냈다.

「어떻게 해서든 본진인 건업(建業)으로 돌아가셔야 합니다. 만일 동해왕의 천거대로 사구에 취임하셨다가는 큰 화를 면치 못하오리다.」

왕도는 말을 끊고 무엇을 생각하는 듯하더니 이윽고 다시 입을 열었다.

「양주자사 진민(陳敏)이 망명객들을 모아들이고 있다 하오니, 불원간에 반란을 일으킬 기세입니다. 이것은 동해왕도 알고 있어서 걱정하는 모양이니 이것을 이용하십시오」

「이용하다니, 어떻게 이용하라는 말씀인가요?」

사실 사마예에게는 납득이 가지 않았다.

「동해왕의 왕비 배씨(裵氏)를 아십니까?」

사마예는 더욱 영문을 몰라 고개만 끄덕였다.

「그 배씨는 동해왕의 사랑을 독차지하고 있어서, 그녀의 말이면 무엇이나 듣게 되어 있다 합니다. 전하께서는 예물을 보내 배씨의 마음을 사십시오. 그리고 양주가 위태로우니 오왕(吳王)과 전하께서 남방을 진수(鎭守)하셔야 된다는 말을 배씨로 하여금 동해왕에게 하도록 하는 것입니다. 동해왕은 반드시 대왕을 건업으로 돌아가시게 할 것입니다.」

그제야 사마예도 이해가 갔다. 그러나 문제는 간단한 것 같지 않았다.

「그것도 좋겠소만, 배씨가 들어줄는지?」

왕도가 표정을 고치면서 힘을 주어 말했다.

「꼭 듣도록 만드셔야 합니다. 그녀는 욕심이 대단한 사람이니 많은 금은보화를 보내십시오. 전하의 일생에 관계되는 이 마당에, 무엇을 아끼시리까. 그리고 목적이 달성되는 날이면 더 큰 예물을 줄 것이라는 암시를 하옵소서. 배씨는 반드시 힘쓸 것입니다.」

사마예는 곧 엄청난 보물을 배씨에게 보냈다. 그리고 자기의 왕비인 이씨를 들여보냈다. 배씨는 아주 기쁘게 이씨를 영접했다.

「이번에 귀한 보물들을 많이 보내주셔서……」

배씨의 얼굴에는 지극히 만족한 빛이 떠돌았다.

「원 별것을 다 가지고 그러십니다. 우리 대왕께서는 늘 동해왕
전하의 높으신 덕을 일컬으시며 그 큰 은혜에 보답해드릴 길이 없
다고 한탄하고 계십니다. 그만한 것은 작은 정성의 표시일 뿐이니
도리어 황공합니다.」

배씨는 좋은 차를 따라 손수 내놓으며 말했다.

「낭야왕 전하께서 어지신 분이라는 것은 나도 잘 알고 있습니
다. 무엇이나 원하시는 것이 있으면 힘을 다해 도와드리리다.」

「동해왕 전하께서 받은 은혜가 그렇지 않아도 하해 같으신 터
에 더 바라는 것이 무엇이 있겠습니까.」

이씨는 환히 웃어 보이며 지나가는 말인 듯 한 마디를 던졌다.

「다만 건업에는 선대의 사당이 계신데, 제향을 제대로 못 받드
는 것이 한일 따름입니다.」

「그도 그렇겠군요」

배씨는 금세 동정어린 눈초리가 되었다.

「가끔 좀 다녀오시지요.」

「그게 어디 쉽사옵니까?」

이씨는 가는 한숨을 쉬었다.

「우리 전하는 고향에서 한가한 나날을 보냈으면 하고, 늘 그것
만 원하고 계십니다. 그런데 참 양주 이야기를 들으셨나요?」

배씨는 고개를 살래살래 흔들었다. 이씨는 진민이 음모를 진행
시키고 있다는 것을 약간 과장하여 들려주었다. 그리고 말했다.

「우리 전하께서는 그래서 더 고향에 가고자 하신답니다. 오
왕과 우리 대왕만 가 계신다면 양주는 저절로 제압될 것이 아닙
니까. 그러나 때가 때인지라, 말을 냈다가는 오해를 살 염려도
없지 않고, 또 사구로 임명하신다는 분부도 계신 터라 더욱 난처
하옵니다.」

배씨는 대수롭지 않은 듯 말했다.

「아무래도 돌아가셔야 되겠네요 무엇하면 제가 도와드리지요.」

이씨는 상대방의 손목을 잡으면서 말했다.

「그렇게만 하여 주시면 얼마나 좋겠습니까. 결코 은혜를 잊지는 않을 것입니다.」

은혜를 잊지 않겠다는 말은 특히 힘을 주어 했다.

며칠이 지나지 않아서 사마예와 오왕에게 본진으로 돌아가라는 칙명이 내렸다.

사마예는 기뻐하며 건업으로 귀환했다. 이때 서울에서 한가히 지내던 서양왕(西陽王) 사마승(司馬承), 여남왕 사마우(司馬祐), 남돈왕(南頓王) 사마종(司馬宗)과 장사왕의 아들 사마침(司馬沈)이 따라나섰다. 왕이라는 이름은 가지고 있었으나 사마월에게서 경원당하고 있던 황족들이었다. 어디에서 나왔는지 '오마도강(五馬渡江) 일마화룡(一馬化龍)'이라는 말이 떠돌았는데, 즉 '다섯 마리의 말이 물을 건너 한 마리의 말이 용이 된다.'는 이 말이 후일에 가서 사람들은 이 일행의 일인 줄 알 때가 온다.

건업으로 돌아온 사마예는 대소의 정사를 모두 왕도에게 물어서 시행했으므로 관내의 주민들로부터 어질다는 칭송이 나돌기 시작했다. 왕도는 또 널리 인재를 구할 것을 건의했다.

「지금 중원에는 연달아 난리가 일어나고 있기 때문에 현인군자들이 남방으로 피하는 일이 많아졌습니다. 전하께서는 성의를 다해 그들을 대하십시오 무슨 일을 하시든지 사람을 얻지 않고는 성공하지 못합니다.」

사마예는 그 말을 옳게 여겨 현인들을 널리 구하기로 마음먹었다. 그러나 사마예의 덕망은 그리 높지 못했기 때문에 이름 있는 선비 중에서 찾아오는 사람은 아무도 없었다.

「아, 나의 덕이 이렇게도 모자라나!」

사마예는 이런 탄식을 하루에도 몇 번씩 했다.

하루는 왕도가 사마예에게 말했다.

「내일은 청명(淸明)이니 신과 함께 현인을 맞이하러 가시기 바랍니다.」

「아니, 현인이 어디 있기에……?」

사마예는 어리둥절해서 물었다.

「신이 듣자오니, 이곳 사람들은 청명 날이 되면 선산에 가서 성묘도 하고, 산수 좋은 곳에서 친구끼리 즐기기도 한다고 합니다. 그러므로 내일은 이름있는 선비들 중 산야(山野)에 나오는 사람들이 많을 것이니, 전하께서도 바람도 쐬일 겸 밖에 나가심이 좋을까 생각하나이다.」

「그것도 그렇소만.」

사마예는 아직도 완전히는 납득이 가지 않는 모양이었다.

「누가 현인인지 어떻게 알아낸단 말이오?」

왕도는 엄숙한 표정으로 대답했다.

「지금 현인으로서 찾아드는 이가 없는 것은 전하의 뜻이 아직도 알려지지 않았기 때문입니다. 그러므로 전하께서는 현인을 우대한다는 것을 널리 알리셔야 합니다. 내일은 여러 사람이 모인 앞에서 그것을 보이시라는 것입니다.」

왕도는 말을 계속했다.

「옛날에 천리마를 구하는 사람이 있어서 우선 *죽은 말뼈를 5백 금으로 사들였다(買死馬骨 : ☞ 선시어외) 하지 않사옵니까. 죽은 말뼈야 단 한 냥의 돈으론들 사들일 필요가 어디 있었겠습니까. 그럼에도 불구하고 이를 위해 거금을 던진 것은, 뜻이 천리마에 있었기 때문입니다. 아닌 게 아니라 곧 천리마가 몇 필이나 모여들었던 것입니다. 전하께서는 여러 사람 앞에서 이 왕도를 예우하는 태도를 보이십시오 그러신다면 반드시 현인들이 구름같이 모여들 것입니다. 왕도로서도 저런 대우를 받는 바에야 내가 가면 얼마나 우대를 받겠는가 하고 제각기 생각할 것이기 때문입니다.」

「잘 알겠소 선생의 가르침대로 행하리다.」

사마예는 기쁜 표정으로 다짐했다.

청명 날, 건업의 성문 밖은 놀러 나온 사람들로 인산인해를 이루었다. 특히 동문 밖은 명승고적이 많은 곳이었으므로 더욱 붐볐다. 혹은 소나무 밑, 혹은 시냇가에 술자리를 마련하고 시를 읊고 춤추고 하는 사람들의 모임이 여기저기 눈에 띄었다.

오정이 가까워졌을 때의 일이었다. 동문으로부터 한떼의 인마 (人馬)가 쏟아져 나왔다. 기치와 창검도 찬란한 1백여 명의 군인들이 말을 타고 호위하는 가운데, 말머리를 나란히 하여 앞을 달리는 귀인들이 있었다.

「저게 누구일까?」

모든 사람의 눈은 자연 그리로 쏠렸다. 누가 보기에도 보통 사람의 행렬로는 여겨지지 않았다. 선두에 선 두 사람은 몹시 다정한 사이인 듯 서로 웃으며 무엇인가 이야기를 나누고 있었다. 그때 관리처럼 보이는 사람들 몇이 길 가까운 곳에서 술을 마시고 있다가 허둥지둥 뛰쳐나가는 것이 보였다. 그리고 다음 순간, 그들이 한 행동은 보는 사람의 눈을 휘둥그렇게 만들어 놓았다. 그도 그럴 것이, 그들은 바로 길바닥에 무릎을 꿇고 부복한 것이었다.

「아, 전하시구나! 낭야왕 전하시다!」

여기저기서 이런 말이 속삭여졌다. 그렇다면 또 한 사람은 누구란 말인가. 일행이 지나가고 나자, 길에 부복했던 관리들은 곧 여러 사람에게서 질문의 공세를 받아야 했다.

「대체 누구시오? 전하와 나란히 말을 달리던 사람은?」

그들은 그것이 왕도라는 말을 듣자 다시 한번 깜짝 놀랐다.

이 일이 있은 후, 낭야왕의 평판은 갑자기 높아졌다. 어지러운 세상을 피해 은둔생활을 하고 있던 선비들은 다 낭야왕을 칭찬하게 되었고, 그 중에는 신릉군(信陵君)이나 맹상군(孟嘗君)의 이름을 들먹이며 낭야왕이야말로 그런 분일 것이라고 기대를 거는 사람도 생겼다.

사마예 자신이 또 이런 기대에 어그러지지 않도록 행동을 하였다. 그는 궁문을 크게 개방했다. 누구나 그를 만나고자 하는 사람은 자유롭게 들어올 수 있도록 했다. 그리고 왕으로서가 아니라, 한 인간으로서 그들을 대해 주었다. 개중에는 어쭙잖은 무리들도 섞여 있었다. 그러나 사마예는 그 모든 사람을 지성으로 대하고 경의를 보여 주었다.

그리하여 대궐은 이렇게 모여든 사람들로 언제나 잔칫집 같았다. 그리고 그들은 거기에 묵으면서 제 집같이 살았다. 강남의 명사인 하순(賀循)·변호(卞壺)도 이렇게 하여 사마예의 사람이 되었다.

한번은 여러 사람이 있는 중에서 하순이 간했다.

「술이란 본래 천지귀신을 제사하는 데 쓰였던 것이나, 이것을 과음함으로써 갖가지 폐단이 생기기에 이르렀습니다. 고래의 군왕 중에는 술 때문에 대사를 그르친 이가 적지 않나이다. 전하께서도 이 점을 삼가셨으면 하옵니다.」

사마예는 자리에서 일어나 고개를 숙였다.

「정말 고마우신 말씀이오. 선생의 말씀을 명심하여 이후에는 다시 술을 입에 대지 않으리다. 여기에 있는 모든 사람은 증인이 되어 주시오.」

그는 이렇게 맹세하며 잔을 들어 땅에 던져 깨뜨려버렸다. 이를
본 모든 사람들은 크게 감동하였다. 옳은 말이면 무엇이나 받아들
이는 그 끝 모르는 겸허가 더없이 위대해 보였던 것이다. 그 다음
부터는 제각기 다투어 사마예에게 간했다. 사마예는 언제나 진심
에서 그 말에 귀를 기울이고, 대부분의 경우 그것을 받아들였다.
그럴수록 사마예의 명성은 더욱 높아갔다.

2. 진민의 음모

진조(晉朝)의 내정이 어지러워 국내가 갈수록 혼란에 말려들어
가자, 거기에 비례해서 딴 뜻을 품는 사람도 자꾸만 생겨나게 마
련이었다. 진은 진작부터 한나라의 침략을 받아 국세가 매우 위축
되고 있었거니와, 걱정은 그것만이 아니었다. 유적의 집단인 성
(成)나라도 큰 골칫거리였다.

이때에는 그 두목 이특(李特)이 죽고 그의 아들 이탕(李蕩)이 대
를 잇고 있었으나, 그는 성왕(成王)의 명칭에 만족치 않고 대성황
제(大成皇帝)라 일컬으며 건흥(建興)이라 개원(改元)하기까지 이르
렀다. 이에 진・한・성의 삼국시대가 다시 나타난 셈이었다. 그러
나 진에게 걱정거리인 것은 한・성 두 나라만이 아니었다. 그것들
은 드러난 적이니 어느 면에서는 나은 편이었다. 오히려 문제는
진의 내부에 있었다.

지방을 다스리는 장관 중에서 호시탐탐 기회를 엿보고 있는 야
심가가 있다고 할 때, 그것은 분간이 얼른 안 가기에 위험하다면
더욱 위험한 존재였다.

앞서 왕도가 낭야왕 사마예에게 진민에 대해서 했던 말을 우리
는 기억한다. 멀지 않아 그가 반란을 일으킬 것이라는 그 말은 사

실에 있어서 정당성을 가지고 있었다. 그는 은근히 세력을 기르면 서 기회만 기다리고 있었다. 그의 야심이 타오르기 위해서는 불을 그어 대기만 하면 되는 것이었다. 기름은 충분히 준비되어 있었기 때문이다.

또 이런 사람에게 있어서는 조만간 기회가 닥쳐올 것이 뻔했다. 야심가에게는 기회라는 것이 따로 없으며, 웬만한 사건이 있으면 이것을 기회로 만들어버리기 때문이다.

아닌 게 아니라 기회는 손쉽게 왔다. 조정에서 사방에 도둑이 소란을 피운다 하여 각 태수에게 치안을 확보하도록 명령한바, 진민은 그 정치적 천재성(?)을 발휘하여 잽싸게 이것을 세력 확장의 계기로 삼은 것이었다.

그는 장수들을 불러서 명령하였다.

「이제 조정으로부터 도둑들을 쳐 국내의 질서를 회복시키라는 분부를 받자왔소 다행히 우리 경내는 평온하나 이웃 고을들은 모두 마적들이 태수를 죽이고 성을 빼앗기 때문에 지금도 그 지배하에 있다 하오. 우리가 국은을 막중히 입은 터에 어찌 이를 좌시하겠소. 곧 군대를 내어 이를 치시오」

명분은 매우 좋았지만 사실은 자기 영토를 확장하려는 것이었다. 도둑들이 지배하던 예장(豫場) · 임회(臨淮) · 구강(九江) · 여릉 (廬陵) 등은 순식간에 그의 손아귀로 들어왔다. 강성하다고 해도 규율이 없는 도둑들이라 진민의 훈련된 대군을 만나자마자 형편없이 패한 것이다. 그는 이제 강남에다 한 왕국을 건설한 셈이었다.

오왕이 관할하는 경구(京口)까지도 그의 지배 하에 들어왔다. 그 경위는 이러했다.

때마침 오왕이 죽고 그 아들 사마상(司馬常)이 대를 이어 왕위에 올랐는데, 이 사람은 좀 반편이었기 때문에 동해왕은 감탁(甘

卓)이라는 명사를 장사에 임명하여 이를 보좌하도록 하여 주었다. 그러나 감탁은 새로 위에 오른 오왕이 혼용하여 섬길 만하지 못함을 잘 알고 있는 까닭에 병을 핑계삼아 도임하려 하지 않았다.

이 소식을 들은 진민은 자기 아들 진경(陳景)을 데리고 가서 어리석은 오왕을 협박했다.

「지금 사방에서 도둑이 일어나고 있는데 전하께서는 무슨 방책을 지니고 계십니까. 신은 조명을 받자와 이웃고을을 평정하였는데, 도망친 도둑들이 이곳으로 밀려올까 걱정입니다. 만일 전하께서 제 자식을 장사로 쓰시는 경우에는 아무도 이곳을 범하지 못할 것이며, 범할 경우에는 신이 어찌 그대로 두겠나이까. 다른 방책이 계신다면 모르겠으나, 그렇지 않은 경우에는 이것이 만전지책인가 하나이다. 오직 전하를 위해 여쭙는 것이니 잘 생각하시기 바랍니다.」

진민의 말 속에는, 자기 제안을 들을 경우에는 돕겠으나 그렇지 않을 경우에는 내가 알 바 아니라는 뜻이 내포되어 있었다. 오왕은 도둑 떼가 밀려올 것이라는 말이 무엇보다 두려웠고, 세력이 막강한 진민의 뜻을 거역하기도 어려웠다. 어리석은 사람이라 진민이 바라는 것이 무엇인지는 생각조차 못했다.

「그 참 좋은 말이오. 어진 자제를 나에게 주겠다니 정말 고맙소. 부디 서로 도우면서 지냅시다. 순치지간(脣齒之間)이란 말이 있지 않소?」

이렇게 말하면서 무엇이 기쁜지 큰 소리로 웃어댔다.

「남들이 말하기를, 전하께서 총명이 출중하시다 하더니, 과연 그러함을 알겠나이다.」

진민도 웃으며 오왕을 추켜세웠다. 이리하여 진경을 장사로 삼은 효과는 한 달도 가지 않아 나타났다. 진경은 협박과 뇌물 공세

를 적당히 취하여 오왕의 중요한 신하들을 자기편으로 끌어들임
으로써 실질적인 경구(京口)의 지배자가 되어버린 것이었다. 운명
의 신은 어디까지나 진민에게만 미소를 던지는 듯했다.

진민의 세력이 크게 떨치자, 이와 정비례하여 억제할 수 없는
것이 그의 야망이었다. 그는 아들 진경, 아우 진굉(陳宏)을 비롯하
여 진창(陳昶)·전단(錢端) 등 심복 부하를 불러들였다.

「지금 조정에는 사람이 없고, 사방에서 호걸들이 일어나 중원
의 사슴을 쫓고 있소. 서북에서는 왕준·장궤가 만만치 않은 세력
으로 성장해 가고 있으며, 음산(陰山)에 웅거한 척발씨와 요양(療
陽)에 있는 단씨도 제각기 패자를 자처하고 있으며, 그 밖에도 포
홍과 요익중 등 경탄호거(鯨吞虎踞 : 강자가 약자를 병합하여 자기
마음대로 함으로써 그 지세地勢가 웅장함을 이름)의 뜻을 품은 자가
적지 않소. 게다가 위한은 땅을 멍석 말 듯하여 불원 낙양을 삼킬
기세요. 이때에 있어서 우리는 장강을 끼고 오초(吳楚)의 반을 차
지하여, 회남·회서·수양(壽陽) 등이 우리 것으로 되었으니, 군사
는 날쌔서 쓸 만하고 양식은 몇 년의 싸움을 지탱할 만하오. 이
기회를 타서 형초(荊楚)를 마저 아울러 대사를 일으키고 싶거니와,
제공들의 소견은 어떠하오?」

암암리에 서로 묵계는 되어 있었으나 이렇게 까놓고 말을 내기
는 이번이 처음이었다.

장내에는 긴장의 빛이 감돌았다.

진굉이 입을 열었다.

「이런 일은 그야말로 일대사(一大事)라, 사전에 충분한 준비가
없을 수 없습니다. 우리가 일단 움직이면 조정에서는 반드시 대군
을 발하여 진압시키려 들 것인바, 지금의 힘으로야 어찌 천하를
상대하겠습니까. 우선 필요한 것이 인재입니다. 감탁은 일대의 명

사인 데다가 앞서는 오왕의 장사로 임명된 바 있었으니, 이 사람을 우리 편으로 끌어넣을 수 있다면 여러 가지 편의가 우리에게 생길 것입니다.」

「그거야 그렇겠지.」

진민은 고개를 번쩍 들었다.

「허나 처신을 까다롭게 하여 오왕의 부름에도 응하지 않은 사람을 어떻게 끌어들인다는 것인가?」

진굉도 그 구체적인 방책까지는 생각 못하고 있었기 때문에 입을 다물어버렸다. 방안에는 무거운 침묵이 흘렀다.

「그것은 이렇게 하시지요.」

이윽고 말문을 연 사람은 전단이었다.

「제가 듣기로 감탁에게는 과년한 딸이 있다고 하오니, 공자(公子)와 결혼을 시키십시오. 일단 혼사만 결정되고 보면 그가 우리를 따르지 않을 도리가 없을 것입니다.」

진민은 매우 기뻐했다.

3. 정략결혼

진민은 곧 사람을 감탁에게 보냈다. 그러나 이번 일만은 그리 쉽게 이루어지지 않았다.

「무어? 혼인을 하자고?」

감탁은 처음부터 탐탁지 않게 나왔다.

「그러하옵니다.」

진민의 사자는 연방 허리를 굽실거렸다.

「우리 사또께서는 선생의 높으신 이름을 흠모하신 지 오래되었습니다. 마침 선생 댁에 규수가 계시어 유한정정의 덕을 갖추고 있다는 소문을 들으시고는 더욱 못 잊어하십니다. 우리 공자도 헌앙(軒昻 : 의기가 높음)한 장부이오니, 군자와 숙녀의 해후가 어찌 어울리지 않겠나이까.」

감탁은 심각한 얼굴을 하고 있더니 입맛을 다셨다.

「진장군 댁과 통혼하지 못할 것이야 없는 줄 아오만, 우리 딸년은 아직 나이 어리고 배운 것 없으니, 지금은 출가시킬 때가 아닌 것 같소. 돌아가시거든 잘 말씀을 올려주시오.」

사자는 다시 졸라보았으나 감탁의 뜻을 꺾을 도리가 없었다.

이 보고를 들은 진민의 마음이 편할 리가 없었다. 사실에 있어서 오왕은 자기 수중에 있었으나, 감탁은 조정에서 그 보좌역으로 지명되어 있는 사람이라, 그 협조를 얻어 오왕의 영지(令旨)를 내세울 수 있다면 거사에 명분이 생길 것이어서 청혼한 것이었다. 그것이 보기 좋게 거절당하고 보면, 체면이니 굴욕감이니 하는 문제보다 대사의 진행에 하나의 좌절이 나타난 셈이 되었다.

전단이 다시 말했다. 그는 이 계획을 건의했던 사람이라, 한 마디 말이 없을 수도 없는 처지이기도 했다.

「*장수를 잡으려거든 그 말을 쏘라고 했습니다(射人先射馬사인선사마). 감탁은 오만한 선비라 그럴 만도 한 일이나, 그 아내는 생각이 다를 것입니다. 청빈한 선비의 아내로서 어찌 부귀에 대한 동경이 없겠습니까. 그러므로 가만히 그 부인을 설득하는 것이 좋겠습니다.」

진민은 자기 유모를 감탁의 집에 보내기로 했다.

「어떻게든 성사만 시키게. 일만 되면 가만히 있지는 않겠네.」

그는 유모에게 전략을 타이른 다음 다시 다짐을 놓았다.

「격정 마시라니까요. 이런 일은 여자끼리 잘 통한답니다.」

늙은이는 엉성한 잇몸을 드러내 보이면서 웃었다.

여자란 말이 많다. 하물며 수다스런 여인과 여인이 모였으니 어

찌 말이 없겠는가. 두 사람은 그야말로 간담상조(肝膽相照), 백년
지기나 만난 듯 배짱이 맞았다. 감탁의 부인은 선물로 받은 금은
보화에 입이 귀밑까지 찢어져서 호들갑을 떨었다.

「어이구머니나! 원, 빛깔도 찬란해라. 어쩌면 이리도 고울까.
내 이런 건 생전 처음이라니까!」

무의식중에 실토했듯이, 그녀로서는 아닌 게 아니라 이런 것을
보기는 생전 처음이었다. 유모는 빙그레 웃었다.

「아, 이까짓 것을 가지고 뭘 그러십니까. 우리 댁에서는 소인
네도 이만한 것은 얼마든지 가지고 있답니다.」

「원, 저런?」

감탁의 부인은 두 눈이 둥그레졌다.

「서로 사돈만 되시면 이런 것은 바리로 놓고 쓰실 텐데 뭘 그
러십니까.」

감탁의 부인은 눈에 핏기가 서도록 마음이 동했다.

사나이들 같으면 체면과 의리와 명분에 사로잡혀서 빙빙 우회
하는 길을, 이 여인들은 천부의 본능에 의해 아주 쉽사리 가고 말
았다. 그 다음부터는 서로 자랑이 끝도 없이 계속되었다. 유모의
자랑은 물론 진민의 부귀에 대한 것이었고, 부인 쪽의 그것은 남
편의 장서(藏書) 자랑, 딸 자랑 같은 것이었다. 감탁 부인은 자기가
열세에 놓여 있는 듯 느껴졌으므로 더욱 입에서 거품이 일어나도
록 지껄여댔다. 그녀들의 혀는 기계처럼 움직여서, 아는 사람이
들었으면 얼굴을 붉혔을 거짓말도 아주 자연스럽게 해치웠다. 그
뿐 아니라, 지껄이고 있는 동안 자기의 과장된 거짓말이 어디까지
나 진실인 것처럼 착각되어 일종의 도취감에 빠져들기까지 하는
것이었다.

진종일을 이야기에 열중했던 부인은 술에 취한 사람처럼 상기

된 얼굴로 남편 앞에 나타났다.

「아녀자가 무엇을 알겠습니까만, 진 장군 댁에서 청혼해온 것은 승낙하시는 것이 좋지 않을까요?」

감탁은 어이가 없어 잠시 동안 아내의 얼굴을 바라보았다.

「그 댁으로 말하면 권세가 충천하는 집안인데 무엇 때문에 마다셨나요? 딸이 호강하는 것이 못마땅하세요?」

「그것이 무슨 소리요?」

감탁은 아내의 말을 막으면서 쓴웃음을 지었다. 자칫하다가는 불측한 아비로서 규탄받을 참이었다.

「여보, 그런 거야 낸들 왜 모르겠소? 허나 이런 난세일수록 처신을 조심해야 되는 것이오. 진민으로 말하면 세력이 너무 커져서 자칫하다가는 조정에 칼을 겨눌지도 모르는 처지에 놓여 있소. 그가 반란을 일으키리라는 것은 결코 나의 속단이 아니오. 세상에 소문이 자자하다오. 이런 판국에 그와 사돈이 되었다가 무슨 후환이 닥쳐올지 어떻게 알겠소? 만사는 내가 알아서 할 터이니, 부인은 잠자코 계시오.」

그러나 황금에 마음을 뺏긴 여인에게는 그런 말이 귀에 들어오지 않았다.

「아이구 참, 기가 차라!」

부인은 손뼉을 쳤다.

「그렇다면 더욱 혼사를 맺어야 하지 않아요?」

감탁도 기가 막힌다는 듯이 아내를 바라다보았다.

「당신은 먼 일은 걱정하시지만 가까이 다가올지도 모르는 근심은 생각도 안하시는군요. 지금이 원리 원칙이 통하는 세상이랍디까? 천자님도 뜻대로 못 사시는 세상에 당신의 대의명분을 누가 존중해 주나요? 만일 진민이 성을 내서 당신을 해치려 들면, 그때에 당신은 어떻게 하시려나요?」

슬기롭다고 자타가 공인하는 감탁이었지만 할 말이 없었다. 왕의 칭호를 띠고 있는 제후도 폭력에 의해 짓밟히는 세상이 아닌가. 진민이 정말로 야심을 지녔다고 한다면 자기 하나쯤 없애는 데 주저해야 될 이유란 아무것도 없을 것이었다.

「그도 그렇구먼!」

감탁의 입에서 탄성처럼 이 말이 떨어지자, 그의 아내는 더욱 기고만장하여 떠들어댔다.

「내가 들으니, 그 집의 세력이란 강남 일대를 휩쓴다고 하더군요. 당신의 말마따나 의심하는 눈으로 보는 사람이 많으니 조정에선들 왜 그것을 모르고 있겠어요? 그러면서도 워낙 그 세력이 크니까 손을 못 대고 있는 것이지요. 조정까지 그러시다면 우리 같은 것이야 맞섰다가 어찌 되겠나 생각해 보세요. 딸을 준다고는 해도 당신이 곧 역모에 가담하는 것은 아니니까, 무슨 일이 있은들 우리에게 벌이 돌아오지는 않을 것 아닙니까. 이렇게 되면 조정에 대한 면목도 서고 진민의 비위에 거슬리는 일이 없어질 것이니, 이야말로 만전지책이 아니겠나 생각해 보세요」

그도 그렇다고 생각한 감탁은 곧 사람을 보내어 통혼할 뜻을 알렸다.

「그러면 그렇지!」

진민은 마치 천하나 얻은 듯이 기뻐했다.

이윽고 결혼 날이 왔다. 감탁이 딸을 데리고 나타났을 때, 그 일행을 맞는 의식이란 이만저만한 것이 아니었다. 수천으로 헤아리는 군사들이 성문 밖에 늘어서 있다가 일행이 다가오자 양쪽으로 갈라선 가운데 쇠북을 울리면서 환영하는 뜻을 표했다. 이 많은 군인의 호위를 받은 일행은 마치 황제나 공주인 듯 위의를 갖추고 입성했다. 그 다음부터 벌어진 광경은 하나하나가 사람들의 입을 딱 벌리게 하는 것뿐이었다. 이제껏 내노라 하고 살아오던 감탁도 완전히 넋을 잃고 말아서 진민과 대면했을 때에는 저도 모르는 사이에 무릎을 꿇었다.

「한미한 사람이 장군과 진진(晉秦)의 의(誼)를 맺게 되니, 이런 영광이 다시없나이다. 추하다 마시고 거두어주시기 바랍니다.」

완전한 항복이나 다름없었다. 진민의 입가에는 승리자 특유의 미소가 화사하게 번져갔다. 그는 감탁을 잡아 일으키며 말했다.

「선생의 꽃다운 이름은 초동목부도 알거늘, 제가 어찌 자존망대하여 선생의 예를 앉아서 받겠습니까. 자고로 의로운 이는 관작의 고하로서가 아니라 덕이 있고 없고를 가지고 존비(尊卑)를 가린다 들었습니다. 저야 일개의 무부거니, 이후 선생을 스승으로 받들까 합니다. 부디 버리지 마십시오.」

이윽고 대연회가 벌어졌다. 진민의 부하 중 우두머리 되는 사람들이 모두 참가했을 것은 말할 것도 없는 일이었으나, 평소에는 볼 수 없는 손님도 몇이 끼여 있어서 이목을 끌었다. 그것은 고영(顧榮)과 주기(周玘)였다.

그들은 강남에 은거하고 있는 명사들로서 진민이 평소부터 눈독을 들여오던 인물들이었다. 그는 한 꾀를 생각하여 그들에게 정중한 초대장을 보낸 것이었다. 출사(出仕)를 권하는 것이라면 일언지하에 거절하고 말았을 것이었지만, 결혼식 초청이고 보면 이유 없이 거절할 수도 없는 터였다.

그들은 서로 상의한 끝에 일단 참가는 하되 그쪽의 동정을 살펴보아서, 만일 반역의 뜻이 역력한 경우에는 멀리 떠나버리기로 작정하고, 우선 연회에는 나타나기로 했다.

진민이 그들을 특별히 환대했을 것은 말할 나위도 없는 일이었다. 연회는 밤늦게까지 계속되었다. 질탕한 노래와 춤과 왁자지껄한 웃음소리…… 그 중에서도 득의만면해 있는 것은 물론 진민 그 사람이었다.

「사돈! 어서 잔을 비우시지요!」

그는 연방 감탁에게 술을 권했다.

한편 감탁은 감탁대로 묘한 심리 변화를 일으키고 있었다. 처음 연회장에 나타났을 때에는 내심 강한 반발을 일으키고 있던 그였으나, 술이 한 잔 두 잔 들어감에 따라 차츰 묘하게 마음이 변화해가서 될 대로 되라는 식의 체념에 사로잡히게 되었다.

더욱이 좌우에 늘어선 장수들의 위용을 보고 있자니, 이만한 힘이면 조정에서도 쉽사리는 꺾지 못할 것이라는 생각도 들어서 일종의 안도감 비슷한 느낌까지 맛보게 되는 것도 묘하다면 묘한 심리 변화였다.

처음부터 소극적으로 받아 마시고 있던 그가 드디어는 적극적으로 진민에게 술을 권하기까지 이르자, 잔치의 분위기는 절정에 이르렀다. 여기저기서 큰 소리로 떠드는 사람이 있는가 하면, 비틀거리면서 춤을 춘다고 방안을 도는 자도 있어서 이 집을 둘러싼 가을밤도 덩달아 흥겨워 술렁이는 것만 같았다.

이렇게 떠들썩한 분위기 속에서도 거기에 완전히는 동화될 수 없는 이단분자 두 사람이 있었다. 물론 그것은 고영과 주기였다. 그들은 체면에 못 이겨서 참석은 했으나, 애당초 마음속으로부터 흥겨울 리가 없어서 마시는 술도 똑같이 쓰기만 했다. 더욱이 이따금 진민이 자기들에게 은근한 뜻을 표해 올 때에는 앉은 자리가 바늘방석같이 편안치가 않았다.

잔치는 끝없이 계속되어 이윽고 동이 터왔다. 이때쯤에는 여기저기 쓰러져서 코 고는 사람들이 적지 않았고, 진민도 겨우 몸을 가누며 자리에서 일어났다. 고영과 주기도 따라 일어서면서 작별을 고하기 위해 진민 앞으로 다가갔다. 그러나 진민의 태도는 너무나 뜻밖의 것이었다.

「선생들께서는 고단하시겠습니다. 별실에 가셔서 잠깐 눈을 붙이시지요.」

「원 별말씀을! 이제 집으로 돌아가 보아야 되겠습니다.」

주기는 점잖은 어투이기는 하나 반항이라도 하는 듯이 말했다. 그들로서는 한시바삐 벗어나고 싶은 마의 소굴이었다.

「무슨 말씀이시오? 제가 모처럼 현사들을 모시게 된 터에, 벌써 돌아가시게 할 줄 아십니까. 안됩니다. 제 성의를 가긍히 아시는 뜻에서라도 며칠이나마 묵어주셔야 합니다.」

고영과 주기는 더 사양해 보았으나 소용이 없었다.

그들이 안내된 곳은 후원에 지어진 아담한 별당이었다. 역시 피곤했던지라 한잠을 늘어지게 자고 난 두 사람은 점심때가 훨씬 지나서야 눈을 떠 서로 쳐다보며 입맛을 다셨다.

「이게 무슨 꼴이람? 영락없는 포로 신세군!」

「그러게 말이오. 무슨 배포로 이렇게 붙들어 두는지 알 수 없구려.」

이때 한 관원이 방으로 들어오며 정중히 읍(揖)하면서 말했다.

「안녕히 주무셨습니까. 기침하셨는지 가보고 오라는 분부를 받고 왔습니다. 저쪽으로 납시지요.」

두 사람은 말없이 자리에서 일어났다.

그들이 안내된 곳은 엊저녁에 연회가 베풀어졌던 그 장소였다. 거기에는 진민과 감탁을 비롯한 여러 장수가 벌써 술판을 벌이고 있는 중이었다.

「어서들 오십시오. 태평성세에 술이나 마시고 지내지 할 일이 있소이까. 더욱이 지기(知己)를 만났으니 어찌 한잔 없을 수 있겠습니까.」

주기와 고영은 입맛이 썼다. 태평성세니 지기니 하는 말이 깊은 뜻에서 나온 것 같아 마음에 걸렸다.

잔치는 연 닷새를 계속하였다. 두 사람은 어떻게든 여기서 벗어나려 애써 보았으나 진민은 한사코 말렸다.

「이제 와서야 두 분을 만나게 된 것이 한 가닥 인연인데 내가 어찌 이대로 돌려보내드리겠소?」

이런 말도 했고,

「아니, 정 그러시다면 돌아가십시오 그러나 이 진민을 상대하지 않으시겠다는 뜻으로 알겠습니다.」

하며 협박조로 대든 일도 있어서, 주기와 고영은 마지막까지 붙들리고야 말았다.

그러나 이렇게 술만 마시고 있었다 해서 진민이 그 획책을 잊고 있는 것은 결코 아니었다. 그의 음모는 착착 진행되어가고 있었으며, 이 잔치 자체가 그 음모의 일단인 것이었다. 잔치가 닷새째로 접어든 날 모두 얼근히 취기가 돌았을 무렵, 우신(牛新)이 자리에서 일어나더니 헛기침을 두어 번 하면서 좌중을 둘러보았다. 그 품이 아무래도 심상치 않아서 모든 시선이 그에게로 쏠렸다.

「혹 파흥이 되실지는 모르겠으나 국사에 관해 몇 마디 여쭙고자 합니다. 지금 사방에서 도둑이 일어나 천하가 가마솥같이 들끓고 있는 중, 여기 강남만이 태평을 누리고 있는 것은 우리 진 장군의 위덕이신 줄 압니다. 그러나 여기라고 언제까지나 무사하기만을 바랄 수는 없는 즉, 우리로서는 마땅히 만일에 대비하는 바가 있어야 할 것으로 압니다. 다행히 오왕 전하께서 영민하사 우리 장군의 직함을 높여 양주대도독(揚州大都督)으로 천거하시고, 그 뜻을 알려오셨습니다. 따라서 강남 일대의 병마는 모두 우리 장군께 속하게 되었으니, 이 뜻을 모두 알아주셨으면 합니다.」

이 말이 떨어지자 장내에는 환호성이 올랐다. 자리에서 일어나 잔을 높이 들고 무어라 외치는 자도 있었다. 이렇게 모두 들뜨는 중에서 얼굴빛이 백지장처럼 변하는 세 사람이 있었다. 그 중의 하나는 물론 감탁이었다. 오왕이 진민을 대도독으로 천거했다는 것은 자기도 모르는 일일 뿐 아니라, 또 있을 수도 없는 일이었다. 그럼에도 불구하고 이런 말을 하는 것은, 이제부터 대도독으로 자처하며 경우에 따라서는 조정에 대해 맞서겠다는 뜻임이 분명했다. '그렇다면?' 그는 분명히 고개를 들었다. 그러나 다음 순간 들었던 고개를 힘없이 숙이고 말았다. 자기의 표정을 뚫어져라 주시하고 있는 진민의 눈초리에 부딪쳤던 것이었다.

주기는 주기대로 자리를 박차고 일어서려 했다. 그러나 고영이 옷자락을 잡았다. 그리고는 귀에 대고 소곤거렸다.

「참으시오. 좀더 동정을 봅시다.」

진민이 자리에서 일어났다.

「내가 부덕한 몸으로 큰 직책을 걸머지게 되니 오직 황공할 뿐이오. 조정의 선지(宣旨)가 내리기까지에는 다소 시일이 걸릴 것으로 아나, 위급함이 경각을 다투는 시기인지라 우선 오왕 전하의 분부를 받들어 강남 일대를 지키려 하오 부디 제공은 협찬을 아끼지 마시기 바라오.」

바로 취임 인사였다.

이번에는 진굉이 일어섰다. 말할 것도 없이 그는 진민의 아우다.

「형님께서 이미 오왕 전하의 선지를 받든 바에 누가 감히 형님의 명령을 거역하겠습니까. 지금 천하에서 온전히 보존된 곳이라고곤 오로지 이 강남뿐이오니, 형님께서는 크게 위엄을 떨쳐 사직을 보호하시기 바랍니다. 시기가 시기인 만큼 선참후계(先斬後啓)하심이 옳을까 합니다.」

이것은 바로 따르지 않으면 재미없다는 공갈이었다. 특히 감탁·주기·고영 세 사람에 대한…….

이윽고 진민이 다시 입을 열었다.

「내 일신만 생각한다면야 내가 어찌 그 자리에 나가겠소이까마는 문제가 사직의 운명과 연관되어 있는 까닭에 선지를 안 받들 도리가 없군요. 그러나 이런 일은 여러분의 협조가 없이는 안되는 일이오. 자고로 국가의 흥망성쇠를 돌이켜 보아도, 사람을 얻으면 흥했고 사람을 잃으면 망한 것을 알 수 있소. 다행히 우리 강남땅에는 고명한 인사들이 많이 사시는 터이니, 내 외람되나마 삼고지례(三顧之禮)를 아끼지 않을 생각이오. 이 자리에도 두 분의 고사(高士)께서 와 계시거니와, 부디 국가를 위하시는 뜻에서 저를 버리지 마시기 바라오.」

고영은 정신이 아찔함을 느끼지 않을 수 없었다. 자기들을 잔치에 초청하고 지금껏 잡아 두었던 본심이 이제야 드러난 것이었다.

그는 옆에 앉아 있는 주기를 힐끔 곁눈질해 보았다. 그리고는 더욱 가슴이 뜨끔하였다. 그도 그럴 것이, 주기는 얼굴이 홍당무 같이 상기돼 있었다. 그대로 두었다가는 그의 입에서 어떤 말이 나올지도 알 수 없는 일이고, 드디어는 자기들에게 어떤 재앙이 밀어닥칠지도 모르는 일이었다.

고영은 다급히 자리에서 일어섰다.

「저희는 산야에 묻혀 사는 촌부에 불과하거늘, 주공의 은혜가 하해와도 같으십니다. 더욱이 사직을 건지고자 하시는 그 충성에는 깊은 감명을 받았습니다. 그러나 워낙 배운 것이 없는 몸이니 이대로 보내주시면, 길이 장군의 덕을 흠모하여 잊지 않겠습니다.」

이 말에 진민의 입이 함박처럼 벌어졌다.

「고선생은 무슨 말씀을 그리도 과람하게 하십니까. 저는 두 분 알기를 하늘에 있는 성신처럼 알아서 그 동안 얼마나 흠모하고 지냈는지 모릅니다. 선생님께서 저 같은 것을 더럽다 외면하셔도 할 말은 없으나, 나라를 위하는 저의 정성을 보셔서라도 결코 사양만은 하실 수 없는 줄 압니다.」

그는 매우 기분이 좋은 듯 다시 잔을 기울이고 나서 말을 이었다.

「사실 이 정도가 높은 선비를 대접하는 도리는 아닌 줄 압니다만, 우선 고선생께서는 무군장군(撫軍將軍)에 단양(丹陽)의 내사(內史)를 겸하여 주시고, 주선생께서는 안륙(安陸)의 관장(官長)이 되어주시기 바랍니다.」

말씨는 공손했으나 그 어조에는 이쪽 의사 같은 것이야 들어볼 것도 없다는 식의, 결정적인 무엇이 깃들여 있었다. 고영이 얼른 일어나 허리를 굽혔다.

「정말 황감하신 분부이십니다. 스스로 돌이켜 보아서는 응당 분부를 받들 수 없는 일이긴 하오나, 하도 간곡하시매 휘하에 두어 주시기 바랍니다.」

「아, 감사하오」

진민은 마치 천하가 자기 손아귀에 굴러들어오기라도 한 듯이 기뻐했다. 그리하여 다음 순간 주기가 자리에서 일어났을 때에도 그 역시 같은 치사를 하겠거니 하고 여긴 것도 무리가 아니었다. 그러나 주기의 말은 천만뜻밖이었다.

「나는 못하겠소이다. 무슨 일을 꾸미시는지 알 수 없으나 나는 못하겠소이다.」

그는 무서운 눈초리로 진민을 쏘아보며 내뱉듯이 외쳤다. 그리고는 아직도 분을 못 참겠다는 듯 씨근덕거리며 밖으로 나갔다. 그 태도는 너희들이 무어라 해도 돌아가겠다는 것처럼 보였다.

고영은 급히 따라 나가 주기의 소매를 잡았다.

「고정하오」

「무어? 고정하라고?」

주기의 눈초리가 씰룩 위로 올라갔다.

「당신이 이럴 줄은 몰랐소 부디 역적을 잘 섬겨서 꽃다운 이름을 천추만세에 전하도록 하시오」

이 뼈있는 말을 듣고 고영은 빙그레 웃었다.

「주형이야말로 나를 몰라주는구려. 나라고 왜 속이 없겠소? 그러나 나까지 빗나갔다가는 우리 둘이 다 함께 비명으로 죽어야 되는 마당이오. 화를 내는 것만이 능사가 아니오. 진평(陳平)은 여후(呂后) 밑에 은인자중함으로써 나라의 사직을 보존했던 것이오. 주형은 나가 계시오. 나는 여기 있으면서 그들의 내막을 탐지해 놓았다가 형에게 알릴 것이니, 우리도 이 나라의 신하된 도리를 다해 봅시다 그려.」

고영의 눈에서는 뜨거운 눈물이 방울방울 흘러내렸다. 그제야 주기도 고영의 손을 잡고 같이 울었다.

고영은 자리로 돌아오자 진민에게 말했다.

「장군에게 축하를 드립니다.」

「뭐라고요?」

진민이 의아한 듯 고영을 지켜보며 물었다.

「주기가 벼슬을 마다하고 갔으니 이 얼마나 다행한 일이오니까?」

「아니, 나를 조롱하시오?」

그러지 않아도 주기의 처사를 괘씸히 알아서 죽여버리려고 마음먹고 있던 판이라 진민의 얼굴에는 노기가 등등했다.

「장군! 대사를 위해서는 민심을 수습하시는 것이 첫째입니다. 주기가 예절을 몰라서 장군의 두터운 뜻을 저버리고 떠나갔습니다만 덕으로써 원망을 갚아주시기 바랍니다. 그러면 세상에서는 다 주기를 나무라고 장군을 칭송할 것임에 틀림없습니다. 하기야 그 하나 잡아 죽이는 것이 무엇 어렵겠습니까마는, 죽여본들 무슨 이로움이 있겠습니까. 도리어 어진 이를 죽였다는 비방만 살 뿐입니다. 대사를 일으키심에 있어서 더 없이 좋은 기회이니, 장군의 후덕을 천하에 보이시기 바랍니다. 제가 하례를 드리는 까닭이 여기에 있습니다.」

「과연 옳은 말씀이오」

진민은 자기가 갑자기 큰 인물이나 된 듯이 기뻐했다

진민은 전단·곡웅·양유·우신 등에게 병사를 주어서 회해(淮海)로 보내 복종하지 않는 고을들을 치게 하고, 그 아우 진빈(陳斌)을 비롯하여 양혁·전서 등을 상윤(常潤) 일대에 파견해서 그 지방을 평정케 했다. 워낙 대군이 출동한 까닭에 며칠 지나지 않아서 평정은 끝났다.

이렇게 진민이 반심을 드러내자 놀란 것은 조정이었다. 물론 건강(建康)에는 낭야왕 사마예가 새로 도임해 있었으나, 아직 진민을 상대하기에는 힘에 너무 부치는 것이 사실이었다. 회제는 낭야왕의 장계를 받자 곧 중신들을 불러들였다.

「국운이 불행하여 사방에서 도둑이 일어나 날치되 오직 강남 오초(吳楚)의 땅만이 무사하니 조정에서 쓰는 양곡과 전백(錢帛)을 모두 여기에 의지했던 터이오. 이제 또 진민이 반한다 하면, 조정의 봉록(俸祿)은 어디에 의지하며 군사는 무엇으로 기를 수 있으랴. 자칫하다가는 도읍이 천하에서 고립될까 두렵도다.」

젊은 황제의 목소리는 그렇게 들어서 그런지 몰라도 약간 떨리는 듯했다.

왕수(王修)가 출반하여 아뢰었다.

「일이 위급하오나 과히 진념치 마시옵소서. 강남에는 낭야왕이 계실 뿐 아니라, 왕도(王導)가 보필하고 있사오니 반드시 일을 그르치지는 않사오리다. 폐하께서는 곧 형주자사 유홍에게 조서를 내리시어 주장(主將)이 되어 진민을 치게 하시고, 광주자사 도간(陶侃)과 장광·응첨 등으로 이를 돕게 하옵소서. 싸움은 *선수를 쓰는 데 이가 있사오니(先則制人선즉제인), 진민이 움직이기에 앞서 거사하심이 옳을까 하나이다.」

황제는 곧 태부(太傅)인 동해왕 사마월과 상의하여 강남에 있는 일곱 태수에게 조서를 내렸다.

이때 유홍은 병으로 누워 있는 몸이었지만 칙사가 왔다는 말을 듣자 좌우의 부축을 받고 일어나 앉아 그것을 받았다. 조서의 낭독이 끝나자 유홍의 헬쑥한 얼굴에서는 눈물이 흘러내렸다.

「성상께서 이렇도록 진념하시게 함은 오로지 신하의 죄입니다. 제가 병으로 몸을 움직일 수는 없사오나, 어찌 성지를 받들지 않사오리까. 반드시 간뇌도지(肝腦塗地)하여 국사를 바로잡겠나이다.」

칙사도 유홍의 충성에 함께 눈물을 흘렸다.

유홍은 곧 사위인 하척(夏陟)과 피초(皮初)를 머리맡에 불렀다.

「이번에 조서가 내려 진민을 치라 하시매 응당 충성을 다해야 할 것이건만, 내 몸이 이러하니 현서(賢婿)와 피장군의 힘을 빌리지 않을 수 없게 되었소. 곧 군사를 이끌고 심양(潯陽)으로부터 강을 타고 내려가시오. 나도 차도가 있는 대로 달려가리다.」

두 사람은 곧 유홍에게 하직을 하고 군대를 휘동하여 총총히 떠나갔다. 광주자사 도간도 조서를 받은 후 곧 군대를 이끌고 유홍과 합세하기 위해 떠났다.

장광도 역시 군대를 움직였다.

이틀 후, 유홍은 병이 좀 나았기 때문에 친히 군량을 수송하여 전선으로 나가려 했다. 그러나 그 주위에서는 말리는 소리가 높았다. 그의 건강을 근심해서가 아니라 도간을 경계하는 뜻에서였다.

「도 태수는 진민과 같은 고향 친구입니다. 설사 대의를 위해 진민을 친다 해도 마음의 고통이 없지 않을 처지인데도 불구하고 조정의 명령을 받기가 무섭게 움직인 것이 아무래도 수상쩍습니다. 잠시 그 동정을 살피시고 나서 나가시는 것이 좋겠습니다.」

유홍이 고개를 저었다.

「도공을 두고 의심하다니, 그것이 무슨 말이오? 나는 그의 충절을 진작부터 알고 있는 터이오. 한 나무에서 연 과일에도 단 것과 신 것이 있고, 한 어머니의 자식으로도 어질고 어리석은 차별이 있는 법! 하물며 같은 고향에서 태어났다는 것이 그 무슨 기준이 되겠소?」

그러나 좌우의 반대가 너무 심해서 마침내 유홍도 며칠만 더 기다려보기로 했다.

「도공을 의심하는 마음은 추호도 없으나, 내 몸이 아직 부실한 터이니 하루 이틀만 늦춥시다.」

유홍은 꺼림칙한 어조로 말했다.

낮말은 새가 듣고 밤말은 쥐가 듣는다고, 이 소식은 발도 없으면서 곧바로 도간의 귀에 들어갔다. 도간은 하늘을 우러러 탄식해 마지않았다.

「하늘이 도둑 편을 드시는 것이 아닌 바에야 어찌 이런 일이 있으랴. 주장으로서 역적을 치기도 전에 동료를 의심할 줄이야!」

그는 곧 아들 도홍(陶洪)을 볼모로 보내면서 유홍에게 편지를
썼다.

<근자에 도둑이 창궐하여 일월의 광명을 가리매 신자(臣子)
된 도리로 송구하기 짝이 없더니, 이에 진민을 치라는 조서가
내리시어 공께서는 그 주수(主帥)가 되신 줄로 압니다. 저는 칙
명을 받잡는 즉시로 군대를 휘동하여 나왔으나 공께서는 어인
일로 천연(遷延)하십니까. 어떤 이는 이르기를, 저와 도둑이 동
향임을 꺼리시는 것이나 아닌가고 하였지만, 저는 그 말을 믿지
않았습니다. 산동(山東)에 충신이 하나 나면 산동 사람이 모두
충신이고, 산서에 역적이 한 사람 생겼다 해서 그 고장 사람이
모두 역신이리까. 그러나 국사가 급하매 세사를 돌아볼 틈이 없
는지라, 제 자식 홍을 볼모로 보내 저에게 딴 뜻이 없음을 맹세
하는 바입니다. 공께서는 조정의 기대가 일신에 있으심을 깨달
으시고, 곧 달려오시어 싸움을 지휘하시기 바랍니다.>

유홍은 편지를 보자 길이 탄식하였다.
「내가 자칫하다가는 국사를 그르칠 뻔했구나!」
그는 곧 도홍을 불러 은근한 뜻을 표하고 편지를 주어 돌아가
게 했다.
도간은 볼모로 갔던 아들이 돌아오는 것을 보고 한 번 놀라더
니 유홍의 편지를 보고 두 번 놀랐다.

<편지를 받잡고 감개가 무량하오이다. 필부도 오히려 신의
를 무겁게 알거늘, 하물며 대장부에 있어서이리까. 난세일수록
유언비어가 떠도는 것이니, 그런 것에 조금도 마음 쓰지 마십시
오. 천하가 다 공을 그르다 해도 나는 공의 높은 절개를 알고

있습니다. 아드님은 돌려보냅니다. 제가 늦은 것은 병을 앓고
난 후라 몸을 조섭하기 위한 것이며, 군량미는 이미 배에 실어
보냈습니다. 저도 곧 달려가겠습니다. 아무쪼록 조적을 멸하여
사직을 반석 위에 올려놓는 것이 소원입니다.>

도간은 매우 기뻐했다.

「공연한 소문을 듣고 내가 추태를 보였구나. 하여간 군량이 걱
정이었는데 다행한 일이다.」

그는 장수들에게 명령하여 적을 칠 준비를 서두르게 하였다.

제13장. 이반무쌍(離反無雙)

1. 적의 군량을 빼앗아라!

유홍의 편지를 받고 힘을 얻은 광주자사 도간은 장광·하척·피초·응첨 등과 모의해서 일제히 진민을 치기 위해 나아갔다. 비록 몇 만에 지나지 않은 군대이기는 했으나 태수 밑에서 길러진 병사들이라 매우 규율이 짜여 있어서 보는 사람들의 눈을 끌었다.

얼마 전진하지 않았을 무렵이었다. 척후가 말을 달려오더니 도간에게 말했다.

「지금 진민의 배가 10여 척 군량미를 가득 싣고 여기를 지나려하고 있습니다. 지휘자는 진민의 아우인 진회(陳恢)와 대장 하유(何有)라고 들었습니다.」

도간이 기뻐하여 외쳤다.

「아직 유공이 보낸 군량이 도착하지 않은 터에 이것은 더없는 희소식이구나. 그것을 어떻게든 빼앗아보자.」

이때 또 한 필의 말이 방울소리도 요란히 달려오는 것이 보였다. 한 병사가 말에서 내리더니 황망히 말했다.

「지금 강구(江口)로부터 형주에서 보낸 배가 오고 있습니다. 이흥(李興) 장군이 이끄는 배로서 군량을 실었으며, 장광 장군에게로 간다 하옵니다.」

도간은 그 말을 듣자 무릎을 쳤다.

「참 잘됐다. 그 배를 빌려가지고 적선을 빼앗자꾸나.」

옆에 있던 장수들이 말했다.

「주공께서는 그렇게 말씀하시지만 이 장군이 응하겠습니까. 주공과 진민이 동향이라고 하여 가뜩이나 의심하는 터인데, 잘못 말을 냈다가는 도리어 사태를 그르칠까 걱정입니다.」

「그것이 무슨 소린고?」

도간이 언성을 높였다.

「조정의 배를 써 도둑의 양식을 빼앗아 관군을 먹이자는 것인데 무엇이 꺼릴 바가 있단 말이오? 내가 직접 가서 교섭하겠소.」

도간은 작은 배를 저어 이홍을 찾아갔다. 인사가 끝나자 도간은 단도직입적으로 문제를 꺼냈다.

「청이 있어서 왔소이다. 물론 사사로운 청은 아닙니다.」

이홍은 평소부터 도간을 숭배하던 사람이라 호의적인 반응을 보였다.

「듣고 말고가 있겠습니까. 사사로운 청이라도 들어드리겠거늘, 하물며 공사이신 바에야 이를 것이 있겠습니까. 어서 분부만 내리십시오. 분부대로 거행하겠습니다.」

「참 고마우신 말씀이오.」

자기의 측근이 걱정한 것과는 달리 너무나 수월한 데 맥이 풀릴 지경이었다.

「사실은 장군의 배를 좀 빌려야겠습니다. 지금 적선이 양식을 싣고 오고 있는데, 이것을 빼앗으려도 배가 없는 처지입니다. 일만 되면 군량이 모자라는 우리에게는 큰 도움이 되겠습니다.」

이홍이 크게 기뻐하여 말했다.

「그거 참 잘 됐습니다. 우리 군량에는 한계가 있고, 또 운반하는 데도 시일이 걸리는 터에 적의 것을 빼앗아 쓴다면 얼마나 좋겠습니까. 저도 힘껏 돕겠습니다.」

도간은 이홍의 배를 양쪽 기슭 우묵한 곳에 숨겨놓고 적선이 나타나기를 기다렸다.

한식경이나 지났을까 했을 때, 적의 배 10여 척이 물을 타고 내려오는 것이 보였다. 그들은 아무런 경계도 하지 않는 모양이어서 배 위에는 보초의 그림자조차 보이지 않았다.

적선이 바로 코앞에 이른 것을 보고야 도간은 신호로 포를 쏘게 했다. 이 포소리에 진회와 하유가 배 위로 뛰쳐나왔을 무렵에는 이미 이홍의 배에 의해 전후를 차단당한 뒤였다.

도간은 뱃머리에 나서서 외쳤다.

「광주자사 도간이 여기 있나니, 너희들은 내 말을 들어라. 지금 너희들이 반하매 조정에서 정토하라는 명령이 내린 터이다. 너희도 대의를 짐작하겠거니, 어찌 역신을 도와 만고에 추한 이름을 남기려 하느냐. 어서 항복해라!」

저쪽 배에서도 북소리가 둥 둥 둥 울리더니 한 장수가 나서는 것이 보였다. 하유였다.

「하하하, 우리를 보고 역신이라고? 천하가 다 어지러워도 이 강남만은 평온할 수 있는 것이 다 누구의 덕인 줄 아느냐. 너희는 지금 어진 이를 시기하여 군사를 일으킨 것만 해도 죽어 마땅하겠거늘, 이제는 굶어죽겠으니까 이 양식이 탐나는 모양이구나. 더러운 놈들! 배가 고프거든 항복해 오너라. 배불리 먹여주겠다!」

이 말에 도간이 발연대로하여 활을 당겼다. 시위소리가 나는 듯했을 때, 하유가 벌써 앞으로 푹 쓰러지는 것이 보였다.

싸움이 시작되었다. 도간 측이 용기 충천한 데 비해 처음부터

장수를 잃은 적군들은 의기가 꺾여 형식적으로 활을 당기고 있을
뿐이었다.

 이홍은 도간이 적장을 서전에서 쏘아 죽인 것을 보고, 자기는
작은 배에 갈아타고 적선으로 접근해갔다. 마침 적군들은 큰 배만
목표로 활을 당기고 있는 중이어서 작은 조각배가 접근해오는 줄
은 까맣게 모르고 있었던 것이 이홍에게는 큰 요행이 되었다.

 이홍은 갈고리를 적선에 걸어 배와 배가 떨어지지 않게 한 다
음 다람쥐처럼 기어 올라갔다. 그가 단신 적선에 뛰어들었을 때
진민의 군사들은 벼락이나 맞은 듯 대경실색했다.

 「이놈들! 한 놈도 남겨두지 않으리라」

 이홍은 창을 휘두르며 좌충우돌 닥치는 대로 치고 찔렀다. 오합
지졸인 양주 군사들은 그럴수록 대항할 엄두를 내지 못하고 이리
밀리고 저리 밀리곤 하였다. 그 중에는 자진하여 물로 뛰어드는
사람도 있었다.

 한편 이홍의 부하들은 자기네 장군이 혼자서 적선 속에 뛰어들
어 사나운 사자처럼 날뛰는 것을 보고 함성을 지르며 배를 저어
적선에 접근해갔다. 배와 병사가 다 비등한 판이라 싸우려면 충분
히 싸울 수 있을 터인데도 기가 꺾인 양주의 군대들은 제각기 살
겠다고 배 위에서 아우성만 칠 뿐이었다.

 결과적으로 양주군의 대패였다. 배라는 배는 모두 뺏기고, 배
위에는 시체가 즐비하게 깔려 있었다. 총책임자인 진회는 겨우 기
슭에 기어올라 전단이 지키고 있는 장기(長岐)로 도망쳤다.

 이 싸움에서 배 30여 척, 전선 10척, 양식 1천 석을 손에 넣은
도간은 크게 기뻐했다.

 「모든 것은 장군의 공이오 배건 양식이건 장군이 가지실 만큼
가지시고, 저희들에게는 약간만 남겨 주시오」

이홍은 강하게 고개를 저었다.

「그게 무슨 말씀입니까. 소장은 지나다가 약간 조력해 드린 것 뿐입니다. 더욱 양주의 군량이라고 어찌 조정의 것이 아니겠습니까. 지금 주공께서 군량으로 곤란을 당하시는 터에 제가 어찌 한 톨이라도 가지고 가겠습니까. 저는 싣고 가던 군량을 장 장군에게 전하면 될 뿐입니다.」

이홍은 시간이 바쁘다고 곧 떠나고 말았다. 도간과 그의 군사들은 사라져가는 그의 배를 바라보며 모두 그를 칭찬하기에 바빴다.

한편 이홍은 장광에게서도 극진한 환영을 받았다. 그는 도중에서 싸운 이야기를 하며 시간이 지체된 것을 담담히 사과했다.

「오시는 중로에 큰 공을 세우셨거늘, 어찌 시간을 가지고 따지겠습니까.」

장광은 더욱 이홍을 존경하는 마음이 들어 술을 권하며 치하해 마지않았다. 이홍은 돌아갈 길이 바쁘다고 곧 작별을 고했다.

「그런데 한 가지만 여쭙고 가겠습니다. 지금 진회가 장기로 도망쳤는바, 도 장군과 힘을 합해 이를 치시지요. 의기가 꺾일 대로 꺾인 터이니까 빠를수록 좋을 것입니다.」

이홍이 떠나자 장광은 휘하의 장수들을 불러놓고 말했다.

「진회가 패하여 장기로 갔다는구려. 지금도 이홍 장군께서는 이미 혁혁한 공을 세우셨거니, 우리라고 가만히 있어서 되겠소? 더욱이 장기는 여기서 가까운 터이오. 장군들의 뜻은 어떠하오?」

대장 하상(夏庠)이 나서며 외쳤다.

「이를 말씀이십니까. 어서 서두르십시오. 자칫하다가는 또 다른 이에게 공을 뺏길지 모릅니다.」

장광이 갑자기 군대를 휘몰아 장기로 쳐가자, 이 소식을 들은 전단은 진회에게 본영을 맡기고 자기도 싸우기 위해 급히 출동했다. 두 군대는 도중에서 마주쳐 서로 진을 벌였다. 장광은 말을 진두에 세우고 전단을 채찍으로 가리키면서 외쳤다.

「나라가 어지러운 때일수록 국록을 먹는 자는 진충갈력해야 될 것으로 아오. 이제 진민이 대의를 저버리고 반란을 꿈꾸매 이를 토벌하라는 조칙이 조정에서 내린 터요. 장군도 이 나라의 신하거니, 어찌 도둑 밑에서 밝은 절개를 더럽힌단 말이오? 어서 사를 버리고 정으로 돌아오시기 바라오. 이것은 장군을 아끼는 뜻에서 하는 말씀이오」

전단이 진두에 나서서 대답하였다.

「물론 진조의 신하요. 그러므로 우리 황실을 떠받드는 마음에서는 누구에게도 지지 않는다고 자부하는 사람이오. 지금 장군께서는 진민 장군이 반역을 꾀한다 하셨으나 그것은 엉뚱한 오해이시오. 지금 천하가 어지러운 중 평온한 곳이라곤 이 강남땅밖에 더 있소이까. 성상께서는 장안에 계시거니와, 장안이 함락되는 날 어디로 행궁(行宮)을 삼으시겠소이까. 그러므로 우리 진 장군께서는 오왕 전하의 영지를 받들어 강남을 확보함으로써 조정의 튼튼한 기반이 되게 하고자 하고 있을 뿐이오. 이 점은 창천이 굽어보시는 터이니 오해를 푸시기 바라오」

이 말에 장광이 눈을 부릅뜨고 호통을 쳤다.

「저 역적 놈의 혓바닥이 어찌 저리도 비단결 같으냐. 누가 나가서 저놈을 사로잡아오겠는가!」

말이 채 끝나기도 전에 한 장수가 말을 달려 뛰쳐나가는 것이 보였다. 대장 하상이었다.

하상은 바로 전단을 향해 달려들었고, 전단도 이를 맞아 맹렬히 싸웠다. 두 장수의 수완은 비슷비슷했다. 한쪽을 호랑이라면 다른 쪽도 호랑이라 해야 할 것이었고, 한편이 용이라면 또 한편도 용의 이름을 받아야 할 것이었다. 두 사람은 서로 창을 가지고 어지러이 싸웠다. 창이 어떻게나 재빠르게 움직이는지 보이는 것은 흰 빛깔뿐이었고, 누가 누군지 좀처럼 구분이 가지 않았다.

한편 전서(錢瑞)는 자기 형이 행여나 실수라도 할까 걱정이 되어 달려 나갔다. 그러나 가까이에서 군대를 지휘하고 있는 장광이 눈에 띄자 마음이 바뀌었다.

「요놈부터 잡고 보자.」

이렇게 생각한 전서는 바로 장광에게로 접근해갔다. 두 사람 역시 창과 창으로 맞섰다.

전서는 곧 뉘우쳤다. 장광을 태수라 하여 얕보고 덤볐던 것이었으나, 그는 호락호락한 귀인만은 아니었다. 그 창 쓰는 법이 어떻게나 신통한지 좀처럼 허점을 드러내 보이지 않았다. 별로 힘을 들이지도 않는 것 같으면서 전광석화처럼 변화하는 창법이었다.

전서는 차츰 초조해지며 이마에서는 땀방울이 흘러내리기 시작했다. 이러다가는 형을 돕기는커녕 도움을 받아야 되겠다는 생각이 머리를 스치고 지나가는 순간, 그는 말발굽 소리에 놀라서 고개를 돌렸다. 그리고는 소스라치게 놀랐다. 그도 그럴 것이, 자기 형이 하상에게 쫓겨 바로 눈앞까지 밀려오고 있지 않은가.

그 순간, 전서는 저도 모르게 그쪽으로 말머리를 돌리고 있었다. 그러나 그것은 큰 실책이었다. 장광 같은 인물이 그 허점을 가만히 두고 볼 리는 없지 않은가. 전서는 어느 틈엔지 옆구리를 창에 찔려 말 아래로 굴러 떨어지고 말았다.

놀란 것은 전단이었다. 눈앞에서 아우가 죽는 것을 보자 더럭 겁부터 났다. 그가 어떻게든 살기 위해 도망치려 하는데, 말발굽 소리도 요란히 달려오는 한 장수가 있었다. 그것은 양유(羊類)였다. 전단은 양유가 와서 가세하는 것을 보더니 체면이고 뭐고 내

동댕이치고 말머리를 돌려 달아났다.

아슬아슬한 호구를 벗어났다 하는 안도감만이 가슴을 메웠다. 아우가 죽었다는 일이나 양유가 위태로울지도 모른다는 생각 같은 것은 마음에 떠오를 여유조차 없었다.

'살자, 살고 보자.'

그는 더욱 세게 채찍을 들어 말을 내려쳤다.

딱한 처지에 놓인 것은 양유 그 사람이었다. 전단이 싸우고 있는 걸 본 그가 이와 합세하여 적장을 잡자고 마음먹었던 노릇이 호랑이 한 마리를 혼자서 떠맡는 결과가 되고 말았다. 성미가 급한 그는 전단에 대한 분노를 적개심으로 돌려 불이 붙는 듯 맹렬히 싸웠다. 그러나 지나치게 열중했던 것이 실수라면 실수였다. 뒤로부터 다가오는 장광을 의식할 리가 없어서, 그의 창에 말이 찔리자 말과 함께 땅에 쓰러졌고, 다음 순간 하상에게 꽁꽁 묶이고 말았다.

이 기회를 놓칠세라 장광은 목청을 돋우어 외쳤다.

「적장 하나를 죽이고 하나를 잡았으니, 저놈들을 하나도 남기지 말고 무찔러버려라!」

이에 힘을 얻은 장병들이 아우성을 치며 밀려갔다. 마치 산사태가 난 듯, 조수가 밀려드는 듯한 기세였다. 이에 비해 서전에서 장수를 잃은 양주군은 모래로 쌓은 제방 구실밖에는 하지 못해서 삽시간에 무너져 갔다. 싸움도 결국은 마음이 결정한다. 평정하게 맞섰던 두 집단의 심리가 어느 순간 하찮은 계기로 미묘한 변화를 일으키는 수가 있다. 한쪽에 만만찮은 자신이 생기고 다른 쪽에는 더럭 겁이 나는 순간이 있는 것이다. 이 찰나의 심리 변화가 결국은 승패를 좌우하게 된다. 장광이 크게 이긴 것도 전단이 여지없이 패한 것도 다 이 때문이었다.

장광의 군대가 승전의 여세를 몰아 장기(長岐)로 밀려간 반면, 전단은 샛길로 하여 역양(歷陽)으로 도망쳤고, 장기에 남아 있던 진회는 진회대로 패전의 소식을 듣자 성을 버리고 달아나버렸다. 장광은 힘 안들이고 장기를 빼앗은 다음, 곧 사람을 형주로 보내 유홍에게 결과를 알렸다.

「도 장군은 적의 군량을 빼앗고 하유를 베었으며, 장 장군은 전서를 죽인 후 양유를 사로잡고 장기를 빼앗았으니, 아 하늘도 무심치 않으심을 알겠다!」

유홍은 크게 기뻐하며 조정으로 장계를 올렸다.

2. 바뀌는 인심

패전의 소식이 전해지자, 양주의 민심은 물결처럼 술렁거렸다. 그 중에서도 가장 충격을 받은 것이 진민 그 사람이었다. 대체로 오만한 자일수록 겁도 많은 것이다. 지금까지 기고만장하여 천하를 자기 것인 양 알았던 진민인지라 패보에 접하자 얼굴이 파랗게 질려버렸다. 도리어 침착한 것은 그의 장수들이었다.

우신(牛新)이 말했다.

「이기고 지는 것은 병가의 상사라 하지 않았습니까. 그까짓 것을 가지고 마음 쓰시지 마십시오. 제가 보기에 적은 양식이 모자라기 때문에 급히 싸우려 할 것입니다. 장군께서는 곧 명령을 각처에 내려 적이 쳐들어와도 관문을 굳게 닫고 응전하지 말도록 엄히 단속하십시오. 이리하여 한두 달만 끌게 되면 굶어 죽든가 물러가든가 할 것입니다. 이렇게 적이 피폐한 틈을 타서 일격을 가한다면 힘들이지 않고 적을 섬멸할 수 있을까 합니다.」

진민은 지옥에서 보살을 만난 것만큼이나 기뻐하며 곧 명령을 내렸다.

진민의 편으로 볼 때, 이 계략은 확실히 더없는 묘책임에 틀림 없었다. 도간과 장광도 이 작전 앞에는 힘을 쓰지 못했다. 어디를 공격하나 응전이 전혀 없기 때문에 관군 측으로서는 초조한 나날 이 자꾸 흘러갔다.

이런 중에서 더욱 마음을 어둡게 하는 것은 유홍의 병세였다. 유홍은 한때 친히 출전하려고까지 서둔 일이 있기도 했으나, 병이 나은 것처럼 보인 것도 며칠 뿐의 일이어서 이내 또 눕고 말았던 것인데, 최근에는 더욱 악화되어가기만 하는 것이었다.

도간과 장광은 전선의 교착상태에 초조해 있던 어느 날, 유홍의 장수인 하척과 함께 형주로 유홍을 찾아갔다.

세 사람이 들어오는 것을 보자 유홍은 억지로 자리에서 일어나 앉으려 했다.

「아니, 누워 계십시오」

장광이 황망히 손을 들어 말렸다. 유홍은 이내 단념한 듯 쓸쓸 히 웃었다. 백골처럼 된 얼굴이었다.

「내가 주장(主將)의 자리를 차지한 몸으로 이 꼴이니 부끄럽소 이다. 마음으로야 날고라도 싶지만 어디 몸이 말을 들어야지!」

목소리는 힘이 없고 떨려 나왔다.

「싸우기는 저희들이 할 것이니, 어서 몸조심이나 잘 하십시오 그런 것은 조금도 걱정 마시고……」

도간이 은근한 소리로 달래듯 말했으나, 병자에게는 별로 위로 가 되지 않는 모양이었다.

「아니오 지금이 어느 때라고 내가 태평세월인 듯 누워 있겠소 이까. 두 분에게는 정말 면목이 없소이다. 요즘 저것들이 싸움에 응하지 않는다면서요?」

도간이 말없이 끄덕이자 유홍은 괴로운 듯 기침을 했다

「그러니 더욱 걱정이오. 곧 조정에 상소하여 군량문제를 어떻게든 해결하도록 해보겠습니다.」

여기까지 말한 유홍은 괴로운 듯 눈을 감아버렸다. 아무래도 중요한 문제에 대해 꽤 길게 이야기한 것이 그의 기운에는 무리였던 모양이었다. 세 사람은 한참이나 더 앉아 있었으나, 유홍이 몽롱한 잠에 빠진 듯 좀처럼 눈을 뜨지 않아서 도간의 눈짓에 따라 자리에서 일어났다.

유홍은 그들이 다녀간 지 이틀 만에 마침내 죽었다. 피초와 하척은 여러 사람과 상의한 끝에 유홍의 아들 유반(劉蟠)을 형주자사로 임명해 주도록 조정에 상소를 올렸다.

그러나 이 청은 받아들여지지 않았다.

「관원의 임명은 조정에서 하는 것이지 지방의 소청을 따르는 법이 아닙니다. 만일 이를 허용하신다면, 모든 고을이 어느 한 집안의 사유물처럼 되지 않겠습니까. 자사는 제후와 다릅니다.」

이것이 동해왕 사마월의 의견이었다.

사마월은 적재적소에 사람을 써야 한다고 하면서 산간(山簡)을 천거했다. 모든 권한이 그에게 있는 판국이라, 물론 그대로 임명되었다.

산간 독자들 가운데는 어디선가 이 이름을 들어본 적이 있다고 생각하시는 분도 있으리라. 그도 그럴 것이 이 사람은 많은 글에 그 이름이 오르내리는 사람이다. 그렇다고 어진 정치나 탁월한 군사 지휘자로서 이름이 있는 것은 아니다. 그는 주로 질탕한 풍류아로서, 더 단적으로 말하면 한 술꾼으로서 유명하다.

산간은 죽림칠현(竹林七賢)의 한 사람인 산기상시(散騎常侍) 산도(山濤)의 아들로서 자를 계륜(季倫)이라 하였다.

그는 밤낮 술만 마셨고, 어떤 때는 모자를 거꾸로 쓰고 말 위에

서 흔들리며 양양(襄陽) 거리를 누비던 인물이다. 그 광태가 재미
있었던지 이백(李白)을 비롯하여 많은 시인들이 이를 노래했기 때
문에, 중국 문학에 있어 없어서는 안될 인물이 되고 만 것이다.

이 산간이 사마월의 천거로 형주자사가 되어 나타나서 앞에 든
것과 같은 나날을 보내기 시작한 것이 바로 이때부터이다.

이런 사람은 후세에 보기에는 풍류아로 비칠지 모르지만, 그 밑
에 사는 장병이나 백성들에게 그리 고마운 태수는 아니었을 것이
뻔하다. 유홍이라는 어진 태수 밑에서 길러졌던 군대의 기강은 형
편없이 무너져갔고, 사방에서 좀도둑들이 일어나 백성들은 마음
놓고 살 수 없는 세상이 되고 말았다. 물론 일선에 군량을 보낼
생각 같은 것은 처음부터 하지 않았던 산간은, 도둑이야 끓든 말
든 매일 명승을 찾아다니며 술만 마셨다.

세상일은 결국 될 대로 될 수밖에 없다는 도교적인 그의 인생
관으로 미루어 볼 때, 이것만이 가장 현명한 처세법으로 생각되었
는지도 모른다.

그러나 세상일을 초월한 척하는 사람이 대강 모두 그렇듯, 산간
에게도 음험한 일면이 없지 않았다. 치안이 하도 말이 아닌 것을
걱정한 백성들의 소청으로 유반이 순양내사(順陽內史)로 임명되
자 그는 본색을 드러냈다. 유반이 취임하자마자 도둑이 잠잠해진
것을 시기한 것이다.

「유반은 도둑을 소탕하려고는 아니하고 도리어 그 도당들을
모아들이고 있는 형편에 있습니다. 이대로 방임한다면 큰 우환이
될까 걱정입니다.」

그는 이런 말로 동해왕에게 유반을 중상했고, 그 효과는 즉시
나타나, 유반은 월기교위(越騎校尉)에 임명됨으로써 서울로 소환
되고 말았다. 경쟁자를 제거한 산간은 더욱 꺼릴 것이 없어져서

술에 빠져 지내게 되었다.

　가장 곤란을 겪는 것은 진민의 군대와 대치하고 있는 도간과 장광이었다. 형주로부터 와야 할 군량미가 끊어지고 나니 이 이상 버틸 수도 없는 형세였다. 장광이 한탄했다.

　「국가가 불행하여 유공께서 작고하시고 나니, 어디서 나타난 술주정꾼이 뒤를 이었구려. 들으셨습니까, 지금 양양에서는 신임 자사의 뒤를 아이들이 손뼉치며 따라다닌다 하더군요.」

　「애들이?」

　도간이 의아한 눈초리로 장광을 바라보았다.

　「그렇소이다. 자사가 술에 취하면 곧잘 모자를 거꾸로 쓰고 말에 흔들리며 거리를 지난다 합니다. 그러니 아니 우습습니까.」

　도간은 낯을 찌푸리고 말이 없었다.

　「그런데 참, 장군!」

　장광이 정색을 했다.

　「이 이상 버티어 보려고 한들 무엇을 먹고 버팁니까. 며칠만 더 끌다가는 전군이 굶어죽게 생겼습니다. 도둑 치는 것이 급한 일임은 알지만 군량의 보급이 계속되지 않으니 저희는 돌아가겠습니다.」

　도간은 눈을 감고 무엇을 생각하는 듯하더니 이윽고 고개를 번쩍 들었다.

　「그러시구려. 나도 돌아가겠소이다.」

　두 사람은 찬 술 몇 잔으로 무량한 감개를 달랜 다음 곧 군대를 거두어 본진으로 철수했다.

　기뻐한 것은 진민이었다.

　「병법에 이르기를, 궁한 도둑은 쫓지 말라 했으니 추격하지 마라.」

그는 아주 의젓한 태도로 여유를 보이기도 했다. 도간·장광의 철수로 그의 세력권은 다시 회복되었다. 이에 따라 그와 그 일당의 행패도 더욱 심해져서 백성들이 겪어야 하는 고통이란 상상 밖의 것이었다.

　우리는 앞에서 자신의 뜻은 아니지만 진민의 휘하에 남은 고영(顧榮)을 기억하거니와, 그는 가만히 주기를 찾아가서 말했다.

　「지금 진민이 득세하고 있는 듯이 보이지만, 하늘을 거역하고 백성을 괴롭히고 있으니, 가야 며칠이나 가겠소? 그 멸망의 날은 바로 눈앞에 있음이 분명한데, 우리도 자칫하다가는 화를 입겠구려.」

　주기도 역시 같은 생각이었다.

　「그러게 말이오 어서 무슨 수라도 써야 하리다.」

　두 사람은 장시간을 두고 토론한 끝에 진민을 멸망시킬 적극적인 계책을 세우기로 했다. 그들이 상대로 선택한 것은 수양태수인 유준이었다. 유준은 형세에 눌려서 진민에게 협력하는 척하고 있으나 뜻이 다를 뿐 아니라, 근자에 지나친 군량미의 공출을 강요당하여 내심으로 진민을 못마땅하게 생각하고 있는 터였다.

　「유준만 응해주면 일은 십분 성사가 될 것이오 그러나 이쪽에서도 내응하는 군사가 있어야 할 텐데……」

　주기가 걱정하자, 고영이 말했다.

　「감탁과 전광(錢廣)을 끌어들이지요」

　「감탁과 전광?」

　주기의 눈이 이상스레 빛났다. 그러나 고영으로서는 어느 정도 자신이 있었다. 두 사람이 다 진민과 매우 가까운 사람들임을 고영도 안다. 감탁은 새로 맺어진 사돈이요, 전광은 진민의 심복이다. 그러나 가까운 듯하면서도 멀 수 있는 것이 사람과 사람의 관계이다. 지척이 천리라고 하지 않던가.

감탁이 진민에게 마음으로부터 따르는 것이 아니라는 것은 웬만한 사람이면 다 아는 일이지만, 문제는 전광에게 있다. 고영의 눈에는 전광의 얼굴이 환상처럼 나타났다 스러진다. 그 꽉 다물어진 입과 가느다란 눈! 고영이 보는 바로는, 그는 언제나 냉철한 계산을 잊지 않는 사람 같았고, 일단 판단만 서면 그는 언제라도 그것을 행동으로 옮길 수 있는 결단력을 지니고 있을 것이었다. 그렇다면? 천하의 대세에 어둡지만은 않을 그로서 어쩌면 이쪽 편을 들지 말라는 법도 없지 않은가.

고영과 주기는 일에 착수하기로 단을 내리고, 고영의 이름으로 된 밀서를 수양에 있는 유준에게로 보냈다. 거기에는 진민의 반란에 대한 비난과 함께 그가 크게 민심을 잃고 있는 사연이 적혀 있었고, 요즘에 와서는 유준을 의심하여 수양을 아주 점거해 버리려는 음모가 있다는 말과, 이쪽에서 내응할 터이니 군사를 일으켜 진민을 쳐서 천추에 공을 빛내라는 사연이 덧붙여 있었다.

유준도 약은 사람이었다. 진민이 지금 당장 자기와 사단(事端)을 벌이고자 하리라고는 믿기지 않았다. 그러나 진민의 전도가 어떨지는 뻔하게 짐작이 갔다. 아무리 노쇠한 제국이라고는 해도 진조(晋朝)로 말하면 지금껏 천하의 주인임에 틀림없었다. 그리고 황제란 칭호에는 일종의 마약 같은 힘이 깃들어 있어서 민심에 묘한 영향을 미친다. 그것이 금세 오든 조금 뒤에 오든 간에 언젠가는 진민에게 비참한 최후가 올 것은 뻔한 일이었다. 그렇다면 그와 휩쓸려서 함께 망하느니보다는, 고영이 내응해 주는 이 시기를 이용하여 진민을 치는 것이 현명하지 않은가.

유준은 유기(劉機)를 불러 그의 의견을 물어보았다. 유기는 대찬성이었다.

「그렇지 않아도 언젠가는 손을 끊으시라고 말씀드리려 했는
데, 참 잘되었습니다. 제가 선봉에 서겠습니다.」

유준은 속으로 기뻤으나 짐짓 난처한 표정을 지어 보였다.

「그러나 진민의 세력은 여간 큰 것이 아니오. 경솔히 움직일
수는 없소.」

「그것이 무슨 말씀이십니까?」

유기의 언성이 높아졌다.

「우리에게는 조정의 명령을 받들어 역적을 치는 명분이 있지
않습니까. 이 나라의 신자(臣子) 치고 누가 우리 편을 안 들겠습니
까. 요전에 도간 공께서 거병하셨을 때만 해도 군량이 결핍하여
중지하셨거니, 우리가 일어난다고 하면 강남 일대의 태수들이 일
제히 호응할 것입니다. 더욱이 고영의 내응이 있는 바에야 다른
태수의 협력을 기다릴 것도 없습니다.」

유준은 크게 기뻐하며 유기에게 군사 2만을 주어 광릉(廣陵)의
경계로 나가게 하고 스스로도 1만의 군사를 이끌어 중군이 되었으
며, 응첨에게는 군사 3만을 주어 뒤에서 나오도록 하였다. 총병력
6만의 동원이었다.

이 소식이 전해지자 깜짝 놀란 것은 진민이었다. 그는 얼굴이
백지장처럼 되어 안석을 주먹으로 쳤다.

「앞서 도간·장광의 무리가 물러감으로써 우리 강남은 평온
무사했거늘, 이제 유준 그놈이 다시 일을 일으킬 줄이야 뉘 알았
으랴. 이 일을 장차 어찌하랴!」

갑자기 당한 일이라 아무도 냉큼 말을 못 내는 중에 고영이 자
리에서 일어섰다.

「그만한 일을 가지고 무엇을 그리 걱정하십니까. 지금 유준이
반대했다고는 하나 불과 몇 만의 병력밖에는 없을 것으로 알며,

그 휘하에 쓸 만한 장수가 있다는 말을 듣지 못했습니다. 전에 조정의 명령으로 유홍·도간·장광이 함께 움직여도 힘을 못 썼거늘, 하물며 유준 하나가 무엇이겠습니까. 우선 유준을 유홍이나 도간에 비긴다면 어느 쪽이 장재(將才)가 있다 하겠습니까. 또 그때의 군사와 지금의 군대와는 어느 쪽이 많고 어느 쪽이 적겠습니까? 이런 것으로 미루어보건대, 크게 떠들 것까지도 없는 일인 줄 압니다.」

고영의 언변에 귀를 기울이고 있던 사람들의 얼굴에는 안도의 빛이 역력해 보였다. 고영은 다시 말을 계속했다.

「진창(陳刜) 장군에게 병사 2만을 주어 오강(烏江)을 지키게 하시고, 진굉 장군에게는 2만을 주어 우저(牛渚)에 진을 치게 하십시오. 이 두 곳만 지킨다면 제가 10만을 끌고 온다 해도 발붙일 데가 없으리다.」

진창은 진민의 둘째아우요, 진굉은 셋째동생이다. 진민은 매우 기뻐하며 그 건의를 받아들였다. 군사 3만을 이끌고 오강으로 가는 진창에게는 행군사마 전광이 따랐고, 우저로 가는 진굉에게는 2만의 병사와 진홍·양혁 등의 장수가 배속되었다.

그들이 출전하기 전날 밤, 장군 전광의 집에 이목을 피해가며 찾아든 객이 있었다. 그것은 주기였다.

「아, 선생이 웬일이시오?」

하도 의외의 인물이 나타난 것을 보자 전광은 무척 놀랐다. 언젠가 진민의 아들이 장가들 때, 그렇게도 매정히 끊고 나갔던 그 사람이 아닌가. 그러나 주기는 아주 자연스러운 태도로 그 동안 격조했던 일이며, 이번에 출정하게 된 데 대한 인사말을 늘어놓았다. 모르는 사람이 들으면 다년간의 친구라고 착각할 만큼 다정한 말씨였다.

차를 마시며 이 얘기 저 얘기로 시간을 끌던 주기는 마침내 정색을 하고 말을 꺼냈다. 아까 너무나 다정하게 나와서 전광을 놀라게 했던 그가 이번에는 너무나 엄숙한 표정으로 전광의 가슴을 뜨끔하게 했다.

「이번에 유준을 치러 떠나신다 하거니와 낭야왕은 남에서부터 공격해온다 하고, 응첨은 서에서 온다 하며, 불일에 도간·장광도 군대를 움직일 것이라 합니다. 그뿐입니까. 도읍에서는 동해왕이 친히 대군을 이끌고 남정(南征)해 온다는 소문까지 파다합니다. 장군은 진 태수를 위해 어떤 계책을 가지셨습니까?」

듣고 있던 전광의 얼굴이 굳어졌다. 그것이 사실일까 하는 의심도 났다. 설마 동해왕까지 움직일까 하는 생각도 들었다. 그러나 낭야왕이나 응첨·도간·장광이 움직일 것은 충분히 예상할 수 있는 일이었다. 전광의 입술이 파르르 떨렸다. 주기는 하나도 놓치지 않겠다는 듯이 전광의 표정을 주시하고 있었다.

「장군!」

주기의 말은 나직하고도 힘이 있었다.

「솔직히 말씀드리겠습니다. 지금 조정에서는 비밀리에 명령을 내려서 감탁·고영 두 분과 장군이 내응하시기를 기대하고 계십니다. 장군은 대의를 아시거니와 칙명을 받잡겠습니까, 아니면 진공을 따름으로써 역적의 누명을 쓰시겠습니까. 또 장군께서는 천하의 대세를 아십니다. 진공의 세력이 비록 크다 하나 천하의 대군과 자웅을 결할 만하다고 믿으십니까? 깊이 생각하십시오」

전광은 가는 실눈을 깜빡이며 한참을 생각하는 듯하더니 드디어 고개를 들고 결연히 말했다.

「의사의 높은 가르침을 삼가 받들겠습니다. 선생은 저에게 무엇을 하라고 분부하시겠습니까, 어서 말씀해주십시오」

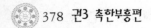

주기는 전광의 귀에 대고 무엇인가 속삭였다. 듣고 있는 전광의 눈이 이상하게 빛났다.

3. 진창의 죽음

유창이 이끄는 2만의 병사가 오강 가에 이르렀을 때에는 이미 유기(劉機)의 군대가 강을 건너 진을 치고 기다리는 중이었다. 유창도 바로 그 앞에 진세를 벌였다.

이윽고 양 진에서 북소리가 울리더니 진문이 열리는 곳, 즉 유기와 진창 두 주장(主將)이 진 앞에 나타나는 것이 보였다. 유기는 채찍을 들어 진창을 가리키며 외쳤다.

「너희 형제는 조정의 두터운 은혜를 입어오던 몸으로 어찌 반역을 꾀한단 말이냐. 지금 성상께서는 진노하사 5로(路)의 군사를 동원하여 너희를 치시나니, 너는 속히 말에서 내려 항복하여 목숨을 보존해라!」

진창이 큰 소리로 웃었다.

「너는 여기가 어딘 줄 알고 나타났느냐. 여기는 항우(項羽)가 죽은 오강이다. 수양 땅에 있어야 할 놈이 여기까지 온 것은 항우의 뒤를 따라 죽겠다는 배짱이냐? 그렇다면 좋다. 내가 죽여주마!」

이 소리를 들은 유기가 크게 노하여 말을 채찍질하여 달려 나갔고 진창도 창을 비껴들고 이를 맞아 싸웠다. 두 사람은 아주 호적수로 보였다. 창과 창은 허공에 무지개를 일으키고 고함소리는 오강 일대를 뒤흔들었다. 그러나 싸움이 30합에 접어들자 차츰 진창이 눌리기 시작했다. 유기가 아직도 여유작작한 데 비해 진창은 숨이 가빴고, 그의 이마에서는 땀이 솟아났다.

「이놈!」

유기가 필살의 기백을 손에 모아 창으로 번개처럼 상대방의 가슴을 찌르는 순간, 진창은 아슬아슬한 찰나에 상반신을 뒤틀어 죽음을 피했다. 그리고는 그대로 말머리를 돌려 달아나기 시작했다.

이것을 신호로 유기의 장병들은 일제히 공격을 개시했다. 마치 조수라도 밀려드는 것같이 사나운 형세였다.

진창이 정신없이 달아나는데 전광이 말을 달려오면서 외치는 것이었다.

「저놈은 내가 맡을 것이니, 장군은 어서 피하십시오」

전광은 눈을 부릅뜨고 유기의 앞을 막아섰다.

「너는 또 웬 놈이냐」

유기는 호통을 치면서 전광에게 달려들었다.

두 장수는 한참을 싸웠다. 그러나 이번에는 누가 보아도 유기에게 불리한 싸움이었다. 전광의 창 쓰는 법은 전광석화 같은 데 비해 유기는 처음부터 맥을 추지 못했다. 마치 태양 앞에 광채를 잃은 달이나 별과도 같았다. 이것을 보자 도망치던 진창의 군사들이 다시 걸음을 되돌렸다.

마침내 유기는 말머리를 돌려 도망하기 시작했고, 이를 본 그의 병사들도 개미 떼같이 흩어져갔다. 진창의 병사들은 조금 전에 도망치던 일 같은 것은 까마득히 잊어버리고 아주 의기양양하여 그 뒤를 추격하기 시작했다. 이런 변덕 같은 추격이 한참을 계속된 끝에 전광은 쇠북을 쳐서 군대를 거두어 돌아갔다.

「아, 장군이 나를 살려주시고 적군까지 쫓아 주셨구려.」

진창은 진문까지 나와 섰다가 돌아오는 전광에게 무수히 치사하기를 잊지 않았다. 그러나 이것이 한 토막의 연극일 줄이야 어찌 알았겠는가. 전광은 진작 심복을 통하여 유기에게 자기가 내응할 뜻을 알려놓았던 까닭에 유기는 짐짓 패하는 척하여 보인 것이다.

그날 밤, 전광은 자기 장막에서 주연을 베풀고 진창을 초대했다. 물론 진창은 기꺼이 출석했다. 주연은 싸움터 치고는 아주 푸짐한 것이어서 주인도 객도 모두 만취했다. 화제는 자연 오늘의 싸움으로 번져갔고, 진창은 무수히 전광의 공로를 칭찬했다. 그럴수록 전광은 겸손한 태도를 보였다.

「유기가 장군과 싸우느라고 지쳐 있었던 것이니, 그것이 어찌 소장의 공로가 되겠습니까. 소장이 장군 대신 처음에 그와 싸웠던들 저도 필시 패주했을 것입니다. 만일 그랬다면 장군께서 소장을 그대로 보고만 계셨겠습니까.」

술에 취한 진창은 패주하는 전광을 구해 주는 자기의 모습을 상상하며 유쾌하게 웃었다. 그리고는 정말 자기가 그런 일을 하기라도 한 듯이 스스로 감동해 마지않는 것이었다.

가을밤은 우수수 낙엽이 구르는 소리 속에 깊어가고, 모두 대취하여 정신을 잃었다. 진창도 혀 꼬부라진 소리를 하면서 안석에 몸을 기대고 있었다.

「장군! 그런데 말이외다.」

진창이 무슨 말을 하려는지 서두를 꺼냈을 때였다. 돌연 전광이 자리에서 벌떡 일어나며 칼을 쑥 뽑아들었다. 그 서슬에 요란스런 소리를 내면서 의자가 넘어졌다.

「이 역적 놈!」

전광의 입에서 호통이 터지는 순간, 진창의 머리는 땅바닥에 굴러서 피비린내를 풍겼다. 영문도 모르고 죽어간 그의 얼굴은 아직도 웃는 표정 그대로였다.

놀란 것은 거기에 참석했던 장수들이었다. 취기가 일시에 가시는지 오들오들 떠는 사람도 있었다.

전광은 피 묻은 칼을 쥔 채 그대로 사방을 둘러보았다.

「나는 조정의 밀조(密詔)를 받고 역적 진창을 죽였소 나는 진나라의 신하요. 이제껏 진민 밑에 있었던 것은 형세가 불가피한 까닭이었거니와, 어찌 언제까지나 역적을 도와 추악한 이름을 천추에 남기겠소? 지금 조정에서는 천하의 병마를 동원하여 진민을 치시는 바, 나에게까지 황공한 분부가 계셨던 것이오. 여러분 중에 역당이 되려는 이 있거든 어서 이 자리에서 나가시오. 그러나 진나라의 신하인 사람은 남아주기 바라오.」

사태가 이렇게 되니 거기 모인 장수들은 갖가지 반응을 보였다. 그 중에는 전광이 내세운 대의명분론에 일고의 여지도 없이 동조하는 사람도 있었다. 역시 황제에 대해서 반기를 든다는 것은—설사 그것이 똑똑한 황제이든 바보 황제이든—당시 사람들로서는 생각할 수 없는 일이었던 것이다.

또 어떤 사람은 이해를 가지고 따지기도 했다. 진민의 세력이 아무리 크기로소니 천하의 대군을 상대할 수 있단 말인가. 그렇다면 이쯤에서 발뺌을 해두는 것이 이롭지 않을까 하고 생각하는 것이었다. 또 그 중에는 전광을 믿는 사람도 있었다. 전광 같은 사람이 저런 태도로 나올 때에는 그만한 이유가 있을 것이다. 따라서 그를 편드는 것이 좋겠다고 판단한 것이었다.

분위기가 이리 되자 한 장수가 나서며,

「우리라고 어찌 진조의 신하가 아니겠습니까. 우리는 장군의 뒤를 따르겠습니다.」

라고 했을 때에는 모든 장수의 입에서 「옳소!」 하는 소리가 튀어나왔다.

날이 밝자 전광은 병사들을 집합시켜 놓고 엄숙히 선언했다.

「들거라, 어느 곳이라고 왕토(王土)가 아니며, 누구라고 이 나라의 신하가 아니겠느냐. 천하의 대의는 일월이 비치는 것과 같이 스스로 소소(昭昭)한 것이건만, 국운이 불행하여 역도들이 사방에서 벌떼처럼 일어나 세상을 어지럽히니 한심한 일이로다. 진민이 국은을 망극히 받는 몸으로 반역을 꾀하매 성상께서는 천하의 대군을 움직이시어 이를 토벌하실 제, 먼저 나에게 조서를 내리시어 안에서 도모하라 하시었기에 나는 이제 칙명을 받들어 진창을 죽인 터이다. 너희 중 만일에 역적을 도우려는 자 있다면 한칼에 목을 베리라!」

병사들은 진창이 죽었다는 말에 매우 놀라는 기색이긴 했으나, 장수들이 모두 전광의 좌우에 늘어서서 동조하는 태도를 보이는 것을 보자, 일제히 만세를 부르며 전광을 따를 뜻을 보였다.

크게 기뻐한 전광은 진창의 머리를 유기에게 보냈다. 유기는 곧 달려와 전광에게 무수히 치사해 마지않았다.

「장군이 이미 개세(蓋世)의 공을 세우셨으니, 장차 어떻게 해야 할지도 가르쳐 주시기 바랍니다.」

전광은 몇 번을 사양하다가 말했다.

「제가 무엇을 알겠습니까마는, 급히 양주로 쳐가는 것이 좋겠습니다. 지금 진민이 내가 내응한 줄 모르고 있을 터이므로 빠를수록 좋을 듯합니다.」

유기는 그 말을 옳게 여겨 곧 진격령을 내렸다. 유기와 전광의 두 군대는 질풍처럼 휘몰아 만두교(灣頭橋)의 양쪽에 각기 진을 쳤다. 전광의 부대에는 유준의 기치가 나부끼고 있었다. 만두교는 성에서 5리밖에 떨어지지 않은 지점이었다.

이 소문을 들은 진민은 벼락이나 맞은 듯 놀랐다.

「아, 이놈들이 어디로부터 여기까지 왔다는 것이냐. 이 일을 장차 어찌할꼬?」

동생 진굉이 말했다.

「어서 오강과 우저의 군대를 소환하시기 바랍니다. 저것들은 그 두 곳을 피해 샛길로 하여 빠져나온 듯합니다. 성중의 병력만으로는 대항하지 못하리다.」

그도 그렇겠다고 생각한 진민은 급히 두 곳의 군대를 소환하는 격서를 쓰게 하는데, 몇 명의 군사가 달려와 엎드렸다. 먼지투성이의 아주 초라한 행색들이었다.

「노야, 큰일 났나이다. 전광이 진창 장군을 죽이고 적에게 돌아 붙었습니다.」

「무엇이?」

진민은 어떻게나 놀랐는지 자리에서 벌떡 일어났다.

「너희들 뭐라고 했느냐!」

「전광이 적에게 내응하였습니다. 진창 장군은 돌아가셨습니다.」

「아, 뭐라고?」

진민의 수염이 바르르 떨렸다. 그리고는 다음 순간 불호령이 떨어졌다.

「이 병신 같은 놈들! 그래 너희는 뭣을 하고 가만히 보고 있었느냐. 저놈들을 끌어내다가 목을 베어라!」

분노의 불똥이 이상한 데로 튀자 진굉이 말렸다.

「형님, 진정하십시오. 전광에게 죄가 있지 저것들에게 무슨 허물이 있다고 죽이시렵니까. 모두 전광을 따르는 중에 목숨을 걸고 달려온 것만 해도 그 의리가 가상하지 않습니까.」

그제야 진민의 태도도 누그러졌다.

그는 졸병들을 가까이 불러 전후 사정을 다 듣고 나더니 다시 소리를 질렀다.

「천하에 의리 없는 놈! 제 놈이 누구 덕으로 오늘날이 있기에 감히 배반한단 말이냐!」

전광에 대한 분노였다. 그는 갑자기 무릎을 쳤다.

「옳지, 됐어! 전광이란 놈의 가족이 모두 여기에 있을 것이다! 그것들을 끌어내다가 효수해서, 의리를 저버리는 놈이 어떤 벌을 받는지 세상에 보여주어라.」

이때 고영이 나서서 웃는 낯으로 말했다.

「무엇을 그리 조급하게 구십니까. 전광의 가솔을 죽이는 일은 잠깐만 참으십시오 지금 그들은 5리 밖에까지 와 있으니, 만일 지금 전광의 가솔을 죽여서 그 소문이 새어나간다면, 병사들은 모두 자기 가족도 화를 입으리라 하여 죽기로써 성을 칠 것이 아니겠습니까. 이것은 스스로 재앙을 부르는 것과 같습니다. 전광의 가족은 모두 잡아서 옥에 가두십시오 그랬다가 전광을 잡은 다음에 함께 처단하심이 좋겠습니다.」

고영이 전광 편을 드는 줄도 모르고 진민은 이 말에 또 속아 넘어갔다.

「그것도 참 그렇소 그려. 하기야 그것들을 죽인다고 무슨 수가 나는 것도 아니고……」

그는 전광의 가족을 가두도록 명령하고 곧 감탁을 불러들였다.

「들으셨겠지만, 전광은 의리를 저버리고 적과 내통하여 내 아우까지 죽였소 정말 알 수 없는 것은 사람의 마음이오 이런 마당에 내가 누구를 믿고 일을 하겠소이까. 역시 인척밖에 믿을 것이 없는 것 같소 손이 밖으로 굽는 법이 어디에 있습니까. 안 그렇소이까?」

감탁의 흉중은 착잡했으나 그것을 드러내 보일 수는 없었다.

「이르다 말씀입니까. 무엇이나 말씀하십시오. 힘껏 도와드리겠습니다.」

진민은 매우 기뻐했다.

「내 그러실 줄 알았습니다. 어쨌든 선생은 군사를 이끌고 소서문(小西門)으로 나가셔서 유기를 막아주시기 바랍니다. 나는 우신·전단과 함께 소동문(小東門)으로 쳐나가서 전광이란 놈을 기어코 사로잡아오겠소이다.」

그는 다시 아우 진꾕을 돌아보았다.

「아우는 우저로 가게. 어서 가서 아군을 도와 유준을 막아주게.」

이리하여 모두 자리를 뜨려 할 즈음 고영이 다시 말했다.

「저에게도 일지(一枝)의 군마를 주시기 바랍니다. 저는 유격대가 되어 뒤에서 관망하다가 우저가 급하면 우저를 돕고, 만두교가 급하면 만두교를 돕겠습니다. 이렇게 한다면 만에 하나도 실수가 없을까 합니다.」

「그것 참 좋은 생각이오」

진민은 정예부대 7천을 쪼개주었다.

군대들은 각기 부서를 따라 떠났다. 고영은 주기를 가만히 불러 한동안 무엇인가 소곤거렸다.

4. 되찾아오는 딸

주기는 소서문 밖에 진을 치고 있는 감탁을 찾아갔다. 감탁은 무슨 곡절이 있음을 짐작했음인지 좌우를 물리치고 만났다.

주기는 단도직입적으로 용건을 꺼냈다.

「선생은 밝은 이름이 조야에 가득하시던 분으로서 어찌 역신을 도와 조정에 활을 겨누십니까. 나는 선생을 위해 슬퍼하는 바입니다. 진민의 심정이 어떤지는 이미 백일하에 드러난 일이니, 선생께서도 모르신다고는 못하시리다. 전광을 보십시오. 그는 일개 무부에 불과하건만 대의를 깨닫고 조정 편을 들고 있지 않습니까. 지금 천하의 대군이 움직이는 마당에 진민이 항거한들 며칠이나 버티겠습니까. 만일 강남이 평정되는 날, 선생이 서실 땅은 어디에 있겠소이까. 진민의 목이 서울로 보내지는 날 선생의 목도 같이 보내지고, 함에 '역신 감탁의 머리'라고 씌어지기를 바라십니까. 말이 예의에 벗어나는 것은 야인(野人)의 상태(常態)라 널리 용서하시기 바랍니다.」

감탁은 크게 한숨을 쉬었다.

「지극하고 타당하신 말씀입니다. 나라고 어찌 진민의 뜻을 모르고야 있겠습니까. 그러기에 통혼이 왔을 때에도 준열히 거절했던 것입니다만, 제 노처가 주책이 없어서 그만 딸을 보내게 되었던 것입니다. 전광 장군의 뒤를 따르고 싶은 마음은 태산 같으나, 나에게 힘이 없으니 어찌하겠습니까. 더욱이 진민은 바로 동문 밖에 있는 터이니, 자칫하다가 발각되는 날에는 멸문의 화를 당할까 두렵습니다.」

주기는 크게 웃었다.

「만일 그 뜻만 있으시다면 선생의 재주로 무엇이 어렵단 말씀인가요? 따님이 걱정이시라면 모친이 위독하다는 핑계로 불러오면 되지 않습니까. 지금 내 친구 고영이 7천의 군사를 끌고 가까이에 있으며, 유기·전광 두 분의 병력만도 3만입니다. 선생께서 큰 공을 세우실 기회는 지금입니다.」

감탁의 얼굴에 결의의 빛이 역력히 나타났다.

「삼가 선생의 가르침을 따르겠습니다. 수고로우시겠으나 급히 강좌(江左)에 가셔서 기첨(紀詹)에게 속히 와 저를 도와주도록 말씀해 주십시오.」

주기는 이를 쾌락하고 진중을 떠났다.

감탁은 주기가 시킨 대로 해서 딸을 되찾을 결심을 한 후 동문으로 진민을 찾아가서 말했다.

「노처가 요즘 몹시 앓고 있어서 거의 인사불성이라고 들었습니다. 응당 제가 가서 보살펴야 될 일이지만 군대의 일로 불가능한즉, 죄송하오나 딸년을 친정으로 보내 시탕이나 하도록 허락해주실 수 없겠습니까」

이 말을 곧이들은 진민은 진정에서 근심하는 태도를 보였다.

「아, 그거 큰일 났습니다그려. 사부인께서 그러시다면 며느리야 응당 돌아가 뵈어야지요. 돌아가도록 전해 놓겠습니다.」

감탁은 내심 기뻤으나 진민엔 대해 미안한 생각도 들었다. 그에게 이런 감정을 가져보기는 이것이 처음이었다. 그러나 그는 진민의 말에 마음이 흔들리면서도 애써 그런 생각을 지워버리려 했다.

'지금이 어떤 때냐. 자칫하면 집안이 망할 시기가 아니냐. 미안하긴 무엇이 미안해, 역적에게!'

주기도 진민을 찾아갔다. 그렇게 도도하던 주기가 제 발로 찾아온 것을 보고 진민은 입이 딱 벌어졌다.

「어떻게 선생이 다 오셨소이까?」

그는 손목을 잡으며 수선을 피웠다.

「저는 주공을 보필할 만한 그릇이 아님을 스스로 알기에 뜻을 거스른 적도 있기는 하나 어찌 은혜야 잊고 있사오리까. 저희 같은 선비가 음풍영월(吟風詠月)하면서 뜻대로 지낼 수 있는 것은 오직 주공의 덕이신데, 이제 이 땅이 위태로워지는 마당에 가만히 있을 수만은 없어 찾아왔습니다.」

진민은 매우 기뻐하며 어린애처럼 좋아했다.

「그런데 낭야왕의 군대가 오고 있다 합니다. 장수는 기첨이라 하던가요?」

「무어, 기첨?」

진민의 눈초리가 실룩 올라갔다.

「그렇습니다. 하온즉 고영의 군사를 소환하시는 것이 어떨까 해서, 사실은 이 말씀을 여쭙고자 왔습니다.」

「고맙소 정말 위태로운 때가 되니 의로운 사람과 소인을 판별할 수 있게 되는군요.」

진민은 진심으로 고마워했다. 그리고는 즉각 고영의 군사를 소환하는 한편, 주기를 참군(參軍)에 임명하여 고영을 돕도록 했다.

주기는 배를 타고 건강(建康)으로 달려갔다. 그러나 이틀도 가지 않아 강중에서 기첨의 수군과 마주쳤다. 주기의 얘기를 들은 기첨은 주야겸행하여 길을 재촉했다. 양주성 밖으로 유기·전광·고영·기첨·감탁 등의 군대가 집결했다.

딸을 되찾은 감탁은 이제는 꺼릴 것이 없었으므로 마음놓고 성을 칠 계획을 짰다.

5. 진민의 죽음

드디어 총공격이 시작되었다. 기첨은 남문을 에워싸고, 감탁은 변호(卞壺)와 서문을 , 전광은 북문, 고영은 동문을 쳤다. 진민은 그제야 감탁과 고영이 적인 줄 알았다. 이제는 너무나 기가 차서 화도 못 내고 급히 성중으로 돌아갈 수밖에 없었다.

그는 곡응(谷應)·곡충(谷忠)에게 군사 2만을 주어 북문으로 보내고, 진정(陳政)·양영(羊穎)에게도 군사 2만을 주어 남문에 가서 기첨을 막게 했다. 또 동문에는 신무림(薪茂林)·왕형(王亨)을 배치했으며, 스스로는 진회와 함께 서문을 맡았다. 병력은 역시 각기 군사 2만씩이었다.

싸움은 이틀이나 계속되었지만 이렇다 할 승부가 나지 않았다.

그도 그럴 것이 성중에서는 굳게 지킬 뿐 전혀 움직이지 않는 까닭이었다.

이때 우저에서는 진굉이 유준과 대치하고 있다가 이 소식을 들었다. 그는 곧 진홍과 양혁에게 군사 1만을 주어 성을 돕기 위해 돌려보냈다. 진홍·양혁의 군대는 성에 닿기도 전 유기의 군대에 의해 저지당했다. 유기는 진 앞에 말을 내고 있다가 외쳤다.

「진굉은 어디 있느냐? 있거든 나와서 내 말을 들어라. 지금 사방에서 천하의 대병이 구름처럼 모여들고 있거니, 진민의 목을 베는 것도 경각에 달렸다. 너는 항복하여 조상의 제향이나 받들 생각을 해라.」

「뭐라고? 이 도둑놈 같으니! 공연히 군사를 일으켜서 남의 경계를 침범하다니, 너 같은 도둑이 천벌을 받지 않을 줄 아느냐.」

진홍이 크게 노하여 창을 비껴든 채 달려왔고, 유기는 칼을 뽑아든 채로 그린 듯이 그 자리에 서서 기다렸다. 어떻게 보면 소극적으로 여겨지는 이 태도가 창과 칼이 처음으로 부딪치는 순간 무서운 투지로 바뀌어갔다. 유기의 칼은 공중을 회오리바람처럼 빙글빙글 돌아서 칼이 어디에 있는지 분간하기도 어려웠다. 진홍은 그럴수록 정신을 바짝 차리고 달라붙었으나, 자꾸 저도 모르게 허공만 찌를 뿐이었다.

「요놈! 그래도 항복하지 않으련?」

유기는 가끔 이런 말을 해가면서 여유 있게 싸웠다. 그는 장난이라도 하는 듯 칼을 휘둘렀으나 칼날의 광채는 진홍의 몸을 뱀처럼 휘감아버리는 것이었다.

진홍도 불리함을 느끼지 않을 수 없었다. 그의 머리에는 어렸을 때 고향에서 따 먹던 감의 빛깔이 선연히 떠올라왔다. 그가 왜 하필이면 이때에 그런 생각을 하였는지 그것은 스스로도 몰랐다. 하여간 감의 불그레한 이미지가 머리를 스치는 순간, 그는 살아야 되겠다 생각하며 말머리를 돌렸다. 그것은 본능에 가까운 생명의 애착이었는지도 모른다. 그러나 그는 몇 걸음도 가지 못한 채 말 아래로 떨어졌다. 뒤에서 던진 유기의 칼이 그의 등을 꿰뚫었던 것이다.

이를 본 군사들은 기겁을 하여 흩어지기 시작했다. 이렇게 되면 그만이라는 것을 안 양혁도 길을 뚫고 도망쳤다.

양혁은 양주로 가기 위해 얼마 안되는 수병(手兵)을 거느리고 길을 달렸다. 해가 뉘엇뉘엇 기울어갈 무렵 그는 강가에 도착했다. 그러나 저쪽 기슭에는 고영이 진을 치고 있어서 건널 수가 없었다. 양혁은 감개 어린 눈으로 흐르는 강물을 굽어보고 서 있었다.

명분이나 이해에 얽매여서 우왕좌왕하는 사람이란 것이 우습게 생각되었다. 저 물처럼 유유히 흘러갈 수는 없는 것인가. 그가 이런 생각을 하고 있는데 문득 어디선지 시를 읊는 소리가 들려왔다.

새벽 산에 오르니 진(晋)의 충신을 회고케 하는구나.
비는 낡고 일그러졌지만, 현산에 봄은 활짝 피었어라.
솔잎에 영글었던 이슬이 우수수 떨어지니
흡사 옛날을 생각하여 사람들이 눈물 흘리는 것 같구나.

曉日登臨感晋臣　효일등림감진신
古碑零落峴山春　고비영락현산춘
松間殘露頻頻滴　송간잔로빈빈적
疑是當年墮淚人　의시당년타루인

양혁의 두 볼에서는 눈물이 주르르 흘렀다.
이에 결연히 깨달은 양혁은 그 길로 더 생각지도 않고 작은 돛

배에 올랐다. 그리고 중얼거렸다.

「이런들 어떠하고 저런들 어떠하랴. 형세가 궁하면 항복하는 것이지! 그뿐이다. 구차하게 대의명분을 들어 자기변명은 않으리라.」

양혁은 고영을 만나자 이렇게 말했다.

「형세가 궁하니 항복하렵니다. 충성심도 아무 것도 아니니 그렇게 아십시오. 허나 살려는 주셔야 합니다. 그것 때문에 항복하는 것이니까요.」

그리고는 큰 소리로 웃어댔다. 그 공허한 듯한 웃음소리에 고영이 오히려 얼굴이 붉어졌다.

하루는 서문으로 하여 진민이 군대를 이끌고 나와 진을 벌이더니, 진 앞에 말을 내고 감탁을 찾았다. 감탁도 진 앞에 말을 냈다. 진민은 큰 소리로 외쳤다.

「사장 어른께서는 안녕하시오? 이 진민은 감 대인을 대할 때마다 사돈이라 하여 정을 다하였건만, 대인은 무엇 때문에 나를 버리셨는지 이해할 수 없소이다. 진진지의(秦晉之誼 : 혼인을 맺은 두 집 사이의 가까운 정의를 가리키는 말)를 맺은 바에는 마땅히 친애함이 있어야 하리니, 나에게 과실이 있거든 왜 지적하여 고쳐 주시지 않으시고 도리어 소인배와 결탁해 화목을 깨뜨리는지 알 수 없습니다. 대인은 어떻다 하십니까?」

정말로 친척의 의를 생각함인지 말씨가 지극히 공손했다. 감탁이 대답했다.

「불초 감탁인들 왜 장군의 두터운 뜻을 모르겠습니까. 그러나 친척간의 의보다도 더 큰 것은 충효의 대절(大節)이라 배웠습니다. 장군께서 이전에는 백성을 애무하고 나라에 충성하시기에 흠모하는 나머지 딸자식을 귀댁에 시집보냈던 것이건만, 딴 뜻을 품으실

줄이야 어찌 생각이나 하였겠습니까. 장군은 조정의 명령 없이 이
웃고을을 침범하여 세력의 확대를 꾀했으며, 백성을 학대하고 세
상을 어지럽혔던 것입니다. 그러기에 조정에서는 강남 일대의 군
대를 총동원하여 장군을 치시니, 주기·고영·전광·양혁 등이
다 사(邪)를 버리고 정(正)으로 돌아왔습니다. 이 감탁이야 말할 것
이 못된다 해도, 이분들은 다 천하의 명사들이십니다. 그분들이
장군을 버린 것에 어찌 이유가 없다 하겠습니까?」

감탁의 말은 다시 계속되었다.

「나는 불민하나마 오왕 전하의 보필을 조정으로부터 명령받
은 몸이라, 전하의 결백을 증명하기 위해서라도 부득이한 처지이
니 장군께서는 헤아리시기 바랍니다. 또 딸년으로 말하면 지금 나
에게 돌아와 있으니 결코 개가하는 일은 없을 것입니다. 장군은
부디 몸을 보중하십시오.」

진민도 어떤 감정에 사로잡힌 듯 더 말이 없었다. 이때 마침 고
영과 주기가 동문께로부터 성을 돌아오다가 이 광경을 보고 멈추
어 섰다.

「사병들은 들어라. 진민이 반역하기 때문에 조정으로부터 이
를 치라는 조서가 내렸다.」

고영은 이렇게 말하면서 무엇인가 큰 봉투를 품에서 꺼내 높이
흔들었다.

「조서는 바로 여기에 있다. 누구라도 보고 싶은 자 있거든 와
서 보아라. 성상께서는 너희들 사병은 하나도 다치지 말도록 간곡
한 분부를 내리셨다. 죄는 진민에게 있으니, 그 하나를 죽이면 될
뿐, 나머지에 대하여는 일체 불문에 붙이려는 터이다. 너희는 이
나라의 신하가 아니냐. 성상 폐하의 뜻을 받들어 모두 흩어질 것
이며, 진민을 결박하여 오는 자가 있으면 후한 상을 받을 것이다.

망령되이 역적을 좇다가 멸문의 화를 당하지 마라!」

이 설득은 확실히 효과가 있었다. 더구나 고영이 꺼내 보인 봉투는 무서운 위력을 발휘했다. 좀 냉철히 따지고 보면 조서가 고영 같은 사람 손에 있을 리 만무한 것이지만, 병사들은 모두 그것을 의심하려 하지 않았다. 금세 적군에 동요가 생기더니 사방으로 흩어지는 자가 태반이었다.

이를 본 진민은 칼을 빼들고 대세를 돌이켜보려고 고함을 쳤다.

「이놈들! 누구의 명령으로 흩어지느냐. 장령을 듣지 않는 자는 목을 베리라!」

그러나 이내 만사는 끝났음을 이해해야만 했다. 누구 하나 그의 호령을 겁내는 자가 없을 뿐 아니라, 그 중에는 노골적으로 반감에 찬 눈길로 그를 흘겨보는 병졸도 있었던 것이다.

진민은 성으로 돌아가기로 마음먹었다. 그가 얼마 남지 않은 졸병을 거느리고 서문으로 향하는데, 어디선지 한떼의 병마가 나타나 앞을 가로막는 것이었다.

「이 늙은 도둑놈아! 네가 우리 가족을 가두었다면서? 이 죽일 놈! 어디 내 칼을 받아봐라!」

전광의 아들 전흠이었다. 전흠은 칼을 빼들고 외쳤다.

「누구라도 이 역적 놈을 돕는 자 있다면 국법에 의해 구족(九族)을 멸하리라!」

「무엇이?」

진회가 크게 노하여 이와 싸우다가, 뒤에서 주기가 꽤 많은 군대를 이끌고 달려왔기 때문에 말머리를 돌려 달아났다. 진민도 성중으로 가려는 생각은 할 수도 없어서 진회의 뒤를 따랐다. 그들에게는 겨우 5백 명의 병사가 있을 뿐이었다.

주기·전흠 등이 이를 그대로 보고 있을 리 만무했다. 그들이

토끼를 본 사냥꾼처럼 신이 나서 그 뒤를 추격했으므로, 얼마를 도망하다 보니 5백 명의 병사라는 것도 뿔뿔이 흩어지고 이제는 진민과 진회 두 사람만이 일행의 전부가 되었다. 소위 형세가 막히고 힘이 다한(勢窮力盡세궁역진) 셈이었다.

주기는 부하들에게 활을 쏘도록 명령했다.

「죽이지는 말고 그 전후좌우에 쏴라!」

이 작전은 두 사람을 더욱 옴쭉도 못하게 했다. 가는 앞길에 무수한 화살이 날아와 떨어지는 것을 본 진민은 더 나아갈 수가 없어서 말머리를 옆으로 돌렸다. 그러나 다음 순간 그쪽으로도 화살의 비가 퍼붓지 않은가.

이럴 수도 저럴 수도 없어서 머뭇거리는 순간 한떼의 인마에 포위되고 말았다.

진민을 잡은 주기는 그대로 성으로 향했다. 어느 틈에 소문이 났는지 백성들이 구름처럼 모여 서 있다가 꽁꽁 묶인 진민이 지나가는 것을 보더니 침을 뱉고 욕을 하고 했다.

감탁·고영 등은 역도 10여 명의 목을 함에 담아 표문(表文)과 함께 조정에 바쳤다.

「오, 장하도다, 장하도다!」

회제는 눈물을 글썽거리며 기뻐했다. 만사가 여의치 않은 중에 뜻대로 사태가 진전되었으니 기뻐할 만도 한 일이었다.

동해왕 사마월은 군신을 이끌고 하례를 드렸고, 궁중에서는 큰 잔치가 벌어졌으며, 이번 일에 공로가 있는 사람에게는 각기 벼슬이 내려졌다.

고영은 시중(侍中), 기첨은 거기장군(車騎將軍), 주기는 친군사마(親軍司馬), 유준은 광릉태수, 유기는 수양자사, 감탁은 경구부윤(京口府尹), 전광은 단양부윤, 양혁은 예장참군(豫章參軍)이 된 것이다.

모두가 기뻐하며 벼슬을 받는 중에, 주기와 고영 두 사람만은 상소하여 이를 사양하고 어디론가 행방을 감추었다.

어쨌든 이것으로 일단 남방이 진정되었으므로 황제는 더욱 내정에 힘을 썼다. 회제는 천성이 총명했고, 더욱이 어지러운 세태 속에서 성장한 까닭으로 여간 정사에 마음을 쓰는 것이 아니었다. 그는 새벽에 일어나고 늦게 자면서 어떻게든 천하를 바로잡아보려고 갖은 애를 다 썼다. 황문시랑 전선(傳宣)은 선제(宣帝)의 치세(治世)를 다시 본다고 감탄까지 했다.

그러나 아무리 황제가 영특하다 해도 그의 눈앞을 막는 큰 장애가 없는 것은 아니었다. 그것은 태부(太傅) 사마월의 존재였다. 모든 실권을 여전히 그가 쥐고 있어서 만사가 뜻같이 되지 않았다. 그리고 이런 불편은 사마월 쪽에서도 느끼고 있었다.

권신은 임금이 어질기를 바라지 않는다. 황제는 바보일수록 좋은 것이다. 이런 권신의 생리에서 볼 때 회제는 너무나 똑똑한 군주임에 틀림없었다. 자기 지위에 불안을 느낀 사마월은 허도(許都)로 돌아가기로 했다. 그리하여 황제를 중심으로 언제 일어날지도 모르는 음모에서 몸을 피하려고 꾀했다. 그러나 조정에는 그의 당파가 뿌리 깊게 부식되어 있었으므로 여전히 그는 실권자로서 군림할 수 있으리라 믿었던 것이다.

제14장. 요동의 풍운

1. 모용외의 기병

그칠 줄 모르는 사마씨의 골육지간의 권력다툼은 진(晋)의 조정을 피폐와 혼란의 도가니 속으로 몰아넣고 말았다. 이제 진조의 영은 각처의 제후들에게 통하지가 않았다. 사방에서 군웅들은 우후죽순(雨後竹筍)처럼 고개를 들어 진조를 떠나 자립할 기세를 보였다.

혜제가 동해왕 사마월에 의해 독살당하고 회제가 즉위했을 때는 이미 천하는 진조를 떠난 듯 어지러웠다.

그래도 중국 전체에서 비교적 고요했던 곳은 강남(江南)과 요동(遼東) 두 군데뿐이었다. 그러나 전국을 휩쓰는 모진 폭풍이 그곳이라고 언제까지나 그대로 놓아두지는 않았다. 우리는 이미 양자강 일대에 번졌던 피비린내 나는 싸움을 목격했거니와, 이제는 요하(遼河)를 중심한 지대의 동정을 살필 차례가 되었다.

요하 서쪽에는 단씨필탄(段氏匹殫)과 말배숙질(末杯叔侄)이 세력을 떨치고 있었고, 그 동쪽에는 모용외(慕容廆)가 버티고 있었거니와 요서 지방의 두 사람이 강포하기만 한 데 비해 요동의 모용씨는 겸손하고 포용력이 있었으므로, 난을 피하는 많은 인사가 그 경내로 모여든 것은 무리가 아니었다.

본래 이 단씨니 모용씨니 하는 것은, 한족(漢族)으로 볼 때 오랑캐라 불리는 소수 족으로서 일종의 부족사회를 형성하고 있었다. 중원에서 먼 이곳의 통치는 중앙에서 파견되는 관리만으로는 될 일이 아니어서, 조정에서는 그 특수 사정을 감안하여 일종의 자치(自治)를 묵인하여 왔다. 비공식적인 제후라고 생각하는 편이 이해에 도움이 될는지 모른다.

이 무렵 요동과 요서에 걸쳐서 강성한 세력을 가지고 있는 선비족(鮮卑族)의 두 부장이 있었다. 그가 바로 소희련(素喜連)·목환진(木丸津)이라는 소수 부족의 추장들이었다.

그들은 선비산(鮮卑山)에 근거를 두고 사냥을 생업으로 하며 살아온 부족으로, 생업의 탓인지 성격이 난폭하고 잔인했다. 이들은 그 동안 모용씨의 세력에 눌려 지냈는데, 무슨 생각에서인지 금산(金山)·의주(義州)·해주(海州) 등 여러 고을을 침략하여 이를 점거해버렸다.

살인과 약탈을 서슴지 않는 그들에게 시달린 백성들은 모용씨의 영내로 찾아들게 되고, 그들은 그 고초를 호소해왔다. 모용외의 큰아들 모용황(慕容皝)은 자기 아버지에게 말했다.

「자고로 패자(覇者)가 된 제후란 모두 왕사(王事)에 진력함으로써 그 자리에 올랐던 것이며, 왕사에 진력했다 함은 결국 도탄에 든 백성을 구제하는 일이었습니다. 지금 소희련·목환진 두 부(部)가 함부로 군사를 내어 이웃을 침범하니, 그 고통을 못이기는 백성들이 아버님을 의지하여 매일같이 모여들고 있습니다. 아버님께서는 가만히 보고만 계실 작정이십니까?」

모용외는 긴 수염을 쓰다듬으며 아들을 물끄러미 바라보았다. 이제 스물에서 몇 살밖에 넘지 않은 청년이었으나, 어디까지나 의

젓한 태도였다. 모용외에게 아들의 초롱초롱한 눈매가 이때처럼
슬기로워 보인 적은 없었다.

「네 말도 일리가 있다만, 그렇다고 함부로 군사를 움직일 수야
있느냐. 병자(兵者)는 흉기(凶器)라고 성인께서도 말씀하셨느니라.
경솔히는 못한다.」

그래도 청년은 물러나지 않았다.

「물론 옳은 말씀이십니다. 군대란 함부로 움직이지는 못합니
다. 그러나 백성이 도탄에 빠져 아우성칠 때에도 못쓴다면 군대란
필경 무엇이겠습니까. 예전에 무왕(武王)께서 은(殷)을 치시어 크
게 이기신 것은 천하의 요망에 대답하셨기 때문입니다. 지금 이
지방의 백성 치고 누가 저들의 멸망을 바라고 있지 않겠습니까.
이때에 군사를 내어 이를 친다면 명분과 실리가 아울러 우리를 따
를 것입니다.」

청년의 말은 더 계속되었다.

「지금 중원의 형세를 보면, 사방에서 반란이 일어나 걷잡을 수
없는 지경에 있습니다. 조정에서야 무슨 여유가 있어 여기까지 마
음을 쓰시겠습니까. 위로 조정에서 못하는 일을 대신 받들어 행하
며, 아래로 만민의 요망에 호응하신다면 우리가 웅비(雄飛)할 터
전이 일조에 마련될 것입니다. 그렇지만 가만히 있게 되면 저들은
날로 세력을 확장하여 드디어는 우리를 삼키려 들 것입니다. 지금
은 좋든 싫든 기병할 시기라고 생각합니다.」

모용황은 이제는 할 말을 다 했다는 듯이 큰 입을 꽉 다물어버
렸다. 모용외는 꿈이라도 꾸는 듯 눈을 멀리 주면서 한참을 생각
한 끝에 말했다.

「네 말이 옳다. 한 가지 걱정은 우리의 군사와 군량이 아울러
풍족치 못한 점이다.」

아버지의 마음이 움직인 것을 본 모용황의 눈에서 광채가 났다.

「싸움이란 기세입니다. 예전에 진승(陳勝)은 한 치의 땅도 지니지 않고 있었으나 진나라를 깨뜨릴 수 있었습니다. 그전에 6국이 연합해서 덤벼도 당할 수 없었던 진나라가 부랑배들의 집단에 아주 간단히 망하고 만 것은 무슨 까닭입니까. 진승의 세력이 6국보다 강했던 것도 아니요, 진나라의 국세가 갑자기 약화된 것도 아닙니다. 진승은 진나라의 멸망을 바라는 민중의 요망을 등지고 있었던 까닭입니다. 요사이 소희련·목환진으로 말하면 크게 민심을 잃었고, 백성들은 아버님의 얼굴만 쳐다보고 있지 않습니까. 성사가 되지 않으리라는 생각은 조금도 마십시오」

「오, 우리 집에 기린이 난 줄을 모르고 있었구나!」

모용외는 크게 기뻐하며 곧 장수들을 모아놓고 뜻을 발표했다. 그의 밑에는 중국의 명사인 배억(裵嶷)·배개(裵開)·황보급(皇甫岌)·유수(遊邃)·송해(宋該)·황보진(皇甫眞) 등이 있어서, 모용외는 누구보다도 그들의 의견에 귀를 기울였는데, 그들 역시 모두 찬성하고 나섰다.

이 중에 배억과 배개는 현도태수 배무(裵武)의 아들로서 일찍이 낙양에서 글을 닦은 다음 현도에 와 있다가 그 아버지가 죽자, 뒤를 이어서 현도태수로 있던 중, 동방의 고구려 미천왕(美川王)의 군사들에 의해 현도군을 빼앗기고 요동의 모용외에게 온 자들이다.

현도군이 고구려 군사의 공격을 받게 되자 이들은 급히 낙양으로 구원을 요청했으나 제 친왕들의 권세다툼에 여념이 없던 진조에서는 아무런 대책도 강구해 주지 않아 결국 군을 고스란히 고구려에게 빼앗기고, 8천여 명의 군민이(軍民)이 고구려 군사에게 잡혀가는 것을 보면서 요동으로 도망쳐온 것이었다.

이때 모용외는 이들을 대신하여 조정에 보고를 띄운 적이 있었다. 모용외는 진조에서 온 준재(俊才)들의 헌책을 기꺼이 받아들여 점차 인근의 군현을 병탄하였다.

「지금 산이(山夷)들이 준동하여 백성을 해쳐 천인이 공노하고 있는 터이니, 기병하신다면 이는 위로 하늘의 뜻을 받들고, 아래로 백성들의 여망에 보답하시는 일이 될 것입니다. 무슨 불가함이 있겠습니까.」

모용외는 기뻐하면서 말했다.

「그 도둑을 잡는 일이야 그리 어렵지 않은 일이지만, 우리가 싸우러 떠난 사이에 단씨네가 쳐들어온다면 큰일이 아니겠소? 소희련·목환진이 앞에 있고 단씨가 뒤에서 버틴다면, 전후에서 공격을 받아 크게 곤경에 빠질 것이 명백하오」

이때 모용외의 둘째아들 모용한(慕容翰)이 앞으로 나섰다. 그는 아직도 애티가 가시지 않은 나이였다.

「그것은 걱정 없으리라 생각합니다. 단씨는 앞서 왕준(王浚)과 끊고 석늑(石勒)과 통해 있었으나, 지금은 다시 석늑과 틀어져서 유곤(劉琨)을 돕고 있다고 합니다. 그러므로 그는 왕준과 석늑의 미움을 함께 받고 있는 처지이니, 어찌 경솔히 움직일 수 있겠습니까.」

셋째아들 모용인(慕容仁)도 한 마디 했다.

「소희련·목환진 두 오랑캐는 사납기만 할 뿐 계략이 없으니, 그것을 평정하는 데 무슨 시일이 걸리겠습니까. 속히 이를 쳐서 멸한 다음, 그 형세를 그대로 휘몰아 단씨를 친다면 몇 달 안에 요동·요서는 다 우리 것이 될 것입니다.」

모용외는 만족하여 크게 웃었다.

「어린 것들이 감히 저런 소리를 하니 우리가 장차 흥하려는가 보다. 어디 그럼 산적 사냥이나 해볼까?」

그는 2만의 군사를 동원하여 모용한을 선봉에 임명하고 모용인을 부장으로 하여 앞서 보내고 황보급을 감군(監軍)이 되어 따라가게 했다. 그리고 나서 자기는 큰아들 모용황과 함께 후군이 되고 배개·유수는 남아 본부를 지키게 했다.

2. 기린아들

이때 소희련과 목환진은 병사를 이끌고 돌아다니며 갖은 행패를 다 부리고 있는 중이었다. 그들은 눈에 띄는 재물은 모두 약탈하여 산으로 운반하고 방화·강간을 서슴지 않았다. 사람도 가만 두지는 않았다. 늙은이만 제외하고 젊은 남녀는 모두 잡아다가 노예도 삼고 군대에도 끼워 넣었다. 이리하여 세상은 가마물이 끓듯 소란스러운 중이었다.

선봉이 된 모용한은 피난민에게서 적의 동정에 대한 정보를 상세히 얻을 수 있었다. 지금 소희련은 동쪽에서 날뛰고 목환진은 서편에서 행패를 부리고 있다는 것, 그리고 1백여 리를 가면 목환진의 진채가 있다는 것도 알았다.

모용한은 감군인 황보급에게 말했다.

「적황이 그러하다면 이쯤에서 군대를 멈추는 것이 좋겠소 내일 밤은 우리 형과 짜고 야습하여 이를 섬멸하려 하오. 지금은 달이 없는 때니까 행동하기도 아주 편리하오. 우리 형은 다른 데로 돌아서 적의 전방에 나가 길목을 지키고, 나는 어둡기를 기다려 행군하여 이경쯤에는 적진을 치겠소. 저것들이 우리가 멀리 떨어져 있다고 안심하다가 기습을 당하고 보면 반드시 패하리다.」

「그것은 묘계입니다. 반드시 성공할 것입니다.」

황보급은 새삼 자기 아들 같은 청년을 바라보았다. 어디에 저런 지략이 들어 있나 싶어 신기하기만 했다.

이튿날, 움직이지 않고 어둡기만을 기다리던 모용한은 이른 저녁을 마치고 준비를 서둘러 어둑한 들길을 달렸다. 병력은 가려뽑은 3천의 기마병으로서 나는 듯이 길을 달렸다. 모용인은 나이가 나이인지라 불안한지 형의 뒤를 바짝 따랐다.

「형님! 그놈들에게 무슨 대비가 있으면 어떻게 하죠?」

모용인은 어떻게든 침묵을 깨뜨리고 싶었던지 이런 말을 건넸다. 그러나 모용한은 뒤를 돌아보려고도 하지 않았다.

「만일에 말이지, 적의 복병이라도 있으면 어떻게 하오? 안 그래요 형!」

두 번째로 말을 건넸을 때에야 모용한은 귀찮다는 듯이 소리를 꽥 질렀다.

「의심하면 끝이 없는 거야. 한번 정했으면 정한 대로 해보는 거지, 딴 생각을 하는 것이 아니다. 입을 다물어라!」

모용인은 어둠 속에서도 찔끔하며 낯을 붉혔다. 그리고 역시 형은 형이라고 생각했다.

이경이 지나서야 달이 떴다. 얼마 안 가서 적의 진채가 멀리 바라다보였다. 모용한은 병사들에게 흰 새 깃을 나누어 주어 가슴에 꽂게 했다. 혼란 통에서도 자기편을 판별케 하자는 생각에서였다. 재갈을 물린 말들이 풍우처럼 다가갔을 때 적진은 고요하기만 했다. 아주 방심하고 있는 것이었다.

모용한이 손을 높이 들자, 한 방의 포성소리가 밤의 싸늘한 공기를 진동시키며 울려 퍼졌다. 그와 동시에 3천의 기병은 함성을 지르면서 적진으로 뛰어들었다.

놀란 것은 곤하게 자고 있던 목환진의 장병들이었다. 미처 일어나지도 못한 채 창에 찔려 죽는 자도 많았다. 목환진은 간밤에 늦게까지 술을 마시고 대취하여 코를 골고 있다가 이 벼락을 맞았다. 그는 그런 중에서도 갑옷은 벗지 않은 채 누워 있었으므로 포성을 듣고 놀라서 벌떡 일어났다. 그리고는 밖에서 들리는 소음이 무엇을 뜻하는지 직감하자, 머리맡에 놓아두었던 칼을 뽑아들고 밖으로 나갔다.

밖에는 아비지옥 같은 광경이 벌어지고 있었다. 어떤 장막에서는 불꽃이 일어나고 있었고, 적병이 조수처럼 쏟아져 들어오고 있었다. 목환진은 이를 보자 타고난 야성이 발동하여 닥치는 대로 쳐 죽였다. 어떤 병사는,

「장군! 장군!」

하며 부르기도 했으나,

「이놈아! 이제 와서 장군이 다 뭐야?」

라고 외치면서 야차처럼 날뛰었다.

사실 그리로 밀려든 것은 적에게 쫓기어 오는 자기 졸병이었건만, 이 무지한 추장은 적으로만 착각하고 살육의 쾌감에 자신을 잊은 것이었다.

이런 오해된 살육은 목환진만이 아니라 도처에서 벌어지고 있었다. 그들은 하도 놀라서 사람만 보면 적인 줄 알고 무기를 휘둘렀기 때문에 동지끼리 서로 학살을 자행한 것이었다.

이에 비해 모용한의 군대는 아주 질서 있게 움직였다. 그들은 10명씩 분대가 되어 적진 속을 이리저리 누비며 적병을 찾아내 죽였다. 그들은 다 깃을 꽂고 있었기 때문에 물론 서로 죽이는 일 같은 것은 없었다.

호령소리, 비명소리 속에 날이 밝았다. 진채 안에는 무수한 시체가 낙엽처럼 깔렸고 그 대부분은 목환진의 부하들이었다. 목환진은 체념하고 동북쪽을 향해 혈로를 뚫어 달아났다. 불과 1천여 명의 부하가 그 뒤를 따랐다. 얼마쯤을 달리다가 적과의 거리가

벌어진 것을 확인하자 그는 버럭 성을 냈다.

「이 머저리 같은 놈들아! 그래 적이 머리맡에까지 오도록 그것도 모르고 자기만 해! 이놈들, 모두 목을 도려 놓을까 보다.」

그는 자기에게 해야 할 말을 부하들에게 하며 눈을 부릅떴다.

다시 한 30리나 갔을까 했을 때였다. 이제는 지평선 저쪽으로부터 해가 떠올라 눈부신 광선을 패전한 병사들에게까지 한 아름씩 안겨 주는 아침이 되었다.

저쪽으로부터 한떼의 군마가 다가오는 것이 보였다. 그것을 발견한 목환진은 갑자기 기쁜 듯 소리쳤다.

「저기를 봐라. 소희련 장군이 우리를 도우려고 달려오는구나!」

이 소리는 죽어가는 사람에게 마약주사를 놓은 것 같은 효과가 있는 것이었다. 의기가 꺾일 대로 꺾여 있던 병사들이 목환진 모양으로 생기를 회복하여, 걸음걸이에도 다소 힘이 생기는 것처럼 보였다.

그러나 거리가 가까워져서 한 마장이나 되었을까 싶을 무렵, 저쪽 군사들은 일제히 걸음을 멈추고 진세를 벌이는 것이 아닌가. 그제야 자기편이 아닌 것을 깨달은 목환진의 얼굴이 가볍게 경련을 일으켰다. 더 접근함에 따라 그것이 소희련이 아니라 모용씨의 군대임을 확실히 짐작할 수 있었다.

목환진도 진을 치고 앞에 나서서 적진을 바라보았다.

이윽고 북소리가 둥 둥 둥 울리는 곳에 모용씨의 진문이 열리며 세 장수가 진두에 나타났다. 앞에 선 것은 긴 수염에 치올라간 눈이 부리부리한 장수로서 금빛 투구에 은빛이 나는 갑옷을 걸치고 있었으며, 그 기에는 요동진이교위(遼東鎭夷校尉) 모용대장군(慕容大將軍)이라는 글자가 보였으니, 바로 모용외 그 사람일 것은 물을 것도 없었다.

그 오른쪽에는 거구장신의 장수가 백마를 타고 손에다 큰 도끼를 쥐고 있었다. 황보진(皇甫眞)이었다. 또 모용외의 왼쪽에 선 대장은 얼굴이 준수하여 천일지표(天日之表 : 사해四海에 군림할 상相)가 있어서 위엄이 사방을 내려누르는 듯하니 그가 모용황임에 틀림없었다.

이윽고 모용외의 말이 들려왔다. 마치 인경이 우는 듯한 목소리였다.

「목환진! 너는 어찌된 사람이기에 공연히 소란을 떨어 백성을 도탄으로 몰아넣는단 말이냐. 대저 백성은 나라의 근본이매 천자라 해도 오히려 이를 어렵게 아시거늘, 아무리 무지막지한 오랑캐이기로소니 그 행패가 이럴 수 있느냐. 나는 조정의 명령을 받들어 이에 백성의 질고(疾苦)를 덜려 한다. 너는 항복하든가 목숨을 내놓든가 마음대로 하라!」

목환진은 이 세상에 태어난 이래 이런 모욕을 받아 본 적이 없었다. 마치 산짐승같이 야성투성이인 그의 본성이 발끈하고 치솟아 올라 그는 창을 치켜들고 앞으로 뛰쳐나가려 했다.

그러나 말고삐를 붙드는 자가 있었다. 돌아다보니 동생인 목환니(木丸泥)였다.

「형님! 진정하시오 뒤에서도 그놈들이 달려오고 있습니다.」

그제야 목환진은 뒤쪽을 바라보았다. 뽀얗게 일어나는 먼지 속에 적병의 깃발이 숨었다 나타났다 하는 것이 보였다.

「형님! 어서 옆으로 혈로를 뚫고 해주 쪽으로 가십시다. 그리하여 소희련 장군과 합세해야 합니다.」

목환진은 부하들을 향해 소리쳤다.

「앞에도 강적이요 뒤에도 강적이다. 우리는 이곳을 벗어나서 해주로 가야 한다. 죽음을 각오하는 곳에 삶의 문이 열리는 법이다. 만일 여기서 어물어물하다가는 한 사람 남김없이 죽음을 당하리라!」

그는 대열을 종대로 이룬 다음 이들을 이끌고 모용황의 진중으로 뛰어들었다. 패전에서 지칠 대로 지친 군대라고는 해도 죽음을 각오하고 보니 무서운 힘을 발휘하는 것이었다. 모용황의 진중이 도리어 혼란에 빠졌다. 목환진이나 그 부하는 워낙 불량한 사람들이라 마음먹고 싸우면 여간 강한 것이 아니어서 모용황의 사병들은 눈 깜짝할 사이에 상당한 수가 죽어갔다.

이를 보고 있던 모용황이 적병에게 접근하면서 외쳤다.

「너희들은 왜 아직도 깨닫지 못하고 스스로 멸망을 택하느냐. 목환진의 죄악은 하늘에 사무쳤으매 응당 천벌을 받아야 하겠거니와, 너희들에게는 아무 죄도 없는 터이다. 지금 앞뒤가 모두 우리 군사거니, 너희가 쇠로 된 몸이라도 어찌 살기를 기약하겠느냐. 다 용서해 주리니 어서 항복해라.」

악귀처럼 싸우던 목환진의 사병들은 이 말을 듣자 일제히 주춤하는 기색을 보였다. 모용황의 말은 다시 울려왔다.

「너희는 누구를 위해 싸우느냐. 천자를 위해 싸워서 죽는다면 충신이라는 이름을 얻겠거니와, 포학무도한 도둑을 위해 싸우다가 죽으려느냐. 더 말하지 않겠다. 살고 싶은 자는 무기를 던져라.」

이때 목환진의 병사 중에서 한 사람이 외쳤다.

「내 어찌 역적 놈을 위해 죽는단 말이냐!」

그리고는 들었던 창을 내던졌다. 지금까지 주저하던 목환진의 사병들은 이를 보자 너도나도 창과 칼을 내던졌다. 목환진이 기가 막혀서 눈을 부릅뜨고 호령호령해 보았으나 소용이 없었다. 그는 북쪽으로 죽음을 무릅쓰고 달려갔고, 그의 뒤를 따르는 것은 가까운 친척 몇 사람뿐이었다.

이때 거기에 달려왔던 모용한이 달아나는 적을 보고 외쳤다.

「풀도 뿌리를 뽑지 않으면 다시 나나니, 저놈을 놓쳐서야 되겠느냐!」

그는 말에 채찍을 가하여 바람처럼 그 뒤를 쫓아갔다. 모용인도 형에 뒤질세라 목환니의 뒤를 추격했다. 급한 판이라 각각 달아나고 각각 쫓다보니 목환진과 모용한, 목환니와 묘용인은 어느새 서로 딴 길을 쫓고 쫓기며 달려가고 있었다.

모용인은 목환니의 뒤를 20리나 쫓아갔으나 목환니의 말이 잘 달리기 때문에 아무리 애써도 거리를 단축할 수가 없었다. 그는 마침내 어깨에서 활을 꺼내 힘껏 당겼다. 1백 보쯤 앞을 달리던 적장이 쓰러지는 것을 본 모용인은 급히 달려가서 그 목을 뎅겅 베어 들었다. 소년은 피비린내로 낯을 찌푸리면서도 적장의 목을 베었다는 것이 자랑스러워 꿈과도 같이 달콤한 행복감에 도취되어 말을 달렸다.

이날 모용외는 크게 승리하여 군사를 거두었다. 막내아들이 적장의 목을 바쳤을 때는 입이 함지박만큼 벌어졌다.

「오, 우리 집에 경사가 났구나. 경사가 났어!」

옆에서는 모용황이 대견한 듯 동생을 바라보며 웃고 있었다.

그런데 모용한만이 돌아오지 않았다. 처음에는 대수롭지 않게 생각했으나 해가 뉘엿뉘엿 저물어가도 나타나지 않는 것을 보자, 모용외의 걱정은 이만저만이 아니어서 저녁조차 들려 하지 않았다. 모용한이 목환진을 단신 추격해 갔다는 것을 알고 있는 만큼 걱정도 클 수밖에 없었던 것이다. 그는 마침내 군대를 풀어 사방으로 찾아보게 했다. 그래도 소식이 없었다.

밤도 꽤 깊었다. 한 장막 안에는 모용외 부자가 모여 앉아 모두 심각한 얼굴을 하고 있었다. 촛불만이 지글지글 타고 있을 뿐 아무도 입을 여는 이가 없었다.

　그때 멀리서 말발굽소리가 나며 왁자지껄 떠드는 소리가 들렸다. 모용인은 재빠르게 일어나 밖으로 뛰어나갔다. 조금 후 나타난 것은 기다리던 모용한 그였다. 그는 웃음이 가득한 얼굴로 들어서며 말했다.

　「좀 늦었습니다. 그놈의 말이 어찌나 잘 달리는지, 그놈을 상하지 않게 하느라고 그만……」

　이렇게 말하면서 그는 손에 든 보자기를 내놓았다. 보자기가 온통 피에 젖어 있는 것이 적장의 머리임이 뻔한 일이었다.

　「적당히 돌아올 일이지, 너 때문에 모두가 얼마나 걱정한 줄 아느냐」

　모용외는 꾸짖듯이 말했으나 그의 표정은 반가움과 대견함에 활짝 웃고 있었다.

　이날 모용한은 목환진의 뒤를 추격했으나 상대의 말이 어찌나 잘 뛰는지 따라갈 수가 없었다. 그래도 그는 온 힘을 다하여 그 뒤를 쫓았다. 그러나 아무리 애써도 거리는 단축되기는커녕 점점 벌어져만 갔다.

　모용한은 활을 쏠까 하고도 생각했으나 그 말이 상할까봐 들었던 활을 도로 어깨에 걸치고, 멀리 사라지는 적장을 잃지 않으려고 온힘을 기울였다.

　그들은 마치 경마라도 하는 듯이 말을 달리기 몇 시간, 바람 같은 그들의 말은 그 동안에 5백 리나 저쪽에 와 있었다. 모용한은 서산에 해가 지는 것을 보자, 비로소 다급한 생각이 들었다. 그는 활을 다시 꺼내들고 힘을 다해 당겼다. 그리고는 적장이 넘어지는 것을 보는 순간 어찌나 기쁘던지 소리를 지르면서 달려갔다. 목환진은 왼쪽 팔꿈을 맞은 것뿐이었으므로 이내 일어났다. 그러나 그의 말이 1백 보나 되는 거리에 가 있었으므로 그쪽으로 달리다가 모용한에게 걸렸다.

두 사람은 한참을 싸웠다. 목환진은 비록 용맹하기는 했으나 말이 없었으므로 불리했다. 그는 마침내 모용한의 창끝에 가슴을 찔려 그 자리에 쓰러졌다.

「쫓아갈 때에는 몰랐는데 돌아오려니까 어찌나 먼지 혼쭐이 났습니다.」

모용한은 말을 마치자 빙그레 웃어 보였다.

모용황이 아우를 칭찬했다.

「과연 어지간하다. 너희 둘만 있으면 못할 일이 없겠다.」

모용인이 말했다.

「그것보다 이제는 어서 소희련을 쳐야 합니다. 숨 돌릴 기회를 주지 말아야지요.」

형제들이 주고받는 말을 듣고 있던 모용외는 만면에 웃음을 띠며 말했다.

「이 아비는 변변치 못하다만 너희 3형제는 모두 기린아(麒麟兒)들이다. 너희가 합심만 하면 가히 대업을 성취하리라.」

3. 굶주림

목환진을 돕기 위해 출전준비를 서두르던 소희련은 목환진이 패망했다는 소식을 듣자 이를 갈았다.

「모용외란 늙은 놈이 어찌 이리도 무례하단 말이냐. 저희와 우리와는 아무 원한도 없거늘, 도리어 군대를 내어 우리를 치다니! 네놈이 어디 나에게도 견디나 두고 보자.」

그러나 그의 아우 소희망(素喜芒)은 근심스러운 얼굴로 형을 말렸다.

「그렇게 화만 내실 일이 아닙니다. 지금 저놈들은 목환씨를 깨뜨려 사기가 충천하는 형세에 있으며 우리는 여기에서 민심을 얻지 못하고 있는 실정이니, 이 싸움은 안하시는 것이 좋겠습니다.」

「뭐라고? 그럼 가만히 앉아 있으란 말이냐?」

소희련이 소리를 버럭 질렀다.

「그것이 아니고요. 형님, 내 말을 좀 들어보십시오.」

아우는 심술 난 애라도 달래듯 형에게 웃어 보였다.

「우리는 적의 예봉을 피해 일단 해주(海州)쯤으로 물러가는 것이 좋겠습니다. 그리하여 힘을 길러가지고 다시 온다 해도 무엇이 늦겠습니까. 또 만일에 저놈들이 무모하여 거기까지 쫓아온다면 그야말로 우리의 함정에 빠지는 것이 됩니다. 저들은 지리에 생소하거니, 얼마든지 골탕 먹일 수가 있을 것 아닙니까.」

한참을 생각하던 소희련은 비로소 웃음을 머금고 말했다.

「그래, 네 말이 옳다. 그렇게 해보자.」

소희련은 곧 전군에 영을 내려 해주로 철수해버렸다.

한편 모용황은, 적이 피해 달아났다는 소문에 접하자 싸움을 중지할 뜻을 보였다.

「그놈이 알아서 도망갔다고 하니, 이것으로 회군하는 것이 좋을 것 같소.」

그는 이런 말을 하며 좌우를 돌아보았다.

「그것이 무슨 말씀이시오?」

모용한이 나서며 형을 바라보았다.

「저것들이 피한 것은 잠시 우리의 예봉에서 벗어나자는 것뿐입니다. 그렇다고 마음을 고쳐먹은 것은 결코 아닙니다. 우리가 철수하면 저들은 다시 나타나 백성을 괴롭힐 것이니 손댄 김에 아주 뿌리를 뽑아야만 합니다.」

모용인도 한 마디 했다.

　　「그것이 옳은 말씀이오 해주로 간 것은 거기서 힘을 기르자는 것이니, 시일을 주지 않고 밀어버리면 손쓸 수가 없을 것입니다.」

　　모용황은 웃는 낯으로 아우들을 바라보며 말했다.

　　「너희들 말대로 하자.」

　　그는 전군을 동원하여 풍우처럼 해주로 밀어닥쳤다.

　　소희련은 적의 추격이 이렇게나 빠를 줄은 전연 예상하지 않고 있었으므로 당황망조하여 어찌할 줄을 몰랐다. 지리를 이용하여 적을 괴롭히겠다던 계획도 세울 길이 없어서 급한 대로 군대를 끌고 나와 모용씨네 군사를 맞았다.

　　이윽고 북소리가 나면서 소희련이 진두에 나섰다. 머리에는 몽고풍의 털모자를 쓰고 몸에는 검은 빛 철갑을 걸쳤으며, 유전낭아(柳箭狼牙)의 철태궁(鐵胎弓)을 멘 품은 제법 위엄이 늠름해 보였다. 그는 멀리 모용황을 가리키면서 외쳤다.

　　「듣거라, 나는 선비산에 살고 너는 극성(棘城)에 있거니, 서로 떨어짐이 가깝지 않은 터이다. 그리하여 대대로 내려오며 서로 해치는 일이 없었거늘, 너는 어찌 망령되이 대군을 발하여 우리 경계를 침범한단 말이냐. 도리를 안다면 어서 돌아가 후세에 혐의를 남기지 마라.」

　　이 소리를 듣고 모용황이 나서면서 호통을 쳤다.

　　「이 무지하기 짝이 없는 놈! 그래 네가 도리를 안다고 자칭할 수 있단 말이냐. 너야말로 무슨 까닭에 군대를 끌고 다니며 무고한 백성을 괴롭히느냐. 이것이 어느 성현의 어느 도리에 해당하는 행실이냐. 어디 대답해 보아라!」

　　여기에는 정말로 할 말이 없었던지 소희련이 대답을 못하는 것을 보자, 모용황의 말이 다시 계속되었다.

「나는 조정에서 대대로 녹을 먹어온 집안이거니, 어찌 백성이 도탄에 든 것을 보고 가만히만 있겠느냐. 네가 항복하지 않는다면 반드시 목환진의 전철을 밟게 되리라. 깊이 생각해라!」

소희련은 약이 오르는 듯 언성을 높였다.

「아직 입에서 젖비린내가 나는 놈이 어찌 그리도 큰 소리를 잘 하느냐. 무례하도다. 들어라, 천하는 어느 한 사람의 것이 아니다. 천하는 천하 사람의 것이니, 덕이 있는 자가 스스로 그 주인이 되는 법이다. 내가 무엇을 하든 네 알 바가 아니거늘 망령되이 군사를 움직이고, 또 이제는 혓바닥을 함부로 놀리느냐. 세상에서 너 같은 촌놈을 일컬어 우물 안 개구리라 하느니라.」

모용황은 발연대로하여 좌우를 돌아보았다.

「누가 나가 저 도둑놈의 목을 베겠느냐?」

이 말이 채 끝나기도 전에 한 장수가 창을 비껴들고 말을 달려 나가는 것이 보였다. 모용한이었다. 소희련도 달려나오는 적의 장수를 보자 칼을 뽑아들고 이를 맞이해 싸웠다.

두 사람의 결투는 미상불 볼 만한 것이었다. 모용한을 젊음과 패기의 화신이라 한다면 소희련은 백전노장이었다. 모용한의 창은 하늘을 스치는 번개처럼 변화무쌍한 데 비해 소희련의 칼은 들판을 누비는 장강같이 유유하여 끄떡도 하지 않았다. 두 사람은 60합이나 싸웠다. 그 동안 이리저리 뛰는 말과 말이 일으키는 먼지가 자욱한 속에, 창과 칼이 부딪치는 금속성은 듣는 사람의 간담을 서늘케 했다.

본진에서 이를 지켜보고 있던 모용황은 행여 아우에게 실수가 있을까 걱정한 나머지 뒤를 돌아보았다.

「누가 나가 싸움을 도우라!」

이에 모용인과 황보진이 뛰쳐나갔다. 두 장수가 소희련에게 접근하는 것을 보자, 적진에서도 한 대장이 창을 비껴들고 나타났다. 그리고는 모용인의 앞을 막아서며 외쳤다.

「어린놈이 무엄하구나. 내 듣건대 모용외에게 젖먹이가 있다더니, 바로 네놈이구나!」

모용인은 화가 나서 소리를 버럭 질렀다.

「너 같은 졸개는 안중에도 없으니, 썩 비켜라. 목환니(木丸泥)도 너처럼 까불다가 내 손에 죽었느니라!」

「요놈이?」

소희망은 상대가 어린 것을 얕보고 경계하는 마음도 없이 달려들었다. 그러나 모용인의 창이 번뜩이는 듯하더니 그의 말머리를 푹 찔렀다. 처음부터 말을 노리리라고는 생각지 않았던 것이 큰 실수였다. 모용인의 다음 창은 말에서 떨어진 소희망의 등을 깊숙이 찌르고 있었다.

모용인은 빙그레 웃으면서 그 머리를 베어 허리에 차고는 다시 소희련을 향해 달려갔다.

이때, 소희련은 황보진이라는 새 적수까지 가세했는데도 아주 여유있게 두 장수를 상대해서 싸우고 있는 중이었다. 두 사람의 창술이 날쌨지만, 그의 칼이 종횡무진으로 변화해갔기 때문에 모용한이나 황보진으로서는 상대의 허점을 잡을 수가 없었다. 이런 팽팽한 대결 속에 뛰어든 모용인은 소리부터 질렀다.

「소희련! 너는 왜 아직도 항복하지 않느냐. 네 아우의 모가지가 여기에 있다. 너도 이렇게 되고 싶으냐」

이 말에 찔끔 놀란 소희련이 고개를 돌리는 순간 황보진의 창이 번개처럼 소희련의 옆구리로 날아들었다. 그러나 소희련이 재빠르게 몸을 틀었기 때문에 창끝은 겨우 옷을 스쳤을 뿐이었다. 소희련은 간담이 서늘해졌는지 그대로 말머리를 돌렸고, 세 장수는 일제히 도망하는 적장의 뒤를 추격했다.

「봐라, 저놈이 도망간다. 모두 달려 나가서 그 뿌리를 다 뽑아 버려라.」

모용황은 이렇게 부르짖으면서 전군에 공격령을 내렸다. 그의 대군은 조수가 밀리는 것같이 적진을 덮쳤고, 가뜩이나 겁을 먹은 소희련의 졸개들은 개미 떼처럼 흩어져 달아났다. 들판에는 시체가 산처럼 쌓이고 피는 대지를 붉게 물들였다.

소희련은 음산(陰山)으로 달아났다. 거기가 그의 본거지였던 것이다. 그러나 추격이 하도 급했기 때문에 진채로는 들어가지 못하고 산골짜기로 깊숙이 피해버렸다. 이때 모용외도 후군을 지휘하여 현장에 이르렀다. 그는 아들들이 지휘한 싸움이 크게 성공한 것을 기뻐하면서 골짜기의 입구에 돌을 쌓아 길을 막아버리고 병사를 교대시켜 이를 지키게 했다. 그리고는 5리쯤 물러나 진을 치고, 술과 고기를 배불리 먹게 하여 병사들을 위로했다.

곤궁에 빠진 것은 소희련이었다. 그는 얼떨결에 골짜기로 들어왔던 것인데 이제 와서 생각하니 큰 실수였다. 거기에는 식량도 무기도 저장해 놓은 것이 없었으므로 처음부터 끼니를 굶을 수밖에 없었다. 그렇다고 산이라는 것이 깎아지른 듯한 석산이었기 때문에 빠져나갈 길이라곤 없는 터였다.

하루는 그럭저럭 넘겼으나 언제까지나 그럴 수만도 없어서 다음날부터는 말을 잡아 요기를 했다. 병사들 사이에서는 더 먹느니 못 먹느니 하여 고기를 두고 격투를 하는 무리도 생겼다. 그러나 이렇게라도 해서 먹을 수 있는 것도 천만다행이었다.

닷새째로 접어들면서부터는 그나마 말도 떨어져서 사람들은 퀭하니 들어간 눈으로 먹을 것만 찾게 되었다.

며칠만 굶으면 누구나 금수가 된다. 한 졸병은 숨겨두었던 말가 죽을 어느 바위 밑에서 핥아먹고 있다가 뭇매를 맞아 죽었다. 그리고 더 해괴했던 것은 그 시체가 그날 밤으로 종적을 감추었다는 일이었다.

「저희들끼리만 처먹고!」

이 소문을 들은 병사들은 입맛을 다시며 불평했다.

졸병 중에서 굶주리다 못해 도망쳐 나와 항복하는 자가 적지 않았으므로 이런 참상은 모용외에게도 알려졌다.

「아, 그놈들이 이제야 벌을 받는구나. 2, 3일만 더 지나면 모두 굶어 죽으리라.」

모용외가 이렇게 말하면서 만족한 표시로 그 긴 수염을 쓰다듬었을 때, 모용한이 나섰다.

「아버지, 그렇지 않습니다. 한 사람을 적진에 보내 소희련을 타일러서 항복하도록 하심이 좋겠습니다. 그들의 죄상이야 어쨌든, 굶어서 죽기를 기다리는 것은 어질지 못합니다. 만일 타일러도 듣지 않을 때는 이쪽에서 치는 것이 상책입니다.」

「네 말이 맞다. 네가 이 아비보다 백배는 낫구나.」

모용외는 새삼 아들의 사람됨에 감탄해 마지않았다. 그는 곧 영리한 병사를 한 명 가려서 골짜기로 들여보냈다.

병사는 낙엽이 깔린 좁은 골짜기를 얼마 가지 않아서 적의 파수병과 마주치게 되었다.

「나는 모용장군의 분부로 너희들의 부장(部長)을 찾아가는 것이니, 활을 쏘지 마라!」

사병은 이렇게 자기의 사명을 밝힌 다음, 소희련에게 자기가 온 것을 통고해 달라고 당부했다.

얼마 후 소희련 앞에 나타난 병사가 말했다.

「우리 모용 대장군의 뜻을 전합니다. 우리와 장군과는 본래 아

무 혐의도 없이 지내온 터이건만, 근자에 장군께서 이웃고을을 침
범하여 백성을 괴롭히셨기 때문에 부득불 간과(干戈)로써 겨루게
되었던 것입니다. 이제 장군께서는 세궁역진(勢窮力盡)하셨습니
다. 이 골짜기에는 단 한 톨의 양식도 없으니 어떻게 버티시며, 밖
으로부터 구원을 받을 길도 끊겼으니 무엇을 기다리시겠습니까.
우리는 며칠만 더 기다리고 있으면 장군의 장졸이 모두 아사할 것
을 알고 있습니다. 그러면서도 구태여 제가 오게 된 것은 인명의
소중함을 알기 때문입니다. 장군께서는 장군 일신만이 아니라 거
느리고 계신 무고한 사병들을 생각하셔야 합니다. 그것이 가여우
시거든 골짜기에서 나오시기 바랍니다.」

소희련의 머리가 점점 수그러졌다.

「우리 노야께서는 꼭 장군을 해치실 뜻은 갖고 계시지 않습니
다. 장군께서 전비(前非)만 뉘우친다면, 본부에 돌아가 부귀영화를
전같이 누리실 수 있을 것입니다. 장군께서는 깊이 생각하시기 바
랍니다.」

소희련이 핏기 없는 얼굴을 들었다.

「모용 노야께서 한 줄기 살 길을 열어 주시니 어찌 따르지 않
겠느냐. 그러나 항복한 뒷일이 네 말 같지 않을까 걱정이구나.」

「그것이 무슨 말씀이시오?」

병사가 펄쩍 뛰었다.

「만일 장군을 잡는 것이 목적이라면 왜 구차히 저를 보내셨겠
습니까. 며칠만 드러누워서 기다려도 되는 일 아닙니까. 또 그것
이 싫다면 이곳을 공격하면 되는 일입니다. 7, 8일이나 굶주린 몇
천의 군사가 대항하면 얼마나 하겠습니까. 그럼에도 불구하고 제
가 찾아뵙는 것은 오직 여러 인명이 굶주려 죽는 꼴을 차마 못 보
시겠다는 우리 노야의 인자하심에서 나온 것입니다. 장군은 의심

치 마십시오」

소희련이 감동에 떨리는 음성으로 말했다.

「좋다, 곧 나가서 뵙겠다고 여쭈어라. 노야의 깊으신 뜻이 배에 스미도록 고맙구나.」

병사의 보고를 받은 모용외는 크게 기뻐하여, 다시 정중한 편지를 써서 소희련에게 보냈다. 그래도 그가 행여나 의심할까 걱정한 것이었다. 얼마 후, 소희련은 군사를 이끌고 동구에서 나왔다. 모두 갑옷을 벗고 무기를 버린 차림이었다.

모용한이 모용외에게 말했다.

「항복을 받는 마당에는 그만한 위엄을 보여야 합니다. 만일의 경우에도 대비해야 할 것이옵고……」

모용외는 만족한 듯 고개를 끄덕였다.

모용한의 지휘로 진 앞에는 몇 천의 군사가 창검을 든 채 도열하여 소희련의 일행을 맞았다. 소희련의 부하들은 모두 그 자리에서 정지당하고 그만 홀로 안내되어 진중으로 들어갔다.

그는 모용외 앞에 꿇어 엎드려 말했다.

「산중에 사는 오랑캐가 천하의 넓음을 알지 못하고 날뛰다가 장군의 노여움을 샀습니다. 이번에는 굶어 죽을 목숨을 살려 주시니, 그 은혜 칭송키 어렵습니다. 부디 저를 죽이시어 제 죄를 밝히시고, 제 휘하에 있는 사병들에게는 양민이 될 기회를 열어주시옵소서.」

모용외는 아래로 내려와 친히 그를 일으키면서 말했다.

「예의가 지나치시오. 백성이 괴로움을 당하기에 가만히 있지 못한 것뿐이지, 내가 장군에게 무슨 딴 뜻이 있겠소이까. 더욱 이제부터는 한집안 식구이니, 장군은 형제의 의로 나를 대하시오」

소희련은 너무나 감격에 벅찬 듯 굵은 눈물을 뚝뚝 흘렸다.

개선한 모용외는 소희련을 효기장군(驍騎將軍)에 임명하고, 모용인과 유수에게 해주를 지키도록 했으며, 황보급은 의주로 파견되었다. 이렇게 하여 요동 일대가 완전히 그의 세력권 내에 들게되었으므로 요서의 단씨네들도 감히 넘보지 못했다.

4. 교토삼굴(狡兔三窟)

모용외가 요동 일대의 패자가 되었다는 소문이 전해지자, 동해왕 사마월은 길이 탄식해 마지않았다.

「아, 내가 오랑캐만도 못하구나. 오랑캐만도 못해!」

옆에 있던 내시가 말했다.

「전하께서는 어인 말씀을 그렇게 하시나이까?」

「그렇지 않고 뭐냐?」

사마월이 말했다.

「모용외는 오랑캐지만 도둑을 치고 백성을 건졌구나. 그리하여 요동 일대에 그 이름이 우레같이 들리도록 했다니, 어찌 대장부가 아니라 하랴. 거기에 비해 나는 제실(帝室)에 태어난 몸으로 이런 시골에서 한일월(閑日月)을 보내고 앉았지 않느냐. 이래 가지고야 어찌 천추에 꽃다운 이름이 들리겠느냐.」

사실 이것은 그의 본심의 토로였다. 부귀 속에 태어난 그에게 새삼 부귀를 구한다는 욕심은 있을 턱이 없었다. 다만 이름을 영원히 빛내 보겠다는 명예욕·허영심만이 들끓고 있는 것이었다. 이런 사마월이 모용외의 사건으로 어떤 자극을 받았다 해서 조금도 이상할 것은 없는 일이었다.

아첨 잘하는 내시가 이 기회를 놓치지 않았다.

「전하! 그것이 무어 그리 어렵겠습니까. 천하의 권한이 모두 전하의 수중에 있사온데, 이를 떨치려 하시면 속히 조정으로 돌아가시옵소서. 그리하여 따르는 자에게 상을 주시고, 좇지 않는 자를 죽이시며, 천자를 보필하여 주공(周公)·소공(김公)의 일을 본받으신다면 위엄이 사해에 떨치실 것입니다. 어찌 변방의 오랑캐와 비기오리까?」

아첨을 듣는 모든 사람이 그러하듯, 사마월도 온몸이 저려오는 것 같은 쾌감에 도취하면서 말했다.

「내가 이미 상소하여 이곳에 왔거늘, 이제 또 어찌 황망히 입조할 수 있단 말이냐. 반드시 어떤 명분이 있어야 하리라.」

「그것이 뭐 어려우리까.」

내시는 엉뚱한 계략을 바쳤다. 자기가 얼마나 충견(忠犬)인가 함을 증명하려는 듯.

「지금 조정에는 요파(繆播)·왕연(王延)·하수(何綏)·고당충(高堂沖) 등이 작당하여 정사를 좌우하고 있어 많은 이의 반목을 사고 있다 들었습니다. 대왕께서 황제를 뵙는다는 이름 밑에 군사를 이끌고 입조하시어 그들을 제거해 버리시고 친히 대권(大權)을 장악하시옵소서. 그리 하시면 그 어찌 장하지 않사오리까.」

「너, 정신이 있느냐!」

사마월은 어이가 없다는 듯 내시를 굽어보았다.

「그 네 사람은 모두 충직으로 꽉 찬 사람들이요, 세상의 여망이 무거운 터인데, 그런 사람을 어떻게 죽인단 말이냐. 죽이려면 그만한 죄가 있어야지……」

그러나 충견은 더욱 기고만장해서 떠들었다.

「죄란 만들기에 달린 것입니다. 이 세상 어디에 결정적인 죄악이 있사옵니까. 선이니 악이니 하는 것은 다 사람들의 약속에 불과할 뿐입니다. 이 약속이 달라지면 선악도 거기에 따라 바뀌나이다. 그러기에 소인에게는 소인 나름의 선악이 있고, 대인에게는 대인으로서의 선악이 있는 것입니다. 하물며 왕자의 선악에 있어서이겠사옵니까.」

그는 스스로 제 언변에 도취해갔다. 스스로 생각해도 이런 말이 어떻게 술술 풀려나오는지 대견스럽기만 했다.

「왕자는 천하의 이해를 생각하여 선악을 세우는 법입니다. 그리하여 경우에 따라서는 백성들이 보기에 악한 것도 왕자는 선이라 상주며, 소인이 보기에 선한 것도 악하다 판단하는 수가 있습니다. 전하께서 천하를 쥐고자 하실진대, 반드시 권력 가진 자를 죽이셔야 하나이다. 권세 있는 자를 죽이는 것—이것만이 제왕의 도(道)입니다. 보십시오, 가까운 예로는 위(魏)의 무제(武帝)나 아조(我朝)의 선제(宣帝) 같으신 어른들이 그것을 행하시지 않으셨사옵니까. 저 네 사람은 죄가 있든 없든 죽이셔야 하옵니다.」

실로 위험천만한 정치철학이었다.

사마월은 심복들에게 그 가부를 물어보았다. 어떤 자는 불가하다 했고, 어떤 자는 가하다고 했다. 그 중에서 유여(劉輿)는 이런 말을 했다.

「하셔도 좋고 안하셔도 좋습니다.」

「그것이 무슨 뜻이오?」

사마월은 어리둥절해서 그를 바라보았다. 유여는 사마월의 그런 태도가 만족스럽다는 듯이 잔기침을 몇 번인가 했다.

「요는 전하께서 원하시는 것이 무엇이냐에 따라 결정될 문제일 뿐입니다. 이름도 여러 가지입니다. 문왕·무왕처럼 일국을 건설하여 천추에 그 이름을 떨치시는 분도 계시고, 백이·숙제 모양 깨끗한 지조로써 꽃다운 이름을 후세에 길이 전하는 이도 있습니다. 만일 전하께서 밝은 이름을 전하기 소원이시라면 이곳 허도(許都)에 계속 머물러 계십시오. 그러나 천자의 이름을 빌어 천하에 호령하실 생각이시라면 대신들을 제거하실 수밖에 없으실 터입니다.」

가장 무엇이나 되는 듯 서두를 꺼냈던 유여의 말도 결국 단행하라는 권고였다. 그의 말은 다시 계속되었다.

「불후의 이름을 남기시려면 개세(蓋世)의 공이 있어야 하옵고, 개세의 공을 세우시려면 이윤(伊尹)·곽광(霍光)을 본받지 않을 수 없으십니다. 그리고 이윤·곽광이 되기 위해서는 황제의 측근을 일소하실 수밖에 없는 줄 압니다.」

사마월은 드디어 결심했다.

「과연 지당한 말이오. 그대의 충성된 권고를 받아들이겠소.」

이런 말을 하는 유여도 유여였으나, 이것을 또 충성되다고 받아들이는 사마월도 똑같은 사람이었다.

며칠 후, 사마월 일행은 위세도 당당하게 입경했다. 그는 회제 앞에 부복하여 아뢰었다.

「신은 시골에 떨어져 한운야학(閑雲野鶴)과 더불어 한가함을 즐기려 하였사오나, 조정에 아직도 소인배가 들끓어 나라를 그르침을 알고 부득이 이렇게 입조하여 용안을 우러러뵙는 바입니다.」

황제가 어리둥절하여 물었다.

「소인배라? 그것이 대체 누구요?」

동해왕은 위엄을 보이려는 듯 큰 기침을 한번 하고 고개를 들어 황제를 바라보았다.

「황송하오나 몇몇이 결탁하여 불궤를 꾀하는 증거를 가지고 있습니다. 요파·왕연·하수·고당충 등을 곧 체포하여 그 죄를 천하에 공표하겠나이다.」

무엄한 말씨였다. 벌해 달라고 청하는 것이 아니었다. 죽이겠으니 그냥 보고나 있으라는 통고였다. 황제의 얼굴이 파랗게 질렸다.

「태부(太傅)! 그것이 어인 말이오? 그들은 다 충직한 중신들이 아니오? 그들이 불궤를 꾀했으리라는 것은 믿기지 않소」

사마월이 언성을 높였다. 이마에 힘줄이 푸르게 나타났다.

「그러시다면 그들의 결백은 믿으나 신의 상주는 못 믿겠단 분부시오니까? 신은 오직 사직과 성상을 위하여 성의를 기울이거늘, 성지 이러하시매 신이 대죄하겠나이다. 복원 성상께서는 신을 벌하시어 나라의 기강을 바로잡으소서.」

말할 것도 없이 일종의 공갈이었다. 황제는 와들와들 떨었다.

「그것이 무슨 말씀이오? 태부는 국가를 재조(再造)한 공이 있고 이 나라의 주석이시오. 짐이 어찌 태부를 추호라도 의심하겠소? 태부는 짐의 부덕을 탓하지 말고 마음을 돌려 나랏일을 보살펴 주기 바라오」

「황공하옵니다.」

사마월은 이마를 형식적으로 조아려 보이고 나서 곧 하윤(何倫)을 불러 호령했다.

「내가 역당의 무리들을 잡으라고 이미 말하지 않았던가. 그렇거늘 무엇 때문에 지연하여 성상으로 하여 심뇌(心惱)케 하신단 말인가. 곧 목을 베어 바치라!」

황제는 기가 막혔으나 더 말할 계제가 아니었다.

조금 후 나무로 짠 함이 4개 전상으로 운반되었다.

「역적의 목입니다. 친히 보시겠나이까?」

사마월의 말이 끝나기도 전에 황제는 병든 사람처럼 비틀거리며 용상에서 일어났다. 사마월은 내시의 부축을 받으며 방에서 나가는 황제의 뒷모습을 바라보며 속으로 중얼거렸다.

'이름을 떨쳐야지. 그렇다, 오랑캐에 질 줄 아느냐.'

이렇게 되자 이름 있는 관리들 중에서 사직하는 사람들이 많이 생겼다. 태위(太尉) 유식(劉寔)도 그 중의 한 사람이었다. 황제는 유식을 신임하는 까닭에 어떻게든 붙잡아 두려고 했으나 막무가 내였다.

「신은 이제 늙어서 성조(聖朝)에 아무 도움도 되지 못하나이다. 늙은 것이 조정에 있으면서 죄를 얻느니, 돌아가서 한가한 나날이나 보내게 하여 주시옵소서.」

유식의 눈에서는 눈물이 흘러내리고 있었다.

「그리하오. 부디 여생이나마 편히 쉬시오」

황제는 마침내 이렇게 말하면서 무엇이 슬픈지 한숨을 쉬었다.

태위는 수상의 자리이니 하루라도 빌 수 없다 하여 사마월은 기다리고나 있은 듯이 왕연(王衍)을 천거했다. 이번에 죽은 왕연(王延)과는 이름이 비슷했으나 성격은 매우 다른 사람이었다. 죽은 사람이 충직했기 때문에 사마월의 미움을 산 데 비해 살아 있는 왕연은 *청담(淸談)만을 일삼는 사람이었다.

따라서 태위에 부임하자 하는 일도 그전 사람과는 판이했다. 그는 매일 술만 마시고 관리들이 결재를 받기 위해 서류를 가지고 나타나면 붙들어 앉히고 술을 퍼 먹여 정신을 잃게 했다. 따라서 그의 책상에는 미결서류가 산같이 쌓이게 되었으나, 그는 그런 것쯤 안중에도 없는 듯이 행동했다. 그가 이렇게 하면 할수록 세상에서는 풍류재상이라고 하여 그를 고상한 인물이나 되는 듯 칭찬했다.

사마월도 물론 그의 이런 근무 태도를 알고 있었다. 그리고는,

「원, 무슨 사람이 그리도 술만 마신담?」

하면서 낯을 찌푸리기도 했으나 속으로는 좋아하고 있었다. 그가 그럴수록 자기 마음대로 국정이 좌우되는 까닭이었다.

왕연도 세상이 어지러운 것은 잘 알고 있었다. 그리하여 속으로

는 세상이 어떻게 돌아가든 간에 *명철보신(明哲保身)할 궁리를
하였다. 그는 마침내 사마월을 보고 말했다.

「천하의 지리를 살피건대, 형주는 한강(漢江)에 임하여 요충
(要衝)을 이루었고, 청주는 바다에 가까워 천험(天險)의 땅입니다.
이 두 곳은 일단 유사시 물러가 지키기에 족한 고을이니, 전하께
서는 심복을 태수로 보내두시옵소서. 만일 조정에 어떤 일이 생길
때 좋은 근거가 될까 합니다.」

사마월은 그도 그렇겠다고 생각했다.

「그러면 누구를 보내는 것이 좋겠소? 어디 대감이 한번 천거
해보시오.」

왕연은 서슴지 않고 대답했다.

「제 아우인 왕징(王澄)과 왕돈(王敦)이 저와는 달리 지모를 갖
추고 있는 터이니 그들에게 맡기신다면 걱정이 없을 것입니다. 전
하와 저는 한 배를 타고 가는 사이라 영욕(榮辱)이 다를 수 없사오
니, 이것이 어찌 저만을 위한 생각이겠습니까. 통촉하시기 바라나
이다.」

사마월은 말없이 고개를 끄덕였다.

며칠이 지나지 않아 왕징은 형주자사, 왕돈은 청주자사로 임명
되었다. 왕연은 두 아우와 작별하면서 말했다.

「나는 서울에 있고 아우들은 큰 고을을 맡게 됐으니, 토끼로
치자면 굴이 세 개나 되는 셈이구나(狡兔三窟교토삼굴). 이쯤 되면
여간한 변동에도 견딜 수 있으리라.」

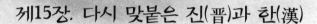

제15장. 다시 맞붙은 진(晉)과 한(漢)

1. 전화(戰禍)는 허도로

여기쯤에서 우리는 다시 한나라 군대 소식을 좀 알아보자. 중국이란 워낙 넓은 곳이라 지방마다에서 일어나고 있는 일을 쓰자면 한정이 없는 일이지만, 진조(晉朝)에 도전하여 천하의 패권을 다투는 위치에 있는 것은 역시 한나라이니까, 여기에서 주의를 그쪽으로 돌리는 것이 현명할 것 같다.

이때, 한군은 유요와 석늑이 이끄는 두 부대로 갈리어서, 이미 석늑은 양국군을 공략했고, 유요는 유요대로 서하(西河)를 뺏고 있었으며, 왕미는 환원관(圜轅關)을 지키고 있는 중이었다.

이 소식이 평양에 있는 한나라 황제 유연에게 전해지자 그는 매우 기뻐하여, 장차 군사들에게 상을 하사하고 걸음을 재촉하여 다른 고을을 치게 하려고 하는데, 태자 유총이 바친 장계가 들어왔다. 그것은 진조에 일어난 정세의 변동을 상세히 보고한 것이었다.

<지금 동해왕이 정권을 농단할 작정으로 혜제(惠帝)를 독살하고 새 임금을 세웠으나, 새로 등극한 황제(회제)가 천성

이 인명(仁明)하여, 어진 이를 골라 쓰고 정사를 바로잡기에 힘쓰는 까닭으로 나라의 면목이 일신된 감이 없지 않다. 동해왕은 아직도 권력의 태반을 장악하고 있는 것으로 보이나, 무엇을 생각했음인지 허도로 돌아가 버렸다.>

대략 이런 내용이었다.

황제 유연이 한숨을 지었다.

「나는 곧 낙양을 치게 하여 중원을 평정할 수 있으리라 믿고 있었는데, 이렇다면 언제나 공을 이루랴. 아직 그들의 성이 뿌리를 내리기 전에 급히 이를 치는 것이 좋을 듯하오」

제갈선우가 옆에서 말했다.

「성지(聖旨)가 지당하오나, 신이 천문을 살피건대 진의 운은 아직도 다하지 않은 줄로 아나이다. 몇 해가 지나 신미(辛未)가 되면 서북의 기운이 왕성한지라, 뜻대로 낙양을 빼앗을 수 있겠나이다.」

그러나 황제는 단념하려 하지 않았다.

「천도(天道)라는 것은 심원하여 헤아리기 어려울 뿐 아니라, 시시로 옮아 멈춤이 없거니, 어찌 안연히 앉아 신미년이 되기만을 기다리겠소? 하늘에 천도가 있다면 사람에게는 스스로 인도가 있는 것이니, 할 수 있는 데까지는 해보아야 될 일 아니겠소?」

이런 말이 오고가면서 결정을 보지 못하고 있는데, 내시가 들어와 아뢰었다.

「지금 진의 중서령 요파(繆播)의 조카 요숭(繆崇)이라는 자가 화를 피하여 이곳으로 찾아왔나이다.」

「뭐, 요파의 조카?」

황제는 그 어떤 직감에 눈이 빛났다.

요숭은 어전에 불려 들어와 그 사정이란 것을 털어놓았다. 동해 왕에 의해 4명의 대신이 참살된 경위가 소상히 설명되었다.

「그뿐이 아니오라 동해왕은 그 친척까지 모두 잡으려 하옵기 에, 신은 폐하의 성덕을 흠모하던 차라 이렇게 찾아왔나이다.」

이런 소리를 하며 요숭은 손을 들어 눈물을 닦았다.

황제는 좋은 말로 위로한 다음 이것저것 물어보았다. 그 결과 지금 진나라 조정이 소인배의 소굴로 화하여 완전히 민심을 잃고 있음이 실증되었다.

상대방의 약점이 경쟁자에게는 기쁨이 된다.

「그렇다면 승상이 직접 감군(監軍)해 주셔야 되겠소 태자를 독촉하여 곧 진격토록 일러주시오」

황제의 얼굴에는 만면의 미소가 깃들어 있었고, 제갈선우도 이 번에는 다른 말 없이 그 직책을 맡았다. 또 황제는 석늑과 왕미에 게도 격서를 보내 낙양을 치도록 명령했다.

며칠 후, 싸움터에서는 석늑이 격서를 받아들고 생각에 잠겨 있 었다. 이윽고 그는 군사(軍師) 장빈을 불러 상의했다.

「이번에 왕미와 함께 낙양을 치라는 분부가 내렸습니다. 그러 나 잘못 움직이다가는 왕준(王浚)이 복수할 생각으로 쳐들어올까 걱정이군요 선생은 어떻게 생각하시는지요?」

석늑은 나이에 비해 생각이 깊구나 하고 감탄하면서 장빈이 말 했다. 상대가 도독(都督)이고 보니 그도 깍듯이 공대했다.

「당연한 말씀이십니다. 도독께서는 될 수 있는 대로 천천히 군 대를 움직이십시오 이것이 만전지책입니다. 그리고 왕 장군에게 는 속히 떠나라고 이르십시오」

한편, 환원관을 지키고 있던 왕미는 조정에서 보낸 격서와 뒤이 어 이른 석늑의 지령을 받자, 곧 4만의 군대를 이끌고 허도(許都)

를 향해 떠났다. 도중에 있는 크고 작은 고을들은 그의 군대가 지나자, 싸우기도 전에 모두 항복해왔으므로 힘들지 않은 행로였다. 다만 각 고을에서 치안을 유지하기 위한 얼마의 병력을 요구했기 때문에 군대를 약간씩 나누어주다가 보니 총병력의 수효가 3만으로 줄어 있을 뿐이었다.

허도를 지키고 있던 구광(丘光)·누애(樓哀)로부터 이 보고를 들은 동해왕 사마월은 기겁을 하도록 놀랐다. 그는 자기의 권속이 거기 있을 뿐 아니라, 무어라 해도 허도는 자기의 본거지였으므로, 하윤(何倫) 등의 신하를 이끌고 급히 달려가서 몇 군데에 군대를 배치하여 수비에 만전을 기했다.

허도의 경계에 도착한 왕미는 적의 병력이 강한 것을 알자 일단 군대를 그곳에 정지시키고 자신은 샛길로 하여 유요를 찾아갔다. 말할 것도 없이 거기에는 태자 유총이 총책임자로 있었기 때문에 이번 새로 파견된 제갈선우와도 함께 만났다.

왕미의 말을 다 듣고 나더니 제갈선우가 말했다.

「동해왕이 많은 병력을 가지고 있다 하나, 그는 용병(用兵)을 할 줄 모르는 사람이기 때문에 필시 허창을 굳게 지키고만 있을 것이오. 지금 동해왕이 허도로 옮겨옴으로써 도리어 낙양이 비어 있는 터이니까, 왕장군은 호연 형제와 함께 낙양을 치시오. 만약 낙양만 함락된다면 허도는 싸울 것도 없이 떨어지리다. 강비·황관은 중로에서 구응하고, 나와 태자 전하는 허도의 군사를 막고, 이렇게만 하면 실수가 없을 것 같소」

「도둑을 잡으려면 앞서 그 두목을 잡으라는 말이 있더니, 바로 그것이군요」

태자 유총도 기쁜 듯이 웃었다.

왕미와 호연안은 각기 5만의 군사를 이끌고 낙양으로 출발했다.

지금 도읍이 공격을 받으리라고는 그 누구도 생각할 수 없었으므로 도중에는 아무런 저항도 없었다.

한편 이 소식이 조정에 전해지자 황제는 사색이 되었다.

「이 일을 어찌하랴. 동해왕도 허도에 가고 없으니 어떻게 해야 좋겠는가?」

황제가 총명할지는 몰라도, 이런 일을 당하고 보면 역시 약한 귀공자일 뿐이었다. 평소에 고담준론을 일삼던 귀족공경도 모두 머리를 푹 숙이고 있을 뿐인데 태위 왕연(王衍)이 나섰다.

「폐하께서는 너무 진념치 마시옵소서. 신이 이미 각 성문에 명령하여 충분히 수비하도록 해두었으니 위태로운 일은 없을 것이오며, 곧 상관기에게 군사 5만을 주어 나가서 막도록 분부하심이 좋을까 하나이다. 장기(張驥)로 선봉을 삼고 왕병충(王秉忠)으로 후군을 삼아 도둑이 낙양의 경내에 발을 붙이지 못하도록 하여야 되옵니다.」

황제는 약간 마음을 놓기는 한 모양이었으나, 그래도 완전히는 안심이 되지 않는 모양이었다.

「위한(僞漢)의 장수들은 모두 용맹하다 하며, 그들에게는 오랑캐도 많이 끼여 있다 하니, 뜻 같지 못할까 걱정이오.」

왕연이 다시 나섰다. 언변으로야 누구 못지않은 그였다.

「성상께서는 어찌 도둑의 위세를 돋워 주시는 말씀을 하시나이까. 성조(聖朝)가 다년간 양육한 군대 속에 어찌 그만한 도둑을 물리칠 인물이 없겠사옵니까. 상관기는 지용을 겸비한 일세의 명장이며, 장기는 낙양의 호장(虎將)으로 그 용맹이 일세에 뛰어난 장수입니다. 이들이 국가 존망의 위기에 당하여 어찌 죽을힘을 다하지 않겠사옵니까. 조금도 염려치 마옵소서.」

그제야 황제는 기쁜 듯이 고개를 끄덕였다.

　이리하여 상관기는 원수에 임명되고, 장기는 선봉장이 되었으며, 장기(張驥)의 아우 장기(張驥)와 왕병충은 호군병마지휘사로 발탁되었다. 이들은 궐내에 들어가 사은하고 5만의 군대를 지휘하여 보무도 당당히 낙양을 떠났다.

　장기 형제는 지난날 위나라 조조 막하에서 용맹을 떨치다가 목문도(木門道)에서 제갈공명의 꾀에 빠져 전사한 장합(張郃)의 손자로서 만부부당의 용맹한 장수였다.

　양군이 부딪친 것은 다음날 한낮이었다. 두 군대는 서로 상대방을 확인하자 행군을 멈추고 진을 벌였다. 진영이 정비된 다음에도 얼마 동안은 서로 움직이지 않고 상대방의 동정만 기다렸다. 마치 호랑이와 호랑이가 먹이를 탐내어 눈을 부릅뜨고 서로 노려보고 있는 것(虎視眈眈호시탐탐)과도 같아, 그것은 숨 막히게 긴장된 시간이었다.

　싸움터에는 죽음과도 같은 적막이 흐를 뿐이었다. 이때 하늘에는 험악한 싸움을 예고라도 하는 듯 먹장구름이 일어나 해를 가리고 있었건만, 양군의 누구도 그런 것에 주의를 기울이는 사람은 없었다.

　이윽고 이 무서운 침묵에 못 견디어 몸부림이라도 치듯, 진나라 진영에서 둥 둥 둥 북소리가 울렸다. 한군 측 몇 만의 눈초리는 모두 그리로 쏠렸다. 그리고 그들은 한 장수가 진 앞으로 나오는 것을 보았다. 머리에는 황금빛 투구를 쓰고 몸에는 주홍색 갑옷을 걸쳤는데 손에는 긴 창이 들려져 있었다. 진의 선봉 장기였다. 그는 왕미를 창으로 가리키며 말했다. 마치 호랑이가 우는 것과도 같은 음성이었다.

　「너희들은 막북(漠北)에서 자라난 오랑캐의 몸으로 하북(河北)의 몇 고을을 도둑질한 적이 있었건만. 황제께서 인명을 불쌍히 여기서는 나머지 죄를 묻지 않으셨으니, 너희가 사람이라면 분을 알고 은혜에 감읍하여 응당 깨닫는 바 있어야 할 것이었다. 그럼에도 불구하고 이제 다시 망령되이 군사를 움직여서 제경(帝京)을 침범하려 드니, 어찌 하늘을 두려워하지 않음이 이에 이르렀느냐. 변방에서 자란 견문으로 아직 천하의 넓음을 어찌 알겠느냐만, 너희도 낙양에 이호(二虎)가 있다는 말은 들었으리라! 냉큼 나와서 목을 바쳐라!」

이 말이 끝나자 한군 측에서도 북이 울리며 일원 대장이 진 앞으로 달려 나왔다. 왕미였다.

「네가 낙양의 호랑이란 말이지?」

왕미는 큰 소리로 웃었다. 그 태도에는 백만 대군이라도 안중에 없다는 기개가 엿보였다.

「내가 너희 나라 장수와 한두 번 싸운 것이 아니었다만, 모두 입으로는 일대의 호걸이었으나, 실제로는 버러지 같은 놈들이었다. 너도 호랑이로 자처한다만, 내가 보기에 고양이로밖에는 보이지 않는구나.」

「무엇이? 그 혓바닥을 도려내지 않고는 가만있지 않으리라」

장기는 머리끝까지 화가 나서 창을 비껴들고 뛰쳐나왔다. 왕미도 칼을 뽑아들고 나가려 하는데 벌써 달려 나가는 장수가 있었다. 호연안이었다.

장기와 호연안은 창과 창으로 맞섰다. 그들이 싸우는 모습은 사납기 짝이 없어서 정말 호랑이의 격투와도 같았다. 말은 날래서 허공을 뛰고 창은 무수한 선을 그렸다.

40여 합이 지나도 그들은 더욱 기운이 나서 날뛸 뿐, 어느 쪽이라고 조금도 지친 기색이 없는 것을 본 왕미가 행여 호연안에게 실수가 있을까 하여 말을 달려 나갔다. 그러나 진군 쪽이라 해서 이것을 방관만 할 리가 없었다. 한 장수가 뛰쳐나오더니 왕미의 앞을 막았다. 장기의 아우 장기(張驥)였다.

이리하여 두 패의 싸움이 벌어졌다. 말발굽에서 일어나는 먼지가 먹구름처럼 일대를 뒤덮는 속에서 창과 창, 칼과 칼은 어지러이 휘돌고, 이따금 고함소리가 새어나와 듣는 이의 가슴을 서늘케 했다. 양군은 모두 숨조차 죽이고 넋이 빠진 듯 바라보기만 했다. 감히 이 속에 뛰어들고자 하는 무모한 생각은 해보지도 못했다.

싸움은 1백 합, 2백 합으로 번져가고, 어느덧 해도 기울어 벌판에는 황혼이 그 장막을 드리우기 시작했다. 그리하여 네 명의 용사들은 승부를 가리지 못한 채 일단 헤어지는 수밖에 없었다.

2. 한군(漢軍)의 패배

다음날도 네 장수는 몇 번인가 자웅을 다투어 보았으나 결과는 마찬가지였다. 이것을 듣고 기뻐한 것은 진나라 조정이었다. 밤낮 패하기만 하던 그들로서는 무승부라는 결과도 승리 못지않게 자랑스러웠다.

「장기 형제의 용맹이 저러하거늘 무슨 걱정이 있사오리까. 신은 진중으로 찾아가 격려나 하고 올까 하나이다.」

왕연은 황제께 이렇게 아뢰고 많은 예물을 준비하여 교외로 달렸다. 그는 자기가 천거한 장수들이 위세를 떨치는 것이 못내 자랑스러웠다. 그가 구태여 진중을 방문하겠다고 황제에게 상주한 데에도 자기의 안목을 자랑하는 마음이 깃들어 있었다.

명색이 태위의 행차고 보니, 원수 이하 여러 장수들의 정중한 영접이 기다리고 있었다. 왕연은 거드름을 피우면서 진중에 들어가자 입이 마르도록 장기 형제를 추켜올렸다.

「왕미는 위한(僞漢)의 맹장으로 용맹이 천하에 들린 터요 지금껏 그와 맞서는 장수가 없더니, 장군 형제를 만나 그도 운이 다한 모양이오. 부디 더 힘을 내 이를 잡아 대의를 밝히시오」

장기가 말했다.

「일찍이 적장을 베고 군기를 빼앗지도 못한 터에 대감께서 왕림하신 것은 지나치신 처사인가 합니다. 내일은 기어코 이놈을 잡아 조정으로 올려 보내겠으니, 대감께서 적절히 처치하시기 바랍니다.」

장기의 말에는 겸손보다도 오기가 어려 있었다.

왕연은 술을 몇 순배 든 다음 작별을 하고 낙양으로 돌아갔다. 이를 전송하는 상관기 이하 여러 장수들의 눈초리에는 기어이 적을 깨뜨려 조정의 기대에 보답하겠다는 기백이 엿보였다. 군인이란 단순해 고관이 한번 나타났다 돌아간 사소한 사실도 그들의 사기를 올리는 데 적잖은 공헌을 하고 있었다.

이튿날 아침, 상관기는 진채를 나가 도전했고, 한군도 이에 응하여 싸우러 나왔다. 이날의 싸움도 욕지거리로부터 시작되었다. 장기는 왕미와 호연안을 가리키며 말했다.

「너희 두 놈은 오랑캐의 맹장으로 소문이 났는데 어떠냐, 이제 와서도 큰 소리를 치겠느냐. 몇 번을 겪어봤으니, 소용없이 버티지 말고 항복하려무나. 내 휘하에 써주마!」

호연안이 분기충천하여 외쳤다.

「너야말로 뜻을 결정해라. 너희 나라 꼴을 보아라. 천명은 분명히 우리 한나라에 내려 있는 터이니, 공연히 개 노릇을 하다가 죽지나 마라. 너만한 놈도 흔하지는 않은 터라, 아끼는 마음에서 하는 소리다.」

이렇게 하여 벌어진 싸움은 여전히 백중(伯仲)한 형세를 보일 뿐이어서, 이대로 가다가는 오늘도 어제의 되풀이가 될 것처럼 보였다. 그러나 역사에는 돌발사건이 많은 법이다. 우연한 것이 끼어들어 역사의 저울대를 어느 한쪽으로 기울게 하는 것을 많이 본다. 이날도 바로 그런 우연이 끼어들었다. 그리고 그것은 진나라의 편을 들었다.

네 장수가 어울려서 불이 튀기는 대결을 한창 벌이고 있을 때, 서북쪽으로부터 먼지가 일어나며 한떼의 인마가 달려오는 것이 보였다. 이것을 바라보는 한군의 표정은 착잡할 수밖에 없었다. 그곳은 자기네의 원군이 나타날 방향은 처음부터 아니었던 까닭이었다. 본진에 있던 유용(柳龍)·호연호·장걸(張杰)·서과(徐果) 등은 병사들을 늘어세우고 대비했다.

아닌 게 아니라 그것은 진나라 군대였다. 서량(西凉)의 태수 장궤(張軌)가 칙명을 받고, 대장 북궁순(北官純)·영호아(令狐亞)·왕풍(王豊) 등을 시켜 급히 군대를 보내온 것이었다.

양군은 정면에서 맞부딪쳤다. 서량의 군대는 새로 왔다는 이로움이 있는데다가 한군은 둘로 갈리어서 적을 맞아야 하는 불리한 조건에 놓여 있었다. 북궁순과 영호아가 양익(兩翼)이 되어 한진에 뛰어들자, 지금까지 움직이지 않고 있던 낙양의 군사들도 조수같이 밀려들기 시작했다.

이제는 장수와 장수의 대결이 아니었다. 삽시간에 온 들판은 아수라장으로 변해버렸다. 치고 찌르고 하는 무기의 부딪침과 말의 울부짖음, 사람의 비명과 호통소리가 싸움터를 가득 메웠다.

양용은 칼을 들어 닥치는 대로 치고 돌아다니다가 한 적장을 만났다. 두 사람이 몇 합을 싸웠을 뿐인데 양용은 적장의 어깨에 깊숙한 상처를 입혔다. 양용은 땅에 떨어진 그 장수의 목을 베기 위해서 말에서 뛰어내렸다. 그 순간, 북궁순이 달려오면서 도끼로 그의 머리를 박살냈다. 넘어진 장수가 북궁순의 아우 북궁신(北宮

紳)이었으므로 형으로서 복수한 셈이었으나, 어쨌든 죽음과 삶이 눈 깜짝할 사이에 교체되는 판국이었다.

서과와 장걸도 영호아의 창에 찔려 죽었다. 그의 창술은 비상해서 그에게 죽은 수효는 헤아리기 어려웠다. 왕미와 호연안도 고전을 면치 못했다. 동시에 여러 사람을 상대해야 했으므로 그들의 용맹으로도 정신을 차리지 못하는 것이었다.

싸움은 한 시간 동안 계속되었다. 처음에는 승패를 분간키 어려운 듯했으나 이내 우열이 드러났다. 양쪽에서 공격을 당하는 한군측은 사상자가 눈에 띄게 늘어나더니, 드디어는 살기 위해 싸움터를 벗어나는 사병이 하나 둘 나타났다. 그럴수록 왕미와 호연안은 병사들을 호령하여 결사적으로 버티려 했다. 그러나 힘의 한계는 스스로 드러나게 마련이다.

왕미는 마침내 후퇴를 결심했다. 이렇게 된 바에는 물러남으로써 희생자를 하나라도 줄이는 것이 나을 것 같았다.

「모두 후퇴하라. 후퇴! 후퇴!」

그는 있는 힘을 다해 소리치고는, 자기도 말을 달려 싸움터에서 벗어 나왔다. 어찌된 영문인지 적이 추격해오지는 않았다. 호연안은 장병을 수습하여 서하(西河)로 가고, 왕미는 포자현(蒲子縣)으로 물러갔다. 10만의 군대가 5만으로 줄어 있었다.

이렇듯 한군의 초라한 행색에 비해 낙양은 온 거리가 축제 기분으로 들떴다. 상관기와 북궁순이 이끄는 개선군이 성문에 도착했을 때는 왕연을 비롯한 고관들이 나와 있었을 뿐 아니라 구름처럼 모여든 백성들의 환호가 기다리고 있었다.

이날, 개선장군만이 아니라 왕연으로서도 생애 최고의 날을 맞이한 셈이었다.

「경이 과연 지감(知鑑)이 있구려. 상관기와 장기를 천거하더니, 그 말에 틀림이 없었소.」

그는 오늘 아침에 황제로부터 이런 칭찬을 받은 것이었다.

*천리마가 있으면 무엇 하나. 그것을 알아보는 백낙(伯樂)이 있어야지(伯樂一顧백낙일고)! 그는 자기야말로 백낙이라 생각하고, 온몸이 기쁨으로 가득 메워져 있는 것이었다.

왕연은 상관기와 장기 형제에게 무수히 치사하기를 잊지 않았다. 그러나 북궁순에 대해서는 극히 형식적인 인사만 건넸다.

「장군의 내원이 없었던들 어찌 오늘의 승리가 있었겠소? 그 *공로는 가히 죽백(竹帛 : 책冊. 옛날에 종이가 없어 죽간竹簡이나 비단에 글씨를 쓴 데서 온 말)에 드리울 만하오(功名垂竹帛공명수죽백).」

말로는 이런 소리를 해도 그 어조는 극히 냉담했다. 그도 그럴 것이 상관기와 장기는 자기가 추천한 사람이니 그들을 영예롭게 하는 것은 곧 자기를 영광되게 하는 일이었던 것이다. 그러나 북궁순은 자기와 아무런 관계도 없는 남이었다.

궁중에서는 며칠에 걸쳐 연회가 벌어지고, 장수들은 모두 관작이 올랐다. 상관기는 대도독이 되고 장기는 거기장군, 동생 장기는 표기장군에 올랐다. 또 북궁순에게는 중외효충호국대장군(中外効忠護國大將軍)이라는, 화려한 이름 대신 실권이 없는 직함이 돌아갔다. 그 밖의 부장 급에게도 각기 2급씩 벼슬을 올려주었다.

3. 두 번째의 낙양 공격

어느 날, 평양(平陽) 성내에는 말방울 소리도 요란하게 거리를 질주하는 한 군인이 있었다. 그의 행색으로 보아 어떤 급보를 일선에서 가지고 온 것임이 확실했으므로 거리를 가던 사람들도 일제히 걸음을 멈추고 그를 바라보았다. 사자는 먼지를 일으키면서 그대로 궁궐을 향했다.

황제 유연은 태자가 바친 장계를 받아들었다. 이윽고 그의 손이 보이지 않을 정도로 떨리기 시작했다.

　—태자 유총은 삼가 글월을 신문신무하옵신 성상폐하께 바치나이다. 이번에 왕미·호연안을 선봉으로 하여 낙양을 쳤사온데, 서량의 원군이 이름으로 인해 대패했사오며, 장수 장걸·서과·호연경·양용이 죽고 병사의 절반이 꺾였나이다. 당초 우리 군대는 허도를 목표로 떠났던 것이오나, 동해왕 사마월이 굳게 지키매 그 공략이 쉽지 않을 것을 짐작하고, 공격 목표를 낙양으로 돌리기로 정했던 것입니다. 낙양은 동해왕이 떠나 병력이 적고 지휘계통이 안 설 것이며, 그곳이 손에 들어온다면 허도는 스스로 떨어지리라 예상한 것입니다. 그러나 세상일을 역도(逆睹)키 어려움이 어찌 이에 이를 줄이야 알았겠나이까. 적은 상관기를 상장으로 하고 장기를 선봉에 임명하여 맞선즉, 그들이 용맹하여 깨지 못하고 사흘을 끌던 중 갑자기 북궁순이 인솔하는 서량의 대군이 이름에 미처 대세는 돌이킬 수 없게 되었던 것입니다. 실은 명을 받자온 이래 늦게 자고 일찍 일어나며 기거를 병사들과 함께하여 마음에 기약하옵기는, 하루속히 위진(僞晋)을 소탕하여 한업(漢業)을 다시 일으켜 세우는 일이옵더니, 일이 이에 이르매 성황성공하와 몸 둘 곳을 알지 못하나이다. 지금 왕미는 포자현에 머물러 대죄하고, 감히 원수부에 나타나지 못하고 있습니다. 성상께서는 그 부득이했음을 살피시어 너그럽게 쓰다듬어 주시옵고, 아울러 도독에 분부를 내리시어 이 수치를 씻게 하여 주시옵소서. 소자는 감읍하옵고 표문을 올리기 이와 같습니다.

황제는 장계를 내던지며 소리를 질렀다.

「낙양은 적의 서울이며 고래로 천험(天險)의 땅이 아니냐. 아무리 동해왕이 비우고 있었다 하나, 거기가 어찌 손쉽게 떨어지리라고 예상했단 말인가. 진나라 황제가 있으니, 다른 지방으로부터 원군이 이를 것도 예상할 수 있는 일이거늘, 아무 대비도 없다가 이런 참패를 가져오니, 이래가지고야 어찌 대업을 이루랴. 참으로 한심하도다.」

진원달이 좋은 낯으로 아뢰었다.

「폐하께서는 어찌 그리도 진노하시나이까. 우리 군대가 그 동안 올린 멍석 말 듯한 전과를 잊으셨나이까. 어떤 군대라도 패하는 적이 전혀 없으란 법은 없사오며, 하나의 패전이 전체의 전황에야 그 무슨 영향을 끼치오리까. 예전에 고조(高祖)께서는 싸울 때마다 항우에게 졌으나, 구리산(九里山)의 한 싸움에서 제업(帝業)을 성취하지 않으셨나이까. 노여움을 거두시고 도독에게 명하사 다시 낙양을 치게 하옵소서.」

그제야 황제도 얼굴빛을 고치고 곧 유요에게 명하여, 여러 장수들을 지휘해서 낙양을 뺏도록 일렀다.

유요는 도독의 몸으로 후방에 처져 있다가 패배를 당했으므로 깊이 부끄러워하고 있던 참이라, 칙명을 받자 곧 15만 대군을 이끌고 출동했다.

이 소식은 곧 낙양에 전해졌다.

「지금 시안왕(始安王) 유요가 이끄는 15만 대군이 접근해 오고 있습니다. 그 형세는 전일에 비할 바가 아니옵니다.」

이 소리를 듣자 회제의 얼굴은 사색이 되었다. 충격을 받은 것은 황제만이 아니었다. 모든 신하들이 다 밝은 날 벼락이라도 맞은 듯이 놀랐다. 그들에게 낙양은 뭐니 뭐니 해도 생활의 터전이

되는 곳이었다. 국가의 수도라는 사실보다도 그들에게는 이쪽이
더 절실한 문제였다. 전번에는 어떻게 하다가 손쉽게 이길 수 있
었다. 그러나 언제까지 그런 요행을 바랄 수 있단 말인가.

황제는 장기와 북궁순을 불러들였다.

「조금도 진념치 마시옵소서. 15만이 아니라 20만이라 해도 두
려울 것이 없습니다. 오랑캐란 영악하기는 하오나 처음에 기를 꺾
어 놓으면 맥을 못 추나이다.」

장기는 한번 이긴 그것만으로 이만큼 교만해져 있었다. 황제의
얼굴에는 그래도 근심하는 빛이 가시지 않았다.

「이번에는 유요가 온다 하지 않는가. 그자는 천하에 적수가 없
다고 하니, 경은 부디 신중히 대하라.」

장기는 이런 황제의 말이 자기에 대한 불신처럼 보였는지 분연
하게 말했다.

「성상께서는 어찌 그런 말씀을 하시나이까. 유요가 철편을 잘
쓰는 것은 사실인 듯하오나 아직도 나이가 약관(弱冠)에 지나지
않는 애송이옵고, 본래가 귀하게 자란 몸이니 용맹하면 얼마나 용
맹하오리까. 복원 성상께서는 마음 놓고 기다리시옵소서. 반드시
그의 목을 폐하께 바치오리다.」

하도 자신만만한 장기의 말에 그제야 황제도 적이 마음이 놓이
는 듯 고개를 끄덕끄덕했다.

두 나라 군대는 다시 들판에서 마주쳤다. 대군과 대군이라, 온
산야가 군대로 뒤덮인 듯 보였다. 이윽고 한나라 진영에서 북소리
가 울리더니 진문이 활짝 열리면서 한 소년 대장이 백마에 걸터앉
아 진두에 나서는 것이 보였다. 황금투구에 붉은 갑옷을 걸친 모
습은 마치 한 폭의 그림을 보는 것 같았다. 그는 철편을 들어 적진
을 가리키면서 외쳤다.

「너희들은 천명을 모르고 무엇 때문에 애써 죽음을 찾느냐. 내일찍이 전진을 휘돌매 가는 곳엔 적이 없었고 치는 곳은 빼앗지 못함이 없었나니, 전자에 성도왕과 육기가 천하의 대병을 휘몰아 대항하였건만 그 결과 어떻게 되었는지는 너희가 익히 아는 바이다. 묻노니, 지금 너희에게는 성도왕이 가졌던 만큼의 대장이 있느냐, 육기가 지녔던 정도의 대군이 있느냐? 진나라는 *멸망의 그 날을 초조히 기다리며 장차 기울려는 해와 같으니(孤城落日고성낙일) 어서 항복해라. 다시 무엇을 기다리랴!」

장기가 나서면서 응수했다.

「머리에 피도 안 마른 녀석이 어찌 그리도 호언장담을 하느냐. 전일, 나에게 패한 왕미와 호연안은 너희들의 장수가 아니면 어느 나라 장수며, 그때의 군사는 너희 군사가 아니고 누구의 군사란 말이냐. 너 역시 구태여 죽어야 속이 시원하겠느냐!」

유요가 크게 노하여 눈을 부릅뜨고 뛰쳐나가려 하는데, 한 장수가 재빨리 그 앞을 내닫는 것이 보였다. 관방이었다.

관방이 투구를 벗어 어깨에 걸친 채 긴 수염을 바람에 휘날리면서 언월도를 높이 들고 말을 달려 나가는 모습은 흡사 말로 듣던 관우를 보는 것 같았다. 장기는 그것이 관씨네 자손임을 이내 알아내고 마주 달려 나가며 외쳤다.

「너는 누구냐? 보아하니 유서 있는 집안 녀석 같은데, 어찌 대의를 저버리고 오랑캐를 섬기느냐!」

이 말을 들은 관방은 수염을 쓰다듬으면서 크게 웃었다. 그 웃음소리는 인경이 깨어지는 것과도 같았다.

「그렇게 알고 싶으면 말해 주마. 나는 관방이라는 사람, 수정후(壽亭侯) 관운장의 손자이거니와 우리 집에서는 일찍이 대의를 저버린 일이라곤 없었느니라. 우리는 한나라의 신하이기에 다시

한나라를 세우려는데, 무엇이 떳떳하지 않으랴. 너희 역신을 섬기
는 쥐새끼 같은 놈들과는 근본부터 다르니라!」

쥐새끼라는 말을 듣고 장기는 대로하여 칼춤을 추며 다가왔다.
관방과 장기는 칼과 칼로 맞섰다. 서로 일대의 준걸들이라, 그것
은 말로 표현할 수 없을 만큼 장한 광경이었다. 한쪽을 호랑이라
면 한쪽은 용! 칼과 칼은 공중에서 천변만화하여 서리를 날리고,
말은 말대로 길길이 뛰어 바람을 일으키니, 양쪽 진영에서는 숨을
죽이고 지켜볼 뿐이었다.

그들은 70합이나 싸웠다. 그래도 지친 기색이라곤 조금도 없으
니 싸움이 언제 끝날지도 추측을 할 수 없었다. 이때 관산이 행여
나 형에게 실수가 있을까 하여 말을 달려 나갔다. 장기는 그를 보
자 적이 놀랐다.

「너는 또 웬 놈이냐. 마치 한판에 박아낸 자식 같구나!」

그러나 관산은 대꾸도 없이 언월도를 들고 달려들었다. 아무리
장기가 용맹하다 해도 이렇게 되면 불리할 것은 뻔한 일이었다.
그가 관씨네 형제에 걸려 적이 고전하고 있는데, 한 장수가 말발
굽도 요란하게 다가왔다. 동생 장기였다. 이제는 관씨 형제와 장
씨 형제의 싸움이 되었다.

그들이 한참을 어지러이 싸우고 있을 때, 진나라 진영으로부터
한 장수가 내달아 오는 것이 보였다. 북궁순이었다. 그는 달려오
더니 관방의 뒤로 돌아갔다.

「이 비겁한 놈!」

관산이 동생 장기를 버리고 달려가 북궁순의 앞을 가로막자 동생
장기는 다시 관방에게로 달려들었다. 그러나 관방은 조금도 당황하
는 기색 없이 두 형제 장수를 상대하여 여유 있는 싸움을 해갔다.

이런 중에 유요가 말을 달려 나왔다. 그는 관방이 싸우고 있는

데로 달려가서 바로 철편을 들어 북궁순을 내리쳤다. 북궁순은 아슬아슬한 찰나에 상반신을 들어 이를 피할 수 있었다. 그러나 간격을 두지 않고 두 번째 내려치는 철편이 그의 왼쪽 팔에 맞고 말았다. 그것은 실로 무서운 속도여서 피하고 말고 할 틈도 없었다. 다만 철편의 끝이 스친 것이기에 망정이지, 그렇지 않았던들 그의 팔은 부서지고야 말았을 것이었다. 북궁순은 그 순간 기겁을 해서 말을 돌려 달아났다.

유요는 그 뒤를 쫓지 않고 관방과 싸우고 있는 장기에게 다가갔다. 장기는 북궁순이 일격에 도망치는 것을 보자 와락 겁이 나서 필살의 기백을 칼에 집중하여 선수 공세를 취했다. 그러나 칼은 어느 사이엔지 유요가 휘두르는 철편에 맞아 두 동강이 나고 말았다. 그 순간, 그도 말머리를 돌려 달아나고 말았다. 그 뒤를 유요와 관방이 쫓았고, 이를 본 본진에서는 유총이 총공격령을 내렸다.

장수의 패주는 곧 전쟁의 패배였다. 그것은 전쟁의 승패가 전혀 심리적인 것에, 바꾸어 말하면 사기에 의해 결정되는 것이기 때문이었다. 장수와 장수가 맞서서 팽팽하던 힘의 균형이 유요의 철편에 의해 순식간에 깨져버린 것이었다. 한군은 조수처럼 밀려갔고, 진나라 군사는 변변한 저항도 못한 채 본진으로 도망했다.

이 싸움에서 한군은 적의 목을 베기 2천 급, 죽인 수효는 1만도 넘는 전과를 올렸다.

「그놈의 철편이 무섭기는 무섭더군!」

본진에 돌아온 북궁순은 팔을 걷어 올려 상처에 약을 바르면서 한탄했다. 옆에 있던 장기가 고개를 끄덕였다.

「그러게 말이오. 우리는 함부로 나가 싸울 것이 아니라, 본진만 굳게 지킵시다. 그렇다면 유요도 별도리가 없지 않겠소?」

이 말에는 상관기도 찬성이었다.

다음날에도 유요는 싸움을 걸었으나 진나라 진영에서는 도무지 반응이 없었다. 그 다음날에도 역시 마찬가지였다. 유요는 어떻게든 적을 나오게 하려고 애를 썼다. 어떤 날은 적을 격분시킬 모욕적인 말로 된 전서(戰書)를 보낸 적도 있었다. 그러나 그것에 대해서조차 쓰다 달다 반응을 보이지 않았다. 그렇다고 적진을 공격하는 것도 용이한 일이 아니었다.

그들의 본진은 3면으로 절벽이 된 산을 등지고 있었기 때문에, 지키기는 쉽되 공격하기란 여간 힘이 드는 노릇이 아니었다. 유요는 야습의 가능성도 생각해보았다. 그래서 몇 번인가 정찰을 시켰다. 그 결과 알 수 있는 것은 이것도 불가능하다는 사실뿐이었다. 장기는 병사를 반으로 나누어서 반은 낮에 근무하고 반은 야간에 일하게 했다. 따라서 낮에 실컷 잠을 자고 난 병사들에 의한 밤의 경계가 철통같은 것이었다.

이런 상황 속에서 10여 일이 지났다. 그러던 어느 날, 놀라운 정보가 날아들었다. 지금 동해왕 사마월은 허도에서 군사 5만을 끌고 떠났고, 업성으로부터는 구희(苟晞)가 또한 군사 5만을 인솔하여 오고 있다는 것이었다.

제갈선우가 말했다.

「우리 군대는 중원 깊이 들어왔기 때문에 구응이 안돼 자칫하면 고립될 위험이 있습니다. 게다가 진나라의 국운이 아직도 다하지 않았기 때문에 사방에서 근왕(勤王)의 군사가 이렇게 일어나는 터이니, 이번 싸움은 우리에게 이로울 것이 없습니다. 이번에는 일단 물러갔다가 3년 후에 다시 쳐들어오는 것이 좋겠습니다.」

그러나 유요는 듣지 않았다.

「어명을 받잡고 나왔다가 이유 없이 물러난다면 이는 군부(君父)를 속인 죄가 될 뿐 아니라 세상 사람의 비웃음을 살 것입니다.

승상께서는 마땅히 이것을 생각하시기 바랍니다.」

옆에 있던 강발이 말했다.

「대장이 밖에 있을 적에는 때로 군명(君命)도 좇지 않는 수가 있습니다. 이는 군왕을 존경치 않아서가 아니라, 조정에서 생각할 때와는 실정이 달라지기 때문입니다. 그리하여 시세를 보아 움직이며 형편을 살펴서 나아가는 것이니, 이제 불리한 정세에 처하여 너무 고집하심은 옳지 않을까 합니다.」

「그것은 나도 아오.」

유요가 언성을 높였다.

「내가 꼭 군명만을 내세우는 걸로 오해는 마시오. 지금 적의 원군이 온다 하나, 그 강약을 당해보지 않고야 어떻게 안단 말씀이오? 싸워 보기도 전에 물러나는 것이 어찌 대장의 태도라 하겠습니까?」

제갈선우가 좋은 낯으로 말했다.

「결코 적을 겁내서가 아니라, 적을 골탕 먹이기 위한 계략입니다. 허도와 업성의 군대가 여기에 이르렀을 적에 우리가 없고 보면 적은 허탕을 친 것이 됩니다. 그리고 그들이 바로 돌아갈 리 없고 반드시 낙양으로 가게 될 것인바, 지금의 진나라 형편으로는 10만 대군을 먹이기란 용이한 노릇이 아닐 것 아닙니까. 이것은 손 하나 대지 않고 적의 재정을 피폐케 만드는 것이 됩니다. 또 군사들에게 응당 상을 주지 않을 수 없을 것인바, 그것이 공정하게 실시되려면 국고를 탕진해야 될 것이요, 공정치 못하게 시행된다면 불평을 사서 군기가 문란해질 것입니다. 그리하여 10만의 원군이 각기 진으로 돌아간 다음 우리가 다시 낙양을 친다면, 아마 다시는 도읍을 구하고 싶은 생각이 들지 않게 되는지도 모릅니다. 이와 같이 여러 면에서 철군하는 것이 우리에게는 유리합니다. 장군은 깊이 생각하십시오.」

유요는 일단 그 이론에도 일리가 있다는 것을 인정하긴 했으나, 그렇다고 꼭 그렇게만 해야 될 것이라고는 생각하지 않았다. 전쟁이란 그에게 있어서 너무나 매력적인 불장난이었다. 그는 지금껏 무수한 싸움터를 종횡무진으로 누벼왔다. 그리고 어디서나 그의 철편은 통쾌할 만큼 위력을 발휘해 왔다. 10만의 원군이라는 것이 그에게는 어떤 위협도 되지 않았다.

마침 이러고 있는 중에, 적진으로부터 전서가 날아들었다. 내일은 서로 싸워 자웅을 결정하자는 것이었다.

「좋다, 꼭 싸우겠다고 일러라. 이번에도 안 나오고 머뭇거린다면 대장부가 아니라 하리라.」

그는 기꺼이 사자를 돌려보냈다. 강발이 옆에서 보고 있다가 말렸다.

「전하는 저놈들의 속뜻을 짐작하십니까. 반드시 그들의 계략에 말려들 것이니 걱정입니다.」

「그것이 무슨 소리요?」

유요는 의아한 표정으로 강발을 바라보았다.

「10여 일이 지나도록 싸움에 응하지 않던 그들이 자진해서 내일 싸우자는 데는 깊은 연유가 없지 않을 것입니다. 제가 헤아리건대 내일 허도와 업성의 군대가 도착할 것입니다. 그러기에 우리를 앞뒤에서 협공하려는 생각이니, 도독께서는 가벼이 나가지 마시고 새 군대의 도착을 기다려 정세를 보아 움직이기 바랍니다.」

「그러나 이미 싸우겠다고 약속하지 않았소? 원군이라야 오합지졸일 텐데, 두려워할 것은 없소 백성들도 신의를 무겁게 알거든, 내 3군의 우두머리가 되어 어찌 언약을 지키지 않을 수가 있단 말이오?」

이 말에 제갈선우와 강발은 서로 바라보며 한숨을 쉴 뿐이었다.

이튿날 아침, 아닌 게 아니라 진나라 군사는 본진을 나와 진세를 벌이고 도전해왔다. 이를 본 유요는 기꺼이 장병들을 거느리고 자기도 나서서 진을 쳤다. 어느 때나 그러하듯 적을 바라보는 순간, 유요의 가슴은 기쁨과 흥분으로 뛰었다. 그는 제갈선우나 강발의 진언으로 마음속에 생겼던 우울증도 까맣게 잊어버리고 유쾌한 마음으로 진 앞에 말을 세우고 외쳤다.

「너희들은 내 철편 맛을 한번 보았으면 응당 무릎을 꿇고 항복해야 할 일이거늘, 무엇 때문에 다시 나왔느냐. 어서 말에서 내려 목숨을 보전해라. 이것은 내가 너희에게 주는 마지막 호의다. 만일 그래도 알지 못하고 덤빈다면 어느 놈이나 이 철편에 맞아 머리가 바수어지리라!」

이 소리가 끝나기도 전에 장기가 크게 웃어댔다. 유요의 모양이 참으로 우스워 죽겠다는 태도였다.

「이 오랑캐의 개야! 너는 네 옆에 너를 삶을 물이 가마에서 끓고 있는 줄도 모르고, 감히 소리를 내어 요(堯)에게 짖어대느냐. 네 목숨은 경각에 있다. 그래도 모르겠느냐!」

이 말을 들자 유요는 나는 듯이 말을 달려 나갔다. 장기(張驥)는 유요의 솜씨를 경계해서인지 처음부터 자기 아우 장기와 함께 덤볐다. 하기는 하나보다는 둘이 낫다고 생각한 유요는 조금도 겁냄 없이 이들과 싸웠다.

유요의 용맹이란 놀랍기는 한 것이었다. 그토록 무서운 장수 두 명을 한번에 맞이하면서도 그는 조금도 꿀려 보이지 않았다. 그의 철편이 무서운 힘과 속력으로 바람을 일으키는 곳마다 도리어 두 장수 쪽에서 뒷걸음질을 치는 판이었다.

그들은 2대 1의 결투를 50합이나 계속해갔다. 그때 형 장기를 노리려 들던 유요의 철편이 아우 쪽으로 날아갔다. 아우 장기는 하마터면 머리가 박살날 뻔했으나 아슬아슬하게 위기를 모면했다. 그러나 철편은 그가 상반신을 트는 순간 대신 말의 머리를 바수고 있었다. 동생 장기가 낙마하는 것을 본 유요는 번개같이 그 위에 일격을 가하려 했으나 형 장기가 결사적으로 그 앞을 가로막는 바람에 동생 장기는 어디론지 도망을 치고 말았다.

「이 오랑캐 놈의 자식아, 내 창을 받아 봐라!」

호통을 치면서 재빨리 북궁순이 싸움에 끼어들지 않았던들 형 장기도 철편을 맞고 이미 고혼이 되었을지도 모르는 일이었다.

「오, 너냐?」

유요는 더욱 신이 나서 새로 나타난 북궁순과 장기를 상대해 싸웠다. 이때 한군 측에서도 관방·관산·관심·호연유 등이 병사를 이끌고 공세를 취했으며, 이를 본 진나라 진영에서도 병사들이 개미 떼처럼 몰려나오는 것이 보였다.

이리하여 일대 혼전이 벌어졌다. 유요는 이 틈에 두 상대를 놓치고 만 것이 분해서 닥치는 대로 적병을 죽여댔다. 그의 철편이 번뜩이기만 하면 으레 사람이든 말이든 박살이 났기 때문에 그의 말이 달리는 좌우로는 저절로 큰 길이 열렸다. 진나라 장수 중에는 먼발치로 그를 보기만 해도 기겁을 하여 피하는 자도 있었다.

관씨네 형제의 활약도 눈부셨다. 그들은 자기 조부를 닮은 풍채 때문에 어디서나 눈에 띄었고, 그들이 언월도를 휘두르면 정말로 관우가 되살아오기나 한 듯이 모두 겁을 먹었다.

싸움은 어디까지나 한군 측에 유리했다. 이제 한 고비만 넘긴다면 진나라 측의 대패배가 올 것은 누가 보아도 뻔한 일이었다. 그러나 운명은 의외의 복병을 언제나 마련해 둔다. 이때 아우성 소리가 북방에서부터 나더니 얼마인지도 헤아리기 어려운 대군이 접근해 오는 것이 보였다.

「아차!」

유요는 그것을 바라보는 순간 자기도 모르게 부르짖었다. 그리고는 어떻게든 군대를 수습해 보려고 애썼다. 그러나 이렇게 된 이상 그것은 가능한 일이 아니었다. 순식간에 동해왕 사마월과 구회가 이끄는 10만 대병이 한군의 배후로 덮쳐들었다. 이렇게 되면 조금 전의 전황이 유요에게 유리했던 것 이상으로 이번에는 진나라 측에 유리할 것이 뻔한 일이었다.

유요는 화가 날 대로 나서 악귀 야차처럼 철편을 휘두르며 날뛰었다. 그 한 사람 손에 죽은 수효만도 몇 천은 되었으리라. 그러나 이런 장수의 역발산적 활약도 전세를 좌우하는 데는 아무런 힘도 되지 못했다. 복배(腹背)에 공격을 받은 한군이 못 견디고 사방으로 흩어져 달아나는 그 뒤를 유요도 따라가지 않을 수 없었던 것이다.

유요가 서하(西河)까지 후퇴하여 도망 온 군사를 정비했을 때, 15만 중 거의 반이 죽거나 낙오했음이 판명되었다. 유요는 조억·유영 등의 영접을 받으며 서하성에 들어가자 깊이 탄식해 마지않았다.

「내가 승상의 말을 들을 것을! 승상의 말을 들을 것을!」

그의 얼굴에는 부끄러운 빛이 완연했다.

이때, 유영이 나서며 말했다.

「전하께서 실수하신 것은 싸우시던 중 새 원군에게 뒤를 찔렸기 때문입니다. 이렇게 되면 누구라 견디겠습니까. 제가 나가서 전하의 한을 씻어드리고자 합니다.」

그러나 유요는 고개를 저었다.

「안되오, 승상 말씀대로 아직 진나라의 국운이 다하지 않은 모양이오 내가 수치를 받았으면 그만이지, 장군에게까지 누(累)를 씌우기는 싫소」

강발이 말했다.

「이렇게 된 바에는 잠시 평양으로 돌아가셔서 다시 힘을 기르며 천시(天時)가 무르익기를 기다리는 수밖에 없는가 합니다.」

유요는 그 말에 깊숙이 고개를 끄덕였다.

「그렇게 합시다.」

유요는 더 말하지 않았다. 자기를 변명하려고 하지도 않았고, 평양에서 겪어야 할 난처한 입장 같은 것도 생각하려 들지 않았다. 이번의 패전으로 인해 그는 정신적으로 그만큼 성장해 있었던 것이다.

4. 노망(老妄)

유요는 병사 5만을 호연안·호연호에게 주어 서하(西河)를 지키도록 하고, 자기는 나머지 장병을 거느리고 평양을 향했다. 말 위에 앉아 말없이 행군을 계속하는 그의 태도에는 무엇인가 전날과 다른 점이 있었다. 이전 그에게서는 넘치는 젊음과 패기가 느껴졌으나, 이제는 그런 것 대신 무엇인가 묵직한 기운 같은 것이 풍겨왔다. 그렇다고 그가 패전 때문에 침통해 있는 것도 아니었다.

그는 이제 어른이 된 것이었다. 어제까지의 그를 패기에 넘치는 소년이었다고 한다면 하나의 큰 좌절을 겪음으로써 그는 어른이 된 것이었다. 기다린다는 것이 무엇이며, 한 걸음 양보한다는 것이 무엇인지에 대해 이제야 눈뜬 것이었다.

그는 말없이 말 위에서 흔들리고 있으면서도, 전군의 운명에 대해 유의해야 할 점을 조금도 소홀히 하고 있지 않았다. 항상 척후를 파견하여 전도(前途)를 파악하고 난 뒤에야 전진하였고, 어디에서 진을 치고 자게 되면 그 근방의 지리를 두루 돌아보고야 결정했다.

한나라의 세력권 내를 가는 것이어서 기실 이러한 용의가 필요없는 것이었으나, 그는 평양에 닿을 때까지 그것을 멈추려 하지 않았다. 이런 변화를 눈치채고 있는 것은 오직 제갈선우와 강발뿐이었다. 그들은 서로 쳐다보며 빙그레 웃었다.

유요는 장수들을 거느리고 궁중에 들어가 계하에 부복해서 아뢰었다.

「신이 어명을 받들어 낙양을 공략하던 중, 승상의 만류를 아니 듣다가 수많은 병사를 잃고 이제 돌아왔나이다. 나라의 위신을 땅에 떨어뜨리고 폐하께서 맡기신 일을 다하지 못하였사오니, 성상께서는 마땅히 군율(軍律)로 다스려 주시옵소서. 그러나 다른 장수에게는 책임이 없사오니, 아울러 살펴주시기 바라나이다.」

그의 언행은 극히 담담하였다. 황제는 어린 조카를 대견한 듯 바라보며 부드럽게 말했다.

「시안왕은 너무 심려치 마라. 예로부터 승패는 병가(兵家)의 상사(常事)라 했거늘, 어찌 싸울 때마다 이기는 법이 있으랴. 더욱이 너는 어렸을 적부터 싸움터를 치구(馳驅)하여 수없는 공훈을 세웠거니, 이만한 일이 어찌 흠이 되겠는가. 부디 뜻을 새로이 하여 도둑을 멸할 대계를 세우라.」

이렇게 말한 황제는 주연을 베풀어 장수를 위로하고 병사들에게도 후한 상을 내렸다. 왕미도 칙명을 받고 평양으로 돌아왔다. 그는 계하에 꿇어 엎드려 흐느껴 울었다.

「신이 칙명을 받잡고 선봉이 되어 낙양을 치던 중, 어찌된 일인지 석 도독께서 실기(失期)하셨기 때문에 서량(西凉)의 군대를 만나 대패했나이다. 나랏일을 그르친 죄 하해 같사와 감히 돌아오지 못하고 지방에 머무르던 중 우악하신 조칙이 내리셨기에 부끄러움을 무릅쓰고 이에 성상을 뵈옵나이다. 복원 성상께서는 군법으로 다스리시어 만세의 경계를 삼으시옵소서.」

「경은 과도히 겸손 말라.」

황제는 웃는 낯으로 말했다.

「경은 국가의 원융(元戎 : 병거兵車의 이름. 큰 것을 원융元戎, 작은 것을 소융小戎이라 함)이거늘, 어찌 그만한 일을 탓하랴. 또 이번에는 승상의 말을 듣지 않은 짐에게 죄가 있으면 있지, 경에게 잘못이 있음이 아니로다.」

황제는 친히 연회를 베풀어 이를 위로했다. 그리고 왕미를 사례교위(司隸校尉)에 임명했다.

이튿날, 유요가 왕미와 더불어 사은하기 위해 입궐했을 때, 황제는 엉뚱한 말을 했다.

「장기와 북궁순이 짐의 군사 수만을 죽였으니, 마땅히 크게 군사를 일으켜 낙양을 쳐서 이 원한을 씻고자 하오. 경들의 생각은 어떠하오?」

어제, 왕미에게 승상의 말을 듣지 않았다고 뉘우쳐 보이던 태도와는 아주 달랐다. 제갈선우가 당황한 빛으로 말했다.

「전철을 밟지 마시옵소서. 우리가 패한 데에는 그만한 이유가 있었던 것이며, 결코 우연히 진 것이 아니옵니다. 진의 국운이 아직도 왕성하여, 사방에서 근왕(勤王)의 뜻을 품은 자 적지 않사오니, 어찌 낙양을 남에게 호락호락 내어주겠나이까. 전쟁에는 장수나 병사의 전투능력보다도 그 어떤 대세라는 것이 있는 법이옵고, 현재는 저들이 대세에 있어 유리한 위치를 차지하고 있습니다. 폐하께서는 몇 해만 참아 주시옵소서. 그때가 되면 신 등이 낙양을 빼앗고 진나라 황제를 잡아 계하에 무릎 꿇도록 하겠나이다.」

「그게 무슨 소리요?」

황제는 흰 수염을 쓰다듬으며 언짢은 얼굴을 했다.

「인생은 주마등같이 지나고 세월은 사람을 기다리지 않는 법, 오늘 하지 않고 내일을 기다리면 언제 공업을 이루랴. 경은 한실 (漢室)을 일으키고 백성을 구하는 데 어찌 날짜를 못박는가?」

제갈선우는 얼굴빛을 부드러이 하여 간했다.

「폐하의 말씀이 지당하오나 다 때라는 것이 있는 법이오이다. 마치 나무가 열매를 맺기 위해서 꽃과 이파리를 피우는 봄·여름을 참으며 가을되기를 기다려야 하는 것과도 같습니다. 부디 조급하게 생각 마시옵소서. 또 하늘은 부드러움을 편들고 강한 것을 미워하는 법이오니, 항우가 강하면서 망하고 고조께서 약하시건만 이기신 까닭이 여기에 있나이다. 지금 우리의 형세가 너무 강성하매, 하늘은 그 기운을 누르려 하사 이번에 패전케 하셨는지도 알 수 없습니다. 우리로서는 백성을 덕으로 어루만지는 한편, 양식을 쌓고 군사를 기르면서 진의 덕이 쇠하기를 기다렸다가, 그때가 되면 한 싸움에 대세를 결정지을 수 있다고 믿나이다.」

강발도 말했다.

「승상의 말씀이 지론(至論) 중의 지론인가 하옵니다. 대저 옛날에 전필승(戰必勝) 공필취(攻必取)하던 명장들은 다 그 용맹만으로 공을 거둔 것이 아니옵니다. 그들은 대세를 따랐고, 이길 만한 싸움을 했기 때문에 이긴 것이오니, 진(秦)이 포학하여 스스로 망국의 길을 가매 진승의 힘으로도 이를 꺾은 것이로소이다. 폐하께서도 반드시 이길 때를 기다리셔야 되는 줄로 아뢰나이다.」

그러나 황제는 고개를 저었다.

「지금의 진나라 꼴이 망할 때가 아니면 언제가 망할 때인가. 그들은 의롭지 못한 수단으로 나라를 세웠고, 백성을 도탄 속에서

울부짖게 하여 돌봄이 없었고, 스스로 내분만을 일삼아 크게 천심과 민심을 잃지 않았는가. 이길 때라 하여 가만히 있다면 무슨 일이 이루어지랴. 고조께서도 수없는 고초를 겪으시고야 마지막 승리를 거두시지 않았는가.」

황제의 언성은 더욱 격해갔다.

「우리가 이번에 패했다 하나 아직도 군사는 많고 강하거니, 어찌 진나라쯤을 두려워할까보냐. 경들은 적을 깰 계략을 생각할 것이요, 결코 다른 말을 내지 마라.」

황제는 조억을 산동초토사(山東招討使)에 임명해서 석늑과 합세하여, 동평(東平)·낭야·창탄 등을 뺏으라 명령하고, 하북초토사에는 유영을 기용하여, 선봉에 강비, 군사에 강발을 배치한 다음, 유(幽)·연(燕)·기북(冀北) 등의 땅을 치도록 했다.

두 장수는 곧 군사를 이끌고 평양을 떠나갔다. 8만이나 되는 유영의 군대와 5만의 조억 부대를 전송하느라고 거리는 며칠을 두고 크게 붐볐다.

제갈선우는 홀로 한탄해 마지않았다.

「예전에는 말만 내면 따르시더니, 이 어인 고집이신가. 역시 늙으시면 할 수 없는가보다.」

이 소식이 전해지자 노한 것은 유주에 있는 왕준(王浚)이었다. 그는 첩자의 보고를 받았을 때, 어떻게나 노했는지 자리에서 벌떡 일어나서 외쳤다.

「양국에서의 원한을 씻으려고 그렇잖아도 기회 있기만을 기다리던 참인데, 마침 잘 됐다. 내 쪽에서 쳐가도 시원치 않을 텐데, 저희가 앞서 오다니, 이것도 천심이신가. 어디 한번 해보자꾸나.」

그는 곧 참군 유창(游暢)·배헌(裵憲)·순작(荀綽) 등을 모아 상의했다.

「내가 전에 석늑에게 속아서 실수를 해 주었더니, 오랑캐들이 본을 모르고 다시 이곳으로 침범해온다 하오. 이번에는 결단코 북쪽에 사람이 있음을 보여줘야 하리라. 제공들은 어떻게 생각하는가?」

배헌이 일어났다.

「경적(輕敵)이면 필패(必敗)라 했습니다. 전일에는 우리가 적을 얕보았다가 패했거니와 이번에는 저희가 교만한 태도로 나오니, 그 반드시 패할 것을 알겠습니다. 그 동안 우리는 *와신상담(臥薪嘗膽)하며 군사를 훈련하기 2년이나 됐으니, 조금도 두려워할 것이 없는 줄 압니다. 이번에는 유영이 온다지만, 오록허의 싸움에서 그를 본 적이 있습니다. 유영은 용맹은 출중하나 지략이란 없는 놈입니다. 반드시 이놈을 혼내주어야 되겠습니다.」

유창은 보다 구체적인 의견을 들고 나왔다.

「우리도 속히 주계(州界) 밖으로 나가서 포진하여야 합니다. 이리하여 지리의 이점을 차지하고, 백성들이 전화를 입지 않도록 하는 것이 좋겠습니다. 그런 후 적과 대치하다가 적의 약점을 포착하여 계략을 쓴다면 반드시 유영을 잡을 수 있으리다.」

왕준은 그 말을 옳게 여겨, 우선 손위(孫緯)에게 병사 2만을 주어 앞서 떠나가도록 하고, 자기도 주력부대를 이끌고 그 뒤를 따랐다. 손위는 유주를 떠난 70리 지점에서 한군과 만났다. 양군은 곧 진을 치고 서로 맞섰다.

이윽고 유영이 진 앞에 나타났다.

「우리 한나라가 천명을 받아 중흥의 대업을 추진하매, 천하가 멍석 말리듯 하는 것은 너희도 보고 들은 바이다. 그렇거늘 너희가 도리어 손바닥 같은 유주를 들어 왕사(王師)를 거부함은 이 어찌된 연유이냐. 달사(達士)는 시무(時務)를 안다 했으니 너희는 마땅히 천하대세가 돌아가는 곳을 살피어 소용도 없는 항거를 일삼지 마라!」

「이놈! 무어라고 하느냐」

손위가 크게 노하여 소리를 버럭 질렀다.

「네가 도리를 안다면 이 천하가 진조(晉朝)의 것임을 알았을 터이고, 너희 자신이 변방의 오랑캐에 지나지 않음을 알았을 터이다. 어느 곳이라고 해가 아니 비치랴. 설사 구름이 끼어 일시 햇볕을 가린다 해도 해를 삼키지는 못하는 법이거니, 너희로 말미암아 한때 천하가 어지러워진다기로 어찌 우리 조정의 명명(明明)한 성덕을 끊어지게 할쏘냐. 너는 마땅히 대의를 깨닫고 교만한 마음씨를 버려라. 어떠냐. 말에서 내려 항복하겠느냐. 반드시 장군에 봉하고 큰 고을을 맡게 하여주리라.」

「아, 이놈이!」

유영은 화가 머리끝까지 나서 창을 비껴들고 달려 나갔다.

두 사람은 창과 창으로 맞섰다. 유영의 창이 유성(流星)같이 재빠른가 하면, 손위의 그것은 천변만화하여 이것을 막아냈다. 두 사람이 용맹을 다하여 싸우는 모습은 마치 창해에서 두 마리 용이 여의주를 서로 다투느라고 엎치락뒤치락하는 것과도 같았다.

그들이 60합이나 이렇게 싸우고 있는데, 북으로부터 뿌옇게 먼지가 일면서 한떼의 대군이 사태가 난 듯 밀려오는 것이 보였다. 왕준이 직접 지휘하는 주력부대가 도착한 것이었다.

본진에서 이를 본 관방과 호연유가 전군에 공격령을 내리고 앞장서서 말을 달려 나갔다. 이에 양군이 정면에서 충돌하니, 치고 찌르는 대혼전이 벌어졌다. 그러나 곧 해가 지고 어두워왔으므로 이 싸움은 오래 계속되지는 않았다.

5. 유영과 기홍의 죽음

왕준은 돌아온 장수들을 모아놓고 탄식했다.

「저놈들은 여전히 날쌔단 말이오 거기에다가 유영이란 놈은 나이를 먹어가면서 더욱 강해지는 것 같소 저것들을 무엇으로 꺾어버릴지 걱정이 되는구려.」

이때, 유창이 빙그레 웃으며 말했다.

「오랑캐가 사나운 것은 옛날부터 그랬거니, 어찌 말씀을 새삼스레 내실 것이 있겠습니까. 유영이 맹장이기는 하나 필경 필부(匹夫)일 뿐입니다. 이놈부터 앞서 잡아 적의 사기를 꺾어 두는 것이 상책인가 합니다.」

「그거야 누가 마다겠소?」

왕준이 기가 막힌 소리는 하지도 말라는 조로 말했다.

「유영을 잡으면 된다는 것이야 알지만, 그놈이 그렇게 사나운데 무슨 수를 써서 잡는단 말이오?」

그러나 유창은 여전히 웃는 낯으로 대답했다.

「용맹으로 그를 꺾겠다면 모르되, 약간의 꾀를 쓴다면 무엇이 어려우리까.」

왕준 이하 모든 장수들의 시선을 한 몸에 받으며 유창은 득의만만해서 말했다.

「이곳의 지리를 살피건대, 서산에서 좀더 가면 골짜기가 있습니다. 입구는 넓으나 들어갈수록 길이 좁아지며, 사면이 깎아지른 듯한 절벽으로 에워싸여 있습니다. 여기에 미리 복병을 두었다가 유영을 유인해 들인다면 제가 날개라도 있다면 모를까, 무슨 수로 벗어나겠습니까.」

왕준은 크게 기뻐하여 왕창·호교에게 1만 명의 군사를 주어 그 뒷길을 차단케 하고, 손윤에게는 5천을 주어 중간에 매복케 했다. 그리고 호구·손위는 2만 명의 군사를 이끌고 골짜기 입구에 숨어서 대기하도록 했다.

이렇게 배치를 끝낸 왕준은 스스로 3만 명의 군사를 인솔하고 진채를 나가서, 따로 선봉장 기홍(祁弘)에게 5천을 쪼개 주어 적에게 도전하도록 일렀다. 기홍이 군사를 이끌고 적의 진채 앞까지 다가가 보았으나 한군 측에서는 전혀 반응이 없었다. 기홍은 한군 턱밑에 말을 세우고 크게 외쳤다.

「나는 진조의 선봉장 기홍이거니와 유영이란 놈은 어디에 갔느냐. 내가 여기에 이르러도 나오지 않으니, 이는 필시 내 이름을 듣고 겁을 먹었음이렷다. 만일 그럴진대 어서 나와서 항복할 일이지 무엇 때문에 시간을 끄느냐. 유영은 듣느냐 마느냐. 어서 대꾸를 해보아라!」

이 소리를 들은 유영은 무섭게 화를 내면서 자리에서 일어났다. 이것을 강발이 말렸다.

「그들이 이렇게까지 와서 싸움을 돋우는 것은 반드시 무슨 까닭이 있으리니 가볍게 여기시지 못하리다. 하루만 참으면서 그 동정을 탐지한 다음, 내일 싸우십시오」

「아니, 선생은 무얼 그리 겁내십니까. 의심하자면 끝이 없는 법입니다.」

유영은 잡은 소매를 뿌리치고 나가려 들었고, 그럴수록 강발은 안 놓으려 다투면서 말했다.

「장군! 잠깐만 고정하십시오. 오늘은 일진(日辰)이 길하지 못하니, 싸운다면 양쪽에 다 좋지 못할 것입니다. 나에게 의심이 많다고 하시지만, 첫째는 기홍이 이끌고 온 군사가 불과 몇 천밖에 안되니, 어찌 수상쩍지 않겠습니까. 그리고 어제의 일은 까맣게 잊은 듯이 우리 턱밑까지 와서 싸움을 돋우고 있습니다. 이런 점으로 미루어 보아, 반드시 적에겐 그 어떤 계략이 있으리라고 보아야 합니다.」

「군사의 말씀이 옳으신 것 같소 오늘은 그만두는 것이 어떻겠습니까?」

관방도 강발의 의견을 좇았다. 그러나 유영은 고개를 저었다.

「싸움 중에서 계략이 없는 것이 어디 있겠소이까. 장수된 사람은 형세를 따라 움직이는 것뿐입니다. 만일 적을 너무 의심하는 나머지, 날이면 날마다 앉아서 지키고만 있다면 어찌 이것이 대장된 도리이겠습니까.」

강발이 말했다.

「장군의 위엄은 사해에 자자한 터이거니, 하루쯤 도전에 응하지 않는다고 누가 감히 장군을 비웃겠습니까. 만약 적의 꾀에 빠지신다면, 그때야말로 세상은 장군을 비웃을 것 아닙니까. 그러기에 신중을 기하라는 것입니다.」

강발은 이렇게 말하며 다시금 유영을 쳐다보았다. 그리고는 그의 표정에 조금도 결의를 번복하려는 뜻이 없는 것을 보고 다시 말을 계속했다.

「정 싸우시겠다면 반드시 제가 시키는 대로만 하십시오. 그렇다면 큰 실수는 없을 것입니다.」

「무엇인데요? 어서 말씀하십시오.」

「장군은 기홍이 어떤 인물인지 너무나 잘 아십니다. 그가 만일 갑자기 도망간다면 아예 쫓아가지 마십시오 그것은 적의 계략인 줄만 아십시오.」

「만일, 정말 패주하는 경우에도 이를 놓쳐야 되나요?」

유영은 기홍이 지금 눈앞에서 도망이라도 가고 있는 듯이 애석해 하며 입맛을 다셨다.

「장군!」

강발은 진심 어린 눈으로 유영을 바라보면서 말했다.

「기홍과는 무수히 싸우셔서 그 용맹을 아시지 않습니까. 기홍이 왜 쉽게 패할 것이며, 패한다고 어찌 사로잡을 수 있는 인물이겠습니까. 만일 그를 쫓아가다가는 반드시 복병을 만날 것입니다. 또 기홍과 거리가 생겼을 때에는 화살을 조심하셔야 합니다.」

「알겠습니다. 군사 어른의 말씀은 잊지 않겠소이다.」

유영은 출전하게 된 것만이 기뻐 건성으로 대답하면서 군사를 끌고 진에서 나갔다. 그는 멀리 백마에 걸터앉아 있는 기홍을 보자, 버럭 소리를 질렀다.

「이놈! 기홍아. 너 같은 것은 상대가 못되기에 누워 있노라니, 갖은 악담을 다 하더구나. 어디 이번에는 정정당당히 싸워 승부를 결해 보자.」

기홍이 손뼉을 치면서 웃었다.

「나는 또 네가 죽기라도 한 줄 알고 애통해 했었구나.」

「이 놈이!」

유영은 벽력같이 소리를 지르면서 단창에 요절을 낼 작정으로 달려들었다. 그러나 물론 기홍이 그렇게 녹록한 상대일 까닭이 없었다. 그는 칼을 휘둘러 아주 여유 있게 이것을 막아내면서 연방 약 올리는 소리를 했다.

「유영아! 너도 이제는 창 쓰는 법이 전만 못해졌구나. 나이가 나이니 할 수 없겠지.」

이런 말도 하고

「너도 싸움터를 돌아다니면서 사람깨나 죽이지 않았느냐. 그러니, 내 손에 죽는 것을 원통히는 생각 마라.」

이렇게도 분을 돋웠다. 그럴수록 유영은 두 눈을 부릅뜨고 화를 냈다. 두 장수는 60합이나 불이 튀기게 싸웠다. 유영은 한 꾀를 생각하였다. 그는 계속 기홍의 가슴을 노려 창을 내두르다가 갑자기 상대의 말을 향해 번개처럼 일격을 가했다. 기홍은 재빠르게 말머리를 홱 돌려서 이를 피했다. 그리고는 그대로 내닫고 말았다.

「이 비겁한 놈! 어디를 가느냐」

유영은 놓칠세라 그 뒤를 바짝 추격했다. 그의 뇌리에는 아까 강발이 하던 당부의 말이 스치고 지나갔다. 그러나 지금의 기홍은 정말로 패하여 도망가고 있는 것이다. 그는 하마터면 말에서 떨어져 내 손에 죽을 뻔하지 않았는가. 그러기에 저렇게 꽁지가 빳빳해서 도망가고 있는 것이다.

'역시 군사(軍師)는 걱정이 지나쳐. 그는 역시 일개 서생(書生)이지. 암, 그렇고 말고!'

이렇게 속으로 중얼거리며 유영은 조금도 기홍을 의심하려 하지 않았다.

기홍은 서산을 향해 달려갔다. 그는 유영이 자기 꾀에 빠져 쫓아오는 것이 재미있어서 어린애처럼 흥분해 있었다. 그는 계속 말을 달렸다. 서산 가까이 오자, 그는 말 걸음을 멈추고 유영이 다가오기를 기다렸다. 그리고는 다시 상대방의 비위를 긁어주었다.

「내가 너를 죽이기 아까워서 돌아가는데, 너야말로 나를 사모하여 내 뒤를 쫓아오는 거냐? 그렇다면 가자. 너에게도 장군 자리 하나야 못 주겠느냐」

이 말에 성이 난 유영은 다시 창을 비껴들며 달려들었다. 그리하여 그들은 다시 20합이나 싸웠다. 그러나 기홍의 검술에는 전 같은 생기가 보이지 않았다. 역시 지친 때문이려니 여긴 유영은 그럴수록 상대를 잡기 위해서 있는 힘을 다했다.

「이놈! 어디 두고 보자.」

기홍은 말머리를 돌리면서 원한 섞인 한 마디를 내뱉고 도망쳤다. 유영은 그것이 진정에서 나온 말인 것으로만 여겼기 때문에 그 뒤를 바짝 추격했다.

기홍은 서산 골짜기로 들어갔다. 골짜기라고 해도 아주 넓은 품이 복병을 둘 곳도 못되는 것 같아서 유영은 조금도 주저하지 않고 그 뒤를 따랐다.

기홍은 가끔 뒤를 돌아보면서 애원도 하고 욕도 퍼부었다. 거기에 끌려 유영은 꽤 깊숙이 들어간 것도 깨닫지 못하고 있었다. 유영은 정신없이 그 뒤를 쫓다가 어느덧 길이 매우 좁아졌음을 깨닫고 약간 놀랐다. 그제야 자세히 살펴보니 양쪽에 경사가 급한 산이 하늘 높이 치솟았는데, 잡목이 울창하여 길에까지 가지가 드리워 있었다. 그제야 강발의 말들이 머리에 떠오르면서 섬뜩한 생각이 들었다. 유영은 말을 멈추고 잠시 생각한 끝에 마침내 말머리를 돌리려 했다.

그 순간, 어디선지 포성이 산의 적막을 깨뜨리며 요란히 울려 퍼졌다. 그리고는 골짜기 입구 쪽으로 한떼의 인마가 나타나 길목을 막는 것이 보였다.

「아, 이 일을 어찌한담?」

유영은 길이 탄식해 마지않았다. 역시 강발은 슬기가 대단한 인물이라 생각됐다. 그가 그토록 경계하던 말을 듣지 않은 자기가 원망스러웠다.

「되돌아가려도 어려우니 이럴 바에야 기홍이나 잡자!」

그는 따라온 병사들에게 이렇게 외치면서 다시 앞으로 말을 몰았다. 길이 점점 험해졌다. 이제는 말을 달릴 수가 없었다. 유영은 말에서 내려 험한 산길을 기어 올라갔다. 그리고 얼마 가지 않아서 역시 도보로 걸어가고 있는 기홍을 만났다.

그를 보자 분기충천한 유영은 뛰어가 기홍을 창으로 찌르려
했다. 그러나 하도 위태로운 길이어서 자칫 잘못하다가는 밑으로
굴러야 되는 판이라 몸을 마음대로 쓸 수가 없었다. 그것은 기홍
도 마찬가지여서 칼을 든 채 유영이 접근해오는 것을 기다릴 뿐
이었다.

기홍은 길 위의 바위에 서 있었다. 유영은 겨우 그 밑에 이르러
위에 섰던 기홍을 창으로 찔렀고, 기홍은 가까스로 이것을 피하면
서 창자루를 잡았다. 두 사람은 서로 뺏으려고 잡아당겼다. 그리
고 이런 경우, 으레 위에 있는 사람이 불리하듯이, 기홍은 차츰 끌
려 바위 밑으로 떨어졌다. 떨어졌다고 하지만 유영의 몸 위에 떨
어진 것이어서 장소가 좁은지라 두 사람은 창을 버린 채 같이 넘
어지고 말았다.

두 사람은 엎치락뒤치락하면서 땅 위에 넘어진 채 서로 싸웠다.
그러나 힘이 워낙 비슷했기 때문에 서로가 위로 올라갔다가 밑으
로 깔렸다간 하였다. 기홍은 격투를 벌이면서도 유영을 달랬다.

「유영아! 너도 정말 죽이기는 아까운 놈이다. 너에게 내가 반
했기로 하는 말인데, 이제는 항복하려무나. 이 골짜기에서 살아서
는 못 나가게 되어 있다. 부귀공명은 네 뜻 같을 것이니, 잘 생각
해라.」

「이놈!」

유영은 그럴수록 이를 갈았다.

「나를 꾀어 사지에 빠뜨려 놓고 항복하라? 이 미친놈아! 내가
너를 놓아줄 줄 아느냐? 물론 나는 죽을 테지만 너도 데리고 죽을
테다.」

그들은 한 두어 시간이나 서로 싸웠다. 이렇게 되면 그들도 사

람이다. 서로 힘이 빠져서 손도 제대로 놀리지 못했다. 마침내 기홍이 소리쳤다.

「이 지독한 친구야! 어찌 됐든 잠시 숨이나 돌리자.」

유영도 한쪽에 주저앉으면서 말했다.

「그러자. 어차피 같이 죽을 것인데, 좀 쉬자꾸나.」

그들은 한 두어 걸음을 격해서 서로 바라보며 가쁜 숨을 달랬다. 천하에 둘도 없는 광경이 벌어졌다. 기홍과 유영, 이 두 적수는 서로 앉아서 함께 쉬었다. 별로 말은 없었으나 그들은 서로가 몹시 가까운 사이임을 느끼고 있었다. 그렇게 서로 미워하고, 서로 죽이려던 그들이 이제는 산 비탈길에 함께 앉아서 같은 피가 서로 혈관을 돌고 있음을 느끼는 것이었다. 그것은 이론을 초월한 하나의 체험이었다.

한군의 본진에서는 강발이 장수들에게 말하고 있었다.

「유장군이 지금껏 돌아오지 않는 것을 보건대, 반드시 적의 계략에 빠진 듯하오. 누가 나가서 이를 구해오겠소?」

「우리 형제가 가지요」

관방이 선뜻 나섰다.

「나도 가겠소」

호연유도 외쳤다.

세 장수는 기병 1만을 이끌고 나는 듯이 길을 달렸다. 들판에는 양군의 시체가 깔려 있어서 조금 전의 격전을 말해주고 있었으나 산 사람의 그림자라곤 하나도 보이지 않았다. 그들은 무작정 말을 달렸다. 한 언덕에 올라섰을 때였다. 되돌아오고 있는 한떼의 한나라 병사들을 만났다. 그들은 너무나 반가운 듯했고 눈물을 흘리는 어린 병사도 있었다.

「유장군께서는 기홍을 쫓아 저 골짜기로 들어가셨습니다.」

이것이 그들에게서 들은 정보의 전부였다. 그 후의 소식에 대해서는 그들도 아는 바가 없었다. 관방은 병사들이 가리키는 곳을 바라보았다. 거기에는 서산의 험준한 봉우리가 하늘을 가리고 있음이 바라보일 뿐이었다.

이때 왕준은 산 위에 있었다. 거기에는 손윤이 지휘하는 병사들이 활을 든 채 대기하고 있었다. 왕준은 기홍과 유영이 맨손으로 서로 싸우는 모양을 처음부터 끝까지 바라보았다. 마치 두 짐승의 격투를 바라보는 것과도 같은 냉철한 눈초리였다. 그리고는 그들이 싸움을 그친 채 쉬고 있는 것을 굽어보고 있는 참이었다.

진작 유영을 잡으려 했으면 그건 아주 쉽게 이루어졌을 것이었다. 쏘라는 눈짓 하나로 몇 천 개의 화살이 유영의 한몸을 향해 쏟아져 내려갔을 테니까. 그러나 그는 명령을 내리지 않았다. 독안에 든 쥐를 바라보는 것과도 같은 잔인한 여유가 그것을 막았는지도 몰랐다.

그리고 두 장수가 엎치락뒤치락하고 있을 때, 유영을 죽이고 싶은 마음은 꿀떡 같았으나 그를 죽이려다가는 기홍도 희생될 것이 뻔했으므로 그럴 수는 없는 노릇이었다. 그리고 이제는 정세가 또 달라져 있었다. 도대체 기홍은 무엇을 하고 있으며, 무엇을 생각하고 있는가. 왜 싸움을 중지하고 함께 앉아 있는지 알 수 없었다. 혹시 서로 내통이라도 되어 있었던가, 그런 생각도 들었다. 그러나 기홍과 유영은 그럴 처지가 아님이 너무나 명백했다.

그렇다면 혹시 항복이라도 권하고 있는가. 만일 그런 이야기라도 오고간다면 무슨 움직임이 있을 것이었다. 그러나 그 두 장수는 아까부터 그린 듯이 앉아만 있는 것이었다. 멀리서 굽어보기에 두 사람은 아주 얼굴을 맞대고 무엇인가 소곤거리고 있는 듯도 하였다.

순간, 왕준의 머리에는 어떤 의심이 그림자처럼 일어났다. 그리고 그것은 점점 커지며 왕준을 어떤 결론으로 이끌어갔다. 사정이야 어떻든 기홍은 유영을 죽이려 하지 않고 있다─이것이 그 결론이었다. 그리고 한번 이렇게 단안을 내리자, 그것은 더할 수 없이 확고부동한 것으로 보였다.

이때, 골짜기 입구에서 함성이 들려왔다. 왕준은 그쪽을 바라보았다. 수많은 군대가 조수처럼 밀려들고 있었다. 누가 인솔하는 것인지는 알 수 없었으나, 한군이 유영을 구하기 위해 나타난 것만은 의심할 수 없었다. 왕준의 이마에 굵은 힘줄이 섰다. 그는 손윤을 바라보고 외쳤다.

「그대는 어째 가만히만 있는가. 궁수(弓手)는 무엇에 쓰자는 것인데?」

손윤은 이 엉뚱한 힐난을 어떻게 이해하여야 되는지 알 수 없어서 잠시 두 눈이 둥그레졌다.

「보시다시피 기홍 장군을 상해야 되겠기에……」

왕준은 소리를 버럭 질렀다.

「내가 언제 기홍 장군을 상하라 했소? 유영을 잡으라 했지!」

손윤은 더욱 기가 막혀서 눈만 껌뻑껌뻑했다.

「어찌 하시는 말씀인지, 소장은 알지 못하겠습니다만……」

이때 함성이 가까이에서 들렸다. 관방과 호연유가 이끄는 한군이 골짜기 깊숙이 들어온 것이었다. 왕준은 그 함성소리에 자극이라도 된 듯이 외쳤다.

「어서 유영을 쏘아 죽이시오. 원병이 저렇게 쳐들어오지 않소?」

손윤은 아직도 이해가 완전히 가는 것은 아니었으나, 그대로 지체할 수도 없어서 군사들을 이끌고 산비탈을 내려가기 시작했다.

수풀을 헤치면서 움직이는 병사들의 뒷모습을 한참 바라보고 있던 왕준은 무엇을 생각했음인지 자기도 비탈길을 내려가기 시작했다.

산에는 떡갈나무·도토리나무·참나무 같은 잡목들이 빽빽하게 들어서 있었다. 때는 늦가을이라 낙엽이 져서 발을 디딜 때마다 바스락 소리가 났다. 왕준은 가지 밑을 기기도 하고 헤치기도 하면서 비탈을 내려갔다. 얼마를 가니 병사들이 활을 들고 뭉쳐서 있는 것이 보였다.

「아니, 무엇을 보고 있소?」

왕준은 손윤의 등 뒤에 나타나 말을 건넸다. 손윤은 기겁을 하여 뒤를 돌아다보았다. 그의 얼굴은 창백해 있었다.

「저걸 좀 내려다보십시오. 유영을 잡으려면 기홍 장군도 돌아가셔야 합니다.」

긍정하는 것인지 빈정거리는 것인지 알 수 없는 소리를 내면서 왕준도 아래를 굽어보았다. 거리는 불과 2, 30발자국이나 될까, 기홍과 유영이 앉아 있고, 거기서 좀 떨어진 곳에 어느 나라 군사인지 졸병 10여 명이 앉아 있는 것이 똑똑히 보였다. 두 장수는 무엇을 이야기하는 것도 같고, 그렇지 않은 것도 같았다.

「손 장군!」

왕준은 나직하나 무게 있는 음성으로 말을 걸었다.

「어서 쏘시오. 지금 적군이 골짜기로 쳐오고 있소. 도중을 돌과 나무로 막아 놓았기 때문에, 이러고 있다가는 유영을 놓칠 것이오. 유영만 잡으면 되오. 다른 것은 생각 마시오.」

손윤은 반쯤은 정신이 나간 사람처럼 힘없는 걸음걸이로 병사들에게 접근해갔다. 그런데 걸음걸이와는 달리 큰 목소리로 명령을 했다.

「쏴라, 쏴! 저기 앉은 유영을 향해 활을 쏴라. 나도 모르겠다. 하여간 활을 쏴라!」

그것은 차라리 발악이었다. 병사들이 활을 당기자 뒤에서 왕준도 외쳤다.

「어서 쏴라! 무엇들을 하고 있느냐!」

몇 천 개의 화살이 일제히 날아갔다. 그것은 마치 화살이 묶음이 된 듯 한곳으로 날아갔다.

이때, 관방·관근·호연유 세 사람은 길목을 막은 돌무더기를 치우게 하고 있었는데 한 병사가 달려오면서 말했다.

「장군들은 그 일을 중지하십시오. 이제는 아무 소용도 닿지 않습니다.」

「그것이 무슨 소리냐?」

관근이 물었다.

「유장군이 저쪽 험로에서 기홍과 맨손으로 격투하시다가 서로 지쳐 쉬고 있었는데, 산 위에서 쏘는 화살에 맞아 유장군도 돌아가시고 기홍도 죽었습니다. 이제 가 보신들 무엇 하겠습니까.」

관방은 자기 가슴을 치면서 통곡했다.

「아, 이럴 수가 있는가!」

이제는 병사의 말마따나 가본댔자 소용도 없을 뿐 아니라, 자칫하다가는 자기들도 같은 운명에 빠질 것이 명백했으므로 그들은 군사를 거두어 골짜기에서 나왔다. 왕준은 이것을 보고도 추격하지 않고 내버려두었다.

6. 왕준의 패주

유영의 전사! 한군 측으로나 그 적인 왕준에게 있어서나 그것은 매우 큰 사건이었다. 유연이 처음으로 막북(漠北)에서 한의 기치

를 내세워 군대를 일으킨 이래 어느 싸움에서나 가장 중추적인 역
할을 해 왔던 인물이 유영이었다. 그는 용맹에 있어 일세에 관절
(冠絶 : 가장 뛰어남)했을 뿐 아니라, 마음이 인자하여 모든 사병을
친아우나 자식처럼 사랑했으므로 그들도 부모나 형을 받들 듯 사
모해온 터였다. 천도(天道)는 헤아릴 수 없어서 하필이면 그 유영
이 죽은 것이다. 전군에는 통곡소리가 끊이지 않았다.

「아, 이 일을 어쩌랴」

강발도 길이 탄식해 마지않았다.

「그리 말렸건만 기어이 나갔다가 적의 함정에 빠지셨으니, 오
직 천운(天運)이라고 할밖에는 없구려. 그러나 왕준은 승리하는
데만 미쳐서 자기 장수를 천히 알았으니, 그의 앞날에 길한 일은
없으리라.」

강발은 장수들을 모아놓고 말했다.

「주장이 전사하셨으니 앞으로의 대책을 상의해야 되겠소. 왕
준이 음흉한 꾀로 오늘의 싸움에 이겼다고는 하나, 무어 그리 대
단한 적은 아니오. 그러나 우리 병사들은 유 장군의 전사로 말미
암아 몹시 기가 꺾였으니, 이번에는 싸워도 큰 공은 거두기 어려
울지 모르오. 그러니 일단 평양으로 철수하여 후일을 도모하는 것
이 어떨까 생각하는데, 장군들의 고견은 어떠신지요?」

관산이 말했다.

「옳으신 말씀입니다. 유 장군으로 말하면 우리 병사들이 하늘
처럼 의지하던 분이거니, 모두 마음에 받은 상처가 이만저만이 아
닐 것입니다. 그러기에 군사(軍師) 어른 말씀대로 철군하는 것이
좋겠습니다만, 그 눈치를 채면 왕준이 반드시 군대를 내어 추격할
것 아니겠습니까. 우리 측에서 미리 대책을 세워 두었다가 이를
꺾어버린다면, 무사히 돌아갈 수 있겠습니다.」

「나도 그렇게 생각하고 있었습니다.」

강발이 고개를 끄덕였다.

「장군들이 약간만 수고해 주십시오. 그런다면 왕준쯤 꺾기가 무엇이 힘들겠습니까.」

그는 곧 한 장수를 불러서 나직한 목소리로 작전을 지시했다.

이튿날 아침, 한군이 철수한다는 정보가 들어오자 왕준은 기고 만장해서 외쳤다.

「어제 유영을 잃었으니 간담이 서늘해졌겠지! 그렇다고 이놈들을 무사히 돌아가게야 할 수 있느냐.」

그는 곧 손위·왕창·손윤에게 3만 명의 군사를 주어 앞서 떠나게 하고, 왕갑시(王甲始)·호교 등에게도 2만을 주어 그 뒤를 따르게 했다.

왕준의 군사는 토끼사냥이라도 가는 듯이 가벼운 기분으로 떠났다. 유영의 전사는 그들에게도 비상한 심리적 영향을 미치고 있었다. 어느 싸움에서나 앞장서서 달리던 그 범 같은 장수가 자기들 손에 죽지 않았는가. 유영이 이렇게 된 이상에는, 그 나머지 장수쯤은 문제도 되지 않을 것처럼 생각되었다. 그래서 장수나 사병이나 간에 조금이라도 근신하는 태도라곤 보이지 않았다.

왕준의 군대는 멀리 한병의 뒤를 추격하였다. 사시(巳時)가 되었을 때는, 어느덧 20리나 행군하여 만안산(萬安山) 부근까지 와 있었다. 여기서부터 길은 좁은 골짜기를 누벼가게 되어 있었으나, 그들은 조금도 거리낌 없이 행진을 계속했다. 바로 어제 자기들이 유영을 유인했던 전술에 오늘 도리어 걸려들고 있음을 아무도 깨닫지 못했다.

그들이 골짜기를 5리쯤 들어왔을 때였다. 군대를 이끈 관방이 걸음을 멈추고 기다리고 있었다. 이를 보자 손위가 앞으로 나가면서 외쳤다.

「이 쥐새끼 같은 놈! 너는 또 무엇 하려고 거기에 멈추어 서 있느냐. 유영도 죽음을 면하지 못했거늘, 어서 도망쳐 목숨이나 보존해라!」

이 말이 끝나자 관방이 80근짜리 언월도(偃月刀)를 비껴들고 호통을 쳤다.

「변방의 오랑캐들이 속임수로써 약간의 공을 이루었기로, 어찌 자존망대함이 이와 같으냐. 천운은 돌고 도는 것이니 이번에는 너희가 당할 차례임을 알아라!」

말을 마친 관방은 그대로 언월도를 휘두르며 쳐나왔다. 그의 뒤에서는 병사들이 고함을 지르며 밀려오고, 이리하여 양군은 정면에서 충돌했다.

관방이 싸우는 모습은 가관이었다. 투구를 벗어 어깨에 걸쳤는데 분노로 머리칼이 모두 치솟아, 그 형상은 꼭 인왕(仁王)을 그림으로 보는 것 같았다. 그는 자기 조부인 관운장의 그것같이 긴 수염을 바람에 날리며 80근짜리 언월도를 마구 휘둘러댔다. 여기에 닿기만 해도 박살이 났다. 베어져서 죽는 것이 아니라 사기그릇처럼 산산조각이 나서 쓰러졌다.

한군 측의 병사들도 용감히 싸웠다. 그들은 어제의 수치를 씻겠다고 이를 악물고 달려들었다. 토끼사냥이라도 가는 듯이 가볍게 생각하고 나섰던 왕준의 장병들은 이 강한 반격을 받자 견디지 못하고 패주하기 시작했다.

「이놈! 어느 앞이라고 함부로 구느냐!」

전세를 만회할 양으로 손위는 관방 앞을 가로막았다. 그리고 창을 번개처럼 놀려 관방에게 달려들었다. 그러나 다음 순간, 관방의 언월도와 부딪친 그의 창은 중간에서 뚝 부러지고 말았다. 손위도 이에는 기겁을 해서 말머리를 돌려 달아났다.

손위의 패주는 이 싸움의 분수령을 이루는 계기가 되어, 왕준의 군대는 사태라도 난 듯 도망치기 시작했다. 워낙 좁은 골짜기에서 서로 살겠다고 밀리고 밀치고 하는 판이라, 자기네의 발굽에 밟혀서 죽는 수효도 결코 적지만은 않았다.

그들이 밀려서 골짜기 입구 가까이 이르렀을 때였다. 갑자기 한 방의 포성이 울려 퍼지는가 싶더니 양쪽 숲으로부터 구름처럼 복병이 쏟아져 나와 길을 막고 나섰다.

「이놈들! 모두 무릎을 꿇고 항복해라. 한 놈도 살아서는 이 골짜기를 벗어나지 못하리라!」

앞에 나서서 호통을 치는 것은 바로 호연유 그 사람이었다. 손위는 정신이 아찔함을 느꼈으나 마음을 다부지게 먹고 사병들에게 외쳤다.

「뒤에는 추격해오는 적이 있고, 앞에는 길을 막는 적이 있다. 어차피 죽을 바에는 앞으로 나가자. 저놈들을 쳐부수고 어서 유주 (幽州)로 돌아가 부모처자를 보자꾸나!」

이 말은 기가 죽은 병사들에게 어떤 충격을 주었다. 더욱이 향수에 호소한 것은 매우 효과적이었다고 할 밖에 없다. 병사들은 일시에 고함을 지르면서 앞으로 밀려 나갔다. 물론 그들의 앞에는 목숨을 노리는 호연유의 군대가 버티고 있었지만, 그들은 어떤 불가항력에 밀리는 듯 밀려 나갔다. 쓰러지면 그대로 밀고 나갔고, 넘어지면 그 시체를 밟으며 밀고 나갔다.

마치 사태처럼 밀리는 이 힘 앞에서 호연유 군대의 용전분투도 아주 미미한 힘밖에는 되지 못했다. 그것은 큰 홍수 앞에 제방이 제 구실을 다할 수 없는 것과 같았다. 살겠다는 군중의 의지력은 기어이 자기들을 막고 선 절벽에 길을 뚫었다. 그것이 아무리 대단한 희생 위에 이루어졌을지라도!

왕준은 패주해온 군대를 수습하여 점검해 보았다. 전사자는 2만을 넘음이 밝혀졌다. 그도 이것을 보고는 더 추격하려는 마음을 먹지 못했다.

그리하여 강발은 더 이상 유주 왕준의 추격을 받지 않고 무사히 평양까지 돌아올 수가 있었다.

7. 동평성의 싸움

한편, 산동(山東)의 평정을 황제로부터 명령받은 산동초토사 조억은 양국군에 이르러 대도독 상당군후 석늑과 합세했다. 조억은 석늑에게 한황의 조서를 전달했다.

석늑은 조서를 보고 나자 장빈을 청해 상의했다.

「동평·낭야를 치라고 하시니 걱정인 것은 단씨(段氏)와 왕준이오. 그들은 다 이전에 나와 싸우다가 패한 터이므로 우리가 움직이는 것을 보면 반드시 허를 찌르려 할 것 아니겠소이까?」

「도독께서 걱정하시는 것도 무리가 아닙니다.」

장빈이 말했다.

「그렇다고 군명을 거역할 수는 없는 노릇 아닙니까. 그러니 우리는 여기 남아 이곳을 지키고, 조억 장군을 대장으로 하고 급상을 선봉으로 하여 동평성을 치게 하시지요. 거기에다가 여러 장수를 딸려 보내고 병사 10만만 쪼개어 준다면 능히 공을 이룰 것입니다.」

석늑은 기뻐하며 곧 그 말대로 했다.

한편, 조억이 10만 대군을 이끌고 쳐들어온다는 정보가 전해지자, 동평은 발칵 뒤집혔다. 이때 그곳을 지키던 사람들은 조배(曹杯)·조준(曹樽) 형제로서, 그들은 위(魏)의 명장 조인(曹仁)의 손자들이었다.

「이 일을 어쩌는가. 우리는 1만 명의 군사밖에 없는 터에 저놈들은 10만 대군이라 하지 않는가. 의견이 있으면 말해보시오」

조배가 말을 떼자, 조준이 나섰다.

「너무 걱정 마십시오. 이왕 당한 일이니 하는 데까지 해보는 수밖에 없겠지요. 이곳은 청주(靑州)에 속해 있는 성이니까 얼른 상부에 알리고, 우리는 우리대로 성을 나가 적을 맞이해 싸워야 합니다. 무고한 백성들을 놀라게 할 것은 없습니다.」

조배는 그 말을 좇아 곧 청주로 사람을 보내고 자신은 1만여 명의 군사를 이끌고 성을 나와 요지에 진을 쳤다.

이윽고 한군의 선봉 급상도 도착했다. 급상은 적이 나와 있는 것을 보자 자기도 군대를 멈추고 후군이 오기를 기다려 함께 작전 계획을 짰다.

「거의 문제될 것은 없다고 봅니다.」

앞서 장웅(張雄)이 의견을 말했다. 그는 장빈의 아들로서 그 아버지를 닮아 지혜가 많은 인물이었으므로, 이번에 특히 발탁되어 군사(軍師) 격으로 출전한 것이었다.

「본래 동평에는 1만여 명의 군사밖에는 없는 터에, 조배 형제가 여기 나와 있다면 성중에는 방비가 별로 없을 것입니다. 조장 군과 공장 장군께서는 군사 2만을 이끌고 뒤로 돌아가 적이 후퇴하는 길을 끊으십시오. 또 선봉은 군사를 끌고 나가 싸우시고, 조염 장군은 양익(兩翼)이 되어 기다렸다가 구응하십시오. 한 싸움에 반드시 공을 거둘 것입니다.」

「과연 장씨네 가문이구려!」

조억은 장웅의 전략에 깊이 감탄해 마지않았다.

이윽고 급상이 진문을 열고 도전하기 위해 앞으로 나갔다. 가뜩이나 험상스런 얼굴이 이날따라 투지로 인해 더욱 야차 같아 보였다. 그는 도끼를 들어 조배를 가리키면서 외쳤다.

「너는 소용없는 싸움을 하려고 마라. 천하를 횡행하면서 일찍이 내 도끼를 막아내는 자를 보지 못했다. 네 머리가 무쇠로 되었다면 모를까, 닿기만 해도 박살이 날 것이니 어서 말에서 내려 항복함이 어떠냐」

그 목소리는 마치 굶주린 호랑이가 우는 것 같아서 듣는 사람의 등골을 서늘하게 만들었다.

「이놈!」

조배가 호통을 쳤다.

「너는 본래 천민이란 말을 들었다. 시골에 파묻혀 장작이나 패고 물이나 긷는 것이 본분일 것을, 어찌 당돌함이 이와 같으냐. 들어라, 천하는 넓으니라. 너희들 오랑캐가 알지 못하고 들어보지 못한 일이 허다하니라.」

이때 장웅이 나서면서 외쳤다.

「너는 어떤 사람이기에 호언장담을 서슴지 않느냐. 네 이름이나 들어보자.」

이 소리에 조배가 크게 웃었다.

「하하하하, 내 이름을 듣고 싶단 말이지. 좋다, 들려주마. 나는 위(魏)의 금지옥엽(金枝玉葉 : 제왕帝王의 자손을 이름)인 조배라는 사람이다. 어떠냐, 속이 시원하냐?」

이 말이 끝나기도 전에 이번에는 장웅이 박장대소했다.

「하하하하, 위의 금지옥엽이라? 천하에 우스운 놈 다 보았다. 이놈아, 지금이 위(魏)의 세상이냐? 사마씨가 너희 나라를 찬탈했건만 부끄러운 줄도 모르고 이것을 섬기고 있으니, 네 조상도 너 같은 자손 둔 것을 창피하게 알고 있을 터이다. 어찌 역신을 섬기면서 금지옥엽임을 자랑할 수 있단 말이냐!」

「이 나쁜 놈!」

조배가 분통을 터뜨렸다. 가장 아픈 데를 찔렀으니 무리도 아니었다.

「내 너를 잡아 그 간을 씹지 않고는 가만두지 않겠다.」

그는 이를 갈면서 한군 쪽으로 질풍같이 달려왔다. 이를 본 장경(張敬)도 달려 나가려 하자, 말고삐를 잡는 사람이 있었다.

「숙부! 잠깐 참으십시오!」

돌아다보니 장웅이었다.

「숙부께서 나가실 것까지도 없습니다. 저놈이 나를 모욕했으니, 제가 나가 싸우겠습니다.」

이렇게 외치는 장웅의 표정이 자못 진지했다. 장경은 어린 조카를 위태로이 여기는 마음이 앞섰으나, 그 뜻을 장하게 여겨 구태여 말리지는 않았다.

조배는 장웅의 나이가 어린 것을 보자 얕보는 마음이 앞섰다.

「이놈! 여기는 너 같은 애들이 오는 곳이 아니니라. 너는 어서 돌아가 어머니 젖이나 빨아라!」

그는 이런 농담을 해가면서 놀리는 듯 창을 휘둘렀다. 장웅은 짐짓 당황하는 척하며 이와 맞섰다. 처음에 조배는 조롱을 하느라고 일부러 시간을 끌었으나, 언제까지나 그러고만 있을 수도 없어서 번개같이 창을 움직여 장웅의 가슴을 찔렀다. 그리고는 깜짝 놀랐다. 그도 그럴 것이, 장웅은 어느 틈엔지 이를 피하면서 도리어 자기 옆구리를 푹 찌르려 하지 않은가. 하마터면 조배 쪽이 말에서 굴러 떨어질 뻔한 아슬아슬한 순간이었다.

「요놈 봐라?」

등골에 식은땀이 흐름을 느끼면서 그제야 조배도 정신을 바짝 차렸다. 그러나 장웅은 여전히 서투른 솜씨로 창을 휘두르고 있었다. 그러면서도 어떤 수에도 넘어가는 일이 없었고, 조배 쪽에서 공세를 취하다가 생기는 허점은 하나도 빠뜨림이 없이 찔러 오는 것이 아닌가. 이제는 그가 보통 고수(高手)가 아님을 배가 아프도록 인식할 수밖에 없는 일이었다.

그들의 싸움이 50여 합을 끌자, 본진에서 이를 보고 있던 조준이 도리어 화를 벌컥 냈다.

「형님도 형님이시지! 그래 저만한 애놈을 하나 사로잡지 못하시다니, 저것이 대장된 도리란 말인가!」

그는 곧 말을 달려 나가 자기 형을 도우려 들었다. 이것을 보고 성을 낸 것은 급상이었다.

「나는 선봉이로되 가만히 관망하고 있는데, 네가 무엇이기로 나서느냐!」

그는 도끼를 들고 나는 듯이 뛰어나가 조준의 앞을 막았다. 조준은 상대가 말도 타지 않은 채 나온 것을 보자 경멸하는 생각부터 들었다.

「이놈! 어느 앞이라고 감히 나서느냐. 썩 물러가지 못할까!」

그는 이렇게 호통을 치면서 급상의 가슴께를 창으로 찔렀다. 그러나 다음 순간, 급상의 도끼는 창을 옆으로 휙 튕기면서 조준의 말머리를 들이쳤다. 머리가 바수어지면서 말이 쓰러지는 바람에 조준은 땅에 내동댕이쳐졌고, 바로 그 찰나 번개처럼 달려드는 급상의 두 번째 도끼를 머리에 맞고 비명을 지를 사이도 없이 죽어 갔다. 실로 눈 깜짝할 사이에 벌어진 일이었다.

아우가 죽는 것을 본 조배는 더럭 겁부터 나서 말머리를 돌려 성 쪽으로 도망했고, 그의 병사들이 개미 떼처럼 그 뒤를 따랐다. 뒤에서 한군의 추격이 다급했으므로 그들은 정신없이 길을 달렸다. 어떻게 하다가 넘어지기라도 하는 병사는 다시 일어나보지도 못한 채 한군의 발에 밟혀 죽어야 하는 북새통이었다.

그들이 이렇게 하여 20리나 몰려왔을 때였다. 해가 서산에 걸리고, 성안으로부터는 저녁연기가 오르는 것이 바라보였다. 이때 갑자기 포성이 울려 퍼졌다. 그리고 어디에 숨어 있었던지 한떼의 인마가 나타나 앞을 가로막고 나섰다. 앞에 선 대장은 바로 조억이었다. 그는 큰 소리로 외쳤다.

「너희가 해 저물고 형세 궁하였거니 어디로 가려느냐. 어서 말에서 내려라.」

인경처럼 울리는 그 호통소리는 가뜩이나 넋을 잃고 있는 패잔병들의 가슴을 터지게 했다. 조배는 입성하려던 계획을 포기하고 낭야군 쪽으로 도망했다. 들판에는 동평군의 시체가 낙엽처럼 깔렸고, 피는 질편한 것이 마치 물처럼 흘렀다.

추격해온 급상과 장경 등도 예상 외의 전과에 모두 만족해했다. 장웅이 말했다.

「성에는 군사가 얼마 없을 것이니 어서 쳐야 합니다. 시일을 끌어 청주로부터 원병이 오기를 기다릴 필요가 어디 있겠습니까?」

조억은 이 말을 옳게 여겨 곧 성을 치도록 명령했다.

이때, 성을 지키고 있던 하심(河深)은 눈앞에서 주장(主將)이 패주하는 것을 보았기 때문에 완전에 가깝도록 전의를 상실하고 있는 참이었다. 따라서 좋은 말로 항복을 권고했더라면 기꺼이 이에 응했을는지도 모르는 일이었다. 그러나 적이 성을 포위하고 공격해오는 데는 하는 데까지 싸워보는 도리밖에 없는 것이다.

그는 몇 천에 불과한 병사들을 네 곳 성문에다 배치하여 활을 쏘도록 했다.

「오늘 하루만 버텨라. 내일은 청주에서 원군이 도착하리라.」

그는 이렇게 외치면서 성을 돌아다녔다. 병사들은 마지 못하는 듯이 활을 쏘는 시늉을 했다.

하심이 서문에 왔을 때의 일이었다. 그는 병사들이 겁에 질려 활도 쏘지 못하고 멍하니 서 있는 것을 보았다.

「이놈들! 무엇을 하고 있느냐. 안 싸우는 놈은 군법으로 다스리리라!」

그는 이렇게 호통을 치고 나서 병사들을 늘어세우고 활을 쏘게 했다. 그때 화살 하나가 날아와 공교롭게도 하심의 목에 꽂혔다. 하심은 그 자리에서 죽고 말았다.

이를 본 병사들은 뿔뿔이 흩어져버렸고 적의 저항이 없음을 안 한군은 조수처럼 성문으로 밀려들었다. 앞장섰던 급상이 도끼로 성문을 찍었다. 성문은 급상의 도끼를 열 번 이상 받아내지 못하고 산산조각이 나고, 한군은 앞을 다투어 성안으로 밀려들어갔다.

이렇게 되면 마지막이었다. 병사들은 이리저리 적병을 찾아 몰려다니면서 눈에 띄는 대로 죽였다. 그 중에서도 급상은 피 묻은 도끼를 들고 악귀야차처럼 날뛰었다. 그는 관아(官衙) 속으로 뛰어 들어가 조배와 조준의 가족을 모두 죽여버렸다. 조억은 조배가 동종(同宗)이라 하여 그 가족만은 구해 주려고 달려갔다가 이 끔찍한 광경을 보고 고개를 돌렸다.

'아무렇기로 선봉장인 사람이 어찌 그리도 잔인하단 말인가. 반드시 그 뒤끝이 좋지 않으리라!'

그는 시신들을 거두어 후하게 묻어주기를 잊지 않았다.

3권 끝

◀이 책에 등장하는 고사성어(가나다 순)▶

경국지색 **傾國之色** 여자의 미모에 반해 정치를 돌보지 않은 나머지 마침내 나라를 망하게 하거나 위태롭게 한 예는 너무도 많다. 「경국지색」은 글자 그대로 나라를 기울어지게 하는 미인이란 뜻이다.

춘추시대의 오왕 부차(夫差)는 월왕 구천(句踐)이 구해 보낸 서시(西施)라는 미인에게 빠져 마침내 나라를 잃고 몸을 망치는 결과를 가져왔고, 당명황(唐明皇) 같은 영웅도 양귀비로 인해 하마터면 나라를 망칠 뻔했다.

그러나 원래 경국(傾國)이란 말을 처음 쓰게 된 것은 여자에 대한 표현이 아니었다. 《사기》 항우본기에 보면, 한왕 유방과 초패왕 항우가 서로 천하를 놓고 다툴 때, 어느 한 기간 한왕의 부모처자들이 항우에게 사로잡혀 있었다. 이때 후공(侯公)이라는 변사가 항우를 설득시켜 한왕과의 화의를 성립시키고, 항우가 인질로 잡고 있던 한왕의 부모처자들을 돌려보내게 했다. 이 소문을 들은 세상 사람들은 후공을 이렇게 평했다.

「그는 참으로 천하의 변사다. 그가 있는 곳이면 그의 변설로 인해 나라를 기울어지게 만든다(此天下辯士 所居傾國).」

이 말을 들은 한왕 유방은 후공의 공로를 포상하여 경국의 반대인 평국이란 글자를 따서 그에게 평국군(平國君)이란 칭호를 주었다 한다. 즉 항우의 입장에서 보면 나라를 위태롭게 한 경국(傾國)이 되지만, 유방의 입장에서 보면 나라를 태평하게 만든 평국이 되기 때문이다.

그런데 그 뒤 경국이니, 경성(傾城)이니, 절세(絶世)니 하는 형용사들이 아름다운 여자에게 쓰이게 된 것은 이연년(李延年)이 지은 다음의 시에서부터 시작된 것이라 한다.

북쪽에 가인이 있어

세상에 떨어져 홀로 서 있네.
한 번 돌아보아 성을 기울게 하고
두 번 돌아보아 나라를 기울게 한다.
어찌 경성과 경국을 모르겠냐만
가인은 다시 얻기 어렵다.

北方有佳人　　絶世而獨立	북방유가인　　절세이독립
一顧傾人城　　再顧傾人國	일고경인성　　재고경인국
寧不知傾城與傾國　佳人難再得	영불지경성여경국　가인난재득

　이연년은 한무제(漢武帝, B.C 141~86) 때 협률도위(協律都尉 : 음악을 맡은 벼슬)로 있던 사람으로 음악적인 재능이 풍부한 사람이었다. 그에게 한 누이동생이 있었는데 그야말로 절세미인이었다.
　앞의 노래는 바로 그의 누이동생의 아름다움을 칭찬하여 무제 앞에서 부른 것이었다. 무제는 이때 이미 50 고개를 넘어 있었고, 사랑하는 여인도 없는 쓸쓸한 생활을 보내고 있던 중이었으므로 당장 그녀를 불러들이게 했다. 무제는 그녀의 아리따운 자태와 날아갈 듯이 춤추는 솜씨에 그만 완전히 반해 버리고 말았다. 이 이연년의 누이야말로 무제의 만년의 총애를 한 몸에 독차지하고 있던 바로 이부인(李夫人) 그 사람이었다.
　이 이야기는《한서》외척전(外戚傳)에 실려 있다.

고성낙일　孤城落日　이 고사는 왕유(王維)의 칠언절구「위평사를 보내며(送韋評事)」에서 유래된다.

장군을 좇아 우현을 잡고자
모래밭에서 말을 달려 거연으로 향한다.
멀리 아노라, 한나라 사신이 소관 밖에서
외로운 성, 지는 해 언저리를 수심으로 바라보리란 것을.

欲逐將軍取右賢　沙場走馬向居延　욕수장군취우현　사장주마향거연

482

遙知漢使蕭關外　愁見孤城落日邊　요지한사소관외　수견고성낙일변

왕유는 이백(李白), 두보(杜甫)와 나란히 중국의 대표적인 시인이다. 그는 동양화와 같은 고요한 맛과 그윽한 정을 풍기는 자연시를 많이 썼다. 여기서는 국경 밖의 땅을 배경으로 한 이국적인 정서가 시를 한층 재미있게 만들고 있다.

글 제목에 나오는 평사는 법을 맡아 죄인을 다스리는 벼슬 이름으로, 위평사가 장군을 따라 서북 국경 밖으로 떠나면서 심경을 적은 시다.

한(漢)대에 흉노에 좌현왕(左賢王)과 우현왕이 있었는데, 우현왕이 한때 한나라 군대에 포위를 당해 간신히 도망쳐 달아난 일이 있었다. 첫 구절의 우현을 잡는다는 것은, 그 사실을 근거로 자신도 장군을 따라 변방으로 나가 적의 대장을 포로로 잡을 생각으로 사막을 힘차게 말을 달리게 되리라는 뜻이다.

여기에 나오는 거연이란 곳은 신강성 접경지대에 있는 주천(酒泉)을 말하는데, 남쪽에는 해발 6,455 미터의 기련산(祁連山)이 솟아 있고, 북쪽은 만리장성의 서쪽 끝을 넘어 사막지대가 계속된다.

소관(蕭關)은 진(秦)의 북관(北關)으로도 불리는 곳으로 외곽지대의 본토 방면으로 통하는 출입구였던 것 같다.

시의 뜻은, 지금은 우현왕을 사로잡으려는 꿈을 안고 의기도 양양하게 사막을 말을 달려 거연의 요새지로 향하게 되겠지만, 먼 저쪽 소관 밖으로 한나라 사신인 당신이 나가버리면 당신의 눈앞에는 어떤 광경이 벌어질 것인가. 아득히 백사장에 둘러싸인 외로운 성과 다시 그 저쪽에 기울어 가는 저녁 해, 그것을 당신은 수심에 잠긴 눈으로 바라보지 않으면 안될 것이다. 나는 몸은 비록 이곳에 있지만 당신이 장차 겪게 될 외롭고 쓸쓸한 심정을 알고도 남음이 있다는 뜻이다.

여기서는 한갓 쓸쓸한 풍경과 외로운 심경을 노래한 데 지나지 않지만, 「고성낙일」은 보통 멸망의 그날을 초조히 기다리는 그런 심정을 말한다.

공명수죽백 功名垂竹帛 ☞ 권1

공중누각 **空中樓閣** 송대의 학자이며 정치가인 심괄(沈括)이 기이
한 일들을 모아 지은 《몽계필담(夢溪筆談)》이란 책에 다음과 같은 기록
이 있다.

등주(登州 : 산동성 봉래현)는 삼면이 바다로 둘러싸여 있는데, 늦은 봄에
서 여름에 걸쳐, 멀리 수평선 위로 누각들이 줄을 이은 도시가 보인다.
지방 사람들은 이를 「해시(海市)」라고 부른다. 그 뒤 청(淸)나라 적호(翟
灝)는 그가 지은 《통속편》 속에 심괄의 이 글을 수록한 다음,

「지금 말과 행동이 허황된 사람을 가리켜 공중누각이라고 하는 것은
이것을 말하는 것이다(今稱言行虛構者曰空中樓閣 用此事).」

참된 무엇이 없거나 혹은 비현실적인 이야기나 문장을 「공중누각과 같
다」고 하는 말은 청나라 시대에 이미 있었음을 이 기록으로 알 수 있다.

물론 심괄이 말한 바다의 도시(海市)란 것은 수평선 멀리 나타나는 신기
루(蜃氣樓)를 보고 한 말인데, 신기루에 대해서는 이미 오래 전 기록에
나타나 있다. 즉 《사기》에 이 신기루에 대한 기록이 있다.

《사기》 천관서(天官書)에,

「신기(蜃氣)는 누대(樓臺)의 모양을 하고 있는데, 넓은 들의 기운이 흡
사 궁궐을 이룩하고 있다」라고 적혀 있다.

「공중누각」이란 이같이 자연현상을 두고 기록한 것인데, 이를 이해
하지 못한 사람들이 실제로 있을 수 없는 일이라고 보고 실현 가능성 없는
일을 비유해 쓰이고 있다.

구상유취 **口尙乳臭** 한고조가 반란을 일으킨 위(魏)의 장수 백직(柏
直)을 가리켜 한 말인데, 흔히 하는 말을 한고조가 말한 것이 기록으로
남은 것뿐이다. 그러나 상대를 얕보고 하는 말 치고는 어딘가 품위가 있고
애교가 느껴진다. 김삿갓(金笠)에 관한 이야기 가운데 이런 것이 있다.

어느 더운 여름철 한 고을을 지나노라니, 젊은 선비들이 개를 잡아 놓고
술잔을 권커니 자커니 하며 시문을 짓는다고 저마다 떠들어대고 있었다.

술이라면 만사를 제쳐놓을 김삿갓인지라 회가 동하지 않을 수 없었다. 점 잖게 말석에 자리를 잡고 앉아 한 순배 돌아오기를 기다리고 있는데, 행색 이 초라해서인지 본 체도 않는 것이었다.

김삿갓은 슬그머니 아니꼬운 생각이 들어,

「구상유취로군!」 하고 벌떡 일어나 가버렸다.

「그 사람 지금 뭐라고 했지?」

「구상유취라고 하는 것 같더군」

「뭣이, 고연 놈 같으니!」

이리하여 김삿갓은 뒤쫓아 온 하인들에게 끌려 다시 선비들 앞으로 불 려갔다.

「방금 뭐라고 그랬냐? 양반이 글을 읊고 있는데, 감히 구상유취라 니?」 하면서 매를 칠 기세를 보였다. 김삿갓은 태연히,

「내가 뭐 잘못 말했습니까?」 하고 반문했다.

「뭐라고, 무얼 잘못 말했냐고? 어른들을 보고 입에서 젖내가 나다니, 그런 불경한 말이 어디 또 있단 말이냐?」

「그건 오햅니다. 내가 말한 것은 입에서 젖내가 난다는 구상유취(口尙 乳臭)가 아니라, 개 초상에 선비가 모였으니, 『구상유취(狗喪儒聚)』가 아 닙니까?」

한문의 묘미라고나 할까. 선비들은 그만 무릎을 치고 크게 웃으면서,

「우리가 선비를 몰라보았소. 자아, 이리로 와서 같이 술이나 들며 시라 도 한 수 나눕시다」 하고 오히려 사과를 한 끝에 술을 권했다는 것이다.

비슷한 이야기로 이런 것도 있다. 회갑잔치 집에 가서 푸대접을 받은 김삿갓이 축시(祝詩)라는 것을 이렇게 써 던지고 간 일이 있다.

시아버지 자리로 걸어가서
잔을 드리고 공손히 뵙는다.

步之舅席　納爵恭謁　　보지구석　납작공알

권토중래	**捲土重來**	☞ 권2
금성탕지	**金城湯池**	☞ 권2
기 화	**奇 貨**	☞ 권2

노이무공 **勞而無功** 「노이무공」은 굳이 출전(出典)을 캘 것까지도 없는 쉬운 말이다. 애만 쓰고 애쓴 보람이 없다는 말이다.

굳이 그 출전을 캐 본다면 다음과 같은 것이 있다.

《장자》 천운편(天運篇)에, 공자가 위(衛)나라로 갔을 때, 위나라 사금 (師金)이란 사람이 공자의 제자 안연에게, 공자를 이렇게 평했다.

「물 위를 가는 데는 배만한 것이 없고, 육지를 가는 데는 수레만한 것이 없다. 만일 물 위를 가는데, 적당한 배를 육지에서 밀고 가려 한다면 평생 걸려도 몇 발자국을 가지 못할 것이다. 옛날과 지금과는 물과 육지처럼 달라져 있고, 주나라와 노나라와는 배와 수레만큼 차이가 있다. 그런데 지금 주나라 때에 행해지고 있던 도를 노나라에서 행하려 하고 있으니, 이것은 배를 육지에서 밀고 있는 것과 같다. 애쓰고 공이 없을 뿐만 아니라 몸에 반드시 화가 미치게 될 것이다(勞而無功 身必有殃). 공자는 아직 사물에 따라 막힘이 없는 무한한 변화를 가진 도가 있다는 것을 모르고 있다.」

또는 《순자》의 정명편(正名篇)에도,

「어리석은 사람의 말은 막연해서 갈피를 잡을 수 없고, 번잡하고 통일이 없으며, 그리고 시끄럽게 떠들어대기만 한다. 또 명목에 이끌리고, 말에만 현혹되어 참뜻을 캐내지 못하고 있다. 그렇기 때문에 열심히 말은 하지만 요령이 없고, 몹시 애는 쓰지만 공이 없다(故窮藉而無極 甚勞而無功)……」고 했다. 또한 《관자(管子)》 형세편에도,

「옳지 못한 것에 편들지 말라. 능하지 못한 것을 강제하지 말라. 알지 못하는 사람에게 이르지 말라. 이 같은 것을 가리켜 수고롭기만 하고 공이 없다고 말한다(謂之勞而無功)」고 했다.

저자의 연대로 따지면 《관자》가 가장 오래다. 그러나 굳이 이 말이 어느 사람의 독창에서 나온 말은 아닐 것으로 본다.

농 단   壟斷   《맹자》공손추에서 비롯된 이야기인데, 원문은 용단(龍斷)으로 되어 있지만, 여기서는 「용(龍)」이 「농(壟)」의 뜻으로 쓰인다. 설(說)이 열(悅)로 쓰이는 것과 같은 이치다.

농(壟)은 언덕, 단(斷)은 낭떠러지, 즉 높직한 낭떠러지를 말한다. 다시 말해 앞과 좌우를 잘 살펴볼 수 있는 지형과 위치를 말하는데, 이곳에 서서 시장 상황을 종합적으로 판단한 뒤에 그 날의 물가 동향을 예측하고 나서 물건이 부족할 만한 것을 도중에서 모조리 사들여 폭리를 취하는 행동에서 생긴 말이다.

《맹자》에 있는 원문의 내용을 소개하면 이렇다. 맹자가 제나라 객경(客卿)의 자리를 사퇴하고 집에 물러나와 있게 되자, 맹자를 굳이 붙들고 싶었던 제선왕(齊宣王)은 시자(時子)라는 사람을 통해 자기 의사를 맹자에게 이렇게 전하게 했다.

「서울 중심지에 큰 저택을 제공하고 다시 만 종(鍾 : 1종은 8斛, 1곡은 10斗)의 녹을 주어 제자들을 양성시킴으로써 모든 대신들과 국민들로 하여금 본보기가 되게 하고 싶다」

이야기를 진진이란 제자를 통해 전해들은 맹자는,

「시자는 그것이 옳지 못한 것인 줄 알지 못할 것이다. 만 종의 녹으로 나를 붙들고 싶어 하지만, 내가 만일 녹을 탐낸다면 10만 종 녹을 받는 객경의 자리를 사양하고 만 종의 녹을 받겠느냐? 옛날 계손(季孫)이란 사람이 자숙의(子叔疑)를 이렇게 평했다. 자신이 뜻이 맞지 않아 물러났으면 그만둘 일이지 또 그 제자들로 대신이 되게 하니 이상하지 않은가. 부귀를 마다 할 사람이 있겠는가. 하지만 부귀 속에 혼자 농단을 해서야 쓰겠는가(人亦孰不欲富貴 而獨於富貴之中 有私龍斷焉).」

이렇게 계손의 말을 인용하고 나서 다시 농단에 대한 설명을 다음과 같이 했다.

「옛날 시장이란 것은 각자가 가지고 있는 것을 서로 바꾸는 곳이었는데, 시장은 그런 거래에서 흔히 일어나는 시비를 가려 주는 소임을 하고 있었다. 그런데 한 못난 사나이가 있어, 반드시 농단을 찾아 그 위로 올라가 좌우를 살핀 다음 시장의 이익을 그물질했다. 사람들이 이를 밉게 보아서 그에게 세금을 물리게 되었는데, 장사꾼에게 세금을 받는 일이 이 못난 사나이에서 비롯된 것이다.」

아주 소박한 상행위의 성립과 이에 대한 세금의 징수 등 경제사적인 설명으로서 꽤 흥미있는 이야기다. 그러나 맹자가 이 이야기를 하게 된 본래의 의도는, 「농단」 즉, 이익의 독점행위가 정정당당한 일이 될 수 없는 것과 마찬가지로, 부귀를 독점할 생각은 조금도 없다는 것을 밝히려고 한 것뿐이다.

다반사　茶飯事

「다반사」는 차를 마시거나 밥을 먹는 일이란 뜻으로, 일상사, 자주 있는 일을 말한다.

옛날에 차를 마시거나 밥을 먹는 일은 언제나의 일이기 때문에 이런 말이 나온 것이다. 「항다반사(恒茶飯事)」라고도 한다.

원래 동양에서 차는 일상생활에 있어서 중요한 의미를 가진다. 설이면 일가친척이 모여 차례(茶禮)를 지냈고, 차를 마시며 담소를 하고 정신적 깊이도 운위했다 해서 다도(茶道)가 있었다.

불가에서는 다선일여(茶禪一如)라 해서 차를 마시는 가운데서 선(禪)의 경지를 되새겨 보기도 했다. 조선 후기의 스님인 초의(艸衣)는 《다신전(茶神傳)》이라는 책을 집필해 차의 신비한 맛과 운치를 자랑한 바도 있다.

《조주어록》에 있는 이야기다.

조주선사는 차를 즐겨 마셨다. 절을 찾는 사람이면 누구에게나 차를 대접했다. 어느 날 한 사람이 절을 방문하자 스님이 물었다.

「당신은 여기 몇 번째 오는 거요?」

「처음입니다.」

「그래요? 차나 한잔 드십시오(喫茶去).」

얼마 뒤 또 한 사람이 왔다.

「당신은 여기 몇 번째 오는 거요?」

「여러번 왔지요.」

「그래요? 차나 한잔 드시오.」

그러자 곁에서 차 시중을 들던 시봉이 의아해 하며 물었다.

「아니 스님, 스님께서는 처음 온 사람이나 여러번 온 사람이나 모두 『차나 한잔 드시오』 하고 권하시니 무슨 까닭이십니까?」

이 말을 들은 조주가 말했다.

「아, 내가 그랬나? 그럼 자네도 차나 한잔 들게나.」

이 이야기는 불가에서 전해오는 공안(公案) 가운데 하나로 유명하다. 그만큼 차 마시는 일은 옛사람들과 밀접한 일상사였던 것이다.

다사제제 多士濟濟 ☞ 권2

만전지책 萬全之策 ☞ 권2

명철보신 明哲保身

「명철보신」은, 세상일을 훤히 내다보는 처세를 잘함으로써 난세를 무사히 살아가게 되는 것을 말한다. 대개 부귀를 탐내지 않고 자기의 재주와 학식을 숨긴 채 평범한 인물로서 표 나지 않게 살아가는 것을 가리켜 말한다.

이 말은 일찍부터 많은 사람의 입에 오르내린 오래된 말이다. 《시경》 대아 증민편(烝民篇)에,

숙숙한 왕명을
중산보가 맡고 있다.
나라의 좋고 나쁜 것을
중산보가 밝힌다.
이미 밝고 또 통한지라
이로써 그 몸을 보전한다.

아침이나 밤이나 게으르지 않고
이로써 한 사람(王)을 섬긴다.

肅肅王命　仲山甫將之　　숙숙왕명　중산보장지
邦國若否　仲山甫明之　　방국약부　중산보명지
旣明且哲　以保其身　　　기명차철　이보기신
夙夜匪解　以事一人　　　숙야비해　이사일인

라고 있다. 이 시는 중산보(仲山甫)란 대신이 주왕(周王)의 명령으로 멀리 성을 쌓으러 가는 것을 찬양하여 환송하는 시로, 위 내용은 그 중간 부분이다. 이것을 쉽게 풀면 이렇다.

「황공스런 왕명을 중산보가 받아 현지로 떠나려 한다. 그곳 나라들은 좋은 점과 나쁜 점이 반드시 있겠지만, 중산보는 이를 알아서 잘 처리할 것이다. 이치에 밝고 일에 통한 그는 이같이 함으로써 그의 몸을 무사히 보전할 것이다. 아침 일찍부터 밤늦게까지 잠시도 게으름을 피우는 일이 없이 오직 한 분인 왕을 위해 일한다.」

「명(明)」은 이치에 밝은 것을 말하고 「철(哲)」은 사물에 능통하다는 뜻이다. 「보신(保身)」은 몸을 안전한 위치에 두는 것을 뜻한다. 《시경》의 본 뜻에도 그런 내용이 전혀 없는 것은 아니지만, 뒤에 와서 쓰이는 이 「명철보신」이란 말 가운데는 자기 위주의 현명한 처세술을 의미하는 정도가 강하다.

발산개세　拔山蓋世　☞ 권1 「역발산기개세」

배수진　背水陣

물을 뒤에 등지고 친 진을 말한다. 「배수진을 쳤다」 하는 말은, 죽을 각오로 마지막 승부에 임하는 것을 말한다.

임진왜란 때 신입(申砬) 장군이 문경 새재(鳥嶺)로 넘어오는 적을 새재에서 막을 생각을 않고 충주에서 배수진을 치고 있다가 여지없이 패해 전사한 이야기는 너무도 유명하다.

이 배수진을 쳐서 최초로 성공한 사람은 한신(韓信)이다. 이때부터 배수

490

진이란 말이 전해지게 되었다.

《사기》회음후열전에 있는 한신이 조나라를 칠 때 이야기다. 한신은 작전을 짜 놓고 부하 장수들에게,

「우리 주력부대는 퇴각을 한다. 그것을 보면 적은 진지를 비우고 우리를 추격해 올 것이다. 그러면 제군들은 재빨리 조나라 진지로 들어가 조나라 기를 뽑아 버리고 한나라의 붉은 기를 세워라.」하고 이른 다음, 부관들에게 가벼운 식사를 시키고 나서는 또,

「오늘 아침은 조나라를 이기고 난 다음 모여서 잘 먹기로 하자(滅此朝食).」하고 모든 장수들에게 전하게 했다.

장수들은 알았다고 대답만 할 뿐 속으로는 코웃음을 쳤다. 한신은 군리(軍吏)들에게 이렇게 말했다.

「조나라 군사는 유리한 곳을 점령하여 진을 치고 있기 때문에 싸움을 서두르지 않을 것이다. 그리고 적은 우리 쪽 대장기를 보기 전에는 나와 싸우려 하지 않을 것이다」

이리하여 한신은 1만의 군사를 먼저 가게 하여 물을 등지고 이른바 배수진을 치게 했다. 조나라 군사들은 이것을 바라보며 병법을 모르는 놈들이라고 크게 웃었다.

날이 밝자, 한신은 대장기를 세우고 산길을 빠져나갔다. 조나라 군사는 진문을 열고 나와 맞아 싸웠다. 잠시 격전을 계속한 끝에 한신은 거짓 패한 척하며 기를 버리고 강 근처에 배수진을 치고 있는 군사와 합류했다.

조나라 군사는 이를 보는 순간, 과연 진지를 텅 비워 두고 앞 다투어 한신의 군사를 쫓았다. 그러나 한신의 군사는 결사적인 반격으로 적을 물리쳤다. 이 사이에 한신이 산속에 매복시켜 놓았던 기마부대가 조나라 진지로 달려가 조나라 기를 뽑고 한나라 기를 세워 두었다.

한신을 추격해서 이기지 못하고 돌아오던 조나라 군사는 붉은 기를 바라보는 순간 이미 진지가 적의 수중에 든 줄 알고 당황하기 시작했다.

여기에 한신의 군사가 뒤를 다시 덮치고 들자 앞뒤로 적을 맞은 조나라 군사는 싸울 용기를 잃고 뿔뿔이 흩어져 버렸다. 그리하여 대장은 죽고 왕은

포로가 되었다.

승리를 축하하는 술자리에서 모든 장수들은 한신에게 물었다.

「병법에는 산을 등지고 물을 앞으로 진을 치라고 했는데, 장군께선 물을 등지고 진을 쳐서 이겼습니다. 그리고 조나라를 이기고 나서 아침을 먹자고 하시더니 과연 말대로 되었습니다. 이것은 무슨 전법입니까?」

그러자 한신은 대답했다.

「이것은 병법에 있는 것이다. 제군들이 미처 몰랐을 뿐이다. 병법에 『죽을 땅에 빠뜨려 두어야 사는 길이 있다』고 하지 않았는가. 그리고 우리 군사는 아직 오합지졸이다. 이들을 결사적으로 싸우게 하려면 죽을 곳을 뒤에 두지 않으면 안된다」

모든 장수들은 탄복했다.

백낙일고 伯樂一顧 ☞ 권1

불입호혈부득호자 不入虎穴不得虎子 「호랑이 굴에 들어가야 호랑이 새끼를 잡는다.」는 말이 바로 「불입호혈(不入虎穴)이면 부득호자(不得虎子)」다. 큰 공을 세우려면 모험을 해야만 된다는 뜻이다.

이 말은 《후한서》 반초전(班超傳)에 나와 있는 반초의 말이다. 반초가 36명의 장사들을 이끌고 선선국(鄯善國)에 사신으로 갔을 때의 일이다. 국왕인 광(廣)은 반초를 극진히 대우했다. 그러나 며칠이 가지 않아 갑자기 대우가 달라졌다. 흉노의 사신이 온 때문이었다.

선선은 천산(天山) 남쪽 길과 북쪽 길이 갈라지는 분기점에 있는 교통의 요지였으므로 흉노도 많은 관심을 가지고 자기 지배 하에 두려 했다. 광왕은 흉노를 한나라 이상으로 무서워하고 있었다. 정세의 변동을 재빨리 알아차린 반초는 광왕의 시종 한 사람을 불러내어,

「흉노의 사신이 온 지 며칠 된 것 같은데, 그들은 지금 어디에 있는가?」하고 유도 심문을 했다.

시종이 겁을 먹고 사실을 말하자, 반초는 곧 그를 골방에 가둬 두고

부하들을 모아 잔치를 벌였다. 술이 얼근해 올 무렵, 반초는 그들을 격분시키는 어조로 말했다.

「……지금 흉노의 사신이 여기에 와 있다. 이곳 왕은 우리를 냉대하기 시작했다. 우리를 흉노에게 넘겨줄지도 모른다. 그렇게 되면 우리는 만리 타국에서 승냥이 밥이 되고 말 것이다. 좋은 방법이 없겠는가?」

부하들은 다 같이 입을 모아,

「무조건 장군의 명령에 따르겠습니다.」

그러자 반초가 말했다.

「호랑이 굴에 들어가지 않으면 호랑이 새끼를 얻지 못한다(不入虎穴 不得虎子)고 했다. 지금 우리로서는 밤에 불로 놈들을 공격하는 길밖에 없다……」 하고, 36명의 장사를 거느리고 흉노의 사신이 묵고 있는 숙소에 불을 지르는 한편, 급히 습격해 들어가 정신없이 허둥대는 몇 배나 되는 적을 모조리 죽여 버렸다.

물론 선선왕은 한나라에 항복했다. 반초는《한서》의 저자인 반고(班固)의 아우다.

死孔明走生仲達 **死孔明走生仲達** 죽은 제갈양이 살아 있는 사마의(司馬懿)를 도망치게 한 사실을 놓고, 그 당시 사람들이 만들어 냈다고 전해 오는 말이다. 원문에는「사공명」이 아니고「사제갈(死諸葛)」로 되어 있다. 그것을 다음에 있는「중달(仲達)」과 맞추기 위해서인지「사공명」이란 말을 쓰기도 한다. 중달은 사마의의 자다. 이 말은 실제와 다른 헛소문만 듣고 미리 겁을 집어먹는 경우를 비유해서 말한다.

제갈공명이 목우유마(木牛流馬)라는 자동 운반차를 고안하여, 촉나라 10만의 대군을 이끌고 나가 사곡구(斜谷口)를 거쳐 오장원(五丈原)에 진을 치는 한편, 군사를 나눠 위수(渭水) 지역에 둔전(屯田)을 하게 했다. 위나라를 쳐부수기 위한 작전이었다.

위나라는 사마중달을 대장군으로 하여 촉나라 군사를 맞이하게 했다. 공명은 빨리 승리를 결정지으려 했지만, 중달은 공명과 여러 차례 싸우다가 혼이 난 일이 있는 터라, 수비 위주로 멀리 나와 있는 촉나라 군사의 지칠 때만을 기다리고 있었다. 공명은 여자가 쓰는 두건(頭巾)과 목걸이와 옷 등을 보내 그의 사내답지 못한 태도를 조롱했지만, 중달은 분노와 모욕을 꾹 참으며 끝내 싸움에 응하지 않았다.

이렇게 대치하고 있던 중 공명은 병마에 시달리게 되어 마침내 진중에서 죽고 말았다. 촉나라 군사는 하는 수 없이 철수를 단행했다. 이 소식을 들은 중달이 가만있을 리 없었다. 그는 재빨리 군사를 거느리고 촉나라 군사를 추격했다. 이때 공명의 신임이 가장 두텁던 강유(姜維)가 공명의 죽기 전 지시에 따라 군기의 방향을 전환시키고 북을 크게 울려 반격으로 나오는 자세를 취했다.

항상 공명에게 속아만 온 중달은 공명이 죽었다는 소문과 철수 작전이 모두 자기를 유인해 내기 위한 술책이었다는 것을 직감하게 되었다. 잘못하다가는 앞뒤로 협공을 당할 염려마저 없지 않았으므로 중달은 허둥지둥 달아나기 바빴다.

이 사실을 안 백성들은 「죽은 제갈이 산 중달을 달아나게 했다」고 말했다(百姓爲之諺曰 死諸葛走生仲達). 이 말을 전해들은 중달은 멋쩍은 웃음을 웃으며,

「산 사람이 하는 일이야 알 수 있지만, 죽은 사람의 하는 일이야 어떻게 알 수가 있어야지」했다는 것이다.

이 이야기는 《삼국지》, 《십팔사략》, 《통감강목(通鑑綱目)》 등에 나온다.

사인선사마 **射人先射馬** 「상대를 쏘아 떨어뜨리자면, 먼저 그가 타고 있는 말을 쏘라」는 것이 말의 뜻이다. 그러면 말은 놀라서 뛰어올라 주인을 떨어뜨리거나 또는 말이 움직이지 못하거나 해서 간단히 그 사람을 잡을 수가 있다는 뜻이다.

어떤 목적을 달성하려면 그것과 가장 관계가 깊은 것을 우선 손에 넣으라. 그러면 길은 열린다는 것을 말한 성어다. 예를 들어 어떤 사람에게

494

접근하려고 할 때 그 사람이 가장 신뢰하는 친구나 부하와 친해져 정보를
얻어 접근을 꾀하는 것 등은 그 좋은 보기일 것이다.

　두보(杜甫)의 「전출새(前出塞)」라는 시에 나오는 말이다. 아홉 수로
된 이 시의 여섯째 수에 이렇게 말하고 있다.

　활을 당기려거든 마땅히 센 것을 당기라
　화살을 쓰려면 마땅히 긴 것을 써라.
　사람을 쏘려거든 먼저 말을 쏘고
　적을 사로잡으려거든 먼저 왕을 사로잡으라.
　사람을 죽이는 데도 한이 있고
　나라를 세우면 저절로 국경이 있다.
　진실로 능히 침능을 제압할 수 있다면
　어찌 마구 죽일 필요가 있으리오.

　挽弓當挽强　用箭當用長　　만궁당만강　용전당용장
　射人先射馬　擒敵先擒王　　사인선사마　금적선금왕
　殺人亦有限　立國自有疆　　살인역유한　입국자유강
　苟能制侵陵　豈在多殺傷　　구능제침능　개재다살상

　황제 현종이 부질없이 영토확장을 꾀하며 서쪽 변경으로 군대를 파견
한 것을 요새에서 나와 무용한 싸움에 피를 흘린 병사의 입장에서 비판한
연작 구수 중의 하나다.

　천보(天寶) 말년의 작품이라고 하며 전반은 옛 민요나 속담일 것이라
고 한다.

　이 시는 별로 설명이 필요 없는 쉬운 시다. 이 시의 주제는 마지막 두
구절에 집약되어 있다. 싸움에서 적의 침략을 막고 제지할 수만 있다면
그것으로 목적은 다한 것이다. 구태여 많은 생명을 희생시킬 필요가 무엇
인가. 강한 활, 긴 화살, 무기는 우수한 것을 써야 한다. 사람보다도 사람을
태우고 달리는 말을 쏘는 것이 효과가 빠르고, 적을 다 잡으려 하지 말고
적의 우두머리를 사로잡으면 일은 간단히 끝나는 것이다.

아무리 사람을 죽여도 다 죽일 수는 없는 일이요, 아무리 영토를 확장시켜도 국경은 항상 있는 법이다. 목적은 적의 침략을 막아 평화로운 세상을 만드는 데 있다. 결코 사람을 많이 죽이는 것이 전쟁의 목적일 수는 없다.

선시어외 **先始於隗**　「선시어외」는 먼저 외(隗)부터 시작하라는 말이다. 여기서 외는 곽외(郭隗)를 말한다.

《전국책》 연책(燕策)에 있는 이야기다.

전국시대 연(燕)나라의 소왕은 제(齊)나라에 빼앗긴 영토를 되찾고 치욕을 앙갚음하기 위해 세상의 뛰어난 인재를 초빙하고자 하였다. 그래서 이 문제를 재상 곽외와 상의하였다. 곽외가 말했다.

「이런 옛이야기가 있습니다. 어떤 임금이 천리마를 구하려고 천 냥의 돈을 걸고 기다렸습니다. 그러나 3년이 지나도 천리마는 오지 않았습니다. 그러자 궁중의 하인 한 사람이 자신이 구해 오겠다며 나섰습니다. 그는 백방으로 수소문해 천리마가 있는 곳을 알았지만, 아쉽게도 그가 도착하기 전에 천리마는 죽어버리고 말았습니다.

그러나 그는 그 죽은 말의 뼈를 5백 냥을 주고 사가지고 왔습니다(買死馬骨매사마골). 그러자 임금은 『죽은 말의 뼈를 5백 냥이나 주고 사오다니?』하며 화를 냈습니다.

그러자 하인은 『생각해 보십시오 죽은 천리마의 뼈를 5백 냥에 샀다면 산 말이야 이르겠느냐고 생각하지 않겠습니까? 조금만 기다리면 서로 팔겠다며 천리마를 가진 사람이 몰려들 것입니다』

과연 얼마 되지 않아 천리마를 팔겠다는 사람이 셋이나 나타났다고 합니다. 마찬가지로 폐하께서 천하의 영재를 얻고자 하신다면 먼저 가까이 있는 저부터 우대하십시오 그러면 저절로 천하의 영재들이 몰려들 것입니다」

이 말을 수긍한 소왕은 즉각 황금대(黃金臺)를 지어 곽외를 머물게 하고 사부(師父)로서 받들었다.

그러자 과연 얼마 안 가서 명장(名將) 악의(樂毅), 음양가(陰陽家)의 비조(鼻祖) 추연(鄒衍), 대정치가 극신(劇辛) 등의 걸출한 인재들이 사방에서 연나라로 몰려들었다.

이들의 힘을 빌려 소왕은 제나라에 대한 원수도 갚고 나라를 부강하게 만들 수 있었다.

곽외의 이야기 중에서「죽은 말을 사왔다」는「매사마골(買死馬骨)」은「별 볼일 없는 것을 사서 요긴한 것이 오기를 기다린다」또는「하잘 것 없는 것이라도 소중히 대접하면 긴요한 것은 그에 끌려 자연히 모여든다는 뜻으로 쓰이게 된 말이다.

「선종외시(先從隗始)」라고도 한다.

선즉제인　**先則制人**　선수를 치면 남을 누르게 된다는 것이「선즉제인」이다. 《사기》 항우본기에 나오는 말이다.

진시황이 죽고 무능한 2세가 천자로 들어앉자, 진승(陳勝)이 맨 먼저 반기를 들고 일어났고, 뒤이어 각지에서 유명무명의 영웅호걸들이 앞 다투어 반란을 일으켰다.

이때 항우의 작은 아버지인 항양(項梁)은 항우와 함께 회계(會稽)에 와 있었는데, 회계태수로 와 있던 은통(殷通)이 항양을 보고 이렇게 말했다.

「강서(江西)가 온통 반기를 들고 일어섰으니 이것은 아마 하늘이 진나라를 망하게 할 시기인 것 같습니다. 내가 들으니『먼저 하면 곧 남을 누르고 뒤에 하면 남의 눌리는 바가 된다(先卽制人 後卽爲人所制)』고 했는데, 나도 군사를 일으켜 공과 환초(桓楚)로 장군을 삼을까 합니다」

이때 환초는 도망쳐 다른 곳에 가 있었다. 항양은 딴 생각을 품고 은통에게,「환초가 숨어 있는 곳을 아는 사람은 적(籍 : 항우의 이름)밖에 없습니다.」하고 말한 다음 일어나 밖으로 나가 항우에게 귓속말로 무어라 타이르고 칼을 준비하여 밖에서 기다리게 했다.

다시 들어온 항양은 태수와 마주앉아,

「적을 불러 태수의 명령을 받아 환초를 불러오도록 하시지요」하고

청했다. 태수가 그러라고 하자 항양은 항우를 데리고 들어왔다. 잠시 후 항양은 항우에게 눈짓을 하며,

「그렇게 해라.」하고 일렀다. 순간 항우는 칼을 빼들고 은통의 목을 쳤다.

이리하여 항양은 자신이 회계태수가 되고 항우를 비장(裨將)으로 하여 정병 8천을 뽑아 강을 건너 진나라로 향하게 되었던 것이다.

결국 선수를 써야만 남을 누른다고 가르쳐 준 은통의 말을 실천한 것은 항양이 되고 만 셈이다. 바둑 격언에 돌을 버리고 선수를 다투라(棄子爭先)라는 말이 있는데, 전쟁이고 사업이고 간에 경쟁자가 있을 때는 선수를 쓰는 것이 결정적인 승패의 계기가 될 수 있다.

성공자퇴　成功者退　공을 이룬 사람은 물러나야 한다는 것이 「성공자퇴」다. 보다 구체적인 표현이 「공성신퇴(功成身退)」다. 그러나 이 말의 원 말은 「성공자거(成功者去)」다.

사람만이 아니고 모든 사물은 일단 목적을 달성한 뒤에는 다음 오는 것에게 그 자리를 물려주고 가버린다는 뜻이다.

《사기》 범수채택열전(范睢蔡澤列傳)에 나오는 채택의 말이다.

죄인의 몸으로 피해 숨어 있다가 하루아침에 진나라 승상이 된 범수도 차츰 실수를 저지르게 되어 진소왕(秦昭王)의 신임이 날로 엷어져 가고 있었다. 이 소문을 들은 채택이 그의 뒤를 물려받을 생각으로 진나라로 향하게 된다. 그는 진나라에 도달하기 전 도중에 도둑을 만나 가지고 있던 여행 도구까지 다 빼앗기고 말았다.

함양에 도착한 채택은 소문을 퍼뜨려 범수의 귀에 들어가게 한다.

「연나라 사람 채택은 천하의 호걸이요 변사다. 그가 한번 진왕을 뵙게 되면 왕은 재상의 자리를 앗아 채택에게 주게 될 것이다.」

범수는 채택을 불러들여 불쾌한 태도로 물었다.

「당신이 날 대신해 진나라 승상이 된다고 했다는데, 그게 사실이오?」

「그렇습니다.」

「어디 그 이야기를 한번 들어 봅시다.」

이리하여 채택은,

「어쩌면 그렇게도 보는 것이 더디십니까. 대저 사시(四時)의 순서는 공을 이룬 것은 가는 법입니다(凡夫四時之序成功者去……).」하고 이론을 전개하기 시작, 마침내 범수를 설득시켜 그로 하여금 그 자리를 물러나야 되겠다는 것을 느끼게 했다.

이리하여 범수의 추천으로 진나라의 재상이 된 채택은 몇 달이 다 가지 않아 자기를 모략하는 사람이 있자, 자기가 범수에게 권했듯이 곧 병을 핑계로 자리를 내놓는다.

그리하여 진나라에서 편안히 여생을 보내며, 가끔 사신으로 외국에 다녀오곤 했다.

수자부족여모 豎子不足與謀

수자(豎子)는 어린아이를 말한다. 부족여모(不足與謀)는 함께 일을 할 수 없다는 뜻이다. 나이가 어리고 경험이 부족한 사람과는 함께 큰일을 할 수 없다는 것이 「수자부족여모」다.

이것은 화가 난 범증(范增)이 항우를 보고 한 소리였는데, 같이 일을 하다가 상대가 시킨 대로 하지 않고 제 주장만 내세워 일을 망치거나 했을 때 흔히 쓰는 문자다. 예를 들어 고참 중역이 창설자의 뒤를 이은 애송이 경영주를 보고 할 수 있는 소리다.

《사기》항우본기에 나오는 이야기로 항우와 패공(沛公) 유방은 각각 다른 길로 진나라로 쳐들어가서 패공이 먼저 진나라 수도 함양을 점령하고, 항우는 한 달 뒤에 제후들의 군사를 거느리고 함곡관에 이르게 되었다. 패공이 먼저 진나라를 평정했다는 말을 듣자 항우는 함곡관을 깨뜨리고 들어가 홍문(鴻門)에 진을 치게 된다. 이때 항우의 군사는 40만이었고 패상(覇上)에 진을 친 패공의 군사는 10만이었다. 항우는 먼저 진나라를 평정한 패공을 시기한 나머지 그를 쳐 없앨 생각이었다.

이 소식을 전해들은 패공의 모사 장양(張良)이 소식을 전해 준 항우의 숙부 항백(項伯)을 통해 패공과 항우와의 사이를 좋게 만들려 했다. 단순한 항우는 항백의 권고에 의해 곧 이를 승낙하고 패공은 홍문으로 찾아가 사과를 하게 된다. 항우는 패공을 맞아 술자리를 베풀게 되는데, 이것이 중국의 연극 같은 데 곧잘 나오는 홍문연(鴻門宴) 잔치라는 것이다.

전날 범증은 항우에게, 패공을 죽여 없애지 않는 한 천하는 누구의 것이 될지 모른다고 그를 죽이도록 권고해 두었다.

이 날 술자리에서도 범증은 패공을 죽이라고 허리에 차고 있는 구슬을 들어 세 번이나 신호를 보냈다. 항우는 패공이 겸손하게 사과를 해오는 바람에 죽일 생각은 조금도 없었다. 그는 범증이 신호를 보낼 때마다 눈을 내리감고 못 본 체했다. 조급해진 범증은 항장(項莊)을 시켜 칼춤을 추다가 패공을 쳐 죽이라고 시킨다. 그러나 같이 칼춤을 추는 항백이 항장을 가로막아 뜻을 이루지 못하게 된다. 이때 번쾌(樊噲)가 장양의 부탁을 받고 달려 들어와 항우와 극적인 대화를 주고받게 되고, 그 틈에 패공은 짐짓 소피를 보러 가는 척하며 도망치고 말았다.

패공은 술을 이기지 못해 도중에 자리를 뜨게 된 것을 장양을 통해 항우에게 사과를 하고 구슬 한 쌍을 항우에게 선물로 바치고, 옥으로 만든 술잔 한 쌍을 범증에게 선물로 주었다. 항우는 구슬을 받아 자리에 놓았다. 그러나 범증은 잔을 받아 땅에 놓더니 칼을 뽑아 쳐 깨뜨리며,

「에잇, 어린 것과는 일을 같이 할 수 없다. 항왕의 천하를 앗을 사람은 반드시 패공이다. 우리 무리들은 이제 그의 포로가 되고 말 것이다(唉 豎子不足與謀 奪項王天下者 必沛公也 吾屬今爲之虜矣)」라고 말하며 한탄했다. 「수자부족여모」는 항우를 나무랐다는 설과 항장을 나무랐다는 두 가지 설이 있으나, 여기서는 따지지 않기로 하겠다.

식 언 食 言 ☞ 권1

양두구육 羊頭狗肉 양의 머리를 걸어 놓고는 개고기를 판다는 「현양두매구육(懸羊頭賣狗肉)」이란 말이 약해져서 「양두구육(羊頭狗肉)」이 되었다. 값싼 개고기를 비싼 양고기로 속여서 판다는 이야기다.

그래서 좋은 물건을 간판으로 내걸어 두고 나쁜 물건을 판다거나, 겉으로 보기에는 훌륭한데 내용이 그만 못한 것을 가리켜「양두구육」이라고 부르게 되었다.

이 말은《항언록(恒言錄)》에 있는 말인데, 이 밖에도 이와 비슷한 말들이 여러 기록에 나온다.「양의 머리를 걸어 놓고 말고기를 판다」고 한 데도 있고, 말고기가 아닌 말 포(脯)로 말한 곳도 있다.

《안자춘추(晏子春秋)》에는「소머리를 문에 걸어 놓고 말고기를 안에서 판다」고 나와 있고,《설원(雪苑)》에는 소의 머리가 아닌 소의 뼈로 되어 있다. 다 같은 내용의 말인데, 현재는「양두구육」이란 말만이 통용되고 있다. 그런데 위에 말한 여러 예 가운데《안자춘추》에 나오는 이야기가 재미있으므로 그것을 소개하기로 한다.

춘추시대의 제영공(齊靈公)은 어여쁜 여자에게 남자의 옷을 입혀 놓고 즐기는 별난 취미를 가지고 있었다. 궁중의 이 같은 풍습은 곧 민간에게까지 번져 나가, 제나라에는 남장미인의 수가 날로 늘어가고 있었다.

이 말을 전해들은 영공은 천한 것들이 임금의 흉내를 낸다고 해서 이를 금하라는 영을 내렸다. 그러나 좀처럼 그런 풍조가 없어지지를 않았다.

그 까닭을 이해할 수 없었던 영공은 안자에게 그 이유를 물었다. 그러자 안자는 이렇게 말했다.

「임금께서는 궁중에서는 여자에게 남장을 하게 하시면서 밖으로 백성들만을 못하도록 금하고 계십니다. 이것은 소머리를 문에다 걸고 말고기를 안에서 파는 것과 같습니다. 임금께선 어째서 궁중에도 같은 금령을 실시하지 않으십니까. 그러면 밖에서도 감히 남장하는 여자가 없게 될 것입니다.」

영공은 곧 궁중에서의 남장을 금했다. 그랬더니 한 달이 채 못돼서 제나라 전체에 남장한 여자가 없어지게 되었다는 것이다. 물은 아래로 흐른다. 윗사람이 즐겨하면 아랫사람들도 따라 즐겨하게 되는 것이다.

양약고구 良藥苦口 우리가 격언으로 또는 속담으로 자주 쓰는 말에

「좋은 약은 입에 쓰고 바른 말은 귀에 거슬린다」는 말이 있다. 이것이 바로 「양약고구 충언역이(良藥苦口 忠言逆耳)」를 우리말로 옮겨 놓은 것이다.

이 말은 《공자가어》 육본편(六本篇)과 《설원》의 정간편(正諫篇)에 나온다. 또 같은 내용의 말이 《사기》 유후세가(留侯世家)에도 있다.

《가어》에는 공자가 이런 말을 하고 있다.

「좋은 약은 입에 써도 병에 이롭고, 충성된 말은 귀에 거슬려도 행하는데 이롭다. 탕(湯)임금과 무왕(武王)은 곧은 말 하는 사람으로 일어나고, 걸(桀)과 주(紂)는 순종하는 사람들로 망했다. 임금으로 말리는 신하가 없고, 아비로 말리는 아들이 없고, 형으로 말리는 아우가 없고, 선비로 말리는 친구가 없으면 과오를 범하지 않는 사람이 없다.」

원래는 여기 나와 있는 대로 「좋은 약은 입에 써도 병에 이롭다」고해 오던 것을, 뒷부분은 약해 버리고 앞부분만 쓰게 된 것이다.

「바른 말이 귀에 거슬린다」는 말도 역시 마찬가지다.

그것이 다시 보편화되어 지금은 「좋은 약은 입에 쓰다」는 말만으로「바른 말이 귀에 거슬린다」는 말까지를 다 포함한 뜻으로 통용되고 있다. 예를 들어, 사람이 충고하는 말을 불쾌한 표정으로 대하고 있을 때「바른 말은 귀에 거슬리는 법이야」하고 말할 것을,「좋은 약은 입에 쓴걸세」하고 옆의 친구가 말한다면 듣는 사람에게 보다 효과적인 반성을주게 된다.

쉬운 말 대신에 「양약(良藥)이 고구(苦口)지」하고 문자를 쓰는 것이 사람에 따라서는 더 효과적일 수 있을 것이다.

《사기》에도 장양이 유방을 달랠 때 같은 내용의 말을 하고 있다.

「충성된 말은 귀에 거슬려도 행하는 데 이롭고, 독한 약은 입에 써도병에 이롭다(忠言逆耳 利於行 毒藥苦口 利於病) 했습니다.」

여기에서 말한 독한 약이란 물론 약효가 강하다는 뜻이다.

어부지리 漁父之利 「어부지리」란 말의 유래만큼 널리 알려져 있는 이야기도 드물 것이다. 이야기가 통속적이고 비유가 적절한 때문일 것이다. 이야기는 《전국책》 연책(燕策)에 있는 소진의 아우 소대(蘇代)의 입에서 나왔다. 조나라가 연나라를 치려하고 있었다. 연나라에 와 있던 소대는, 연나라 왕의 부탁을 받고 조나라 혜문왕(惠文王, 재위 B.C 299~266)을 찾아가 왕을 달래서 이렇게 말했다.

「이번에 제가 이리로 올 때 역수(易水)를 건너오게 되었습니다. 때마침 민물조개(蚌)가 물가로 나와 입을 벌리고 햇볕을 쪼이고 있는데, 물새(鷸)란 놈이 지나가다가 조갯살을 보고 쪼아 먹으려 하지 않았겠습니까. 조개란 놈이 깜짝 놀라 입을 오므리자, 물새는 그만 주둥이를 꽉 물리고 말았습니다. 그러자 물새가 말했습니다.

『오늘도 내일도 비만 오지 않으면 그때는 바짝 말라죽은 조개를 보게 될 것이다』

조개는 조개대로 또,

『오늘도 열어 주지 않고, 내일도 열어 주지 않으면 그때는 죽은 물새를 보게 될 것이다』하며 서로 버티고 있었습니다.

그때 마침 지나가던 어부가 이 광경을 보고 새와 조개를 함께 잡아넣고 말았습니다. 지금 조나라가 연나라를 치려하고 있는데, 연나라와 조나라가 서로 오래 버티며 백성들을 지치게 만들면, 저는 강한 진나라가 어부가 될 것을 염려하지 않을 수 없습니다. 그러므로 대왕께서 깊이 생각하신 뒤에 일을 결정하시기 바랍니다.」

소대의 비유를 들은 혜문왕은,

「과연 그렇겠소」하고 곧 연나라를 칠 계획을 그만두고 말았다.

여기에서 두 사람이 맞붙어 싸우는 바람에 엉뚱한 제삼자가 덕을 보는 경우를「어부지리」라 하고, 서로 맞붙어 버티며 양보하기 어려운 형편에 있는 것을 가리켜 방휼지세(蚌鷸之勢)라 한다.

연목구어 **緣木求魚** 「연목구어」는 나무에 올라가서 고기를 잡으려 한다는 뜻이다. 고기를 잡으려면 물로 가야 한다. 엉뚱하게도 나무 위에 올라간다면 그것은 목적과는 반대되는 행동이다. 즉 전연 성공할 가능성이 없는 것을 비유해서 하는 말이다.

《맹자》 양혜왕상에 있는 맹자와 제선왕(齊宣王)의 문답에 나오는 말이다. 맹자는 제선왕의 어진 마음씨를 추켜올리며,

「왕께서 왕천하(王天下)를 못하는 것은 못하는 것이 아니라 하지 않는 것입니다.」 하고 말한다. 그러자 왕은,

「하지 않는 것과 못하는 것은 무엇이 다릅니까?」 하고 묻는다.

「태산을 옆에 끼고 바다를 건너뛰는 것을 못한다고 하면 그것은 정말 못하는 것이 되지만, 어른을 위해 나뭇가지 하나 꺾는 것을 못한다고 하면, 이것은 못하는 것이 아니라 하지 않는 것입니다.」

맹자는 이렇게 대답하고 나서 왕천하하는 방법을 설명한다. 그래도 왕의 반응이 없자, 소원이 무엇이냐고 묻는다. 향락적인 소원을 예를 들어 물어 가는 대로 왕은 아니라고 부정한다. 그러자 맹자는 이렇게 말한다.

「그렇다면 왕의 소원이 무엇인지를 알 수 있습니다. 땅을 넓히고 강대국인 진나라 초나라에게 조공을 바치게 만든 다음, 중국에 군림하여 사방 오랑캐들을 어루만지는 것입니다. 지금 하고 있는 것으로 그 같은 소원을 이루려 한다면, 그것은 나무에 올라가 고기를 잡으려 하는 것과 같습니다(猶緣木而求魚也).」

「그토록 무리한 일입니까?」

「그보다 더 무리한 일입니다. 나무에 올라가 고기를 잡는 것은, 고기를 못 잡는대도 후환은 없습니다. 그러나 지금 하시는 일로 그 같은 소원을 이루려 한다면 마음과 힘을 다해도 반드시 후환이 있게 될 것입니다.」

「그 이유를 듣고 싶습니다.」

여기서 맹자는 다시 그 이유와 함께 근본적인 정책 전환이 없이는 왕천하, 즉 통일천하는 불가능하다는 것을 말하고 구체적 정책을 말한다.

결국 「연목구어」는 내용적인 준비 없이 되지도 않을 일을 하는 것을 가리켜 하는 말이다.

오합지중 烏合之衆

까마귀 떼처럼 모인 통제 없는 무리란 뜻이다. 중(衆)은 군대를 뜻하기 때문에 「졸(卒)」이라고 말하기도 한다.

역이기가 한패공 유방이 진나라로 쳐들어가려 했을 때 한 말 가운데 이런 것이 있다.

「귀하께서 규합한 무리들을 일으키고, 흩어진 군사들을 거두어도 만 명이 차지 못하는데, 그것으로 강한 진나라로 곧장 들어가려고 한다면, 이것이야말로 호랑이의 입을 더듬는 것입니다……(足下起糾合之衆 收散亂之兵 不滿萬人 欲以徑入強秦 此所謂探虎口者也……)」

이 「규합지중(糾合之衆)」은 어떤 책에는 「오합지중」으로 나와 있고, 어떤 책에는 「와합지중(瓦合之衆)」으로 나와 있다. 결국 오합이든 규합이든 와합이든 마찬가지 뜻으로 통제가 되지 않는 마구잡이로 끌어 모은 그런 사람이나 군대를 말한 것이다.

분명하게 「오합지중」이라고 씌어 있는 것은 《후한서》 경엄전(耿弇傳)에 나온다. 경엄이 군대를 이끌고 유수(劉秀 : 후한 광무제)에게 달려가고 있을 때, 그의 부하 가운데, 유수의 밑으로 가지 말고 왕랑(王郎)의 밑으로 가자고 권하는 사람이 있었다.

그러자 경엄은 그들을 꾸짖는 가운데 이런 말을 했다.

「우리 돌격대로써 왕랑의 오합지중을 짓밟기란 마른 나뭇가지 꺾는 거나 다를 것이 없다(發突騎以轔烏合之衆 如摧枯朽腐耳).」

와신상담 臥薪嘗膽 ☞ 권1

운주유악 運籌帷幄

운주(運籌)는 산가지를 놀린다는 뜻이고 유악(帷幄)은 장막이란 뜻이다. 「운주유악」은 장막 안에서 산가지를 놀린다는 뜻이니, 곧 가만히 들어앉아서 계획을 꾸민다는 말이다. 《한서》에 있는 이야기다. 《사기》 고조본기에는 이렇게 나와 있다.

통일천하를 끝낸 고조는 어느 날, 낙양 남궁(南宮)에서 잔치를 베풀었다. 그 자리에서 고조는 말했다.

「경들은 숨김없이 말해 보라. 내가 천하를 얻은 까닭과 항우가 천하를 잃은 까닭이 무엇인가를?」

그러자 고기(高起)와 왕릉(王陵)이 이렇게 대답했다.

「……폐하께선 성을 치고 공략하게 되면 공을 세운 사람에게 그 땅을 주어 천하 사람들과 이익을 함께하셨습니다. 그러나 항우는 의심과 질투가 많아 싸움에 이겨도 성을 주지 않고 땅을 얻어도 나누어 주는 일이 없었습니다. 이것이 폐하께서 천하를 얻고 항우가 천하를 잃은 까닭인 줄 아옵니다.」

그러자 고조는 말했다.

「그대는 하나만 알고 둘은 모른다. 대체로 산가지를 장막 안에서 움직여 천 리 밖에 승리를 얻게 하는 것은 내가 자방(子房 : 장양의 자)만 못하고(夫運籌策帷帳之中 決勝於千里之外 吾不如子房), 나라를 편안히 하고 백성을 어루만져 주며, 군대의 보급을 끊어지지 않게 하는 것은 내가 소하(蕭何)만 못하며, 백만의 군사를 거느리고 싸우면 반드시 이기고, 치면 반드시 빼앗는 것은 내가 한신(韓信)만 못하다. 이 세 사람은 모두 뛰어난 인걸들이다. 나는 그들을 제대로 쓸 수가 있었다. 이것이 바로 내가 천하를 차지할 수 있었던 이유다. 항우는 범증(范增) 한 사람이 있을 뿐이었는데, 그 하나도 제대로 쓰지 못했다. 이것이 나에게 패한 이유다.」

이상이 《사기》의 내용인데, 《한서》에 나와 있는 것과는 이 대목의 글자가 몇 자 틀린다. 《한서》에는 「운주유악지중 결승천리지외(運籌帷幄之中 決勝千里之外)」로 되어 있는데, 《사기》에는 주(籌)가 주책(籌策)으로 되어 있고, 유악(帷幄)이 유장(帷帳)으로 되어 있고, 천리 위에 어(於)한 자가 더 들어가 있다. 똑같은 뜻인데 보통 《한서》의 것을 쓰고 있다.

이심전심 以心傳心 「이심전심」은 말이나 글로가 아니고, 남이 보지도 듣지도 못하는 마음과 마음이 서로 통한다는 뜻이다. 즉 이쪽 마음으로써 상대방 마음에 전해 준다는 말이다. 말을 필요로 하지 않는 서로의

506

이해 같은 것도 이심전심일 수 있고, 이른바 눈치작전 같은 것도 일종의 이심전심이라 하겠다.

지금은 이 말이 아무렇게나 널리 쓰이고 있지만, 원래 이 말은 불교의 법통 계승에 쓰여 온 말이다. 《전등록(傳燈錄)》은 송나라 사문(沙門) 도언(道彦)이 석가세존 이래로 내려온 조사(祖師)들의 법맥(法脈)의 계통을 세우고, 많은 법어들을 기록한 책인데 거기에,

「부처님이 가신 뒤 법을 가섭에게 붙였는데, 마음으로써 마음에 전했다(佛滅後 附法於迦葉 以心傳心).」라고 나와 있다. 즉 석가세존께서 가섭존자(迦葉尊者 ; 마가가섭)에게 불교의 진리를 전했는데, 그것은 이심전심으로 행해졌다는 것이다. 「이심전심」을 한 장소는 영산(靈山 : 영취산) 집회였는데, 이 집회에 대해 같은 송나라 사문 보제(普濟)가 지은 《오등회원》에는 다음과 같이 기록되어 있다.

어느 날, 세존께서 영산에 제자들을 모아 놓고 설교를 했다. 그때 세존은 연꽃을 손에 들고 꽃을 비틀어 보였다. 제자들은 그 뜻을 알 수 없어 잠자코 있었는데, 가섭존자만이 그 뜻을 깨닫고 활짝 미소를 지어 보였다. 그러자 세존은 이렇게 말했다.

「나는 정법안장(正法眼藏), 열반묘심(涅槃妙心), 실상무상(實相無相), 미묘법문(微妙法門)을 글로 기록하지 않고 가르침 밖에 따로 전하는 것이 있다. 그것을 가섭존자에게 전한다.」고 했다.

글로 기록하지 않고, 가르침 밖에 따로 전하는 「교외별전(敎外別傳)」 이것이 바로 이심전심인 것이다.

연꽃을 비틀어 보인 것은 역시 일종의 암시다. 완전한 이심전심은 아니라고도 볼 수 있다. 우리들의 이심전심도 역시 태도나 눈치 같은 것을 필요로 할 때가 많은 것은 「이심전심」의 한 보조 수단이라 하겠다.

이일대로　以佚待勞 ☞ 권2

일패도지　一敗塗地 ☞ 권2

전전긍긍 **戰戰兢兢**　「전전(戰戰)」은 무서워 떠는 모양, 「긍긍(兢兢)」은 조심해 몸을 움츠리는 모습, 합해서 두려워하고 조심함을 말한다. 《시경》 소아 소민편에 나오는 글귀다.

감히 범을 맨손으로 잡지 않고
감히 하수를 배 없이 건너지 않으나
사람은 그 하나만 알고
그 밖의 것은 알지 못한다.
두려워서 조심조심하며
깊은 못에 다다른 듯하고
엷은 얼음을 밟듯 한다.

不敢暴虎	不敢馮河	불감포호	불감빙하
人知其一	莫知其他	인지기일	막지기타
戰戰兢兢	如臨深淵	전전긍긍	여림심연
如履薄氷		여리박빙	

이 시는 포학한 정치를 한탄해서 지은 시다. 범을 맨주먹으로 잡거나 황하를 배 없이 헤엄쳐 건너는 일은 하지 않지만, 눈앞의 이해에만 눈이 어두워 그것이 다음날 큰 환난이 되는 것을 알지 못한다. 사람들은 그 무서운 정치 속에서 마치 깊은 못가에 서 있는 듯, 엷은 얼음을 걸어가는 듯 불안에 떨며 몸을 움츠리고 있다는 뜻이다.

「정치란 이런 것일까?」

일찍이 도의가 표면에 나와 있던 시대를 회상하고, 현실인 힘의 정치에 깊은 회의를 품는 자가 나타나는 것도 당연한 일이다. 「힘이 정의」가 아니라, 「정의가 힘」이기를 바라는 것이 권력을 갖지 못한 자들의 윤리 감정이기 때문이다. 이 「소민(小旻)」이라는 시도 이런 윤리 감정에 의해 읊어진 것이다.

이 시에서 「전전긍긍」이란 말이 나오고, 「포호빙하(暴虎馮河)」라는 말이, 그리고 「지기일(知其一)이요 부지기타(不知其他)」란 말이 나왔다. 또 「여리박빙(如履薄氷)」이라는 말도 위기감에 절박해진 심정을 형용하는 경우에 쓰이고 있다.

또 이 대목은 《논어》 태백편에 증자(曾子)가 인용한 말로 나와 있어 더욱 널리 알려지게 되었다. 증자가 임종시에 제자들을 불러 이렇게 말했다.

「내 발을 열어 보고 내 손을 열어 보라. 《시경》에 말하기를 『전전하고 긍긍하여 깊은 못에 다다른 듯하고 엷은 얼음을 밟듯 한다』고 했다. 지금에서야 나는 마음을 놓는다. 너희들은 알겠느냐」

증자는 공자의 제자들 중에서도 효도로 이름이 높았다. 13경(經) 중의 하나인 《효경(孝經)》은 공자가 증자에게 효도에 대해 한때 이야기한 것을 기록한 짤막한 글이다.

그 《효경》에 공자는 말하기를,

「몸뚱이와 털과 피부는 부모에게서 받은 것이므로 감히 상하게 못하는 것이 효도의 처음이요, 몸을 세우고 도를 행하여 이름을 후세에 빛나게 함으로써 부모를 나타나게 하는 것이 효도의 마지막이다(身體髮膚 受之父母 不敢毀傷 孝之始也 立身行道 揚名於後世 以顯父母 孝之終也)」라고 했다.

조강지처 糟糠之妻

일찍 장가들어 여러 해 같이 살아 온 아내란 뜻으로 쓰인다. 즉 처녀로 시집온 아내면 다 조강지처로 통할 수 있다. 조(糟)는 지게미, 강(糠)은 쌀겨다. 지게미와 쌀겨로 끼니를 이어가며 가난한 살림을 해 온 아내가 「조강지처」인 것이다.

이 말은 후한 송홍(宋弘)에게서 나온 말이다. 후한 광무황제의 누이인 호양(湖陽) 공주가 과부가 되었다. 광무제는 공주를 마땅한 사람에게 다시 시집을 보낼 생각으로 그녀의 의향을 물어 보았다. 그랬더니 그녀는,

「송홍 같은 사람이라면 남편으로 우러러보고 살 수 있겠지만, 그 밖에는 별로……」하고 송홍이 아니면 시집가지 않을 뜻을 밝혔다.

송홍은 후중하고 정직하기로 당시 널리 알려진 사람으로, 광무제가 즉위하던 이듬해인 건무(建武) 2년에는 대사공이란 대신의 지위에 있었다.

「누님의 의사는 잘 알겠습니다. 그럼 어디 한번 힘써 보지요」하고 약속을 한 광무는, 송홍이 마침 공무로 편전에 들어오자, 공주를 병풍 뒤에 숨겨 두고 송홍과의 대화를 듣게 했다. 이런 저런 이야기 끝에 광무는 송홍에게 별다른 뜻이 없는 것처럼 이렇게 물었다.

「속담에 말하기를 『지위가 높아지면 친구를 바꾸고, 집이 부해지면 아내를 바꾼다』 하는데 그럴 수 있는 일인지?」

그러자 송홍은 서슴지 않고 대답했다.

「신은 『가난하고 천했을 때의 친구는 잊어서는 안되고, 지게미와 쌀겨를 먹으며 고생한 아내는 집에서 내보내지 않는다』고 들었습니다.」

이 말을 듣자 광무는 조용히 공주를 돌아보며,

「일이 틀린 것 같습니다.」 하고 말했다는 것이다.

부마도위가 되면 공주가 정실부인으로 들어앉게 되므로 원 부인은 물러나지 않으면 안된다. 광무는 자기 누님을 시집보내기 위해 송홍의 의사를 무시하고 그의 본부인을 내치게 할 수는 없었던 것이다.

그러나 그런 훌륭한 사람이 아내를 내치고 자기를 맞아 줄 것으로 기대했다면, 공주의 욕심이 너무 자기 위주였던 것 같다. 광무가 그녀를 병풍 뒤에 숨게 한 것도 그녀의 그런 마음을 달래기 위한 방법이었던 것 같다.

이 이야기는 《후한서》 송홍전에 나와 있다.

중과부적 **衆寡不敵**　《맹자》 양혜왕편에 나오는 말이다.

전국시대 때 왕도정치의 이상을 설파하기 위해 여러 나라를 방문하던 길에 맹자는 제나라 선왕(宣王)을 만났다. 선왕은 맹자에게 패왕이 되는 길을 묻고자 했는데, 이에 대해 맹자는 오직 왕도정치만이 옳은 길이라고 하면서 다음과 같이 대화를 풀어나갔다.

「군대를 일으켜 무력으로써 천하의 패자가 되고자 하는 것은 마치 『나무에 올라가 물고기를 구하는 것(緣木求魚)』과 같습니다.」

그러자 선왕이 물었다.

「아니 그것이 그토록 심하단 말이오?」

510

「그보다도 더욱 심합니다. 나무에 올라 물고기를 구하는 일이야 실패해도 큰 해가 없겠지만, 임금의 정책은 실패하면 나라를 망치고 맙니다.」

맹자는 이렇게 단호하게 말하고 나서 차근차근 설명해 나갔다.

「가령 작은 나라인 추(鄒)와 큰 나라인 초(楚)가 싸운다면 어느 쪽이 이길 거라고 생각하십니까?」

「그야 당연히 초나라가 이기겠지요.」

「자, 그렇다면 수가 적은 편은 많은 편을 이길 수 없으며(寡固不可以敵衆), 약소국은 강대국을 이길 수 없으며(弱固不可以敵强), 약자는 강자에게 패하게 마련입니다. 지금 천하에 사방 일천 리 되는 땅을 가진 나라가 아홉이 있는데, 제나라도 땅을 모두 합치면 일천리쯤 되므로 그 1할을 소유하고 있는 셈입니다. 하나를 가지고 여덟을 복종시키려는 것은 작은 추나라가 거대한 초나라에 대적하려는 것과 다를 것이 없지 않겠습니까.」

「그러면 어떻게 해야 합니까?」

「어진 덕으로 나라를 다스린다면 천하의 백성들 중 누가 임금을 우러러보지 않겠으며, 누가 자신들을 다스려 주기를 바라지 않겠습니까? 그러면 저절로 천하는 폐하의 것이 될 것입니다. 왕도를 따르는 자만이 천하를 지배할 수 있습니다.」

제선왕은 이를 수긍하면서도 맹자의 건의를 받아들이지는 않았다.

지피지기백전불태 知彼知己百戰不殆 ☞ 권1

청담 清談 ☞ 권1

파죽지세 破竹之勢 ☞ 권1

패군지장불언용 敗軍之將不言勇 ☞ 권2

호시탐탐 虎視眈眈 ☞ 권2

속삼국지 권3 • 촉한부흥편

☆

초판 인쇄일 / 2005년 08월 25일
초판 발행일 / 2005년 08월 30일

☆

지은이 / 無外者
옮긴이 / 이원섭
펴낸이 / 김동구
펴낸데 / 明文堂
서울특별시 종로구 안국동 17-8
대체 010041-31-0516013
☎ (영업) 733-3039, 734-4798
　(편집) 733-4748　FAX. 734-9209
H.P. : www.myungmundang.net
e-mail : mmdbook1@myungmundang.net
등록 1977. 11. 19. 제 1-148호

☆

ISBN　89-7270-787-2　　04820
ISBN　89-7270-784-8　(전5권)
낙장이나 파본은 구입하신 서점에서 교환해 드립니다.

☆

값 9,500 원